FANTASY

Wolfgang Hohlbein im Goldmann Verlag:

ENWOR

Der wandernde Wald · 23827
Die brennende Stadt (Der Stein der Macht 1) · 23838
Das tote Land (Der Stein der Macht 2) · 23839
Der steinerne Wolf (Der Stein der Macht 3) · 23840
Das schwarze Schiff · 23850
Die Rückkehr der Götter · 23908
Das schweigende Netz · 23909
Der flüsternde Turm · 23910
Das vergessene Heer · 23911
Die verbotenen Inseln · 23912

DAS HERZ DES WALDES

Gwenderon · 23919
Cavin · 23920
Megidda · 23921

In Zusammenarbeit mit Dieter Winkler und Frank Rehfeld:

GARTH UND TORIAN

Die Stadt der schwarzen Krieger · 23877
Die Tochter des Magiers · 23922
Die Katakomben der letzten Nacht · 23923
Die Straße der Ungeheuer · 23924
Die Arena des Todes · 23925
Der Tempel der verbotenen Träume · 23926

FANTASY

WOLFGANG
HOHLBEIN

DER WANDERNDE WALD

ENWOR 1

GOLDMANN VERLAG

Karte und Innenteilillustrationen wurden gezeichnet von Wilhelm Schaberich, Herne

Der Goldmann Verlag
ist ein Unternehmen der Verlagsgruppe Bertelsmann

Made in Germany · 11/89 · 5. Auflage

Umschlagentwurf: Design Team München
Umschlagillustration: R. Morrill / Agentur Schlück
Satz: Mohndruck Graphische Betriebe GmbH, Gütersloh
Druck: Elsnerdruck, Berlin
Verlagsnummer: 23827
Lektorat: Peter Wilfert/CG
Herstellung: Peter Papenbrok/AS
ISBN 3-442-23827-7

WENT
IPCEARN
URCOUN
NACH ELAY
STEILKÜSTE
ÜRGOUN
NEBEL-MEER
WENT
HOGERHÖHLEN
WALD VON CEARN
IPCEARN
STEINTURM
N
NONAKESH WÜSTE
NACH IKNE
S

Meinem Freund Dieter Winkler,
der Enwor erschuf und Skar und
Del zum Leben erweckte

Skar blinzelte müde und fuhr sich mit einer nervösen Geste durch das schweißverklebte Haar. Der Wind trug den Geruch von Staub und Wärme mit sich, und über den Dünen im Westen tanzte der dünne Schlauch einer Windhose über der Wüste, ein schmaler, schattenhafter Strich, der sich in beständiger ungewisser Bewegung befand und sich irgendwo auf halbem Wege zwischen Himmel und Erde verlor. Er schloß die Augen, fuhr sich mit der Zunge über die rissigen, aufgesprungenen Lippen und atmete tief durch. Auf seinen Netzhäuten flimmerten zwei grellrote, schmerzhafte Kreise, hinter denen er immer noch die endlosen braunen Sanddünen zu erkennen glaubte, die sich mit monotoner Gleichförmigkeit bis zum Horizont und darüber hinaus erstreckten. Vielleicht bis ans Ende der Welt.

Es war warm; eine trockene, unangenehme Wärme, die bereits in ganz kurzer Zeit in unerträgliche Hitze übergehen würde. Allein der Gedanke daran ließ ihn innerlich aufstöhnen. Die Sonne war erst vor wenigen Minuten ganz über den Horizont gekrochen, aber ihre Strahlen sengten bereits jetzt unbarmherzig auf das schutzlose Land herunter. Der Wind, der böig und trocken von Westen her über die Wüste fuhr und raschelnd mit Staub und Sandkörnern spielte, brachte keine Linderung, selbst jetzt schon nicht mehr, sondern schien die mörderische Kraft der Sonne eher noch zu verstärken und auch noch das letzte bißchen Flüssigkeit aus Skars hager gewordenem Körper herauszusaugen.

Er seufzte, öffnete die Augen und drehte sich einmal um seine Achse. Aber das Bild war überall gleich, ganz egal, in welche Richtung er blickte. Er wußte nicht mehr, wo Norden war, oder Süden oder Westen. Die Himmelsrichtungen verloren ihre Bedeutung, wenn der Tod überall lauerte, ganz egal, wohin sie sich wandten. Die Wüste begann irgendwo jenseits des Horizonts – jedes Horizonts in jeder beliebigen Richtung –, erstreckte sich eintönig von einem Ende der Welt zum anderen und verschmolz irgendwo in unbestimmbarer Entfernung mit dem Himmel. Wenn er lange genug hinsah, begann das Bild vor seinen Augen zu verschwimmen. Der Blick fand in der eintönigen Landschaft keinen Halt, glitt immer wieder von den runden Buckeln der Sanddünen ab und stürzte in die dunklen Hügeltäler hinab. Das monotone Auf und Nieder der Dünen schien sich zu einem geheimnisvollen Muster zu ordnen: der Körper eines gigantischen, vieltausendfach gegliederten Dinges, auf dessen Rücken sie wie winzige Insekten herumkrabbelten. Beinahe, als würde die Wüste im gleichen Maße selbst zum Leben erwachen, in dem sie das Leben aus ihnen heraussaugte.

Skar schüttelte unwillig den Kopf und begann die Düne hinunterzulaufen. Er ging schräg und langsam, setzte immer bedachtsam den ganzen Fuß auf und verlagerte sein Körpergewicht, ehe er das andere Bein nachzog. Eine Technik, die er bereits am ersten Tag ihrer Wanderung durch diese verdammte Wüste entwickelt hatte. Es gab kaum etwas Unangenehmeres als einen Sturz in diesen staubfeinen, trockenen Sand. Noch nach Tagen hatte man das staubige Zeug in Mund und Nase.

Del sah müde auf, als Skar neben ihm anlangte. »Nun?«

Skar hakte die Daumen hinter den Gürtel und wippte sanft auf den Fußballen. Die Geste spielte Del eine Gelassenheit vor, die er schon lange nicht mehr verspürte. »Nichts.«

Das Flackern in Dels Augen verstärkte sich unmerklich. Natürlich hatte er gewußt, wie Skars Antwort ausfallen würde. Aber genau wie Skar selbst klammerte er sich an die immer kleiner werdende Hoffnung, daß die Wüste vielleicht doch hinter dem nächsten Hügel endete, daß das monotone, gelbbraune Einerlei irgendwo aufhörte, ganz egal wo und ganz egal, was dahinter wartete.

»Bist du sicher, daß wir die Richtung nicht verfehlt haben?« fragte er nach einer Weile.

Skar zuckte nur stumm die Achseln und ging zu den Pferden hinüber. Die Tiere sahen ihm aus trüben, entzündeten Augen entgegen und schnaubten matt, als er näher kam. Es waren kleine, struppige Steppenponys, die mit ihren langen Mähnen und dem wolligen, fettgetränkten Fell viel besser für ein Überleben in den

Eiswüsten des Nordens geeignet waren als für einen Marsch durch die Sandwüste. Sie mußten unter der mörderischen Hitze noch mehr leiden als ihre Reiter. Aber die beiden Satai konnten ihren Schmerz und ihre Verzweiflung wenigstens noch hinausschreien.

Skar tätschelte müde die Nüstern seines Tieres und flüsterte ihm leise, beruhigende Worte zu. Das Pferd wieherte schwach und scharrte mit den Vorderhufen im Sand, fast als hätte es verstanden, was sein Herr gesagt hatte.

»Wir müssen weiter«, murmelte er, ohne sich umzudrehen. »In ein paar Stunden ist es zu heiß zum Reiten.«

Er hörte, wie Del umständlich aufstand und sein Sattelzeug zusammensuchte. Skar hatte sein eigenes Tier schon vor Stunden gesattelt, lange bevor die Sonne aufgegangen war und mit ihrer unbarmherzigen Glast jede noch so kleine Bewegung zur Qual werden ließ. Wahrscheinlich wäre er jetzt gar nicht mehr fähig gewesen, den schweren Sattel vom Boden hochzuwuchten und auf den Rücken des Pferdes zu stemmen. Er hatte in dieser Nacht - wie in den Nächten zuvor - kaum geschlafen. Obwohl er seinem Körper das Letzte abverlangt hatte, verspürte er noch immer die gleiche Unruhe und Rastlosigkeit wie am ersten Tag. Jeder einzelne seiner schmerzenden Muskeln schrie nach Ruhe, aber sein Geist weigerte sich, dem Körper dieses Bedürfnis zu erfüllen. Selbst die wenigen Stunden, die er wirklich geschlafen hatte, waren von Alpträumen und Visionen geplagt gewesen, und er war müder und zerschlagener aufgewacht, als er sich hingelegt hatte. Auch in dieser Nacht war es nicht anders gewesen. Stundenlang hatte er auf dem Hügelkamm über dem Lager gehockt und Wache gehalten. Niemand wäre so wahnsinnig, sie bis hierher zu verfolgen. Nicht einmal die Quorrl. Das letzte Mal, daß sie ihre Spur in Form einer riesigen, trägen Staubwolke über dem Horizont gesehen hatten, war vor drei Tagen gewesen.

Er lehnte sich gegen die struppige Flanke des Tieres, tastete mit der Linken nach der Mähne und krallte sich hinein, um nicht zusammenzubrechen. Natürlich würde das nicht wirklich geschehen - zwischen ihm und dem Moment, in dem seine Beine das Gewicht des Körpers nicht mehr zu tragen imstande waren, lag immer noch Zeit. Aber es war nur noch reine Willenskraft, Konzentration, die er auch bei den einfachsten Handlungen aufbringen mußte. Und er spürte auch, wie das Reservoir an Kraft in seinem Inneren mit jedem Atemzug, den er sich abquälte, mehr zusammenschrumpfte.

Neben ihm quälte sich Del mit dem Sattelzeug ab. Seine Brust hob und senkte sich in schnellen Stößen, und sein Gesicht glänzte vor Schweiß. Er keuchte. Eigentlich wäre es Skars Pflicht gewesen, ihm zu helfen, aber selbst dazu fehlte ihm die Kraft. Dabei war jetzt, kurz nach Sonnenaufgang, noch die kühlste Zeit des Tages. Später würde selbst das Atemholen zu einer Tortur werden.

Müde beobachtete er, wie Del den Sattel aus steinhartem Leder hochstemmte. Das Gesicht des jungen Satai wirkte grau und eingefallen. Die Haut spannte sich trocken wie rissiges Pergament über den hervorstehenden Wangenknochen. Seine Augen wirkten eitrig und entzündet, und der Mund war zu einem dünnen, blutleeren Strich zusammengeschrumpft, der in der grauen Fläche des Gesichts wie eine schwärende Narbe aussah. Skar hätte nie geglaubt, daß ein Mann in wenigen Tagen um Jahrzehnte altern konnte, aber Del war der lebende Beweis dafür. Aber wahrscheinlich, dachte er, bot er selbst auch keinen wesentlich reizvolleren Anblick.

»Reiten wir los?«

Del nickte kraftlos, griff nach dem Zügel und zog sich umständlich in den Sattel. Das Pony ächzte hörbar unter dem zusätzlichen Gewicht. Aber es reagierte gehorsam auf den Druck von Dels Schenkeln und trabte los. Skar folgte ihm in geringem Abstand.

Unter den Hufen der Pferde wirbelte trockener brauner Sand auf, während sie dem Ende des Hügeltales entgegentrabten. Am ersten Tag waren sie geradewegs nach Osten geritten, aber es hatte sich als zu kräftezehrend erwiesen, die manchmal mehr als hundert Manneslängen hohen Sanddünen zu erklimmen, nur um auf der anderen Seite wieder hinunterzureiten. Seither folgten sie einem willkürlich gewundenen Kurs, der sie von einem Hügeltal ins andere führte. Hinter dem braunen Buckel der Düne würde eine weitere warten, eine weitere, rotbraun gemusterte Senke, vielleicht ein wenig länger und breiter als diese, vielleicht auch kürzer, tiefer. Aber im Grunde glichen sie sich eine wie die andere. Hinter dieser würde die nächste warten, dann wieder eine, wieder. Endlos. Sie ritten seit fünf Tagen durch eine Hölle aus hitzeflirrender Luft und halbflüssigem Sand, aber Skar hatte das Gefühl, schon seit Jahren, Jahrhunderten durch die endlose Monotonie der Sanddünen zu traben. Hätte ihm jemand erzählt, daß sich diese gottverdammte Einöde bis ans Ende der Welt erstreckte, er hätte es geglaubt.

Eigentlich war es ein Wunder, daß sie überhaupt noch am Leben waren. Sie hatten vor zwei Tagen das letzte Mal getrunken, und ihre Körper verbrauchten in dieser höllischen Umgebung in zwei Stunden mehr Flüssigkeit als sonst in zwei Tagen. Aber die wenigen kostbaren Tropfen, die noch in ihren Wasserschläuchen schwappten, mußten für die Pferde zurückgehalten werden. Die Tiere waren ihre einzige Hoffnung. Sie gaben seit Tagen mehr, als ihre Körper zu leisten vermochten, und wenn auch nur eines von ihnen aufgab, kam dies einem Todesurteil für den Rest der Gruppe gleich.

Todesurteil... Hätte er noch die Kraft dazu gehabt, hätte er laut aufgelacht. Ihr Todesurteil war längst gefällt. Sie hatten es nur noch nicht gemerkt. Das Schicksal hatte den Stab über sie schon vor fünf Tagen gebrochen, in genau dem Augenblick, in dem sie auf die Quorrl-Banditen gestoßen waren. Vielleicht nicht einmal ganz zu Unrecht. Del und er hatten sich zu sicher gefühlt. Sie hatten sich zu sehr auf ihre Unantastbarkeit verlassen und alle Warnungen in den Wind geschlagen, ein Leichtsinn, der einem malabesischen Krämer zu Gesicht gestanden hätte, aber nicht einem Satai. Sie hätten wissen müssen, daß Quorrl weder vor ihren schwarzen Lederharnischen noch vor den sternförmigen Talismanen an ihren Stirnbändern Respekt hatten. Quorrl respektierten grundsätzlich nur eine Sprache:

Gewalt.

Aber der Gedanke an den grausamen Blutzoll, den sie den Wegelagerern abverlangt hatten, dämpfte seinen Zorn kaum. Als sie geflohen waren, hatte mehr als ein Dutzend der Graugeschuppten tot oder sterbend am Boden gelegen.

Dels Pferd stolperte, knickte in den Vorderläufen ein und wieherte kläglich. Es versuchte sich aufzurichten, knickte erneut ein und stampfte ängstlich mit den Hinterbeinen. Seine Flanken zitterten.

Skar drängte sein Tier neben das Dels, griff nach den Zügeln und riß mit aller Kraft an den dünnen Lederriemen. Das Pferd kreischte vor Schmerz, als die stählernen Zähne der Trense in sein empfindliches Maul bissen. Aber der Schmerz trieb es hoch.

Del hob müde den Kopf. »Danke.«

»Schon gut. Lad mich in der nächsten Taverne auf einen Krug Wein ein, dann sind wir quitt.«

Del schien etwas darauf erwidern zu wollen, beließ es dann aber bei einem stummen Nicken und ritt weiter.

Skar sah ihm kopfschüttelnd nach. Er hatte längst aufgehört, sich zu fragen, woher Del die Kraft nahm, immer noch weiterzumachen. Im Grunde hatte er gar kein Recht mehr, überhaupt noch zu leben, geschweige denn sich im Sattel zu halten und sich Meile um Meile vorwärtszuquälen. Die Wunde an seiner Schulter war wieder aufgebrochen und blutete; nicht stark, aber beständig, ein dünner, rieselnder Strom, mit dem das Leben unbarmherzig aus seinem Körper herausrann. Der ehemals weiße Verband über seiner Schulter hatte sich in einen schmierigen Lappen verwandelt, ein fleckiges Muster aus Rot und Braun und Schwarz und dunklem, eitrigem Gelb. Und er hatte genau wie Skar vor zwei Tagen den letzten Schluck Wasser gehabt. Der junge Satai hing mehr auf dem Rücken seines Tieres als er saß. Er hockte vornübergebeugt im Sattel, stützte sein Körpergewicht auf den Pferdehals und klammerte sich mit letzter Kraft an der struppigen Mähne fest; mehr Reflex als bewußtes Handeln. Und trotzdem gab er nicht auf.

Skars Blick löste sich von der müden Gestalt und glitt wieder über die einförmigen braunen Hügel. Er schüttelte den Kopf, fuhr sich mit der Zunge über die Lippen und trieb sein Tier zu schnellerer Gangart an, um an Dels Seite zu gelangen. Heute war der letzte Tag, das spürte er. Wenn sie heute kein Wasser fanden, war es aus. Sie waren tiefer in die Nonakesh vorgedrungen als je ein

Mensch vor ihnen. Tiefer jedenfalls als jeder, der zurückgekommen war.

Nonakesh ... Skar wiederholte das Wort ein paarmal in Gedanken, aber es gelang ihm nicht, den düsteren, unheilschwangeren Unterton daraus zu verbannen. Der Begriff stammte aus der Quorrl-Sprache, und es war ein Wort, für das es im Grunde keine befriedigende Übersetzung gab. Weg ohne Umkehr, Pfad der Toten - irgend etwas in dieser Art, glaubte Skar, obgleich er sich nicht sicher war. Wenn er recht hatte, war dies ein Name, der nur zu zutreffend war.

Er versuchte sich in Erinnerung zu rufen, was er über diese Wüste wußte. Es war nicht viel. Auf den wenigen, ungenauen Karten, die es über diesen Teil der Welt gab, war sie manchmal gar nicht, manchmal am falschen Ort oder zu klein oder zu groß eingezeichnet. Nicht einmal ihre genaue Ausdehnung war bekannt. Man wußte, wo sie begann, wo die kargen braunen Steinebenen Tuans in das wellige Ocker der Sanddünen übergingen, aber anscheinend war noch niemand weit genug gekommen, um zu berichten, wo sie endete und was dahinter lag. Vielleicht nichts. Eine unwegsame Steilküste, hinter der das Nebelmeer begann. Vielleicht führte diese hitzezerkochte Einöde geradewegs in die Hölle, und vielleicht würde es ihr Ende nur hinauszögern, selbst wenn ein Wunder geschah und sie Wasser fanden. Mit jeder Meile, die sie zurücklegten, jedem Schritt, zu dem die ausgelaugten Pferde ihre Beine zwangen, erschien Skar ihr Tun sinnloser. Aber er würde nicht aufgeben. Nicht bevor Del aufgab. Das war er ihm schuldig.

Sie waren eine halbe Stunde geritten, als Dels Pferd abermals strauchelte. Skar griff gedankenschnell zu, aber diesmal kam seine Reaktion um eine Winzigkeit zu spät. Das Pferd stolperte, machte einen ungeschickten Versuch, sein Gleichgewicht wiederzufinden, und fiel mit einem schmerzhaften Schnauben auf die Knie. Del verlor die Balance, rutschte aus dem Sattel und fiel schwer in den Sand.

Skar sprang von seinem Tier und kniete neben dem jungen Satai nieder. Del stöhnte; ein krächzender, qualvoller Laut, der Skar unter anderen Umständen das Blut in den Adern hätte gerinnen lassen. Vorsichtig hob er Dels Kopf an, bettete ihn in seinem Schoß und griff mit der Linken nach dem Wasserschlauch. Der Vorrat war auf einen kärglichen Rest zusammengeschrumpft, kaum genug, den Schlauch sichtlich auszubeulen. Er hantierte eine Zeitlang ungeschickt am Verschluß, beugte sich dann herab und träufelte Del behutsam einen Teil der kostbaren Flüssigkeit auf die Lippen.

Dels Gesicht zuckte. Seine Zunge – rot, trocken und unförmig aufgequollen, fuhr gierig über die Lippen und leckte nach dem schalen, übelriechenden Naß. Skar zögerte einen Herzschlag lang, hob dann mit einem fatalistischen Seufzer die Achseln und goß den Rest ihres Wasservorrates in den Mund; wenige, jämmerliche Tropfen, nicht einmal genug, seinen ausgetrockneten Rachen zu benetzen, eine Ahnung von Wasser, das kaum seine Kehle erreichte. Sie waren tot, so oder so. Die Pferde würden sie keine fünf Meilen mehr tragen können, ganz egal ob mit oder ohne Wasser.

Del stöhnte, schlug die Augen auf und tastete blind umher. Dann klärte sich sein Blick. »Was ...«, krächzte er. »Das Wasser ... Du ...«

Skar brachte ihn mit einer Handbewegung zum Schweigen. »Laß gut sein, Kleiner. Die paar Tropfen hätten uns sowieso nicht geholfen. Und du hast es gebraucht.« Er legte den leeren Schlauch neben sich in den Sand und seufzte: »Wir sind erledigt, alter Junge. Endgültig.«

Er wunderte sich beinahe selbst über die Ruhe, mit der er die Worte aussprach. Es war kein Bedauern in seiner Stimme, kein Zorn ... Nichts. Eine kalte, sachliche Feststellung.

Del lachte leise. »Ich dachte schon, du würdest es nie zugeben. Ich weiß es schon seit Tagen. Schon, als wir in diese gottverdammte Wüste hineingeritten sind.« Er versuchte hochzukommen, glitt im lockeren Sand aus und blieb mit einem gemurmelten Fluch liegen.

»Erinnerst du dich an das Mumienheer?« fragte er leise.

Skar nickte. Sie hatten die schweigende, tote Armee am zweiten Abend ihrer verzweifelten Flucht gefunden – Hunderte, vielleicht Tausende von kleinen, mumifizierten Leichen, vielleicht schon vor Jahrhunderten von der mörderischen roten Sonne verkohlt und gleichzeitig konserviert. Männer in zerschrammten, goldenen Panzern und eigenartigen Helmen. Eine Armee, eine ganze Armee mit unzähligen Soldaten und Tieren war hier in den Tod gegangen. Und sie bildeten sich ein, die Wüste besiegen zu können!

»Wir hätten umkehren müssen«, sagte Del. »Jeder Narr hätte die Warnung verstanden, Skar. Jeder. Nur wir nicht. Wir . . . hätten umkehren müssen!«

»Das konnten wir nicht«, widersprach Skar lustlos. »Die Quorrl . . .«

»Die Quorrl!« Del fuhr hoch. »Ich hätte den Tod unter einer Quorrl-Klinge dem hier vorgezogen!«

Plötzlich, von einer Sekunde auf die andere, stieg eine kaum zu beherrschende, irrationale Wut in Skar auf. »Dann kehr doch um!« brüllte er. »Lauf doch zu deinen Quorrl! Sie warten sicher noch auf dich!« Er sprang auf, wandte sich brüsk um und lief mit schnellen Schritten die gegenüberliegende Düne empor. Auf halbem Wege blieb er stehen, ballte die Fäuste und zwang sich, so lange reglos stehenzubleiben, bis sie aufgehört hatten zu zittern.

Es hatte keinen Sinn, wenn er mit Del stritt. Ihrer beider Gereiztheit entsprang ihrer Erschöpfung und der Verzweiflung, die sich wie eine schleichende Krankheit in ihnen breitgemacht hatte. Es war zwecklos, wenn sie ihre letzten Kraftreserven in einer Auseinandersetzung verpulverten, die jeder logischen Grundlage entbehrte.

Er schloß die Augen, ließ sich langsam auf die Knie sinken und grub die Hände tief in den heißen Sand. Der feine, braunweiße Staub schwappte träge an seinen Beinen empor und hüllte ihn in einen Mantel warmer, trügerischer Entspannung, und in seinem Kopf machte sich plötzlich die irrsinnige Vorstellung breit, daß all dieser Sand nichts als Wasser war, Wasser, das durch einen Fluch oder einen bösen Zauberspruch zu braunen, bewegungslosen Wellen erstarrt war. Daß er sich nur vorzubeugen und einen Mundvoll davon zu schmelzen brauchte, um seine nach Wasser schreiende Kehle zu kühlen.

Skar ertappte sich plötzlich dabei, wie er die Finger tief in den lockeren Sand grub und sich vorbeugte, den Mund zu einem stummen Schrei aufgerissen.

Nein. Soweit war es noch nicht.

Aber es würde dazu kommen. Bald.

Sehr bald.

Er setzte sich auf, blinzelte in den grellen Feuerball der Sonne und senkte dann den Blick. Vor seinen Augen tanzten rote, flakkernde Kreise mit verschwommenen Rändern, schmerzende Feuerräder, die sich tief in seine Netzhäute brannten und Löcher in seine Seele gruben. Er stöhnte leise, schloß die Augen und fuhr sich mit der Zunge über den Gaumen.

Wie lange war es her, daß er das letztemal getrunken, richtig getrunken hatte? Er versuchte, sich zurückzuerinnern, sich die kleine, verräucherte Biertaverne in Besh-Ikne in allen Einzelheiten vorzustellen. Es gelang ihm, aber das Bild war seltsam irreal und verzerrt. Die Wände schienen ihm flach und ohne greifbare Konturen, und die Menschen davor hatten keine Gesichter. Und die Krüge, aus denen sie schäumendes kaltes Bier getrunken hatten, waren jetzt voller Sand. Feiner, weißer, staubtrockener Sand. Er versuchte das Bild abzuschütteln, aber er war plötzlich in dem Gespinst aus mühsam erweckten Erinnerungen verstrickt und gefangen wie in einem Alptraum, in dem man auch genau weiß, daß man träumt, ohne daß einem dieses Wissen im mindesten dabei helfen würde, aufzuwachen.

Damals hätten sie noch zurückgekonnt. Sie hatten gewußt, wie gefährlich die Reise war. Und nicht nur das. Sie waren gewarnt worden. Er versuchte, sich das Gesicht des malabesischen Händlers vorzustellen, aber auch das ging nicht. Es blieb ein weißes, konturloses Oval zuckender Haut, eingerahmt von grauem Haar und den Strähnen eines ungepflegten Bartes.

»Ihr wollt nach Elay?« hatte er gefragt, nachdem er sich unaufgefordert zu ihnen gesetzt und die Bedienung nach einem frischen Krug Bier geschickt hatte.

Skar hatte Del einen Herzschlag lang fragend angesehen und dann genickt. Ihr Reiseziel mochte ungewöhnlich sein, schon für normale Bürger des Königreiches Besh-Ikne und erst recht für Satai, aber es war deshalb kein Geheimnis. Außerdem mochte der

Alte so manches Interessante wissen. Malabesen waren dafür bekannt, viel herumzukommen und stets die neuesten Gerüchte und Nachrichten auf Lager zu haben.

»Ihr seid Satai, nicht?« war der Alte leutselig fortgefahren. »Gibt es Arbeit für Satai in Elay?«

Skar hatte gegrinst. Der Gedanke, daß ausgerechnet die Ehrwürdigen Frauen um Hilfe bei den Satai nachsuchen sollten, erschien ihm lächerlich. »Arbeit nicht«, hatte er zurückgegeben, »aber vielleicht Vergnügen.«

»Ein Vergnügen, das gut bezahlt wird, wie ich vermute.«

»Und wenn? Schließlich ist es ein weiter Weg bis Elay. Man überlegt sich gut, einen solchen Ritt zu riskieren, wenn nichts dabei herausspringt. Allerdings, wenn uns eine Aufgabe reizt . . .« Er hatte andeutungsweise die Schultern gehoben, nach dem Krug gegriffen und einen Schluck Bier genommen. Es schmeckte süß, harzig und gut. »Du kannst ja mitkommen, Alter«, hatte er in scherzhaftem Ton hinzugefügt, nachdem er den Krug geleert und sich mit dem Handrücken ein paar Schaumflocken von den Lippen gewischt hatte. »Ein Geschichtenerzähler würde uns sicher den Weg verkürzen.«

Der Alte hatte Skar einen Moment lang ernst angestarrt und dann den Kopf geschüttelt. »Der Weg wird euch auch so nicht lang werden.«

»Wie meinst du das?«

»Welche Route gedenkt ihr zu nehmen?« hatte der Alte anstelle einer direkten Antwort zurückgegeben.

»Die übliche. Zuerst hinauf nach Besh, dann durch das Weltende, Gargan . . . ich kenne keine andere Route. Gibt es eine?«

»Den Besh entlang, durch die Sümpfe, und dann . . .«

»Aber das würde bedeuten, die Schattenberge zu umrunden«, war ihm Del ins Wort gefallen. »Das ist ein Umweg von Wochen!«

»Wochen, die ihr vielleicht länger lebt. Die Ebenen von Tuan sind in letzter Zeit nicht mehr sicher. Man erzählt sich, die Quorrl wären auf Raubzug. Ich an eurer Stelle wäre vorsichtiger bei der Wahl meiner Route. Ihr wäret nicht die ersten Reisenden, die spurlos verschwinden.«

Del hatte gegrinst und bezeichnend mit der flachen Hand auf

den ledernen Waffengürtel geschlagen. »Wir sind Satai, Alter, keine dickbäuchigen Händler. Und auch keine unbedarften Reisenden. Die Fischgesichter werden sich wundern, wenn sie glauben, leichtes Spiel mit uns zu haben.«

Skar hatte den Kopf geschüttelt und Del einen strengen Blick zugeworfen, aber der junge Satai hatte nur noch breiter gegrinst. Die Aussicht auf die Reise, auf Abenteuer, die endlich einmal Abwechslung in ihr eintönig gewordenes Leben als Arenakämpfer zu bringen versprachen, hatte seine Laune gehoben, und das reichlich fließende Bier tat ein übriges.

»Unterschätzt die Quorrl nicht«, hatte der Alte nach einer Weile gesagt, den Blick starr auf Skar gerichtet. Offensichtlich war ihm das stumme Zwiegespräch zwischen den beiden Satai nicht entgangen. »Es mag sein, daß ihr hier in Ikne wenig von ihnen hört, aber weiter im Norden fürchtet man sie. Mit Recht, wie ich meine.«

»Wir werden schon aufpassen«, hatte Del leichthin erwidert. »Erzähl uns lieber eine Geschichte, Alter. Warte – ich spendiere dir noch einen Krug Bier. Eine feuchte Kehle redet besser.« Er hatte den Wirt herangewinkt, auf seinen leeren Krug gedeutet und drei Finger gehoben, eine Geste, die nicht nur hier in Ikne verstanden wurde. »Wenn ihr euch schon nicht davon abbringen laßt, so zieht wenigstens direkt über die Ebenen von Tuan. Die Quorrl sind ein abergläubisches Pack. Sie fürchten die Gesichter von Combat, die dort angeblich herumspuken sollen.« Er hatte sich vorgebeugt, den Zeigefinger in einen Bierfleck getaucht und eine lange, feuchte Linie auf die Tischplatte gemalt. »Die Ebenen von Tuan«, hatte er bedeutungsvoll erklärt. »Und hier« – ein erneutes Eintunken und ein langgestrecktes Dreieck gegenüber der ersten Linie – »die Nonakesh-Wüste.«

»Genau dort ziehen wir entlang. Der kürzeste Weg.«

»Und der gefährlichste. Ihre Randgebiete wimmeln von Quorrl und anderen Halsabschneidern. Ich würde mir fünfmal überlegen, dort entlangzuziehen.«

Skar hatte gegen seinen Willen lächeln müssen. »Deshalb bist du wohl auch Händler geworden und nicht Satai.« Er hatte sich vorgebeugt und neugierig auf die Spitze des Dreiecks gedeutet, das der Alte gezeichnet hatte. »Diese Wüste«, sagte er nachdenklich, »kann man den Weg abkürzen, indem man hindurchreitet?«

Der Alte hatte scharf die Luft eingesogen. »Unmöglich! Die Nonakesh ist keine gewöhnliche Wüste. Wer so etwas vorschlägt, muß verrückt sein!« Er hatte bekräftigend den Kopf geschüttelt und den Krug dann mit einem Ruck auf die Tischplatte zurückgestellt. Ein paar Tropfen Bier waren über den Rand gespritzt und hatten seine provisorische Landkarte verschmiert.

»Was wollt ihr überhaupt in Elay?«

Del hatte ruckartig aufgesehen. Das Lächeln war von seinen Zügen verschwunden und hatte einer Miene angespannten Mißtrauens Platz gemacht. »Du bist neugierig, Alter.«

»Eine Hand wäscht die andere. Ich habe euch Informationen gegeben, und . . .«

»Nutzlose Informationen!«

»Das ist euer Problem. Es ist nicht mein Hals, der durchgeschnitten wird. Ich habe euch jedenfalls gewarnt.« Die beiden letzten Worte hatten ein wenig schärfer geklungen, nur eine Spur, aber hörbar, und Skar hatte an der Reaktion auf Dels Gesicht gesehen, daß der Jüngere den veränderten Tonfall ebenfalls registriert hatte.

»Das Tribaronat von Kohon stellt ein Söldnerheer auf«, hatte er hastig gesagt, bevor Del vollends Streit mit dem Alten beginnen konnte. »Wir haben davon gehört und wollen sehen, ob nicht irgendwo ein Offizierspatent für uns drin ist.«

»Ihr gebt euch nur mit dem Besten zufrieden, wie?«

»Warum auch nicht? Der Rang eines Gemeinen mag für die unzähligen dahergelaufenen Raufbolde gut sein, die sicherlich mit uns eintreffen. Kohon zahlt gut. Und schließlich sind wir Satai, und wenn ich auch keine Ahnung habe, gegen wen wir ziehen . . .«

»Aber ich«, hatte ihn der Alte ruhig unterbrochen.

Skar war hellhörig geworden, hatte aber nichts gesagt. Schweigen war manchmal der bessere Weg, jemanden zum Reden zu bringen.

»Es geht um die Quorrl«, hatte der Malabese nach einer Weile gesagt und dann, mit einem halb mitleidigen, halb spöttischen Lächeln hinzugefügt: »Ihr seht also, ihr werdet auf jeden Fall mit ihnen zu tun haben. Habt ihr von der großen Dürre im letzten Sommer gehört?«

Skar hatte begonnen, mit seinem Krug zu spielen, als interessiere ihn das Thema nur mäßig. »Ein wenig.«

»Es war schlimm. Ich war selbst nicht oben, aber ich habe vieles gehört. Die schlimmste Trockenheit seit Jahrzehnten. Viele sind verhungert, weil die Ernten auf den Feldern verbrannt sind, und noch mehr werden verhungern, wenn der Winter kommt.«

»Und was haben wir damit zu schaffen? Elay ist weit.«

»Ihr nichts. Aber die Quorrl. Aber . . .« Er hatte abgebrochen und gedankenverloren mit seinem leeren Krug gespielt, bis Skar seufzend eine neue Runde bestellte. »Sie haben sich zusammengerottet«, hatte er dann mit neu erwachter Redseligkeit hinzugefügt. »Zuerst waren es nur kleine Banden, die durch das Land zogen und Reisende oder wehrlose Dörfer überfielen. Aber als die Dürre schlimmer wurde, war bald bei den Bauern nichts mehr zu holen. Der Not gehorchend, rotteten sich die Quorrl mehr und mehr zusammen. Jetzt sind auch die befestigten Städte nicht mehr sicher. Das Tribaronat befürchtet wohl einen direkten Angriff auf Kohon. Man will der Gefahr zuvorkommen.«

Skar hatte sekundenlang geschwiegen. Was der Alte erzählte, gefiel ihm nicht. Er hatte nie etwas gegen eines der drei Herzogshäuser Kohons gehabt, aber er hatte auch nicht besonders viel für sie übrig. Es war eine Sache, einem in Not geratenen Herzog gegen einen übermächtigen Feind beizustehen oder den Belagerungsring um eine Stadt zu sprengen, aber der Gedanke an einen gewissermaßen vorweggenommenen Rachezug, einen Krieg, der nur auf die Gefahr hin geführt wurde, daß ein Angriff eines Tages stattfinden *könnte,* behagte ihm nicht.

»Woher weißt du das alles?« hatte er schließlich gefragt.

»Man hört so dies und jenes. Außerdem . . . was erregst du dich so? Ihr Satai verdient doch euer Brot mit dem Kriegshandwerk.«

»Aber wir kämpfen nicht gegen Strauchdiebe!« hatte Del gereizt eingeworfen.

»Ihr solltet die Quorrl nicht unterschätzen. Habt ihr schon einmal einen gesehen?«

»Natürlich«, hatte Del mit der ihm eigenen Großspurigkeit erklärt. »Sie sind keine Gegner. Sie mögen stark sein, doch Stärke allein nützt nichts. Sie sind plump. Plump und langsam. Außerdem sind sie feige.«

»Sonst fällt dir nichts ein?« Der Alte hatte Del beinahe mitleidig angesehen und dann achselzuckend seinen Krug geleert. »Ihr werdet es erleben«, hatte er gesagt. »Aber ganz gleich, wie ihr euch entscheidet, hört auf meinen Rat und meidet die Nonakesh!«

Dels Aufschrei riß Skar abrupt in die Wirklichkeit zurück.

Er fuhr auf und sah sich einen Moment lang erschrocken um. Del hatte sich auf den Bauch gewälzt und grub mit bloßen Händen im Boden. Sein Gesicht hatte eine hektische rote Färbung angenommen, und in seinen Augen flackerte der beginnende Wahnsinn.

»Wasser!« keuchte er. »Wasser! Hilf mir, Skar! Hilf mir!«

Skar lief mit raschen Schritten die Düne hinunter und betrachtete verwirrt Dels Treiben. Der Junge grub wie ein Wahnsinniger. Das Delirium mußte noch einmal alle Kraftreserven in ihm mobilisiert haben.

»Hilf mir!« keuchte er noch einmal. Seine Stimme klang verzerrt und kaum mehr wie die eines Menschen.

Skar zögerte immer noch. Mit einemmal fühlte er sich furchtbar hilflos und verloren.

»Du sollst mir helfen!« Del fuhr plötzlich herum, richtete sich mit einem Ruck auf und riß Skar brutal zu sich herunter.

»Du . . . du willst mich umbringen!« keuchte er. »Du siehst, daß ich Wasser gefunden habe, aber du hilfst mir nicht! Ich weiß, warum du das tust! Du willst warten, bis ich erschöpft bin, und mich dann umbringen! Du denkst, du kannst das Wasser dann ganz für dich allein behalten!«

Skar griff nach Dels Handgelenken und versuchte, seinen Griff zu sprengen. Aber Del entwickelte ungeheure Kräfte. Seine Finger preßten sich wie Stahlklammern um Skars Hals und drückten unbarmherzig zu.

Skar keuchte. Er bekam keine Luft mehr. Sein Herz begann wild und protestierend zu hämmern, und vor seinen Augen flimmerten bunte Kreise. Er zerrte verzweifelt an Dels Armen, aber seine Anstrengung schien den tödlichen Würgegriff eher noch zu verstärken. Schließlich warf er sich mit einer verzweifelten Bewegung zurück und schlug Del gleichzeitig die gefalteten Fäuste ins Gesicht.

Dels Kopf flog in den Nacken. Der tödliche Griff lockerte sich. Seine Finger glitten haltlos an Skars Harnisch hinab und verkrallten sich in seinen Gürtel.

Skar schlug noch einmal zu, nicht so hart diesmal, aber dafür gezielt. Seine Handkante traf Del genau hinter dem Ohr. Der junge Satai stieß einen kläglichen Seufzer aus, verdrehte die Augen und sackte bewußtlos zusammen.

Skar blieb minutenlang schweratmend hocken und massierte seinen schmerzenden Hals. Es hätte nicht viel gefehlt, und Del hätte ihm das Genick gebrochen.

Dabei konnte er ihm nicht einmal einen Vorwurf machen. Er war es, der die Situation falsch eingeschätzt hatte. Er hätte früher erkennen müssen, in welchem Zustand Del war. Schon seine Verwundung hätte ausgereicht, einen weniger zähen Mann in wenigen Stunden umzubringen. Der mörderische Marsch, die Hitze und der Durst hatten ein übriges getan.

Delirium, dachte er. Die wenigen Tropfen Wasser hatten den Zusammenbruch nicht mehr aufhalten können. Vielleicht hatten sie ihn sogar noch beschleunigt.

Skar stand auf; wohl ein wenig zu schnell. Für einen Moment begannen sich die Wüste, der Himmel und die flirrende Sonne um ihn zu drehen. Er schwankte, griff haltsuchend in die leere Luft und fing sich im letzten Moment wieder. Die Schleier vor seinen Augen zerrissen, und das Schwindelgefühl verschwand genauso rasch, wie es gekommen war. Aber er machte sich nichts vor – es würde nicht mehr sehr lange dauern, bis er selbst auf dem Bauch liegen und mit bloßen Finger nach Wasser graben würde, obwohl er genau wußte, daß keines da war. Und dann würde es nicht mehr sehr viel länger dauern, bis er sich den trockenen, erstickenden Staub mit beiden Händen in den Mund schieben und genüßlich schmatzen würde. Vielleicht wäre das sogar die einfachste Lösung, dachte er. Sich ausstrecken, das Gesicht tief in den Sand wühlen und einatmen. Kein angenehmer Tod, aber ein schneller.

Aber dazu war immer noch Zeit. Es war nicht das erste Mal,

daß er und Del in einer aussichtslosen Lage waren.

Aber es ist das erste Mal, daß sie wirklich aussichtslos ist, wisperte eine Stimme in seinen Gedanken. *Bisher war sie immer nur scheinbar aussichtslos. Diesmal ist sie es wirklich.*

Skar versuchte, das einschmeichelnde, sanfte Flüstern hinter seiner Stirn zu ignorieren, aber es ging nicht.

Ihr seid erledigt, fuhr die Stimme fort, und ein leiser Unterton von Spott, als amüsiere sie sich im stillen über seine Bemühungen, sie zum Schweigen zu bringen, schien darin mitzuschwingen, *sieh das endlich ein. Gib auf. Leg dich hin und schließ die Augen und warte auf das Ende. Es ist einfach. Leicht. Du brauchst nur einzuschlafen. Du wirst sehen, es geht schnell.*

Irgendwann, in nicht mehr allzuferner Zukunft würde er auf diese Stimme hören. Vielleicht heute schon.

Aber noch war es nicht soweit. Solange noch ein kleines bißchen Kraft in ihm war, würde er weiterkämpfen. Wenigstens so lange, wie Del noch lebte.

Erneut betrachtete er Dels reglos ausgestreckten Körper. Er wirkte, trotz allem, immer noch beeindruckend und furchteinflößend. Die Wüste hatte ihn ausgedörrt und verbrannt, aber sie vermochte die Aura von jugendlicher Kraft und Energie, die Del umgab, nicht ganz auszulöschen. Er spürte die Druckstellen, die Dels Finger auf seinem Hals hinterlassen hatten, immer noch. Del war stark, unglaublich stark, selbst jetzt noch und selbst für einen Mann seiner Statur. Eigentlich hatte Skar immer wie selbstverständlich angenommen, daß er als erster sterben würde. Del und er hatten Schulter an Schulter so manchen Kampf ausgefochten. Die meisten hatten sie gewonnen, ein paar verloren, und einige wenige waren unentschieden ausgegangen. Aber es war immer für sie beide klar gewesen, daß er, Skar, der Ältere, Erfahrenere, eines Tages nicht mehr mit Dels ungestümer Kraft würde mithalten können, obwohl sie in all den Jahren niemals über dieses Thema geredet hatten. Er hatte Del alles beigebracht, was er wußte. Jede Technik, jedes bißchen Erfahrung und Wissen. Jeden Trick, der erlaubt war, und auch einige, die nicht erlaubt waren. Langsam, Stück für Stück und mit der Geduld eines Mannes, der durch eigene schmerzhafte Erfahrung hatte lernen müssen, daß Geduld und nichts als Geduld zum Ziel führen konnte, hatte er Del zu einem Spezialisten in der einzigen Kunst gemacht, die auf dieser Welt von wirklicher Bedeutung war: Überleben. Und Del hatte sich vom ungestümen Raufbold erst zum Schüler, dann zum Kämpfer entwickelt, war vom Kind zum Mann und schließlich zum Satai geworden. Er war jung, ungeduldig und selbst jetzt noch manchmal bis über die Grenzen des Leichtsinnes hinaus draufgängerisch, aber er hatte etwas, das all diese Mängel mehr als wettmachte: seine Jugend. Und wenn Skar sich an jenen letzten Kampf vor fünf Tagen zurückerinnerte, dann war es Del gewesen, der letztlich eine Bresche in die heranwogende Mauer der Quorrl gehauen hatte. Del, der, blutüberströmt und in beiden Fäusten ein Schwert schwingend, wie ein leibhaftig gewordener Rachegott durch die dutzendfache Übermacht der Graugeschuppten gebrochen war und sie allein durch seine Entschlossenheit zurückwarf, ein Mann gegen drei Dutzend Feinde, und es war auch Del gewesen, der schließlich mit seinem eigenen Körper den Axthieb aufgefangen hatte, der Skar den Kopf von den Schultern hatte trennen sollen.

Es war nicht richtig, daß er als erster sterben sollte.

Es war einfach nicht fair.

Skar lächelte schmerzlich. Der Unterschied war rein theoretischer Natur. Ein paar Stunden, mehr nicht. Vielleicht noch nicht einmal.

Skar wunderte sich, daß er noch die Kraft fand, sich herumzudrehen und die paar Schritte bis zu seinem Pferd hinüberzuwanken. Der Boden erschien ihm mit einem Mal besonders locker und nachgiebig, trockener Sumpf statt Sand, in den er bei jedem Schritt bis zu den Knöcheln einsank, als hätte sich nun auch noch dieser Teil der Natur gegen ihn verschworen und versuche mit aller Macht, ihn nicht von der Stelle kommen zu lassen. Dieses Tal war ihr Grab. Er war tot, ohne es selbst zu wissen, und Tote haben kein Recht, in ihren Gräbern herumzulaufen.

Er schleppte sich mühsam zu seinem Tier, stützte sich schwer auf den Sattel und bettete für Sekunden den Kopf in der Armbeuge. Die Sonne brannte heiß und unbarmherzig auf ihn herunter. Ihre Strahlen badeten seinen verbrannten Rücken in trügerischer Wärme und ließen ein Gefühl des Wohlbefindens in ihm emporsteigen; Müdigkeit von einer ganz anderen Art, als er sie bisher gekannt hatte. Er hatte nie geglaubt, daß das Sterben so leicht sein sollte in den letzten Augenblicken. Aber er erkannte plötzlich, daß es stimmte.

Es war nicht nur leicht, es war schön.

Schließlich, nach einer Ewigkeit, hob er den Kopf und tastete blind nach dem Zaumzeug. Mit hängenden Schritten führte er das Tier zu Del hinüber.

Seine Finger waren steif und ungelenk, erst beim dritten Versuch gelang es ihm, den schmalen Zierdolch aus der Sattelscheide zu ziehen. Er schnitt sich an der rasiermesserscharfen Klinge, aber der Schmerz erschien ihm seltsam fremd und irreal und vermochte den Schleier aus Wärme und Müdigkeit und gedämpften Farben, in den sich sein Bewußtsein gehüllt hatte, nicht zu durchdringen.

Skar tätschelte liebevoll den Hals seines Tieres. Das Pferd wandte müde den Kopf und sah ihn aus entzündeten, grindigen Augen an. In seinem Blick schien fast so etwas wie Vorwurf zu liegen.

Er wich dem Blick der dunklen Augen aus und berührte sanft die Kniekehlen des Ponys. Gehorsam legte es sich neben Del in den Sand.

Skar schloß die Augen, zählte in Gedanken langsam bis zehn und stieß dann mit aller Kraft zu.

Das Pferd gab nicht einmal einen Laut von sich. Es bäumte sich auf, zuckte zwei-, dreimal mit den Hinterläufen und erschlaffte dann. Der Tod mußte eine Erlösung gewesen sein. Jedenfalls versuchte Skar sich das einzureden.

Skar zog den Dolch zurück, preßte mit der Linken die Wundränder zusammen und unterdrückte den übermächtigen Wunsch, das Gesicht in das hervorsprudelnde Blut zu tauchen und zu trinken, trinken, trinken. Stöhnend beugte er sich zu Del hinüber, griff nach dessen Gürtel und zerrte ihn unter Aufbietung aller Kräfte zu sich heran. Der reglose Körper des jungen Satai schien Zentner zu wiegen.

Del erwachte, als das warme Blut sein Gesicht benetzte. Seine Lider flatterten. Er stöhnte, drehte den Kopf und riß gierig den

Mund auf, um den warmen, pulsierenden Strom aufzufangen. Ekel wallte in Skar empor, aber der wurde begleitet von dem immer stärker werdenden Verlangen, es Del gleichzutun. Dels Gesicht verwandelte sich in eine rote, glitzernde Todesmaske, die gierig nach dem pulsierenden, klebrigen Blut schnappte und blubbernde und gurgelnde Geräusche von sich gab.

Skar wandte sich angeekelt ab. Automatisch wollte er seine Hand am Wams abstreifen, überlegte es sich dann aber anders und führte die Finger behutsam zum Mund.

Es schmeckte warm, salzig und auf sonderbare Art nicht einmal unangenehm.

Nach Leben.

Zögern leckte er sich die Finger ab, langsam und voller Bedacht, um ja nichts von der kostbaren Flüssigkeit zu verschenken und keinen Tropfen zu übersehen, tauchte die Hand dann erneut in den pulsierenden Blutstrom und führte sie wieder zum Mund.

Dann stürzte er sich mit einem krächzenden Schrei hinab und schnappte mit weit geöffneten Lippen nach dem hervorsprudelnden Lebenssaft des Pferdes.

Eine Berührung weckte ihn; etwas wie das Kitzeln tastender, samtweicher Pfoten auf seiner Brust. Für die Dauer eines Herzschlages bildete er sich ein, ein leises Schnurren zu hören, ein Geräusch, das ihn an den Laut einer zufriedenen Katze erinnerte, dann ein Rascheln und Schaben, als schleiche irgendwo in seiner Nähe etwas Großes, Kräftiges und doch ungemein Elegantes herum.

Skars Hand tastete instinktiv nach dem Schwertgriff. Die Berührung des kalten, glatten Metalls beruhigte ihn ein wenig, aber seine Nerven blieben trotzdem angespannt. Vorsichtig, wohl wissend, daß selbst ein zu rasches Öffnen der Augen ein herumschleichendes Raubtier zum Angriff reizen konnte, hob er die Lider.

Aber da war nichts.

Skar brauchte endlose Sekunden, um sich wieder zu erinnern, wo er war. Über ihm glitzerte die kalte, sternenübersäte Pracht des Wüstenhimmels. Das Sternenlicht überschüttete die Hügel, die jetzt bei Nacht seltsam flach und tiefenlos wirkten, mit fließendem Silber und Grau in allen denkbaren Schattierungen. Das Geräusch, das er gehört hatte – oder sich eingebildet hatte zu hören –, war das Winseln des niemals verstummenden Windes, und die Berührung war die der sanften, einschmeichelnden Hand des Sandes, der bereits begonnen hatte, seinen Körper in einen weichen, warmen Kokon einzuspinnen.

Er öffnete vollends die Augen und setzte sich mit einem Ruck auf. Er fühlte sich seltsam ausgeruht und kräftig. Seine Muskeln schmerzten noch immer, und sein Rücken brannte, als hätte er auf einem Nadelkissen gelegen, aber es war ein Schmerz ganz anderer Art, als er ihn vorher verspürt hatte.

Der Durst machte sich wieder bemerkbar, wenn auch nicht mehr so unerträglich wie zuvor. Er nahm die Hand vom Schwertgriff, ballte die Finger vor dem Gesicht zur Faust und sah sich aufmerksam um. Langsam kroch die Erinnerung an das, was er getan hatte, in sein Bewußtsein zurück. Er wußte nicht mehr, wie lange ihr grausames Mahl angedauert hatte, aber Del und er waren wie zwei riesige menschliche Vampir-Fledermäuse über den geschundenen Leib des Tieres hergefallen.

Sein Blick blieb einen Moment am Kadaver des Pferdes haften. Die Dunkelheit ließ ihn zu einem schwarzen, formlosen Umriß werden, aber er bildete sich immer noch ein, den anklagenden Blick der dunklen Pferdeaugen zu spüren. Ein vages Gefühl der Schuld machte sich in ihm breit. Das Tier hatte ihnen gedient bis in den Tod und darüber hinaus. Zum Dank hatten sie ihm das einzige genommen, was es noch besessen hatte – sein Leben. Sie hatten seinen Körper regelrecht ausgesaugt, Schluck für Schluck der bitteren roten Flüssigkeit getrunken, bis das Blut bereits zu gerinnen begann und als klebrige, zähe Masse ihre Münder verstopfte. Erst dann hatten sie von ihm abgelassen und waren erschöpft zurückgesunken.

Er stand auf, säuberte – mehr aus Gewohnheit denn aus Reinlichkeit – seine Kleider, so gut es ging, und betrachtete angewidert seine Hände. Sie waren schwarz von geronnenem Blut und Schmutz und erinnerten an verkrümmte, abgestorbene Baumstrünke, taub und ohne Gefühl und kaum zu irgend etwas zu gebrauchen. Seine Hände waren mit Wunden und Abschürfungen übersät, und etwas von dem Blut daran war sein eigenes. Aber er spürte keinen Schmerz.

Eine Zeitlang stand er schweigend da und starrte ins Leere, dann drehte er sich um und umrundete langsam den Pferdekadaver, instinktiv Abstand zu dem leblosen Leib haltend. Ein schwacher, süßlicher Geruch hing in der Luft. Der Kadaver begann bereits zu verwesen. In diesem mörderischen Klima würde es nicht lange dauern, bis er zu einem pergamentartigen, verkohlten Etwas zusammengeschmort war, eine stumme Warnung für jeden, der vielleicht gleich ihnen irgendeines Tages am Ende seiner Kraft dieses Hügeltal erreichen würde, um darin zu sterben.

Del bewegte sich unruhig. Aus seiner Brust drang ein leises, schmerzerfülltes Stöhnen, und die Augäpfel hinter den geschlossenen Lidern bewegten sich hektisch hin und her.

Skar berührte ihn sanft an der Schulter, und Dels Augen sprangen mit einem Ruck auf. »Was . . .!«

»Schon gut«, murmelte Skar. »Du hast geträumt.« Seine eigene Stimme erschien ihm in der Stille der Nacht unnatürlich laut; ein Sakrileg, eine Schmähung dieses übernatürlichen Schweigens, die nicht ungesühnt bleiben würde.

Del nickte nach kurzem Überlegen. »Ja. Es . . .« Er brach ab, hustete trocken und versuchte sich aufzurichten. Ein schnelles, schmerzhaftes Zucken lief über sein Gesicht.

»Danke«, murmelte er nach einer Weile. Er versuchte abermals aufzustehen, und diesmal gelang es. Er schwankte zwar, aber er stand.

»Wofür?« fragte Skar.

»Daß du mich geweckt hast. Ich hatte einen Alptraum, weißt du. Einen von der schlimmen Sorte. Ich . . . ich wollte aufwachen, aber es ging nicht.«

»Zeit, daß wir weiterkommen«, murmelte Skar anstelle einer direkten Antwort. Aber innerlich wußte er, daß sie nirgendwo mehr hingehen würden. Weder in dieser noch in irgendeiner anderen Nacht.

»Wir ... haben keine Pferde mehr«, fügte er nach einer Weile hinzu.

Del starrte sekundenlang den Kadaver des Pferdes an. Erst jetzt schien ihm wieder aufzugehen, was geschehen war.

»Wo ist das andere?«

Skar zuckte die Achseln. »Wahrscheinlich davongelaufen, als es gesehen hat, was seinem Kollegen zugestoßen ist«, antwortete er in dem schwachen Versuch, einen Scherz zu machen. Aber der Durst verzerrte seine Stimme zu einem schrillen Krächzen und verdarb ihm den Effekt gründlich.

Del reckte sich. Seine Gelenke knackten leise. Vorsichtig tastete er nach dem Verband über seiner linken Schulter und verzog dann das Gesicht. »Noch nicht Mitternacht«, murmelte er nach einem Blick in den Himmel. »Wenn wir gleich aufbrechen, schaffen wir noch ein schönes Stück, ehe die Sonne wieder aufgeht.«

Skar verzichtete auf eine Antwort. Del wußte ebensogut wie er, wie sinnlos es war, sich noch ein paar Meilen weiterzuquälen. Aber er sprach den Gedanken nicht laut aus, sondern drehte sich wortlos um und begann die nächstgelegene Düne emporzusteigen. Schließlich war es egal, wo sie starben. Die Wüste war großzügig in dieser Beziehung. Sie hatte Millionen Gräber für sie bereit, und eines war so gut wie das andere.

Del folgte ihm in wenigen Schritten Abstand. Der Schlaf und das Blut, das er getrunken hatte, schienen ihm sichtlich gutgetan zu haben. Sein Gesicht wirkte noch immer grau und eingefallen, und das Pferdeblut war auf seinen Zügen zu einem skurrilen Muster geronnen, was ihm das Aussehen eines barbarischen Tempelpriesters gab. Seine Schritte waren schleppend und mühsam wie die eines alten Mannes, aber vor wenigen Stunden wäre er noch nicht einmal fähig gewesen, die Düne auf Händen und Knien emporzukriechen.

Sie erreichten den Kamm, blieben einen Moment lang stehen und wandten sich schließlich nach Norden. Eine Richtung war so gut wie die andere. Sie waren von Süden her in die Wüste eingedrungen, aber wahrscheinlich hatten sie sich in den letzten Tagen im Kreis bewegt und waren vollkommen vom Kurs abgekommen. Selbst wenn sich diese höllische Wüste nur noch ein paar Meilen weit streckte, war es zuviel. Sie bewegten sich im Schneckentempo voran, eine, höchstens anderthalb Meilen pro Stunde, schätzte Skar. Irgendwo vor ihnen, verborgen hinter dem monotonen, welligen Horizont, lagen Thbarg und Elay, Thbarg mit seinen saftigen grünen Prärien und Elay, das Ziel, zu dem sie – wann eigentlich? Vor zwei Wochen? Der Gedanke erschien ihm mit einemmal lächerlich – aufgebrochen waren. Zum ersten Mal, seit sie die Nonakesh betreten hatten, kam ihm die grausame Ironie ihrer Lage zum Bewußtsein. Sie waren aufgebrochen, um mit den Heeren Kohons gegen die Quorrl zu ziehen, zu kämpfen und zu brennen, aber sie hatten kämpfen müssen, lange bevor sie ihrem Ziel auch nur nahe gekommen waren, sie wurden langsam bei lebendigem Leibe verbrannt, und sie würden sterben, ohne die Zinnen Elays auch nur zu Gesicht bekommen zu haben. Vielleicht, dachte Skar in einem Anflug von bitterem Galgenhumor, rettete ihr Tod das Leben von ein paar Dutzend Quorrl, gegen die sie hatten ziehen sollen.

Sie marschierten schweigend und monoton nach Norden, dicht beieinander und doch unendlich isoliert, jeder allein mit sich und seinen Gedanken und Gefühlen, und Skar begann zu begreifen, daß sie jetzt wirklich starben. Und daß keiner dem anderen helfen konnte. Der Tod, das begriff er plötzlich, war einsam. Und es gab eine Grenze, an der nicht nur das Leben endete, sondern auch alle Begriffe von Freundschaft und Zuneigung. Del und er waren ihr Leben lang beisammen gewesen, aber sterben würde jeder für sich allein.

»Weißt du«, sagte Del plötzlich, »woran ich schon die ganze Zeit denken muß?«

»Nein.«

»Daß wir vielleicht seit Tagen dicht am Rande dieser Wüste entlangmarschieren, ohne es zu merken.« Er lachte rauh und humorlos und fuhr sich mit einer fahrigen Geste über die Stirn. »Irgendwo muß diese verdammte Wüste doch aufhören.«

»Muß sie das?« antwortete Skar.

»Natürlich. Es muß ...« Er brach ab, blieb mitten im Schritt stehen und umklammerte Skars Handgelenk so fest, daß dieser schmerzhaft aufstöhnte.

»Was zum Teufel –«

Skar verstummte, als er den Ausdruck auf Dels Gesicht sah. Langsam, beinahe widerwillig, als hätte er Angst vor einer weiteren Enttäuschung, einer neuen Hoffnung, der doch nur grausame Ernüchterung folgen konnte, drehte er den Kopf und folgte Dels Blick.

Vor ihnen, allerhöchstens noch zwei-, dreihundert Schritt entfernt, erhob sich die massive grüne Mauer eines Waldes.

»Sag mir, daß ich nicht träume!« bat Del mit zitternder Stimme. »Bitte, Skar, sag es mir!«

»Wenn du träumst, dann träumen wir beide den gleichen Traum. Ich sehe es auch«, murmelte Skar.

»Bäume!« stieß Del ungläubig hervor. »Mein Gott, Skar – das sind *Bäume*!«

Skar nickte mühsam. Er war unfähig, zu denken, irgend etwas zu sagen oder zu tun. Von einer Sekunde auf die andere fühlte er sich leer und erschlagen, und absurderweise erfüllte ihn der Anblick der Rettung nicht mit Freude oder Erleichterung, sondern mit einem Gefühl dumpfer, schleichender Verzweiflung.

Ist es das? dachte er. *Das Ende? Der Wahnsinn? Werde ich verrückt?*

Aber irgend etwas sagte ihm, daß er nicht verrückt war. Daß er all dies wirklich erlebte und nicht irgendwo im Sand lag und starb. Daß er wirklich hier stand und die dunkle, gewellte Linie am Horizont sah.

Del drehte sich langsam herum. Seine Bewegungen wirkten hölzern und kaum mehr menschlich, und sein Gesicht war eine Maske starren Entsetzens. »Du ... du siehst es auch, nicht?« flehte er.

Skar nickte mühsam.

Del stand noch sekundenlang reglos da. Dann erwachte er mit einem schrillen Schrei aus seiner Erstarrung und rannte los. Skar folgte ihm einen Sekundenbruchteil später.

Seine Gedanken überschlugen sich, als er mit weit ausgreifenden Schritten hinter Del herhetzte. Was sie sahen, war vollkommen unmöglich! Bei der klaren Luft und der ungehinderten Sicht über der Wüste hätten sie den Wald schon vor Tagen sehen müssen!

Aber er schob den Gedanken von sich und lief schneller, um Del einzuholen. Magie, Hexenkunst oder was immer es sein mochte – alles war besser als der Tod in der hitzeflirrenden Luft und der Glut des Tages. Selbst wenn dieser Wald das Werk eines bösen Zaubers war und den Tod beherbergte, so war er dem langsamen Verdursten in der Wüste vorzuziehen.

Del rannte mit weiten, kräftezehrenden Schritten vor ihm her. Das bleiche Sternenlicht ließ seinen Körper zu einer flachen, schwarzen Silhouette werden, die durch den unförmigen Verband seltsam buckelig und ungelenk wirkte. Der Anblick der Rettung mußte noch einmal alle Kraftreserven in ihm mobilisiert haben.

Wie oft noch? dachte Skar. Wie groß mochte das geheime Reservoir an Kraft noch sein, aus dem Del immer wieder schöpfte, sich immer wieder gegen das Unvermeidliche stemmte? Irgendwo in ihm begann die Stimme wieder zu flüstern, die lockende, drohende, wispernde Stimme, alles, was noch von seinem klaren Verstand übriggeblieben war. Der Wald dort mochte die Rettung bedeuten, aber wahrscheinlicher war, daß er von Feinden wimmelte, Dämonen, Zauberern, Monstern oder – schlimmer noch – Quorrl. Aber er lief trotzdem weiter, schneller als zuvor. Der Gedanke an einen Pfeil, der aus der Dunkelheit heranzischte und seiner Qual ein Ende bereitete, schreckte ihn nicht mehr.

Del stolperte, taumelte noch ein paar Schritte mit wild rudernden Armen weiter und prallte schließlich gegen ein Hindernis, das warnungslos aus der Dunkelheit vor ihm aufgetaucht war. Mit einem dumpfen Schmerzlaut ging er zu Boden.

Skar verlangsamte seine Schritte und blieb keuchend neben Del stehen. Der Boden war hier nicht mehr so glatt und eben wie bisher. Es war immer noch Wüste, der gleiche feinkörnige Sand, aber jetzt mit einem Netzwerk dunkler Linien und Striche durchzogen. Skar mußte unwillkürlich an ein halb im Sand verborgenes Spinnennetz denken, eine heimtückische Falle, die dicht vor dem rettenden Wald ausgelegt war, um jeden, der sich mit letzter Kraft hierhergeschleppt hatte, zu fangen und dem Verderben preiszugeben.

Er sah mißtrauisch auf, überzeugte sich mit einem raschen Blick davon, daß Del nichts Ernsthaftes zugestoßen war, und kniete schließlich nieder. Seine Finger tasteten über den Sand.

Der Boden war mit einem dichten Netzwerk aus abgestorbenen Wurzeln und Ästen durchzogen, das wie ein Labyrinth heimtückischer Fallstricke und Gruben dicht unter der trügerisch glatten Oberfläche verborgen war. Skar sah auf und gewahrte jetzt mehr Einzelheiten. Das Geflecht verdichtete sich vor ihnen, wuchs gleichermaßen in Tiefe wie in Höhe und Breite. Vor ihnen lag etwas, das früher einmal ein Wald gewesen sein mußte: abgestorbene Reste von Bäumen, schwarze, von der unbarmherzigen Wut der Sonne verkohlte Strünke, deren Netz dichter wurde, je weiter es sich dem eigentlichen Waldrand näherte. Es war, als läge hier, vor der lebendigen grünen Mauer des Waldes, der Leichnam eines zweiten Waldes, ein verbranntes, skelettiertes Opfer der unbarmherzig näherrückenden Wüste. Der Anblick hatte etwas Unheimliches und zugleich Ernüchterndes. Obwohl gegen alle Logik, überzeugte er Skar doch endgültig, daß dieser Wald echt und nicht bloß Fata Morgana oder grausames Trugbild seiner überreizten Nerven war. Durch eine Laune der Natur hatte sich dieser Wald gegen die stumme Macht der Wüste behauptet, aber der Kampf hatte Opfer gefordert. Wie die vordersten Reiter einer Verteidigungslinie waren diese Baumreihen gefallen, langsam und vielleicht über Jahrzehnte hinweg, aber unbarmherzig, und hatten mit ihrem Opfer dem Wald Gelegenheit gegeben, sich auf den Ansturm der Wüste vorzubereiten.

Er drehte sich um und half Del beim Aufstehen. Der junge Satai kam schwankend auf die Beine. Eine dünne, hellrot schimmernde Linie hatte die Kruste aus getrocknetem Blut auf seinem Gesicht durchbrochen, aber er schien den Schmerz gar nicht zu spüren. »Weiter«, keuchte er. »Wir müssen . . . weiter.«

Skar nickte wortlos. Er ertappte sich dabei, wie seine Hand instinktiv zum Schwertgriff glitt. Ohne einen konkreten Grund dafür nennen zu können, spürte er einfach, daß hier irgend etwas nicht stimmte. Es war nicht nur dieser tote Wald, der ihm Unbehagen und Furcht einflößte. Da war noch etwas anderes, etwas, das mit Worten nicht zu beschreiben, aber von fast greifbarer Intensität war, beinahe, als wäre zwischen ihnen und der dunklen Wand des Waldes noch etwas, eine unbestimmbare, stumme Bedrohung, die schlimmer als der Tod war. Del versetzte dem Wurzelstück, über das er gestolpert war, einen wütenden Fußtritt und ging weiter. Skar folgte ihm. Del ging jetzt merklich langsamer und sah sich immer wieder nach rechts und links um. Seine Hände fingerten nervös am Griff des *Tschekal,* des zweischneidigen Satai-Schwertes, das von seinem Gürtel hing.

Er spürte es also auch.

Das Geflecht aus abgestorbenen Bäumen und ineinander verwachsenen Ästen wurde dichter, je weiter sie sich der Baumgrenze näherten. Die anfangs nur einzeln dastehenden, verkohlten Baumstrünke rückten enger zusammen. Die Stämme ragten wie große, skurril geformte Hände rings um sie aus dem Sand; Hände mit dünnen, gierigen, vielfach gegliederten Fingern, die nach ihnen griffen, über ihre Harnische schrammten, ihre Haut zerrissen und sich um ihre Beine zu winden suchten, so daß ihr Marsch mehr und mehr zu einem mühsamen Vorwärtsstolpern wurde. Schließlich sahen sie sich gezwungen, mit den Schwertern eine Gasse durch das wild wuchernde Unterholz zu hauen.

Skar war nicht sonderlich wohl dabei. Das Splittern und Krachen des trockenen Holzes mußte meilenweit zu hören sein. Wenn dieser Wald Bewohner hatte, dann waren diese spätestens jetzt über ihr Kommen informiert. Aber sie hatten beide weder Zeit noch Kraft, umzukehren und nach einem leichteren Weg zu suchen.

Er warf Del einen besorgten Blick zu. Der Jüngere hielt sich dicht neben ihm und hieb mit verbissener Wut auf Wurzeln und Äste ein. Seine Klinge fuhr splitternd durch das Holz. Er legte mehr Kraft in seine Hiebe, als nötig gewesen wäre. Mehr, als er sich leisten konnte, dachte Skar besorgt. Dels Muskeln spannten sich bei jedem Schlag, als gelte es, die Rüstung eines schwergepanzerten Gegners zu durchschlagen anstelle ein paar dünner Luftwurzeln.

Aber er sagte nichts. Er verstand Del nur zu gut. Für ihn war der tote Wald in diesem Moment mehr als eine Ansammlung abgestorbener Holzstücke und Wurzeln. Es war ein Feind; ein böses, vieltausendfach gegliedertes Ungeheuer, ein Netz gierig ausgestreckter Fangarme und Krallen, das ihn vor der zum Greifen nahe gerückten Rettung abzuhalten suchte.

Dann, von einem Augenblick zum anderen, waren sie durch. Der letzte Baumstrunk fiel unter einem wütenden Hieb, und vor ihnen lag eine vielleicht fünf Meter breite, sorgsam gerodete Fläche schwarzverbrannten Bodens. Dahinter erhob sich eine mannshohe, ebenmäßig geformte Düne, hinter der der eigentliche Wald begann.

Del rammte sein Schwert in die Scheide zurück und gab ein erleichtertes Seufzen von sich. Er wollte die Düne hinaufstürmen, aber Skar hielt ihn mit einer raschen Bewegung zurück. »Warte!«

Del grunzte etwas Unverständliches. Seine Lippen formten Worte des Protestes, aber die ausgedörrte Kehle und die unförmig angeschwollene Zunge ließen ein unverständliches Gebrabbel daraus werden. Er versuchte sich loszureißen, aber Skar hielt ihn mit eisernem Griff zurück.

»Mach jetzt keinen Fehler«, sagte er warnend. Unwillkürlich senkte er die Stimme zu einem kaum hörbaren Flüstern. Das Gefühl der Gefahr, des Fremden, Bedrohlichen, wurde mit jeder Sekunde stärker. Die Wüste und die Dunkelheit hinter ihnen waren nicht so leer, wie es den Anschein hatte. Skar hatte plötzlich den Eindruck, von unzähligen winzigen, boshaften Augen beobachtet zu werden. Er sah Del durchdringend an und deutete mit der Waffe auf den Kamm der Düne.

»Der Wald ist bewohnt«, sagte er bestimmt. »Wir müssen vorsichtig sein. Möglich, daß man uns erwartet. Diese Düne wurde künstlich angelegt.«

Dels Blick folgte widerwillig der mit mathematischer Präzision angelegten Kammlinie. In seinem Gesicht arbeitete es. Er schwankte, machte einen zögernden Schritt und blieb erschöpft stehen. »Wir müssen hinüber«, sagte er leise. »Wir müssen, Skar!«

Skar nickte. »Ja. Und das werden wir auch. Aber vorsichtig. Ich habe keine Lust, so kurz vor dem Ziel noch in eine Falle zu laufen.«

Vorsichtig setzten sie sich in Bewegung. Der Sand und der krumige, zu schwarzer Asche verdorrte Boden schienen überlaut unter ihren Sandalen zu knirschen, als sie den steil ansteigenden Hang erklommen. Nach dem Höllenlärm, den sie vorher gemacht hatten, kam Skar ihre übertriebene Vorsicht schon beinahe albern vor. Irgendwie war es lächerlich, sich zuerst wie eine Herde tollwütiger Wasserbüffel durch das Unterholz zu hauen und dann auf Zehenspitzen zu gehen und möglichst flach zu atmen, um nur ja kein unnötiges Geräusch zu verursachen. Aber ihre über Jahrzehnte hinweg antrainierten Reflexe behielten die Oberhand.

Auf dem Kamm des Hügels blieben sie stehen. Der Wald lag scheinbar in Armeslänge vor ihnen – eine massive, dunkelgrüne Mauer, aus der ein Gemisch leiser Geräusche und das unbeschreibliche Aroma feuchter Erde und frischen Grüns zu ihnen hinaufwehten. Skar hatte nie gewußt, wie süß frische Walderde riechen konnte. Aber er sah auch noch mehr. Zwischen der Baumgrenze und der Düne schlängelte sich ein schmaler, sorgfältig von Unkraut und Wurzelwerk befreiter Fußpfad entlang. Und die diesseitige Steigung der Düne war nicht einfach ein Sandhügel wie die gegenüberliegende, sondern eine künstliche Anlage. Jemand hatte sie mit großer Mühe begradigt und mit einem raffinierten System von Balken und engmaschigen, einander überlappenden Netzen gesichert. Wenn er noch einen Beweis für seinen Verdacht, daß der Wald bewohnt war, benötigt hätte – hier war er.

Del bewegte sich unruhig. Sein Schwert glitt schabend aus der Scheide. »Verschwinden wir von hier«, sagte er. »Wir bieten eine prachtvolle Zielscheibe.«

Skar nickte stumm, duckte sich und sprang mit einem federnden Satz den Hang hinunter. Der weiche Boden dämpfte seinen Aufprall, und die Dunkelheit schien das Geräusch zu verschlukken wie ein Schwamm, der nach langer Trockenheit wieder ein paar Tropfen Wasser aufsaugt. Del folgte ihm wenige Sekunden später etwas langsamer. Seine verwundete Schulter zwang ihm ein mäßigeres Tempo auf. Einen Moment lang blieben sie geduckt nebeneinander stehen, sahen sich aufmerksam um und huschten dann lautlos über den Weg. Der Wald war nicht so dicht, wie es von oben den Anschein gehabt hatte. Die Bäume standen fast auf Manneslänge auseinander, und es gab überraschend wenig Unterholz. Eigentlich, verbesserte sich Skar in Gedanken, gar keines, wenn man von einigen wenigen, für einen natürlichen Bewuchs schon fast zu regelmäßig stehenden Büschen absah. Er ließ sich auf das rechte Knie niedersinken, fuhr mit den Fingerspitzen über den moosbedeckten Boden und stand vorsichtig wieder auf. Der Wald gefiel ihm nicht. Ganz und gar nicht.

Neben ihm ließ sich Del schweratmend gegen einen Baum sinken. Sekundenlang starrte er aus roten, entzündeten Augen vor sich hin, dann verkrallte er die Linke in einen tiefhängenden Ast, riß ein Büschel Blätter ab und stopfte es in den Mund. Er schmatzte genüßlich und verzog das Gesicht, als hätte er niemals etwas Köstlicheres gegessen. Dann hustete er, krümmte sich zusammen und übergab sich würgend.

Skar schüttelte mißbilligend den Kopf. »Du solltest das lassen«, sagte er lakonisch. »Irgendwo hier muß es Wasser geben. Komm.«

Nebeneinander drangen sie in den Wald ein. Hinter ihnen blieben die nächtliche Wüste und ihre Stille zurück, aber dafür schienen sie plötzlich von einer anderen Art des Schweigens umgeben. Der Wald war erfüllt von Geräuschen – das Knacken von Ästen, ein dumpfes Rauschen und Heulen, mit dem sich die mächtigen Baumkronen der Kraft des Windes beugten, die vielfältigen Geräusche der Tiere, die in dieser schattigen Oase lebten – aber im gleichen Maße, in dem sie weiter in den Wald vordrangen, schienen die Laute vor ihnen zu erlöschen, als marschiere mit ihnen ein unsichtbarer Keil des Schweigens, eine dunkle, unsichtbare Schleppe, das Schweigen der Wüste, das sie gleich einem ansteckenden schleichenden Gift in ihre Körper aufgenommen hatten und nun in diesen stillen, friedlichen Wald hineintrugen. Mehr als alles andere machte dieser sonderbare, sicher nur in seiner Einbildung stattfindende Effekt Skar deutlich, daß sie Fremde waren, Eindringlinge, unwillkommene Eindringlinge dazu, die in diesem Wald nichts zu suchen hatten.

Er schüttelte unwillig den Kopf, um die bedrückenden Gedanken zu verscheuchen, und konzentrierte sich ganz auf seine Umgebung. Ihm fiel auf, wie regelmäßig die Bäume wuchsen. Es gab keinen Weg oder Pfad, aber sie kamen trotzdem gut voran. Die Bäume standen in präzisen, schräg gegeneinander versetzten Reihen, die wie die Linien eines tiefgestaffelten natürlichen Zaunes wirkten und zwischen denen genügend Platz zum Durchkommen blieb. Und noch etwas fiel ihm auf. Die Bäume wuchsen nicht nur regelmäßig, sondern sie glichen einander auch auf verblüffende Weise. Die Stämme waren gerade, sauber und makellos. Sie waren gesund, alle. Es gab keine verkrüppelten Äste, keine zerborstenen Wurzeln oder abgestorbenen Zweige, keine Stämme, die Wind und Jahreszeiten erlegen oder vom Blitz gespalten waren. Dieser Wald, das begriff er mit einem Male, war kein Wald, sondern ein Park, sorgfältig gehegt und behütet und von unvorstellbarer Größe.

Del blieb plötzlich stehen. »Wasser«, keuchte er atemlos.

Vor ihnen schimmerte es hell durch die Baumreihen. Skar hörte ein leises Plätschern, dann brachte ein Windstoß den unbeschreiblichen Geruch von Wasser mit sich.

Sie rannten los. Selbst Skar vergaß alle Vorsicht. Nach allem, was hinter ihnen lag, gab es keine Zeit mehr für Mißtrauen oder Angst. Dort vorne war Wasser. Wasser! Dann lag der See vor ihnen – ein flacher, runder Tümpel voller grünem Wasser, das zum Himmel stank und unter dessen Oberfläche es von schleimigem Leben wimmelte. Aber davon sahen weder Skar noch Del etwas. Sie brachen aus dem Wald, schleuderten ihre Waffen im hohen Bogen von sich und warfen sich kopfüber in den Schlamm.

Skar löste mit spitzen Fingern den Verband von Dels linker Schulter und betrachtete kopfschüttelnd die Wunde. Sie sah nicht gut aus. Der Axthieb hatte das Schulterblatt zwar nicht gespalten, aber die Klinge hatte den Knochen gebrochen, war daran abgeglitten und eine Handbreit tief ins Fleisch gedrungen, so daß ein fast handtellergroßer Fleischlappen gelöst worden und die Wunde brandig und entzündet war. Del würde den Arm verlieren, wenn er nicht schnell zu einem Heilkundigen kam. Vielleicht würde er sogar sterben.

Er tauchte den schmutzigen Lappen, der ihm als Verband diente, ins Wasser, versuchte vergeblich, den gröbsten Schmutz herauszuwaschen, und träufelte schließlich eine Handvoll der braunen, übelriechenden Brühe auf die Wunde. Der Anblick des schlammigen Wassers hätte jedem, der das Wort Hygiene auch nur vom Hörensagen kannte, die Haare zu Berge stehen lassen. Aber es war das Beste, was sie hatten. Und die Wunde war bereits so stark entzündet, wie es nur ging.

Del verzog das Gesicht. »Willst du mich umbringen?«

Skar grinste. »Stell dich nicht so an. Vor ein paar Stunden hättest du mir für einen Schluck Wasser noch kaltlächelnd die Kehle durchgeschnitten, und jetzt beklagst du dich.« Er schüttelte den Kopf, tauchte den Verband abermals unter und legte ihn dann so behutsam wie möglich auf die Wunde. Del stöhnte leise.

»Das ist zwar alles andere als gut«, murmelte Skar, als er fertig war, »aber immer noch besser als nichts. Für dich wird es reichen«, fügte er scherzhaft hinzu.

Del richtete sich schwerfällig auf den rechten Ellbogen auf und verrenkte sich halbwegs das Genick, um Skars Werk zu begutachten. »Du hättest Heilkundiger werden sollen«, meinte er nach einem prüfenden Blick. »Auf diese Weise hättest du mindestens ebenso viele Leute umbringen können wie jetzt. Vielleicht sogar mehr.« Er versuchte aufzustehen, aber Skar schob ihn mit sanfter Gewalt zurück.

»Bleib liegen. Du bist noch lange nicht kräftig genug, um aufzustehen.«

Del grinste schief. »Soll ich dir beweisen, wie stark ich bin, alter Mann?«

Skar seufzte. »Lieber nicht. Du könntest dir weh tun, weißt du.« Er lächelte, erhob sich in die Hocke und stützte die Hände auf den Oberschenkeln auf. »Ich möchte wissen, welche Sünden meine Vorfahren auf sich geladen haben, daß ich mit dir bestraft wurde«, sagte er weinerlich. »Die Welt ist ungerecht.« Er stemmte sich ächzend hoch, reckte sich ausgiebig und ging dann steifbeinig zum Waldrand hinüber. Er war nackt wie Del. Sie hatten ihre Kleider zum Trocknen ausgebreitet, aber in der schwülwarmen Luft schienen sie fast noch feuchter geworden zu sein. Skar betrachtete die zerschlissenen Fetzen voller Abscheu. Die schmal geschnittenen, knielangen Hosen, die zusammen mit den hüftlangen Umhängen und der breiten, bestickten Schärpe – dem einzig wirklich auffallenden Kleidungsstück eines Satai – ihren gesamten Besitz darstellten, wenn man von ihren Waffen und den wuchtigen Lederharnischen absah, wären daheim in Ikne nicht einmal mehr von einem Bettler getragen worden. Sie waren schon nicht mehr ansehnlich gewesen, als sie aufgebrochen waren, aber fünf Tage Wüste hatten ihnen vollends den Garaus gemacht. Skar nahm den schmuddeligen braungefleckten Fetzen, der einmal seine Hose gewesen war, auf, wog ihn sekundenlang nachdenklich in der Hand und warf ihn dann mit einem Achselzucken von sich. Er würde Sandalen, Lendenschurz und Harnisch behalten und den Rest hier zurücklassen. Ganz abgesehen von ihrem zerfetzten Aussehen stanken Hose und Umhang im wahrsten Sinne des Wortes zum Himmel. Er hatte fast eine Stunde in der schlammigen Brühe gebadet, aber selbst das hatte den dickverkrusteten Dreck nicht vollends herunterwaschen können.

Er bückte sich, hob sein Schwert auf und wog es einen Herzschlag lang prüfend in der Hand. Das *Tschekal* war der einzig wertvolle Besitz, den ein Satai im allgemeinen hatte. Keiner außerhalb der Kriegerkaste Enwors hatte das Recht, die heilige Waffe der Satai zu führen, und diese Regel war eine der wenigen, die Skars Wissen nach immer und überall eingehalten wurde. Die Waffe sah zerbrechlich aus – ein schlankes, zweischneidiges Schwert von etwas mehr als einem Meter Länge mit einer rasiermesserscharfen Spitze und einem breiten, nach vorne gebogenen Handschutz, mit dem man die Waffe seines Gegners verkanten und zurückdrängen konnte – aber der leicht bläulich schimmernde Stahl vermochte jeden noch so harten Harnisch zu zerschlagen, als bestünde er aus dünnem Papier. Niemand, nicht einmal die Satai selbst wußten, woher diese Waffen kamen und wer sie schmiedete. Der Hohe Rat der Satai behütete und verteilte sie, und es gab keine Möglichkeit, ein solches Schwert zu erhalten, wenn man es nicht von einem der Dreizehn Mächtigen persönlich bekam.

Skar fuhr ansatzlos herum und schleuderte die Waffe aus dem Handgelenk von sich. Sie verfehlte den Baum, auf den er gezielt hatte, um ganze zwei Meter und fuhr mit einem saugenden Geräusch in den Boden.

Skar schüttelte den Kopf. Die paar Stunden Ruhe, die sie genossen hatten, waren lange nicht genug. Es würde Wochen, wenn nicht Monate dauern, ehe er seine alte Form wiedergefunden hatte.

Er löste sich lustlos von seinem Platz, zog das Schwert aus dem Boden und rammte es neben seinen Kleidern in einen Baumstamm.

Del sah auf, als er zum See zurückkam. »Du übst schon wieder?«

»Warum nicht? Ich bin nicht mehr in Form. Und du auch nicht.«

Del grinste. »Ich frage mich nur, gegen wen du kämpfen willst. Gegen Baumgeister?«

»Nein. Aber vielleicht gegen die, denen die Bäume gehören«, gab Skar gereizt zurück. Dels offenkundiges Desinteresse ärgerte ihn. Er setzte sich, steckte die nackten Zehen ins Wasser und ballte die Fäuste. Etwas Weiches, Schleimiges berührte seine Füße und begann mit zahnlosen Lippen daran zu zupfen. Die Wasseroberfläche kräuselte sich, und Skar erhaschte einen flüchtigen Blick auf einen langen, dunkelbraunen Körper und eine schwebende Wolke gezackter Flossen. Angeekelt zog er die Beine an den Körper und stützte das Kinn auf die Knie.

»Dieser Wald ist bewohnt«, sagte er nach einer Weile.

»Na und?« Del lachte leise, aber es war eine Spur von Nervosität in seiner Stimme, die die Worte von vornherein Lügen strafte. »Ich habe keine Angst vor Gärtnern. Du siehst zu schwarz, Skar. Schließlich haben wir niemandem etwas getan. Warum sollten sie uns angreifen?«

»Warum haben uns die Quorrl angegriffen?« gab Skar zurück. »Wir hatten ihnen auch nichts getan, oder? Aber das spielt auch gar keine Rolle, und das weißt du genausogut wie ich. Wir müssen sowieso nach den Bewohnern dieses Waldes suchen. Ob sie uns nun wohlgesonnen sind oder nicht. Wir können nicht tagelang unentdeckt bleiben, und es ist vielleicht besser, wir kommen zu ihnen, bevor sie zu uns kommen.«

»Wir können ebensogut bis Sonnenaufgang warten und uns davonschleichen«, widersprach Del. »Dieser Wald ist groß genug, um eine ganze Armee verstecken zu können.«

»Du vergißt deine Schulter.«

Del machte eine unwillige Bewegung. »Die wird schon wieder. Ich habe schon Schlimmeres überlebt. Und du auch.«

Skar verzichtete auf eine Antwort und berührte Del statt dessen flüchtig an der Schulter. Del schrie auf und warf sich zurück.

»Noch Fragen?«

Del raffte eine Handvoll Sand auf und warf sie Skar ins Gesicht.

Skar hustete, rieb sich fluchend die Augen und kroch rückwärts davon. »Irgendwann«, drohte er, »vergesse ich meine gute Erziehung und versohle dir den nackten Hintern, Kleiner. Du hast Glück, daß du verletzt bist.«

»Oh, nur zu«, meinte Del. »Nimm darauf bitte keine Rücksicht.«

Skar schüttelte den Kopf. »Ich vergreife mich nicht an Krüppeln.«

Dels Antwort bestand aus einem leisen, spöttischen Lachen.

Skar grinste zurück, setzte sich wieder auf und umschlang die Knie mit den Armen. Sein Blick tastete wieder über die dunkle, massive Wand des Waldes. Er fühlte sich innerlich frei und entspannt wie schon seit langem nicht mehr. Die unbestimmbare Angst, die er beim Betreten des Waldes verspürt hatte, war verschwunden. Aber die Erinnerung daran war noch da. Skar wußte, daß die Hochstimmung, in der sie waren, trog und noch dazu gefährlich war. Das Wasser und die wenigen Augenblicke Ruhe, die sie gehabt hatten – weit weniger, als er bisher geglaubt hatte, wie ihm ein rascher Blick in den Himmel sagte –, gaukelten ihm eine Erholung vor, die es nicht gab. Er war immer noch erschöpft. Ein weniger gut trainierter Mann wäre unter den Belastungen der letzten Tage längst zusammengebrochen, und selbst er spürte, daß er sich den Grenzen seiner Leistungsfähigkeit bedenklich näherte. Er konnte nur hoffen, daß die Bewohner dieses Waldes – wer immer sie waren – sie freundlich aufnahmen. Weder er noch Del waren in der Lage, einen ernstgemeinten Kampf gewinnen zu können. Er stand auf und fuhr sich mit einer müden Bewegung durch das Haar. Dann begann er sich langsam und widerwillig anzuziehen; zuerst den Lendenschurz, dann die geschnürten Sandalen, zum Schluß den schweren, steinharten Lederpanzer. Sein Gewicht ließ ihn aufstöhnen, aber er wäre sich ohne ihn nackt und schutzlos vorgekommen. Er band seine Schärpe um, rammte das Schwert in die Scheide zurück und schlenderte langsam zu Del hinüber.

»Zieh dich an«, sagte er mürrisch, nachdem er ihm Harnisch und Sandalen vor die Füße geworfen hatte.

Del rührte sich nicht. »Warum so eilig?« fragte er. »Laß uns noch ein paar Stunden ausruhen. Ich bin müde.«

Skar schwieg gehorsam. Im Grunde hatte Del recht. Logisch betrachtet, war es Wahnsinn, jetzt weiterzugehen. Aber in ihm war noch immer diese seltsame drängende Unruhe, keine Furcht mehr jetzt, aber dafür ein immer stärker werdendes Gefühl der Unrast. Er spürte einfach, daß es besser war, so schnell wie irgend möglich von hier zu verschwinden.

Del deutete sein beharrliches Schweigen schließlich richtig. Er schüttelte ergeben den Kopf, angelte nach seinen Kleidern und begann sich umständlich im Sitzen anzuziehen. Hose und Umhang ließ er, Skars Beispiel folgend, achtlos liegen.

»Schade, daß wir unsere Wasserschläuche nicht mitgenommen haben«, murmelte er.

Skar rümpfte die Nase. Er hatte immer noch Durst, aber der faulige Geruch, den der Tümpel verströmte, hielt ihn davon ab, ihn zu stillen. »Wir werden schon Wasser finden«, sagte er mit gespielter Zuversicht. »Ich glaube nicht, daß dies der einzige See in diesem Wald ist.«

Del schnallte ungeschickt seinen Harnisch um und nickte. »Zur Not bitten wir jemanden um einen Krug Wein.«

»Ach? Und wen?«

Del deutete beiläufig auf den Waldrand hinter Skars Rücken.

»Vielleicht die dort«, sagte er beiläufig.

Skar brauchte eine halbe Sekunde, um seine Verblüffung zu überwinden und herumzufahren.

Hinter ihnen war ein halbes Dutzend kleiner, dunkel gekleideter Gestalten aus dem Wald getreten.

Skar schluckte verblüfft. Er hatte nicht das geringste Geräusch gehört. Die Männer mußten lautlos wie Geister aus dem Wald getreten sein – wenn es Männer waren. Das Licht war zu schlecht, als daß Skar ihre Gesichter hätte erkennen können, aber ihre Gestalten erschienen ihm auffallend schmal und zerbrechlich. Eher wie die von Frauen oder Knaben. Sechs oder acht – eine stumme Reihe, kaum eine Armeslänge vor dem Waldrand und mindestens ebenso verblüfft wie er.

»Wir sollten unsere ... Besucher begrüßen«, sagte Del stokkend.

Skar brachte ihn mit einer unwilligen Geste zum Schweigen. Die Fremden waren beim Klang von Dels Stimme sichtlich zusammengezuckt. Eine vage, im einzelnen nicht zu erkennende Bewegung ging durch die Reihe. Einer von ihnen sagte etwas und bewegte dazu die Hände. Seine Stimme klang dumpf, die Sprache war schnell und unverständlich.

Skar löste sich endlich aus seiner Erstarrung, breitete die Arme aus und drehte die leeren Handflächen nach außen. Die Geste sollte beruhigend wirken, aber er erreichte genau das Gegenteil. Erst einer, dann wandten sich in rascher Folge alle anderen Fremden zur Flucht und verschwanden so lautlos im Wald, wie sie aufgetaucht waren.

Skar hetzte mit ein paar Schritten zum Waldrand und blieb mit einem gemurmelten Fluch stehen. Von den Männern war keine Spur mehr zu sehen. Er glaubte ein leises Geräusch zu hören, aber nicht einmal dessen war er sich sicher. Der Wald hatte die Gestalten verschluckt. In ihren dunklen, grünbraun gemusterten Kleidern waren sie in dieser Umgebung praktisch unsichtbar. Er hätte sie nicht einmal bemerkt, wenn sie unmittelbar an ihm vorübergelaufen wären.

Skar fluchte ungehemmt vor sich hin. Die erste Begegnung war anders verlaufen, als er sich gewünscht hätte. Die Männer hatten eindeutig Angst vor ihnen gehabt.

Er bückte sich und suchte den Waldboden nach Spuren ab. Natürlich waren keine da, aber die Fremden hatten einen Teil ihrer Ausrüstung zurückgelassen, die er mit Interesse begutachtete. Körbe voller kleiner, beerenartiger Früchte, hölzerne Schalen und feinmaschige Netze aus geflochtenem Gras, in denen Klumpen einer grauen, fleischigen und übelriechenden Masse waren. Pilze wahrscheinlich, wenngleich sich Skar nicht vorstellen konnte, daß das Zeug eßbar war.

Er nahm eine Frucht aus einer der Schalen und drehte sie nachdenklich in der Hand. Sie erinnerte vage an die Caba-Früchte, die reisende Händler manchmal auf dem Markt von Besh anboten, waren aber von dunklerer Farbe und nicht so fest wie diese. Er zögerte, zuckte dann fatalistisch mit den Achseln und biß hinein. Die Frucht würde kaum giftig sein.

Das Fleisch schmeckte süß und angenehm, wenn auch fremd und mit einem leichten pfefferminzartigen Beigeschmack. Er kaute den ersten Bissen vorsichtig, warf dann alle Bedenken über Bord und schob sich den Rest der Frucht in den Mund.

»Nicht besonders mutig, diese Waldmenschen, wie?« fragte Del spöttisch.

Skar sah auf. So, wie er und Del aussahen, war es kein Wunder, daß die Waldbewohner Hals über Kopf die Flucht ergriffen hatten. Gegen die kleinwüchsigen Männer war selbst er ein Riese. Del mit seinen fast sieben Fuß mußte ihnen wie ein Gigant vorkommen – ein bewaffneter, verwahrloster und barbarischer Gigant noch dazu.

»Wir sollten versuchen, sie einzuholen«, sagte er kauend. »Sie werden wiederkommen. Sie oder andere.«

Del langte nach einer Frucht. »Das glaube ich kaum. Sie sind gerannt, als wäre eine ganze Kompanie Sshrilc hinter ihnen her.« Er wischte die Frucht nachlässig an seinem Harnisch ab und biß herzhaft hinein.

»Trotzdem.« Skar schüttelte den Kopf und fuhr sich mit dem Handrücken über den Mund. Sein Magen knurrte hörbar. Die winzige Frucht hatte seinen Hunger nicht gestillt, sondern erst richtig geweckt. »Wir müssen hinterher. Sie werden irgend etwas unternehmen.« Er machte eine weit ausholende Geste, nahm sich eine zweite Frucht und fuhr fort: »Unterschätze diese Leute nicht. Sie haben das hier geschaffen. Jemand, der zu so etwas fähig ist, kann nicht dumm oder schwach sein.«

Del antwortete nicht. Er stopfte sich eine weitere Frucht samt Stiel und Kernen in den Mund, schmatzte hörbar und suchte den Waldboden ab. Skar wartete geduldig, bis er eine Handvoll Früchte aufgelesen und unter seinen Harnisch geschoben hatte.

Dann gingen sie los; Del an der Spitze, Skar mit gezückter Waffe zehn Schritte hinter und etwas neben ihm – eine Marschordnung, die sie schon vor so manch unangenehmer Überraschung bewahrt hatte.

Der Wald nahm an Dichte zu, je tiefer sie eindrangen. Die Bäume rückten enger zusammen, und auch das Unterholz wucherte bald ungezügelt und bar jeder künstlichen Regelmäßigkeit. Ein Schwarm kleiner, dunkler Nachtvögel stob kreischend aus den Baumwipfeln hoch und begleitete sie eine Weile mit Schimpfen und Protestieren, und einmal brach etwas Dunkles und Wuchtiges durch die Büsche und fauchte drohend, ergriff aber die Flucht, als Skar einen Ast nach ihm schleuderte.

Sie marschierten etwa eine Stunde weit, ohne auf das geringste Anzeichen menschlichen Lebens zu stoßen. Schließlich blieb Skar stehen und gab Del ein Zeichen, zu ihm zu kommen. Der Jüngere wandte sich widerwillig um und trat neben ihn.

»Es hat keinen Sinn, einfach aufs Geratewohl weiterzustolpern«, murmelte Skar. »Wir müssen mehr über unsere Umgebung herausfinden.«

Del lächelte. »Und wie gedenkst du dies zu bewerkstelligen, großer Meister?«

Skar überging den Spott in Dels Stimme wortlos. Er schob sein Schwert in den Gürtel zurück, trat an einen der regelmäßig wachsenden Stämme und schlug klatschend mit der Handfläche dagegen. Die Rinde fühlte sich seltsam glatt und fest an.

Neugierig geworden, beugte er sich hinunter und versuchte, in der unsicheren Dämmerung hier am Grunde des Waldes mehr Einzelheiten zu erkennen. Die Rinde sah aus wie eine ganz normale Baumrinde – borkig, zerfurcht und mit einer Unzahl winziger Narben und Risse übersät; eine miniaturisierte Landkarte mit Flüssen und Tälern und Hügeln und Ebenen, angelegt vom geduldigen Wuchs der Natur und unzähligen Jahren voller Stürme und Regen, Wind und Kälte. Das Holz fühlte sich fest und rauh an, und als er versuchte, es mit dem Fingernagel zu ritzen, gelang es ihm nicht.

Er spuckte sich demonstrativ in die Hände, federte ein paarmal in den Knien ein und sprang mit ausgestreckten Armen nach dem untersten Ast.

»Halt die Augen offen«, sagte er, während er – sich wie ein Baumaffe mit Händen und Füßen festklammernd – darauf wartete, daß der dünne Ast aufhörte zu wippen. »Ich möchte keine Überraschung erleben, wenn ich zurückkomme.«

Del postierte sich mit gezücktem Schwert unter dem Baum, während Skar mit vorsichtigen Bewegungen weiterkletterte. Die weit ausladenden Äste wurden dicker, je weiter er nach oben kam, aber sie waren nicht annähernd so stabil, wie Skar gehofft hatte. Der Baum ächzte und bebte unter seinem Gewicht, und mehr als nur einmal konnte er sich nur im letzten Moment am Stamm festklammern, wenn ein Ast unter seinem Gewicht nachgab und abbrach. Trotzdem kam er gut voran und erreichte schon nach wenigen Minuten den Wipfel. Der mannsdicke Stamm gabelte sich hier oben, und in dem so entstandenen Winkel fand er einen einigermaßen sicheren Halt.

Irgend etwas Kleines, Pelziges stob quiekend davon, als er die Hände ausstreckte und nach einer bequemeren Position suchte. Skar erhaschte einen flüchtigen Blick auf große, feuchtschimmernde Augen, einen buschigen Schweif und winzige fünfzehige Krallen, die fast wie kleine Hände aussahen und dem Tier ein bedrückend menschliches Aussehen gaben.

Skar starrte sekundenlang mit klopfendem Herzen auf die Stelle zwischen den Blättern, an der das Baumwesen aufgetaucht war. Dann lächelte er. Er war nicht einmal auf die Idee gekommen, daß der Baum bewohnt sein könnte. Er hatte Glück gehabt. Nicht jeder Bewohner dieser grünen, undurchdringlichen Ebene hoch über dem Waldboden mochte so harmlos sein wie dieser kleine Kerl eben.

Der Vorfall zeigte ihm deutlich, wie weit er noch davon entfernt war, seine normale Form wiedergefunden zu haben. Normalerweise wäre ihm ein so grober Schnitzer nicht unterlaufen. Nicht einmal Del hätte sich so leichtsinnig verhalten.

Vorsichtiger geworden, blieb er eine volle Minute lang reglos in der Astgabel hocken und lauschte mit geschlossenen Augen. Der Baum war erfüllt von vielfältigen Geräuschen – Blätter rieben sich raschelnd aneinander, Äste bogen sich unter der sanften und doch machtvollen Hand des Windes oder ächzten unter dem Gewicht seines Körpers. Irgendwo knackte etwas, leise, monoton und fast zu regelmäßig, um noch natürlichen Ursprungs zu sein, und es dauerte lange, bis Skar das Geräusch identifizieren konnte: Wasser, das auf einen Zweig tropfte.

Mit einem entschlossenen Ruck griff er nach oben und zog sich auf den schwankenden Halt eines überhängenden Astes hinauf. Blätter fuhren raschelnd über sein Gesicht und seine nackten Schultern; ein angenehmes und beinahe sinnliches Gefühl wie das Streicheln samtiger Finger. Er verharrte einen Moment auf seinem unsicheren Halt, löste dann vorsichtig die Rechte vom Ast und schob sich behutsam höher. Der Stamm schien unter seinem Gewicht zu vibrieren, sich zu schütteln und leise und unwillig zu stöhnen, als wäre der Baum ein lebendiges Wesen, das den Fremdkörper abzuschütteln versuchte.

»Skar?« Dels Stimme drang nur gedämpft durch das dichte Blattwerk hinauf. Trotzdem hörte Skar den besorgten Unterton darin. »Alles in Ordnung da oben?«

Skar schüttelte unwillig den Kopf. »Es wird nicht mehr lange so bleiben, wenn du weiter den halben Wald zusammenbrüllst«, gab er schärfer zurück, als nötig gewesen wäre. In dem schattigen, gedämpften Schweigen des Waldes mußten Dels Worte meilenweit zu hören gewesen sein.

Er hangelte sich weiter nach oben und stieß schließlich mit Kopf und Schultern durch die Blätterdecke.

Der Anblick war überwältigend.

Rings um ihn herum erstreckte sich eine wellige, von dunklen Schattentälern durchzogene See an Grün in allen nur denkbaren Schattierungen. Der tiefhängende Sternenhimmel verschmolz irgendwo im Westen mit dem Wald, und die Blätter schienen das Licht nicht zu reflektieren, sondern aufzusaugen. Skar stemmte sich ein Stück weiter nach oben und drehte den Kopf. Sie waren bereits tiefer in den Wald vorgedrungen, als er geglaubt hatte – die dünne, safrangelbe Linie der Wüste war nur noch als schmaler Strich vor dem nahegerückten Horizont zu erkennen; wenig mehr als die bereits halb verblaßte Erinnerung an einen Alptraum, der mit jeder Sekunde weniger real erschien. Er begann sich langsam im Kreis zu drehen, um einen möglichst umfassenden Eindruck von ihrer Umgebung zu erhalten. Der Wald mußte gewaltig sein – die dünne Wüstenlinie im Westen stellte die einzig sichtbare Begrenzung dar, in allen anderen Richtungen verschmolz der erstarrte grüne Ozean mit dem Himmel oder verlor sich irgendwo in unbestimmbarer Entfernung in wogenden Schatten. Ihre Vermutung, es mit einer, wenn auch gewaltigen, Oase zu tun zu haben, war falsch. Dies hier war das Ende der Nonakesh, eine gewaltige, von Leben strotzende Landschaft, die vor ihnen vielleicht noch kein Mensch betreten hatte. Diese oberste Ebene des Waldes war flach. Es gab schmale, an mit mathematischer Akribie gezogene Kanäle und Schluchten erinnernde Zwischenräume, die Flußläufe oder Lichtungen darstellen mochten, aber die Bäume schienen ausnahmslos in der gleichen Höhe gewachsen zu sein. Ein Umstand, der seinen Verdacht bestätigte. Die Gewaltigkeit des Waldes ließ den Gedanken zwar fast erschreckend erscheinen, aber er war zu regelmäßig, um noch natürlich zu erscheinen.

Skar hielt konzentriert nach Anzeichen menschlicher Besiedlung Ausschau, doch seine Suche verlief ergebnislos. Aber das hatte er bereits halbwegs erwartet. Unter dem saftigen grünen Dach des Waldes konnten sich ganze Königreiche verbergen. Jemand, der in der Lage war, so etwas zu erschaffen, war zweifellos auch dazu fähig, sich zu tarnen.

Skar zuckte enttäuscht die Schultern und begann vorsichtig von seinem Ausguck herunterzusteigen. Sie würden weiter auf ihr Glück und den guten Willen der Waldmenschen vertrauen müssen.

Del erwartete ihn mit offenkundiger Ungeduld. »Du warst verdammt lange dort oben«, sagte er verärgert. Er trat zurück, legte den Kopf in den Nacken und blinzelte nach oben, als könne er etwas erkennen, was Skar verborgen geblieben war.

»Nun?«

Skar schüttelte andeutungsweise den Kopf. »Gehen wir weiter«, sagte er anstelle einer direkten Antwort.

Del schürzte die Lippen. »Sehr gesprächig bist du nicht«, sagte er. »Ich - *runter!*« Er sprang zur Seite und gab Skar gleichzeitig einen wuchtigen Stoß vor die Brust, der ihn zurücktaumeln und unsanft zu Boden stürzen ließ. Irgend etwas zischte mit häßlichem Geräusch durch die Luft und grub sich tief in den Stamm des Baumes, vor dem er gestanden hatte. Skar rollte über die Schulter ab, sprang auf die Füße, riß schützend den Arm vors Gesicht und riß gleichzeitig sein Schwert aus dem Gürtel.

Am gegenüberliegenden Waldrand glitzerte Metall. Der Wald erwachte von einer Sekunde zur anderen zum Leben. Ein großer, massiger Umriß erschien zwischen den Bäumen, stand eine halbe Sekunde lang reglos und schob sich dann auf die Lichtung hinaus.

Ein Reiter.

Del hob kampflustig sein Schwert und bewegte sich geduckt auf den Reiter zu.

»Nicht«, sagte Skar leise.

Del verstand. Er nickte unmerklich, blieb stehen und warf Skar einen nervösen Blick zu. Seine Lippen waren zu einem schmalen, blutleeren Strich zusammengepreßt.

»Es ist sinnlos«, murmelte Skar. »Sieh dort hinüber.« Hinter dem ersten Reiter waren andere aus dem Wald gebrochen - sieben, acht, schließlich ein Dutzend. Und die schattige Dunkelheit dahinter mochte noch mehr bergen. Es waren die gleichen kleinen, zerbrechlichen Gestalten wie beim ersten Mal, aber sie wirkten entschieden gefährlicher als die braungekleideten Waldleute, die ihnen am Waldrand begegnet waren; klein, schmalschultrig und drahtig hockten sie mit einer Art selbstverständlicher Eleganz auf ihren Tieren, die sie wie mit den Sätteln verwachsen erscheinen ließ. Und die Reiter waren gepanzert. Schmale, liebevoll ziselierte Brustschilde schützten ihre Körper, Arme und Beine steckte in eng anliegenden Metallschienen, und die Gesichter verbargen sich hinter wulstigen Helmen, die ihre Köpfe bis auf die Schultern hinab bedeckten und nur einen schmalen, bis weit in die Schläfe hinaufgezogenen Schlitz über den Augen freiließen. Die Gesichtsmasken hatten die Form spitzer, nach vorne gezogener Rattenschnauzen.

Skar wich langsam zurück. Seine Hand krampfte sich fester um den Schwertgriff, während er verzweifelt nach einem Fluchtweg Ausschau hielt. Es gab keinen. Die kleine Lichtung war für einen Hinterhalt geschaffen. Obwohl nach allen Seiten offen, war sie doch von einer fast undurchdringlichen Mauer dichten, verfilzten Unterholzes umgeben, in dem sie hoffnungslos steckenbleiben würden, während ihre Verfolger ihre gepanzerten Tiere mit Leichtigkeit hindurchtreiben konnten. Schlagartig wurde ihm klar, daß die Anlage der Lichtung keineswegs bloßer Zufall war. Sie war sorgfältig geplant und von der Hand eines geschickten Gärtners erschaffen worden, so daß ihr künstlicher Charakter nur bei allergenauestem Hinsehen auffiel. Eine Falle, eine von wahrscheinlich unzähligen Fallen, die auf jeden Fremden lauerten, der in das schattige Reich der Waldmenschen einzudringen wagte.

Die Reiter lenkten ihre Tiere in weitem Bogen um die beiden Eindringlinge herum und formierten sich zu einem lockeren Kreis, der sich langsam zusammenzuziehen begann. An eine Flucht war nicht einmal mehr zu denken. Skars Blick tastete besorgt über die langen, gefährlich aussehenden Spieße, mit denen die Reiter bewaffnet waren. Gegen einen nur mit Schwert und Schild bewaffneten Reiter mochte ein Mann zu Fuß eine gute Chance haben – gegen ein Dutzend Lanzenträger nicht.

Der Kreis zog sich langsam enger zusammen. Die Lautlosigkeit, mit der das Vorrücken der goldgepanzerten Reiter vonstatten ging, hatte etwas Unheimliches. Skar wäre fast wohler gewesen, wenn sie geschrien hätten. So aber rückten sie stumm vor, und selbst die Pferde schienen sich zu bemühen, leise aufzutreten und so wenig Geräusche wie nur irgend möglich zu verursachen.

Skar stellte sich Rücken an Rücken mit Del und hob abwehrbereit sein Schwert. Er spürte, wie sich Dels Rückenmuskeln spannten.

»Nicht«, sagte Skar leise. »Eine falsche Bewegung, und sie machen uns nieder.«

Der Vormarsch der Reiter kam zum Stehen. Sie waren dicht genug herangekommen, daß die Spitzen ihrer Lanzen beinahe Skars Brustharnisch berührten. Er überschlug blitzschnell ihre Chancen. Eine schnelle Drehung, ein Sprung unter den Spießen hindurch und direkt auf die Reiter zu – die ledernen Harnische mochten einem nicht zu kraftvoll geführten Stoß der zerbrechlichen Spieße durchaus standhalten – und dann mitten durch und ein paar von ihnen aus den Sätteln gehauen, ehe die anderen sich von ihrer Überraschung erholt hatten ... Aber er verwarf den Gedanken sofort wieder. Die Männer machten nicht den Eindruck, als würden sie sich überrumpeln lassen. Ihre Haltung suggerierte Furcht, aber sie konnte genausogut Vorsicht bedeuten. Sie wären von einem Dutzend Lanzen durchbohrt, ehe sie auch nur zwei Schritte gemacht hätten.

Einer der Reiter löste sich aus der Formation und lenkte sein Tier dichter an Skar heran. *»Norpah!«* sagte er mit einer herrischen Handbewegung zu Skars Schwert. *»Kama shah pankashul!«*

Skar schüttelte langsam den Kopf. »Wir ... verstehen ... dich ... nicht«, sagte er ruhig. Er sprach jedes Wort deutlich und mit übermäßiger Betonung aus, damit, wenn der Reiter die Bedeutung der einzelnen Worte auch nicht begriff, ihm doch wenigstens ihr gemeinsamer Sinn klarwurde.

Die Augen hinter dem geschlitzten Visier blitzten ungeduldig auf. Der Reiter wiederholte seine Bewegung, diesmal mit mehr Nachdruck.

»Ich spreche eure Zunge nicht«, sagte Skar geduldig und in dem Versuch, seiner Stimme einen einigermaßen unbeteiligten Klang zu verleihen. Es gelang ihm nur halb. »Versteht ihr mich?«

Der Reiter überlegte einen Moment und nickte dann. »Ich verstehe dich«, antwortete er. Die Metallmaske vor seinem Gesicht verzerrte seine Stimme und verlieh ihr einen seltsam hohlen, widerhallenden Klang, aber Skar konnte trotzdem noch hören, wie schwer es dem Reiter fiel, die komplizierten Konsonanten und Vokale des Tekanda auszusprechen.

»Legt ... die Waffen ab!«

Skars Schwert senkte sich um eine Handbreit.

»Legt die Waffen ab, wenn ihr diesen Ort lebend verlassen wollt«, verlangte der Gepanzerte noch einmal. »Ich warne kein drittes Mal.«

Skar glaubte ihm. Er senkte sein Schwert vollends und registrierte nach einigen Sekunden erleichtert, daß Del es ihm gleichtat.

Durch den Kreis der Gepanzerten ging ein sichtliches Aufatmen. Offenkundig war ihnen die Vorstellung, gegen die beiden hünenhaften Männer kämpfen zu müssen, alles andere als angenehm gewesen.

Der Anführer lenkte sein Tier mit sanftem Schenkeldruck in die Phalanx der anderen zurück und machte eine stumme, befehlende Geste. Zwei Reiter schwangen sich aus den Sätteln und eilten herbei, um ihre Waffen aufzuheben. Skar ließ es widerstandslos geschehen, daß ihm Dolch und Wurfsterne aus dem Gürtel gezogen wurden.

»Jetzt die Panzer!«

Skar gehorchte auch diesmal. »Ihr mißversteht die Situation«, sagte er, während er umständlicher als nötig die ledernen Befestigungsriemen seines Harnisches löste. »Wir sind friedliche Reisende, die sich in der Wüste verirrt haben und . . .«

»Schweig! Du kannst später genug reden. Betrachtet euch als meine Gefangenen, bis wir in Went sind. Wenn ihr vernünftig seid, geschieht euch nichts.«

Skar nickte ergeben. Er wußte, wann er verloren hatte. Und eigentlich hatte er mehr erreicht, als er erwarten durfte. Sie waren Fremde in einem fremden Land, Eindringlinge, die das Hoheitsgebiet der goldenen Reiter ungefragt betreten hatten. Der äußere Schein sprach gegen sie. Für die Reiter waren sie nichts als zwei zerlumpte, bewaffnete Barbaren, die die strenge Schönheit des Waldes und seiner Bewohner schon allein durch ihre Anwesenheit beleidigten. Die Tatsache, daß die Männer außer ihrer Muttersprache auch das Tekanda beherrschten, bewies, daß sie nicht die ersten waren, die die Nonakesh überwunden und diesen Wald gefunden hatten. Und wahrscheinlich hatten diese Menschen schlechte Erfahrungen mit Fremden gemacht.

Sie mußten sich bis auf die Lendentücher ausziehen und wurden mit dünnen, zähen Ranken gefesselt. Die Anspannung wich erst aus der Gruppe, als sie sicher verschnürt im Kreis der Reiter standen.

Skar musterte die Männer genauer. Sie waren keine Kämpfer, das erkannte er jetzt. Und er sah auch, daß sie mindestens ebensoviel Angst vor ihnen hatten wie umgekehrt. Ihr martialisches Äußeres und die Waffen täuschten nicht darüber hinweg, daß sie wenig oder vielleicht gar keine Kampferfahrung hatten. Del und er waren nur an den Händen gefesselt. Ihre Bezwinger hätten sich gewundert, wenn sie gewußt hätten, was ein entschlossener Mann mit Füßen, Knien und Ellbogen anrichten konnte.

Sie hatten sich überrumpeln lassen, aber die Erkenntnis kam zu spät.

Der Anführer stieg umständlich von seinem Pferd und bückte sich nach Skars Waffe. In seinen Händen wirkte die Klinge riesig, als hätte ein Kind eine Gigantenwaffe in die Finger genommen, um damit zu spielen.

»Wenn er damit ausholt«, flüsterte Del spöttisch, »wird er das Gleichgewicht verlieren und hintenüberfallen.«

Der Mann legte das Schwert zurück und betrachtete Skar eindringlich. Er war so klein, daß er dazu den Kopf in den Nacken legen mußte. Dann setzte er seinen Helm ab.

Skar ächzte verblüfft.

Langes, goldbraun schimmerndes Haar fiel in ungebändigten Locken über die Schulterstücke der Rüstung und umrahmte ein schmales, feingeschnittenes Gesicht. Der kupferfarbene Teint der Haut ließ die leicht schrägstehenden Augen darin dunkler erscheinen, als sie waren.

Der Reiter war kein Reiter, sondern eine Reiterin.

»Eine Amazone!« keuchte Del verblüfft.

Die Frau drehte beim Klang von Dels Stimme ruckartig den Kopf und sah ihn mit unverhohlenem Ärger an. Sie mochte die Worte nicht verstehen, aber Dels Tonfall war recht eindeutig. »Sag deinem Kameraden, daß er in einer Sprache zu reden hat, die ich verstehe«, herrschte sie ihn an.

»Sprich Tekanda«, sagte Skar, ohne den Blick von dem schmalgeschnittenen Gesicht der Frau zu nehmen. »Wenigstens so lange, wie sie in Hörweite ist.«

Die Verblüffung auf Dels Gesicht wich langsam einem ironischen Grinsen. »Eine Frau«, sagte er noch einmal. »Das darf nicht wahr sein. Die beiden gefürchtetsten Satai von Ikne und Belagon lassen sich von einer Horde junger Mädchen übertölpeln!«

Wenn ihre Bezwingerin die Worte verstanden hatte, so ließ sie sich nichts anmerken. Ihre dunklen Augen fixierten Del abschätzend und hefteten sich dann wieder auf Skars Gesicht. »Dein Freund ist verletzt«, stellte sie fest.

Skar nickte. »Ziemlich schlimm, fürchte ich. Einer der Gründe, deretwegen wir herkamen.«

Ein seltsamer Ausdruck huschte über die Züge der jungen Frau. Skar hatte plötzlich den Eindruck, etwas ziemlich Dummes und noch dazu Falsches gesagt zu haben. Aber sie ging nicht weiter auf seine Worte ein.

»Unsere Heilerin wird sich um ihn kümmern«, sagte sie. »Das heißt, wenn wir euch nicht gleich am nächsten Baum aufknüpfen.«

Skar schluckte trocken. Aus dem Mund dieser zierlichen, mädchenhaften Frau hörten sich die Worte beinahe bedrohlicher an als aus anderen Mündern, die früher und bei anderen Gelegenheiten Gleichartiges zu ihm gesagt hatten. Die Frau und ihre Reiter waren ihm und Del unterlegen, das spürte er, und das spürte sie ebenso. Und der Schwache neigt leichter dazu, eine Gefahr gründlicher auszuschalten als der Starke.

Er versuchte, ihr Alter zu schätzen, aber es gelang ihm nicht. Sie konnte achtzehn sein, aber auch dreißig oder vierzig. Die lang wallende Haarmähne ließ ihr Gesicht schmaler erscheinen, als es war, und die wuchtige Metallrüstung machte es unmöglich, ihre wirkliche Statur zu erkennen.

»Wir sind in friedlicher Absicht hier«, sagte er hastig. »Wir wollten nichts, als . . .«

Das Mädchen schnitt ihm mit einer herrischen Bewegung das Wort ab. »Ihr habt nur zu reden, wenn ihr gefragt werdet«, sagte sie schroff. »Wie sind eure Namen, und woher kommt ihr?«

»Ich heiße Skar«, sagte Skar. »Und das da«, fügte er mit einer Kopfbewegung auf Del hinzu, »ist Del, mein Freund.«

»Skar und Del. Mehr nicht?«

»Mehr nicht.«

Sein Gegenüber runzelte die Stirn und schien etwas sagen zu wollen, beließ es aber dann bei einem bloßen Achselzucken und ging zu ihrem Pferd zurück. »Mein Name ist Coar«, sagte sie, nachdem sie sich in den Sattel geschwungen und nach den Zügeln gegriffen hatte.

»Netter Name«, griente Del.

Zwischen Coars Brauen entstand eine steile Falte. »Ich bin die Kommandantin der Königlichen Garde, falls es dich interessiert, *Gefangener Del*«, sagte sie eisig. »Und du wärest gut beraten, wirklich nur dann zu reden, wenn du angesprochen wirst.«

Del grinste unerschütterlich weiter. »Jawohl, Kommandantin Coar. Wie Ihr befehlt. Euer getreuer Diener.«

Skar warf ihm einen warnenden Blick zu, aber Del schien die Sache mit Gewalt auf die Spitze treiben zu wollen. »Und das da«, fügte er mit einer Kopfbewegung auf die Reiter hinzu, »ist dann wohl die *Königliche Garde,* wie?« Der ätzende Spott, mit dem er die beiden Worte aussprach, war nicht zu überhören.

Die dunklen Augen der Kommandantin blitzten drohend auf, aber Del übersah auch diese letzte Warnung.

»Ihr solltet Euch überlegen«, fuhr er fort, »ob –«

Coar riß in einer blitzschnellen Bewegung den Säbel aus der Scheide und schlug zu. Del schrie auf, taumelte zurück und preßte die gefesselten Hände an die Wange. Zwischen seinen Fingern sikkerte Blut hervor.

»Ich habe dich gewarnt«, murmelte Skar.

Del schenkte ihm einen zornigen Blick und wandte sich ab.

»Laßt euch das eine Warnung sein«, sagte Coar laut. »Das nächstemal mache ich ernst.«

Skar glaubte ihr. Coar schien nicht zu den Menschen zu gehören, die es in vollen Zügen auskosteten, wenn sie anderen ihre Macht zu spüren geben konnten. Aber sie hatte immer noch Angst vor den beiden hünenhaften Fremden, und das war vielleicht schlimmer. Skar hatte das alte Spiel von Fangen und Gefangenwerden zu oft gespielt, um die Regeln nicht genau zu kennen. Es gehörte zu seinen Grundsätzen, sich in der Rolle des Gefangenen möglichst folgsam und unauffällig zu benehmen. Ein Wächter,

SGH 12/82

der Angst vor seinem Gefangenen hat, ist aufmerksamer.

Coar setzte umständlich ihren Helm auf und zwang ihr Pferd mit einer ungeduldigen Bewegung herum. »Reiten wir. Der Weg ist noch weit.«

Die dünnen Seile, mit denen ihre Hände an die Sättel gebunden waren, spannten sich. Die Gruppe schlug von Anfang an ein scharfes Tempo ein. Die Pferde verfielen in einen gleichmäßigen, kräftesparenden Trab, und die beiden Gefangenen mußten rennen, um nicht von den Füßen gerissen und hinterhergeschleift zu werden. Die junge Kommandantin schien nicht gewillt zu sein, mehr Rücksicht als unbedingt nötig zu nehmen. Aus irgendeinem Grund hatte sie es plötzlich sehr eilig, aus diesem Teil des Waldes herauszukommen. Skar waren die verstohlenen raschen Blicke, die sie und ihre Begleiter immer wieder nach rechts und links warfen, nicht entgangen. Die Königliche Garde schien nicht unbedingt der unumschränkte Beherrscher dieses Waldes zu sein.

Sie bewegten sich im rechten Winkel zu ihrem bisherigen Kurs weiter. Waren Del und Skar bis dahin in direkter Verlängerung des Weges, auf dem sie den Wald betreten hatten, weitergegangen, so schlugen Coars Reiter eine nordwestliche Richtung ein, wobei sie allerdings oft und ohne erkennbaren Grund vom geraden Weg abwichen, sich hierhin und dorthin wandten und einmal sogar in weitem Bogen auf ihre eigene Spur zurückkehrten, ohne daß Skar einen Anlaß dafür erkennen konnte. Es dauerte lange, bis ihm klarwurde, daß Coar keineswegs ziellos vorging, sondern einem sorgsam angelegten und für das Auge dessen, der wußte, wonach er zu suchen hatte, deutlich markierten Weg folgte. Der Wald wurde nun zunehmend dichter, und der in scharfem Tempo begonnene Ritt verlor bald an Schwung. Die beiden Gefangenen wurden noch immer unbarmherzig hinter den Pferden hergezerrt, aber das Tempo war nun so, daß sie es durchhalten konnten. Offensichtlich hatte Coar nicht vor, sie zu Tode zu schleifen.

Skar setzte leichtfüßig über einen Busch, zog den Kopf ein, um einem tiefhängenden Ast auszuweichen, und verdrehte sich halbwegs den Hals, um nach Del zu sehen. Sie waren getrennt worden – ob zufällig oder mit Vorbedacht, vermochte er nicht zu sagen –, so daß sich Del fast fünfzig Schritt hinter ihm am Ende der Gruppe befand. Sein Gesicht hatte einen maskenhaften, fast starren Ausdruck angenommen, und seine Schritte waren zwar schnell, aber von einer hölzernen, ungelenken Art, die Skar mehr als alles andere bewies, daß der junge Satai am Ende seiner Kräfte war. Del wäre nicht der erste, dem seine eigene Willensstärke zum Verhängnis wurde. Skar kannte diese Gefahr nur zu gut – die Barrieren, die einen Menschen vor sich selbst schützten, waren bei einem Satai nur noch bedingt vorhanden. Del konnte weiterlaufen, immer weiter und weiter, zu stolz oder einfach nur zu erschöpft, um aufzugeben, aber er würde diese Leistung mit dem Leben bezahlen. Wo der Wille stärker war als der Körper, endete dieses stumme Duell meist mit dem Tod.

Er begann, langsamer zu laufen. Die dünne Leine zwischen seinen Handgelenken und dem Pferdesattel spannte sich. Der Ruck schien ihm die Arme aus den Gelenken zu reißen, und die geflochtenen Pflanzenfasern schnitten tief in seine Haut, aber er ignorierte den Schmerz und begann im Gegenteil, die Arme mit kleinen regelmäßigen Rucken enger an den Körper zu ziehen.

Der Reiter wandte ärgerlich den Kopf und machte mit seiner behandschuhten Hand eine befehlende Geste, deren Bedeutung Skar unschwer erraten konnte.

»Coar«, sagte er, vor Erschöpfung und Schmerz keuchend. »Ich muß die Kommandantin sprechen.«

Einen Moment lang sah es so aus, als würde der Gepanzerte seine Worte ignorieren und einfach weiterreiten, dann nickte er widerwillig und brachte sein Tier langsam zu Stehen. Skar stolperte noch ein paar Schritte weiter und taumelte schließlich gegen die schweißfeuchte Flanke des Pferdes. »Coar«, wiederholte er atemlos. Seine Zunge versagte ihm den Dienst. Sein Herz hämmerte, und die Erschöpfung schlug wie eine schwere, lähmende Woge über ihm zusammen. Wäre nicht das Pferd gewesen, gegen das er sich lehnte – er wäre gestürzt. In seinem Mund war mit einemmal ein bitterer Geschmack wie nach Kupfer oder altem, rostigem Eisen. Das dumpfe Hämmern der Pferdehufe, der scharfe Schweißgeruch und das metallische Schaben von Rüstungen und eingefettetem Leder erschienen seltsam gedämpft, als nehme er sie durch einen dichten, wattigen Schleier wahr.

»Was ist los?« Coars Stimme zitterte vor Ungeduld und mühsam beherrschtem Zorn. Skar hob müde den Kopf und blinzelte durch einen Schleier aus Tränen und Erschöpfung zu der Kommandantin empor. Die goldschimmernde Rattenschnauze, hinter der sich das Gesicht der jungen Frau verbarg, schien sich vor seinem Blick zu wellen, sie verschwamm, zog sich erst in die Breite, dann in die Länge und befand sich in beständiger unruhiger Bewegung, als betrachte er sie durch einen Vorhang aus glasklarem Wasser.

»Du ... bringst uns um«, keuchte er. Speichel füllte seinen Mund, bitterer, mit dem Geschmack von Erbrochenem durchsetzter Speichel, der seine Sinne umnebelte und eine dünne Verbindungslinie zu dem immer stärker werdenden Gefühl der Übelkeit in seinem Magen schuf. Er hatte das Gefühl, als ob in seinem Inneren etwas ganz dicht davorstand zu zerbrechen. »Wir ... brauchen eine Rast.«

Coar schüttelte den Kopf. »Später. Ihr könnt ruhen, wenn wir in Went sind. Wir können nicht rasten.«

Skar war das winzige Zögern vor ihrer Antwort wohl aufgefallen, aber er war viel zu erschöpft, um sich weitere Gedanken darüber zu machen. Zorn wallte in ihm empor und schwemmte für einen winzigen Moment sogar die Erschöpfung davon.

»Du wirst zwei Tote nach Went bringen«, sagte er wütend. »Wir sind fünf Tage durch diese verdammte Wüste geirrt und halb verdurstet hier angekommen! Del ist verletzt!«

Coar zögerte einen Herzschlag lang. Die starre Goldmaske verbarg ihr Gesicht vor Skars Blicken, aber er hatte den Eindruck, als ob seine Worte die junge Frau nachdenklich gestimmt hätten. Sie bewegte sich unruhig im Sattel, richtete sich auf und griff entschlossen nach den Zügeln. »Eine kleine Weile noch«, sagte sie schließlich. »Wir müssen aus diesem Teil des Waldes heraus, dann rasten wir. Eine meiner Kriegerinnen wird sich um deinen Freund kümmern.« Sie wandte sich abrupt um und lenkte ihr Pferd wieder an die Spitze der Kolonne zurück, ehe Skar Gelegenheit zu weiteren Einwänden hatte.

Die Pferde setzten sich schnaubend in Bewegung. Der Wald wurde noch dichter, und das Unterholz wuchs allmählich zu einer kompakten grünen Masse zusammen. Trotzdem trieben die Reiter ihre Tiere unbarmherzig voran.

Nach einer Weile schimmerte es hell vor ihnen durch die Bäume. Coar hob die Hand und brachte ihr Pferd mit einem brutalen Ruck am Zügel zum Halten. Das Tier schnaubte und begann unruhig auf der Stelle zu treten.

Die Kommandantin wartete, bis der Rest der Gruppe mit den beiden Gefangenen hinter ihr Aufstellung genommen hatte, bevor sie ihr Tier vorsichtig auf die Lichtung hinaustrieb. Skar fiel auf, wie widerwillig sich das Pferd bewegte. Es versuchte immer wieder auszubrechen und zurückzugehen und war nur durch geduldiges Zureden und ein paar energische Rucke am Zaumzeug überhaupt zum Weitergehen zu bewegen. Das Tier hatte Angst. Panische Angst.

Coar ritt ein paar Schritte weit, hielt an und stieß einen knappen Befehl aus. Die Garde sprengte aus dem Wald hinaus und eine sanft abfallende, mit kniehohem Gras bewachsene Lichtung hinunter. Die Lichtung war groß – vielleicht hundert Schritte bis zum gegenüberliegenden Waldrand und nach rechts und links ohne sichtbare Begrenzung –, ehe eine lange, sanft geschwungene Schneise, die den Wald auf unbestimmbare Länge in zwei Hälften spaltete und eine Art natürlicher Grenze zwischen zwei unterschiedlichen Bereichen des Waldes darstellte. Skar fiel auf, wie seltsam das Sternenlicht auf dem Gras schimmerte. Irgend etwas schien mit den Farben nicht zu stimmen; eine Verschiebung in eine unbekannte, mit Worten kaum oder gar nicht zu erfassende Richtung, die ihre Umgebung gleichermaßen fremdartig wie faszinierend erscheinen ließ. Aber er war viel zu sehr damit beschäftigt, mit weit ausgreifenden Schritten hinter dem Pferd herzuhetzen, als daß er genauer auf seine Umgebung hätte achten können. Er spürte, daß er dieses mörderische Tempo nicht mehr lange durchhalten würde. Bei dem unbarmherzigen Voranpreschen der Pferde und mit gefesselten Händen, die von der straff gespannten Leine gnadenlos nach vorne gerissen wurden, genügte die kleinste Unebenheit, eine Wurzel oder ein im hohen Gras verborgener Ast, ihn stolpern und der Länge nach hinstürzen zu lassen. Und was dann geschah, wagte er sich nicht einmal vorzustellen.

Und fast, als wären seine Gedanken ein Stichwort gewesen, auf das ein grausames Schicksal nur gewartet hatte, kam Del in diesem Augenblick aus dem Takt und stolperte. In Skar krampfte sich etwas zusammen, als er sah, wie Del das Gleichgewicht verlor, von der straff gespannten Liane brutal nach vorne gerissen wurde und genau auf die verletzte Schulter prallte. Del schrie gepeinigt, bäumte sich noch einmal auf und versuchte auf die Füße zu kommen. Aber er wurde noch ein paar Meter weit mitgeschleift, ehe es dem Reiter gelang, sein Tier zum Stehen zu bringen.

Die straffe Marschordnung der Gruppe löste sich von einem zum anderen Augenblick auf. Erst Coars helle, befehlsgewohnte Stimme sorgte nach einigen Augenblicken wieder für Ruhe. Sie rief irgend etwas in ihrer dunklen, kehligen Sprache, worauf der Rest der Garde – außer ihr selbst und den beiden Reitern, an deren Sättel Del und Skar gefesselt waren – weiterpreschten und nach wenigen Sekunden am gegenüberliegenden Waldrand verschwanden.

Skar riß verzweifelt an seinen Fesseln, aber die Liane hielt. Mit aller Kraft warf er sich herum, ignorierte den grausamen Schmerz in seinen Handgelenken und Schultern und zerrte Pferd und Reiter Schritt für Schritt auf den reglos daliegenden Del zu.

»Warte!« Coar sprengte heran und durchtrennte mit einem blitzschnellen Säbelhieb seine Fesseln. Skar raffte sich auf und stolperte weiter auf Del zu. Coar sprengte neben ihm her und zügelte ihr Pferd. Das Tier schnaubte und tänzelte erregt. Die Ohren waren eng an den Schädel angelegt, und vor seinen Nüstern schimmerte flockiger Schweiß.

Der Säbel der jungen Gardeführerin blitzte ein zweites Mal auf und durchtrennte Dels Handfesseln. »Kannst du ihn tragen?« stieß sie hervor. Ihre Stimme bebte.

Skar nickte wortlos. Er bückte sich, warf sich Dels reglosen Körper über die Schulter und sah Coar fragend an. Warmes, frisches Blut sickerte aus Dels Schulterwunde und lief an Skars Rükken hinab.

»Zum Waldrand! Rasch!« rief sie.

Ein heller, krächzender Schrei zerriß die Stille. Coar zuckte wie unter einem Peitschenhieb zusammen. Ihr Kopf flog mit einem Ruck in den Nacken.

Skar sah ebenfalls auf. Zuerst gewahrte er nichts Ungewöhnliches, aber dann erkannte er den Grund für Coars Erregung. Über dem westlichen Ende der Lichtung war ein Schwarm riesiger formloser Schatten aufgetaucht. Sie waren noch zu hoch, als daß Skar ihre genauen Umrisse erkennen konnte, aber trotzdem erschien es ihm, als hafte ihnen irgend etwas Böses, Unheimliches und Bedrohliches an.

»Hoger!!« stieß Coar entsetzt hervor. Sekundenlang saß sie wie erstarrt da, dann fuhr sie mit einem Ruck herum. »Schnell!« keuchte sie. »Leg ihn über den Sattel!«

Skar gehorchte, ohne zu zögern. Er wuchtete den schlaffen Körper in den Sattel, warf einen letzten, gehetzten Blick über die Schulter und rannte dann los. Die Phalanx der fliegenden Schatten war näher gekommen; eine regelrechte Formation gigantischer, dreieckiger Ungetüme, die dem Verlauf der Schneise mit fast militärischer Präzision folgten und wie dunkle, in den Himmel gestanzte Löcher wirkten. Coar duckte sich tief über den Hals ihres Pferdes, hielt mit der Linken Dels schlaffen Körper fest und gab dem Tier unbarmherzig die Sporen.

Sie schafften es nicht.

Ein gewaltiger dreieckiger Schatten huschte über das schimmernde Grasmeer, wuchs groß und drohend über Skar auf und stieß mit einem trompetenden Schrei herab. Coars Pferd bäumte sich auf, schlug mit den Vorderhufen in die Luft und begrub im Zusammenbrechen seine Reiterin unter sich. Auf seinem Hals waren plötzlich zwei Reihen parallel verlaufender, blutiger Schnitte.

Skar warf sich zur Seite, prallte ungeschickt auf und rollte herum. Ein halbes Dutzend dünner, scharfer Dolche schien über seinen Rücken zu fahren. Er schrie vor Schmerz und Überraschung, warf sich zur Seite und schlug blind um sich. Seine Faust traf auf irgend etwas Hartes, Horniges. Er schlug noch einmal zu, kam mühsam auf Hände und Knie hoch und verschaffte sich mit einem wütenden Ellbogenstoß Luft. Ein riesiges nachtschwarzes Etwas, das nur aus Zähnen und dolchspitzen Krallen zu bestehen schien, wuchs über ihm auf, hackte nach seinem Gesicht und versuchte ihm die Augen auszukratzen. Er zog den Kopf zwischen die Schultern, kroch hastig zurück und stand schwankend auf. Seine Hand fuhr zum Gürtel, aber die Schwertscheide war leer. Die Waffe hing unerreichbar an Coars Sattel.

Skar duckte sich in Erwartung des kommenden Angriffs. Zum ersten Mal betrachtete er seinen Gegner genauer. Der Hoger war ein fleischgewordener Alptraum - fast so groß wie ein Mann und mit einer achtunggebietenden Sammlung natürlicher Waffen ausgestattet. Die weit ausgebreiteten Schwingen mochten eine Spannweite von zwanzig oder mehr Metern haben, und das Gebiß - eine dreifach gestaffelte faulige Zahnreihe, die in der perversen Karikatur eines Papageienschnabels bleckte - war kräftig genug, einen Mann mit einem einzigen Biß zu zerteilen. Die Schwingen wurden ähnlich derer von Fledermäusen von einem stabilisierenden Knochengerüst getragen, über dem sich eine lächerlich dünne, halbtransparente Haut spannte und an denen große, einwärts gekrümmte Fänge blinkten. Skar schauderte, als ihm klarwurde, wie dicht er dem Tod entronnen war. Die Fänge des Ungeheuers hatten ihn kaum gestreift, und doch hatte eine einzige flüchtige Berührung seinen Rücken in eine blutende Wunde verwandelt.

Skar wich Schritt für Schritt zurück und hielt verzweifelt nach einem Fluchtweg Ausschau. Der Waldrand war in beiden Richtungen vielleicht fünfzig Schritte entfernt, aber er würde ihn niemals erreichen. Die Luft war voller Hoger; ein Alptraum aus Krallen und Zähnen und ledrigen Schwingen, die die Luft mit hohem, pfeifendem Geräusch teilten. Einzig ihre Größe hinderte die Tiere noch daran, sich alle gemeinsam auf ihre wehrlosen Opfer zu stürzen.

Skar wich schrittweise zurück und kniete neben Coars Pferd nieder, ohne das Monstrum auch nur eine Sekunde aus den Augen zu lassen. Das Tier war tot. Die schrecklichen Fänge des Hoger hatten seinen Hals zerfleischt und sein Genick gebrochen. Es lag quer über Coars Beinen und nagelte ihren Körper gegen den Boden. Del lag irgendwo auf der anderen Seite im Gras und rührte sich nicht.

Erneut durchschnitten ein wütender Schrei und das Rauschen mächtiger Schwingen die Luft, als sich der Hoger ein zweites Mal auf sein vermeintlich wehrloses Opfer stürzte. Skars unerwartet heftige Gegenwehr hatte die Bestie überrascht, aber nur für einen Moment.

Er warf sich instinktiv zur Seite und zog den Kopf ein. Die messerscharfen Krallen schnappten dicht vor seinem Gesicht zusammen. Das Geräusch erinnerte Skar an das Zuschnappen einer Bärenfalle.

Der Vogel krächzte, schlug in einer scheinbar plumpen Bewegung mit den Flügeln und gewann wieder an Höhe. In einem weit geschwungenen Bogen setzte er zu einem neuen Angriff an. Skar wich noch einmal aus, sprang hastig vier, fünf Schritte zurück und sah sich gehetzt nach einer Waffe um.

Die Hoger begannen über der Lichtung zu kreisen. Skar hatte plötzlich den Eindruck, als ob sie ihn aus ihren kleinen, funkelnden Augen spöttisch musterten. Mit einem Mal machte sich der verrückte Gedanke in ihm breit, daß diese Bestien mehr als Tiere waren. Seine verzweifelte Gegenwehr schien ihnen eine grausame Freude zu bereiten. Das waren keine Tiere – jedenfalls keine Tiere, wie er sie kannte! Die Monster waren von einer bösen, mordlustigen Intelligenz beseelt.

Skar duckte sich, als der monströse Schatten erneut auf ihn herabstieß. Irgend etwas zischte aus dem Waldrand herüber und grub sich mit einem dumpfen Klatschen in den Hals des Hogers. Die Bestie bäumte sich im Flug auf, überschlug sich in der Luft und stürzte dann wie ein Stein zu Boden.

Skar sah überrascht zum Waldrand hinüber. Ein zweiter Bolzen zischte durch die Luft, riß ein häßliches Dreieck in einen ledrigen Flügel und warf eine weitere Bestie aus der Bahn.

Für die übrigen Hoger schien dieser überraschende Angriff Signal zu einer Änderung ihrer Taktik zu sein. Ihre geordnete Formation löste sich auf, und die Luft über der Lichtung verwandelte sich für Augenblicke in ein Chaos aus krächzenden Schreien und schlagenden Flügeln. Dann stießen zwei der Ungeheuer auf Skar und Coar herab, während sich die anderen den neu aufgetauchten Gegnern entgegenwarfen.

Die Königliche Garde war wieder aus dem Wald hervorgebrochen und sprengte in einer weit auseinandergezogenen Kette auf die Lichtung heraus. Ihre Speere waren schräg nach oben gestellt und bildeten eine tödliche Barriere aus schimmerndem Metall. Allzu erfolgreich schien diese Taktik jedoch nicht zu sein. Skar sah, wie sich einer der Riesenvögel mit weit auseinandergefalteten Schwingen auf die Reiter warf. Drei, vier Speerspitzen bohrten sich in seinen Körper und brachen zwischen den Schulterblättern wieder hervor. Aber der Anprall des gigantischen Körpers ließ die Lanzen zersplittern und warf Männer und Tiere gleichermaßen zu Boden. Die geordnete Formation der Garde löste sich auf. Die Speere bildeten plötzlich keinen undurchdringlichen Wall mehr, sondern nur noch vereinzelte, leicht zu umgehende Hindernisse, zwischen denen sich die Hoger spielerisch auf ihre Opfer stürzen konnten.

Skar blieb keine Zeit mehr, dem schrecklichen Schauspiel weiter zu folgen. Ein nachtschwarzer Schatten wuchs über ihm empor, drängte ihn zurück und warf ihn mit brutaler Kraft zu Boden. Harte, dornenspitze Krallen fuhren über sein Gesicht. Coar schrie gellend auf, als sich ein zweiter Hoger in ähnlicher Weise auf sie stürzte.

Skar strampelte verzweifelt mit den Beinen und versuchte hochzukommen. Aber der Hoger hockte wie ein großer, böser Alpdruck auf seiner Brust und drückte ihn mit seinem Körpergewicht in den weichen Boden. Seine Flügel waren weit ausgebreitet, die dornigen Fortsätze tief in den Boden verkrallt.

Skar drehte den Kopf unter den gierig zupackenden Krallen des Hogers weg, zog die Arme an den Körper und warf sich dann mit aller Kraft herum. Das Manöver verschaffte ihm für wenige Augenblicke Luft. Er zog die Beine an und stieß dem Ungeheuer die Knie in den Leib. Ein schmerzhaftes Zucken lief durch den monströsen Körper. Skar holte aus und schlug drei-, viermal hintereinander zu. Er spürte, wie die empfindlichen Hohlknochen der Bestie unter seinen Fäusten brachen. Der Vogel kreischte, hell und spitz diesmal, ein Geräusch, das kaum noch Ähnlichkeit mit den wütenden Angriffsschreien der Bestien hatte. Seine Kiefer klappten über Skars Gesicht auseinander. Ein Schwall übelriechenden Atems schlug ihm entgegen. Aber unbegreiflicherweise zögerte das Monstrum, seine schrecklichste natürliche Waffe einzusetzen.

Skar kannte Hemmungen dieser Art nicht. Mit einer gewaltigen Kraftanstrengung stieß er den Vogel von sich, sprang auf und schmetterte ihm die gefalteten Fäuste in den Nacken. Der Hoger bäumte sich auf, erzitterte und fiel mit einem kläglichen Schrei vornüber. Seine gewaltigen Schwingen zuckten noch einmal, dann lag das Monster still.

Skar fuhr schweratmend herum, um nach Coar zu sehen. Die Kommandantin hatte weniger Glück gehabt als er. Durch das leblose Gewicht des toten Pferdes an den Boden gefesselt, konnte sie nicht viel mehr tun, als den monströsen Angreifer mit ihrer Klinge auf Distanz zu halten – eine Taktik, die nicht besonders erfolgreich war, wie ihr zerbeultes Visier und die Blutflecke auf ihrem Brustpanzer bewiesen.

Skars Blick irrte verzweifelt über den Boden. Er brauchte eine Waffe, unbedingt. Sein Bedarf an Ringkämpfen mit Vögeln war gedeckt.

Ein silbernes Aufblitzen an Coars Sattel ließ ihn zusammenfahren. Sein *Tschekal!*

Er sprang hin, riß die Waffe an sich und schlug noch aus der gleichen Bewegung heraus zu. Der gehärtete Stahl der Satai-Waffe fuhr mit einem widerwärtigen, reißenden Geräusch durch Fleisch und Knochen. Der Hoger bäumte sich auf, schrie hoch und spitz und sank in einer Wolke aus wirbelndem Schwarz und spritzendem Blut zu Boden.

Skar wuchtete den Pferdekadaver ächzend zur Seite und kniete neben Coar im Gras nieder. Selbst durch das geschlossene Visier konnte er erkennen, wie sich ihre Augen ungläubig weiteten.

»Geht es?« fragte er hastig.

Coar nickte mühsam. »Hilf mir auf. Wir müssen zu den anderen.«

Skar half ihr vorsichtig auf die Beine und blickte zum Kampfplatz hinüber. Die Formation der Verteidiger war mittlerweile vollkommen zusammengebrochen, und das Schlachtfeld hatte sich in ein Chaos aus Blut und Schreien verwandelt. Eine Anzahl regloser dunkler Körper im Gras zeigte deutlich, welchen Preis die Hoger für ihren selbstmörderischen Angriff gezahlt hatten, aber die Waagschale neigte sich mehr und mehr zu ihren Gunsten. Die Garde wurde immer weiter zum Waldrand hin zurückgedrängt, und auch zwei der goldgepanzerten Reiter lagen bereits leblos am Boden. Ihre Säbel und die dünnen, gefährlichen Lanzen boten ihnen zwar einen gewissen Schutz, aber die Hoger beherrschten trotz ihres plumpen Aussehens ihr Element vollkommen. Immer wieder stießen sie herab, hackten mit Zähnen und Klauen nach den Reitern und versuchten, in den Rücken der Gardisten zu gelangen.

Skar zögerte nicht mehr länger. Ohne auf Coar oder die kreisenden Ungeheuer über seinem Kopf zu achten, spurtete er los und warf sich mit einem gellenden Kampfschrei in die Schlacht. Sein Schwert schnitt einen flirrenden Halbkreis in die Luft, barst durch Knochen und Fleisch und Flügel und zuckte immer wieder empor. Zwei, drei Hoger torkelten tödlich getroffen zu Boden, ehe die übrigen Monster die neu aufgetauchte Gefahr überhaupt bemerkten. Skar duckte sich unter einer niedersausenden Schwinge weg, wurde von dem gewaltigen Luftzug von den Beinen gerissen und schlug noch im Aufspringen erneut zu. Etwas fraß sich heiß und brennend in seine Schulter, aber er registrierte den Schmerz kaum. Irgendwoher wußte er plötzlich, daß es in diesem Kampf kein Unentschieden geben würde. Nur Sieger und Besiegte. Lebende und Tote.

Sein Eingreifen schien den Soldaten wieder Mut zu machen. Ein vielstimmiger, erleichterter Aufschrei ging durch die Reihe der Gardisten. Spieße wurden mit neuem Mut emporgereckt und bohrten sich in schuppige Körper; Schwerter und Pfeilspitzen blitzten auf, und ein Hoger nach dem anderen fiel erschlagen zu Boden. Die Luft war mit einem Mal von durchdringendem, ekelhaftem Blutgeruch erfüllt.

Und dann war der Kampf vorbei, so abrupt, wie er begonnen hatte. Der letzte Hoger starb mit einem Armbrustbolzen im Auge, und die Luft über der Schneise war plötzlich leer.

Skar ließ erschöpft die Arme sinken. Sein Herz raste, und in seinen Ohren war ein dumpfes auf- und abschwellendes Rauschen, das Geräusch seines eigenen Pulsschlages, das alle anderen Laute übertönte. Die Waffe in seiner Hand schien plötzlich Tonnen zu wiegen. Seine verkrampften Finger öffneten sich. Das Schwert polterte zu Boden. Plötzlich spürte er die Schmerzen, seinen aufgerissenen Rücken, all die kleinen, blutenden Wunden, die Erschöpfung. Lichtung und Reiter begannen sich um ihn zu drehen. Eine Gestalt tauchte vor ihm auf – klein, schmal und in rotfleckiges, schimmerndes Gold gehüllt, mit einem absurd spitz zulaufenden Gesicht. Sie sagte etwas in einer Sprache, die er nicht verstand, und streckte zaghaft die Hand aus.

Er trat einen Schritt vor, schwankte und brach in die Knie. Übelkeit wallte in ihm hoch. Er griff haltsuchend nach der ausgestreckten Hand, verfehlte sie und fiel der Länge nach ins Gras. Dann verlor er das Bewußtsein.

Das Gefühl einer weichen, warmen Berührung war auf seiner Stirn; die Berührung zarter Finger, sanft und stark, besorgt und fordernd zugleich. Er erinnerte sich, das Bewußtsein verloren zu haben, aber er wußte nicht, wie lange er so reglos dagelegen hatte – vielleicht nur Augenblicke, vielleicht auch Stunden. Zeit hatte keine Bedeutung mehr. Er lag einfach da, genoß das zarte Streicheln auf seiner Haut und die wohlige, anschmiegsame Wärme des Grasbettes. Es war lange her, daß er das letzte Mal so dagelegen hatte, viel zu lange, daß sein Körper das bekommen hatte, was er außer Wärme und Schlaf noch brauchte. Zu lange, daß er einem Menschen andere Gefühle als Mißtrauen, Haß oder allerhöchstens geschäftsmäßige Höflichkeit entgegengebracht hatte. Daß er in den Armen einer Frau erwacht war, deren Körper er nicht mit Gold oder seinem Ruf als Satai gekauft hatte.

Aber das Wohlbefinden hielt nicht lange an. Irgendwo an seiner rechten Seite machte sich ein kleiner, häßlicher Schmerz bemerkbar, ein bohrendes Stechen zuerst, mehr ärgerlich und störend als wirklich schmerzhaft, das sich von Pulsschlag zu Pulsschlag steigerte und schließlich zu einem hämmernden Brennen wurde, das ihn aufstöhnen ließ.

Er öffnete die Augen, blinzelte verwirrt und versuchte zu lächeln, als er Coars Gesicht über sich erkannte. Er hatte gehofft, daß es ihre Hände waren, die ihn berührten.

»Skaham tarat argo«, sagte sie. *»Menerath kenetai?«*

Skar runzelte die Stirn und deutete ein Achselzucken an. Er verstand die Worte nicht, aber ihr Klang gefiel ihm. Aus dem Munde der jungen Amazone klangen sie seltsam weich und melodisch, weniger wie die Worte einer Sprache als vielmehr Reime eines fremdartigen Gesanges, der gleicherweise schwermütig wie froh stimmte.

»Verzeih«, sagte sie, nun wieder in Tekanda. »Ich habe dich gefragt, wie du dich fühlst.«

Skar stemmte sich ächzend auf die Ellbogen. Coar versuchte, ihn mit sanfter Gewalt zurückzudrängen, aber Skar schob ihre Hand beiseite und schüttelte den Kopf. »Es geht schon wieder«, murmelte er. »Was ist geschehen?«

»Du hast uns gerettet.«

»Ich?« Skar lächelte flüchtig. »Sicher nicht.«

»Ohne dich hätten die Hoger gesiegt.«

Skar blickte die junge Kommandantin unsicher an. Seltsamerweise ließen Coars Worte ein Gefühl der Verlegenheit in ihm aufsteigen – eine Art der Empfindung, die er eigentlich gar nicht kannte. Er war sich seiner Kraft immer bewußt gewesen, und er war es gewohnt, ohne falsche Zurückhaltung darüber zu reden. Coars Worte erweckten in ihm fast so etwas wie Beschämung. Vielleicht lag es daran, daß er sich nicht an alle Einzelheiten des Kampfes erinnern konnte. Er wußte, daß er sein Schwert hochgerissen und sich der Übermacht der schwarzen Bestien entgegengeworfen hatte, aber alles, was danach geschehen war, schien hinter einem Vorhang aus Schreien und Schmerzen und blitzendem Metall verborgen zu sein.

»Ich habe ein paar von den Biestern erledigt«, sagte er ausweichend, »aber die meisten sind wohl deinen Männern zum Opfer gefallen.«

Coar schüttelte entschieden den Kopf. »Du hast ihnen Mut gemacht, Skar. Du hast ihnen gezeigt, daß man einen Hoger besiegen kann. Ohne dein Eingreifen wären wir verloren gewesen. Zumindest«, schränkte sie ein, als sie den verlegenen Ausdruck auf seinen Zügen sah, »hätte der Kampf wesentlich mehr Opfer gefordert.«

Etwas an der Stimme, in der sie sprach, irritierte Skar. Ihre Stimme klang anders als zuvor. Skar versuchte, den Unterschied genauer herauszuhören, aber es gelang ihm nicht. Betonung und Wortwahl waren unverändert, und doch war da ein Unterschied. Bisher hatte Coar mit einem Gefangenen geredet. Jetzt sprach sie mit einem Gleichgestellten.

Er setzte sich vollends auf, tastete geistesabwesend nach seinen zerschundenen Ellbogen und sah Coar in die Augen. Einen Moment lang hielt sie seinem Blick stand, dann senkte sie den Kopf und sah verlegen zu Boden.

Skar fiel plötzlich auf, wie attraktiv die Gardeführerin war. Vielleicht lag es an der Beleuchtung, vielleicht an der Taubheit, die noch immer nicht ganz aus seinem Kopf verschwunden war – jedenfalls hatte er plötzlich das Gefühl, die junge Frau zum ersten Mal zu sehen. Dabei war sie keine Schönheit, zumindest nicht im herkömmlichen Sinne. Sie entsprach keinem der Schönheitsideale Enwors, und auch er selbst bevorzugte normalerweise einen anderen Frauentyp. Ihre Haut war für seinen Geschmack zu dunkel und grobporig, und die Augen für das schmal geschnittene Gesicht eine Spur zu groß. Es waren Augen, die – mandelförmig, dunkel und leicht schräggestellt – denen der flachgesichtigen gelben Frauen aus dem Osten glichen. Dazu eine schmale Nase und dünne, wie mit einem Federkiel gezogene Augenbrauen, die um mehrere Nuancen heller als das Haupthaar waren und im schwachen Schein der Sterne beinahe weiß schimmerten. Nein – Coar war nicht schön; nicht einmal hübsch. Aber sie besaß etwas anderes – eine natürliche Eleganz, eine Art, sich zu geben, zu reden oder wie jetzt einfach nur stumm dazusitzen und mit unbewegtem

Gesicht zu Boden zu starren, die all die kleinen Mängel, mit denen die Natur sie ausgestattet hatte, mehr als nur ausglich.

Er sah, wie Coar sich unter seinem forschenden Blick zunehmend unbehaglicher zu fühlen begann, und sah – nun seinerseits verlegen – weg. Plötzlich kam ihm ihrer beider Verhalten albern, ja beinahe kindisch vor. Ihre Rollen waren genau verteilt – sie die selbstbewußte, starke Führerin einer schlagkräftigen Reitertruppe, er und Del nichts als zwei hilflose Gefangene, die einem mehr als ungewissen Schicksal entgegenblickten, Eindringlinge, die, wenn überhaupt, dann höchstens Gnade und ein wohlwollendes Anhören ihrer Geschichte erwarten durften. Und doch unterhielten sie sich jetzt wie zwei Gleichgestellte; Fremde, die voneinander nichts als ihre Namen wußten und sich behutsam an den anderen heranzutasten versuchten. Irgend etwas war mit Coar geschehen, aber Skar konnte sich nicht erklären, was es war. Der Wechsel in ihrem Verhalten konnte nicht allein in seinem Eingreifen in den Kampf gegen die Hoger begründet sein. Schließlich hatte sein Leben genauso auf dem Spiel gestanden wie das der Gardisten. Aber nicht nur mit Coar, das erkannte er plötzlich, war eine Veränderung vor sich gegangen. Auch in ihm schien sich in der kurzen Zeit etwas gewandelt zu haben. Und je intensiver er sich bemühte, gegen diese plötzliche Unordnung in seiner Gefühlswelt anzukämpfen, desto stärker schien sie zu werden. Coars Nähe bewirkte etwas in ihm, das ihn erschreckte. Ein vollkommen neues Gefühl der Unsicherheit.

Er räusperte sich verlegen, erhob sich auf ein Knie und griff dankbar nach Coars Hand. Sie wich seinem Blick aus, aber er ging nicht weiter darauf ein. Wie so viele Fragen, die in den letzten Stunden auf ihn eingestürmt waren, würde er auch sie später klären müssen. Aber er nahm sich fest vor, es wirklich zu tun. Er konnte es sich nicht leisten, sich nicht über seine Gefühle im klaren zu sein.

Auf der Lichtung hatte sich eine rege Betriebsamkeit erhoben. Die Soldaten hatten ihre Pferde am Waldrand angebunden. Zwei der kleinen, in schimmerndes Gold gehüllten Gestalten lagen reglos ausgestreckt neben den Tieren im Gras. Die anderen waren eifrig damit beschäftigt, die monströsen Vogelkadaver in die

Mitte der Lichtung zu schleifen und auf einen Haufen zu schichten.

»Warum tun sie das?« fragte Skar.

Coar zögerte. Ihre Gestalt straffte sich, und auf ihren Zügen erschien für Sekunden ein Ausdruck, der irgendwo zwischen Angst und Ekel lag; fast als hätte Skar eine obszöne und schmutzige Frage gestellt. Dann hatte sie sich wieder in der Gewalt.

»Damit sie nicht wiederkommen«, antwortete sie. »Wir . . . verbrennen sie.«

»Wiederkommen?« fragte Skar verwundert. »Ich verstehe nicht, was du meinst.«

Coar lächelte traurig und suchte für ein paar Augenblicke sichtlich nach Worten. »Sie sind . . . *Khtaám*«, stieß sie schließlich hervor. »Ich weiß das Wort in deiner Sprache nicht. Rückgänger? Nein . . . Wiedergänger.«

Skar nickte verblüfft. »Du meinst . . . diese Bestien sind nicht . . . nicht tot?« fragte er stockend.

Coar biß sich auf die Lippen. »Erschlagene Hoger werden zu *Khtaám*«, wiederholte sie. »Zu Nachtmahren. Sie sterben nicht. Nicht so wie wir, wie du und ich. Ein Mensch, der von ihnen gerissen wird, erwacht, aber ein Hoger, der im Kampf getötet wird, wird zum Nachtmahr, wenn man seinen Körper nicht vollkommen vernichtet. Deshalb müssen wir sie verbrennen.«

Aber Skar ließ nicht locker. Der Gedanke, daß ein einmal getötetes Lebewesen – gleich welcher Art – wiederaufstehen und zu neuem Leben erwachen sollte, erschreckte ihn zutiefst. Natürlich gab es Legenden und Mythen über Wiedergänger und lebende Tote bei fast jedem Volk, das er kannte, aber irgendwie paßte ein solcher Aberglaube nicht zu dem Bild, das er sich bisher von Coar und ihrem Volk gemacht hatte.

»Du meinst, ihre Seelen geistern herum und verbreiten Angst und Schrecken?« fragte er unsicher.

»Nicht ihre Seelen. Gibt es dort, wo ihr herkommt, keine Hoger?«

Für einen winzigen Augenblick dachte Skar an die gigantischen schwarzen Daktylen, auf denen die Bewohner der Nordlande ritten. Aber diese gezähmten Flugsaurier hatten kaum eine Ähnlichkeit mit den geflügelten Todesboten, gegen die er gekämpft hatte. Er schüttelte den Kopf. »Nein. Weder Hoger noch Nachtmahre oder sonstige Alpträume. Erzähl mir davon. Wie sehen sie aus, diese Nachtmahre?« Er wußte nicht, ob Coar das Wortspiel verstanden hatte, aber der besorgte Ausdruck auf ihrem Gesicht blieb.

»Später vielleicht.« Der Ton, in dem sie die beiden Worte aussprach, machte deutlich, daß sie nicht gewillt war, weiter darüber zu reden. Und Skar respektierte diesen Wunsch. Es war niemals ratsam, sich in Sitten und Gebräuche einer Kultur einzumischen, von der man nichts wußte.

»Wurden viele deiner Leute verletzt?« fragte er, um das Thema zu wechseln.

»Fast alle. Aber keiner sehr schwer. Keiner bis auf ...« Sie stockte, sah die beiden reglosen Gestalten neben den Pferden an und ballte die Fäuste. »Alle bis auf Majall und Senja«, stieß sie hervor. »Sie sind erwacht.« Sie warf den Kopf in den Nacken, preßte für einen winzigen Moment die Lider aufeinander und hatte sich dann wieder vollkommen in der Gewalt. Skar bewunderte im stillen die Disziplin dieser jungen Frau. In ihrem Inneren mußte ein wahrer Vulkan toben. »Keiner von den anderen ist so schlimm verletzt wie dein Freund Del. Sein Name war doch Del?«

Skar drehte sich unwillkürlich um, um nach dem Jungen zu sehen.

Coar deutete seinen Blick richtig. »Larynn kümmert sich um ihn«, sagte sie. »Sie ist keine Heilerin, aber sie hat geschickte Hände. Sie versorgt meine Mädchen oft, wenn eine verletzt ist. Wir haben ihn in den Wald gebracht. Dort drüben, zwischen den Bäumen.«

Skar blickte in die angegebene Richtung. Die Soldaten hatten Del – genau wie ihn – von der eigentlichen Lichtung heruntergeschafft und im Schutz der ersten Bäume niedergelegt. Eine schmale, in zerbeultes Gold gekleidete Gestalt beugte sich über ihn und machte sich mit vorsichtigen Bewegungen an seiner Schulter zu schaffen.

Skar folgte der Kommandantin zum Waldrand hinüber. Del lag

lang ausgestreckt im weichen Moos zwischen den Bäumen, halb mit einer grobgemusterten Pferdedecke zugedeckt und ein Büschel Gras als Kissen unter dem Kopf. Sein nackter Oberkörper glänzte vor Schweiß und geronnenem Blut. Die Wunde war erneut aufgebrochen und sah schlimmer aus denn je.

»Nun?«

Larynn erhob sich mit einer geschmeidigen Bewegung, als Coar das Wort an sie richtete.

»Wie geht es ihm?« Sie sprach - wohl aus Rücksicht auf Skar - noch immer Tekanda, das er verstand.

Zwischen Larynns Brauen entstand eine steile Falte. Sie war jünger als Coar; achtzehn, vielleicht - allerhöchstens - zwanzig, schätzte Skar. Ihr Gesicht war hübsch, aber ihr fehlte der energische Zug, der Coar auszeichnete. Ein Mädchen, das sich in Männerkleider gepreßt hatte. Keine Kriegerin.

»Es sieht ... nicht gut aus«, antwortete sie schwerfällig. Ihre Lippen hatten sichtlich Mühe, die ungewohnten Worte der fremden Sprache zu formen. Aber sie beherrschte sie trotzdem erstaunlich gut. »Er muß zu einer Heilerin, oder er wird bald erwachen.« Sie wies mit einer Kopfbewegung auf die bloßgelegte, rissige Wunde, die sich wie ein pulsierendes lebendes Geschwür über Dels Schulter und einen Teil der Brust ausgebreitet hatte, und stieß dann angeekelt mit dem Fuß gegen den schmutzerstarrten Fetzen, der ihnen als Verband hatte dienen müssen. »Er hat Wundbrand, und das schon ziemlich lange, fürchte ich. Wann ist es passiert?«

Skar antwortete nicht sofort. Fünf endlos lange Tage waren sie durch die Nonakesh geirrt, aber das schien bereits Ewigkeiten zurückzuliegen. Sein Zeitgefühl war irgendwo auf dem Weg zwischen dieser Lichtung und dem Waldrand verlorengegangen.

»Vor fünf Tagen«, antwortete er schließlich.

Larynn nickte. »Das habe ich befürchtet. Eigentlich dürfte er schon gar nicht mehr leben. Das Wundgift ist in seine Adern geraten und zerfrißt seinen Körper. Und diese dreckigen Lappen haben alles noch viel schlimmer gemacht.«

»Es war alles, was wir hatten«, gab Skar gereizt zurück. »Ich hätte die Quorrl ja um frischen Verbandsstoff bitten können, als sie auf uns eindroschen.«

Larynn lächelte sanft. »Verzeih, Skar. Es war nicht als Angriff gemeint, nur als Erklärung. Aber wir müssen deinen Freund schnellstens nach Went bringen. Unsere Heilerin wird ihn retten.«

»Seinen . . . Arm auch?« fragte Skar hastig.

Larynn antwortete nicht.

»Warum«, fragte Coar leise, »hat er nicht gesagt, wie schwer er verwundet ist?«

Skar zuckte die Achseln. Einen Moment lang war er versucht, sie daran zu erinnern, wie unbarmherzig sie sie durch den Wald getrieben hatte, aber ein einziger Blick in ihre Augen sagte ihm, daß das nicht nötig war. Schon ihre Frage war eine unausgesprochene Bitte um Vergebung.

»Vermutlich hat er es selbst nicht gewußt«, sagte er ausweichend. »Oder es nicht wahrhaben wollen. Del ist sehr stolz. Mehr, als gut für ihn ist, manchmal. Er ist noch sehr jung.«

Coar schüttelte den Kopf. »Del ist ein seltsamer Mann. Ihr beide seid seltsame Männer, Skar. Was seid ihr?«

»Satai!«

Coar überlegte einen Moment. »Und was«, sagte sie dann, »sind Satai?«

»Wir sind Krieger. Söldner, wenn du so willst. Aber wir stehen in niemandes Sold.«

Coar runzelte die Stirn. »Das verstehe ich nicht.«

»Ich verstehe es manchmal selbst nicht. Nimm uns als wandernde Abenteurer, wenigstens vorerst. Später erkläre ich es dir genauer, wenn du dich wirklich dafür interessierst.«

Coar gab sich vorerst mit dieser Erklärung zufrieden, wenngleich Skars Worte ihre Verwirrung wohl eher noch gesteigert hatten, und wandte sich wieder an Larynn. »Versorge ihn, so gut du kannst«, sagte sie. »Und laß eine Trage für ihn bauen. Den Ritt auf einem Pferderücken bis Went würde er nicht überleben.«

Larynn nickte gehorsam, schenkte Skar noch einen undeutbaren Blick und beugte sich dann wieder zu dem Bewußtlosen hinab, um weiter an seiner Wunde zu hantieren.

Coar atmete hörbar ein und wandte sich ab. Sie legte den Kopf in den Nacken und suchte einen Moment lang aufmerksam den

Himmel über der Lichtung ab. Dann ging sie steifbeinig zu den Kriegerinnen hinüber, die die Vogelkadaver mittlerweile auf einen großen Haufen in der Mitte der Lichtung geschafft hatten.

Skar folgte ihr. Coars Verhalten verwirrte ihn mit jedem Moment mehr. Sie benahm sich ihm gegenüber jetzt ganz und gar nicht mehr so, wie man es von ihrer Rolle als Siegerin erwarten konnte. Natürlich hatte er sich ein gewisses Recht auf Dankbarkeit erwirkt, doch das, was er jetzt erlebte, ging über jede Logik.

Coar blieb stehen und bedeutete ihm mit einer stummen Geste, sich dem Scheiterhaufen nicht weiter zu nähern. Die Kriegerinnen waren gerade dabei, den letzten toten Hoger auf den Kadaverhaufen zu zerren. Trotz ihrer gewaltigen Größe schienen die Ungeheuer nicht so schwer zu sein, wie ihr monströses Äußeres vermuten ließ. Wären sie es gewesen, hätten sie wahrscheinlich selbst mit ihren gigantischen Schwingen nicht fliegen können. Andere Kriegerinnen waren damit beschäftigt, Äste, Wurzeln und trockenes Reisig vom Wald herüberzuschaffen und im Kreis um die Kadaver herum aufzuschichten. Ihre Bewegungen waren schnell und fahrig, als täten sie alles in großer Hast, und mehr als einmal hob eine der gepanzerten Gestalten den Kopf und sah nervös nach oben. Skar fiel auf, daß sie trotz der schweren Arbeit sämtlich in voller Rüstung und bewaffnet waren, als rechneten sie jederzeit mit einem neuen Angriff. Die Speere staken unweit des improvisierten Scheiterhaufens im Boden, nahe genug, daß die Kriegerinnen sie mit einem raschen Sprung erreichen konnten, und zwei Gardistinnen hielten mit gespannten Armbrüsten Wache. Nach allem, was Skar erlebt hatte, verstand er diese Vorsichtsmaßnahmen nur zu gut. Was ihm um so weniger begreiflich erschien, war, warum die Gruppe nicht so rasch wie möglich das Weite suchte, sondern sich um eines bloßen Aberglaubens willen der Gefahr eines weiteren Überfalles aussetzte. Aber er sprach diesen Gedanken nicht laut aus. Coar würde wissen, was sie tat. Dies war ihr Land, nicht seines. Was ihm absurd und widersinnig vorkam, mochte hier seine Berechtigung haben und umgekehrt.

Die Kriegerinnen beendeten ihr grausiges Werk und traten zurück. Eine Fackel glomm auf; ein winziger, rotgelber Glutpunkt zuerst, der in der samtblauen Dunkelheit wie ein böses Auge funkelte und sich in Sekundenschnelle zu einer knisternden Flamme ausbreitete. Reisig knackte, begann funkensprühend zu brennen. Plötzlich schlug eine hohe, schwefelgelbe Flamme aus dem Reisigkreis, explodierte mit phantastischer Geschwindigkeit nach allen Seiten und griff fast augenblicklich auf die Vogelkadaver über. Die Lichtung erglühte von einer Sekunde zur anderen in grellem, blauweißem Feuer; Helligkeit, die das Grün des Grases und die Farbe der Himmelskuppel verblassen ließ, aus den Umrissen der Soldaten schwarze, tiefenlose Schatten machte und den Wald dahinter wie eine kompakte Mauer erscheinen ließ. Eine intensive Hitzewelle trieb die Kriegerinnen schrittweise zurück.

Skar beschattete die Augen mit der Linken und versuchte, durch den Vorhang aus gleißendem Licht einen Blick auf den eigentlichen Scheiterhaufen zu werfen. Die Flammen hatten bereits auf die Vogelkörper übergegriffen. Die dünnen, ledrigen Flügel verschmorten unter der ungeheuren Hitze zu einem Netzwerk aus häßlichen, ölig schimmernden Fäden und tropften brennend zu Boden. Fettiger schwarzer Qualm stieg auf und verteilte sich über der Lichtung. Für einen Moment schienen sich die dunklen Körper hinter dem Flammenvorhang zu bewegen, fast, als lehnten sich die Bestien selbst im Tode noch gegen ihr Schicksal auf, und mit einem Mal erschien Skar das, was Coar über die Hoger erzählt hatte, gar nicht mehr so lächerlich. Aber es mußte eine Täuschung sein. Die auf- und niederwogenden Flammen und die Hitze gaukelten ihm die Illusion von Bewegung vor.

Er blinzelte noch einen Moment in die tobenden Flammen und sah dann weg. Sein Gesicht brannte, und die Hitze des Scheiterhaufens schlug mit solcher Macht gegen seine nackte Haut, daß er fast glaubte, nur wenige Handbreit von der Flammenwand entfernt zu sein statt eines Dutzends Schritte.

Coar wandte sich um. »Gehen wir.«

Skar verstand die Worte über dem Brüllen der Flammen kaum, aber ihr Blick und die begleitende Geste sagten ihm genug. Coars Gesicht war vom flackernden Feuerschein in grellrotes Licht getaucht. Es sah aus, als wäre es mit Blut übergossen.

Sie gingen zum Waldrand zurück. Trotz des Tosens der Flammen breitete sich eine seltsame, bedrückende Stille über dem Platz aus. Keine der Kriegerinnen sprach auch nur ein Wort, und selbst ihre Bewegungen waren von dem Bestreben diktiert, so wenige Geräusche wie nur möglich zu verursachen, als fürchteten sie, die Geister der toten Hoger zu wecken. Die beklemmende Stimmung hob sich erst, als sie die Lichtung verlassen hatten und der Feuerschein nur noch gedämpft durch das dichte Blattwerk des Waldes zu ihnen drang. Die Kriegerin neben Skar atmete hörbar auf. Aber es war ein anderes Aufatmen als das, das man nach der Erledigung einer schweren Arbeit tat. Eher ein fast schmerzhaftes Seufzen, ein Laut, als löse sich eine erdrückende Angst, die würgende Faust tiefsitzender Panik. Coar sagte ein paar Worte in ihrer Muttersprache. Die Gruppe begann sich rasch aufzulösen. Zwei Kriegerinnen begannen die Pferde zu satteln und verstreut herumliegende Ausrüstungsgegenstände aufzusammeln, die anderen eilten zu den Leichen der beiden Erschlagenen hinüber und begannen dicht neben ihnen zu graben.

Skar wandte sich kopfschüttelnd ab. Nach den unübersehbaren Anzeichen von Angst verwirrte ihn das Verhalten der Frauen mehr und mehr. Zuerst eine zeitraubende, zeremonielle Verbrennung, und nun ein Begräbnis. Er schüttelte in stummem Zweifel den Kopf.

Eine Hand berührte ihn zaghaft an der Schulter. Es war Larynn. Sie wirkte erschöpft und müde. Ihre Haut schimmerte wächsern im Widerschein der immer höher aufflackernden Flammen, und die zierlichen, kühlen Finger auf seiner Schulter zitterten spürbar. »Laß mich deine Wunden sehen«, verlangte sie.

Skar hatte den Eindruck, daß das Mädchen eher die Dienste eines Heilers brauchte als er, aber er ließ sie trotzdem gewähren. Ihre Finger fuhren geschickt und sachkundig über seinen Arm, prüften die Verletzung auf Art und Gefährlichkeit und zogen sich zurück, ehe die Berührung die Grenze zum Schmerz überschreiten konnte.

»Es ist nichts Ernstes«, sagte sie leise. »Aber der Riß an deiner Seite sieht nicht gut aus. Schmerzt es sehr?«

Skar machte eine wegwerfende Handbewegung. Der beißende Schmerz dicht unter seinen Rippen war immer noch da, aber die Wunde blutete nicht mehr, und nach allem, was er in den letzten

Augenblicken erlebt hatte, hatte er sie schon fast vergessen. Außerdem hatte er gelernt, zwischen verschiedenen Arten des Schmerzes zu unterscheiden – Schmerz, der einfach nur wehtat, und solcher Schmerz, der Signal für eine echte Gefahr war. Dieser Schmerz gehörte zur ersten Art.

Larynn gab ein ärgerliches Geräusch von sich und schob seine Hand beiseite, als er nach der Wunde greifen wollte. »Ich trage dir eine Salbe auf, die kühlt und den Schmerz lindert. Mehr kann ich im Augenblick nicht tun.«

»Das ist nicht nötig. Der Kratzer heilt auch so.«

»Hat dein Freund Del das auch gedacht?«

Skar zuckte resignierend die Achseln, hob den Arm in Schulterhöhe und wartete mit zusammengebissenen Zähnen, bis Larynn die Wunde gesäubert und mit einer zähen, breiartigen Paste bestrichen hatte. Ihre Worte waren keineswegs übertrieben gewesen. Die Salbe prickelte und brannte für einen flüchtigen Moment, dann machte sich ein kühles, nicht unangenehmes Gefühl der Taubheit in seiner linken Körperhälfte breit. Der Schmerz ließ beinahe augenblicklich nach und verschwand nach wenigen Sekunden vollkommen.

»Das ist alles, was ich im Moment für dich tun kann«, sagte Larynn noch einmal. »Die Heilerin in Went wird sich um den Rest kümmern müssen.«

»Went ist eure Stadt?«

Larynn lächelte, als habe er etwas unglaublich Dummes gefragt.

»Ist es noch weit?«

»Nicht sehr. Eine Stunde, wenn wir schnell reiten würden. Mit euch anderthalb. Aber wir werden vor Sonnenaufgang dort sein.«

»Eine Stunde?« echote Skar verwundert. »Wie konntet ihr so rasch hier sein, wenn Went eine Stunde weit weg ist?«

»Wir wurden gerufen«, antwortete Larynn. »Der Wald verbreitet Botschaften schnell. Und wir wußten, daß Eile geboten war.«

Skar lächelte spöttisch. »Hattet ihr Angst, wir würden euch davonlaufen?«

Statt einer direkten Antwort machte Larynn eine Kopfbewegung auf die Lichtung hinaus, wo der Scheiterhaufen immer höher aufloderte. Es dauerte ein paar Sekunden, ehe Skar begriff, was das Mädchen mit seiner Geste meinte.

»Du meinst«, sagte er verblüfft, »ihr ... seid gekommen, um uns vor diesen Biestern zu schützen?«

»Ja.«

»Aber ... wir ... wir sind Fremde«, stotterte Skar verwundert. »Eindringlinge, die eure Grenzen und vielleicht eure Gesetze verletzt haben!«

»Aber ihr seid Menschen, oder?« Larynn lachte leise und setzte eine Miene auf, als müsse sie einem verstockten Kind erklären, warum zwei und zwei vier und nicht sieben sind. »Ihr seid fremd, und ihr wußtet nichts von den Gefahren, die hier auf euch lauern. Der Wald scheint friedlich, aber er ist es nicht. Wir mußten euch warnen. Außerdem«, fügte sie mit einem verzeihenden Lächeln hinzu, »hast du natürlich recht. Die Nahrak teilten uns mit, daß Fremdlinge aus der Wüste gekommen waren. Wir mußten wissen, wer ihr seid und was ihr wollt.«

Skar verstand mit jedem Wort weniger. Bis vor wenigen Augenblicken hatte er sich noch eingebildet, ein wenig von diesem Volk und seiner Art, zu denken und zu leben, begriffen zu haben, aber das Gegenteil schien der Fall. Der Gedanke, daß diese Menschen sich bewußt der tödlichen Gefahr einer Begegnung mit den schwarzen Ungeheuern ausgesetzt hatten, erschien ihm unglaublich. Und er sprach seine Verwunderung auch aus.

Larynn sah ihn mit einer seltsamen Mischung aus Unglauben und Erstaunen an. »Aber ihr seid Menschen«, sagte sie verwirrt. »Wir wissen nicht, wer ihr seid. Vielleicht nur zwei harmlose Wanderer, die sich in der Wüste verirrt haben, vielleicht auch Feinde. Aber kein Mensch kann so schlecht sein, daß er den Tod durch einen Hoger verdient hätte.«

»Vor wenigen Augenblicken wolltet ihr uns noch töten«, widersprach Skar. Larynn nickte. »Das stimmt«, sagte sie. »Wir töten. Aber die Hoger ...« Sie brach ab, suchte einen Moment lang sichtlich nach Worten und wandte sich dann mit einer schnellen Drehung ab. Skar hatte den Eindruck, daß sie bereits mehr gesagt hatte, als ihr lieb war.

»Dein Freund ist wach«, murmelte sie, abrupt das Thema wechselnd. »Wenn du mit ihm reden willst ...«

Skar nickte. Del lag mit halb geöffneten Augen auf der provisorischen Bahre, die Larynn gebaut hatte – einem Tragegestell aus zwei geraden, kräftigen Ästen, zwischen denen ein Netzwerk aus dünnen Pflanzenfasern gespannt war. Die Konstruktion wirkte alles andere als stabil, aber Skar erinnerte sich noch lebhaft an die Festigkeit der dünnen Lianen. Die brennenden Linien auf seinen Handgelenken erinnerten ihn mit jeder Sekunde daran.

Del versuchte zu lächeln, als er Skar erkannte, aber der Schmerz und die Erschöpfung ließen eine beinahe furchteinflößende Grimasse daraus werden. Skar kniete neben ihm nieder, legte die Hand auf seine unverletzte Schulter und rang sich zu einem aufmunternden Lächeln durch. Dels Haut fühlte sich heiß und fiebrig an, trocken und rissig wie altes Pergament. Krank. Sein Körper bebte unter den Hieben eines Schüttelfrostes, und Skar konnte die schnellen, arhythmischen Pulsschläge bis in die Schulter hinauf fühlen. Plötzlich verstand er Larynns Besorgnis. Die scheinbar unerschöpfliche Energie, die Del seit ihrem Aufenthalt am See an den Tag gelegt hatte, war nichts als ein kurzes, trotziges Aufbäumen gewesen, dem nun der endgültige Zusammenbruch folgte.

Del bewegte mühsam die Lippen.

»Was . . . ist geschehen?« fragte er mit einem Blick auf den lodernden Scheiterhaufen. Die Flammen spiegelten sich in seinen weit aufgerissenen Augen. Es sah aus, als brenne in seinen Augäpfeln ein winziges, doppeltes Feuer.

Skar lachte gezwungen. »Du wirst wohl nie ein richtiger Mann, Kleiner«, sagte er spöttisch. Seine Stimme schwankte hörbar, aber er hoffte, daß Del dies nicht bemerkte. »Du hast den spannendsten Teil verschlafen. Wie immer.«

»Ist etwas . . . passiert?« fragte Del noch einmal. Er schien Skars Worte gar nicht gehört zu haben.

Skar erzählte ihm in knappen, einfachen Sätzen vom Überfall der Hoger und dem anschließenden Kampf. Er wußte nicht, ob Del seine Worte überhaupt verstand. Sein Blick war starr an Skar vorbei auf den flackernden Feuerberg gerichtet, aber nicht einmal den schien er wirklich wahrzunehmen. Sein Gesicht zuckte im Widerschein der Flammen, und die Hände ballten sich unter der dün-

SCHABERICH 12/82

nen Decke zu Fäusten. Aber es lag keine Kraft mehr in der Bewegung. Höchstens noch Trotz.

»Schade, daß ich nicht... dabei war«, sagte er schwach, als Skar fertig war. »Ich hätte gerne... noch einmal an deiner Seite gekämpft.«

»Dazu wirst du noch mehr Gelegenheit haben, als dir lieb ist«, sagte Skar.

»Glaubst du?«

»Ich weiß es. Wenn du hoffst, dich einfach davonschleichen und mich hier allein zurücklassen zu können, täuschst du dich. Du wirst hübsch gesund werden und mir helfen, hier herauszukommen.« Er brach ab, als er merkte, daß Del seine Worte schon gar nicht mehr wahrnahm. Er war erneut eingeschlafen.

Skar stand auf, überzeugte sich rasch davon, daß die dünnen Ranken, die Del auf der Trage hielten, nicht in sein Fleisch einschnitten, und hielt nach Coar Ausschau. Er gewahrte ihre verbeulte Rüstung zwischen den anderen, zögerte einen Moment und ging dann langsam zu der Gruppe hinüber.

Die Arbeit war bereits überraschend weit fortgeschritten. Die beiden flachen Gruben waren fertig ausgehoben, und zwei Kriegerinnen waren damit beschäftigt, den Toten Rüstungen und Unterzeug auszuziehen. Skar näherte sich bis auf zehn Schritte und blieb dann stehen. Er wußte aus eigener schmerzlicher Erfahrung, daß es nicht ratsam war, sich in die Gebräuche anderer Völker zu mischen. Zu schnell konnte ein unbedachtes Wort, eine Geste im falschen Moment einen nicht wiedergutzumachenden Schaden anrichten.

Coar kniete neben den Toten nieder und hielt einen flachen, verzierten Kasten mit metallenem Deckel in den Händen. Ihr Gesicht war zu einer Miene konzentrierter Anspannung erstarrt. Die Lippen bewegten sich unablässig und formten lautlose Worte. Mehr als eine Minute saß sie so stumm zwischen den beiden Erschlagenen und starrte aus blicklosen Augen in die Flammen, ohne auch nur ein einziges Mal mit den Wimpern zu zucken. Dann setzte sie das Kästchen ins Gras und zog einen schmalen Dolch aus dem Gürtel. Ihre Finger glitten suchend über den entblößten Oberkörper des toten Mädchens, strichen beinahe liebkosend über die Brust und verharrten schließlich an einer Stelle dicht unterhalb des Herzens. Der Dolch senkte sich. Skar beobachtete mit wachsendem Entsetzen, wie die rasiermesserscharfe Klinge durch das noch warme Fleisch schnitt und sich tief in den Körper grub. Ein einzelner, schimmernder Blutstropfen quoll hervor und lief über Coars Hand. Sie schien es nicht einmal zu bemerken. Der Dolch hob sich, senkte sich erneut und schnitt noch einmal, diesmal diagonal zur ersten Wunde. Dann versenkte Coar mit einer entschlossenen Bewegung die Finger in den kreuzförmigen Schnitt. Als sie sie wieder hervorzog, hielten sie einen kleinen, runden Gegenstand. Sie schloß die Augen. Für Sekunden trat ein entspannter, beinahe glücklich zu nennender Ausdruck auf ihr Gesicht, ehe es wieder in die gewohnte Starre zurückfiel. Sie richtete sich auf, legte das Messer neben sich ins Gras und klappte den Deckel des Metallkästchens auf. Ein unhörbares Seufzen ging durch die Reihe der Kriegerinnen, als sie den Gegenstand, den sie der Brust der Getöteten entnommen hatte, hineintat und den Deckel vorsichtig wieder schloß.

Skar wandte sich schaudernd ab und entfernte sich ein paar Schritte, während Coar sich über den zweiten Leichnam beugte und mit ihm in gleicher Weise verfuhr. Er fühlte, daß er jetzt nur stören würde.

Er ging unschlüssig zu den Pferden hinüber, sah sich einen Moment ratlos um und bückte sich schließlich nach einem Helm, der auf einem ganzen Haufen scheinbar achtlos zusammengetragener Gegenstände lag, weniger aus wirklichem Interesse als aus dem Verlangen heraus, seine Hände und vor allem seine Gedanken zu beschäftigen.

Skar registrierte verblüfft, wie schwer der unscheinbare Helm war. Er selbst hätte ihn auch mit Gewalt nicht über den Schädel bekommen, und auch kein anderer Krieger, den er kannte. Aber trotz seiner Kleinheit war er erstaunlich schwer.

Skar drehte sich mehr zum Feuer hin und betrachtete den Helm genauer. Die feinen, mit unglaublicher Geduld in das harte Metall hineinziselierten Blumen- und Tiermuster, die Imitation einer Rattenschnauze auf dem Visier waren so akribisch ausgeführt, daß er in der flackernden Beleuchtung beinahe glaubte, einen echten Rattenschädel in Händen zu halten, komplett mit jedem winzigen Haar, jeder Unebenheit der Haut und den leicht einwärts gebogenen, tödlichen Fangzähnen. Er hatte nie eine schönere Arbeit gesehen, weder in einem weicheren Material noch in diesem schweren, harten Stahl, der fast so dick wie sein kleiner Finger war und auch einem mit aller Kraft geführten Keulenhieb widerstehen mochte. Er legte den Helm zurück und untersuchte Stück für Stück Brustpanzer, Schilde, Arm- und Beinschützer. Das Muster des Helmes wiederholte sich auf jedem Teil, selbst auf den Griffstücken der dünnen, biegsamen Säbel. Die Waldbewohner mußten eine unglaubliche Kunstfertigkeit in der Bearbeitung von Metall erlangt haben.

Die Rüstungen kamen ihm vage bekannt vor. Er war sicher, noch nie eine so phantastische Arbeit zu Gesicht bekommen zu haben, und doch erweckte der Anblick der schmalen Panzer ein beklemmendes Gefühl des Vertrauten in ihm. Aber er wußte nicht, wo er das Gefühl unterbringen sollte.

Das Geräusch leiser Schritte ließ ihn aus seinen Gedanken hochfahren. Er drehte sich um und gewahrte Coar. Die Kommandantin hatte ihre Rüstung wieder vollständig angelegt und den Helm aufgesetzt, so daß von ihrem Gesicht trotz des hochgeklappten Visiers nur ein schmaler, dreieckiger Ausschnitt erkennbar blieb. Der Anblick verwirrte ihn. Das Rattenprofil war von den Schöpfern der Rüstung zweifellos gewählt worden, um Feinde zu erschrecken und von vornherein zu demoralisieren. Aber bei Coar bewirkte es jetzt, da er ihr Gesicht bereits kannte, das genaue Gegenteil. Die harten, aggressiven Linien unterstrichen ihre Weiblichkeit, statt sie zu verbergen. Coar bewegte sich langsam und scheinbar schwerfällig. Bei dem Gewicht der Rüstung schien es Skar erstaunlich, daß sie überhaupt gehen konnte. Sie mußte sehr stark sein, zumindest für eine Frau von ihrer Statur.

Er bemerkte, daß sie seine Sandalen und den Brustharnisch über dem Arm trug. Die Rechte umklammerte den Griff des Schwertes.

Sie näherte sich ihm bis auf Armeslänge, blieb stehen und sah ihn abschätzend an. Auf ihren Zügen spiegelte sich der innere

Kampf, den sie durchstand.

»Gibst du mir dein Ehrenwort, nicht zu fliehen?«

Skar nickte wortlos.

Coar legte mit unbewegtem Gesicht Sandalen, Harnisch und Schwert vor ihm ins Moos, wandte sich abrupt ab und ging eilig zu ihren Kriegerinnen zurück.

Skar sah ihr verblüfft nach. Es war nicht zu übersehen gewesen, wie schwer ihr die Entscheidung gefallen war. Um so überraschter war er, daß sie es trotzdem getan hatte. Schließlich war er ein Fremder für sie, ein Mann, der aus dem Nichts aufgetaucht war und dessen Ehrenwort vielleicht nicht mehr galt als der Schmutz unter seinen Fingernägeln. Und trotzdem hatte sie diese Entscheidung gewiß nicht aus Leichtsinn oder übertriebener Dankbarkeit getroffen. Ihr Benehmen hatte nichts mehr mit Dankbarkeit zu tun, auch nichts mit dem Respekt, den man einem Krieger zollt oder der Kameradschaft, die einem gemeinsam ausgefochteten Kampf entspringen mochte.

Er klaubte seine Sachen vom Boden auf und begann sich umständlich anzukleiden. Der Harnisch schien Zentner zu wiegen. Die steinharten Kanten schrammten schmerzhaft über seine geschundene Haut, und die dünnen Nacken- und Rückenriemen schnitten wie winzige Messer ein. Er schlüpfte in seine Sandalen und zog anschließend zwei-, dreimal hintereinander rasch das Schwert aus der Scheide. Seine Muskeln hatten ihre gewohnte Geschmeidigkeit noch lange nicht zurück, und seine Reflexe schienen träge und langsam wie die eines Greises. Aber das vertraute Gewicht der Waffe an seiner Seite gab ihm etwas Sicherheit. Hätte er sie von Anfang an gehabt, dachte er düster, wären die beiden Kriegerinnen vielleicht noch am Leben.

Die Beerdigungszeremonie – wenn man überhaupt von einer solchen reden konnte – war vorüber. Die Gräber waren schmucklos; zwei flache, lieblos festgestampfte Hügel, als hätte man einen toten Hund oder Abfälle begraben. Skar registrierte irritiert die gelöste, beinahe heitere Stimmung, die mit einemmal von den Amazonen Besitz ergriffen hatte. Sie redeten miteinander, lachten und riefen sich Scherzworte zu, wenn auch leise und verhalten. Es gab keine Spur von Trauer oder Schmerz auf ihren Gesichtern;

nichts, was darauf hinwies, daß diese Frauen vor wenigen Augenblicken zwei Kameradinnen begraben hatten.

»Wir können aufbrechen«, sagte Coar leise, als sie seine Annäherung bemerkte. »Es ist nicht mehr weit bis Went, aber wir sollten uns beeilen, schon Dels wegen. Wir haben bereits viel zuviel Zeit verloren. Man wird sich um uns sorgen.«

Skar hielt ihr mit einem spöttischen Lächeln die Hände entgegen. »Wollt ihr mich wieder fesseln?«

»Das wird nicht nötig sein. Du hast mir dein Ehrenwort gegeben.« Coar wies mit einer Kopfbewegung auf die Pferde, die bereits unruhig wurden und offensichtlich genau wie ihre Reiter darauf warteten, endlich nach Hause zu kommen. »Wir haben ein überzähliges Pferd. Wenn du reitest, sind wir schneller. Du kannst reiten?«

Skar verzichtete auf eine Antwort und schwang sich statt dessen mit einer kraftvollen Bewegung in den Sattel. Ein grausamer, stechender Schmerz schoß durch seinen Rücken und bestrafte die unbedachte Anstrengung, aber er ließ sich nichts davon anmerken.

Coar nickte, ging zu ihrem eigenen Tier hinüber und sprang ebenfalls in den Sattel. Wenige Augenblicke später brachen sie auf.

Sie erreichten Went bei Einbruch der Dämmerung. Während der letzten halben Stunde, die sie durch den Wald geritten waren, war Nebel aufgekommen; feuchte, träge Schwaden, die eine Handbreit über dem Boden lasteten und direkt aus der sumpfigen Erde emporzuquellen schienen. Menschen und Tiere waren schon nach wenigen Augenblicken bis auf die Haut durchnäßt. Die goldschimmernden Panzer der Mädchen glitzerten feucht, und der dämpfende Nebel verlieh dem Hämmern der Pferdehufe einen seltsam dumpfen, weichen Nachhall, als ritten sie über Moos oder einen weichen, federnden Teppich. Der Boden war hier nicht mehr so fest wie bisher, und wenn Skar durch die wallende Nebeldecke auch nichts erkennen konnte, so war er doch sicher, durch Sumpf oder wenigstens Morast zu reiten. Er fror, aber das hatte nichts mit dem Nebel oder der Feuchtigkeit zu tun. Es war eine Kälte, die langsam aus seinem Inneren hervor und in seine Knochen und Muskeln kroch. Es fiel ihm zunehmend schwerer, aufrecht zu sitzen und die Augen offen zu halten. Sein Körper forderte nun endgültig das ihm Zustehende.

Irgendwann, nachdem sie eine Ewigkeit durch eine bizarre Landschaft aus wallenden Nebelfingern und schwarzen Schattenbäumen geritten waren, begann sich der Horizont vor ihnen aufzuhellen.

Coar hob die Hand, stieß einen scharfen Befehl aus und brachte ihr Pferd mit einem energischen Ruck am Zügel zum Halten. Auch die anderen blieben stehen. Nur Skar, der weder die Worte noch die begleitende Geste durch den Schleier von Müdigkeit, der sich über seinem Bewußtsein ausgebreitet hatte, richtig deutete, ritt noch ein ganzes Stück weiter und wäre an Coar vorbeigeritten, hätte nicht eine der Kriegerinnen gedankenschnell nach seinen Zügeln gegriffen und den Kopf des Tieres zurückgerissen.

Skar kämpfte auf dem ungewohnt glatten Sattel eine halbe Sekunde lang um sein Gleichgewicht und nickte der Kriegerin dankbar zu. Sie erwiderte die Geste. Hinter den schmalen Sehschlitzen der Gesichtsmaske blitzte es spöttisch auf.

Coar wandte kurz den Kopf, sah Skar an und stieß dann einen hellen, an einen Vogelruf erinnernden Schrei aus. Sekundenlang wartete sie mit schräggehaltenem Kopf, dann wurde der Laut von irgendwo aus dem schattigen Dunkelgrün vor ihnen beantwortet. Wieder verging Zeit, vergingen vier, fünf oder mehr Minuten, in denen die gesamte Gruppe still und ohne den kleinsten Laut zu verursachen abwartete. Dann raschelte es im Unterholz vor ihnen, und eine schmale, in Grün und Braun gekleidete Gestalt erschien links von der Kommandantin. Coar beugte sich im Sattel vor und wechselte ein paar Worte mit dem Mann. Skar verstand nicht, worum es ging, aber die mißtrauischen und feindseligen Blicke, die ihm der Grüngekleidete zuwarf, sagten ihm genug. Coar beendete die kurze Diskussion schließlich mit einem unwillig hervorgestoßenen Befehl. Der Mann zuckte die Achseln, wandte sich um und verschwand genauso rasch, wie er aufgetaucht war.

Skar hatte geglaubt, daß der Ritt jetzt weitergehen würde, aber Coar wartete reglos ab. Wieder vergingen Minuten quälenden Schweigens, dann teilte sich das Grün vor ihnen erneut, und eine Abteilung gepanzerter Reiter sprengte auf die Lichtung hinaus. Sie waren - gleich Coar und ihren Kriegerinnen - in schimmernde goldene Harnische gehüllt, aber auf ihren Helmen prangten große, farbige Federbüsche, und ihre Bewaffnung bestand, soviel Skar erkennen konnte, ausschließlich aus Langbögen und kleinen, goldenen Wurfdolchen, die sie in dünnen Ketten wie barbarische Schmuckstücke um die Hüften trugen. Lange, weit über die Flanken ihrer Pferde fallende Umhänge hüllten die Gestalten ein.

Coar wechselte ein paar Worte mit ihrem Führer und deutete mehrmals abwechselnd auf Skar und Del. Der Mann schwieg einen Moment, sah die beiden Gefangenen nachdenklich an und wandte sich dann um, um - diesmal am Ende der Kolonne - erneut in den Wald einzudringen. Coar und die Garde folgten ihm.

Sie ritten, einem scheinbar vollkommen willkürlich gewählten Kurs folgend, weiter nach Norden. Ihre Führer verhielten sich auffallend unsicher und zögernd. Den Grund dafür erkannte er wenig später.

Der Wald war nicht so leer, wie es schien. Große, an riesige Spinnweben erinnernde Netze spannten sich in unregelmäßigen Abständen zwischen den Baumwipfeln, drahtige, mit tödlichen Widerhaken versehene Gewebe, die jeden, auf den sie herabstürzten, zerfleischen mußten. Es gab Fallgruben: jäh aufklaffende, senkrechte Schächte, auf deren Grund tödlich zugespitzte Holzpflöcke lauerten, und mehr als nur einmal glaubte er im dichten Unterholz Metall aufblitzen zu sehen. Del und er hätten nicht einmal die ersten Augenblicke überlebt, wären sie in diesen Teil des Waldes hineingestolpert. Die scheinbare Friedfertigkeit ihrer Umgebung täuschte. Sie mochte Ruhe und Geborgenheit suggerieren, aber zumindest dieser nördliche Teil des Waldes war eine einzige tödliche Falle. Eine gewaltige Verteidigungsanlage, perfekt getarnt und vermutlich stark genug, selbst dem Ansturm einer großen und gut ausgerüsteten Streitmacht zu trotzen. Skar schauderte, als er daran dachte, welches Schicksal ihm und Del beschieden gewesen wäre, wären sie ahnungslos in dieses System tödlicher Fallen hineingetappt.

Sie bewegten sich weiter nach Norden. Der Wald veränderte abermals seinen Charakter. Die Bäume traten auseinander, und das Unterholz verschwand nach wenigen hundert Metern vollends, so daß die Strahlen der soeben aufgegangenen Sonne ungehindert bis zum Waldboden durchdringen und auch die letzten Nebelfetzen verjagen konnten. Der Boden war so eben, als wäre er künstlich geglättet worden.

Nach einer Weile tauchte ein dreifach mannshoher, aus stacheligen Dornbüschen, die mit schräg zueinander versetzten Balken und metallenen Stützen verstärkt waren, gepflanzter Wall auf, an dessen Fuß ein schmaler, sandbestreuter Weg entlangführte. In regelmäßgen Abständen erhoben sich runde, hölzerne Wachtürme über die Krone des natürlichen Bollwerkes. Das Ganze machte einen zugleich zerbrechlichen wie auch äußerst wehrhaften Eindruck. Dem Ansturm eines gepanzerten Reiterheeres würde diese Barriere nur wenige Augenblicke standhalten, aber gegen andere Gegner mochte sie durchaus Schutz bieten.

Sie wandten sich nach links und ritten etwas weniger als eine Meile im Schatten der Dornenhecke entlang. Schließlich tauchte ein niedriges, halbrundes Tor vor ihnen auf. Coar wechselte ein paar Worte mit dem Führer der zweiten Reitergruppe, und erneut hatte Skar den Eindruck, daß das Gespräch alles andere als ruhig verlief. Der Reiter - ein schlanker, sehniger Mann, dessen dunkel getöntes Gesicht unter dem wulstigen Helm einen seltsam herrischen und befehlsgewohnten Eindruck machte - deutete wiederholt auf Skar und die zweischneidige Satai-Waffe an seiner Seite. Coar beendete das Gespräch schließlich mit einer wütenden Geste, drehte sich halb im Sattel herum und sagte ein paar Worte zu den hinter ihr reitenden Kriegerinnen. Die beiden wendeten ihre Pferde, ritten in weitem Bogen zu Skar zurück und nahmen ein wenig hinter und rechts und links von ihm Aufstellung. Ihre Säbel glitten scharrend aus den metallenen Scheiden.

Skar bemühte sich, möglichst ungerührt sitzen zu bleiben. Er mußte die Worte nicht verstehen, um zu wissen, worum die Diskussion ging. Offensichtlich teilte der Reiter Coars Vertrauen zu ihrem Gefangenen nicht uneingeschränkt.

Skar lächelte sanft, als er dem Blick des Reiters begegnete. Ein flüchtiger Schatten von Ärger huschte über die strengen Züge des anderen, dann wandte er mit einem Ruck den Kopf und deutete wortlos auf das Tor. Zwei seiner Männer stiegen aus den Sätteln und wuchteten den schweren hölzernen Riegel beiseite. Der Sinn eines Riegels, der an der Außenseite eines Tores angebracht war, wollte Skar nicht so recht aufgehen, aber er verschob die Lösung dieses weiteren Rätsels - wie so viele andere - auf später.

Die beiden wuchtigen Torflügel schwangen mit leisem Knarren nach innen, und die Gruppe setzte sich wieder in Bewegung. Das Tor war so niedrig, daß Skar und die anderen sich tief über die Pferde beugen mußten, um nicht mit den Köpfen gegen die dornige Hecke zu stoßen.

Skar sog unwillkürlich die Luft ein, als er Went erblickte.

Er hatte mit etwas Ungewöhnlichem gerechnet, aber die Wirklichkeit übertraf selbst seine kühnsten Vorstellungen. Went war die erstaunlichste Stadt, die er jemals gesehen hatte.

Im ersten Moment zweifelte er fast daran, die Stadt überhaupt schon erreicht zu haben. Hinter der Hecke erstreckte sich ein vielleicht dreißig Meter breiter, vollkommen glatter Streifen festgestampfter Erde, sorgfältig von Unkraut und Steinen gereinigt und mit einer zweiten, nur mehr brusthohen Dornenhecke eingefaßt. Schmale, mit glatten, runden Steinen eingefaßte Wege führten in regelmäßigen Abständen zu den Wachtürmen. Ein zweites Tor - eigentlich nur ein symbolischer Durchgang ohne Sturz, der von zwei schlanken, kunstvoll geschnitzten Pfeilern aus einem dunklen Holz flankiert wurde. Dahinter erstreckte sich ein weiterer, fünfzig Meter breiter Streifen flachen Geländes, und erst dahinter begann die eigentliche Stadt - wenn man Went eine Stadt nennen konnte.

Im ersten Augenblick hatte Skar den Eindruck, daß sich der Wald jenseits der doppelten Barriere aus dornigem Gestrüpp einfach fortsetzte. Er erkannte erst nach Sekunden, daß Went keine Stadt im Wald, sondern der Wald selbst war. Nur wenige Gebäude waren nach der Art herkömmlicher Häuser auf dem Boden errichtet worden. Die meisten waren, gleich großen, luftigen Gewächsen, in unterschiedlichen Höhen zwischen den Bäumen aufgehängt, wie Vogelnester in Astgabeln und Kronen verankert oder an einem raffinierten System von Seilen und Netzen gespannt. Skar war nicht in der Lage, die genaue Größe der Stadt abzuschätzen. Der Durchmesser des inneren Dornenkreises betrug vielleicht - wenn sich die Krümmung jenseits der Bäume im gleichen Maße fortsetzte - etwas mehr als eine Meile, aber Went beschränkte sich nicht auf nur eine Ebene. Es war unmöglich, ein System in der Art, wie die Stadt gebaut war, zu erkennen. Die einzelnen Gebäude schienen vollkommen willkürlich gerade da errichtet worden zu sein, wo es ihren Bewohnern in den Sinn gekommen war. Und auch wie es ihnen gerade einfiel. Es gab keine einheitliche Form - jedes Haus unterschied sich in Größe und Ausführung von den anderen, als hätte jeder einzelne Bewohner der Stadt sein Haus speziell nach seinen Wünschen und Bedürfnissen erdacht und erbaut. Es gab eine Unzahl kleiner, vogelnestartiger Hütten, kaum groß genug, um mehr als zwei oder allerhöchstens drei Bewohnern ausreichend Raum zu bieten, aber auch riesige, ineinander verschachtelte Gebilde aus Balken und Sparren und wuchherndem Grün, die an gewaltigen Trossen hingen und über breite Rampen mit dem Erdboden und auch untereinander verbunden waren. Eine Reihe von Häusern erstreckte sich über sieben, acht Bäume; titanische Plattformen, die auf gewaltigen natürlichen Pfeilern ruhten. Dünne, zerbrechlich aussehende Hängebrücken verbanden die unterschiedlichen Ebenen Wents miteinander, schwankende Stege, die in zwanzig, dreißig oder mehr Metern Höhe geländerlos über die Tiefe führten. Manche Häuser, stellte Skar überrascht fest, schienen weniger gebaut, als vielmehr gewachsen zu sein; Gebilde aus Ranken und dichten grünen Hekken, deren Wuchs geduldig gelenkt und beeinflußt worden war, bis sie sich zu kugeligen Höhlen mit schmalen Tür- und Fensteröffnungen geformt hatten.

Ihr Führer hielt an, als sie die zweite Dornensperre durchschritten hatten. Erneut wechselte er ein paar Worte mit Coar, riß sein Pferd dann mit einem brutalen Zerren am Zügel herum und sprengte an der Spitze seiner Männer auf die Stadt zu.

»Ärger?« fragte Skar knapp, als Coar langsam auf ihn zugeritten kam.

Sie schüttelte den Kopf. »Nichts, was dich betrifft.«

»Den Eindruck hatte ich nicht«, erwiderte Skar lächelnd.

In Coars dunklen Augen blitzte es verärgert auf. »Bernec spielt sich gerne auf, das ist alles. Kümmere dich nicht um ihn.«

»Bernec? Der . . .«

»Der Befehlshaber der Stadtgarde«, sagte Coar. »Er bildet sich ein, unumschränkter Herrscher über Went zu sein.« Sie lächelte abfällig. »Wahrscheinlich wird er jetzt drei Wochen kein Wort mehr mit mir wechseln, aber er beruhigt sich auch wieder. Vorerst bleibt ihr weiter in meiner Obhut. Wir bringen dich und Del zuerst zu unserer Heilerin. Ihr müßt ruhen.«

Skar brannten noch tausend Fragen auf der Zunge, aber Coar wandte sich bereits wieder um und ritt in mäßigem Tempo auf die Stadt zu. Die beiden Kriegerinnen rechts und links von Skar schoben ihre Waffen in die Gürtel zurück und gaben ihren Tieren die Sporen.

Die Nachricht von ihrem Kommen schien sich wie ein Lauffeuer in der Stadt zu verbreiten. Vorhin, als sie durch die Dornenhecke geritten waren, waren nur wenige Menschen außerhalb der Gebäude zu sehen gewesen. Aber jetzt füllten sich die Laufstege und Brücken zunehmend mit Menschen: Männern, Frauen, Kindern und Greisen, die der Garde und ihren beiden Gefangenen neugierig entgegenblickten und aufgeregt miteinander redeten und gestikulierten.

»Die Heilerin wohnt dort hinten.« Coar deutete auf ein annähernd halbkugelförmiges, grün-braun gemustertes Gebäude, das in etwa zehn Metern Höhe zwischen zwei mächtigen Baumstämmen verankert und über eine breite, sanft ansteigende Rampe erreichbar war. Die Reiterin, hinter deren Pferd Dels Trage befestigt war, brach auf einen stummen Blick der Kommandantin aus der geordneten Marschformation aus und ritt auf das Baumhaus zu.

»Fühlst du dich kräftig genug, zuerst mit dem Stadtkommandanten zu reden?«

Skar konnte sich im Moment Besseres vorstellen, aber er nickte trotzdem. Trotz seiner Müdigkeit hätte er keine Ruhe gefunden, ehe ihr weiteres Schicksal nicht wenigstens in groben Zügen geklärt war. Coars plötzliche Freundlichkeit hatte ihn beinahe vergessen lassen, daß sie noch immer Gefangene waren.

»So komm.« Coar wandte sich um und sprengte, ohne auf ihre Begleiterinnen zu achten, auf ein niedriges braunes Gebäude am südlichen Rand der Baumstadt zu. Skar preßte seinem Tier die Schenkel in die Seiten und folgte ihr.

Sie stiegen aus den Sätteln, und Coar schlug ein paarmal heftig mit der behandschuhten Faust an die niedrige Holztür. Sekundenlang geschah nichts, dann erklangen von drinnen langsame, schlurfende Schritte. Ein Riegel wurde zurückgeschoben, und ein alter, in zerschlissene braune Lumpen gekleideter Mann erschien unter der Tür.

Coar deutete auf ihr und Skars Pferd und sagte ein paar schnelle, unverständliche Worte. Der Alte nickte, schlurfte mit hängenden Schultern zu den beiden Pferden und führte sie wortlos ins Innere des Hauses. Offenbar waren Stallungen und Vorratshäuser ebenerdig angebracht.

Coar deutete mit einer Kopfbewegung weiter ins Zentrum Wents hinein. »Gehen wir. Und bleib immer dicht an meiner Seite.«

Es gab keine markierten Wege oder Pfade. Der Boden war mit Moos und Büscheln eines harten, scharfblättrigen Grases bewachsen, und hier und da entdeckte er – scheinbar wie alles in Went willkürlich und ohne erkennbaren Plan angelegt, kleine, gepflegte Blumenbeete oder auch Büsche einer saftigen, palmenähnlichen Pflanze, die nicht in den natürlichen Bewuchs des Waldes zu gehören schien und offenbar künstlich hier angepflanzt worden war – aber Coar führte ihn, einem undurchschaubaren Kurs aus scheinbar willkürlichen Rechts- und Linkswendungen folgend, tiefer in die Waldstadt hinein.

Skar war viel zu müde, um auf seine Umgebung zu achten. Wohin sie kamen, wurden sie von Neugierigen empfangen, aber Skar nahm kaum mehr als Bäume und sonderbar geformte Häuser und ein verwirrendes Spiel von Licht und Schatten und den unterschiedlichsten Grün- und Brauntönen wahr. Schließlich erreichten sie ein ebenerdig gelegenes, wuchtiges Gebäude im Zentrum der Stadt. Es war das erste aus Stein und Holz erbaute Haus, das Skar seit Betreten der Stadt erblickte, und vermutlich auch das einzige. Eine wuchtige, aus schweren, eisenbeschlagenen Balken gezimmerte Tür führte ins Innere des Hauses. Coar gebot ihm mit einer knappen Geste stehenzubleiben und zog an einer Kordel neben der Tür. Kurz darauf wurde in der Tür eine schmale Klappe geöffnet, und ein dunkles Augenpaar blickte mißtrauisch zu ihnen hinaus.

Coar wechselte ein paar Worte mit dem Mann hinter der Tür. Die Klappe wurde geschlossen, und die Kommandantin trat zurück. Ein angespannter, besorgter Zug lag plötzlich um ihre Lippen.

»Logar wird uns empfangen«, sagte sie knapp. »Er wußte bereits von unserem Kommen.« Sie zögerte, sah Skar sekundenlang unschlüssig an und fügte etwas leiser und hastig hinzu: »Er ist ein sehr mißtrauischer Mann. Es wird besser sein, du sagst so wenig wie möglich. Bernec war bereits bei ihm.« Der letzte Satz war in einem Tonfall gehalten, der deutlichmachte, daß dies allein – zumindest für Coar – Grund genug zu der Annahme war, daß sie Schwierigkeiten erwarten mußten.

Skar wollte eine entsprechende Frage stellen, aber in diesem Moment wurde die Tür bereits geöffnet, und Coar wandte sich um, um vor Skar das Gebäude zu betreten.

Drinnen war es kühl und überraschend hell. Skar hatte beim Anblick der schmalen, schießschartenähnlichen Fenster unwillkürlich ein finsteres, muffig riechendes Verlies erwartet, aber das Gegenteil war der Fall: Hinter der Tür erstreckte sich ein breiter, hell erleuchteter Flur, an dessen hinterem Ende eine kurze Treppe begann, die zu einem weiteren Gang hinaufführte. Die Wände waren mit Bildern und rankenden Blütengewächsen bedeckt, und auf dem Boden lag ein knöcheltiefer, weicher Teppich, der – ebenso wie Bilder und Vorhänge – Blumen- und Tiermotive zeigte. Von außen mochte das Gebäude eine triste, graue Festung sein, innen war es ein Palast.

Coar ging rasch durch den Gang und blieb am Fuß der kurzen

Treppe stehen. »Warte hier«, sagte sie leise. »Ich werde zuerst allein mit Logar reden. Ich lasse dich rufen.«

Skar nickte wortlos und trat einen Schritt zurück. Coar verschwand mit eiligen Schritten im angrenzenden Gang. Augenblicke später hörte er gedämpfte Stimmen, die dann vom Geräusch einer zuschlagenden Tür abrupt abgeschnitten wurden.

Er war allein in dem langen, schmalen Gang. Der Wächter, der sie eingelassen hatte, war verschwunden, ohne daß Skar bemerkt hätte, wohin. Der Gang schien außer der Eingangstür und der Pforte am oberen Ende der Treppe, an der er stand, keinerlei Ausgänge zu besitzen, aber hinter den rankenden Grüngewächsen an den Wänden konnten sich Dutzende von Öffnungen befinden. Wahrscheinlich; überlegte er matt, beobachteten sie ihn in diesem Moment – wer immer *sie* sein mochten.

Er lehnte sich gegen die Wand, verschränkte die Arme vor der Brust und schloß für einen Moment die Augen. Müdigkeit kroch wie eine dumpfe, betäubende Wolke in ihm empor. Der Waffengurt an seiner Seite wurde plötzlich unerträglich schwer, und der lederne Brustharnisch schien sich von einer Sekunde auf die andere in eine zollstarke Eisenplatte zu verwandeln. Er öffnete die Augen, schüttelte den Kopf und ballte ein paarmal kurz und heftig die Fäuste; ein Trick, der fast immer half, die Müdigkeit zu verscheuchen. Diesmal klappte es nur bedingt. Er war einfach am Ende, ausgelaugt und fertig. Was er brauchte, war Schlaf, einen, vielleicht zwei Tage Schlaf und kräftige Nahrung.

Er stieß sich von der Wand ab, ging ein paar Schritte und betrachtete – weniger aus wirklichem Interesse als vielmehr, um überhaupt irgend etwas zu tun und die immer drängendere Müdigkeit zu überspielen – die Bilder entlang der Wände. Sie schienen alle von der Hand des gleichen Künstlers geschaffen zu sein und zeigten ausnahmslos Tier- und Pflanzenmotive: Vögel, Pferde, Wölfe, aber auch Fabelwesen, wie er sie noch nie zuvor erblickt hatte. Eines der Bilder erregte seine besondere Aufmerksamkeit. Im ersten Augenblick war er sich nicht einmal sicher, was das darauf abgebildete Etwas darstellen sollte – eine schwarze, unangenehm anzuschauende Masse, die an ein Nest sich windender Schlangen, an Spinnenbeine und glitschige Krakenarme erinnerte.

Durch einen genialen Trick hatte der Künstler sogar den Anschein von Bewegung festgehalten: Wenn man nur lange genug auf das unentwirrbare Gekringel schwarzglänzender Linien und Striche starrte, schien das Fabelwesen zum Leben zu erwachen. Es wand sich, wogte hierhin und dorthin und griff mit seinen widerwärtigen Tentakeln nach dem Betrachter, so daß Skar unwillkürlich einen halben Schritt zurückwich, ehe er sich bewußt wurde, wie albern er sich verhielt. Er lächelte, wandte sich ab und betrachtete eines der danebenhängenden Gemälde. Aber der phantastische Anblick ließ ihn nicht so rasch los. Nach einer Weile trat er erneut an das Bild, unterdrückte das dumpfe Ekelgefühl, das aus seinem Magen emporkroch, und zwang sich, jede Einzelheit des Bildes genau zu betrachten. Das Kunstwerk irritierte ihn; weniger wegen seines abscheulichen Inhaltes als vielmehr wegen seiner Andersartigkeit. Es war das einzige, das kein Motiv aus dem Waldleben oder der Stadt zeigte, das einzige Lebewesen, das nicht in die Reihe von Wald- und Fabeltieren paßte, die auf den übrigen Gemälden abgebildet waren. Trotzdem konnte sich Skar mit dem Gedanken, daß der Künstler hier seiner Phantasie einfach freien Lauf gelassen und ein nicht existentes Phantasiemonster geschaffen hatte, nicht anfreunden. Obwohl fremdartig, war das Ding – wie er es in Ermangelung eines passenden Begriffes nannte – von einer bedrückenden Realität. Er versuchte sich vorzustellen, wie es sein mußte, einer derartigen Scheußlichkeit wirklich gegenüberzustehen, aber der Gedanke erfüllte ihn mit Furcht, beinahe Panik. Angeekelt wandte er sich ab.

Coar stand hinter ihm, als er sich herumdrehte. Er hatte nicht gehört, daß sie zurückgekommen war. Trotz ihrer schweren Rüstung und der eisenbeschlagenen Reitstiefel bewegte sie sich lautlos und elegant wie eine Katze. Sie blickte an ihm vorbei auf das Bild, wandte dann ruckartig den Kopf und sah ihm ins Gesicht.

»Khtaám«, sagte sie leise.

Skar brauchte endlose Sekunden, um den Sinn dieses Wortes zu begreifen. »Du . . . du meinst, das sind . . .?«

Coar nickte. »Du hast gefragt, warum wir die Hoger verbrennen«, antwortete sie ruhig. »Nun weißt du es.«

Skar blinzelte verwirrt, wandte sich dann widerstrebend um

und starrte noch einmal auf das Bild. Der Eindruck des Lebendigen, Mörderischen verstärkte sich mit einemmal.

»Du meinst«, begann er nach einer Weile noch einmal, »die toten Hoger verwandeln sich in . . . in diese Bestien?«

Coar nickte wortlos. Sekundenlang starrte sie noch an Skar vorüber auf das Bild, dann riß sie sich mit merklicher Anstrengung los und drehte sich um. »Logar erwartet dich«, murmelte sie. »Komm.«

Sie gingen die Treppe hinauf und durch einen zweiten, etwas kürzeren Gang, von dem mehrere Türen abzweigten. Coar deutete auf einen niedrigen, nur mit einem Vorhang verschlossenen Durchgang am Ende des Flures, ließ Skar an sich vorübergehen und folgte ihm in geringer Entfernung.

Skar trat zögernd auf die Tür zu, schlug den Vorhang beiseite und machte einen Schritt in den dahinterliegenden Raum hinein. Er war groß, rund und mit einer kuppelförmigen, bemalten Decke. Eine breite, ledergepolsterte Bank mit geschnitzten Beinen und Armlehnen zog sich kreisförmig um den gesamten Raum. Auch hier hingen – wie schon draußen in den beiden Gängen – Blumen und Bilder an den Wänden, und der Boden war mit dem gleichen kostbaren Mosaik wie dem der Flure ausgelegt. In der Mitte des kreisförmigen Raumes stand ein niedriger Tisch aus poliertem schwarzen Stein, in dessen Oberfläche ein kompliziertes Muster aus ineinander verschlungenen Linien und Strichen eingraviert war.

»Logar«, sagte Coar knapp.

Skar musterte den Mann hinter dem Tisch eine Weile wortlos und nickte dann; eine Geste, deren Bedeutung überall bekannt sein mochte. Logar überraschte ihn, aber offenbar mußte er sich daran gewöhnen, daß in diesem seltsamen Land nichts seinen Erwartungen und Erfahrungen entsprach. Er hatte einen älteren Mann erwartet, etwas wie einen grauhaarigen würdigen Greis vielleicht, der die Geschicke der Stadt lenkte und alt und erfahren genug war, die Verantwortung für das Wohl ihrer Bewohner auf seinen Schultern zu tragen. Aber Logar war – wenn überhaupt – nicht viel älter als Del. Er war von kleiner, beinahe mädchenhafter Statur; hell-, beinahe weißhaarig und so schlank, daß er schon fast dürr wirkte. Seine Augen waren schmal und gleich denen Coars leicht geschlitzt. Ein dünner, wie mit einer feinen Tuschfeder gezeichneter Kinnbart versuchte vergeblich, seinem Gesicht einen männlichen Zug zu verleihen.

»Tretet näher, Skar«, sagte Logar, nachdem sie sich eine Weile gegenseitig gemustert hatten. Seine Stimme klang fordernd, selbstbewußt – die Stimme eines Mannes, der es gewohnt war, Befehle zu erteilen –, aber nicht unfreundlich, und als Skar gehorsam nähertrat und sich nach einer entsprechenden Geste auf den freien Stuhl vor dem Tisch niedergelassen hatte, lächelte Logar sogar flüchtig.

Coar bewegte sich unruhig. Skar wandte den Kopf und warf ihr einen gleichermaßen fragenden wie beistandheischenden Blick zu. Logar war nicht so harmlos, wie er aussah, das spürte er. Einem naiven Jüngling hätte man nicht die Verantwortung über diese Stadt anvertraut.

»Coar hat mich bereits informiert, daß Ihr müde und verwundet seid, Skar«, begann Logar. »Ich werde mich kurz fassen. Aber Ihr werdet verstehen, daß wir gewisse ... Vorsichtsmaßnahmen beachten müssen. Es kommen nicht oft Fremde nach Cearn.« Er beugte sich vor, stützte die Ellbogen auf die Tischplatte auf und verschränkte die Hände unter dem Kinn. Es waren schmale, dünnfingrige Hände, auf denen sich die Äderchen wie dünne blaue Linien abzeichneten. Die Hände einer Frau oder eines Künstlers, dachte Skar. Nicht eines Kriegers.

»Man berichtet mir, Ihr wäret direkt aus der Wüste gekommen, Ihr und Euer Freund?«

Skar nickte.

»Ihr wußtet von Cearn?«

»Nein«, sagte Skar nach sekundenlangem Zögern. Plötzlich fühlte er eine starke innere Spannung. Von dem, was er in den nächsten Augenblicken sagte, mochte ihr beider Leben abhängen, mit Sicherheit ihr Schicksal in dieser sonderbaren Stadt. Und er spürte, daß Logar genau wußte, wie angespannt er plötzlich war. Die gelöste, fast freundschaftliche Stimmung, in der sie sich gegenüberzusitzen schienen, war nicht mehr als Staffage, eine dünne Tünche aus Floskeln und mühsam aufrechterhaltenem

Schein, der weder ihn noch Coar oder Logar täuschte. Dies hier war der entscheidende Kampf, ein Schlagabtausch mit Worten und Blicken statt mit Waffen, aber trotzdem ein Kampf, der erbarmungslos bis zum Ende geführt werden würde. Und er hatte das Gefühl, von vornherein der Verlierer zu sein.

Er schüttelte den Kopf und ließ sich auf dem lehnenlosen Hokker zurücksinken, so weit es ging. »Nein«, sagte er noch einmal. »Wir wußten nichts von diesem Wald oder Eurer Stadt. Wir ... hatten bereits aufgegeben, als wir den Wald fanden. Niemand außerhalb der Nonakesh weiß von Euch, glaube ich.«

»Warum seid Ihr dann so tief in die Wüste vorgedrungen?«

Skar lachte rauh. »Freiwillig gewiß nicht, Logar. Wir hatten keine Wahl.«

»Ihr wurdet verfolgt? Von wem?«

Skar seufzte. »Von Banditen. Quorrl, genauer gesagt.«

»Quorrl?« Logar runzelte die Stirn, starrte einen Moment die Tischplatte an, als gäbe es dort etwas Besonderes zu entdecken, und hob dann ruckartig den Blick. »Was ist das: Quorrl?« fragte er.

»Ihr wißt nicht, was Quorrl sind?« Diesmal war Skars Verblüffung echt.

Zwischen Logars Brauen entstand eine steile Falte. »Die Fragen stelle ich hier, Skar«, sagte er barsch. »Nimm an, wir wissen wirklich nicht, was Quorrl sind. Oder nimm an, wir wissen es und wollen nur herausfinden, ob du die Wahrheit sprichst, das bleibt sich gleich.« Er lächelte wieder, aber diesmal war es ein bloßes Verziehen der Gesichtszüge ohne echte Bedeutung. Und Skar hatte den Eindruck, daß dies genau der Effekt war, den Logar beabsichtigt hatte.

»Quorrl ...«, begann er unsicher, »sind ... nun eben Quorrl.« Er lächelte unsicher, aber auf Logars Gesicht war nicht die geringste Reaktion auf seine Worte zu lesen. »Nomadisierende Räuber. Meuchelmörder, Banditen ... es gibt viele Namen, die auf die Fischgesichter zutreffen würden. Del und ich waren auf dem Weg nach Elay, um an einem Feldzug teilzunehmen, als wir in einen Hinterhalt gerieten. Wir mußten fliehen, aber der einzige Weg, der uns blieb, war der in die Nonakesh.«

Logar nickte ein paarmal, senkte erneut den Blick und begann mit den Fingerspitzen die Linien auf der Tischplatte nachzuzeichnen. »Und dann habt ihr euch verirrt«, sagte er, ohne aufzusehen. »Ihr wart müde, verängstigt und verletzt, und ihr habt den Rückweg nicht mehr gefunden.«

»Ja. Es war ein wenig dramatischer, aber darauf läuft es wohl hinaus.«

Logar sah nun doch auf, blickte Skar lange und nachdenklich in die Augen und lächelte dann. »Dein Freund ist sehr schwer verwundet«, sagte er ruhig. »Ihr hattet kein Wasser und keine Pferde und keine Nahrungsmittel, und dein Freund war kaum kräftig genug, um aus eigener Kraft laufen zu können. Und in diesem Zustand habt ihr euch fünf Tage lang durch die Wüste geschleppt. Ihr müßt wirklich sehr gewaltige Krieger sein, dein Freund Del und du.«

Skar tauschte einen raschen Blick mit Coar, aber das Gesicht der jungen Kommandantin blieb ausdruckslos. Nur in ihren Augen stand ein warnendes Funkeln.

»Du mußt zugeben, Skar, daß deine Worte nicht sehr glaubhaft klingen«, fuhr Logar ruhig fort. In seiner Stimme war keine Feindschaft, nicht einmal Vorwurf. Und trotzdem spürte Skar, daß sein und Dels Leben nur mehr an einem dünnen Haar hingen. Einem Haar, an das Logar bereits das Messer angesetzt hatte.

»Natürlich hatten wir Pferde«, sagte er unwirsch und vielleicht heftiger, als gut war. »Sie starben in der letzten Nacht, kurz bevor wir auf die Grenzen eures Reiches stießen. Wir hatten reines Glück, und . . .« Er spürte, wie er mehr und mehr den Faden verlor, und brach verärgert ab, Logar irritierte ihn. Sein Verhalten paßte in kein Schema, das er kannte. Er war nicht feindselig, und seine Freundlichkeit war nicht einmal von jener distanzierten Kühle, die gegenüber einem Fremden angemessen schien, dessen Absichten und Ziele man noch nicht kannte, den man aber auch nicht verletzen wollte. Und trotzdem spürte Skar, daß Logar mit der gleichen lächelnden Ruhe, mit der er ihm einen Platz angeboten hatte, auch sein Todesurteil aussprechen würde.

»Ich weiß nicht, wofür du uns hältst«, sagte er barsch. »Aber wir sind weder Spione noch Diebe oder Räuber. Wir sind nichts als zwei erschöpfte Satai, die sich hierhergeschleppt haben und nach Ruhe und Wasser gesucht haben. Wenn wir eines eurer Gesetze übertreten oder ein Tabu verletzt haben, so bitte ich um Verzeihung, und –«

Logar brachte ihn mit einer Handbewegung zum Schweigen. »Niemand unterstellt euch so etwas«, sagte er sanft. »Aber ihr müßt verstehen, daß wir vorsichtig sind. Es kommen nicht oft Fremde nach Cearn, doch seid ihr auch nicht die ersten, denen es gelungen ist. Die Wüste – die Nonakesh, wie du sie nennst – mag schrecklich und tödlich sein, doch von Zeit zu Zeit gelingt es einem besonders Mutigen – oder Verzweifelten –, sie zu überwinden. Nicht alle, die in friedlicher Absicht zu kommen vorgaben, waren es wirklich. Und nicht alle, die es waren, blieben es.«

Skar nickte müde, obwohl er sich darüber im klaren war, wie Logars Worte wirklich gemeint waren. Sie mochten sich wie eine Entschuldigung anhören, aber sie waren es nicht. Eine Erklärung, gemischt mit – wenn überhaupt – einer winzigen Spur des Bedauerns, aber der gleichen Art des Bedauerns, die ein Scharfrichter verspüren mochte, wenn er das Schwert niedersausen ließ. Er hatte von Anfang an geargwöhnt, daß Del und er keineswegs die ersten waren, die die tödlichen Sanddünen der Nonakesh durchquert und diesen Wald gefunden hatten. Schon die Tatsache, daß Logar das Tekanda beinahe wie seine Muttersprache beherrschte, bewies diesen Verdacht. Aber der Gedanke führte einen anderen, wesentlich beunruhigenderen im Geleit. Er hatte noch nie von diesem Wald – von Cearn, Went und seinen Bewohnern – gehört, weder direkt noch in Form von Gerüchten. Dachte man den Gedanken konsequent zu Ende, so blieb nur eine einzige logische Schlußfolgerung: Daß schon viele Cearn erreicht, aber noch keiner den Rückweg gefunden hatte.

»Andererseits«, drängte sich Logars Stimme in seine Überlegungen, »berichtete mir Coar, daß du der Garde im Kampf gegen die Hoger beigestanden hast. Wenn nur die Hälfte von dem, was sie erzählt hat, stimmt, möchte ich einen Mann wie dich nicht zum Feind haben.« Sein Blick heftete sich auf den wuchtigen Griff des Sataischwertes in Skars Gürtel. »Findest du es nicht auch seltsam, daß ein Mann, der fünf Tage gedurstet hat und angeblich mehr tot als lebendig ist, wie zehn meiner besten Krieger kämpfen soll?«

Skar hielt Logars Blick gelassen stand. »Du sagst es«, gab er mit absichtlicher Herablassung zurück. »Zehn *deiner* besten Krieger.«

Logar zuckte zusammen, aber wenn ihn Skars Worte ärgerten, so gab er sich wenigstens Mühe, sich nichts anmerken zu lassen.

»Außerdem«, fuhr Skar im gleichen Tonfall fort, »habe ich um mein Leben gekämpft, nicht um das deiner Reiter. Ich kenne weder dein Volk noch seine Gebräuche, Logar, aber dort, wo ich herkomme, ist es üblich, bis zum letzten Atemzug um sein Leben zu kämpfen. Wenn dies bei euch anders ist, bitte ich um Vergebung, daß ich mich euren Sitten in diesem Punkt nicht angeschlossen habe.«

Logar lachte leise. »Du gefällst mir, Skar«, sagte er leise. »Auch wenn ich immer noch nicht weiß, ob du die Wahrheit sagst oder mir etwas vormachst. Trotzdem wirst du Verständnis dafür haben, wenn ich dich um deine Waffe bitte. Wenigstens so lange, bis beschlossen ist, was weiter mit euch geschieht. Ich verstehe Coars Gefühl dir gegenüber durchaus. Ohne dein Eingreifen wären mehr unserer Krieger gefallen, vielleicht alle. Trotzdem ist sie in ihrem Bedürfnis, ihre Dankbarkeit auszudrücken, vielleicht ein wenig zu weit gegangen.« Er stand auf, kam mit federnden Schritten um den Tisch herum und streckte auffordernd die Hand aus.

Skar zog die Waffe halb aus dem Gürtel, zögerte einen Herzschlag lang und warf Logar dann mit einer trotzigen Bewegung das *Tschekal* zu. Logar fing die Klinge geschickt auf und legte sie in Griffweite neben sich auf den Tisch.

»Coar wird dich nun zu unserer Heilerin geleiten«, sagte er. »Danach kannst du ausruhen. Ich werde dich rufen lassen, wenn ich entschieden habe, was geschehen soll.«

Skar wollte noch etwas sagen, aber Coar trat rasch hinzu und legte ihm die Hand auf die Schulter. Ihre Finger drückten kurz und heftig zu; zu rasch, daß Logar die Bewegung sehen konnte, aber fest genug, um Skar zum Schweigen zu bringen.

»Komm«, sagte sie.

Skar wandte sich zögernd um und ging auf den Ausgang zu. Er hatte sich eine Klärung der Situation erhofft, aber er war fast verwirrter als zuvor. Unter der Tür wollte er noch einmal stehenbleiben und sich zu Logar umdrehen, aber Coar versetzte ihm einen Stoß in den Rücken, der ihn durch den Vorhang und auf den Gang hinausstolpern ließ.

»Verzeih«, sagte sie halblaut, als sie ein paar Schritte gegangen und außer Hörweite Logars waren. »Aber es ist besser, wenn du jetzt nicht redest. Besser für dich.«

Skar schenkte ihr einen verwunderten Blick. Bisher hatte er Coar, nicht zuletzt wegen ihres Ranges als Kommandantin der Königlichen Garde, für relativ hochgestellt gehalten. Ein Irrtum, wie er allmählich einzusehen begann. Titel und Ränge mußten nicht überall das gleiche Gewicht haben.

Sie durchquerten den Gang und gingen die kurze Treppe hinunter auf den Ausgang zu. Neben der Tür stand jetzt ein Posten; ein in dunkles Grün gekleideter Wächter mit Speer, Schild und Kurzaxt. Seine Haltung signalisierte alles andere als Wachsamkeit, und wenn er Skar auch voller Mißtrauen musterte, war der vorherrschende Ausdruck auf seinem Gesicht doch der der Langeweile.

Coar gab ihm einen knappen Wink, worauf er – ohne sonderliche Hast oder auch nur Eile an den Tag zu legen – zur Tür trat und den Riegel zurückschob.

Es schien heißer geworden zu sein, seit sie das Gebäude betreten hatten. Das dichte Blätterdach Wents filterte das Sonnenlicht zu Tausenden und Abertausenden winziger gelber Lichtflecke, die wie glänzende Blumen im Gras schimmerten, aber die Luft war merklich wärmer geworden, und wenn sie auch nicht mit der mörderischen Hitze der Nonakesh zu vergleichen war, so machte sich doch bereits trotz der frühen Stunde eine drückende, unangenehme Schwüle bemerkbar, die im Laufe des Tages sicher noch schlimmer werden würde.

Coar deutete wortlos nach links und ging, von einer nur schlecht verhüllten Nervosität erfüllt, voraus. Went war mittlerweile vollends erwacht. Die taufeuchte Stille des Morgens war dem Raunen und Wispern einer Stadt gewichen, in dem sich das Lärmen spielender Kinder, Rufe, Gelächter und die Laute von Menschen, die ihren Betätigungen nachgingen, mit dem Rauschen der Blätter und dem leisen, einlullenden Geräusch des Windes mischten. Aber Skar hatte keine Gelegenheit, sich mehr als einen ersten flüchtigen Eindruck von Went zu verschaffen. Coar schritt rasch vor ihm aus und geleitete ihn zu dem halbkugeligen Gebäude zurück, in das man Del und die verletzten Gardistinnen geschafft hatte. Der Weg erschien ihm länger als zuvor, aber das mochte an seiner Verwirrung liegen. Außerdem war er nicht sicher, daß sie den gleichen Weg genommen hatten wie zuvor. Went war ein Labyrinth, ein riesiger, offener Irrgarten ohne sichtbare Wände oder Mauern, aber nichtsdestoweniger ein Labyrinth, in dem er sich allein und ohne Führer wahrscheinlich schon nach wenigen Schritten hoffnungslos verirrt hätte.

Coar blieb am Fuße der breiten, aus Holz und Pflanzenfasern errichteten Rampe, die zu dem in fast zehn Metern Höhe gelegenen Eingang hinaufführte, stehen. »Ich muß dich jetzt allein lassen«, sagte sie entschuldigend. »Aber du kannst beruhigt hinaufgehen. Larynn und ein paar der anderen sind oben. Sie erwarten dich.«

Skar sah unwillkürlich an sich herab. Der Riß an seiner Seite – eine gezackte, rotgeränderte Wunde, die zur Hälfte von seinem Harnisch verdeckt wurde – war von Larynns Salbe noch immer taub und schmerzte kaum. Aber er wußte auch, daß das nicht so bleiben würde. Er nickte, setzte einen Fuß auf die Rampe und blieb noch einmal stehen, als Coar sich zum Gehen wenden wollte.

»Ich hoffe, du bekommst unseretwegen keine Schwierigkeiten«, sagte er.

Coar machte eine wegwerfende Handbewegung und lächelte; beides wirkte nicht echt. »Kaum. Logar macht manchmal einen sehr grimmigen Eindruck, aber er ist in Wirklichkeit nur halb so gefährlich, wie er es gerne wäre.« Sie schien selbst zu merken, wie wenig glaubhaft ihre Worte auf Skar wirkten, denn sie wechselte abrupt das Thema. »Thoranda wird sich um deine Wunden kümmern und dir einen Raum zuweisen, in dem du ruhen kannst. Ich habe Befehl gegeben, dich ungestört schlafen zu lassen, so lange du willst. Und nun geh, Skar. Ich . . . habe zu tun.« Sie lächelte noch einmal, jetzt deutlich nervös und unsicher, und wandte sich dann ruckartig ab, um zu gehen.

Skar sah ihr noch eine Weile nach, ehe er die Hand nach dem Geländer ausstreckte und langsam die Rampe emporstieg. Es war eine freitragende, stützenlose Konstruktion aus wagemutig verspannten Balken und Tauen, die alles andere als kräftig aussah und unter jedem seiner Schritte spürbar erzitterte. Aber er hatte vor wenigen Augenblicken selbst gesehen, wie Coars Kriegerinnen mit ihren Pferden hinaufgeritten waren, ohne auch nur eine Sekunde zu zögern. Die Erbauer Wents mußten eine große Kunstfertigkeit in der Verarbeitung von Holz und Pflanzenteilen erlangt haben.

Drinnen war es – wie schon in Logars Haus – kühl und schattig. Ein kleiner, vollkommen leerer Vorraum nahm ihn auf. Er trat ein, sah sich unschlüssig um und ging dann durch die erstbeste Tür. Dahinter lag ein niedriger, aus Bast und lebenden grünen Ranken geflochtener Gang, der nach wenigen Schritten wiederum vor einer Tür endete. Gedämpfte Stimmen und die Geräusche von Menschen schlugen ihm entgegen. Er zog den Kopf ein, um sich nicht an dem niedrigen Türsturz zu stoßen, und betrat den angrenzenden Raum. Er war niedrig, aber groß. Eine Handvoll von Coars Kriegerinnen hielt sich darin auf, und nach wenigen Augenblicken gewahrte er Larynn. Sie befand sich in der Gesellschaft einer alten, in ein einfaches graues Gewand gekleideten Frau, die bei seinem Eintreten aufgesehen hatte und ihn nun mit unverhohlener Neugierde musterte.

Larynn löste sich aus der Gruppe und kam mit federnden Schritten auf ihn zu. »Skar«, sagte sie. In ihrer Stimme schien etwas wie ehrliche Freude mitzuschwingen. »Wir haben bereits auf dich gewartet. Das«, sie deutete mit einer flüchtigen Geste auf die Frau, mit der sie geredet hatte, »ist Thoranda. Unsere Heilerin. Sie wird sich um deine Wunden kümmern.«

»Das habe ich schon ein paarmal gehört, heute morgen«, knurrte Skar gereizt. Er wußte, daß Larynn es nur gut meinte, aber zu der Erschöpfung und der Müdigkeit kamen nun auch noch Ungeduld und Verwirrung hinzu. Auf der einen Seite wußte er jetzt weniger als zuvor, ob sie den nächsten Tag noch erleben würden, und auf der anderen Seite wurde er umhegt und gepflegt wie ein krankes Kind. Er war es gewohnt, dem Tod ins Auge zu sehen, aber dieses ständige Hin und Her war beinahe mehr, als er in seinem momentanen Zustand verkraften zu können glaubte. »Der Kratzer heilt schon von selbst«, fuhr er übellaunig fort. »Was mich im Moment mehr interessiert, ist Del. Wie geht es ihm? Wird er überleben?«

»Er wird leben«, antwortete Thoranda an Larynns Stelle. Sie hatte eine dunkle, rauchige Stimme, die so gar nicht zu ihrem graugewordenen Haar und dem schmalen Gesicht passen wollte, das mit Falten und unzähligen winzigen, wie mit einem dünnen Messer in die Haut gegrabenen Runzeln bedeckt war. Die Stimme einer jungen Frau, dachte Skar verblüfft. Es war, als hätte sich ihre Stimme geweigert, im gleichen Maße wie ihr Körper zu altern.

»Er wird leben«, sagte sie noch einmal, »und wenn er ein wenig Glück hat, wird er sogar seinen Arm wieder bewegen können. Du solltest zu euren Göttern beten, wenn ihr welche habt. Habt ihr Götter?«

Skar nickte verwirrt. »Nein«, sagte er, »das heißt – ich glaube nicht an sie. Del tut es.«

Thoranda lächelte, aber die Augen in ihrem schmalen Gesicht blieben ernst. »So bete für deinen Freund, Skar. Auch meiner Kunst sind Grenzen gesetzt.«

Skar betrachtete die Heilerin genauer. Ein dumpfes Gefühl, sich falsch und dumm benommen zu haben, ergriff von ihm Besitz. Die Herren Wents mochten über ihr Schicksal entscheiden, wie sie wollten – für diese Frau waren Del und er nichts als zwei Menschen, die krank waren und Hilfe benötigten. Er senkte verlegen den Blick und fingerte unschlüssig an der leeren Schwertscheide herum. Lag es an seiner Erschöpfung, an all dem Neuen und Überraschenden, das auf ihn eingestürmt war, oder einfach an Thoranda, an der fast greifbaren Selbstsicherheit und Güte, die diese alte Frau ausstrahlte, daß mehr und mehr in ihm das Gefühl wuchs, den Boden unter den Füßen zu verlieren?

Thoranda berührte ihn sanft an der Schulter, schob seinen Arm beiseite und besah sich stirnrunzelnd den Riß über seinen Rippen. »Leg den Harnisch ab«, sagte sie bestimmt. Etwas war in ihrer Stimme, das keinen Widerspruch duldete. Skar löste die ledernen Halteriemen um Nacken und Hüfte, beugte sich leicht nach vorne und bewegte die Schultern, um den schweren Lederpanzer abzustreifen. Thoranda besah sich den Schnitt mit unbewegtem Gesicht, tastete mit geschickten Fingern über die Wundränder und verschwand dann mit schnellen Schritten im Hintergrund des Raumes, um gleich darauf mit einer hölzernen Schale voll Wasser und einem sauberen Tuchstreifen über dem Arm zurückzukehren.

»Setz dich dorthin«, sagte sie mit einer Kopfbewegung zu einer hölzernen Bank neben dem Eingang. Skar gehorchte, und Thoranda machte sich routiniert an seiner Wunde zu schaffen. Skar zuckte zusammen, als ein scharfer Schmerz wie ein winziges Messer unter seine Rippen und bis in die Schulter hinauffuhr.

Thoranda wusch die Wunde sorgfältig aus und legte einen straffen, mit einer kühlenden Salbe beschmierten Verband um seine Brust. Ihre Hände waren erstaunlich kräftig, aber sie fügten ihm nur soviel Schmerz zu, wie unumgänglich war. Skar wollte aufstehen, aber die Heilerin schob ihn mit sanfter Gewalt auf den Sitz zurück und schüttelte den Kopf. »Bleib«, sagte sie ruhig. »Ich gehe rasch ein paar Kräuter holen. Danach kannst du ruhen, wenn du möchtest.«

Skar nickte. Thoranda hockte dicht vor ihm, und obwohl er in der dämmerigen Beleuchtung des Raumes ihr Gesicht nicht deutlich zu erkennen vermochte, war er plötzlich sicher, daß sie früher einmal eine sehr schöne Frau gewesen sein mußte. Ihr Haar war, obwohl grau und von ersten weißen Strähnen durchzogen, noch immer dicht und lang und verströmte einen angenehmen, harzigen Geruch, und ihre Bewegungen waren trotz ihres Alters noch flüssig und elegant. Sie stand auf, wusch sich flüchtig die Hände und verließ dann rasch den Raum.

Skar setzte sich ebenfalls auf, lehnte sich gegen die Wand und betrachtete das halbe Dutzend Gardistinnen aus zusammengekniffenen Augen. Die Mädchen unterhielten sich leise, steckten die Köpfe zusammen und tuschelten, und ab und zu warf eine von ihnen einen hastigen, verstohlenen Blick zu ihm hinüber. Sie hatten ihre Rüstungen abgelegt und trugen nur noch dünne, sackähnliche Gewänder, und obwohl die meisten Verbände um Arme, Beine oder Köpfe trugen, erinnerte jetzt weder ihr Aussehen noch ihr Benehmen daran, daß diese Kinder noch vor wenigen Stunden in voller Rüstung durch den Wald gesprengt und einen Kampf auf Leben und Tod ausgefochten hatten.

Larynn kam zu ihm hinüber, ließ sich neben ihm auf die Bank sinken und verschränkte die Arme hinter dem Kopf. Ihr Kleid raschelte, und als Skar genau hinsah, fiel ihm auf, daß der Stoff ganz gegen seinen ersten Eindruck fein und anschmiegsam wie Seide war. Das dünne Material spannte sich um ihre Schultern und ließ ihre kleinen, mädchenhaften Brüste deutlich hervortreten. Wie lange, dachte er, war es her, daß er das letzte Mal eine Frau gehabt hatte?

Er ertappte sich plötzlich dabei, daß er sie anstarrte, und senkte verlegen den Blick. Larynn lächelte, aber sie besaß Takt genug, die Situation zu überspielen. »Du warst bei Logar?«

Skar nickte. »Man merkt es wohl«, sagte er hastig.

»Logar ist ein seltsamer Mann«, nickte Larynn. »Er macht sich einen Spaß daraus, Fremden einen Schrecken einzujagen. Ich glaube, er spielt gerne den Geheimnisvollen. Urteile nicht vorschnell über ihn. Er mag manchmal seltsam erscheinen, aber er ist gerecht.«

»Er ist noch sehr jung, für einen Mann in seiner Position.«

»So alt wie Del – schätze ich«, erwiderte Larynn. Sie nahm die Arme herunter, zog die Beine unter den Körper und legte die Hände dicht nebeneinander auf die Oberschenkel. Vom kleinen Finger ihrer linken Hand fehlte das letzte Glied. Aber es war eine sehr alte Wunde, die sauber vernarbt war. »Hier bei uns zählt ein Mann nach dem, was er leistet. Ist das bei euch anders?«

Skar glaubte, eine leichte Spur von Spott in ihrer Stimme zu vernehmen, aber als er in ihr Gesicht sah, erkannte er nichts außer Neugierde.

Er lächelte. »Manchmal schon«, gestand er. »Aber hier bei euch ist vieles anders als da, wo ich herkomme.« Er unterdrückte ein Gähnen, ließ den Kopf gegen die Wand sinken und schloß die Augen. Die Müdigkeit kehrte nun mit Macht zurück, und diesmal wehrte er sich nicht dagegen. In seinen Gliedern breitete sich eine wohltuende, bleierne Schwere aus.

»Wie ist es dort, wo du herkommst?« fragte Larynn.

»Wo ich herkomme?«

»Deine Heimat. Deine Stadt.«

Skar zuckte die Achseln. »Heimat . . .«, murmelte er. »Ich habe keine . . . Heimat.«

Larynn runzelte verwirrt die Stirn. »Aber jeder Mensch hat irgendeinen Ort, an den er gehört.«

»Mag sein«, gestand Skar. »Aber Del und ich sind Satai. Wir . . . wir leben nicht an einem bestimmten Ort. Manchmal bleiben wir eine Zeit, wenn es uns irgendwo gefällt, aber meist ziehen wir durch das Land, ohne länger als ein paar Tage an einem bestimmten Ort zu bleiben.«

»Und dieses Leben macht euch Spaß?«

»Warum nicht?« sagte Skar. »Es bringt auf jeden Fall Abwechslung.«

»Und Gefahren.«

»Natürlich.« Er schwieg für einen Moment, konnte sich aber die Spitze nicht verkneifen, zu sagen: »Zumindest gibt es dort, wo wir herkommen, keine Hoger.«

Thorandas Rückkehr bewahrte sie davor zu antworten. Die Heilerin kniete erneut neben Skar nieder und reichte ihm eine Schale mit einer farblosen, scharf riechenden Flüssigkeit.

»Was ist das?«

»Ein Tee aus Kräutern und Moos«, antwortete Thoranda. »Trink. Er wird dich müde machen und deinem Körper die Kraft zurückgeben, die er verbraucht hat.«

Skar schob die Schale von sich weg und schüttelte den Kopf.

»Zuerst möchte ich Del sehen.«

»Trink trotzdem«, beharrte Thoranda. »Der Trank wirkt nicht sofort. Ich führe dich zu deinem Freund.«

Skar zögerte noch einen Moment, setzte dann die Schale an die Lippen und trank mit kleinen, vorsichtigen Schlucken. Trotz ihres scharfen Geruches schmeckte die Flüssigkeit mild und angenehm, und er spürte beinahe augenblicklich, wie sich ein wohltuendes Gefühl der Wärme in seinem Magen ausbreitete. Er leerte die Schale bis auf einen winzigen Rest und stellte sie neben sich auf den Boden. Dann stand er auf und sah die Heilerin auffordernd an.

Thoranda wandte sich um und forderte ihn mit einer stummen

Geste auf, ihr zu folgen. Auch Larynn erhob sich und ging hinter ihm und der Heilerin her. Sie durchquerten den Raum und stiegen über eine breite Treppe nach oben. Thoranda begleitete ihn bis zu einer kleinen, dunklen Kammer dicht unter dem Dach des Gebäudes und deutete wortlos auf den Eingang.

Skar schob sich an ihr vorbei und kniete neben dem einfachen Lager aus Blättern und Stroh nieder, auf das man Del gebettet hatte. Der junge Satai schlief. Sein Gesicht glänzte noch immer fiebrig, aber sein Atem ging jetzt ruhiger. Seine verwundete Schulter war unter einem dicken Verband verborgen, der Arm war geschient und zusätzlich mit dünnen Lederriemen am Körper festgebunden, um ihn ruhigzustellen.

Er blieb lange neben dem reglos daliegenden Körper des jungen Satai hocken. Seine Augen brannten plötzlich, aber das schob er auf die Müdigkeit, die nun immer machtvoller über ihm zusammenschlug. Schließlich stand er auf, wandte sich um und trat zu Larynn und Thoranda auf den Gang hinaus.

Die Heilerin deutete auf einen zweiten Durchgang auf der anderen Seite des Korridors. »Deine Kammer«, sagte sie. »Leg dich jetzt hin und schlafe.«

Diesmal widersprach Skar nicht.

Wärme hüllte ihn ein, als er erwachte. Er blinzelte, öffnete für einen Moment die Augen und ließ die Lider dann wieder zurücksinken. Er hatte Schwierigkeiten, in die Realität zurückzufinden, wenigstens für einen Augenblick. Auf der einen Seite war er hellwach, wie immer, wenn er geruht hatte, aber ein Teil seines Bewußtseins schien noch in der Umarmung des Schlafes gefangen zu sein. Er fühlte sich benommen und matt, als hätte er Drogen genommen oder zuviel getrunken. Er setzte sich auf, fuhr sich mit den Händen über das Gesicht und gähnte ungeniert. Seine Glieder fühlten sich seltsam an – taub und gleichzeitig leicht und matt, und es fiel ihm schwer, seine Bewegungen zu koordinieren. Er ballte prüfend die Fäuste, aber die Bewegung war ohne Kraft; vielleicht eine Nachwirkung des Trankes, den ihm Thoranda eingeflößt hatte. Er würde die Heilerin danach fragen.

Durch die dünnen geflochtenen Wände drangen gedämpfte Geräusche zu ihm herauf; Stimmen, Gelächter und das harte Stampfen von Pferdehufen, und das schmale Fenster direkt über dem Kopfende seines Lagers war von flirrendem Sonnenlicht erfüllt. Er setzte sich vollends auf und blieb so lange reglos sitzen, bis das Schwindelgefühl in seinem Kopf nachließ. Danach vermied er rasche Bewegungen, so gut es ging.

Der Ausblick aus dem Fenster war faszinierend, aber nicht sonderlich aufschlußreich. Seine Kammer mußte sich in der obersten Etage des Baumhauses befinden – direkt unter der Stelle, an der sich der mächtige Stamm gabelte und allmählich in das dichte Blätterdach Wents überging. Eine schmale, geländerlose Brücke führte fast auf Armeslänge am Fenster vorbei, und tief unter sich am Boden erkannte er winzige, braun und grün gekleidete Menschen, die mit der Emsigkeit von Ameisen hin- und herzueilen schienen. Skar wandte sich enttäuscht vom Fenster weg und bückte sich nach seinen Kleidern. Er konnte sich nicht erinnern, sie ausgezogen zu haben. Trotzdem war er nackt gewesen, als er aufgewacht war. Aber er hatte ohnehin nur Lendenschurz, Sandalen und Waffengurt getragen. Er band Schurz und Waffengurt um, schnürte mit zitternden Fingern seine Sandalen und wog die leere Schwertscheide sekundenlang unentschlossen in der Hand, ehe er sie mit einem Achselzucken am Gürtel befestigte. Bevor er die Kammer verließ, trat er noch einmal zum Fenster und blickte in den Himmel hinauf. Die Sonne stand nahezu im Zenit. Mittag. Er hatte also nicht allzulange geschlafen. Trotzdem hatte die Ruhe seinem Körper sichtlich wohlgetan. Trotz der Mattigkeit, die noch immer von seinen Gliedern Besitz hatte, fühlte er sich frisch und ausgeruht. Er wandte sich um, trat mit gesenktem Kopf auf den Gang hinaus und wandte sich nach rechts, um auf dem gleichen Weg wieder hinunterzugehen, auf dem er heraufgekommen war.

Das Haus schien verlassen. Der große Raum, an dem er am

Morgen Larynn und die Heilerin getroffen hatte, war leer, und als er stehenblieb und lauschte, hörte er nicht das geringste Geräusch, sah er von seinen eigenen Atemzügen und dem leisen Wispern und Knacken des Gebäudes ab. Er drehte sich noch einmal um seine Achse und besah sich die Einrichtung des Raumes genauer. Das Zimmer war leer bis auf einige niedrige Bänke an den Wänden und eine schwere Truhe mit eisernen Beschlägen. Skar ging zum Ausgang, lugte den Gang hinunter und lauschte wieder. Das Gebäude schien tatsächlich verlassen zu sein; etwas, das ihm – trotz der freundlichen Art, in der man Del und ihn aufgenommen hatte – doch recht verwunderlich erschien.

Skar schob den Gedanken mit einem Achselzucken beiseite und ging mit raschen Schritten auf den Ausgang zu. Niemand hatte ihm verboten, das Haus zu verlassen, und er gewann nichts, wenn er hier herumstand und tatenlos wartete, daß irgend etwas geschah.

Eine Gruppe von Reitern bewegte sich unter ihm auf das Tor zu. Sie waren nicht gepanzert wie Coars oder Bernecs Leute, sondern in fließende grüne und braune Gewänder gehüllt, und die Packtaschen ihrer Pferde quollen über von Werkzeug und etwas, das auf die Entfernung wie dürres Reisig aussah. Skar versuchte, mehr Einzelheiten zu erkennen, aber er war zu weit entfernt und die Reiter zu schnell fort.

Eine gebückte, in ein knöchellanges graues Gewand gekleidete Gestalt kam ihm entgegen, als er aus der Tür trat und die schräge Rampe hinunterzugehen begann. Er blieb stehen, rieb sich verlegen das Kinn und lächelte schuldbewußt, als er den vorwurfsvollen Ausdruck auf Thorandas Gesicht gewahrte. »Ich . . .«, begann er unsicher, »bin aufgewacht, und es war niemand da, und . . .«

»Du solltest noch nicht aufstehen«, unterbrach ihn die Heilerin kopfschüttelnd. »Du brauchst noch Ruhe. Ruhe und Schlaf.«

Skar machte eine wegwerfende Handbewegung. »Es geht mir gut«, sagte er. »Die Wunde schmerzt nicht mehr, und ich fühle mich kräftig und ausgeruht. Es ist nicht meine Art, tatenlos herumzuliegen.«

Thoranda seufzte in einer Art, als hätte sie es mit einem störrischen Kind zu tun, schüttelte erneut den Kopf und griff dann sanft und gleichzeitig energisch nach seinem Arm. »Es ist nicht allein die Wunde, Skar. Ich glaube gern, daß du schon schlimmere Verletzungen überstanden hast. Aber du hast große Entbehrungen hinter dir, und auch ein Held braucht von Zeit zu Zeit Schlaf und Entspannung, das solltest du wissen.«

Skar starrte Thoranda sekundenlang verwirrt an, aber er vermochte nicht zu sagen, ob ihre Worte ernst oder spöttisch gemeint waren. Wahrscheinlich beides.

Thoranda führte ihn ins Haus zurück und wies mit einer Kopfbewegung auf die hölzerne Bank neben der Tür. »Setz dich dorthin und warte. Ich bin gleich zurück.«

Skar gehorchte achselzuckend. An einem anderen Ort und bei anderer Gelegenheit hätte ihn ein Verhalten wie das Thorandas vielleicht in Rage versetzt, aber im Moment amüsierte es ihn beinahe.

Die Heilerin schlurfte mit hängenden Schultern durch den Raum, machte sich eine Weile an einer Truhe zu schaffen und kam dann, leise vor sich hinmurmelnd, zurück. Sie erschien Skar plötzlich älter und gebrechlicher als noch am Morgen.

»Laß die Wunde sehen«, verlangte sie.

Skar hob gehorsam den Arm, und Thoranda löste den Verband von seiner Brust. Skar fuhr verblüfft zusammen, als er die dünne rote Linie über seinen Rippen gewahrte. Die Wunde war nicht wirklich gefährlich gewesen, aber tief und schmerzhaft, und nun war nicht viel mehr zurückgeblieben als eine kaum sichtbare Narbe, die Monate alt schien statt weniger Stunden.

»Deine Heilkraft«, sagte er unsicher, »muß wirklich gewaltig sein. Die Wunde ist fast verheilt.«

Thoranda fuhr mit dem Fingernagel über seine Rippen. »Fühlst du das?«

»Nein«, antwortete Skar. »Nicht, wenn du meinst, ob es schmerzt. Ich spüre die Berührung, aber ...«

»Das wollte ich wissen«, nickte Thoranda. »Ich denke, wir können den Verband weglassen. Der Rest wird auch so heilen. Aber schone dich noch ein paar Tage, und versuche, die Seite nicht mehr als notwendig zu belasten.«

Skar grinste. »Ich werde versuchen, für die nächste Zeit die Gesellschaft von Hogern und anderen Ungeheuern zu meiden.«

Ein Schatten flog über Thorandas Züge, und Skar senkte verlegen den Blick. Er hatte geglaubt, die Situation durch einen Scherz entspannen zu können, aber er schien, als hätte er kaum etwas Falscheres sagen können. Vielleicht hatte dieses Volk schon zuviel unter den Hogern gelitten, um auch nur noch so etwas wie Galgenhumor zu besitzen.

»Wie hast du es fertiggebracht, die Wunde so rasch zu heilen?« fragte er, weniger aus wirklichem Interesse als aus dem Bemühen, das Thema zu wechseln. »Heute morgen noch . . .«

»Du hast drei Tage geschlafen«, unterbrach ihn Thoranda, »nicht einen. Du hattest Fieber, und dein Körper hat das meiste von dem, was zu tun war, selbst getan. Unser Wissen über den menschlichen Körper ist sehr alt, Skar, und wir haben schon vor langer Zeit erkannt, wie widerstandsfähig ein Mensch ist. Ich habe nur die Kräfte geweckt, die in dir waren.«

Skar erschrak. »Drei Tage?« wiederholte er ungläubig.

»Drei Tage und drei Nächte. Der Trank, den ich dir gab, versetzte dich in tiefen Schlaf.« Thoranda lächelte flüchtig. »Zürne mir nicht, Skar. Nach allem, was ich über dich gehört – und selbst gesehen – habe, war es die einzige Möglichkeit, dir die Ruhe zu geben, die du brauchtest.«

Skar seufzte. Es war kein Wunder, daß er sich so frisch und ausgeruht fühlte. Drei Tage . . . Er konnte sich nicht erinnern, jemals so lange ununterbrochen auch nur im Bett gelegen, geschweige denn geschlafen zu haben. Für einen Moment stieg ein leises Gefühl der Verärgerung in ihm empor, aber dann lächelte er, schob Thorandas Hand beiseite und stand auf. »Danke«, murmelte er, bewußt und vielleicht übertrieben freundlich. »Du hast ein wahres Wunder vollbracht, Thoranda. Ich fühle mich wie neugeboren.«

Thoranda winkte ab. »Bei dir war es leicht, Skar. Bei deinem Freund Del dagegen . . .«

Skar zuckte sichtlich zusammen. Er hatte, wie ihm mit einem plötzlichen Gefühl der Schuld bewußt wurde, nicht an Del gedacht, seit er aufgewacht war. »Was ist mit ihm?« fragte er hastig.

»Er lebt.« Thoranda machte eine besänftigende Handbewegung, als sie das Erschrecken auf seinen Zügen sah. »Und er wird auch wieder gesund werden. Aber es stand auf des Messers Schneide. Del ist stark, doch seine Verletzung war schwer, und das Wundgift war bereits tief in seinen Körper eingedrungen. Ihr hättet keine Stunde später kommen dürfen, Skar. Sein . . . Geist hatte die Grenze zum Jenseits schon halb überschritten. Ich konnte ihn zurückholen, doch es wird lange dauern, bis er wieder ganz gesund ist. Du mußt dich gedulden.«

Skar bemerkte das unmerkliche Zögern in ihren Worten, aber er ging nicht darauf ein. Thoranda schien müde, unendlich müde; ein Mensch, der sein Äußerstes gegeben und nun ausgelaugt und leer war. Es schien eine Müdigkeit zu sein, die weit über das Maß des rein Körperlichen hinausging, eine Erschöpfung der Seele, die nicht allein mit Schlaf und ein paar Stunden der Ruhe zu beseitigen war. Vielleicht lag es daran, daß sie ihm plötzlich älter erschien, so alt, wie sie wirklich sein mochte. Ihr Gesicht hatte sich nicht verändert, aber die Spannung war daraus gewichen, und die Aura jugendlicher Kraft, die sie umgeben hatte, als er sie das erste Mal gesehen hatte, war fast vollkommen erloschen. Welcher Art, dachte er mit einem leisen Anflug von Schaudern, fast Erschrekken, war Thorandas Heilkraft wirklich? Er getraute sich nicht, die Heilerin danach zu fragen, aber er hatte plötzlich das sichere Gefühl, das sich ihre Kunst nicht allein auf die Anwendung von Kräutern und Medizin beschränkte.

»Ich würde gern mit Coar reden«, sagte er. »Weißt du, wo ich sie finde?«

»Sie ist nicht in der Stadt. Die Garde ist schon vor Sonnenaufgang aufgebrochen und wird kaum vor dem späten Nachmittag zurückkehren. Aber Larynn und ein paar der anderen sind zurückgeblieben. Wenn du willst, bringe ich dich zu ihnen.«

»Das ist nicht nötig. Zeige mir den Weg, und –«

»Du würdest dich nur verlaufen«, behauptete Thoranda. »Außerdem tut es mir sicher gut, ein paar Schritte zu laufen. Alte Knochen müssen ständig in Bewegung gehalten werden, damit sie nicht einrosten«, fügte sie mit einem flüchtigen Lächeln hinzu. Sie stand auf, schlurfte zur Tür und winkte Skar, ihr zu folgen.

Skar blinzelte, als er ins helle Sonnenlicht hinaustrat. Es war warm, und über der Stadt lag ein schwerer, durchdringender Duft nach Blumen und Moos und Bäumen und frischem Gras, der ihm für einen Moment fast den Atem nahm. In den Zweigen über seinem Kopf zwitscherten Vögel, und als er die sanft geneigte Rampe zum Erdboden hinunterging, glaubte er einen schlanken braunen Schatten wie von einem Reh oder Hirsch zwischen den Stämmen hindurchhuschen zu sehen, eine Vorstellung, die ihm mit einem Male gar nicht mehr so abwegig erschien. Erst jetzt, gestärkt von drei Tagen Schlaf und Thorandas Pflege, wurde ihm klar, wie müde er beim Betreten Wents wirklich gewesen war, wie wenig er doch von der Stadt wahrgenommen hatte. Die wirkliche Schönheit Wents war ihm vollkommen verborgen geblieben.

Went war mehr als eine Stadt; das begriff er plötzlich. Es war kein Zufall, daß die einzelnen Gebäude wie hineingewachsen in den Wald wirkten. Vielleicht war es nicht einmal eine Stadt in dem Sinne, in dem er das Wort bisher gebraucht hatte; eher ein beinahe zufällig abgegrenztes Gebiet des Waldes, in dem Menschen lebten – so wenig verändert wie möglich und so viel wie unumgänglich nötig. Er erkannte jetzt, daß, was ihm am Morgen wie ein willkürliches und ungeplantes Bauen und Wuchern vorgekommen war, sich in Wirklichkeit perfekt in das von der Natur und dem natürlichen Wuchs des Waldes vorgegebene Muster einpaßte. Nicht ein einziges Gebäude, kein Steg und keine Straße störten den natürlichen Rhythmus des Waldes, nichts schien gewaltsam aufgesetzt. Es gab keine Breschen, die in den Wald geschlagen worden wären, um Platz für Häuser und Menschen zu schaffen, keine willkürlichen Veränderungen. Der Mensch hatte hier nicht zerstört, sondern geschaffen, die Natur nicht verändert, sondern vervollkommnet, hier und da ein wenig hinzugefügt, dort vorsichtig gerodet, Kanten und Ecken geglättet und vielleicht dort, wo die Natur selbst das Maß des Perfekten noch nicht erreicht hatte, behutsam eingegriffen. Went war keine Stadt, sondern eine Symbiose zwischen dem Schaffen der Natur und dem des Menschen, ein Ort, an dem sich göttliche und menschliche Fügung getroffen und auf vielleicht einmalige Weise vereint hatten. Selbst die wehrhaften Verteidigungsanlagen – der zweifach gestaffelte Ring der Dornenhecken, die Türme, das breite, deckungslose Gelände dazwischen, die Fallgruben – alles fügte sich perfekt in dieses riesige, auf seine ungeplante Art schon beinahe wieder symmetrisch und gewollt erscheinende System ein. Von hier aus betrachtet wirkte selbst der Zaun nicht mehr wie eine Grenze, sondern wie eine natürliche Ergänzung der Stadt, ein Teil eines gewaltigen Musters, das so und nicht anders sein konnte.

Sie erreichten den Fuß der Rampe und wandten sich nach rechts, tiefer in den Wald hinein. Zwischen den weit auseinanderstehenden Stämmen herrschte reges Leben, wie schon am Tage zuvor, und wie beim ersten Mal konnte sich Skar des unangenehmen Gefühles, angestarrt zu werden, nicht erwehren. Natürlich – er war ein Fremder, und zwischen den kleinwüchsigen Bewohnern Wents mußte seine breitschultrige und muskulöse Gestalt erst recht auffallen, aber es war doch ein unangenehmes Gefühl, aus Hunderten von neugierigen Augenpaaren angestarrt zu werden. Zumal, da er immer noch nicht wußte, ob diese Augen nun wirklich nur neugierig oder aber feindlich auf ihn hinabsahen.

Thoranda blieb plötzlich stehen und deutete auf eine Gruppe jüngerer Frauen, die wenige Schritte abseits des Weges standen, miteinander redeten und ab und zu einen neugierigen Blick in seine Richtung warfen. »Warte einen Moment, Skar«, sagte sie. »Ich habe etwas mit ihnen zu besprechen. Es dauert nicht lange. Geh nicht weg.«

Skar nickte gehorsam, wenn es ihm auch immer schwerer fiel, nicht zu widersprechen. Er begann sich allmählich wie ein Kind zu fühlen, das an einem unsichtbaren Gängelband herumgeführt wurde und dem jeder sagen zu müssen glaubte, was es zu tun oder zu lassen hatte, und er war sich mit einemmal sicher, daß ihn Thoranda nicht allein aus Furcht, daß er sich verirren könnte, begleitete. Trotzdem war es sicher besser, sich nach ihren Anordnungen zu richten. Zumindest, dachte er spöttisch, war die Heilerin als Wächter so manch anderem, den er kennengelernt hatte, vorzuziehen.

Eine Gruppe Berittener preschte so dicht an ihm vorüber, daß er unwillkürlich den Kopf einzog und einen Schritt zur Seite wich – sieben, acht Mann auf stämmigen Pferden, in wuchtige Panzer gehüllt und mit Schilden und übermäßig langen, biegsamen Spießen bewaffnet. Skar blickte ihnen nach, bis sie durch die Öffnung in der äußeren Dornenhecke verschwunden waren. Ein Trompetensignal erscholl von einem der Wachtürme und wurde wenig später von irgendwo jenseits der Hecke erwidert. Die Reiter schienen ihre Tiere rücksichtslos durch das Unterholz zu treiben, denn Skar konnte das gedämpfte Brechen und Bersten noch lange Zeit hören, nachdem sie durch das Tor verschwunden waren. Er legte den Kopf in den Nacken und blinzelte zum Himmel hinauf. Die Sonne brannte noch immer als grellroter Feuerball an einem strahlend blauen, wolkenlosen Firmament, und die Hitze stieg hier, wo die Bäume nur wenig Schutz gegen ihre unbarmherzigen Strahlen boten, merklich an. Weit im Westen glaubte er eine Anzahl winziger schwarzer Punkte über dem Wald auszumachen, und für einen Moment mußte er wieder an die Hoger denken. Aber es mochten auch normale Vögel sein; sicher sogar. Skar konnte sich nicht vorstellen, daß die Bestien auch am Tage auf Beutejagd gingen. Wenn er ehrlich war, konnte er sich nicht einmal die Hoger wirklich vorstellen. Die dünne rote Narbe an seiner Seite und der pochende Schmerz, der entgegen all seiner Beteuerungen noch immer in seinen Rippen wühlte, bewiesen ihm jedoch, daß er alles wirklich erlebt und nicht bloß geträumt hatte. Und doch erschienen ihm der Kampf auf der Lichtung und der Tod der beiden jungen Mädchen mehr und mehr wie ein bizarrer Alpdruck. Irgend etwas daran kam ihm falsch und irreal vor, schon während des Kampfes und jetzt, aus der Distanz von mehreren Tagen betrachtet, noch stärker. Es war nicht einmal die Größe der Gefahr gewesen – Del und er hatten schon gegen schlimmere Bestien bestehen müssen –, sondern die *Art* der Bedrohung. Er kannte alle Monster, die Enwor zu bieten hatte, und es waren Scheußlichkeiten darunter, gegen die selbst die Hoger wie harmlose Vögel erschienen, und doch war da etwas, irgend etwas, das er sich selbst nicht erklären konnte und das doch wie ein bizarrer Alp hinter seinen Gedanken lauerte – das ihn schaudern ließ. Die Hoger erschienen ihm (er wußte, daß das Wort nichts erklärte und im Gegenteil noch mehr Fragen aufwarf, und doch war es das einzig Zutreffende) *falsch.* Er hatte es gespürt, als er ihnen gegenübergestanden hatte, und das Gefühl war seither nicht schwächer geworden. Als er in die gräßliche Vi-

sage des Untieres gesehen hatte, hatte er für einen winzigen, schrecklichen Augenblick das Gefühl gehabt, einen Blick in eine feindselige, unsagbar fremde Welt zu tun. Ein Wesen wie ein Hoger *durfte* einfach nicht existieren, weder hier noch sonst irgendwo auf Enwor. Für einen Augenblick fragte er sich ernsthaft, ob die Hoger wirklich existierten, lebten. Aber wenn sie es taten, dann auf eine ganz, ganz andere Art als alles, dem er bisher begegnet war.

Ein zaghaftes Zupfen am Arm riß ihn aus seinen Überlegungen. Skar drehte sich herum und erkannte einen vielleicht zehnjährigen Jungen, der sich ihm von hinten genähert hatte und nun aus eng zusammengekniffenen Augen zu ihm emporstarrte, den Kopf in den Nacken gelegt und die Hände in die Seiten gestemmt, um nicht das Gleichgewicht zu verlieren. Er hatte Angst, das war deutlich zu erkennen, aber er schien auch Neugierde zu verspüren, und sein Wissensdurst war - zumindest im Moment noch - größer als die Furcht.

Skar lächelte unsicher. Er hatte nie viel für Kinder übrig gehabt - nicht daß er sie nicht mochte oder gar haßte, aber er konnte nichts mit ihnen anfangen, und ihre Gegenwart machte ihn unsicher, und wenn er ihnen überhaupt Empfindungen entgegenbrachte, dann höchstens die, daß sie ihm lästig waren oder schlicht auf die Nerven gingen -, aber irgendwie gefiel ihm der Kleine. Er ging in die Hocke, streckte den Arm aus und strich dem Knaben zögernd über den Kopf; eine Art der Zärtlichkeit, die gerade Jungen in diesem Alter zuwider war, wie er genau wußte, aber es war die einzige Art, Zuneigung auszudrücken, zu der er überhaupt fähig war. Der Knabe wich hastig einen Schritt zurück und blieb abermals stehen. Seine dunklen, wachen Augen glitten an Skars Körper herab und musterten ihn unverhohlen, und seine Haltung war ganz so, als erwarte er eine bestimmte Reaktion.

»Hallo«, sagte Skar unbeholfen. »Wie . . . wie heißt du, Kleiner?«

Sicher verstand der Junge nicht, was Skar sagte, aber er schien zumindest den ruhigen Klang seiner Stimme richtig zu deuten. Skar lächelte erneut, legte die Hand auf die Brust und sagte laut und mit deutlicher Betonung: »Skar.« Dann deutete er mit fragendem Gesichtsausdruck auf den Jungen.

Der Knirps überlegte einen Moment. »Cornec«, sagte er triumphierend.

»Dein Name ist Cornec?« wiederholte Skar.

Der Knabe nickte. »Cornec.« Er kam wieder einen Schritt näher, deutete auf Skar, auf sich und die umliegenden Bäume. »Cornec, Skar, Went«, sagte er. »Cearn!«

Skar sah auf, als ein Schatten zwischen ihn und den Jungen fiel. Thoranda hatte ihr Gespräch beendet und war unbemerkt zurückgekommen. Sie lächelte sanft, sagte etwas in ihrer raschen, dunklen Sprache zu dem Jungen und deutete mit einer Kopfbewegung auf Skar. Der Junge nickte, antwortete ebenso rasch und ging dann mit schnellen Schritten davon.

»Ich hoffe, du hast ihn nicht gescholten, daß er mit mir geredet hat«, sagte Skar, als er aufstand. In Wirklichkeit war er froh, daß der Junge gegangen war, aber er hatte das Gefühl, daß es im Moment besser war, seine wirklichen Empfindungen zu verbergen. Es war manchmal sehr leicht, die Gefühle dieser Menschen zu verletzen, das hatte er bereits gelernt.

»Natürlich nicht«, antwortete Thoranda. »Wir verbieten unseren Kindern nichts, Skar.« Sie schüttelte den Kopf, als hätte er etwas ungemein Dummes gesagt. »Ich habe ihm nur erklärt, daß er sich noch ein wenig gedulden muß, mit dir zu reden.« Sie lachte leise. »Er streicht seit Tagen um das Haus herum und versucht, einen Blick auf die beiden Helden zu erhaschen, die Coar mitgebracht hat. Und nicht nur er. Dein Freund und du seid bereits zu Idolen geworden, Skar. Wenigstens«, fügte sie lächelnd hinzu, »bei unseren Kindern. Heldentaten sprechen sich rasch herum.«

»Helden?« machte Skar zweifelnd.

»Es sind Kinder, Skar«, sagte Thoranda, als wäre dies Erklärung genug für alles. »Coars Bericht hat großes Aufsehen hervorgerufen. Man spricht viel über euch, vor allem über dich. Aber ich fürchte«, wechselte sie übergangslos das Thema, »du wirst deinen Besuch bei Larynn noch ein wenig verschieben müssen. Logar verlangt nach dir. Eines der Mädchen, mit denen ich sprach, war gerade auf dem Weg zu uns, um dich zu rufen.« Sie stockte, blieb mitten im Schritt stehen und sah Skar einen Herzschlag lang nachdenklich an. »Wenn du willst, lasse ich ihm ausrichten, daß du noch nicht kräftig genug dazu bist«, sagte sie.

Skar lehnte das überraschende Angebot mit einem dankbaren Kopfschütteln ab. »Danke, Thoranda. Aber ... ich bin froh, mit ihm reden zu können. Mein erstes Treffen mit ihm war nicht sehr aufschlußreich. Ich hätte sowieso darum gebeten, zu ihm gebracht zu werden. Ich muß endlich wissen, woran ich bin.«

Thoranda nickte, als hätte sie nichts anderes erwartet. »Dann laß uns gehen.«

Er hatte unbewußt damit gerechnet, daß Thoranda ihn wieder zu jenem steinernen Gebäude zurückführen würde, in dem er Logar das erste Mal begegnet war, aber die Heilerin wandte sich nach Westen und geleitete ihn durch die Randbezirke der Stadt zu einer Stelle, an der in einer Lichtung ein flacher, annähernd runder See unter der Sonne glänzte. Im ersten Augenblick glaubte er, es mit einem stehenden Gewässer zu tun zu haben, da er weder Zu- noch Abfluß entdecken konnte, aber das Wasser war zu klar dafür, und nach wenigen Augenblicken entdeckte er am jenseitigen Ufer einen winzigen sprudelnden Katarakt, dessen beständiges Plätschern und Rauschen sich wie eine murmelnde zweite Stimme in das Raunen des Blätterdaches mischte. Thoranda deutete auf eine schlanke, dunkelhaarige Gestalt, die auf einer steinernen Bank saß, und blieb stehen. »Er erwartet dich.«

»Du kommst nicht mit?« fragte Skar enttäuscht. Ohne daß er es sich selbst gegenüber bisher eingestanden hatte, erfüllte ihn Thorandas Gegenwart mit einem wahrscheinlich unbegründeten, aber trotzdem beruhigenden Gefühl der Sicherheit. Obwohl sie nicht mehr als eine alte Frau war, war ihm der Gedanke, auf den Schutz ihrer Anwesenheit verzichten zu sollen, unangenehm.

Thoranda verneinte. »Meine Aufgabe ist das Heilen«, sagte sie sanft, aber auch ein wenig tadelnd, »nicht das Reden. Aber du brauchst keine Furcht zu haben. Logar wird dir nichts tun.« Jetzt sprach sie wirklich wie eine Mutter mit ihm, dachte er, eine Mutter, die einem verängstigten Kind Mut zusprach. Aber genau so fühlte er sich im Moment auch – nicht verängstigt, aber verunsichert und verwirrt in einem Maße wie selten zuvor in seinem Leben.

Er fuhr mit einem Ruck herum und ging mit weit ausgreifenden Schritten auf die Bank zu, auf der Logar ihn erwartete. »Du wolltest mich sprechen.«

Logar sah auf. Für einen Moment schien er verwirrt, dann lächelte er in einer sanften, ehrlichen Art, die Skar in diesem Augenblick am allerwenigsten erwartet hätte. »Wie geht es dir?« fragte er anstelle einer direkten Antwort. Er rutschte ein Stück zur Seite und machte eine einladende Geste, die Skar absichtlich übersah. Plötzlich, von einem Augenblick auf den anderen, ärgerte ihn Logars Verhalten. Jedermann in dieser Stadt schien bemüht, ihn freundlich und zuvorkommend zu behandeln, aber gerade das ärgerte ihn noch mehr.

»Ich fühle mich gut«, antwortete er gereizt. »Du hättest dir keinen besseren Zeitpunkt aussuchen können, mir die Kehle durchzuschneiden.«

Zwischen Logars Brauen erschien eine steile Falte, aber seltsamerweise wirkte sein Gesicht dadurch eher noch jünger und verwundbarer. »Du bist verärgert«, sagte er. »Und ich kann deinen Ärger verstehen. Ein Mann wie du ist es sicher gewohnt, anders empfangen zu werden.«

Skar lauschte vergeblich nach einem Unterton von Ironie oder gar Spott in Logars Stimme. Der Stadtkommandant schien das, was er sagte, durchaus ernst zu meinen.

»Ein Mann wie ich«, sagte er, bewußt Logars Wortwahl übernehmend, »ist es gewohnt zu wissen, woran er ist. Ich bin jetzt mehr als drei Tage in eurer Stadt, und wie es aussieht, ist unser Schicksal längst entschieden. Wahrscheinlich bin ich der einzige, der noch nicht weiß, was mit Del und mir geschehen wird. Aber wozu auch? Schließlich geht es ja nur um unser Leben.« Er schnaubte ärgerlich, schürzte die Lippen und nahm nun doch neben Logar Platz. Natürlich wußte er, daß er sich ungerecht und obendrein dumm benahm. Logar hatte – selbst wenn er gewollt hätte – weder Zeit noch Gelegenheit gehabt, mit ihm zu reden. Aber er mußte seinem Ärger einfach Luft machen, und Logar erschien ihm im Moment das passende Ventil dafür. »Ich warte«, fuhr er, ein wenig sanfter gestimmt, aber immer noch gereizt, fort.

Logar sah ihn eine Zeitlang schweigend an und beugte sich

dann vor, um ein paar kleine Steine vom Boden aufzuheben. »Niemand entscheidet über das Schicksal eines anderen«, sagte er, aber die Worte schienen kaum für Skars Ohren gedacht zu sein. Er lehnte sich zurück, spielte einen Moment gedankenverloren mit den Steinen, die er vom Boden aufgelesen hatte, und warf sie dann, einen nach dem anderen und jeden etwas weiter, ins flache Wasser des Sees. »Ich habe Reiter hinaus in die Wüste geschickt, um nach euren Spuren zu suchen«, begann er, ohne Skar anzusehen. Er zögerte erneut, lächelte und nahm einen größeren Stein auf. Es platschte hörbar, als er ihn ins Wasser warf, und unter der spiegelnden Oberfläche des Sees schoß ein länglicher, dunkler Schatten auf und verschwand im tieferen Wasser. »Wir fanden eure Pferde. Sie waren tot. Und wir fanden auch die Gasse, die ihr euch durch den abgestorbenen Wald gehauen habt. Natürlich ist dies kein Beweis, daß du die Wahrheit sprichst. Aber ich denke, den brauchen wir auch nicht.«

»So?« machte Skar gereizt.

Logar stand auf, trat einen Schritt auf den See zu und blieb stehen, als das Wasser seine nackten Zehen umspülte. »Ihr seid frei.«

»Frei?« echote Skar verblüfft. »Was . . . was heißt das?«

Logar zuckte mit den Schultern. »So frei wie wir«, erklärte er. »Ihr könnt gehen, wenn ihr wollt. Aber ihr könnt auch bleiben. So wie es im Moment aussieht, wirst du sowieso noch eine Weile abwarten müssen, bevor Del sich weit genug erholt hat. Ihr seid unsere Gäste, so lange ihr wollt. Hier in Went, in Ipcearn – das Gebiet von Cearn ist groß, und ihr werdet einen Ort finden, an dem ihr leben könnt. Wenn ihr euch entschließt zu bleiben.«

»Aber wir können auch . . . weggehen?« fragte Skar mißtrauisch.

»Natürlich. Wir stehen in deiner Schuld, Skar. Wenn ihr kräftig genug seid und wirklich gehen wollt, werden wir euch geben, was immer ihr braucht, um die Wüste lebend zu überwinden. Wenn ihr das wirklich wollt.«

»Du zweifelst daran?«

Logar lächelte auf eine Art, die sowohl Zustimmung als auch schlichtes Resignieren bedeuten konnte. »Ihr habt es einmal geschafft«, murmelte er, »doch das muß nicht bedeuten, daß es euch auch ein zweites Mal gelingt. Nicht jeder Weg«, fuhr er geheimnisvoll fort, »ist in jeder Richtung gleich lang. Aber uns bleibt noch viel Zeit, darüber zu reden. Zuerst werdet ihr euch erholen und neue Kräfte sammeln, dann sehen wir weiter. Ich habe dich nicht hergebeten, um mit dir über deinen Abschied zu sprechen.«

»Warum dann?«

»Aus zwei Gründen. Zum einen, um mich bei dir zu entschuldigen. Ich ... der Eindruck, den ihr von unserem Volk gewonnen habt, muß alles andere als gut sein, Skar. Wir sind keine Barbaren, auch wenn ich es dir nicht verdenken könnte, wenn du uns nun dafür hältst.«

Skar wollte etwas erwidern, aber Logar machte eine hastige Bewegung und sprach schnell weiter. »Laß mich ausreden, Skar. Ich war unhöflich zu dir, und du mußt glauben, daß es bei uns Sitte ist, Hilfe mit Mißtrauen zu danken. Sei versichert, daß dies nicht unsere Art ist, normalerweise. Die Umstände eurer Ankunft waren unglücklich, nicht nur für euch. Ich war ... das heißt, wir alle sind im Moment übermäßig nervös und gereizt, aber das gibt mir nicht das Recht, meine Launen an Fremden auszulassen, die hierherkommen und uns um Hilfe bitten. Vergib mir.«

Skar war für die Dauer eines Herzschlages sprachlos vor Verblüffung. Der Mann, mit dem er sprach, schien kaum mehr Ähnlichkeit mit dem Logar zu haben, mit dem er vor drei Tagen zusammengetroffen war. Bei ihrer ersten Begegnung war Logar mißtrauisch, vielleicht sogar offen feindselig gewesen, aber darüber hinaus hatte ihn eine beinahe greifbare Aura der Macht umgeben. Davon war nichts mehr geblieben. Mehr noch – wenn es zwischen ihnen noch einen Unterschied gab, so schien nun er, Skar, es zu sein, der der Ranghöhere und Mächtigere war – auch wenn Logar es weder mit Worten noch mit Gesten direkt ausdrückte. Aber Skar kam Logar wie ein Mann vor, der zu spät bemerkt hat, daß er sich einem anderen gegenüber im Tonfall vergriffen hat und nun um Vergebung bittet. Skar erinnerte sich plötzlich, einen ähnlich unerklärlichen Wechsel schon einmal erlebt zu haben – bei Coar und ihren Reiterinnen. Und mit einemmal war er sicher, daß die Cearner in ihm und Del mehr sahen als zwei zufällig des Weges gekommene Fremde. Aber er fragte nicht danach. Noch nicht.

»Du sprachst von Problemen«, sagte er, als das Schweigen zwischen ihnen peinlich zu werden begann.

Logar nickte betrübt. »Es war kein Zufall, daß ihr in jener Nacht auf die Garde gestoßen seid«, gestand er. Seine Worte überraschten Skar nur wenig. Er hatte Coars Erklärung, sie wären von den Waldbewohnern um Hilfe gebeten worden, ohnehin nicht geglaubt. Went war zu weit entfernt und der Weg von dort zu mühsam, als daß die Botschaft von ihrem Kommen die Stadt erreicht hätte und die Reiter in wenig mehr als zwei Stunden zu ihnen hätten hinausgelangen können.

»Die Garde patrouilliert seit Wochen durch den Wald«, fuhr Logar fort. »Nicht nur Coars Reiter, sondern auch andere. Die Hoger sind wie toll – sie greifen alles an, was sich bewegt, und dringen selbst in Gebiete Cearns vor, die sie sonst meiden.« Er blieb stehen, legte den Kopf in den Nacken und blinzelte zum Himmel empor.

Skar folgte seinem Blick. Die dunklen Punkte im Westen waren noch da, und mit einemmal war er fast sicher, daß es Hoger waren, keine normalen Vögel. »Du sprichst, als wären sie sonst nicht so wild«, sagte er vorsichtig.

Logar nickte. »Das stimmt. Sie sind eine Plage, aber normalerweise werden wir ihrer Herr. Aber es ist Brutzeit. Die Hoger sind auch so schon blutgierige Bestien, aber wenn sie brüten, verfallen sie in Raserei. Unter normalen Umständen«, fügte er nach einer winzigen Pause hinzu, als müsse er erst überlegen, ob er diese Information weitergeben durfte, »hätten sie euch nicht angegriffen. Nicht eine so starke und gut bewaffnete Gruppe. Sie gehen kein Risiko ein, wenn es sich irgend vermeiden läßt. Dazu sind sie zu intelligent. Wir . . . haben viele gute Männer und Frauen verloren, bevor ihr kamt, und deshalb . . .«

»Nicht, Logar.« Skar schüttelte sanft den Kopf, stand auf und legte dem Jüngeren die Hand auf die Schulter. »Ich möchte nicht, daß du dich bei mir entschuldigst. Als wir kamen, waren wir mehr tot als lebendig, und ohne eure Hilfe wären wir gestorben.« Ihm fiel plötzlich auf, daß er schon genauso redete, wie es der Rolle, in die Logar ihn hineinmanövriert hatte, zukam. Er zog hastig die Hand zurück. »Was unternehmt ihr gegen die Hoger?« fragte er.

»Nicht viel«, antwortete Logar. »Es ist nicht das erste Mal, daß sie uns so zusetzen, und es wird nicht das letzte Mal sein. Hoger sind keine Feinde, gegen die man Krieg führen könnte. Wir versuchen uns zu schützen, so gut es geht, und warten im übrigen ab. Wenn die Jungen geschlüpft sind, werden sie sich wieder beruhigen.«

»Und wie lange wird das dauern?«

Logar hob andeutungsweise die Schultern. »Wir wissen nicht sehr viel über sie«, bekannte er. »Aber es werden nicht mehr als einige wenige Wochen sein. Hier in Went sind wir sicher. Nicht einmal die Hoger würden es wagen, uns hier anzugreifen.«

Diesmal war Skar ehrlich verblüfft. »Ihr . . . wißt nichts über die Hoger?« fragte er.

»Wir wissen einiges«, schränkte Logar ein, »doch nicht genug, um wirksam gegen sie vorgehen zu können. Du kennst Cearn noch zu wenig«, fuhr er mit einem sanften Lächeln fort, als er den ungläubigen Ausdruck auf Skars Gesicht registrierte, »sonst würdest du verstehen, was ich meine.« Er sah sich suchend um und hob einen dünnen Ast vom Boden auf.

»Sieh«, sagte er. Er ging in die Hocke, glättete mit der Hand ein Stück des feinen weißen Sandes zu seinen Füßen und zeichnete ein langgestrecktes, an einer Seite nahezu waagerecht abgeflachtes Oval. »Cearn«, erklärte er. »Ihr habt die Wüste durchquert und seid an dieser Stelle in den Wald eingedrungen.« Er zog mit dem Ende des Stockes eine dünne gestrichelte Linie, die mit dem spitzen Ende des Ovals verschmolz, wechselte den Stab von der Rechten in die Linke und markierte mit dem Daumen zwei flache Markierungen. »Went und Ipcearn«, erklärte er.

»Ipcearn? Es gibt eine zweite Stadt?«

Logar nickte. »Ja und nein«, sagte er ausweichend. »Ipcearn ist keine Stadt wie Went, aber für den Augenblick mag diese Erklärung durchaus reichen.«

Skar zerbrach sich für einen Moment den Kopf über den Sinn von Logars Worten und beugte sich dann achselzuckend über die primitive Zeichnung. Die beiden Städte lagen weit auseinander – Went nahe an der vorderen Begrenzung des Waldes, sicher nicht mehr als drei oder vier Stunden von seinem westlichen Rand entfernt, Ipcearn fast am entgegengesetzten Ende Cearns. Del und er mußten auf ihrem Weg dicht daran vorübergeschritten sein, aber das besagte nichts. Er hatte das nahezu unglaubliche Talent dieses Volkes, mit der Natur zu verschmelzen und sich unsichtbar zu machen, schon zur Genüge kennengelernt. Sie wären auch in wenigen Schritten Entfernung an Went vorübergegangen, ohne überhaupt zu bemerken, daß es hier eine Stadt gab, hätten sie nicht Coar und ihre Reiterinnen als Führer gehabt. Legte man die Strecke, die sie bis hierher zurückgelegt hatten, als Maßstab zugrunde, so war der Wald von Cearn nicht allzu groß; einen, anderthalb Tagesritte vielleicht in seiner längsten Ausdehnung, immer noch gewaltig für eine Oase, aber nicht so groß, wie er bisher vermutet hatte.

»Was ist auf der anderen Seite?« fragte er mit einer entsprechenden Geste. »Auch Wüste?«

Logar nickte. »Cearn ist auf allen Seiten von Wüste umschlossen, Skar. Und niemand weiß, was dahinter liegt, wenn dies deine nächste Frage ist. Keine unserer Expeditionen kam weit genug, um das Geheimnis der Nonakesh zu ergründen – falls es eines gibt.«

Skar hatte mit einemmal das Gefühl, daß Logar ihm nicht die ganze Wahrheit sagte. Aber er zog es vor, zu schweigen und abzuwarten. Wenn Logar ihm vertraute, würde er ihm früher oder später alles sagen, was er ihm jetzt vielleicht noch verschwieg. Wenn nicht, würden ihm auch Fragen nicht weiterhelfen.

»Ich weiß, daß dir meine Worte seltsam erscheinen mögen, nach allem, was du erlebt und von Coar erfahren hast«, fuhr Logar nach kurzem Zögern fort, »aber du wirst sie gleich besser verstehen. Die Hoger leben nicht in Cearn. Würden sie ein Gebiet des Waldes bewohnen, dann wäre es ein leichtes, ihre schwache Stelle herauszufinden und die Gefahr ein für allemal zu beseitigen. Aber ihr eigentlicher Lebensraum ist die Wüste. Sie kommen nur von Zeit zu Zeit hierher und überfallen uns. Sie leben dort draußen, in großen, weitverzweigten Höhlen, einem Labyrinth, das uneinnehmbarer als die stärkste Festung ist.«

»Ihr kennt diese Höhlen?«

Logar nickte. »Ein paarmal haben wir versucht, sie auszukundschaften, aber diese Versuche kosteten vielen tapferen Männern und Frauen das Leben und brachten so gut wie keinen Nutzen, so daß wir es schließlich aufgaben und uns darauf beschränkten, sie uns vom Hals zu halten, so gut es ging. Es mag dir seltsam vorkommen, aber wir wissen nicht viel von unseren ärgsten Feinden. Sie haben einen Verbündeten, dem wir nicht gewachsen sind – die Wüste. Solange sie dort draußen sind, sind sie unangreifbar.«

Skar erhob sich aus der unbequemen, hockenden Stellung, in der er Logars Worten gefolgt war, sah noch einmal sinnend auf die Zeichnung vor sich im Sand und dann zu den dunklen Punkten im Westen hinüber. Sie waren nicht näher gekommen, hatten sich aber auch nicht entfernt, sondern schienen über einer bestimmten Stelle zu kreisen, wie es Geier oder anderes Raubzeug tut.

»Diese Hoger«, sagte er nach kurzem Überlegen, »was sind sie wirklich?« Er spürte, daß er sich mit dieser Frage auf ein gefährlich dünnes Eis hinauswagte, aber das Bild, das ihm Coar gezeigt hatte – die *Khtaám* –, ging ihm nicht aus dem Sinn. Es war zu real gewesen, um ein bloßer Alptraum zu sein.

»Was sie sind?« wiederholte Logar, als verstünde er den Sinn der Frage nicht.

»Vögel, Monster, Drachen, Dämonen – ich habe eine Menge Erklärungen gehört, seit ich sie das erste Mal gesehen habe, aber wenn ich ehrlich sein soll, hat mich keine befriedigt.«

»Etwas von allem«, antwortete Logar nach kurzem Zögern. »Sicher sind sie Vögel, aber sie sind intelligent und böse. Sie und die *Khtaám* sind unsere ärgsten Feinde. Eigentlich sogar unsere einzigen. Cearn könnte ein Paradies sein, wenn sie nicht wären. Aber es ist nicht immer so schlimm wie jetzt. Außerhalb der Brutzeit lassen sie uns in Ruhe. Manchmal beschränken sie sich monatelang darauf, über dem Wald zu kreisen und von Zeit zu Zeit ein Reh oder ein streunendes Pferd zu schlagen.

Aber wir haben genug über Hoger und den Tod geredet, für den Augenblick. Deinem Freund geht es besser, höre ich?«

Skar nickte, wenn er auch in Wirklichkeit lieber mehr über die geflügelten Todesboten erfahren hätte, statt mit Logar Konversation zu machen. Er haßte es, über einen Feind nichts zu wissen.

Und Logar hatte ihm nicht alles gesagt, das spürte er. Aber er respektierte auch die Tatsache, daß man hier nur ungern über dieses Thema zu reden schien. »Ich habe ihn noch nicht gesehen, seit ich aufgewacht bin«, sagte er. »Aber wenn man Thorandas Worten glauben darf, so hat er das Schlimmste überstanden.«

»Du kannst ihr glauben«, versicherte Logar lächelnd. »Sie versteht sehr viel von der Heilkunst. Ich hoffe, ihr werdet bald kräftig genug sein, nach Ipcearn zu reisen.«

»Ipcearn?«

»Ich sagte bereits, daß ich dich aus zwei Gründen rufen ließ, und dies ist der andere Grund. Die Botschaft von eurer Ankunft hat sich rasch verbreitet. Die Könige möchten euch sehen.«

»Könige?« wiederholte Skar verwirrt. »Aber ich dachte ...«

»Daß ich der Herr von Cearn bin?« Logar lachte leise. »Der Gedanke schmeichelt mir, Skar, aber ich bin nur ein kleiner Stadtkommandant ohne wirkliche Macht. Und ich weiß auch nicht, ob ich es bedauern soll, daß es so ist. Die Verantwortung für das Schicksal ganz Cearns wäre wohl zuviel für meine Schultern.« Er schüttelte den Kopf, seufzte und deutete vage in die Richtung, in der Ipcearn liegen mochte. »Unsere Könige lassen dich zu einem Besuch bitten – natürlich erst, wenn du kräftig genug dazu bist. Bis dahin bist du unser Gast. Du kannst dich überall in Went frei bewegen.« Er zögerte einen Moment, ging dann mit raschen Schritten zu der Bank zurück, auf der er anfangs gesessen hatte, und hob einen in weiße Tücher eingeschlagenen Gegenstand auf. »Deine Waffe«, sagte er.

Skar griff zögernd nach dem Schwert, wog es einen Augenblick nachdenklich in der Hand und schlug dann rasch die Tücher zurück. Er fühlte sich wesentlich besser, als er das vertraute Gewicht des *Tschekal* wieder an der Seite spürte.

Del war noch immer ohne Bewußtsein, als Skar am späten Nachmittag zurückkam und nach ihm sah. Logar hatte noch lange mit ihm geredet, fast drei Stunden, in dem er ihm viel von Went gezeigt und erklärt hatte, ohne ihm im Grunde wirkliche Informationen zu geben. Wie viele Männer in ähnlichen Positionen, die Skar kennengelernt hatte, beherrschte er die Kunst, viel zu reden, ohne eigentlich etwas zu sagen. Doch auch von dem Wenigen, das er letztlich erfahren hatte, schwirrte Skar bereits der Kopf.

Lange Zeit blieb er neben Dels Lager sitzen und betrachtete den reglos daliegenden Satai. Wie er selbst trug auch Del keinen Verband mehr, und wie bei ihm war die Wunde nahezu verheilt und zu einer dünnen roten Linie geworden, die Wochen oder gar Monate alt schien statt weniger Tage. Er überlegte einen Moment, ob er Del wecken und mit ihm reden sollte, ließ es aber dann bleiben. Dringender noch als er selbst benötigte Del jetzt Ruhe, Ruhe und noch einmal Ruhe. Thoranda hatte für ihn getan, was in ihrer Macht stand, und das war nicht wenig gewesen; den Rest mußten die Natur und sein Körper erledigen. Wenn Dels Heilung ebenso phantastisch schnell vor sich ging wie seine eigene, würde er vielleicht in wenigen Tagen bereits soweit sein, aufzustehen und die ersten vorsichtigen Schritte zu tun.

Schließlich stand er auf und verließ leise die Kammer. In seinem Mund war ein übler, pelziger Geschmack, und ihm fiel wieder ein, daß er seit seinem Erwachen weder etwas gegessen noch getrunken hatte. Der Hunger war während der letzten Wochen zu seinem ständigen Begleiter geworden, und er hatte sich an das flaue Gefühl in seinem Magen und den vagen Schmerz in den Eingeweiden schon beinahe gewöhnt, aber die Entbehrungen hatten auch sichtbare Spuren an seinem Körper hinterlassen. Er hatte etwa zwanzig Pfund abgenommen, auch für einen Mann seiner Statur mehr, als zu verantworten war, und selbst die wenigen Schritte, die er zusammen mit Logar gemacht hatte, hatten ihn spürbar erschöpft. Insgeheim gestand er sich ein, daß Thoranda wohl recht hatte – er brauchte dringend eine Erholungspause, Tage, wahrscheinlich Wochen der Muße, Zeit, seine Kräfte zu regenerieren und behutsam damit zu beginnen, seine alte Kondition wieder zurückzuerlangen. Er würde Logar um ein Pferd bitten, um die nähere Umgebung Wents zu erkunden und gleichzeitig ein wenig Bewegung zu bekommen.

Dumpfes Stimmengewirr drang ihm von unten entgegen, als er über die gewendelte Treppe hinabstieg. Als er das Gebäude betreten hatte, war der große Raum hinter der Tür leer gewesen. Nun schien er bis zum Bersten mit Menschen gefüllt – Männer und Frauen in Rüstungen oder braunen und grünen, gefleckten Gewändern, Kleidung, in der sie draußen im Wald nahezu unsichtbar sein mußten; Krieger, wie Skar nach einem raschen Rundblick erkannte, wenn auch nicht einer von ihnen eine Waffe trug.

Die Gespräche verstummten nach und nach, als er unter der Tür erschien, als würde sich eine unsichtbare Welle des Schweigens durch den Raum ausbreiten und nach und nach auch den letzten in ihren Bann schlagen. Und im gleichen Maße, in dem die Unterhaltungen erloschen, wandten sich ihm auch die Gesichter der Anwesenden zu, bis Skar sich schließlich im Zentrum der allgemeinen Aufmerksamkeit sah: ein Gefühl, das alles andere als angenehm war. Er bewegte sich unbehaglich auf der Stelle, machte einen Schritt in den Raum hinein und blieb abermals stehen, als die Männer und Frauen vor ihm zur Seite wichen und eine Gasse bildeten.

Skar atmete innerlich auf, als er Coar zwischen den Kriegern erkannte. Sie wirkte verändert. In dem schlichten, weißen Gewand, das sie nun trug, hätte er sie beinahe nicht wiedererkannt. Ihr Haar war jetzt hochgesteckt und zu einer ebenso einfachen wie raffinierten Frisur getürmt, und auf ihrem Gesicht lag ein seltsamer, schwer zu bestimmender Ausdruck, etwas, das irgendwo zwischen einem Lächeln und einem Gefühl von Bewunderung, ja beinahe Ehrfurcht zu schwanken schien. Sie trat rasch auf ihn zu, legte ihm in einer vertrauten Geste die Hand auf die Schulter und führte ihn neben sich her. Die Berührung schien die Spannung zu lösen. Die Unterhaltungen kamen nach und nach wieder in Gang, und Skar registrierte erleichtert, wie sich die Männer und Frauen wieder ihren Gesprächspartnern zuwandten.

»Ich freue mich, daß du wieder gesund bist«, begann Coar. »Und auch Del geht es besser, höre ich?«

»Ich war oben bei ihm. Er schläft, aber er hat das Schlimmste überwunden. Thorandas Medizin hat ein Wunder bewirkt. Was hat diese Versammlung zu bedeuten?«

Coar machte eine weit ausholende Handbewegung, die den Raum und die versammelten Krieger einschloß. »Majall und Senja«, sagte sie. »Die beiden Kriegerinnen, die den Hogern zum Opfer fielen. Du erinnerst dich?«

Skar nickte.

»Wir . . .«, fuhr Coar fort, stockte und suchte einen Moment nach Worten, um dann noch einmal von vorne zu beginnen. »Heute ist der dritte Tag«, sagte sie. »Diese Männer und Frauen waren ihre Kameraden. Sie geben ihnen das letzte Geleit. Eine Ehre, die jedem Krieger zukommt.«

Skar dachte mit einem Gefühl leiser Verwunderung an die beiden Körper, die vor seinen Augen draußen im Wald verscharrt worden waren. »Ihr habt sie . . . geholt?« fragte er.

»Geholt?« Coar schüttelte verwirrt den Kopf. »Nein«, sagte sie dann. »Ihr begrabt die Körper eurer Toten mit großen Ehren, da wo du herkommst, nicht?«

»Manchmal.«

»Verzeih, daß ich nicht daran dachte, Skar, aber unsere Sitten unterscheiden sich in diesem Punkt von den euren. Ich habe gehört, daß es anderenorts üblich ist, die Körper der Toten zu verehren. Bei uns ist dies anders. Auch wir gedenken unserer Toten, aber wir verehren nicht die Hülle, sondern den Geist eines Menschen.«

»Wir auch«, entgegnete Skar hastig. »Nur . . .« Er brach ab, suchte vergebens nach den passenden Worten und fand schließlich Zuflucht in einem verlegenen Lächeln. Er war fremd hier. Die Sitten dieses Volkes mochten ihm bizarr erscheinen, aber er hatte nicht das Recht, darüber zu urteilen.

»Wir wissen viel zuwenig voneinander«, sagte Coar, als hätte sie seine Gedanken erraten. »Es gibt so viel, was ich von dir wissen möchte, von dir, dem Land, aus dem du kommst, den Menschen, die dort leben ... stimmt es, daß es dort Städte gibt, die größer als ganz Cearn sind?«

Skar lächelte. »Nein«, sagte er. »Größer als Went sicher, aber nicht größer als ganz Cearn. Zumindest nicht in dem Teil der Welt, den ich kenne.«

»Den du kennst? Auch du kennst sie nicht ganz?« Die Frage schien Skar naiv, aber er gab sich Mühe, sie möglichst ernsthaft zu beantworten. »Natürlich nicht. Enwor ist groß, unendlich groß. Niemand lebt lange genug, es völlig kennenzulernen.«

»Enwor?« Coar runzelte die Stirn. »Ist das der Name, den die Menschen draußen für die Welt haben? Enwor? Enwor ...« Sie wiederholte das Wort ein paarmal, als wolle sie sich an seinen Klang gewöhnen. »Enwor ... Es klingt gut. Aber auch ein wenig traurig. Was heißt es?«

»Nichts. Nichts Bestimmtes. Ein Name eben. Ihr habt einen anderen?«

»Für die Welt?« Coar schüttelte den Kopf. »Wir brauchen ihn nicht.«

»Aber die Welt besteht nicht nur aus Cearn«, widersprach Skar sanft. »Auch wenn ihr hier lebt und Cearn vielleicht niemals verlassen könnt, so gibt es doch noch eine Welt jenseits der Wüste.«

»Für uns nicht, Skar«, entgegnete Coar ernsthaft. »Nimm mich als Beispiel. Ich wurde hier geboren und wuchs hier auf, und irgendwann werde ich hier sterben. Keiner von uns wird Went jemals verlassen. Wozu auch? Wir dienen dem Wald, und er dient uns. Er erhält uns am Leben, so wie wir ihn am Leben erhalten. Keiner von uns könnte ohne den anderen existieren. Es gibt keinen Grund, von hier fortzugehen.«

»Du hast niemals auch nur daran gedacht?« fragte Skar zweifelnd. Für ihn war der Gedanke, sein gesamtes Leben an einem einzigen Ort zu verbringen, schlichtweg unvorstellbar. Nicht einmal die unendlichen Prärien Malabs hatten ihn halten können, obwohl er dort die vielleicht friedvollsten Jahre seines Lebens verbracht hatte. Wenn es eine Zeit der Ruhe und des Friedens in seinem von Kämpfen und Abenteuern bestimmten Leben gegeben hatte, so dort. Aber nicht einmal da hatte es ihn halten können.

»Daran gedacht . . .«, sagte Coar nachdenklich. »Sicher. Früher einmal. Vielleicht denkt jeder daran, irgendwann. Als Kind . . . auch später, bevor er seine Aufgabe gefunden hat. Aber es ist unmöglich. Cearn braucht uns, wie wir Cearn brauchen.«

Skar hatte den Eindruck, einen einstudierten Text zu hören, etwas, das diesem jungen Mädchen – und nicht nur ihr – so oft eingehämmert worden war, bis sie es stur wiederholte, ohne auch nur nach dem Sinn dieser Worte zu fragen.

»Unmöglich . . .«, wiederholte er. »Vieles erscheint unmöglich, bevor man es tut.«

»Es *ist* unmöglich«, antwortete Coar überzeugt. Sie schien noch mehr sagen zu wollen, wandte sich aber dann mit einer plötzlichen Bewegung um und ging hastig zum Ausgang. Sie machte ein paar Schritte auf die Rampe hinaus und blieb stehen, die Hand um das schmale Geländer geklammert. Die Sonne hatte mittlerweile den größten Teil ihrer Tageswanderung zurückgelegt und neigte sich dem Horizont entgegen. Die Wipfel von Cearn waren mit rotem Licht übergossen und schienen in Flammen zu stehen: ein friedliches, sanftes Bild, das ihm aber keine Ruhe brachte, sondern im Gegenteil in Skar Erinnerungen an die braune, trostlose Einöde jenseits des Waldes weckte. Für einen Augenblick glaubte er wieder den Hauch des Todes zu spüren, der wie eine unsichtbare Aura über der Nonakesh lastete. Er schauderte.

»Went ist groß«, begann Coar nach einer Weile, »aber die Wüste, die ihr durchquert habt, ist hundertmal größer. Es ist sicher das falsche Wort, aber von deinem Standpunkt aus sind wir Gefangene, wenn auch Gefangene in einem Gefängnis, aus dem keiner von uns zu fliehen wünscht. Die Wüste ist unendlich.«

»Und doch kann man sie durchqueren«, widersprach Skar. »Del und ich haben es getan.«

»Zwei einzelne Männer«, nickte Coar. »Verzweifelte, die auf der Flucht waren und keine Wahl hatten, und auch nur zwei von Hunderten, vielleicht Tausenden, die es versucht haben.«

»Wir waren nicht die ersten«, erinnerte Skar.

»Das stimmt. Doch ihr seid die ersten seit langer Zeit, solange ich lebe, zumindest. Und die, denen es vorher gelang, waren Verzweifelte wie ihr, Männer, die nichts mehr zu verlieren hatten. Außerdem«, fügte sie nach einer fast unmerklichen Pause hinzu, »führt der Weg durch die Nonakesh nur in eine Richtung. Und sie ist wählerisch, Skar.«

»Jetzt übertreibst du«, murmelte Skar. »Sie ist kein Lebewesen, sondern nichts als totes Land.«

»Bist du sicher?« fragte Coar ruhig. »Ich dachte, du hättest sie kennengelernt. Diese Wüste ist mehr als totes Land, wie du es nennst. Sie ist böse, böse und heimtückisch. Manchmal, wenn es ihrer Laune entspricht, läßt sie einen Mann durch, doch sie läßt ihn nie wieder hinaus. Einen von uns würde sie nicht passieren lassen. Es mag dir albern erscheinen, aber wir wissen, daß sie unser Feind ist. Wir hassen sie, und sie haßt uns. Wir führen seit Jahrhunderten Krieg gegeneinander, einen erbarmungslosen Krieg, in dem es keine Gefangenen und keinen Waffenstillstand gibt, Skar. So, wie wir sie schlagen, wenn sie versucht, in Cearn einzufallen, so vernichtet sie jeden Cearner, der einen Fuß auf ihr Gebiet setzt. Menschen wie dich und Del mag sie durchlassen, aber wir sind ihre Kinder, Skar. Sie haßt uns.«

»Und ihr habt euch niemals gefragt, was dahinter liegt?« fragte Skar. »Ihr habt nie versucht, ihr Geheimnis zu ergründen?«

Coar schwieg einen Moment. Sie schloß die Augen, legte den Kopf in den Nacken und beugte sich weit hintenüber über das Geländer, so daß der dünne Stoff ihres Gewandes über Schultern und Brust spannte und die Konturen ihres Körpers deutlich nachzeichnete. Skar verspürte plötzlich eine sanfte, warme Regung. Wie schon zuvor beim Anblick Larynns regte sich der Mann in ihm, und trotzdem war es ein Gefühl ganz anderer Art.

Unsinn; dachte er verärgert. *Du kannst sie nicht lieben. Sie ist eine Frau und erregt dich, aber das ist ganz natürlich, nach all der Zeit. Aber Liebe . . .* Er wußte von Coar kaum mehr als ihren Namen. Wie konnte er sie da lieben?

»Natürlich habe ich mich gefragt, was dahinter liegt«, knüpfte Coar nach einer Weile an den Gedanken an. »Die Welt – Enwor, wie du sie nennst –, und natürlich habe ich mir gewünscht, sie zu sehen, aber diesen Wunsch hat wohl jeder von uns einmal verspürt. Du hältst uns für Gefangene, Skar, aber das stimmt nicht.

Was hat deine Welt zu bieten, das es in Cearn nicht gäbe?«

Skar wollte antworten, aber ein Blick auf die friedvolle, halb in Dämmerung versunkene Stadt unter sich ließ ihn verstummen. Was hätte er antworten sollen? Was gab es – ganz egal wo auf Enwor –, das es wert gewesen wäre, gegen die friedvolle Schönheit dieses Landes eingetauscht zu werden? Del und er waren auf dem Wege in den Krieg gewesen, als es sie in die Nonakesh verschlagen hatte, und es war nicht der erste Krieg in ihrem Leben. All die Jahre, die sie gemeinsam verbracht hatten, waren ein Hetzen von einer Auseinandersetzung zur anderen, von einer Gefahr zur nächsten gewesen, und er hatte schon vor vielen Jahren aufgehört, die Zahl der Kämpfe behalten zu wollen, die sie durchgestanden hatten. Natürlich war sein Leben nicht die Norm – Del und er waren Satai, Angehörige einer Kaste, deren Handwerk Krieg und Überleben waren. Aber er hatte diese Art zu leben nicht von ungefähr gewählt, nicht aus Lust am Töten oder am Krieg, sondern weil es in einer Welt wie Enwor die sicherste Art zu überleben war. In einer Welt, in der nur Gewalt zählte, überlebte der Stärkste.

Er seufzte, drehte sich um und deutete in die entgegengesetzte Richtung. »Was liegt dort?« fragte er.

»Wüste, Skar. So wie dort und dort und dort.« Coar deutete nacheinander in die übrigen drei Himmelsrichtungen und schwieg einen Moment. »Und irgendwo dahinter«, fuhr sie dann in einem Tonfall, der Skar unwillkürlich aufhorchen ließ, fort, »Urcôun.«

»Urcôun? Was ist das?«

»Unsere Heimat«, entgegnete Coar. »Die Heimat unserer Vorfahren. Und unsere, wenn sie auch keiner von uns je gesehen hat.«

»Cearn ist nicht ... eure Heimat?« fragte Skar, nun vollends verwirrt.

»Nein.« Coar sah auf. In ihren Augen erschien ein seltsamer, wehmütiger Ausdruck, und ihre Stimme schien um mehrere Nuancen weicher, als sie fortfuhr: »Es wurde zu unserer Heimat, Skar, vor langer, langer Zeit. Vielleicht ist Heimat das falsche Wort. Exil wäre richtiger. So, wie sich unser Volk von einem Volk des Friedens zu einem Volk von Kriegern veränderte, so wurde aus einer winzigen Oase ein Wald und aus einem Wald Cearn.«

Skar war der Unterschied zwischen dem Wort Wald und Cearn

nicht ganz klar, aber er hatte den Eindruck, daß er im Moment besser schwieg.

Coar machte eine unbewußte Kopfbewegung, die verriet, daß sie ihr Haar normalerweise offen trug und es gewohnt war, sich von Zeit zu Zeit eine widerspenstige Locke aus der Stirn zu schütteln. Ihre Hand löste sich vom Geländer und tastete in einer vertrauten Geste nach Skars Fingern. Erneut durchströmte ihn ein Gefühl tiefer Wärme und Zuneigung, zu stark diesmal, um es noch wegzuleugnen. Und trotzdem spürte er, daß sich Coar bei dieser Art von Vertrautheit nichts dachte. Die Art, in der sie nach seiner Hand gegriffen und sie genommen hatte, war zu natürlich und offen, um noch Platz für Heimlichkeiten zu haben. Vielleicht gab es bei den Cearnern kein Berührungstabu wie andernorts.

»Wir haben noch ein wenig Zeit«, sagte Coar, während sie langsam nebeneinander die schräge Rampe hinuntergingen. »Die Zeremonie beginnt erst, wenn die Sonne vollkommen untergegangen ist. Wenn es dich interessiert, dann erzähle ich dir die Geschichte unseres Volkes. Sie ist nicht lang. Nicht lang zu erzählen, zumindest.«

Skar nickte stumm.

»Vor langer Zeit«, begann Coar, »lebte unser Volk nicht hier in der Wüste, sondern in Urc, einem Land voller Frieden und Reichtum und fröhlicher Menschen. Niemand kannte den Krieg, und das Land war reich genug, daß keiner Not leiden mußte. Unsere Hauptstadt war Urcôun – eine mächtige und stolze Burg mit Mauern, höher als die Wipfel Cearns und stärker als der stärkste Baum. Jahrhunderte um Jahrhunderte lebte das Volk von Urc im Schutze seiner mächtigen Türme, und die Wüste, die das Land umgab, gewährte ihm zusätzlichen Schutz. Doch diese Sicherheit erwies sich schließlich als Fluch. Unsere Vorfahren wurden leichtsinnig, und sie begriffen zu spät, daß Neid und Habgier anderenorts ebenso zum Wesen des Menschen gehörten wie hier Liebe und Freundlichkeit. Die Kunde vom Reichtum Urcs sprach sich herum, und eines Tages erschien eine Flotte von mächtigen Schiffen vor seiner Küste, Schiffe, die Krieger brachten, denen die friedlichen Bewohner Urcs nichts entgegenzusetzen hatten. Krieg und Terror überzogen das Land, wo früher Frieden und Liebe geherrscht hatten. Unser Volk war es nicht gewohnt zu kämpfen, und die schwarzen Horden verwüsteten Urc, ohne daß wir sie aufhalten konnten. Schließlich blieb nur noch Urcôun, die letzte Feste, die den wenigen Überlebenden Schutz bot.«

Sie hatten den Fuß der Rampe erreicht, und Coar stockte für einen Moment, ehe sie sich nach rechts wandte, Skars Hand losließ und sich bei ihm unterhakte. Ihr Kopf schmiegte sich warm und weich an seine Schulter, und von ihrem Haar stieg ein betörender Duft in seine Nase.

»Doch selbst Urcôuns Mauern konnten dem Ansturm des Feindes nicht standhalten«, fuhr sie nach einer Weile fort. Sie hatte eine angenehme Art zu erzählen, fand Skar. Leise und ruhig, die Stimme ein sanfter Singsang, der mit seiner Betonung ebensoviel erzählte wie die Worte. Er hörte ihr gerne zu. »Seine Bewohner wagten einen letzten, verzweifelten Ausbruch. Nicht viele überlebten die Schlacht, in der sich in jener Nacht das Schicksal unseres Volkes auf Generationen hinaus entschied, und die wenigen, die davonkamen, mußten fliehen, verfolgt von einem Feind, der kein Erbarmen kannte. Sie flohen in die einzige Richtung, die ihnen blieb.«

»Hierher?«

Coar schüttelte den Kopf. »Cearn existierte damals noch nicht. Nicht in der Form, in der du es kennst. Sie flohen in die Wüste, den sicheren Tod vor Augen. Viele fielen unter den Pfeilen der Verfolger, und noch mehr starben unter der tödlichen Glut der Sonne. Von einem Volk, das nach Hunderttausenden zählte, erreichte nicht mehr als eine Handvoll die rettende Oase.

Aber sie schworen Rache. Niemals, niemals würden sie vergessen, wie es war, wie unbarmherzig der Feind sie überfallen und unter ihnen gewütet hatte, ihre Väter und Mütter und Brüder und Schwestern getötet und die fruchtbaren Ebenen Urcs verheert hatte. Sie waren nur wenige, aber sie waren beseelt vom Feuer der Rache. Sie fanden den Wald, und sie schworen, eines Tages zurückzukehren und Urc zurückzuerobern. So wurden wir ein Volk von Kriegern, Skar. Went mag dir friedlich erscheinen, aber es ist eine Festung. Schon unsere Kinder lernen den Umgang mit Waffen, und wenn wir eines Tages wieder vor den Toren Urcôuns stehen, werden wir kein Haufen wehrloser Bauern mehr sein, sondern Krieger.«

Skar schwieg lange, lange Zeit, nachdem Coar mit ihrer Geschichte zu Ende gekommen war. Sie hatten sich weit von Thorandas Haus entfernt, und die moosbewachsenen Stämme Wents umgaben sie wie Säulen einer gigantischen schweigenden Kathedrale, deren Kuppel vom flackernden Grau der hereinbrechenden Dämmerung gebildet wurde. Die Stille fiel ihm auf. Die Häuser neben und über ihnen schienen wie ausgestorben dazuliegen, und obwohl er angestrengt lauschte, konte er nicht den leisesten menschlichen Laut wahrnehmen. Hinter keinem der Fenster brannte Licht, und für einen Moment fühlte er stärker denn je, daß er in Wirklichkeit nicht mehr als ein Eindringling war, ein Fremder, der sicher freundlich aufgenommen worden war, aber stets ein Fremder bleiben würde. Zwischen ihm und diesen Menschen bestand ein Graben, eine unsichtbare Mauer, die er niemals ganz würde durchdringen können. Es waren zwei verschiedene Welten, seine und ihre, und es gab keine Berührungspunkte, keine Brücken, die von einer zur anderen führten.

»Eine schöne Geschichte«, sagte er. »Schön und traurig, aber doch nicht mehr als eine Geschichte.«

Coars Kopf löste sich von seiner Schulter. »Du glaubst sie nicht?«

Skar lächelte. »Doch. Das heißt – ja und nein. Alte Geschichten sind selten ganz wahr, ebenso wie sie selten ganz erlogen sind. Und ich habe die Erfahrung gemacht, daß jedes Volk seine Vision vom Paradies hat. Und ihr seid kein Volk von Kriegern.«

Seine Worte schienen Coar zu verletzen. Sie ließ seinen Arm los, trat einen Schritt zur Seite und sah ihn erschrocken an.

Skar hatte plötzlich das Gefühl, etwas sehr Dummes gesagt zu haben – wie schon so oft hier. »Verzeih«, murmelte er. »Ich ... wollte dir nicht weh tun.«

»Das ... hast du nicht«, sagte Coar hastig, aber ihr Blick sagte das Gegenteil. Plötzlich lächelte sie wieder, aber Skar war sicher, eine deutliche Spur von Trauer und Resignation darin zu erblikken. »Du hast das Recht, so zu denken. Wenn die Männer dort, wo du herkommst, alle so kämpfen wie du, magst du uns wirklich nicht als Krieger ansehen.«

Skar hätte sich am liebsten selbst geohrfeigt. »So habe ich es nicht gemeint«, widersprach er lahm. »Auch in meiner Heimat kämpfen die Menschen nicht besser als ihr. Es ist nur . . .« Er brach ab, ballte wütend die Faust und schlug sich wuchtig gegen die Oberschenkel. »Ach verdammt«, stieß er hervor. »Ich habe Blödsinn geredet. Vergiß es, wenn du kannst.«

Sie schwieg einen Moment, senkte den Blick und schmiegte sich erneut an ihn. Ihre Hände wanderten an seinen nackten Armen empor und legten sich in seinen Nacken. Aber der Zauber des Augenblicks war dahin und ihr Verhalten nicht mehr als eine leere Geste ohne echte Bedeutung. Für einen flüchtigen Augenblick hatte es so etwas wie ein zartes Band von Vertrauen zwischen ihnen gegeben, aber er hatte es mit ein paar dummen und unüberlegten Worten zerstört.

Er löste vorsichtig ihre Arme von seinem Hals und schob Coar auf Armeslänge von sich. »Müssen wir nicht zurück?« fragte er. Er spürte, wie Coar unter der Berührung seiner Finger erschauerte. »Die anderen werden bereits auf dich warten.«

Coar nickte, aber es war eine Bewegung voller Widerwillen. Sie drehte sich um und wollte den Weg zurückgehen, den sie gekommen waren, aber Skar hielt sie mit einem raschen Griff zurück. »Ich weiß nicht, ob ich gegen ein Tabu verstoße, wenn ich die Frage stelle«, sagte er zögernd. »Aber . . . kann ich dabeisein?«

»Natürlich«, antwortete Coar. Das Wort kam so schnell, als hätte sie nur darauf gewartet, daß er diese Frage stellte. »Sie waren deine Kameradinnen ebenso wie meine. Es wäre eine Ehre für uns, wenn du an der Zeremonie teilnehmen würdest. Kannst du wieder reiten? Es ist weit.«

»Sicher.«

»Dann komm«, sagte Coar.

Die Kolonne bewegte sich langsam nach Osten. Skar hatte es aufgegeben, die Reiter zu zählen, die sich dem anfangs kaum mehr als fünfzig Personen zählenden Zug angeschlossen hatten. Es mochten fünfhundert sein, vielleicht mehr – Männer, Frauen und Greise, ja sogar Kinder, die zu zweien oder dreien auf Pferden und Mauleseln saßen und ihnen in stummen Fünferreihen folgten; ein mächtiger Heereszug, der sich trotz seiner Größe nahezu lautlos nach Osten bewegte. Skar hielt vergeblich nach Bewaffneten Ausschau. Offensichtlich vertrauten die Cearner darauf, daß allein die Größe des Zuges die Hoger von einem Angriff abhalten würde. Darauf – oder auf etwas anderes, das er nicht wußte und nach dem er auch nicht zu fragen wagte.

Sie ritten bis tief in die Nacht hinein nach Osten, ohne auch nur einmal anzuhalten oder die Richtung zu wechseln. Der Wald änderte allmählich seinen Charakter. Die Bäume standen nun weniger dicht und waren auch nicht mehr so hoch, die Kronen weniger verfilzt und ineinander verwachsen als in der unmittelbaren Umgebung Wents, und die einzelnen Stämme schienen allesamt jünger als bisher. Skar fiel auf, wie behutsam sich die Reiter ihren Weg suchten. Trotz der Größe ihres Zuges wurde entlang der Strecke, die sie nahmen, nicht ein Baum beschädigt, nicht ein tiefhängender Zweig oder Ast geknickt, und es war so leise, daß er selbst die regelmäßigen Atemzüge Coars, die neben ihm ritt, hören konnte.

Schließlich, lange nach Mitternacht, hob der Reiter an der Spitze die Hand und stieß einen halblauten Befehl aus. Die Kolonne kam zum Stehen und formierte sich neu, bis sie eine lange, weit auseinandergezogene Kette bildete, die sich in sanftem Bogen zum Waldrand hinschwang und dann in einer geraden, einer imaginären Linie folgenden Reihe zur Ruhe kam. Auch Skars Pferd setzte sich ohne sein Zutun in Bewegung, als wüßte es genau, welchen Platz es in der Gruppe einzunehmen hatte.

Der Wald endete vor ihnen. Skar brauchte einen Moment, um zu begreifen, daß sie das gegenüberliegende Ende Cearns erreicht hatten und die dunkle Linie vor ihnen nichts weiter als der Kamm einer befestigten Düne gleich der war, auf die sie beim Betreten Cearns gestoßen waren. Dahinter erstreckte sich das eintönige Auf und Ab der Wüste; sanft geschwungene Hügel und tiefe, von schwarzen Schatten erfüllte Täler, die im Sternenlicht ihre braungelbe Farbe verloren hatten und nun silbern schimmerten, als wären sie aus Stahl gegossen und sorgsam poliert worden.

Skar suchte vergeblich nach einem Tempel oder irgend etwas anderem, das einer Beerdigungsstätte auch nur im entferntesten glich. Er wandte den Kopf und warf Coar einen fragenden Blick zu. Die junge Kommandantin legte den Zeigefinger über die Lippen. Skar nickte.

Lange Zeit geschah nichts. Die Reiter saßen einfach stumm da und blickten auf die Wüste hinaus, und selbst die Tiere schienen die sonderbare, gleichzeitig andächtige wie beklemmende Stimmung zu fühlen und gaben kaum einen Laut von sich – ein unterdrücktes Schnauben hier, ein leises Scharren dort, dann und wann ein helles Klatschen, wenn ein Pferdeschweif nach einer Mücke schlug. Dann, nach einer Ewigkeit, wie es Skar vorkam, begannen die Reiter wie auf ein stummes Kommando hin von ihren Tieren zu steigen. Die Bewegung begann an den beiden äußeren Enden der Reihe und pflanzte sich wie eine stumme optische Welle zur Mitte hin fort. Auch Skar stieg aus dem Sattel, als die Reihe an ihn kam, und trat neben Coar aus dem Wald hinaus. Ein warmer, böiger Wüstenwind schlug ihm ins Gesicht, als er zwischen den anderen den Hügel hinaufging und auf seiner Krone stehenblieb.

Vor ihnen erstreckte sich die Unendlichkeit der Nonakesh, ein gigantisches sandiges Meer, in dem Cearn nicht mehr als eine winzige verlorene Insel war. Zum ersten Mal, seit er die Nonakesh betreten hatte, glaubte er zu begreifen, wie gewaltig diese Einöde aus erstarrtem Schweigen und schwarzen Schatten wirklich sein mußte. Mit einemmal brachte er der Wüste eine völlig neue Art von Empfindung entgegen. Er hatte geglaubt, allen Arten von Gefühlen nacheinander durchgestanden zu haben – Wut, Haß, Verachtung, aber jetzt empfand er nur noch Ehrfurcht. Plötzlich begriff er, daß selbst die Nonakesh ihren festen Platz in der Schöpfung hatte, daß ihr Vorhandensein nicht Zufall, sondern geplant war. Wenn es so etwas wie einen Gott, eine übergeordnete Macht, die die Geschicke dieser Welt und der Menschen lenkte, die auf ihr lebten, wirklich gab, so hatte sie die Nonakesh mit Bedacht erschaffen. Ihre Bestimmung war Einsamkeit, Einsamkeit und Schweigen, ein gigantischer Hort der Leere, einzig dazu bestimmt, *groß* zu sein.

Coar berührte sanft seine Hand und deutete auf eine zweite, höhere Düne, die weit vor ihnen durch die Wüste schnitt, ein dunkler Schatten, der sich von den Dünen dahinter einzig durch seine Regelmäßigkeit unterschied und sich rechts und links, einer sanften Krümmung folgend, in der Nacht verlor. Er sah genauer hin und erkannte jetzt, daß das Gelände dazwischen nicht eigentlich Wüste war. Der Boden war mit Staub und Flugsand bedeckt, aber dazwischen ragten dünne, dunkle Stöcke in die Luft. Im ersten Moment mußte er an den abgestorbenen Wald denken, den sie auf der anderen Seite Cearns gefunden hatten, aber er erkannte rasch, daß er es mit dem genauen Gegenteil zu tun hatte. Die Bäume hier waren nicht tot, sondern jung. Ein raffiniertes System von Bewässerungskanälen durchbrach die Düne und überzog den Boden vor ihnen mit einem Labyrinth dunkler, glitzender Linien, die – obwohl es angesichts der Zahl der Setzlinge unmöglich schien – jeden einzelnen Baum erreichten und mit dem lebensnotwendigen Wasser versorgten. Die Anzahl der Bäume mochte in die Tausende gehen, allein auf dem Stück, das er übersehen konnte, und doch war jeder einzelne sorgsam mit Netzen und kleinen Erdwällen gegen Sand und Hitze geschützt. Und langsam, ganz langsam nur, begann Skar zu begreifen, was er hier sah.

Der Wald wuchs. Nicht nur in Höhe und Dichte, sondern auch in seiner Ausdehnung. So, wie die Wüste am entgegengesetzten Ende Cearns ein Stück des verlorenen Bodens zurückerobert hatte, so hatte hier der Wald, unterstützt von den Menschen, denen er Heimstatt und Feste zugleich war, einen schmalen Streifen Wüstenbodens an sich gerissen und begann ihn langsam zu verändern. Und plötzlich begriff er auch, was Coar vorhin gemeint hatte, als sie sagte, Cearn hätte damals noch nicht existiert: nicht an diesem Ort und nicht in dieser Form. Dieser Wald war nicht statisch. Die Cearner hatten ihn verändert, hatten die einzige Möglichkeit erkannt, die tödlichen Weiten der Nonakesh zu durchqueren. Wo die Umwelt ein normales Überleben nicht gestattete, mußte man sie verändern oder – wo dies nicht ging – ein Stück seiner normalen Welt mitnehmen. Und so war Cearn zu einer gigantischen, wandernden Insel geworden, einer riesigen Oase, die sich mit dem von der Natur vorgegebenen Tempo ihres Wachstumes durch die Wüste vorwärts bewegte, hundert Meter in zehn Jahren, eine Meile in zwei Generationen. Mit einemmal ergab alles einen Sinn – der tote Wald, ein Stück Gelände, das der Wüste zurückgegeben worden war, um durch einen ebenso breiten Streifen diesseits Cearns ersetzt zu werden, die Schneisen, die sich in regelmäßigen Abständen durch den Wald zogen, die Orte markierend, an denen vorher die Dünen den Ansturm der Wüste gebremst hatten, der seltsam regelmäßige und manchmal parkähnliche Charakter des Waldes.

Ihr Götter! dachte er. *Dieser ganze Wald bewegt sich! Cearn ist keine Oase, sondern ein ungeheuerliches, lebendes Wesen, das sich durch diese Wüste bewegt und seine Bewohner zurückbringt, wo sie einst hergekommen sind!*

Ein tiefes, vibrierendes Summen begann sich plötzlich aus der Reihe der Cearner zu erheben, ein Ton, der auf eigentümliche Weise zu der stummen Majestät der Wüste vor ihnen paßte, ihr Schweigen bestätigte, statt es zu durchbrechen, nicht Protest, sondern Huldigung, die Huldigung einer Macht, gegen die man zwar kämpfen, aber niemals siegen konnte. Der Ton wurde lauter, schwoll zu einem mächtigen, dröhnenden Rauschen an und verklang, um wenige Augenblicke später erneut einzusetzen.

Dann begann der Gesang.

Zuerst waren es nur wenige Stimmen, die sich in das dumpfe Raunen und Summen mischten und eine schwermütige, dunkle Melodie dazu sangen, dann mehr und mehr und immer mehr, bis der Wald und die Wüste widerhallten vom kräftigen Gesang aus fünfhundert Kehlen, von dunklen Worten voller Trauer, Worte, die Skar nicht verstand, deren Klang aber irgend etwas in ihm anzurühren schien, obwohl oder vielleicht gerade weil er sie nicht verstand. Es war ein Trauergesang, aber ein Trauergesang, der nicht resignierend, sondern trotz allem optimistisch war, in dem die Cearner ihren Toten Hoffnung statt Verzweiflung mit auf den Weg gaben, der aussagte, daß für diese Menschen der Tod eine völlig andere Bedeutung hatte als für ihn: nicht Ende, sondern vielmehr Anfang, der der erste Schritt in eine bessere, andere Welt war, eine Welt ohne Angst und Schmerzen, ohne Haß und Kampf. Er erinnerte sich wieder, daß Coar auf jener Lichtung nicht von Tod, sondern von Erwachen gesprochen hatte, und jetzt begriff er auch, warum.

Der Gesang brach ab, und für Sekunden legte sich eine große, schwere Stille über die Wüste. Dann glomm ein heller, im dunklen Schwarz der Nacht beinahe schmerzhaft greller Funke auf und wuchs zum prasselnden Flammenspiel einer Fackel heran, der rasch eine zweite, dritte, vierte und fünfte folgten. Skar bemerkte, wie Coar sich bewegte, und wandte verstohlen den Blick.

Coar war einen halben Schritt vorgetreten und verharrte nun mit gesenktem Kopf und unter dem Kinn gefalteten Händen. Ihre Augen waren geschlossen, und auf ihrem Gesicht lag ein Ausdruck angespannter Konzentration. Ihre Lippen formten lautlose Worte.

Der Mann zu seiner Rechten trat beiseite und berührte ihn sanft an der Schulter. Skar trat ebenfalls zurück und blieb stehen, als der Cearner ihn ein zweites Mal anstieß. Wieder erhob sich Gesang aus zahlreichen Kehlen, aber es war ein anderes Lied diesmal, eine schwermütige, getragene, auf- und abschwellende Melodie, die Skar, je länger er lauschte, mehr und mehr an das regelmäßige Schlagen eines gigantischen ruhigen Herzens erinnerte. Die Fackelträger traten nun vor und bildeten ein stummes Spalier zu beiden Seiten der Kommandantin. Ihre Schritte lagen genau im Rhythmus des Gesanges, und selbst das Flackern der Flammen schien sich dem sanften Auf und Ab des Singsanges anzupassen. Coar hob in einer langsamen, betenden Geste die Hände zum Himmel. Zwischen ihren Fingern schimmerte ein kleiner silberner Gegenstand.

Wieder brach der Gesang ab, aber dafür begann im Wald hinter ihnen eine Trommel einen dumpfen, gleichmäßigen Rhythmus zu schlagen. Coar senkte die Arme und sah sekundenlang reglos zu Boden. Dann begann sie den jenseitigen Hang hinunterzugehen, begleitet von den Fackelträgern und dem Rhythmus der Trommeln, der nun lauter, fordernder zu werden schien.

Coar kniete nieder. Der sanfte Schimmer der Fackeln bildete einen weiten, nach der Wüste hin offenen Kreis um sie herum und vertrieb Kälte und Dunkelheit aus ihrer unmittelbaren Umgebung. Sie verharrte einen Moment reglos, beugte sich vor und begann mit bloßen Händen im Boden zu graben, eine Arbeit, die in dem schweren und feuchten Sand sicher anstrengend und schmerzhaft war. Ihre Bewegungen waren langsam und zielsicher, als folge sie dabei einem genau vorgegebenen Muster. Sie grub etwa einen halben Meter tief, richtete sich auf und säuberte die Hände mit einem Tuch, das ihr einer der Fackelträger reichte.

Die Trommelschläge verstummten. Für die Dauer von zehn, fünfzehn Atemzügen saß die junge Kommandantin vollkommen reglos da, eine filigran gearbeitete Statue, die von silbernem Sternenlicht übergossen wurde. Ihre Hände ruhten auf dem kleinen silbernen Gegenstand, den Skar schon zuvor bemerkt hatte. Er erkannte ihn jetzt wieder – es war das Kästchen, das ihm bereits bei der verwirrenden Zeremonie auf der Waldlichtung aufgefallen war. Coar klappte den Deckel auf, griff hinein und nahm ein winziges rundes Korn heraus. Ihre Hand senkte sich in die Grube, die sie gegraben hatte, verharrte einen Moment reglos und zog sich dann leer wieder zurück. Erneut blieb sie sekundenlang bewegungslos und mit geschlossenen Augen sitzen, dann begann sie, wieder mit bloßen Händen und langsamen, zeremoniellen Bewegungen, die Grube wieder zuzuschaufeln. Ein Mann brachte ihr eine flache Schale mit Wasser. Sie trank einen winzigen Schluck davon, hob die Schale dann hoch vor das Gesicht und drehte sie mit einem Ruck um. Das Wasser floß heraus und versickerte fast augenblicklich im Boden.

Ein tiefer, erleichterter Seufzer lief durch die Reihen der gebannt dastehenden Cearner. Coar erhob sich, verneigte sich tief in Richtung Wüste und ging dann rückwärts davon. Ihre Hände umklammerten das kleine Silberkästchen, als enthielte es etwas ungeheuer Kostbares.

Und das tat es wohl auch, dachte Skar, halb betäubt vor Überraschung und ehrfürchtigem Staunen. Er hatte gewußt, daß dieses Volk ein intensives Verhältnis zur Natur und dem Wald hatte, aber erst jetzt begriff er wirklich, wie stark das Band war, wie sehr diese Menschen mit Cearn und Cearn mit ihnen verbunden sein mußten. Coar bewegte sich, flankiert von den Fackelträgern und begleitet von dumpfem, auf- und abschwellendem Gesang und dem pochenden Rhythmus der unsichtbaren Trommeln, wenige Schritte nach Norden und kniete erneut nieder. Wieder bildeten die Fackelträger einen weiten, nach einer Seite hin offenen Kreis um sie herum, und wieder begann sie mit bloßen Fingern im Boden zu graben, um die Zeremonie zu wiederholen, die Seele des zweiten Mädchens dem Boden und dem Wald anheimzugeben. Sie bettete den Samen, den sie dem Körper des getöteten Mädchens entnommen hatte, im Boden, goß Wasser darüber und stand auf, um mit raschem Schritt zu ihrem Platz auf dem Hügelkamm zurückzugehen. Die Fackeln erloschen. Noch einmal erhob sich Gesang, leiser und andächtiger diesmal, ein letzter Abschied, die letzte Ehrung, die die Cearner ihren gefallenen Kriegern zollten, dann wandten sie sich wie auf ein unhörbares Kommando hin um und gingen, jeder für sich und keinem geordneten Plan folgend, zu den wartenden Pferden zurück. Die Feier war vorüber. Sie war kurz gewesen, viel kürzer und einfacher als manch andere, der Skar beigewohnt hatte, aber trotzdem hatte sie ihn mehr berührt als jemals ein ähnliches Ereignis zuvor.

Skar stieg schweigend in den Sattel und drängte sein Tier mit sanftem Schenkeldruck herum. Das Pferd schnaubte, warf nervös den Kopf in den Nacken und scharrte mit den Vorderhufen im weichen Boden. Skar blinzelte unwillkürlich nach oben, aber der Himmel über dem Wald war leer.

Die Prozession begann auf dem gleichen Weg zurückzureiten, den sie gekommen war. Skar nahm wieder seine Position neben Coar ein, aber die Kommandantin wirkte seltsam ruhig und abweisend, so daß er nicht versuchte, ein Gespräch anzufangen.

Ein einzelner Reiter löste sich vom hinteren Ende der Kolonne und sprengte auf sie zu. Bernec. Skar erkannte ihn sofort wieder, obwohl er seine Rüstung abgelegt hatte und nur mehr ein einfaches, von einem schmalen silbernen Gürtel zusammengehaltenes Gewand und knielange Stiefel trug. Seltsamerweise wirkte er ohne seine martialische Aufmachung beinahe eindrucksvoller als zuvor. Er war nur wenig älter als Coar, aber größer und breitschultriger, und die Art, in der er auf seinem Pferd saß, ließ in Skar fast so etwas wie Neid aufkommen. Er zügelte sein Tier dicht neben ihnen, musterte Skar mit einem Blick, in dem angefangen von Mißtrauen über Verlegenheit und widerwillige Bewunderung bis hin zu beinahe kindlichem Trotz alle nur denkbaren Empfindungen vertreten zu sein schienen, und sagte dann ein paar Worte zu Coar.

Die Kommandantin antwortete nach kurzem Zögern. Ihre Worte klangen scharf, aber auf ihren Zügen lag ein verzeihendes Lächeln. Sie deutete ein paarmal auf Skar, dann auf sich und dann noch einmal auf Skar und unterstrich die Bewegung mit einem knappen befehlenden Wort. Bernec starrte sie wütend an, machte ein unwilliges Geräusch und grinste abfällig und in einer Art, in der man nur lacht, wenn man jemanden verletzen will.

Skar schwieg beharrlich, obwohl er genau spürte, daß Bernec auf irgendeine Äußerung von ihm wartete. Seine offen zur Schau getragene Ruhe schien Bernec noch mehr zu reizen. Er starrte ihn sekundenlang wütend an, stieß ein abgehacktes Wort hervor und riß sein Pferd brutal an den Zügeln herum.

Coar blickte ihm kopfschüttelnd nach. »Verzeih ihm, Skar«, sagte sie leise. »Er ist manchmal sehr aufbrausend, aber er meint es nicht so.«

Skar lächelte säuerlich. »Ich habe sowieso nichts verstanden«, bekannte er. »Und was ich nicht verstehe, kann mich auch nicht beleidigen. Außerdem beginne ich mich langsam daran zu gewöhnen, daß man über mich redet. Auch«, fügte er spitz hinzu, »wenn ich zufälligerweise dabei bin.«

Coar lachte leise. »Bernec spricht deine Sprache besser als ich«, sagte sie amüsiert. »Aber ich sehe, daß er sein Ziel erreicht hat, als er Cerano sprach. Er wollte dich verletzen.«

»Und warum?« fragte Skar. »Ich meine ... so dann und wann interessiert es mich, wenigstens zu wissen, warum man mich haßt.«

»Bernec haßt dich nicht, Skar. Ich glaube nicht, daß er überhaupt fähig ist, jemanden wirklich zu hassen. Er ist verstimmt, das ist alles.«

»Wegen der Szene am Tor?«

Coar verneinte. »Um es mit deinen Worten auszudrücken«, antwortete sie nach kurzem Überlegen, »lauft ihr ihm den Rang ab. Del und du stehlt ihm die Schau. Bernec galt bisher als unser größter Krieger, und ich glaube, er war es wohl auch. Keiner kann so reiten und fechten und Bogen schießen wie er. Viele von uns – gerade die Jüngeren – sehen ihn ihm so eine Art Held, und ich fürchte fast, daß er sich in dieser Rolle gefallen hat. Er ist zu stolz, um es offen zuzugeben, aber es wird wohl so sein, daß er schlicht und einfach eifersüchtig auf euch ist.«

»Blödsinn«, sagte Skar impulsiv. »Nichts liegt mir ferner, als ihm den Rang streitig zu machen.«

»Ich weiß«, nickte Coar, »und Bernec weiß es auch. Aber manchmal läßt sich das, was man weiß, nicht mit dem, was man fühlt, in Einklang bringen. Er wird darüber hinwegkommen, früher oder später. Vielleicht«, sagte sie nachdenklich, »könnt ihr sogar Freunde werden, irgendwann. Warte, bis du ihn richtig kennst. Er wird dir gefallen. Ihr ähnelt euch in vielem.«

Skar bezweifelte das, zog es aber vor zu schweigen. Neid und Eifersucht waren Wesenszüge, die ihm fremd waren. Er hatte viele Männer getroffen, die ihm auf die eine oder andere Weise überlegen gewesen waren, aber er hatte selten deswegen so etwas wie Mißgunst in sich verspürt, und wenn doch, so hatte er das Gefühl stets mit aller Macht bekämpft.

»Du kennst ihn gut?« fragte er.

Coar zögerte merklich. »Ja«, sagte sie dann. »Went ist nicht groß. Wir kennen uns alle untereinander. In deiner Heimat mag das anders sein. Die Städte sind dort sicher so groß, daß man unmöglich alle Bewohner kennen kann.«

»Manche sicher«, sagte Skar. »Aber in vielen Städten kennen die Menschen nicht einmal ihre direkten Nachbarn. Es ist ... nicht überall auf Enwor so wie hier bei euch.«

Coar sah ihn verblüfft an. »Aber wie kann das angehen?« fragte sie. »Ein Mensch, der seinen Nachbarn nicht kennt?«

Skar lachte leise, aber es klang unecht und bitter. »Enwor ist nicht Went«, wiederholte er. Er zügelte sein Pferd, sah Coar lange und nachdenklich an und fügte, leiser und sanfter, hinzu: »Ich habe auf dem Weg hierher über die Geschichte, die du mir erzählt hast, nachgedacht. Vorhin habe ich darüber gelacht, aber jetzt glaube ich fast, daß sie stimmt. Ich habe niemals Menschen getroffen, die so sanft und friedvoll sind wie ihr.«

Coar schien verwirrt, und auch Skar fragte sich unwillkürlich, warum er diese Worte überhaupt ausgesprochen hatte. Trotzdem spürte er, daß es die Wahrheit war. Er hatte nicht viel mehr als einen Tag bei Bewußtsein hier verbracht, aber er spürte schon jetzt, daß er niemals zuvor einem friedliebenderen und sanfteren Volk begegnet war. Es war eine Erkenntnis, die nicht vieler Worte oder langer Beobachtungen bedurfte. Selbst Logar und Bernec mit ihrer absichtlichen Ablehnung waren im Grunde gütige und weiche Menschen. Hier, isoliert von der Welt mit all ihren Kriegen und Fehden, schien sich ein winziger Rest jener alten Zeit erhalten zu haben, von der Legenden und Mythen berichteten, ein Artefakt aus einer Epoche, in der Frieden und Menschlichkeit regiert hatten statt Gewalt und Haß. Aus einer Epoche, fügte er in Gedanken hinzu, die vielleicht niemals existiert hatte.

»Aber das ist ... unmöglich«, sagte Coar nach einer Weile »Du ... du meinst, dort draußen herrsche ununterbrochen ...?«

»Krieg«, nickte Skar. »Vielleicht nicht ununterbrochen, aber oft unterscheidet sich der Frieden nicht sehr von dem, was ihr unter Krieg verstehen mögt. Es ... es tut mir leid, wenn ich deine Illusion zerstören muß, Coar, aber die Welt dort draußen ist nicht schön. Enwor ist hart. Hart und grausam.«

»Aber ...«, stotterte Coar verwirrt, »du ... du und Del ...«

»Ich und Del wurden so, wie wir sind, weil die Welt so ist, wie sie ist«, fuhr Skar ruhig fort. »Dort draußen herrscht Gewalt, Coar, Gewalt und das älteste Recht der Welt, das des Stärkeren. Nur die Stärksten überleben, und selbst sie nicht immer. Enwor würde dir nicht gefallen. Ein Volk wie das eure könnte dort nicht überleben, Coar.« Er brach erschöpft ab. Die wenigen Worte schienen seine gesamte Kraft aufgebraucht zu haben, und er spürte erst jetzt so richtig, wie sehr ihn die Erlebnisse der letzten

Tage aufgewühlt hatten. »Nun habe ich dir eine Geschichte erzählt«, sagte er abschließend, »aber ich fürchte, sie war nicht so schön wie deine.«

Coar sah verwirrt weg. »Das . . . macht nichts«, sagte sie stokkend. »Vielleicht ist die Welt dort draußen wirklich so, wie du sie geschildert hast, vielleicht auch nicht. Es bleibt sich gleich. Ich werde sie nie kennenlernen, und du bist ihr entronnen. Du wirst hier Frieden finden.«

»Aber wir können nicht bleiben«, sagte er sanft.

»Ihr werdet einen Platz finden, an dem ihr leben könnt«, wiederholte sie, seine Worte ignorierend. »Du kannst Kommandant der Garde werden, oder du kannst nach Ipcearn gehen und dich in den Dienst der Könige stellen. Für einen Mann wie dich . . .«

»Es ist sinnlos«, unterbrach sie Skar sanft. »Du solltest dir nicht selbst etwas vormachen. Wir bleiben, bis Del sich vollkommen erholt hat. Vielleicht warten wir auch den Winter ab, doch wir können nicht auf ewig hierbleiben. Weder ich noch Del.«

»Und warum nicht?« fragte Coar. Ihre Hände spielten nervös am Sattelknauf, und ihre Stimme bebte. »Du hast mir erzählt, wie es dort draußen ist. Krieg, Gewalt und Tod. Was reizt dich an einer solchen Welt? Was ist besser daran als an Went, an Cearn? Was lockt dich an diesem Leben?«

Skar lächelte traurig. Die Stille des Waldes schien sich plötzlich in seiner Umgebung zu verdichten, und für einen Moment fühlte er sich trotz all der Menschen um sich herum unendlich einsam und isoliert, eingesponnen in einen dichten, unsichtbaren Kokon aus Schwärze und Alleinsein.

»Vielleicht«, sagte er nach einer Weile, »weil es *mein* Leben ist, Coar. Ich gebe zu, daß Went ein Paradies ist, trotz der Hoger, aber . . .«

»Dann bleib hier!« sagte Coar flehend. »Du . . . du bist erst seit wenigen Tagen hier. Wie willst du wissen, ob es dir hier gefällt oder nicht? Du wirst hier alles finden, was du dir wünschst. Du wirst Ruhm erlangen, Macht, Reichtum –«

»Aber Enwor ist meine Heimat«, führte Skar den begonnenen Satz zu Ende.

Diesmal schwieg Coar.

Der Morgen dämmerte, als sie zurück nach Went kamen. Skar fühlte sich nach der durchwachten Nacht müde und fiebrig. Sein Rücken schmerzte, und seine Muskeln waren vom langen Reiten steif und verspannt. Er rieb sich mit Daumen und Zeigefinger über die Augen, legte die Hand in den Nacken und versuchte, seine schmerzenden Muskeln zu massieren. Es half nichts. Die Spannung blieb und schien im Gegenteil noch stärker zu werden. Thoranda hatte wohl recht – es würde noch Wochen dauern, bis er wieder im Vollbesitz seiner Kräfte war.

Sie ritten durch das gleiche Tor wie beim ersten Mal nach Went hinein. Die Cearner begannen sich zu verteilen, um nach der anstrengenden Nacht zurück in ihre Quartiere zu gehen und noch ein paar Stunden zu schlafen.

»Was tust du jetzt?« fragte Coar, als Skar müde vom Pferd stieg und dem Tier einen freundschaftlichen Klaps auf das Hinterteil gab. Er hatte beobachtet, daß längst nicht alle Cearner ihre Tiere in einen der Ställe oder die große Koppel am westlichen Ende der Stadt zurückbrachten – die meisten ließen sie einfach laufen, als wüßten sie, daß die Tiere ihren Weg auch allein finden würden, und auch Coar schien an seinem Verhalten nichts Außergewöhnliches zu finden.

»Ich bin müde«, sagte er achselzuckend. »Ich denke, ich werde nach Del sehen und mich dann noch ein paar Stunden hinlegen und ausruhen. So viel wie hier habe ich in meinem ganzen Leben noch nicht geschlafen.«

»Wäre ich boshaft«, sagte Coar, »dann würde ich das jetzt so auffassen, daß du Went zum Einschlafen langweilig findest. Oder auch mich.«

Skar grinste und unterdrückte ein Gähnen. »Im Gegenteil, Coar. Aber der Ritt war anstrengend, und ich bin noch nicht wieder bei Kräften. Auch ein Held«, versuchte er Thorandas Tonfall nachzumachen, »braucht von Zeit zu Zeit Erholung.« Er lächelte, half Coar aus dem Sattel und wurde übergangslos wieder ernst. »Bestattet ihr eure Toten alle so?«

»Dort draußen?« Coar nickte. »Ja. Normalerweise beerdigen wir ihre Körper, doch wenn dies nicht möglich ist, so reicht es auch, ihre Seelenknospen beizusetzen.«

»Seelen . . . was?« machte Skar.

»Eyhaka«, sagte Coar in ihrer Heimatsprache. »Der richtige Ausdruck dafür ist *Eyhaka.* Doch ich fürchte, das Wort läßt sich nicht übersetzen. Vielleicht wäre Same das passende Wort.«

»Trägt . . . jeder von euch einen solchen Samen in sich?« fragte Skar zögernd.

Coar nickte und griff mit der Rechten unter ihre Brust. »Ja. Wir sind Geschöpfe des Waldes, Skar. Cearn ist unsere Mutter, und jeder, der hier geboren wird, trägt ein Stück von ihr in sich. Nicht immer ist es möglich, einem Toten die Ehre zuteil werden zu lassen, die ihm zukommt. Aber niemand von uns ist allein. Der Geist von Cearn ist bei ihm, ganz egal, wohin er geht. Es ist nur ein winziger Schnitt, von dem ein Neugeborenes kaum etwas merkt, und doch sichert es seiner Seele den Frieden mit Cearn, ganz egal, welches Schicksal ihm einst zuteil werden wird.«

Der Gedanke erschien Skar im ersten Moment befremdlich. Und doch hatte er etwas ungemein Tröstliches, auch wenn ihm sonst fast jegliches Gefühl für Religionen und Glauben abging. Skar war niemals religiös gewesen, und ein guter Grund für seine Entscheidung, Satai zu werden, hatte darin bestanden, daß dies die einzige Kaste auf Enwor war, in der kein Mann nach seinem Glauben gefragt wurde. Und trotzdem glaubte er für einen Moment zu spüren, was dieser winzige Same, den jeder Cearner vom Tag seiner Geburt an unter dem Herzen trug, für diese Menschen bedeuten mochte. Für einen Menschen, dessen Religion der Wald war, mußte es eine ungeheure Sicherheit sein, zu wissen – nicht zu glauben, sondern zu *wissen,* das seine Seele eins mit dem Geist Cearns werden würde, ganz egal, was ihm zustieß. Es war ein schöner Brauch, fand er.

»Wenn du . . . willst«, sagte Coar zögernd, »trinken wir noch einen Becher Wein miteinander. Bei mir.«

Skar konnte ihr Gesicht in der grauen Dämmerung nicht erkennen, aber er war sicher, so etwas wie ein schüchternes Lächeln auf ihren Zügen wahrzunehmen. Für einen Moment fühlte er sich verwirrt. Aber er mußte sich wohl allmählich an den Gedanken gewöhnen, daß Coar nicht mit den Frauen zu vergleichen war, die er bisher getroffen hatte. Er nickte, mehr vor Überraschung als aus wirklicher Zustimmung, zupfte verlegen an seinen Kleidern und folgte Coar in geringem Abstand. Sie bewegten sich ein Stück weit parallel zur inneren Dornenhecke und betraten dann eine kleine, ebenerdig liegende Hütte, die wie fast alle Gebäude Wents zum Großteil aus Holz und lebenden grünen Ranken gefertigt war und eher gewachsen als gebaut wirkte.

Coar führte ihn in einen weitläufigen, niedrigen Raum und machte eine einladende Handbewegung. »Setz dich, Skar. Ich bin sofort zurück.« Sie fuhr herum und verschwand mit eiligen Schritten im Nebenzimmer, und Skar blieb unschlüssig unter der Tür stehen.

Der Raum war überraschend groß und mußte – bedachte man die relativ kleinen Abmessungen des ganzen Hauses – einen Großteil des vorhandenen Platzes beanspruchen. Wie bereits in den übrigen Gebäuden, die er gesehen hatte, war die Einrichtung sparsam und auf das Allernotwendigste beschränkt. Die Cearner schienen nicht viel Wert auf materiellen Besitz zu legen. Es gab weder Tische noch Stühle, sondern nur zwei flache Truhen, die offenbar zur Aufbewahrung von Kleidern dienten, sowie ein knapp mannshohes, aus Bast geflochtenes Regal, in dem eine Anzahl tönerner Krüge und Becher, dazu einfaches Geschirr aus Holz und Steingut standen. Von der Decke hing eine Öllampe in Form einer Taube mit weit geöffnetem Schnabel. Eine Anzahl grob gewobener Kissen aus bunten Stoffen war in loser Unordnung auf dem Boden verteilt, und in einer Ecke gab es ein einfaches Lager aus Bastmatten und Fellen – und Lederdecken.

Skar ging mit einem Achselzucken zur Bettstelle hinüber und ließ sich darauf nieder. Die unbequem anmutende Anhäufung von Kissen und Decken erwies sich als überraschend weich, und für einen Moment mußte er mit aller Macht gegen das plötzliche Verlangen ankämpfen, sich einfach zurücksinken zu lassen und die

Augen zu schließen.

Er reckte sich, gähnte ungeniert und fuhr sich erneut mit der Hand über die Augen. Coar hantierte irgendwo im Nebenraum mit Töpfen und Geschirr. Er hörte ein leises Klirren, dann ein Geräusch, als würde Flüssigkeit von einem Behälter in einen anderen umgefüllt. Die Geräusche erfüllten ihn auf eine seltsame, sanfte Art mit Wohlbehagen. Es war etwas, was er noch nie kennengelernt hatte – irgendwo zu sein, einfach dazusitzen und zu lauschen, wie eine Frau im Nebenzimmer das Essen vorbereitete oder sonst eine häusliche Tätigkeit verrichtete, *zu Hause* zu sein. Irgend etwas schien sich in ihm zu verändern, seit er Cearn betreten und dieses seltsame Volk getroffen hatte, fast als hätte die Begegnung mit den Cearnern – und vor allem, wie er sich eingestand, mit Coar – das Tor zu einem Bereich seiner Seele aufgestoßen, von dem er bisher nicht einmal gewußt hatte, daß es ihn gab. Vielleicht lag es an der Form dieses Raumes, an der lebenden, atmenden Materie, aus dem er gefertigt war, vielleicht auch nur an seiner Müdigkeit, aber mit einem Male hatte er das Gefühl, schon eine Ewigkeit hier zu sein, jeden Quadratzentimeter seiner Umgebung genau zu kennen. Er fühlte sich sicher und geborgen.

Er schrak hoch, als Coar, beladen mit einem hölzernen Tablett, auf dem ein bauchiger Krug und ein flacher Teller mit dünn geschnittenem Fleisch standen, unter dem Eingang erschien. Sie hatte sich umgezogen und trug jetzt wieder ein einfaches, braunes Gewand, wie es hier in Went üblich zu sein schien, und ihr Haar fiel in offenen gelben Wellen über Nacken und Schultern. Skar wollte aufstehen und ihr helfen, aber sie schüttelte ablehnend den Kopf und kam mit raschen Schritten auf ihn zu. Sie setzte das Tablett vor ihm ab, ließ sich neben ihm auf das Lager sinken und sprang dann noch einmal auf, um zwei Becher zu holen.

»Ich hoffe, der Wein schmeckt dir«, sagte sie, während sie vor ihm niederkniete und mit geübten Bewegungen eingoß. »Man sagt, unser Wein sei sehr gut, doch ich muß gestehen, daß ich nicht viel davon kenne. Für mich schmeckt der eine wie der andere. Hier – trink.«

Skar griff nach dem dargebotenen Becher und setzte ihn an die Lippen. »Ich bin nicht wählerisch«, sagte er. Er nippte vorsichtig, trank einen kleinen Schluck und rasch einen größeren. Der Wein war herb und hatte einen leicht bitteren Nachgeschmack, aber er löschte ausgezeichnet seinen Durst. Er leerte den Becher, griff nach dem Krug und füllte erneut ein. Er spürte erst jetzt, wie durstig und hungrig er war. Sie waren die ganze Nacht auf den Beinen gewesen, ohne auch nur einmal zu essen oder zu trinken. Er griff nach dem Fleisch, biß hinein und kaute ausgiebig. Coar lächelte. Wie jeder Frau schien es ihr zu schmeicheln, daß ihrem Gast ihre Küche so offenkundig mundete.

»Greif ruhig zu«, sagte sie aufmunternd. »Es ist noch mehr da.«

»Ich möchte dir nicht deine ganzen Vorräte wegessen«, sagte Skar, während er nach einer weiteren Fleischscheibe griff.

»Das tust du nicht, keine Sorge. Ich freue mich, wenn es dir schmeckt. Es kommt selten genug vor, daß ich Gelegenheit habe, jemanden zu bewirten. Aber ich fürchte, ich bin nicht gerade eine Meisterköchin.«

Skar schüttelte erneut den Kopf und biß wieder in sein Fleisch. »Ich habe schon Schlimmeres gegessen«, sagte er mit vollem Mund. Dann stockte er, lächelte verlegen und kratzte sich in einer linkischen Geste hinter dem Ohr. »Verzeih«, murmelte er. »Das . . . war wohl nicht sehr höflich von mir, fürchte ich.«

Coar seufzte. »Nein, das war es nicht. Aber ich kann die Wahrheit ganz gut vertragen. Ich koche nur selten für mich, weißt du?«

»Du lebst allein hier?« fragte Skar, um seine Verlegenheit zu überspielen.

»Meistens. Manchmal wohnt eines der Mädchen hier, aber die meiste Zeit bin ich allein. Wenn ich hier bin, heißt das. Die Garde ist oft unterwegs. Manchmal wochenlang.«

»Da ist etwas, was ich dich schon lange fragen wollte«, sagte Skar. »Königliche Garde – was bedeutet das? Nur ein Titel, oder mehr?«

»Nur ein Titel, fürchte ich«, antwortete Coar. »Und nicht einmal ein besonderer. Von Zeit zu Zeit reiten wir nach Ipcearn, um den Königspalast zu besuchen oder sonst etwas Überflüssiges zu tun. Aber die meiste Zeit verschwenden wir damit, durch den Wald zu streifen und unsere Rüstungen zu polieren.«

»Den Eindruck hatte ich nicht«, widersprach Skar.

Coar machte eine wegwerfende Handbewegung. »Du meinst den Kampf gegen die Hoger«, sagte sie. »Laß dich davon nicht täuschen, Skar. Hat Logar dir nichts über sie erzählt?«

»Sicher«, nickte Skar. »Doch nach allem, was ich bisher erlebt habe, kann ich seine Worte kaum glauben.«

»Ihr habt euch eine unglückliche Zeit ausgesucht, um nach Cearn zu kommen. Die Hoger brüten, und während dieser Zeit sind sie wie von Sinnen. Normalerweise würden sie es nicht wagen, einen Menschen so tief im Wald anzugreifen. Schon gar nicht eine bewaffnete Gruppe wie die unsere.«

Skar schluckte den letzten Bissen Fleisch herunter, spülte mit einem Schluck Wein nach und langte nach einem weiteren Stück. Der Teller leerte sich zusehends, aber die wenigen Happen schienen seinen Hunger erst richtig geweckt zu haben. »Wie gut, daß ihr kein abergläubisches Volk seid«, sagte er leichthin. »Sonst wärt ihr noch auf die Idee gekommen, unser Auftauchen mit dem Verhalten der Hoger in Zusammenhang zu bringen.«

Für den Bruchteil eines Lidzuckens schien ein Schatten über Coars Züge zu huschen, aber sie hatte sich sofort wieder in der Gewalt. Trotzdem war Skar sicher, daß sie seine Worte nicht nur als belanglose Konversation aufgefaßt hatte. Sie stand plötzlich auf, griff hastig nach dem leeren Teller und dem Tablett und trug beides hinaus. Als sie zurückkam, wirkte ihr Gesicht wieder gefaßt und beherrscht wie immer. »Wenn du möchtest«, sagte sie, »zeige ich dir später etwas von Went und der Umgebung.«

»Gern. Ich hätte dich sowieso darum gebeten, aber ich dachte, du müßtest mit der Garde ausreiten.«

Coar ließ sich wieder neben ihm nieder. »Sie wird auch ohne mich zurechtkommen«, meinte sie achselzuckend.

»Und Logar hat nichts dagegen?«

Diesmal war Coars Zögern nicht mehr zu übersehen. Für einen Moment erkannte Skar den inneren Kampf, den sie durchstand. Dann straffte sie sich und sah ihm ernst ins Gesicht. »Ich dürfte es dir nicht verraten«, begann sie, »aber ich mag dich nicht belügen, Skar. Logar hat mir den ausdrücklichen Befehl gegeben, mich um dich zu kümmern.«

»Oh«, machte Skar enttäuscht. »So ist das. Du bist eine Art Kindermädchen.« Coar schüttelte traurig den Kopf. »Wenn du so willst. Aber ich habe mich nicht lange gesträubt, den Auftrag anzunehmen. Hätte ich mich geweigert, wäre ein anderer dazu ausersehen worden, vielleicht sogar Bernec. Wäre dir das lieber?«

»Natürlich nicht. Nur ...« Skar zögerte, setzte den Becher zwischen seinen Füßen auf den Boden und sah Coar nachdenklich an. »Warum das alles, Coar?«

»Warum? Ihr seid Fremde, und ...«

»Das ist es nicht«, unterbrach Skar sie sanft. »Ich gebe zu, ich bin noch nicht lange hier, und eure Sitten und Gebräuche sind mir so fremd wie am ersten Tag, aber so, wie ihr uns behandelt, das ist nicht normal. Auch nicht für ein so gastfreundliches Volk wie das eure. Warum?«

»Wäre es dir lieber, wenn wir euch in Ketten legen würden?«

Skar schürzte verärgert die Lippen. »Du weißt ganz genau, was ich meine, Coar. Als du mich hierhergebracht hast, da waren wir Gefangene, und Logar hätte mich am liebsten am höchsten Baum von Went aufgeknüpft, von Bernec ganz zu schweigen. Und jetzt, kaum drei Tage später, seid ihr alle wie ausgewechselt. Erzähl mir jetzt bitte nicht, ich hätte euch gegen die Hoger beigestanden, denn das ist es nicht, nicht allein. Ihr behandelt mich wie ... wie einen König, und ich möchte endlich wissen, warum!«

Coar hielt seinem Blick einen Moment lang stand, senkte dann den Kopf und begann mit den Fingerspitzen imaginäre Linien auf den Boden zu zeichnen. »Das bildest du dir ein«, sagte sie, doch ihre Worte klangen nicht sehr überzeugend. »Und selbst wenn es so wäre – was wäre so schlimm daran? Wir bekommen nicht oft Besuch, und wir sind ein gastfreundliches Volk ...«

»Quatsch«, sagte Skar ruhig. »Ausgemachter Blödsinn.«

Coar seufzte. Sie hob den Kopf, zog die Beine an den Körper und stützte das Kinn auf die Knie. »Logar hat seine Meinung nicht von ungefähr so rasch geändert«, sagte sie so leise, daß Skar Mühe hatte, die Worte überhaupt zu verstehen. »Die Nachricht von eurer Ankunft ist rasch bis nach Ipcearn vorgedrungen. Logar handelt auf direkten Befehl der Könige. Er – das heißt, wir alle – haben Order, euch so zuvorkommend wie möglich zu behandeln und euch jeden Wunsch zu erfüllen.«

»Und warum?« fragte Skar verwirrt. »Eure Könige kennen uns nicht einmal!«

»Sie kennen dich nicht, Skar, aber sie kennen Männer wie dich. Ich dürfte es dir nicht sagen, aber es ist ein Befehl, euch mit aller Macht zum Bleiben zu überreden. Wir . . . brauchen euch. Dich!« Sie senkte erneut den Blick und fuhr fort, unsichtbare Linien über den Lehmboden zu ziehen. Ihre Bewegungen wirkten fahrig und nervös. »Du wolltest es wissen«, flüsterte sie.

Skar nickte matt. Ihre Worte hatten wie eine kalte Dusche auf ihn gewirkt. Das sanfte, vertraute Gefühl der Geborgenheit, das bisher in ihm gewesen war, war erloschen wie eine Kerzenflamme, über die der Wind bläst, und zurück blieben nur Leere und Enttäuschung. Aber was hatte er erwartet? Er hätte sich mit dem zufriedengeben sollen, was er hatte, aber er hätte weiter fragen und bohren und graben müssen, lange genug, um sich selbst alles zu zerstören.

»Hast du mich . . . deshalb mitgenommen?« fragte er stockend. »Hierher?«

Coars Kopf flog mit einem zornigen Ruck in den Nacken. Ihre Lippen bebten, und für einen winzigen Moment glaubte Skar einen feuchten Schimmer in ihren Augen zu entdecken. Aber ihre Stimme klang beherrscht, als sie antwortete. »Nein, Skar. Ich habe versprochen, mich um dich zu kümmern, das stimmt. Doch man kann einen Befehl auch mit Freude ausführen, und es gibt Befehle, die sich mit den eigenen Wünschen decken. Ich dachte, ich könnte die Pflicht mit . . . mit . . .« Sie brach ab, ballte in stummer Wut die Faust und murmelte ein Wort in ihrer Heimatsprache. Dann schüttelte sie den Kopf und raffte sich zu einem matten Lächeln auf. »Wir sitzen da und reden und reden und machen mehr kaputt, als vielleicht jemals zwischen uns existiert hat«, murmelte sie. »Ich benehme mich wie ein kleines Mädchen, und –«

Skar beugte sich zu ihr hinüber, nahm ihr Gesicht zwischen die Hände und verschloß ihre Lippen mit einem Kuß. Für einen Moment versteifte sich ihr Körper, dann erwiderte sie seine Umarmung, stürmisch und mit einer Kraft, die ihm mehr als alle Worte sagte, daß sie die ganze Zeit darauf gewartet hatte, daß er genau dies tat.

Es dauerte lange, bis sie sich wieder voneinander lösten, beide außer Atem und fast überrascht von ihrem eigenen Tun.

»Nimm mich so, wie du willst«, flüsterte sie. »Als Freund, als Kamerad oder als Frau, aber sag nie wieder, daß –«

Skar legte ihr sanft den Finger über die Lippen. »Nicht«, murmelte er. »Sprich es nicht aus. Ich habe schon zuviel dummes Zeug geredet.«

»Vielleicht wäre es keine schlechte Idee, wenn wir aufhören würden, uns ständig gegenseitig um Vergebung für irgend etwas zu bitten«, schlug Coar vor. »Dabei geht viel zuviel Zeit verloren.« Sie ließ sich zurücksinken, zog ihn mit sanfter Gewalt zu sich herab und küßte ihn noch einmal, sanfter diesmal und voller Zärtlichkeit.

Skars Finger glitten scheu über ihren Körper. Er spürte, wie sie unter der Berührung erschauerte, zog die Hand zurück und streichelte sie dann erneut. Coar schlang die Arme um seinen Oberkörper und preßte ihn eng an sich.

Eine Bewegung unter der Tür ließ ihn zusammenzucken. Skar fuhr herum, setzte sich hastig auf und tauschte einen verwirrten Blick mit Coar.

»Was ...?« machte sie. Sie folgte seinem Blick und lächelte flüchtig, als sie die Gestalt unter der Tür erkannte. Es war der Knabe, dem Skar bereits am Tage begegnet war. Er hatte nicht gehört, wie er das Haus betreten hatte.

»Besharin!« sagte Coar streng. *»Toman gesh kah twest? Besh!«*

Cornec trat verlegen von einem Fuß auf den anderen und sah abwechselnd Skar und Coar an. Er versuchte etwas zu sagen, aber Coar unterbrach ihn fast sofort und machte eine eindeutige Geste zur Tür. Der Junge hob trotzig den Kopf, wandte sich aber dann doch um und verließ, wenn auch provozierend langsam, den Raum.

»Sei ihm nicht böse, Skar«, bat Coar, als der Junge endgültig gegangen war. »Er ist ein Kind. Und er wartet seit Tagen auf eine Gelegenheit, dich näher kennenzulernen.«

Skar lächelte gequält. »Ich habe bereits mit ihm gesprochen«, sagte er. »Gestern.«

»Ich weiß«, nickte Coar. »Er hat es mir erzählt. Er ist sehr stolz darauf, weißt du?«

»Wer ist er?« fragte Skar, durch Coars Worte neugierig gemacht.

Coar lächelte. »Mein Sohn.«

»Dein – *Sohn?!*« echote Skar verblüfft. »Du hast einen ... ein Kind? Du bist verheiratet?«

Coar stemmte sich auf die Ellbogen hoch und überlegte einen Moment. »Verheiratet? Was meinst du damit?«

»Aber du hast ein Kind, und ... ich meine ... wer ... wer ist der Vater?«

»Bernec«, erklärte Coar ruhig.

»Bernec!« ächzte Skar. »Bernec ist dein Mann?«

»*Mein* Mann?« wiederholte Coar ungläubig. »Ich verstehe dich nicht, Skar. Was meinst du damit – mein Mann? Wie kann ein Mensch einem anderen gehören? Ist das in deiner Heimat so Sitte?«

»Natürlich nicht«, versicherte Skar hastig. »Ich dachte nur ... verzeih, wenn ich verwirrt bin. Aber Bernec und du ...«

»Wir mögen uns«, erklärte Coar ruhig. »Und wenn man sich gern hat, lebt man eine Weile zusammen, so wie wir, vielleicht. Ich wollte ein Kind, und Bernec ist jung und gesund, so daß ich deine Verwunderung nicht verstehe.«

»Aber Cornec ist schon so alt«, murmelte Skar hilflos.

»Er ist neun«, sagte Coar, »und ich war sechzehn, als ich ihn bekam. Ein normales Alter.«

»Dann bist du jetzt fünfundzwanzig. Ich hielt dich für jünger.«

Coar seufzte, griff nach seinen Schultern und zog sich daran hoch. »Laß uns später darüber reden, Skar«, sagte sie leise. »Morgen ist Zeit genug, über Bernec und Cornec und alle anderen Dinge zu reden.«

Skar resignierte und gab sich ihrer Umarmung hin.

Für die nächsten zwei Stunden vergaß er fast, daß er überhaupt reden konnte.

Während der nächsten Tage lernte er den Wald von Cearn und seine Bewohner besser kennen als jemals ein Land zuvor. Coar und er verbrachten jede Minute des Tages miteinander. Seit jenem ersten Morgen lebte er bei ihr, ohne daß es eines weiteren Wortes der Erklärung bedurft hätte, und so, wie sie beide ihr neugewonnenes Verhältnis wie selbstverständlich hinnahmen, schienen es auch die anderen Bewohner Wents zu akzeptieren, ohne jemals in seiner Gegenwart auch nur ein Wort darüber zu verlieren.

Auch Dels Genesung machte rasche Fortschritte. Die Narbe an seiner Schulter verheilte zusehends, und seine Haut nahm allmählich wieder eine gesunde, kräftige Farbe an, wenn er auch noch immer hager und ausgemergelt wirkte. Trotzdem beharrte Thoranda darauf, ihn in seinem künstlichen Schlaf zu belassen, und Skar wagte es nicht, ihr offen zu widersprechen. Auf ihre stille, sanftmütige Art besaß die Heilerin eine Autorität, gegen die nicht einmal er sich aufzulehnen wagte, und so beließ er es dabei, Del mehrmals täglich zu besuchen und sich nach seinem Zustand zu erkundigen – so lange, bis Thoranda seine ständigen Fragen auf die Nerven gingen und sie ihn kurzerhand hinauswarf.

Aber die Wirklichkeit holte ihn rasch ein; schneller, als ihm lieb war. Am dritten Morgen nach der Beerdigung weckte ihn ein Trompetensignal, ein heller, nicht einmal sonderlich lauter Ton, der aber so durchdringend war, daß er erschrocken von seinem Lager hochfuhr und neben sich griff, an die Stelle, wo er normalerweise seine Waffen aufbewahrte.

Coar hob verschlafen den Kopf. »Was ist los?« murrte sie. Sie blinzelte, richtete sich unsicher in eine halb liegende, halb sitzende Stellung auf und gähnte ungeniert. Skars unsanfte Berührung hatte sie geweckt, aber sie schien für einen Moment Schwierigkeiten zu haben, in die Wirklichkeit zurückzufinden.

Skar wollte antworten, aber in diesem Moment wiederholte sich das Trompetensignal, und jenseits der dünnen Wände wurden hastige Schritte laut. »Was bedeutet das?« fragte er.

Statt einer Antwort schlug Coar die dünne Decke zurück, stand auf und schlüpfte hastig in ihr Kleid. »Zieh dich an«, sagte sie. »Rasch.«

Skar drehte verwundert den Kopf. Vor den schmalen Fenstern lastete noch graue Dämmerung, aber den Geräuschen nach zu schließen mußte Went bereits erwacht sein. »Was ist los?« fragte er noch einmal. »Werden wir angegriffen?«

Coar zog den Gürtel um die Taille zusammen, band ihr Haar im Nacken zu einem Knoten und schöpfte sich hastig ein paar Hände voll Wasser ins Gesicht. »Das Signal«, sagte sie prustend. »Hast du es nicht gehört?«

»Doch«, erwiderte Skar. »Vor dir, wenn ich dich erinnern darf. Aber ich hätte auch ganz gerne gewußt, was es bedeutet.«

»Reiter«, erklärte Coar, während sie sich ungeduldig nach seinen Kleidern bückte und ihm Lendenschurz, Wams und Sandalen vor die Füße warf. »Reiter aus Ipcearn. Die Boten der Könige. Du solltest dich besser beeilen.«

Skar runzelte verwundert die Stirn und bequemte sich endlich dazu, aufzustehen und zur Waschschüssel hinüberzuschlurfen. Das eisige Wasser vertrieb den dumpfen Druck hinter seiner Stirn ein wenig. Er wusch sich gründlich, fuhr sich anschließend in Ermangelung eines Kammes mit den gespreizten Fingern durch das Haar und zog sich dann unter Coars ungeduldigen Blicken an.

Sie verließen das Haus und schlossen sich der Menge an, die ungeduldig dem westlichen Tor entgegenströmte. Halb Went schien sich bereits vor der Dornenbarriere versammelt zu haben, und die Handvoll Soldaten, die das Tor abschirmten, hatten alle Mühe, die aufgeregte Menge zurückzudrängen und eine Gasse freizuhalten. Coar rief etwas, aber ihre Worte gingen im Lärm der Menge unter. Schließlich versetzte sie dem Mann vor sich einen derben Rippenstoß und drängte sich mit purer Gewalt durch die dichtgedrängt stehenden Menschen.

Logar und ein knappes Dutzend Berittener erwarteten sie ungeduldig, als sie sich endlich zum Tor durchgeschubst und -gedrängelt hatten. »Endlich«, sagte er mit einer ungeduldigen Geste auf zwei zusätzliche reiterlose Pferde deutend, die – aufgescheucht

SCHÖBERICH 12/82

und nervös gemacht durch die lärmende Menschenmenge ringsum – an ihrem Zaumzeug zerrten und von einem schwitzenden Soldaten nur mehr mit Mühe gehalten werden konnten. »Sitzt auf. Sie müssen gleich hier sein.«

Skar wollte eine Frage stellen, aber Logar hatte sich bereits umgewandt und brüllte Befehle. Er zuckte die Achseln, griff nach dem Zaumzeug und schwang sich in den Sattel. Das Tier schnaubte erregt, aber er brachte es mit sanftem Schenkeldruck und ein paar leisen, gemurmelten Worten zur Ruhe.

Wieder erscholl das Trompetensignal, und als Skar im Sattel herumfuhr, erkannte er jenseits des Tores eine Gruppe von vielleicht drei Dutzend Berittenen, die in scharfem Tempo näher kam. Selbst auf die große Entfernung glaubte er zu erkennen, daß Menschen und Tiere erschöpft und am Ende ihrer Kräfte waren.

»Sie scheinen es verdammt eilig zu haben«, murmelte Coar neben ihm.

»Was soll dieser Auftritt eigentlich?« fragte Skar halblaut.

Logar warf ihm einen warnenden Blick zu, und Coar legte den Finger über die Lippen. »Nicht«, flüsterte sie. »Sag jetzt nichts. Ich hätte dich vorbereitet, aber sie sind eher gekommen, als ich geglaubt habe. Ich dachte, es wäre noch genügend Zeit.«

Skar zuckte resignierend mit den Schultern und konzentrierte sich wieder auf die näherkommenden Reiter. Die Kolonne zog sich auseinander, als sie sich dem Tor näherte. Die Reiter preschten mit unvermindertem Tempo durch die schmale Öffnung in der Dornenhecke, jagten durch den Verteidigungsgürtel und galoppierten weiter. Ein letzter Trompetenstoß erklang, und für einen kurzen Moment schien die Erde zu beben, als die Männer ihre Tiere unnötig hart und brutal zum Stehen brachten. Staub wallte hoch, und nicht nur ein Tier stieg, vor Schmerz und Unmut kreischend, auf die Hinterläufe, als die Trense in sein Maul biß.

Skar runzelte mißbilligend die Stirn. Die Szene mochte auf die Cearner beeindruckend wirken, aber für ihn war sie nicht mehr als eine überflüssige und zudem dumme Machtdemonstration, die ihn höchstens wütend machte. Er schluckte die spitze Bemerkung, die ihm auf der Zunge lag, hinunter und beließ es statt dessen bei einem abfälligen Lächeln.

Logar straffte sich. Seine schmalen Hände umklammerten die Zügel so stark, daß die Knöchel weiß hervortraten, und sein Gesicht schien von einem Augenblick auf den anderen zu Stein zu erstarren. Er ritt langsam vor und hob die Hand zum Gruß.

»Was soll das Ganze eigentlich?« wiederholte Skar seine Frage. »Ist irgend etwas passiert?«

»Nein«, antwortete Coar im Flüsterton. »Sie kommen wegen dir.«

»Meinetwegen?« entfuhr es Skar so laut, daß ein paar der Reiter unwillig zu ihm herübersahen. Er fuhr zusammen, musterte die verstaubte Kolonne mit neu erwachtem Interesse und fragte noch einmal, wenn auch wesentlich leiser: »Sie sind meinetwegen hier?«

Coar nickte. Sie schien es aufgegeben zu haben, ihn zur Ruhe ermahnen zu wollen. »Wegen dir und Del«, wiederholte sie. »Ich sagte dir doch, daß die Könige daran interessiert sind, euch kennenzulernen. Schweig jetzt. Sie kommen.«

Logar hatte mittlerweile sein Pferd herumgedrängt und kam im Schrittempo zu ihnen zurück. In seiner Begleitung befanden sich zwei der neu angekommenen Reiter. Sie unterschieden sich in Kleidung und Aussehen kaum von den Bewohnern Wents – braune, bis über die Waden reichende Hosen, offene Sandalen und lose fallende Hemden, die über der Taille mit dünnen schwarzen Gürteln geschnürt waren, dazu zerbrechlich wirkende Lederhelme, die eher der Zierde als dem Schutz zu dienen schienen. Ihre Bewaffnung bestand aus schmalen, leicht gekrümmten Säbeln, die ohne Hülle im Gürtel steckten. Skar konnte nichts Königliches an ihnen entdecken; im Gegenteil. Das einzige, was ihre Haltung auszudrücken schien, war Hochmut.

Trotzdem neigte er den Kopf, als Logar mit seinen beiden Begleitern dicht vor ihm stehenblieb.

»Das sind Mergell und Chaime, die Herolde Ipcearns«, erklärte er mit einer entsprechenden Geste. »Mergell, Chaime – Skar.«

Skar lächelte unverbindlich und kühler, als notwendig gewesen wäre. Logar warf ihm einen fast flehenden Blick zu. Er schien genau zu spüren, was hinter Skars Stirn vorging.

»Du bist also dieser Skar«, sagte Mergell nachdenklich. Sein Blick tastete mit schon fast unverschämter Neugierde über Skars

Gestalt. Was er sah, schien seinen Erwartungen nicht zu entsprechen, und er gab sich keine Mühe, seine Gefühle zu verbergen. »Ich hatte mir dich größer vorgestellt«, sagte er.

Skar hob beiläufig die Schultern. »Wenn du einen Riesen erwartet hast, muß ich dich enttäuschen, Mergell.«

Logar begann nervös an der Mähne seines Pferdes zu zupfen. »Ich . . . muß für Skar um Vergebung bitten«, sagte er hastig. »Er kennt unsere Umgangsformen noch nicht, und . . .«

Mergell brachte ihn mit einer beiläufigen Geste zum Verstummen. »Schon gut, Logar«, sagte er. »Ich bin nicht gekommen, um mich über Fragen der Etikette zu unterhalten.« Er lächelte, aber auf eine Art, die Skars vorgefaßte Meinung über ihn noch bestärkte. »Wo ist der andere?«

Logar wollte antworten, aber diesmal war Skar schneller. »Wenn du mit dem *anderen* meinen Kameraden meinst«, sagte er spitz, »muß ich dich abermals enttäuschen, Mergell. Del ist noch ohne Bewußtsein. Ich hielt es nicht für notwendig, ihn zu wekken.«

Logar erbleichte. Er schluckte mühsam, schloß die Augen und wirkte plötzlich wie ein Mann, der sich am liebsten in irgendeiner finsteren Ecke verkrochen hätte.

Aber Mergell schien auch diese Bemerkung nicht übelzunehmen. Er seufzte, tauschte einen raschen Blick mit seinem Begleiter und schüttelte den Kopf. »Ich sehe, man hat mich nicht umsonst vor dir gewarnt«, sagte er.

Skar lächelte herausfordernd. »Hat man das?«

Mergell nickte. »Man sagte mir, ich würde einen Barbaren vorfinden«, antwortete er ernsthaft. »Ich habe es nicht geglaubt, aber ich fürchte, ich muß mich eines Besseren belehren lassen. Bist du immer so freundlich deinen Rettern gegenüber?«

Skar grinste noch breiter. »Normalerweise nicht«, sagte er. »Doch da, wo ich herkomme, gibt es ein Sprichwort, Mergell: Wie man in den Wald hineinruft, so schallt es hinaus. Kennst du es?«

Mergell lächelte. »Nein. Aber ich verstehe es trotzdem. Doch ich bin nicht gekommen, um mich mit dir zu streiten und Sprichworte auszutauschen, Skar. Ich kam, euch die Grüße unserer Könige auszurichten. Auch in Ipcearn ist bekanntgeworden, was du für unsere Garde getan hast, und die Könige von Cearn verwehren keinem, der sein Leben für ihre Untertanen riskiert, ihre Dankbarkeit. Ich soll dir ihre Grüße ausrichten und dich wissen lassen, daß ganz Cearn tief in deiner Schuld steht.« Er neigte spöttisch das Haupt, senkte den Blick und tätschelte versonnen den Hals seines Tieres.

Skar sah, daß die Flanken des Tieres zitterten und seine Haut von zahlreichen blutigen Kratzern bedeckt war. »Ihr habt einen scharfen Ritt hinter euch«, sagte er.

Mergell sah auf. »Das stimmt. Du bist ein aufmerksamer Beobachter, Skar. Wir wurden angegriffen, auf halbem Wege zwischen hier und Ipcearn.«

»Angegriffen!« keuchte Logar erschrocken. »Hoger?«

Mergell nickte. »Ein einzelnes Tier, aber es griff uns aus dem Hinterhalt an, bevor wir die Gefahr bemerkten. Ein paar meiner Männer wurden verletzt. Aber nicht ernsthaft.«

»Unsere Heilerin wird sich darum kümmern«, sagte Logar hastig.

Mergell winkte ab. »Das ist nicht notwendig, Logar. Es ist nur ein Kratzer. Gebt den Männern und ihren Tieren Verpflegung und ein Lager, wo sie bis morgen ausruhen können, das reicht.«

»Selbstverständlich.« Logar wandte sich hastig um und rief ein paar halblaute Befehle.

»Selbstverständlich sind wir nicht nur gekommen, um Freundlichkeiten auszutauschen«, wandte sich Mergell wieder an Skar. »Dazu wäre der Weg von Ipcearn hier heraus zu weit und zu gefährlich. Ich habe mit dir und deinem Kameraden zu reden, Skar.«

»Del ist noch ohne Bewußtsein«, warf Coar ein.

»Nach so langer Zeit? Sie sind fast eine Woche hier.«

»Thoranda besteht darauf«, sagte Logar. »Ihr kennt sie doch – sie läßt einen Kranken so lange schlafen wie möglich, um ihm Schmerzen und Entbehrungen zu ersparen.«

Mergell lächelte flüchtig. »Ah ja, die alte Thoranda«, murmelte er. »Aber vielleicht reicht es auch, wenn ich mit Skar rede. Doch nicht hier. Wir sind die ganze Nacht geritten, und ich fühle mich müde. Außerdem bin ich durstig. Ist Euer Wein noch so gut, wie er war, Logar?«

»Sicher, Mergell. Es wäre mir eine Ehre, wenn Ihr mich in mein Haus begleiten und meine Gastfreundschaft beanspruchen würdet.«

»Brich dir keine Verzierungen ab, Logar«, sagte Mergell ruhig.

Logar schluckte, nickte dann übertrieben hastig und zwängte sein Pferd zwischen den ihren durch, um zu seinem Haus zurückzureiten. Mergell, Chaime, Skar und Coar folgten ihm, während die übrigen Reiter – mit Ausnahme Bernecs, der sich ihnen nach kurzem Zögern ebenfalls anschloß – beim Tor zurückblieben. Sie ritten in scharfem Tempo zu Logars einfacher Residenz und betraten das Haus ohne weitere Formalitäten. Mergell schien den Weg bestens zu kennen. Er scheuchte den Posten an der Tür mit einer ärgerlichen Handbewegung beiseite, stürmte durch den Vorraum und den Gang und ließ sich ohne ein weiteres Wort hinter Logars steinernen Tisch sinken. Diener brachten zusätzliche Stühle und Krüge mit Wein.

Mergell griff nach einem Becher und leerte ihn mit einem Zug. »Es ist nicht übertrieben, was man von Eurem Wein behauptet«, sagte er zufrieden. »Es ist der beste in ganz Cearn. Ich werde ein Faß davon mitnehmen, um es den Königen als Geschenk zu überbringen – wenn Ihr gestattet.«

Logar beeilte sich zu versichern, daß es ihm eine Ehre wäre, den Herren Ipcearns ein Geschenk zu übergeben, aber Mergell schien seine Worte schon gar nicht mehr zu beachten. Er leerte einen weiteren Becher, wartete geduldig, bis die Diener nach und nach den Raum verlassen hatten, und beugte sich dann vor. Der Ausdruck auf seinem Gesicht änderte sich schlagartig.

»Satai Skar«, begann er nachdenklich. »Ich kann mir denken, daß du ein wenig verwirrt bist, deshalb komme ich ohne Umschweife zur Sache. Kannst du für deinen Kameraden sprechen?«

Skar zuckte die Achseln. »Del entscheidet selbst, was er tut«, sagte er. »Ich kann nicht über ihn bestimmen, wenn du das meinst. Aber ich denke, ich weiß, wie er handeln würde. Meistens«, schränkte er ein.

Mergell lächelte flüchtig und fuhr dann fort, ohne auf Skars Worte einzugehen. »Die Könige schicken mich mit einer Botschaft zu dir und deinem Freund Del, doch die Kunde ist nicht für jedermanns Ohren bestimmt. Deshalb bat ich dich hierher. Der Ruhm eurer Taten ist bis nach Ipcearn vorgedrungen, und . . .«

»Mergell«, unterbrach ihn Skar, »bevor du weiterredest, gestatte mir eine Bemerkung.«

»Bitte.«

»Seit ich hierherkam«, sagte Skar, vorsichtig und jedes Wort genau überlegend, »ist etwas geschehen, was mir unangenehm ist, und ich möchte es erklären. Du - und nicht nur du, sondern alle Bewohner Wents, und, wie ich fürchte, selbst Ipcearns - scheinst etwas in uns zu sehen, das wir nicht sind. Ich bin nicht der große Held, den ihr in mir seht, sondern ein Mensch wie du. Ich habe ein paar von diesen Bestien getötet, aber das hätte jeder in meiner Lage getan.«

Mergell lächelte. »Deine Bescheidenheit ehrt dich, Skar«, sagte er kühl, aber auch mit einer Spur von Ungeduld, als ärgere er sich darüber, daß Skar es gewagt hatte, seine Rede zu unterbrechen. »Doch sie ist unbegründet. Wir wissen mehr von euch, als ihr glaubt. Wir kennen die Satai und ihren Ruf.«

»Ihr kennt die Satai? Woher?«

Mergells Gesicht nahm wieder den gewohnten überheblichen Ausdruck an. »Du hast mich gebeten, dich nicht zu überschätzen«, sagte er. »Aber nun begehe du nicht den Fehler, uns zu unterschätzen. Cearn mag weitab vom Geschehen in der Welt liegen, doch selbst die Nonakesh ist nicht undurchdringlich, und von Zeit zu Zeit erreichen uns Nachrichten. Wanderer wie du fanden schon früher den Weg zu uns, und in Ipcearn ist man begierig, alles zu erfahren, was in der Welt vor sich geht. Wir hörten von den Satai, schon vor langer Zeit, wenn ich auch zugeben muß, daß wir die Geschichten, die man über sie erzählt, für übertrieben hielten. Doch jetzt, da ich einem leibhaften Satai gegenübersitze, glaube ich fast, daß wir uns getäuscht haben. Ihr scheint wirklich so große Krieger zu sein, wie man behauptet.«

»Vorhin war ich dir noch zu klein«, sagte Skar spitz. Aber trotzdem mußte er zugeben, daß ihm Mergells Worte schmeichelten. »Aber du bist doch nicht nur gekommen, um mir ein Kompliment zu machen, oder?« fuhr er fort.

»Natürlich nicht. Die Könige übersenden dir ihren Dank und

lassen dich bitten, mich zu ihnen zu begleiten und für eine Weile ihr Gast zu sein.«

»Das ... wird nicht gehen«, antwortete Skar überrascht. »Jedenfalls nicht im Moment. Del ist noch lange nicht kräftig genug für einen solchen Ritt.«

»Es reicht vollkommen, wenn du uns begleitest«, sagte Mergell. »Vorerst zumindest. Dein Freund mag sich entscheiden, wenn er genesen ist und Wents Gastfreundschaft kennengelernt hat, so wie du.«

»Entscheiden?« Skar wurde plötzlich hellhörig. Mergells Worte waren nicht so belanglos, wie es den Anschein hatte. »Worüber entscheiden?«

Mergell wirkte überrascht. Er sah erst Logar, dann Coar an, runzelte mißbilligend die Stirn und verschränkte die Hände auf der Tischplatte. »Hat man dir nichts gesagt?« fragte er.

»Wir ... dachten, es wäre noch Zeit«, sagte Coar hastig. »Wir haben nicht so rasch mit Euch gerechnet.«

Mergell seufzte. »Es geht um dein weiteres Leben hier, Skar«, sagte er. »Ich will nicht drumherumreden. Wir brauchen Männer wie dich. Wie dich und deinen Freund, Skar.«

»Barbaren?« fragte Skar mit mildem Lächeln.

»Männer, die uns lehren, mit Waffen umzugehen und jeder Bedrohung Herr zu werden«, fuhr Mergell unbeeindruckt fort. »Die Könige lassen dir folgendes ausrichten: Du kannst in Cearn bleiben, wenn du willst. Dir wird der Posten eines Kommandanten der Königlichen Leibgarde angeboten, und du kannst in Ipcearn leben. Natürlich nur, wenn es dein Wunsch ist. Du kannst auch in Went bleiben.« Er brach ab, sah Coar, die neben Skar Platz genommen hatte, einen Herzschlag lang an und lächelte dann dünn und berechnend. »Wenn du es befiehlst, wird Coar dich begleiten. Als persönlicher Adjutant.«

Skar sog scharf die Luft ein, aber Mergell sprach weiter, ehe Skar Gelegenheit zu einer Entgegnung hatte. »Ich erwarte natürlich jetzt noch keine Entscheidung von dir«, sagte er. »Du hast Zeit, darüber nachzudenken, bis wir in Ipcearn sind. Vielleicht ist es sogar besser, wenn du jetzt nichts sagst. Begleite uns und sprich mit den Königen, bevor du dich endgültig entscheidest.«

»Wenn die Antwort auf deine Frage«, sagte Skar, wie Mergell das vertrauliche Du auf eine provozierende Weise benutzend, »der einzige Sinn meines Besuches in Ipcearn ist, so kann ich mir den Ritt sparen. Ich habe nicht vor, hierzubleiben. Ich werde warten, bis Del sich erholt hat. Dann gehen wir.«

»Bist du sicher?« fragte Mergell. »Du kennst die Wüste. Du bist ihr einmal entronnen, aber du solltest das Schicksal nicht unnötig herausfordern. Die Nonakesh ist launisch. Sie hat dich einmal am Leben gelassen, doch das nächstemal wird sie dich töten.«

»Vielleicht«, sagte Skar mit erzwungener Ruhe. »Doch wir können nicht bleiben. Bei dem, was man euch über die Satai erzählt hat, scheint man etwas Wesentliches vergessen zu haben. Satai verkaufen sich nicht. Für keinen Preis.«

»Niemand spricht von verkaufen«, sagte Mergell.

»Es ist uns sogar strengstens untersagt, das Wissen weiterzugeben, das den Satai eigen ist«, fuhr Skar unerschütterlich fort. »Und selbst wenn wir es wollten, wäre es unmöglich. Es dauert ein Menschenleben, ein Satai zu werden. Mehr Zeit, als wir haben.«

»Niemand verlangt, daß ihr eure Geheimnisse preisgebt«, erklärte Mergell geduldig. »Aber du hast unser Volk kennengelernt. Wir sind keine Kämpfer wie ihr. Mit einem Mann wie dir an der Spitze . . .«

Skar schüttelte entschieden den Kopf. »Es ist sinnlos, Mergell. Du verschwendest deine Zeit. Wir würden Jahre brauchen, um auch nur eine Handvoll eurer Leute auszubilden. Und auch dann wäre es nur Stückwerk. Euer Krieg, Mergell, ist nicht der unsere. Ich weiß nicht, gegen wen ihr kämpfen wollt, aber es ist euer Kampf. Ihr werdet ihn allein bestehen müssen.«

Mergells Miene schien zu Eis zu gefrieren. »Ich werde deine Worte nicht zur Kenntnis nehmen, Skar«, sagte er steif. »Wir brechen morgen bei Sonnenaufgang auf. Du hast einen Tag und eine Nacht Zeit, dich zu entscheiden.«

»Die brauche ich nicht«, sagte Skar verärgert. Er stand auf, nickte Mergell und seinem Begleiter kühl zu und verließ mit raschen Schritten den Raum. Er wirkte noch immer ruhig und gelassen, aber unter dieser Maske brodelte es. Er hatte den Raum verlassen müssen, um nicht aufzuspringen und Mergell zu ohrfeigen.

Er stürmte aus dem Haus, warf die Tür hinter sich zu und stapfte ein paar Meter in den Wald hinein, ehe er stehenblieb und wütend die Fäuste ballte. Nach allem, was er in den letzten Tagen erlebt hatte, versetzte ihn Mergells Benehmen mehr in Rage, als er selbst zugeben wollte.

Das Geräusch leiser Schritte ließ ihn aufblicken. Es war Coar. Sie hatte das Gebäude hinter ihm verlassen und blieb nun unschlüssig stehen. Ein besorgter Zug lag um ihre Mundwinkel.

»Was ... was ist mit dir los?« fragte sie stockend. »So wie gerade kenne ich dich gar nicht.«

Skar lachte humorlos. »Dafür kenne ich Menschen wie Mergell leider viel zu gut, solche Typen sind mir ein paarmal zu oft begegnet«, gab er zurück. »Sind alle Bewohner Ipcearns so wie er?«

Coar schüttelte den Kopf, trat einen Schritt auf ihn zu und griff nach seiner Hand. Skar zog trotzig den Arm zurück.

»Nicht alle«, sagte sie. »Aber du mußt ihn verstehen. Er ist ein sehr mächtiger Mann und kommt gleich nach dem König.« Selbst jetzt schien noch so etwas wie Ehrfurcht in ihrer Stimme mitzuschwingen, und Skar mußte sich beherrschen, um nicht abfällig zu lachen.

»Er scheint es zu wissen«, sagte er säuerlich.

»Aber er hat dir nur die Wünsche der Könige ausgerichtet«, meinte Coar. »Ipcearn ist nicht Went. Die Könige tragen die Verantwortung für unser ganzes Volk. Du kannst ihnen nicht verübeln, wenn sie alles unternehmen, was ihm nutzt.«

»Das tue ich auch nicht«, gab Skar schärfer, als nötig gewesen wäre, zurück. »Aber Mergell hat mir nicht die Wünsche eurer Könige ausgerichtet. Er hat mir eine Rechnung präsentiert. Auf eine schmutzige und unfaire Art.«

»Das hat er nicht.«

»Doch, das hat er«, schnappte Skar wütend. »Oder hast du nicht begriffen, was er damit gemeint hat, daß du mich begleiten kannst. *Wie* er gesagt hat, daß wir eure Gastfreundschaft genossen haben? Verdammt, Coar - er hat alles, was euer Volk für Del und mich getan hat, in den Schmutz getreten. Mit ein paar Sätzen hat er eure Freundschaft zu reiner Berechnung und dich zu einer billigen Kurtisane gemacht. Und da erwartest du, daß ich höflich bleibe?!!« Coar sog erschrocken die Luft ein. »Du . . . du glaubst, was du da sagst, nicht?« flüsterte sie.

»Ich glaube es nicht, ich weiß es«, sagte Skar ruhig. »Ich weiß nicht, ob er auf Geheiß der Könige so handelt, oder ob er sich vielleicht gar nichts dabei denkt. Aber er ist kein so großer Diplomat, wie er sich einbildet, wenn er wirklich glaubt, mich auf diese Weise kaufen zu können.«

»Vergib ihm, Skar«, bat Coar. »Ich bin sicher, er hat seine Worte nicht so gemeint. Er . . . er hat sich ein falsches Bild von dir gemacht. Aber du hilfst nicht, es zu korrigieren, wenn du so reagierst.«

»Er hält mich für einen Barbaren«, knurrte Skar. »Vielleicht sollte ich ihm zeigen, wie ein Barbar auf eine Beleidigung wie diese reagiert.«

»Du solltest ihn nach Ipcearn begleiten und mit den Königen reden«, sagte Coar leise. »Niemand hier mag Mergell, aber er ist kein schlechter Mann. Er hat nur das Wohl unseres Volkes im Auge, genau wie . . .«

»Genau wie jeder hier«, unterbrach sie Skar. »Seit ich hierhergekommen bin, habe ich diesen Satz ein paarmal zu oft gehört, Coar. Jedermann hat nur das Wohl des Volkes im Auge! Habt ihr eigentlich auch so etwas wie ein Leben? Für euch, meine ich? Ich . . . ich muß allmählich an einen Ameisenstaat denken, wenn ich euch sehe. Cearn mag ein Paradies sein, aber ihr erkauft dieses Paradies mit Selbstaufgabe.«

»Aber das stimmt doch nicht!«

Skar schwieg einen Moment. »Vielleicht nicht«, sagte er leiser. »Vielleicht mußtet ihr so werden, um zu überleben. Ich weiß es nicht. Aber das ist es gerade, was ich versucht habe, Mergell zu sagen, Coar. Del und ich können nicht hierbleiben, selbst wenn wir es wollten.« Er stockte, nahm Coar sanft in die Arme und preßte sie an sich. »Es geht nicht«, fuhr er im Flüsterton fort. »Was gerade geschehen ist, beweist mir, daß ich recht habe. Ihr und wir, das sind Vertreter zweier verschiedener Welten, Coar. Ich habe Mergell belogen, als ich behauptet habe, euch nicht ausbilden zu können. Ich könnte in wenigen Jahren ein Volk von Kriegern aus euch machen, aber der Preis, den ihr dafür zahlen müßtet, wäre es nicht wert. Ich kann aus einem Cearner keinen Satai machen, ohne daß er sich verändert. Wir sind mehr als zwei Menschen, die zufällig an zwei verschiedenen Orten geboren sind, Coar. Ich habe dir von Enwor erzählt, und nicht ein Wort von dem, was ich sagte, war unwahr. Die Welt ist hart, hart und voller Gewalt und Brutalität und Unmenschlichkeit. Ihr würdet ebenso werden, würde ich Mergells Wünschen folgen. Die Männer, die ich ausbilden würde, wären keine Cearner mehr, hinterher. Eure Kultur würde zugrunde gehen.«

»Ich glaube es dir nicht«, sagte Coar. »Unmenschlich ... brutal ... bist du es denn?«

Skar zögerte einen winzigen Moment. Er wußte, daß er Coar weh tun würde, wenn er weitersprach, daß er das Bild, das sie sich von seiner Welt – von *ihm* – gemacht hatte, zerstören würde, aber er wußte auch, daß ihm keine Wahl blieb. Nicht jetzt, nicht in diesem Augenblick. Es war noch nicht einmal so sehr die Wut auf Mergell. Natürlich war er verärgert, aber Coars Reaktion zeigte nur zu deutlich, wie falsch das Bild war, das sie von ihm hatte.

»Ja«, sagte er schließlich. »Den Mann, den du bisher kennengelernt hast, den gibt es nicht, Coar. Es hat ihn nie gegeben, und wenn doch, dann nur für wenige Tage.«

Coar verzog die Lippen zu einem trotzigen Lächeln. »Das sagst du nur, um –«

»Du hast mich kämpfen sehen, Coar«, fiel ihr Skar grob ins Wort. »Und du warst beeindruckt davon. Was du nicht gesehen hast, das war die Einstellung, die man braucht, um so zu kämpfen. Ich habe mehr Menschen getötet, als Went Einwohner hat, Coar. Ich habe gemordet und gebrandschatzt, und ich habe Heere kommandiert, die größer waren als euer ganzes Volk. Ich habe lernen müssen, Männer in den sicheren Tod zu schicken und einen Feind zu vernichten, bevor er wirklich zum Feind werden kann. Ich habe mehr Macht gehabt, als sich Männer wie Mergell überhaupt vorstellen können. Ich habe lernen müssen, Frauen und Kinder zu töten und wehrlose Dörfer in Brand zu setzen. Willst du, daß ich euch das zeige? Willst du wirklich, daß eure Männer so werden? Willst du das?«

Coar antwortete nicht, aber Skar sah deutlich, wie betroffen sie war. Sie sah ihn an, öffnete den Mund, brachte aber nur einen kläglichen, halbwegs wimmernden Ton hervor. Ihre Lippen zuckten. Aber Skar wußte, daß sie ihm immer noch nicht glaubte. Obwohl es ihn beinahe mehr schmerzte als sie, mußte er das Messer in der Wunde auch noch herumdrehen. Er ergriff Coars Arm, zog sie grob zu sich heran und drückte zu. Sie wand sich unter seinem Griff, aber er ließ nicht los, sondern drückte im Gegenteil noch fester zu.

»Du tust mir weh!« keuchte sie.

Skar lachte rauh. »Wirklich? Vielleicht macht es mir Freude, jemandem weh zu tun.«

»Skar, bitte! Du . . . du . . .«

»Schweig!« zischte Skar.

»Du wolltest doch, daß eure Männer so werden wie wir, oder? Oder möchtest du nur einen Helden auf Abruf, eine Kampfmaschine, die sich in einen Märchenprinzen verwandelt, wenn der Feind geschlagen ist?« Er lachte erneut, ergriff mit der anderen Hand Coars Kinn und zwang sie, ihn anzusehen. »Den Märchenprinzen, den du dir wünschst, Coar, den gibt es nicht! Es wird ihn nie geben, verstehst du das endlich?«

Coar wand sich verzweifelt unter seinem Griff, aber gegen seine überlegene Kraft kam sie nicht an. Er schüttelte sie wie ein Spielzeug und stieß sie schließlich grob von sich, so daß sie gegen einen Baum taumelte. »Sieh mich an!« schrie er. Er machte einen Schritt auf sie zu, hob die Hände in die Höhe und vertrat ihr blitzschnell den Weg, als sie davoneilen wollte. »Sieh dir diese Hände an! Sie sind zum Arbeiten und Streicheln gedacht, aber Del und ich, wir benutzen sie zum Töten! Ich kann einen Menschen mit bloßen Händen in Stücke reißen, und ich tue es, wenn es sein muß, Coar! Und du willst, daß ich mithelfe, euch ebenso werden zu lassen? Willst du das wirklich?!«

Coar begann leise zu weinen.

Mit der Ankunft der Reiter aus Ipcearn breitete sich eine hektische, aufgeregte Atmosphäre über der Stadt aus. Skar sah mehr Menschen als gewohnt in Went, und am frühen Nachmittag versammelte sich auf der Lichtung im Zentrum der Stadt eine fröhliche, lachende Menschenmenge und begann mit den Vorbereitungen für ein Fest – Bänke und eiserne Bratspieße wurden herbeigeschleppt, Feuerstellen vorbereitet und große, bauchige Fässer auf hölzernen Böcken aufgestellt. Skar sah den Vorbereitungen eine Weile vom Waldrand aus zu, aber seine Laune sank mit jedem Augenblick mehr. Coar hatte sich nach der häßlichen Szene, die er ihr gemacht hatte, stumm abgewandt und war gegangen, und er hatte sie seitdem nicht wiedergesehen. Er wußte, daß er ihr weh getan hatte, sehr weh, und er wußte auch, daß es nicht fair gewesen war. Von allen Menschen, die er in Cearn getroffen hatte, mochte Coar der sanfteste sein; seine Vorwürfe waren ungerechtfertigt gewesen, und im Grunde hatte er nicht mehr getan, als seinen Zorn auf Mergell an ihr auszulassen. Aber wie so oft waren die Worte heraus, ehe er sich über ihre Wirkung richtig im klaren gewesen war, und wie so oft fehlte ihm der Mut, ihr einfach nachzugehen und ein paar Worte der Entschuldigung zu sagen. Selbst jetzt wäre es noch nicht zu spät dazu gewesen, und eigentlich wußte er selber nicht zu sagen, warum er es nicht tat.

Vielleicht war es der Zorn auf sich selbst. Mergells Forderung hätte ihn nicht so überraschend treffen dürfen, wie sie es getan hatte. Er hatte genug erlebt, um eigentlich wissen zu müssen, daß man niemals etwas geschenkt bekam. Auch hier nicht.

Nach einer Weile wandte er sich ab und begann ziellos durch die Stadt zu wandern. Stärker denn je spürte er, daß er trotz allem ein Fremder war. Und er würde es auch immer bleiben. Seine Worte Coar gegenüber waren nur halb wahr gewesen – natürlich war er nicht das Ungeheuer, als das er sich selbst hingestellt hatte, und natürlich würden die Männer und Frauen, die er ausbildete, nicht zu blutrünstigen Bestien werden. Aber er spürte instinktiv, daß es unmöglich war, Mergells Ansinnen zu erfüllen. Es gab etwas zwischen ihm und diesen Menschen, einen unsichtbaren Graben, etwas wie eine gläserne Wand, die man weder sehen noch berühren konnte und die sie doch auf immer voneinander trennen würde. Selbst Coar gegenüber spürte er manchmal noch das Gefühl des Fremdseins, eine Empfindung, die, manchmal überraschend und ohne sichtbaren Anlaß, wie ein eisiger Windhauch durch seine Seele zu streifen schien und ihm klarmachte, daß er ein Eindringling war und immer bleiben mußte. Enwor und Went – das waren nicht zwei verschiedene Teile einer einzigen Welt, sondern zwei verschiedene Welten, die eine auf der anderen gelegen und doch so unterschiedlich, wie sie nur sein konnten. Er konnte nicht hierbleiben, ohne diese Welt zu zerstören oder selbst zugrunde zu gehen. Es war das erste Mal, daß er begriff, daß Sanftmütigkeit eine ebenso tödliche Waffe sein konnte wie ein Schwert.

Skar blieb stehen, als er merkte, daß ihn seine Schritte unbewußt zu Thorandas Haus zurückgeführt hatten. Er wollte sich abwenden und wieder gehen, zuckte aber dann nur mit den Achseln und begann langsam die schräge Rampe hinaufzusteigen.

Thoranda kam ihm entgegen, als er durch den Vorraum in Richtung der Treppe ging, die zu Dels Kammer hinaufführte. Er blieb stehen, lächelte verlegen und deutete mit einer Kopfbewegung nach oben. »Ich wollte dich nicht stören«, sagte er entschuldigend.

»Wenn du Del suchst«, gab Thoranda zurück, »kannst du dir den Weg sparen. Er ist nicht mehr dort oben.«

»Er ist . . .« Skar brach erschrocken ab. »Was ist mit ihm?«

»Nichts, was dich in Sorge versetzen könnte«, sagte Thoranda lächelnd. »Er ist wach, schon seit dem frühen Morgen. Ich hätte dich gerufen, aber ich glaubte, du wärest noch bei Mergell und den anderen.«

»Wo ist er?« fragte Skar hastig.

Thoranda machte eine besänftigende Handbewegung. »Nicht so eilig, Skar. Du hast eine Woche Geduld gehabt, da wird es nicht mehr auf wenige Augenblicke ankommen. Ich bringe dich zu ihm.« Sie schüttelte den Kopf und drehte sich langsam um, um vor ihm tiefer ins Innere des Gebäudes zu schlurfen.

Skar folgte ihr voller Ungeduld. »Wie geht es ihm?« fragte er. »Hat er etwas gesagt?«

»Gut und eine Menge, um deine Fragen zu beantworten«, sagte Thoranda resignierend. »Die Wunde ist gut verheilt, und in ein paar Wochen wird er nicht einmal mehr wissen, daß er überhaupt verletzt war. Er ist sehr stark. Aber auch sehr ungeduldig«, fügte sie mit einem milden Lächeln hinzu. »Ich mußte meine ganze Überredungskunst aufbieten, um ihn davon abzuhalten, aus dem Haus zu rennen und nach dir zu suchen. Er fühlt sich stärker, als er bereits ist. Die Wunde ist verheilt, aber sechs Tage ununterbrochener Schlaf haben seinem Körper Kräfte geraubt.« Sie blieb stehen und deutete mit einer Kopfbewegung auf einen niedrigen halbrunden Durchgang am Ende des Flures. »Geh zu ihm«, sagte sie auffordernd. »Aber gib acht, daß er sich nicht zuviel zumutet.«

Aber Skar hörte schon gar nicht mehr zu. Er drängte sich an ihr vorbei, schlug den Vorhang mit einer ungeduldigen Bewegung zur Seite und stürmte in den dahinterliegenden Raum.

Del hockte mit untergeschlagenen Beinen auf einer geflochtenen Matte unter dem Fenster und redete mit leiser Stimme mit Larynn, die dicht neben ihm Platz genommen hatte. Als er Skar erblickte, sprang er auf und kam ihm mit weit ausgebreiteten Armen entgegengelaufen. »Skar! Ich dachte schon, ich würde dich nie wiedersehen!« Er stürmte heran, umarmte ihn und drückte ihn für einen Moment so fest an sich, als wollte er ihn zerquetschen.

Skar machte sich mit sanfter Gewalt los und schob Del auf Armeslänge von sich. »Und ich dachte, du würdest überhaupt nicht mehr wach. Endlich ausgeschlafen?« fragte er grinsend. Er trat einen Schritt zurück, legte den Kopf schräg und musterte Del eingehend. Der Satai hatte abgenommen; seine Gestalt wirkte ausgemergelt und blaß, und seine Wangen waren eingefallen, die Haut grau und schlaff wie bei einem Jahrzehnte älteren Mann. Und trotzdem hatte Skar das Gefühl, ein Wunder zu erleben. Del dürfte nicht mehr leben, nicht nach der fürchterlichen Verletzung und der endlosen Wanderung durch die Wüste, dem Hunger und dem Durst. Er grinste, um seine Unsicherheit zu überspielen, boxte Del spielerisch und sanft in die Rippen und deutete mit einer Kopfbewegung auf Larynn. »Wie ich sehe, hast du dich bereits angefreundet«, sagte er halb im Scherz, halb ernst.

Larynn errötete und senkte den Blick.

Del drehte sich herum und ging langsam zu seinem Platz unter dem Fenster zurück. »Larynn hat mir erzählt, was geschehen ist, seit wir von diesen Biestern angegriffen wurden«, begann er, nachdem er sich gesetzt und mit einer einladenden Geste neben sich gedeutet hatte. Skar setzte sich, nickte Larynn grüßend zu und lehnte sich gegen die weiche, aus Moos und lebenden grünen Ranken geflochtene Wand.

»Ich habe wirklich sechs Tage geschlafen?« fuhr Del fort.

»Sechs Tage und sechs Nächte«, bestätigte Skar. »Aber es war wohl der einzige Weg, dein Leben zu retten. Thoranda ist die beste Heilerin, die ich jemals gesehen habe.«

»Ich habe die alte Frau kennengelernt, heute morgen«, sagte Del versonnen. »Sie ist ... eigenartig.« Er lächelte, warf Larynn einen seltsam vertrauten Blick zu und fuhr dann in verändertem Tonfall fort. »Aber wir haben später Zeit, über Thoranda und mich zu reden. Wie ist es dir ergangen, während ich hier war?«

Skar grinste. »Wie schon? Seit ich dich leichtsinnigerweise als Schüler ausgewählt habe, muß ich mich wohl langsam daran gewöhnen, allein mit allen Schwierigkeiten fertig zu werden. Du hast ein bewundernswertes Talent, dich immer geschickt aus der Affäre zu ziehen. Mal läßt du dir eine Axt in die Schulter hauen, dann legst du dich wochenlang zum Schlafen hin ...« Er seufzte, setzte einen gequälten Gesichtsausdruck auf und schüttelte den Kopf. »Es ist immer dasselbe mit dir.«

Larynn erhob sich plötzlich. »Ich ... muß gehen«, sagte sie stockend. »Es ist noch viel vorzubereiten, für das Fest heute abend und die Gäste ...« Sie lächelte nervös, rang einen Moment unschlüssig mit den Händen und ging dann mit übertriebener Hast hinaus.

Del sah ihr verwundert nach. »Was hat sie?«

»Ich weiß nicht«, murmelte Skar achselzuckend. »Sie war den

ganzen Morgen hier?«

Del nickte. »Gleich, nachdem Thoranda mich geweckt hat. Sie ist nett.«

»Das scheint sie von dir ebenso zu meinen«, sagte Skar lächelnd. »Weißt du, daß sie es wahrscheinlich war, die dir das Leben gerettet hat?«

»Sie?« Del wirkte plötzlich verstört. »Aber ich dachte, Thoranda –«

»Natürlich«, nickte Skar. »Aber du wärst auf dieser Lichtung um ein Haar gestorben. Ohne sie hättest du nicht einmal Went lebend erreicht. Es war knapp, diesmal.«

Für die Dauer eines Lidzuckens erlosch das optimistische Lächeln auf Dels Zügen. »Ich weiß«, flüsterte er. »Es scheint, als hätten wir ein wenig zuviel riskiert. Wir hätten auf diesen Malabesen hören sollen.«

»Niemand konnte ahnen, was geschehen sollte«, sagte Skar achselzuckend. »Wer weiß, wozu es gut war. Außerdem«, fuhr er mit einem leisen, aufmunternd gemeinten Lachen fort, »hätten wir sonst niemals dieses Volk kennengelernt. Du hättest Larynn nicht getroffen . . .«

»Und du nicht Coar«, fiel ihm Del ins Wort.

Skar schwieg. »Ich sehe«, seufzte er, »du hast dich bereits bestens informiert. Was hat Larynn dir sonst noch erzählt?«

»Nicht viel. Das heißt – sehr viel, aber ich habe kaum die Hälfte davon verstanden«, gestand er. Er lächelte, stand auf und reckte sich ausgiebig.

»Du spürst nichts?« fragte Skar, als Del die Arme hoch über den Kopf hob und spielerisch die Muskeln spannte. »Dein Arm . . .«

»Ist vollkommen in Ordnung«, bestätigte Del. »Jetzt frag mich bitte nicht, warum. Ich habe ebensowenig eine Antwort darauf wie du.« Er blickte einen Moment aus dem Fenster und ließ sich dann wieder neben Skar zu Boden sinken. »Ging es dir ebenso wie mir, während du geschlafen hast?« fragte er. »Diese Träume . . .«

»Träume?« wiederholte Skar. »Was für Träume?« Er selbst hatte nicht geträumt, oder er konnte sich zumindest nicht daran erinnern. Er hatte sich einfach zum Schlafen niedergelegt und war – von seinem Standpunkt aus betrachtet – nach wenigen Augenblicken wieder erwacht, ohne sich erinnern zu können, mehr als drei Tage geschlafen zu haben.

»Ich weiß es nicht«, antwortete Del unsicher. »Nicht mehr. Nicht die Einzelheiten. Ich weiß nur noch, daß es . . . seltsam war. Bedrückend. Ich erinnere mich, daß ich Angst hatte, Angst wie nie zuvor in meinem Leben. Und es war kalt.« Er stockte und schlang in einer unbewußten Geste die Arme um den Oberkörper, als reiche allein die Erinnerung, ihn erneut frösteln zu lassen. Skar mußte unwillkürlich an Thorandas Worte denken. *Seine Verletzung war schwer, und das Wundgift war bereits tief in seinen Körper eingedrungen. Ihr hättet keine Stunde später kommen dürfen, Skar. Sein . . . Geist hatte die Grenze zum Jenseits schon halb überschritten.* Vielleicht war dies eine Erklärung für seine Träume, oder das, was er für Träume halten mochte. Aber war es auch eine Erklärung für seine phantastisch schnelle Heilung?

»Larynn ist sehr schnell gegangen, nachdem du gekommen bist«, sagte Del plötzlich. »Hattet ihr Streit?«

»Wir?« Skar schüttelte verblüfft den Kopf. »Sicher nicht. Ich weiß nicht, warum sie so plötzlich aufgesprungen ist. Vielleicht muß sie wirklich bei der Vorbereitung für das Fest helfen. Halb Went scheint auf den Beinen zu sein.«

»Es sind diese Reiter aus Ipcen, nicht?« fragte Del.

»Ipcearn«, verbesserte Skar. »Vielleicht ist es ganz gut, daß sie gegangen ist. Ich wollte sowieso mit dir reden. Allein.« Er schwieg einen Moment, verschränkte die Hände hinter dem Kopf und begann dann geduldig und ausführlich zu erzählen. Del hörte gespannt zu und unterbrach ihn nur selten, um eine Frage zu stellen oder eine Bemerkung einzuwerfen. Larynn schien ihn in der kurzen Zeit bereits erstaunlich gut informiert zu haben, wenn ihre Art zu erzählen auch sicher etwas einseitig gewesen war, wie Skar allmählich vermutete.

»So ist die Situation«, schloß Skar, nachdem er Del vom Auftauchen Mergells und seiner Forderung erzählt hatte. »Ich fürchte, ich werde nicht darum herumkommen, mit ihm nach Ipcearn zu reiten und mit den Königen zu reden – wer immer sie sein mögen.«

Del verzog das Gesicht. »Bist du sicher, daß du nicht vorschnell reagiert hast?« fragte er.

»Vorschnell? Hätte ich ihm versprechen sollen, zu bleiben und aus diesem Volk von Gärtnern ein Heer zu machen?«

»Natürlich nicht«, murmelte Del. »Es ist nur . . . Diese Menschen haben uns freundlich aufgenommen und uns das Leben gerettet, mir wenigstens.«

»Das weiß ich«, fuhr Skar auf. »Und ich bin der letzte, der sich weigern würde, eine entsprechende Gegenleistung . . .«

»Das meine ich nicht«, unterbrach ihn Del. »Ich glaube nur, du solltest etwas vorsichtiger sein mit dem, was du sagst. Wir sind in ihrer Hand, vergiß das nicht.«

Skar machte eine wegwerfende Handbewegung. »Du weißt so gut wie ich, daß wir nicht bleiben können. Weder du noch ich könnten hier leben, nicht für ein paar Jahre und erst recht nicht für immer. Und was Mergell verlangt, ist schlichtweg unmöglich.«

»Ich weiß«, sagte Del, ohne auf Skars gereizten Tonfall zu reagieren. »Aber es wäre mehr als nur eine Beleidigung, wenn du dich weigern würdest, mit ihm nach Ipcearn zu gehen.«

»Das tue ich auch nicht«, sagte Skar ärgerlich. »Vielleicht hätte ich es nicht sagen sollen, sicher, aber ich werde zusammen mit ihm dorthin reiten und mit den Königen reden. Vielleicht machen sie sich falsche Vorstellungen von uns. Du weißt doch, wie schnell so etwas geht.« Er lachte leise. »Du hättest sehen sollen, wie diese Kinder kämpfen«, sagte er kopfschüttelnd. »Ich habe ein paar von diesen schwarzen Biestern erschlagen, drei oder vier, denke ich. Wahrscheinlich sind es dreißig oder vierzig geworden, ehe die Nachricht Ipcearn erreicht hat.«

»Möglicherweise stellt es sie zufrieden, wenn wir eine gewisse Zeit bleiben und ein paar von ihnen ausbilden«, schlug Del vor. »Du weißt, daß es ein paar einfache Tricks . . .«

»Nein«, sagte Skar hart. »Es würde sie nicht zufriedenstellen, und ich würde es nicht tun. Dieses Land ist fremd für uns, Del, fremder als irgendeines, das wir je gesehen haben. Wir haben weder die Möglichkeiten noch das Recht, uns in das Leben dieser Menschen zu mischen.«

Del wiegte den Kopf. »Du bist also entschlossen, allein nach Ipcearn zu gehen?« fragte er.

»Natürlich. Der Ritt wäre viel zu anstrengend für dich. Du mußt dich noch schonen. Je eher du gesundest, desto eher können wir aufbrechen.«

»Coar wird sehr enttäuscht sein, wenn wir gehen«, sagte Del lächelnd. »Und Larynn wohl auch. Aber du hast wohl recht. Ich habe vielleicht sechs Tage geschlafen, aber ich fühle mich, als hätte ich sechs Jahre im Sattel gesessen.«

»Außerdem ist mir wohler, wenn einer von uns hierbleibt«, sagte Skar.

»Warum?«

»Warum?« Skar sah auf. »Ich . . . ich weiß es selbst nicht so genau, Del«, gestand er nach kurzem Zögern. »Es ist nur ein Gefühl.«

»Du glaubst, sie führen irgend etwas im Schilde?« fragte Del zweifelnd.

Skar schüttelte hastig den Kopf, nahm die Hände herunter und begann an seinem Schwertknauf zu spielen. »Bestimmt nicht«, versicherte er. »Ich bin nur gerne vorsichtig, das ist alles.« Er senkte den Blick, suchte einen Moment krampfhaft nach Worten und fuhr dann, sehr leise und in einem Tonfall, den Del selten bei ihm hörte, fort: »Ich weiß selbst nicht, was es ist, Del. Aber seit ich hier aufgewacht bin, habe ich ein übles Gefühl.«

»Angst?«

»Angst?« wiederholte Skar. »Mag sein, aber nicht so, wie du vielleicht glaubst. Nein, es ist . . . ich habe das Gefühl, in etwas hineinzuschlittern, mit dem wir am Ende nicht mehr fertig werden.«

»Diese Menschen sehen mehr in uns, als wir sind«, bestätigte Del. »Ich habe keine drei Tage gebraucht, um das herauszufinden. Wenn du es zugelassen hättest, würden sie uns als Helden feiern.«

»Das ist es ja gerade«, nickte Skar betrübt. »Ich fürchte, sie tun es bereits, auch wenn ich mich dagegen wehre. Ich muß zu diesen Königen, je eher, desto besser.«

»Aber gib acht, was du sagst«, sagte Del warnend. »Du darfst sie nicht enttäuschen. Ich glaube, viele von ihnen setzen all ihre Hoffnung in uns.«

»Hat dir das Larynn gesagt?« fragte Skar.

Del schüttelte den Kopf und blinzelte zum hellen Rechteck des Fensters hinauf. »Nein. Nicht direkt jedenfalls. Aber das, was sie nicht gesagt hat, war beinahe interessanter. Sie scheinen auf eine Art Befreier zu warten.«

»Befreier? Wie meinst du das?«

Del zuckte die Achseln und ließ sich zurücksinken. »Ein Mythos«, antwortete er. »Irgend so eine Legende, was weiß ich. Jedes Volk in dieser Situation würde wohl auf einen Befreier warten.«

»Und du glaubst, sie glauben, wir . . .?«

»Ich meine gar nichts«, sagte Del scharf. »Larynn und die anderen sind nicht so dumm, wirklich zu glauben, daß wir direkt vom Himmel gefallen sind, um ihr Volk aus der Knechtschaft zu führen. Ich habe eine ganz andere Befürchtung.« Er setzte sich wieder auf und beugte sich vor. »Hat dir Coar erzählt, daß längst nicht alle Cearner mit der Politik einverstanden sind, die in Ipcearn gemacht wird?«

Skar starrte den jungen Satai verblüfft an. »Nein«, sagte er erstaunt. »Das ist das erste, was ich höre. Im Gegenteil – heute morgen hatte ich den Eindruck, daß diese Menschen einen Heidenrespekt vor Mergell und seinen Leuten haben.«

»Das haben sie auch«, bestätigte Del. »Doch das eine schließt das andere nicht aus, oder? Dieses Volk wartet seit Jahrhunderten darauf, in seine Heimat zurückkehren zu können. Viele von ihnen haben die Hoffnung insgeheim längst aufgegeben, aber es gibt auch Stimmen, die nicht länger warten wollen. Ginge es nach Bernec und seinen Freunden . . .«

»Bernec!« unterbach ihn Skar verblüfft.

»Du hast ihn kennengelernt?«

»Und ob«, nickte Skar. »Was ist mit ihm?«

Del wiegte den Schädel. »Er gehört zu einer Gruppe junger Krieger, die lieber heute als morgen ein Heer zusammenstellen und durch die Nonakesh ziehen würden, um Urcôun zurückzuerobern. Sie wollen nicht länger warten. Einzig der Respekt vor Ipcearn hält sie noch von einer offenen Revolte zurück.«

»Und was haben wir damit zu schaffen?«

»Nichts«, sagte Del. »Jedenfalls nichts, was uns angeht. Aber es wäre nicht das erste Mal, daß ein völlig unbeteiligter Fremder zum auslösenden Moment wird. Ein unbedachtes Wort kann genügen. Went mag friedlich erscheinen, aber es ist ein Pulverfaß.«

»Ein Grund mehr, so rasch wie möglich von hier zu verschwinden«, sagte Skar halbherzig. Dels Worte hatten seine Verwirrung noch mehr gesteigert.

»Wenn sie uns weglassen«, sagte Del. Er schwieg einen Moment und seufzte. »Aber ich will nicht unken, Skar. Ich werde hierbleiben und auf dich warten, während du in Ipcearn bist. Aber ich bitte dich, vorsichtig zu sein. Nach allem, was ich über Ipcearn gehört habe, sind die Könige nicht so harmlos, wie es scheint. Wir –« Er brach mitten im Satz ab und wandte den Kopf. Der Vorhang wurde raschelnd beiseitegeschoben, und Thoranda erschien unter der Tür. Sie trat einen Schritt in den Raum hinein, blieb stehen und sah Del mit offenkundiger Mißbilligung an.

»Genug geredet, ihr beiden«, sagte sie streng. »Ihr habt später noch Zeit genug, euch zu unterhalten.«

Del wollte protestieren, aber Thoranda ließ ihn gar nicht erst zu Wort kommen. »Nichts da«, sagte sie entschieden. »Wenn du wieder vollends genesen bist, kannst du den starken Mann spielen, solange es dir beliebt, aber jetzt wirst du tun, was ich dir sage, und dich ausruhen. Du brauchst Schlaf und kräftige Nahrung. Und vor allem Ruhe.«

Skar grinste schadenfroh, als er den hilflosen Ausdruck auf Dels Gesicht sah. »Tu lieber, was sie sagt«, riet er. »Du kommst sowieso nicht gegen sie an. Ich habe es auch versucht.« Er stand auf und ging mit ein paar raschen Schritten zur Tür. »Ich komme später noch einmal wieder.«

»Später«, sagte Thoranda betont, »wird dein Freund schlafen, Skar. Du kannst ihn morgen besuchen, bevor du nach Ipcearn aufbrichst. Ich habe ihn nicht mühsam gesundgepflegt, damit er sich jetzt wieder überanstrengt.«

Skar seufzte. »Gut, wenn du es meinst. Dann auf morgen.« Er nickte Del zum Abschied zu, dreht sich um und verließ mit eiligen Schritten den Raum. Dels Worte hatten ihn mehr aufgewühlt, als er zugeben wollte. In seinem Inneren kochte ein wahrer Vulkan einander widersprechender Gefühle und Empfindungen. Er wußte nicht, ob er nun wütend oder erleichtert sein sollte, das Geheimnis endlich gelöst zu haben, oder ob er es überhaupt gelöst hatte. Er hatte von Anfang an gespürt, daß die Cearner mehr in ihm sahen als einen einfachen Satai, und doch hatten ihn Dels Worte maßlos überrascht. Überrascht und enttäuscht. Denn wenn Del die Wahrheit gesprochen hatte, dann *war* das Verhalten der Cearner Berechnung, wenn auch sicherlich nicht bewußt. Aber der Gedanke, benutzt zu werden, letztlich nicht mehr als ein Werkzeug zu sein, brachte ihn in Wut. Er würde zu Coar gehen und die Frage klären, ein für allemal. Sicher hatte Del recht - dieses Volk hatte mehr, viel mehr für sie getan, als sie erwarten durften, und vielleicht hatte er kein Recht, ihre Träume und Hoffnungen zu zerstören, aber wenn er schwieg, konnten die Folgen schlimmer sein.

Er stürmte die Treppe hinunter, lief mit weit ausgreifenden Schritten durch das Haus und prallte fast mit Bernec zusammen, als er auf die Rampe hinaustrat. Er wollte mit einem schnellen Schritt ausweichen und weitergehen, doch Bernec packte ihn am Handgelenk und hielt ihn zurück.

»Nicht so eilig, Satai«, sagte er. »Ich habe mit dir zu reden.«

»Aber ich nicht mit dir«, schnappte Skar mit kaum verhohlener Wut. Er riß seine Hand los und wandte sich abermals um, aber Bernec hielt ihn wieder zurück. Diesmal war sein Griff so fest, daß es schmerzte.

»Wo willst du hin?« fragte er abfällig. »Zu Coar?«

»Und wenn?« gab Skar gereizt zurück. »Was geht dich das an?«

»Eine Menge«, sagte Bernec. »Jedenfalls mehr, als du glaubst, Skar. Ich war gerade bei ihr. Was hast du mit ihr gemacht?«

»Mit ihr gemacht?«

Bernec lächelte böse. »Verstell dich nicht, Skar. Ich habe es zugelassen, daß du dich in ihr Vertrauen geschlichen hast, und ich habe es zugelassen, daß -«

Skar schlug seine Hand mit einer blitzschnellen Bewegung zur Seite und funkelte ihn wütend an. »Ich wüßte nicht, was es dich anginge, was Coar tut oder nicht tut. Du hast nichts *zuzulassen,* Bernec. Vielleicht hat Coar dir früher einmal gehört, aber das ist vorbei. Ich habe ihr ein paar Dinge gesagt, die ihr nicht gefallen haben, aber das ist nicht dein Problem. Laß mich vorbei.«

Bernec schluckte mühsam. Seine Lippen bebten, und er schien mit aller Gewalt gegen den Wunsch anzukämpfen, sich auf Skar zu stürzen und mit den Fäusten auf ihn einzuschlagen.

»Skar«, flüsterte er. »Ich warne dich. Ich weiß, daß du stärker bist als ich, und ich weiß, daß du mich besiegen und wahrscheinlich töten wirst, wenn ich mit dir kämpfe. Aber ich werde nicht zulassen, daß du Coar weh tust. Niemand darf das, verstehst du? Niemand! Du kannst mit ihr schlafen, so oft und so lange du willst, aber wenn du ihr weh tust, werde ich dich umbringen.«

Skar lächelte geringschätzig. »Wirst du das, Bernec?« fragte er.

Bernec nickte. Die Bewegung wirkte abgehackt und verkrampft. »Ja«, sagte er ernst, »das werde ich.«

Für einen Moment wurde die Spannung zwischen ihnen fast greifbar. Skar wich unwillkürlich einen halben Schritt zurück. Er hatte plötzlich das Gefühl, Bernec bisher mit völlig falschen Augen betrachtet zu haben. Vielleicht war er gar nicht das zornige große Kind, als das er ihn bisher gesehen hatte.

»In Ordnung«, sagte er leiser. »Ich werde es mir merken. Und Bernec . . .«, fügte er hinzu, als Bernec sich umwenden und davongehen wollte, »es tut mir leid. Sag Coar, daß ich ihr nicht weh tun wollte.«

»Du . . . gehst nicht zu ihr?« fragte Bernec verwirrt.

»Nein. Nicht jetzt. Ich glaube, es ist besser, wenn wir uns eine Zeitlang nicht sehen. Ich werde zu Logar gehen und bei ihm übernachten, und morgen reite ich mit Mergell nach Ipcearn. Ich komme zu ihr, sobald ich zurück bin.«

Sie brachen bei Sonnenaufgang auf. Mergell hatte sich nicht sonderlich überrascht gezeigt, als Skar bei ihm erschienen war und kurz angebunden verkündet hatte, daß er mit nach Ipcearn reiten würde, aber der Abend war in einer angespannten, gereizten Atmosphäre verlaufen. Skar hatte es vorgezogen, nicht zu dem

Fest zu gehen, das die Bewohner Wents für die Ipcearner – aber wohl auch für ihn – gegeben hatten, sondern war statt dessen früh in die Kammer gegangen, die ihm Logar zugewiesen hatte. Aber es hatte lange gedauert, bis er endlich Schlaf gefunden hatte, und als sie am Morgen aufbrachen, war er beinahe froh, Went verlassen zu können, wenigstens für eine Weile.

Wie am vergangenen Morgen hatte sich ein Großteil der Stadtbewohner am Tor versammelt, um den Reitern zuzusehen. Aber die Stimmung unter den Männern und Frauen war anders heute, völlig anders. War die Menge gestern fröhlich gewesen, fröhlich und neugierig, gemischt mit einer Spur von vorsichtigem Respekt und vielleicht auch – jetzt, nach den Informationen, die er von Del erhalten hatte, glaubte er das Gefühl, das er gestern nur unbewußt verspürt hatte, richtig deuten zu können – unterdrückter Furcht, schien jetzt beinahe so etwas wie Trauer über der Menge zu liegen, die sich rechts und links des Weges versammelt hatte.

Er hielt vergeblich nach Coar oder Larynn Ausschau, aber obwohl es ihn schmerzte, sie nicht zu sehen, war er auf der anderen Seite beinahe froh darüber. Vielleicht hatte er mit dem, was er ihr gestern gesagt hatte, alles zerstört. Trotzdem bereute er kein Wort. Jetzt nicht mehr. Vielleicht hatte er eine Wunde in ihre Seele geschlagen, aber wenn, dann war es notwendig gewesen. Coar sah einen Mann in ihm, der er nicht war und niemals werden konnte, und er hatte diese Illusion zerstören müssen, so wie ein Heilkundiger einen vergifteten Stachel aus dem Fleisch schneiden mußte, auch wenn es schmerzte.

Sie verließen Went und drangen in scharfem Tempo in den Wald vor. Zwei von Bernecs Reitern lotsten sie sicher durch das Labyrinth von tödlichen Fallen, das die Stadt umgab, dann, von einem Augenblick auf den anderen, waren sie allein.

Mergell drängte sein Pferd neben ihn und deutete mit einer Kopfbewegung nach Osten.

»Wir werden bis zum Abend reiten müssen, wenn wir Ipcearn vor Sonnenuntergang erreichen wollen«, sagte er. »Fühlst du dich kräftig genug dazu?«

Skar lächelte abfällig. »Die Frage kommt ein wenig spät, findest du nicht?«

Mergell verzog das Gesicht. »Normalerweise ist der Weg weniger ermüdend«, sagte er, ohne auf die Spitze einzugehen. »Doch im Moment können wir es nicht wagen, nach Sonnenuntergang noch im Wald zu sein. Die Hoger ...«

Skar hätte im Augenblick die Gesellschaft eines Hogers der Mergells vorgezogen, aber er beließ es bei einem gleichmütigen Achselzucken und konzentrierte sich wieder auf den Weg. Er spürte, daß Mergell mit ihm reden wollte und nicht wußte, wie er es anfangen sollte, aber er hatte keine sonderliche Lust, mit ihm zu streiten. Nicht einmal, mit ihm zu reden. Unbewußt gab er Mergell die Schuld an allem, was seit dem vergangenen Morgen geschehen war. Dazu kam, daß Mergell einem Menschenschlag angehörte, den er nicht mochte. Und es war niemals seine Art gewesen zu heucheln.

Mergell versuchte noch ein paarmal, ein Gespräch in Gang zu bringen, gab es aber schließlich auf und kehrte an seinen Platz am Ende der Kolonne zurück.

Sie ritten den ganzen Tag nach Osten, ohne mehr als zwei kurze Pausen einzulegen, in denen sich Menschen und Tiere wenige Minuten erholen und stärken konnten. Einmal begegneten sie einer Gruppe der grüngekleideten Männer, die Skar bereits an seinem ersten Morgen in Went beobachtet hatte. Sie hatten ihre Pferde am Rande einer kleinen, offensichtlich durch einen Brand entstandenen Lichtung angebunden und waren damit beschäftigt, den verkohlten Boden abzutragen und junge, grüne Schößlinge in die Erde zu pflanzen. Die Bewohner Cearns kümmerten sich um ihren Wald. Er wurde nicht nur draußen in der Wüste weitergepflanzt, sondern auch hier gehegt, versorgt wie ein verwundetes Tier und geheilt, wo er krank war. So wie der Wald ihnen Schutz gewährte, halfen sie ihm, wo er sie brauchte. Aber er hatte nicht viel Zeit, ihnen zuzusehen. Mergell trieb ihn und die anderen unbarmherzig weiter. Der Wald von Cearn flog an ihnen vorüber, aber Skar hatte an diesem Tag keinen Blick mehr für die Schönheit dieses Landes. Er mußte sich eingestehen, daß er sich insgeheim vor dem, was ihn in Ipcearn erwarten mochte, fürchtete. Es war nicht nur sein und Dels Schicksal, das dort entschieden werden würde. Sie waren beide schon viel zu tief in das Schicksal dieses Volkes verstrickt, um nur noch für sich zu sprechen. Ob er wollte oder nicht – mit der Entscheidung, die er in Ipcearn fällen mußte, würde er das Schicksal dieses ganzen Volkes verändern, so oder so. Und er hatte das ungute Gefühl, daß es keine Veränderung zum Guten hin sein würde.

Cearn war ein Wunder. Die Kultur, die hier entstanden war, hatte sich über Jahrhunderte, vielleicht Jahrtausende entwickelt, und sie hatte nur überleben können, weil sie statisch war. Cearn war ein Vakuum, ein Ort, der völlig vom Rest der Welt abgeschieden existierte, unverändert über unzählige Generationen hinweg. Und er hatte nur so und in dieser Form überleben können, *weil* es keine Veränderung gegeben hatte. Eine Kultur wie die der Cearner konnte nur überleben, solange sie isoliert war. Jede Veränderung mußte sie zerstören. Die Menschen von Cearn hatten die einzig mögliche Art gefunden, in einem so winzigen und verwundbaren Universum wie dem ihren zu überleben.

Am späten Abend erreichten sie Ipcearn. Das Tempo ihres Vorwärtskommens hatte sich in den letzten Stunden beständig verlangsamt, obwohl Mergell und die anderen ihre Pferde unbarmherzig antrieben. Aber die Tiere waren so erschöpft, daß es Skar sowieso schon wie ein Wunder vorgekommen war, daß noch keines von ihnen unter seinem Reiter zusammengebrochen war. Schließlich, als die Dämmerung bereits hereingebrochen war und der Himmel allmählich eine trübgraue Färbung annahm, ließ Mergell anhalten. Die geordnete Formation, in der sie bisher geritten waren, löste sich für Augenblicke in ein Durcheinander erschöpft keuchender Tiere und kaum weniger erschöpfter Männer auf. Skars Pferd wieherte kläglich. Seine Flanken zitterten vor Schwäche, und sein Atem ging rasselnd und mühsam. Flockiger weißer Schweiß troff von seinen Nüstern, und die Hufe stampften ununterbrochen im weichen Waldboden, als wäre es zu erschöpft, um noch ruhig auf einem Fleck stehen zu können.

Mergell rief ein scharfes Kommando und winkte ihn mit einer Geste zu sich. Skar tätschelte seinem Pferd zärtlich den Hals und flüsterte ihm ein paar sinnlose leise Worte ins Ohr, um es ein letztes Mal zum Weitergehen zu bewegen.

Mergell deutete mit der Hand auf den nahen Waldrand und

machte eine auffordernde Kopfbewegung. Skar verstand. Er zog an den Zügeln, und sein Tier trabte gehorsam auf die vorderste Baumreihe zu und blieb stehen.

Skar stockte vor Überraschung beinahe der Atem. Er hatte Phantastisches erwartet, aber Ipcearn übertraf alles, was er sich vorgestellt hatte.

Vor ihnen lag eine weite, halbkreisförmige Lichtung. Und an ihrem gegenüberliegenden Rand lag Ipcearn. Wie Went war auch der Königspalast von Ipcearn ein Kind des Waldes, und doch war er anders, ganz, ganz anders. Die Türme und Zinnen der Waldfestung erhoben sich über einer gigantischen, zwanzig, dreißig Manneslängen über dem Boden angebrachten Plattform, die, obwohl von Dutzenden kräftiger Baumstämme getragen, doch beinahe schwerelos zwischen den Wipfeln Cearns zu schweben schien. Das Bild erinnerte Skar an einen gigantischen Adlerhorst, ein lebendes grünes Gebilde aus Holz und Ranken und Grün und Zinnen und Türmen und kühn geschwungenen Bögen, Fenstern und Toren, Wehrgängen und Brücken. Ipcearn war keine Burg, keine Festung. Nicht Heimat der Könige, sondern selbst König, Herrscher über die schweigende dunkle Heerschar des Waldes, wie seine Bewohner die Menschen Cearns beherrschten.

»Gefällt es dir?« fragte Mergell leise neben ihm.

Skar nickte, ohne den Blick von der phantastischen Erscheinung zu nehmen. Ipcearn mochte sich über ein Oval von vielleicht hundertfünfzig Metern Länge erstrecken, doch es wirkte in diesem Moment auf ihn beeindruckender als die mächtigste Festung, die er je gesehen hatte.

»Ipcearn . . .«, flüsterte er. »Was . . . bedeutet es?«

»In eurer Sprache?« Mergell lächelte. »Hoffnung, Skar. Aber auch Trost, Zuflucht . . . es gibt kein Wort, das seine Bedeutung wirklich erfassen würde.« Er schwieg sekundenlang und gab sich dann einen sichtlichen Ruck. »Komm«, murmelte er. »Wir müssen weiter. Es wird dunkel. Hier in der unmittelbaren Nähe der Festung sind wir zwar sicher, aber ich bin müde von dem langen Ritt, und die Tiere brauchen Ruhe.« Er gab seinem Pferd die Sporen und ritt langsam über die sanft ansteigende Lichtung auf die Waldfestung zu. Skar und die anderen folgten ihm, nunmehr ohne feste Formation, sondern in einer weit auseinandergezogenen Kette.

Auf der untersten Ebene Ipcearns glomm ein greller, weißer Funke auf und erlosch. Mergell hob die Hand und winkte. Der Funke glühte noch einmal auf und erlosch wieder, aber dafür entstand an der von wogenden braunen Schatten eingehüllten Unterseite der Festung Bewegung. Eine Falltür wurde geöffnet, und während sich die Männer Ipcearn näherten, schwebte eine quadratische, von Dutzenden kräftiger Taue gehaltene Plattform hernieder.

Skar stieg steifbeinig aus dem Sattel, betastete sein schmerzendes Kreuz und legte den Kopf in den Nacken. Sie waren unterhalb Ipcearns, und die Festung schien wie ein titanischer fliegender Berg über ihnen am Himmel zu hängen, ein ovaler schwarzer Schatten, unter dem bereits die Nacht hereingebrochen war. Der Boden war hier, wo niemals Sonne und Licht hingelangten, staubig und trocken und erinnerte an die Wüste, die hier vielleicht jahrmillionenlang geherrscht hatte, ehe der Wald von Cearn auf seiner phantastischen Wanderung an diesem Ort vorbeizog.

Mergell deutete mit einer einladenden Kopfbewegung auf die Plattform und trat selbst auf das hölzerne Rechteck, als Skar zögerte. Auch die anderen Männer traten neben ihn, und Skar folgte nach wenigen Sekunden. Die Plattform setzte sich mit leichtem Rucken in Bewegung. Der Boden fiel unter ihnen zurück und versank schließlich im anonymen Grau der Dämmerung. Skar fiel auf, wie still es war. Die Gespräche der Männer waren verstummt, und von oben drang das leise Knarren und Quietschen der Winde, die den Aufzug bewegte, herab. Die Plattform schwebte in gleichmäßigem Tempo höher, näherte sich dem Boden Ipcearns und verschmolz schließlich mit ihm. Ein sanfter Ruck ging durch die hölzernen Balken zu ihren Füßen, als irgendwo unter ihnen eine unsichtbare Halterung einrastete und sie sicherte.

Sie standen in einer weiten, von dämmerigem, rotem Fackelschein erleuchteten Halle, von deren Decke unzählige Taue und Stricke herabhingen. Die Plattform, auf der sie hinaufgekommen waren, war nicht die einzige. Ipcearn war durchaus darauf eingerichtet, mehr Besucher gleichzeitig aufzunehmen – oder hinauszulassen.

Skar sah sich neugierig um. Er hielt vergeblich nach einem Empfangskomitee oder irgendeinem anderen Zeichen menschlichen Lebens Ausschau. Der Raum war – mit Ausnahme von Mergells Gruppe und ihm selbst – vollkommen leer. Die Stricke verschwanden in kleinen runden Löchern unter der Decke, und als er genau hinhörte, glaubte er hoch über seinem Kopf das Geräusch leiser Schritte wahrzunehmen. Offenbar befanden sich die Winden, mit denen die Aufzüge bewegt wurden, dort oben.

Mergell berührte ihn an der Schulter und deutete auf einen bogenförmigen Durchgang am hinteren Ende der Halle. Skar nickte, trat von der Aufzugsplattform herunter und ging zögernd durch den Raum. Sie gingen durch das Tor, einen kurzen, niedrigen Gang entlang, von dem zahlreiche Türen nach rechts und links abzweigten, und anschließend eine ebenso schmale und niedrige Treppe hinauf. Überall in den Wänden gewahrte er schmale, nach oben spitz zulaufende Öffnungen, Schießscharten wahrscheinlich, und Boden und Decke waren mit einem Muster dunkler, regelmäßiger Linien überzogen, als verberge sich hinter ihrem scheinbar massiven Aussehen ein wahres Labyrinth von Falltüren und Klappen. Wer immer versuchen würde, Ipcearn auf diesem Wege zu stürmen, würde einen grausamen Blutzoll bezahlen müssen. Ipcearn mochte in seinem Äußeren an ein Märchenschloß erinnern, aber es war eine nahezu uneinnehmbare Festung.

Mergell geleitete ihn über ein wahres Labyrinth von Treppen und verzweigten Gängen tiefer ins Innere der Burg. Die Gruppe ihrer Begleiter schmolz allmählich dahin, und als Mergell schließlich stehenblieb und mit einer Kopfbewegung auf ein einfaches, hölzernes Tor deutete, war er mit Skar und Chaime allein. »Geh, Skar«, sagte er auffordernd. »Die Könige erwarten dich.«

Skar wandte überrascht den Kopf. »Jetzt gleich?« sagte er.

Mergell lächelte. »Warum nicht?«

»Aber ich dachte …«, murmelte Skar verwirrt. »Wir sind schmutzig und abgerissen von der langen Reise, und …«

»Äußerlichkeiten interessieren uns hier nicht, Skar«, fiel ihm Chaime ins Wort. Es war das erste Mal, daß Skar ihn überhaupt reden hörte. Seine Stimme war dunkler als die Mergells und schien auf unbestimmbare Art mehr Autorität und Ruhe auszustrahlen. »Du kannst dich später säubern und ausruhen. Nun geh.«

Skar zuckte die Achseln und trat langsam auf die Tür zu. Mergell und Chaime blieben zurück, warteten jedoch, bis er den Riegel zurückgeschoben und die Tür halb geöffnet hatte, ehe sie sich umwandten und gingen.

Skar trat langsam in den dahinterliegenden Raum und schob die Tür mit dem Fuß ins Schloß. Das Zimmer war kleiner, als er erwartet hatte, und entbehrte jeglicher königlicher Pracht – ein niedriger, rechteckiger Raum ohne Fenster, dessen gesamte Einrichtung aus einem Tisch und einer Anzahl dreibeiniger Hocker bestand. Eine einzelne Fackel verbreitete flackerndes rotes Licht, und in der Luft lag ein kaum wahrnehmbarer Duft, der ihn an Blumen und frisch gemähtes Gras erinnerte. Auf der gegenüberliegenden Seite gab es eine zweite, durch einen in schweren roten Falten fallenden Vorhang verschlossene Tür.

»Du bist also Skar«, sagte eine Stimme.

Skar fuhr erschrocken herum und gewahrte erst jetzt den Mann, der auf einem Hocker in einer Ecke des Raumes saß.

»Ich . . . bin Skar«, antwortete er überrascht. »Und Ihr . . .«

»Ich bin Seshar, der König von Ipcearn«, antwortete der Mann. Er stand auf, lächelte flüchtig und kam mit gemessenen Schritten auf ihn zu. Er war nur wenig älter als Skar, aber kleiner und von gebeugter Statur. Sein Haar war grau und dünn und ebenso mühsam wie vergeblich so gekämmt, daß es die beginnende Stirnglatze verbergen sollte.

»Einer der Könige«, schränkte er ein, nachdem er vor Skar stehengeblieben war und ihn eine Weile gemustert hatte. »Meine Gemahlin läßt sich entschuldigen, für den Moment. Sie wird dich später begrüßen.« Er deutete einladend auf einen der Stühle. »Setz dich, Skar. Du mußt müde von der anstrengenden Reise sein. Ich hoffe, ihr seid nicht behelligt worden?«

Skar schüttelte den Kopf und ging zögernd hinter Seshar her. Der König ließ sich mit einem leisen Seufzer auf einen der Stühle sinken, stützte die Unterarme auf der Tischplatte auf und legte die

Hände übereinander.

»Du hast dich gut erholt, wie ich sehe«, sagte er. »Und auch deinem Kameraden geht es besser?«

»Er ist gesund«, bestätigte Skar. »Ich danke Euch für Eure Gastfreundschaft und die Hilfe, die Euer Volk . . .«

Seshar blinzelte unwillig und machte eine rasche, ungeduldige Handbewegung. »Morgen«, sagte er, »werden wir dir zu Ehren ein Bankett geben. Dann kannst du dich bedanken, soviel du willst. Im Augenblick haben wir Dringenderes zu besprechen.« Er lächelte, als er den überraschten Ausdruck auf Skars Miene sah. »Es wird dich vielleicht verwundern, wenn ich so direkt und ohne Umschweife zur Sache komme«, fuhr er fort, »doch ich möchte, daß du alle Einzelheiten kennst, ehe du dich entscheidest.«

Skar wollte etwas sagen, aber Seshar schüttelte erneut den Kopf und sprach weiter: »Ich weiß, was wir von dir verlangen, Skar. Und ich kenne auch deine Antwort. Du bist nicht der erste, der den Weg nach Cearn findet.« Er stand auf, sah Skar für die Dauer von drei, vier Herzschlägen durchdringend an und winkte dann mit der Hand. »Komm mit mir, Skar.«

Skar erhob sich und folgte Seshar in den Nebenraum. Das Zimmer war größer als das, in dem sie bisher gewesen waren, und reichhaltiger möbliert. Kisten und schwere, geschnitzte Truhen reihten sich entlang der Wände, und links von der Tür stand ein gewaltiger, ovaler Tisch mit einer safranbraunen Platte und einem grünen, unregelmäßig geformten Aufbau. Seshar deutete darauf und hieß Skar mit einer auffordernden Geste näherzutreten.

Skar warf dem König einen verblüfften Blick zu, als er erkannte, was er vor sich hatte. Es war ein miniaturisiertes, mit unendlicher Geduld angefertigtes Modell Cearns. Das braune Material der Tischplatte stellte die Nonakesh dar, komplett mit der vorgelagerten, ringförmigen Düne, die Cearn wie ein natürlicher Wall vor dem Ansturm der Wüste und des Windes beschützte. Skar trat langsam näher und blickte fasziniert auf das winzige Modell des Waldes. Jeder einzelne Baum, jeder Tümpel und jeder Teich schienen vorhanden zu sein, jeder Fußbreit Boden war mit unendlicher Geduld und Kunstfertigkeit nachgebaut. Es gab ein Modell Wents, in dem er bei genauem Hinsehen sogar die Häuser

Coars und Thorandas wiederzuerkennen glaubte.

»Das ist ... phantastisch«, murmelte Skar.

Seshar nickte. »Aber es ist mehr als ein Spielzeug«, sagte er, Skars Frage vorwegnehmend. »Und ich habe es dir nicht nur gezeigt, um dich zu beeindrucken.« Er trat näher und strich mit der Hand dicht über den Wipfeln des Miniaturwaldes durch die Luft. »Was du hier siehst, Skar«, sagte er, »ist ein Plan. Der Plan unseres Lebens, unserer Vergangenheit und unserer Zukunft. Das Leben unseres Volkes, wenn du so willst. Es hat Jahrtausende gedauert, Cearn in seiner jetzigen Form erstehen zu lassen. Und es liegt in deiner Hand, es zu retten oder zu zerstören.«

»In ... meiner Hand? Wie meint Ihr das?«

Seshar zögerte sichtlich. Sein Blick bohrte sich in Skars Augen, aber es schien, als sehe er etwas ganz, ganz anderes. »Ich habe dich nicht hierhergebeten, um dich zu überreden, in unseren Dienst zu treten, Skar«, sagte er leise.

»Aber Mergell sagte doch ...«

»Ich weiß, was Mergell gesagt hat«, lächelte Seshar. »Doch es gibt Dinge, die ich nicht einmal meine engsten Vertrauten wissen lassen darf – oder denen, die sich dafür halten. Hat man dir die Geschichte unseres Volkes erzählt?«

Skar nickte.

»Du wirst sie nicht geglaubt haben«, vermutete Seshar. »Doch sie stimmt. Cearn ist nicht unsere Heimat. Unser Volk stammt ursprünglich aus einem Land, das sehr, sehr weit im Westen liegt. Weiter, als ihr gewandert seid, um zu uns zu gelangen, vielleicht weiter, als überhaupt ein Mensch zu gehen imstande ist.«

»Ich glaube Eure Geschichte, Seshar«, sagte Skar ruhig. »Ich habe gesehen, wie Ihr den Wald von Cearn pflegt, und ich sah die Dünen und den neuen Wald.« Er deutete auf die kaum fingerbreite Mulde, die den westlichen Rand von Cearn wie ein nach vorne gerichteter Keil einfaßte. »Aber wenn ich es nicht mit eigenen Augen gesehen hätte ... es ist unglaublich.«

»Vielleicht«, bestätigte Seshar. »Doch es war der einzige Weg für unser Volk, zu überleben. Wir wurden in die Nonakesh getrieben, und die einzige Möglichkeit zu überleben war die, das Unmögliche möglich zu machen.«

SCHABERICH 1/83

»Aber warum?« fragte Skar. »Warum dieses ungeheure Vorhaben? Warum habt Ihr Euch nicht damit zufriedengegeben, in Cearn zu leben und –?«

»Weil wir es nicht können«, sagte Seshar. »Du machst dir ein falsches Bild von uns, Skar. Du hältst uns für friedlich, für ein Volk von Gärtnern und Blumenzüchtern, aber das sind wir nicht. In jedem einzelnen von uns brennt das Feuer der Rache. Nur der Gedanke, eines Tages die fruchtbaren Ebenen Urcs zurückzuerobern, gab uns die Kraft, die Wüste zu besiegen und diesen Wald zu erschaffen. Cearn war nicht immer so groß wie heute. Als wir unsere Wanderung begannen, war es nicht mehr als eine kümmerliche Oase, ein winziger Fleck fruchtbarer Erde, durch eine Laune der Natur inmitten der tödlichen Wüste erhalten geblieben. Kannst du dir vorstellen, Skar, welche Kraft, welch unbeugsamer Wille unser Volk beseelt haben muß, dies alles zu erschaffen und zu erhalten?«

Skar nickte stumm. Der Gedanke betäubte ihn fast. Er blickte auf den Tisch mit dem Modell – dem Plan – Cearns herab, und für einen winzigen Moment stieg eine Vision in ihm empor, wie es gewesen sein mußte, damals. Ein Volk, vertrieben und gejagt, die Handvoll Überlebender, die der Verfolgung eines grausamen Feindes entronnen war und die tödliche Hitze der Wüste überstanden hatte. Irgendwann, nach Tagen oder vielleicht Wochen einer Wanderung, auf der die meisten von ihnen einen grausamen Tod gestorben waren, hatten sie eine Oase gefunden. Und sie hatten Cearn geschaffen, vielleicht das größte Wunder, das es auf ganz Enwor gab. »Ja«, sagte er leise. »Ich glaube, ich weiß, was Ihr mir sagen wollt ...«

»Ich habe dich hierhergebeten, um dich um deine Hilfe zu bitten«, fuhr Seshar fort, »doch auf eine andere Art, als du vielleicht denkst. Wir möchten, daß du gehst. Du und dein Freund.«

Skar war für einen Moment wie vor den Kopf geschlagen. »Ihr wollt«, stammelte er, »daß ... daß wir ...?«

»Natürlich nicht sofort«, sagte Seshar sanft. »Ihr könnt bleiben, bis ihr euch kräftig genug fühlt, der Nonakesh ein zweites Mal die Stirn bieten zu können, egal, wie lange es dauert. Ich kann deine Verwirrung nachfühlen, Skar. Mergell kam mit der Bitte zu dir, dich in unseren Dienst zu stellen, und nun stehe ich hier und bitte dich um gerade das Gegenteil. Doch du wirst verstehen, warum, wenn ich meine Geschichte zu Ende erzählt habe.«

»Ich begreife nur nicht, warum Ihr mich erst . . .«

»Geduld, Skar«, bat Sehsar. »Meine Gemahlin und ich mögen die Könige dieses Landes sein, doch wir sind nicht seine unumschränkten Herrscher.«

»Das . . . verstehe ich nicht«, gestand Skar.

Seshar lächelte. Er wandte sich um, ging zu einem Schrank und nahm einen Tonkrug und zwei einfache Becher hervor. »Setz dich, Skar, und trink einen Becher Wein mit mir.«

Skar warf einen letzten Blick auf das Modell neben sich und setzte sich dann zögernd in Bewegung. Seshar schenkte die beiden Becher voll, nahm selbst einen kleinen Schluck und wartete, bis Skar seiner Bitte gefolgt war und Platz genommen hatte. »Ich habe lange überlegt, ob ich dir die Wahrheit sagen soll, doch ich glaube, du bist kein Mann, den man auf Dauer belügen kann. Du und Del, ihr seid nicht die ersten, die den Weg zu uns gefunden haben.«

»Ich weiß«, nickte Skar. »Was geschah mit den anderen?«

»Sie starben«, antwortete Seshar ruhig. »Manche überlebten die Entbehrungen nicht, die sie auf dem Weg hierher überstehen mußten. Andere wieder gingen nach kurzer Zeit, um den Rückweg zu suchen. Keiner von ihnen fand ihn. Und wieder andere wurden getötet, von mir oder denen, die vor mir die Verantwortung für Cearn innehatten.«

Seine Stimme war zu einem leisen Flüstern herabgesunken, während er sprach, und obwohl er in entspannter Haltung neben Skar saß und scheinbar desinteressiert mit seinem Becher spielte, lag auf seinen Zügen ein lauernder, angespannter Ausdruck. Aber seine Worte überraschten Skar kaum noch. Er hatte gewußt, daß ihn auf Ipcearn eine Überraschung erwarten würde.

»Warum?« fragte er ruhig.

»Warum«, wiederholte Seshar nachdenklich. »Die Antwort auf diese Frage ist auch die Antwort auf die Frage, weshalb ich dich rufen ließ, Skar. Ich glaube, ich kann dir vertrauen, und ich will ehrlich zu dir sein. Du hast viel für unser Volk getan, und du hast es verdient, die Wahrheit zu wissen. Vielleicht hilft sie dir bei deiner Entscheidung. Nicht alle, die den Weg zu uns fanden, kamen in Frieden. Manche kamen, um zu stehlen, doch sie mußten bald erkennen, daß es bei uns nicht viel zu holen gibt. Cearn ist ein armes Land, was materielle Güter angeht. Aber andere kamen, um zu herrschen. Cearn ist klein, und einem Mann wie dir mag es durchaus gelingen, die Macht an sich zu reißen. Unser Volk ist leicht zu beeinflussen, Skar. Wir sind isoliert, und unsere Unkenntnis von der Welt und dem, was in ihr vorgeht, macht uns verwundbar.«

»Wenn das Eure Sorge ist, kann ich Euch beruhigen«, sagte Skar. »Ich habe nie nach irgendwelcher Macht gestrebt. Sie ist es nicht wert.«

»Das stimmt«, sagte Seshar. »Macht bedeutet Verantwortung und Last, zumindest hier bei uns. Aber ich glaube auch nicht, daß du zu jenen Männern gehörst. Meine Sorge ist eine andere. Du hast, als du Cearn betreten hast, etwas getan, über dessen Folgen du dir vielleicht bis jetzt noch nicht im klaren bist.«

»Die Hoger?«

Seshar nickte und stellte seinen Becher ab. Skar fiel auf, daß seine Finger mit kleinen, nervösen Bewegungen über seinen Rand fuhren.

»Unser Volk lebt von der Erinnerung«, sagte Seshar. »Der Erinnerung, der Hoffnung und den Legenden. Und ihr seid eine Legende.« Er lächelte wehmütig, hob den Kopf und sah eine Zeitlang schweigend aus dem Fenster. Über den Wipfeln von Cearn war Dunkelheit hereingebrochen, und gleich den finsteren Schatten schienen auch Kälte und ein Gefühl der Beklemmung in den Raum zu kriechen. »Das Volk von Cearn konnte nicht überleben, ohne Zuflucht zu Mythen, zu Legenden zu nehmen, Skar. Und eine dieser Legenden besagt, daß irgendwann ein mächtiger Held aus dem Nichts auftauchen und unser Volk in die Heimat zurückführen wird. Der *Beh'ent.*« Er stockte, als er das nachdenkliche Lächeln auf Skars Zügen entdeckte. »Du findest es dumm und naiv, nicht?«

Skar schüttelte den Kopf. »Nein. Es ist nur logisch. Ich mußte nur daran denken, daß Del gestern beinah die gleichen Worte wie

Ihr benutzte. Auch er warnte mich, mich nicht in eine Rolle hineindrängen zu lassen, der ich nicht gewachsen bin.«

»Ich fürchte, daß dies bereits geschehen ist, Skar«, sagte Seshar nach kurzem Zögern. »Die Menschen in Went glauben, daß mit dir der lang erwartete Befreier gekommen ist. Der Mann, der sie zurück nach Urcôun führen wird.«

»Aber das bin ich nicht!« widersprach Skar. »Del und ich sind nichts weiter als zwei Satai, die durch eine Laune des Zufalls den Weg zu Euch gefunden haben.«

»Gegen Legenden«, murmelte Seshar mit einem milden, verzeihenden Lächeln, »kämpfen selbst Könige vergebens. Du magst dich wundern, daß ich Mergell mit der Bitte um Hilfe zu dir sandte und nun das genaue Gegenteil von dir verlange, doch ich hatte keine andere Wahl. Wenn es einen Mann gibt, der den Menschen in Went und Ipcearn sagen kann, daß er nicht der ist, den sie in ihm sehen, so bist du es selbst. Aber du mußt behutsam vorgehen, Skar. Unser Volk lebt von der Hoffnung. Ohne sie müßte es zugrunde gehen. Nimm sie ihm nicht. Du würdest es vernichten.«

Skar schwieg betreten. Er wußte nicht, was er erwartet hatte, als er Seshar gegenübertrat - Hochmut und Überheblichkeit, vielleicht auch einen Herrscher, der mit strenger Güte regierte -, aber kaum einen traurigen alten Mann, der ihn um Hilfe bat, ihn beinahe anflehte. Seshars Worte hatten ihn tief erschüttert, mehr, als er zugeben wollte. Plötzlich glaubte er zu spüren, wie schwer die Last war, die Seshar tragen mußte. Cearn war kein gewöhnliches Königreich, und die Veranwortung, die er trug, war nicht die eines gewöhnlichen Königs. Auf seinen Schultern lastete mehr als das Schicksal eines Volkes; er mußte sich weniger um Politik als um die Seelen seiner Untertanen sorgen, Tag für Tag, Jahr für Jahr. Bei ihm - nur bei ihm - lag die Aufgabe, seinem Volk immer wieder neuen Mut zu vermitteln, ihm zu helfen, an einem Werk zu arbeiten, dessen Erfüllung weder sie noch ihre Kinder oder Kindeskinder jemals erleben würden.

»Du möchtest also, daß ich Mergells Ansinnen abschlage«, sagte er.

Seshar nickte. »Ja. Vielleicht hättest du auch ohne meine Bitte so entschieden, doch ich will, daß du weißt, was von deiner Entscheidung abhängt. Bernec und seine Anhänger glauben, nicht mehr länger warten zu können. Vielleicht haben sie recht, Skar. Vielleicht können sie Urcôun erreichen, und vielleicht würde es ihnen gelingen, es zurückzuerobern. Vielleicht.«

»Ihr wißt es nicht?« fragte Skar.

Erneut blickte Seshar lange und schweigend aus dem Fenster, ehe er antwortete, und erneut hatte Skar das Gefühl, daß seine Worte weniger Erklärung, sondern vielmehr Bitte waren. »Ihr habt die Wüste kennengelernt«, sagte er. »Ihr wißt, wie grausam sie ist. Wir haben Patrouillen nach Westen geschickt, immer und immer wieder, doch keine von ihnen hat jemals Urc erreicht.«

Seshar zögerte einen Moment, und Skar hob seinen Becher und trank mit langsamen, ruhigen Schlucken. Er war sich der Tatsache bewußt, daß Seshar ihm viel anvertraute, vielleicht mehr als gut war. Und trotzdem spürte er, daß er ihm noch nicht die ganze Wahrheit gesagt hatte.

»Vielleicht würden sie Urc finden und den Kampf gegen die Invasoren gewinnen«, fuhr Seshar nach einer endlos anmutenden Pause fort. »Aber dieses Vielleicht ist mir nicht sicher genug, Skar. Unser Volk hat jahrtausendelang gehofft und gekämpft, zu lange, um alles aufs Spiel zu setzen. Vielleicht würden sie Urcôun finden, aber vielleicht auch nicht. Es wird von Generation zu Generation schwerer, unseren Kindern neue Hoffnung zu geben. Wenn Bernec sein Vorhaben verwirklichen könnte und wenn er dann versagen würde, würde es mehr als ein paar hundert Menschenleben kosten, Skar. Es würde das Ende unserer Hoffnungen bedeuten. Das Ende Cearns.«

»Und welche Rolle spielen Del und ich dabei?« fragte Skar.

Seshar lächelte traurig. »Eine größere, als uns beiden recht sein kann, Skar. *Dir* obliegt es, den Menschen Cearns zu sagen, daß du nicht der lang erwartete Befreier bist. Ich kann dir nicht dabei helfen.«

Stille legte sich über den Raum; eine Stille, die etwas ungemein Bedrückendes mit sich zu bringen schien. Das also war das Geheimnis Cearns, beinahe enttäuschend auf der einen Seite, aber auch beklemmend und furchteinflößend. Ohne daß er irgend etwas Besonderes getan oder auch nur etwas davon gemerkt hätte, war ihm die Verantwortung für das Schicksal eines ganzen Volkes zugefallen. Seshar hatte recht – er konnte ihm nicht helfen, so gerne er es gewollt hätte. Er und Del waren von einem Tag auf den anderen zu Göttern geworden. Aber es war nicht leicht, ein Gott zu sein.

Er nippte erneut an seinem Wein und drehte den Becher unschlüssig in den Händen, froh, etwas zu haben, an dem er sich festhalten konnte. »Wenn Bernec wirklich der führende Mann der . . . ›Ungeduldigen‹ ist«, sagte er betont, »warum bittet Ihr ihn dann nicht zu Euch und erklärt ihm alles. Er ist vielleicht jung und aufbrausend, aber ich glaube, daß er vernünftig genug ist, Euch zuzustimmen.«

»Sicher«, sagte Seshar. »Doch es wäre sinnlos, Skar. Ein neuer Bernec würde heranwachsen, und die Probleme wären die gleichen. Auch ich war einst jung, auch wenn es schon lange her ist, und ich kann gut verstehen, was in Bernec und seinen Freunden vorgeht. Auch ich habe einmal zu denen gehört, die nicht länger warten wollten, und wäre ich nicht zufällig als Sohn eines Königs aufgewachsen, wäre ich vielleicht selbst zu einem zornigen jungen Mann wie Bernec geworden. Vielleicht«, fuhr er mit veränderter Betonung fort, »ist es ein Privileg der Jugend, ungeduldig zu sein, und vielleicht ist es an jedem anderen Ort wichtig und sogar notwendig, daß die Jugend sich gegen Bestehendes auflehnt. Aber so, wie die übrige Welt von der Veränderung lebt, so lebt Cearn von der Ruhe. Verändere dieses System, Skar, und du vernichtest es.«

Am nächsten Morgen wurde er noch vor Sonnenaufgang von einem Diener geweckt. Er war nicht mehr lange bei Seshar geblieben. Der scharfe Ritt hatte ihn mehr ermüdet, als er anfangs geglaubt hatte, und nachdem die Spannung nach und nach von ihm abgefallen war, war er rasch müde geworden. Seshar hatte ihm angeboten, zusammen mit ihm zu Abend zu essen, doch Skar hatte abgelehnt und statt dessen darum gebeten, auf sein Zimmer geführt zu werden. Seshar mußte gespürt haben, daß Skars Müdigkeit nicht mehr als ein vorgeschobener Grund war und er in Wirklichkeit nur allein sein wollte, um über das Gehörte nachzudenken, aber er hatte seinen Wunsch akzeptiert und ihn von einem Diener in den westlichen Teil der Festung geleiten lassen. Skar hatte lange wach gelegen und keinen Schlaf gefunden, und seine Gedanken waren immer und immer wieder um die gleichen Fragen gekreist, ohne einer Lösung auch nur nahe zu kommen. Seshars Worte, das war ihm trotz aller Freundlichkeit und der offenen Art, in der der König mit ihm geredet hatte, zweifelsfrei klar, waren mehr als nur Erklärung oder Bitte gewesen. Er hatte ihn auch wissen lassen, daß er ihn töten würde, wenn kein anderer Ausweg blieb. Und Skar nahm ihm diese kaum verhüllte Drohung noch nicht einmal übel. Ihm blieb keine andere Wahl, und wenn er den Befehl geben würde, die beiden Fremden, die das Gleichgewicht Cearns störten, zu töten, dann nicht aus Bosheit, sondern weil er es mußte.

Er stand auf, wusch sich gründlich und wollte gewohnheitsmäßig nach seinen Kleidern greifen, die er neben dem Bett zu Boden geworfen hatte. Sie waren nicht mehr da. Statt dessen entdeckte er, sauber zusammengefaltet über einem Stuhl direkt neben der Tür, knielange braune Hosen, wie sie in Went getragen wurden, Stiefel und eine offene Bluse, dazu einen dunkelroten, prachtvoll bestickten Umhang. Einzig Harnisch und Waffengurt waren von seinen eigenen Kleidern übriggeblieben. Für einen winzigen Moment war er verärgert, dann zuckte er resignierend die Achseln und begann sich anzuziehen. Er konnte wohl kaum in den Lumpen, die er bisher getragen hatte, vor einen König treten. Sekundenlang betrachtete er sich kritisch in dem polierten Metallschild, das als Spiegel von der Wand hing, strich dann glättend über den Stoff des Umhanges und lächelte zufrieden. Obwohl die Kleider für seinen Geschmack ein wenig zu geckenhaft und herausgeputzt wirkten, war er doch zum ersten Mal seit Wochen wieder wie ein Mensch gekleidet, nicht wie ein Bettler. Und fast als hätte diese äußerliche Veränderung auch seinem Körper spürbar gutgetan, fühlte er sich frisch und kräftig wie schon lange nicht mehr. Erging ein paar Schritte im Raum auf und ab, machte ein paar vorsichtige Kniebeugen und zog dann rasch mehrmals hintereinander das Schwert aus der Scheide. Die Waffe fühlte sich vertraut und gut in seiner Hand an, und für einen Moment juckte es ihm in den Fingern, einfach hinauszustürmen und einen Soldaten zu einem freundschaftlichen Kampf herauszufordern.

Der Gedanke ließ ihn lächeln.

Nein. Cearn war kein Land für ihn. Es wurde Zeit, daß sie hier wegkamen.

Ein zaghaftes Klopfen an der Tür ließ ihn zusammenfahren und hastig die Waffe zurückstecken. Er ordnete eilig seine Kleider, strich sich mit der Hand über das Haar und öffnete die Tür.

Auf dem Gang stand Mergell. Er hob die Augenbraue, als er Skars Aufmachung sah, trat zurück und machte eine einladende Handbewegung. »Die Könige wünschen dich zu sprechen, Skar«, sagte er. »Wenn du bereit bist, heißt das.«

Skar trat auf den Gang hinaus und ging provozierend langsam in die Richtung, die Mergell ihm gewiesen hatte. Ipcearn war jetzt nicht mehr so ruhig wie am vorigen Abend. Schritte und die Geräusche murmelnder Stimmen hallten über den Gang, und mehr als einmal begegneten sie Gruppen eilig dahinhastender Diener oder Soldaten, die respektvoll vor ihnen zur Seite wichen und dem sonderbaren Fremden teils bewundernde, teils mißtrauische und fast feindselige Blicke hinterherwarfen.

Sie gingen nicht in den gleichen Raum wie am vergangenen Abend. Mergell führte ihn weiter hinauf bis zur obersten Ebene Ipcearns. Je weiter sie über Treppen und sanft ansteigende Rampen hinaufstiegen, desto mehr Menschen begegneten ihnen, Edelleute und ranghohe Offiziere, ihren Uniformen nach zu schließen, und die Blicke, die Skar trafen, wurden zunehmend forschender und taxierender. Skar bemühte sich, möglichst kühl und unbeteiligt zu wirken, aber er begann sich mit jedem Schritt weniger wohl zu fühlen. Der Seshar, der ihn heute erwarten würde, würde nicht der gleiche wie gestern sein. Heute würde er dem Herrscher Ipcearns gegenübertreten, einem Mann, der seine wahren Gedanken und Gefühle über Jahrzehnte hinweg zu verbergen gelernt hatte.

Sie traten auf die oberste Etage Ipcearns hinaus, gingen einen kurzen, offenen Wehrgang entlang und betraten schließlich einen halbrunden, hölzernen Turm, der selbst die höchsten Wipfel des Waldes um mehr als zehn Manneslängen überragte. Hinter dem niedrigen Eingang lag ein halbrunder, mit kostbaren Teppichen und Läufern ausgelegter Raum. An den Wänden hingen Bilder und schwere, in Stein gemeißelte Reliefarbeiten, die mit massiven Ketten an den Deckenbalken verankert waren. In der Mitte des Raumes stand ein schwarzer, steinerner Tisch, der wie eine vergrößerte Ausgabe des Tisches aussah, den er schon in Logars Haus gesehen hatte. Rings um die polierte schwarze Platte gruppierte sich ein gutes Dutzend geschnitzter Stühle, auf denen eine Anzahl ernst dreinblickender, in Uniformen und metallene Rüstungen gekleideter Männer saßen. Seshar selbst thronte am Kopfende der Tafel. Neben ihm saß eine grauhaarige, vollständig in Weiß gekleidete Frau – seine Gemahlin Ylara. Skar hatte sie bisher nicht kennengelernt, aber Mergell hatte ihm auf dem Weg hierher erklärt, daß König und Königin sich die Macht über Went zu gleichen Hälften teilten. Skar hoffte inständig, daß Ylara über die Zukunft ihres Volkes ebenso dachte wie ihr Gatte. Er warf Seshar einen raschen, fragenden Blick zu, doch das Gesicht des Königs blieb unbewegt und starr.

Mergell schloß die Tür hinter ihm, eilte mit raschen Schritten zum Tisch hinüber und nahm auf dem einzigen verbliebenen freien Stuhl Platz. Für Skar gab es keine Sitzgelegenheit. Offensichtlich hatte er als Besucher zu stehen.

Seshar winkte Skar auffordernd mit der Hand, näherzutreten. »Willkommen, Satai Skar«, sagte er förmlich. »Ich hoffe, du hast dich gut erholt. Ipcearn ist stets für jeden Gast geöffnet, doch wir haben nicht oft Gelegenheit, Fremde zu bewirten.«

Skar nickte ebenso kühl, wie Seshars Worte gewesen waren. »Ich bin zufrieden, Majestät«, sagte er.

Seshar lächelte flüchtig und wurde sofort wieder ernst. »Nun, da wir dem Protokoll Genüge getan haben, können wir vielleicht gleich zum eigentlichen Anlaß deines Besuches kommen, Satai Skar. Die Männer, die du hier versammelt siehst, sind die höchsten Würdenträger Cearns. Die Männer, die uns zur Seite stehen, um die Geschicke dieses Landes zu leiten.« Er stand auf, deutete nacheinander auf das Dutzend Männer rechts und links des Tisches und nannte ihre Namen. Skar rang sich ein halbherziges Lächeln ab und nickte den Würdenträgern der Reihe nach zu. Aber er machte sich nicht einmal die Mühe, sich ihre Namen zu merken. Er würde kaum lange genug auf Ipcearn bleiben, um mit irgendeinem von ihnen zu reden. Wenn alles so verlief, wie er es sich vorgestellt hatte, dann würde er das Schloß spätestens am nächsten Morgen verlassen; vielleicht schon heute.

»Du weißt, warum ich dich rufen ließ«, begann Seshar, nachdem er die Vorstellung beendet hatte. »Ich habe dir bereits gestern abend unser Angebot – unsere Bitte – unterbreitet, doch ich ließ dir absichtlich Zeit bis heute, über deine Antwort nachzudenken. Hast du es getan?«

»Ja, Seshar«, sagte Skar ruhig. »Das habe ich.«

Eine spürbare Welle der Spannung schien durch den Raum zu laufen. Es war mit einem Male so still, daß er das dumpfe Pochen seines eigenen Herzens zu hören glaubte.

»Wie lautet deine Antwort?« fragte Seshar. »Willst du bei uns bleiben und uns helfen, ein Volk von Kriegern zu werden?«

Erneut versuchte Skar, auf Seshars Miene irgendein Zeichen seiner Gefühle zu entdecken, doch das Antlitz des alten Königs wirkte in diesem Moment wie aus Stein gemeißelt.

»Das will ich«, sagte Skar.

Jemand keuchte. Seshars Lippen zuckten überrascht, und seine Hände umklammerten die Lehnen seines Stuhles für einen Moment so fest, als wolle er sie zerbrechen. Mergell fuhr halb von seinem Sitz hoch und sank mit einem überraschten Laut wieder zurück, und der Ausdruck auf den Gesichtern der anderen wandelte sich von einem Moment zum nächsten von Mißtrauen und Abneigung in Bestürzung und Schreck.

»Du ... willst bleiben?« fragte Seshar stockend.

Skar nickte. »Ja. Ich weiß, daß ich gestern anders geredet habe, doch das war vor meiner Unterhaltung mit Euch. Ich habe mir ein falsches Bild von Eurem Volk gemacht, König. Ein Fehler, den ich zu entschuldigen bitte.« Er stockte für einen Moment und sprach dann mit leicht veränderter Stimme weiter. Nicht lauter, aber mit einem kaum merklichen Unterton und mühsam zurückgehaltener Verachtung, eine Art zu sprechen, die der Mergells sehr nahekam. »Ich hielt Euer Volk für ein Volk von Bauern und Blumengärtnern«, wiederholte er Seshars Formulierung vom Vortage, »doch ich habe mich getäuscht. Was Ihr geleistet habt, ist einmalig in der Geschichte Enwors. Ein Volk, das es unter diesen Bedingungen geschafft hat, zu überleben und zu wachsen, kann nicht schwach sein. Und doch seid Ihr Narren zu glauben, mit einem übermächtigen Feind wie dem, der Euch aus Eurer Heimat vertrieben hat, fertig werden zu können. Ihr mögt tapfer sein, doch ich habe gesehen, wie Ihr kämpft. Selbst ein Kind aus meiner Heimat würde Eure besten Krieger besiegen können.«

»Hüte deine Zunge, Skar«, knurrte Mergell drohend. »Du sprichst mit unserem König.«

Seshar schüttelte den Kopf. »Laß ihn, Mergell. Er hat recht.« Er seufzte, blickte einen Moment zu Boden und legte dann langsam, als bereite ihm die Bewegung unendliche Mühe, den Kopf in den Nacken. »Sprich weiter, Skar«, sagte er mühsam. Trotz seiner ungeheuren Selbstbeherrschung gelang es ihm nicht mehr ganz, seine Enttäuschung zu verbergen.

»Es lag nicht in meiner Absicht, Euch zu beleidigen, Hoheit«, fuhr Skar spöttisch fort. »Doch allein die Tatsache meines Hierseins beweist, daß Ihr ebensogut wie ich wißt, daß ich recht habe. Ihr seid kein Volk von Kriegern und werdet es niemals werden. Ihr lebt in einer Welt ohne Feinde und Herausforderungen, und nur wer gezwungen ist, um sein Überleben zu kämpfen, wird wirklich stark. Wir werden bleiben, und wir werden in wenigen Jahren ein Volk von Kriegern aus euch machen, wenn dies wirklich Euer Wunsch ist. Wenigstens«, fügte er mit einem abfälligen Lächeln hinzu, »werden wir es versuchen.«

»Du . . . weißt, wie schwer die Aufgabe ist, der du dich stellst«, sagte Seshar stockend.

Skar nickte. »Ich bin ein Satai, König, und Eure Worte sagen mir, wie wenig Ihr doch über uns wißt. Kein Krieger Enwors kann es mit einem Satai aufnehmen.«

»Wenn du wirklich so stark bist, wie du tust, Skar«, murmelte Mergell, »dann beweise es.«

Skar lachte leise. »Das wird nicht nötig sein, Mergell. Ihr werdet es früh genug erfahren. Wenn du willst, kannst du mein erster Schüler sein.«

Mergell wollte auffahren, doch Seshar brachte ihn mit einer raschen Handbewegung zur Ruhe. »Wir sind nicht hier zusammengekommen, um zu streiten«, sagte er streng. »Wie wird dein Kamerad zu deiner Entscheidung stehen?«

Skar zuckte die Achseln. »Del ist mein Schüler. Er wird tun, was ich ihm befehle. So wie alle meine Schüler. Das ist eine meiner Bedingungen, wenn ich die Aufgabe annehme. Ich verlange Gehorsam. Absoluten Gehorsam. Ich habe in den letzten Tagen viel von Eurem Volk gesehen. Das erste, was Ihr lernen müßt, ist Disziplin.«

Mergells Selbstbeherrschung schien nun vollends erschöpft zu sein. Er sprang so heftig auf, daß sein Stuhl rücklings umkippte, trat mit einem raschen Schritt auf Skar zu und legte die Hand auf den Schwertgriff. »Ich glaube, ich muß dir zuerst einmal Benehmen beibringen, Barbar!« zischte er.

»Mergell!« Seshar sprang ebenfalls auf, aber Skar hielt ihn mit einem raschen Kopfschütteln zurück.

»Laßt ihn, Seshar«, sagte er kühl. »Vielleicht ist es am besten, wenn ich ihm jetzt gleich seine Grenzen zeige.«

»Mergell ist einer unserer besten Krieger«, warnte Seshar.

»Um so besser.« Skar grinste provozierend, verschränkte die Arme vor der Brust und baute sich breitbeinig vor Mergell auf. »Dann nehmt diesen Kampf gleich als Demonstration. Hinterher könnt Ihr Euch entscheiden, ob Ihr mich wirklich wollt.«

Mergell keuchte wütend, sprang mit einem Satz auf Skar los und riß seine Waffe hervor. Skar duckte sich blitzschnell zur Seite weg, umklammerte Mergells Handgelenk und verbog es. Mergell schrie vor Schmerz auf und ließ die Waffe fallen.

»Willst du wirklich mit dem Schwert kämpfen?« fragte Skar ruhig. Er verbog Mergells Hand noch ein wenig mehr und versetzte ihm einen Stoß, der ihn gegen den Tisch taumeln und auf die Knie sinken ließ.

»Hund!« kreischte Mergell. »Dafür stirbst du!« Er fuhr hoch, bückte sich nach seiner Waffe und ging gleich darauf stöhnend zu

Boden, als Skars Fuß ihn mit der Gewalt eines Hammerschlages in die Seite traf. Diesmal dauerte es Sekunden, bis er wieder auf die Füße kam.

Skar deutete mit einem spöttischen Lächeln auf den Säbel, der zwischen ihnen auf dem Boden lag. »Heb ihn auf«, sagte er, »wenn du dich nicht traust, unbewaffnet gegen mich anzutreten.« Er wich einen Schritt zurück, löste seinen Waffengurt und warf ihn mit einer beiläufigen Bewegung von sich. »Ich brauche kein Schwert«, sagte er.

Mergells Gesicht verzerrte sich vor Haß. »Wenn du es so willst«, flüsterte er mit bebender Stimme. »Aber verlange keine Gnade von mir, Skar. Du hast mich gefordert, nicht ich dich!« Er duckte sich, stieß einen krächzenden Schrei aus und kam mit weit ausgebreiteten Armen auf Skar zugestürmt.

Skar wartete, bis er dicht vor ihm war, federte aus dem Stand hoch und setzte mit einem eleganten Salto über Mergell hinweg. Sein Ellbogen stieß zurück und landete mit grausamer Wucht in Mergells Rücken. Mergell schrie auf, krümmte sich und stürzte auf die Knie. Skar riß ihn mit einer brutalen Bewegung hoch, schlug ihm drei-, viermal hintereiander die flache Hand ins Gesicht und versetzte ihm einen Faustsstoß vor die Brust, der ihn meterweit zurücktaumeln ließ. Sein Fuß kam hoch, beschrieb einen blitzschnellen Halbkreis und krachte gegen Mergells Brust. Mergell brüllte, diesmal nicht vor Zorn, sondern vor Schmerz. Er taumelte gegen die Wand, rang keuchend nach Atem und riß in einer instinktiven Bewegung die Arme hoch, als Skar mit einem gellenden Kampfschrei nachsetzte. Skars Faust durchbrach seine Dekkung und traf seine Schläfe. Mergells Kopf flog mit dumpfem Krachen gegen die Wand. Er stöhnte. Seine Augen wurden glasig. Skar packte ihn beim Kragen, riß ihn von der Wand zurück und versuchte ihm die Arme auf den Rücken zu drehen.

Aber diesmal war Mergell schneller. Er bäumte sich auf, entschlüpfte Skar mit überraschender Gewandtheit und duckte sich unter einem nachgesetzten Fausthieb weg. Seine Faust zuckte hoch und traf Skar in den Magen. Skar stöhnte, taumelte einen halben Schritt zurück und fing einen zweiten wütenden Hieb mit dem Unterarm ab. Mergell knurrte wie ein verwundetes Tier, warf sich mit weit ausgebreiteten Armen auf ihn und trieb ihn allein durch die ungestüme Wucht seines Angriffes zurück. Seine Finger tasteten nach Skars Hand und suchten die Schlagader.

»Idiot!« zischte Skar so leise, daß nur Mergell das Wort verstehen konnte. »Kämpf endlich richtig! Schlag zu!« Er sprenge Mergells Griff mit einer wütenden Bewegung, trat ihm die Beine unter dem Leib weg und warf sich auf ihn, als er zu Boden stürzte. Seine Handkante krachte gegen Mergells Hals und lähmte ihn für Sekunden. Er rollte herum, riß den schlaffen Körper vom Boden hoch und schmetterte ihn wuchtig vor die Wand. Mergell stöhnte gequält. Skar setzte blitzschnell nach und fing ihn auf, ehe er erneut zu Boden stürzen konnte. Er preßte ihn gegen die Wand, griff mit einer Hand nach seinem Hals und versuchte ihn mit der anderen zu stützen, ohne daß einer der anderen es bemerkte.

»Wehr dich endlich!« flüsterte er gehetzt. »Ich kann dieses Theater nicht ewig spielen, ohne daß sie es merken!«

Ein Ausdruck unendlicher Verblüffung trat in Mergells Augen. Seine Hände kamen in einer schwächlichen Abwehr hoch und tasteten ziellos über Skars Gesicht. Skar knurrte wütend, wich zurück und hackte mit der Handkante nach Mergells Hals. Mergell wehrte den Hieb kraftlos ab und tauchte zur Seite weg. Er wankte und schien kaum mehr kräftig genug, sich auf den Füßen zu halten. Skar setzte ihm nach, packte ihn und warf ihn noch einmal vor die Wand. Mergell schrie auf, brach in die Knie und ließ sich vornüberfallen. Seine Arme schlangen sich um Skars Fußgelenke und rissen ihn aus dem Gleichgewicht. Skar keuchte überrascht, kämpfte einen Herzschlag lang mit wild rudernden Armen um seine Balance und fiel schwer auf den Rücken. Sekundenlang blieb er benommen liegen, dann rollte er sich zur Seite, stemmte sich auf Hände und Knie hoch und stand schwankend auf.

Mergell kam im gleichen Augenblick auf die Füße wie er. Er keuchte. Aus seiner Nase lief Blut über Gesicht und Kinn, und auf seiner Stirn prangte eine dunkel unterlaufene Beule. Er täuschte mit der Faust an, ließ sich dann zur Seite kippen und trat Skar wuchtig in den Leib. Skar schrie auf und wankte zurück. Zwei, drei Fausthiebe trafen ihn an Brust und Kopf, dann versetzte Mergell ihm einen wütenden Stoß und sprang mit einem verzweifelten

Satz nach seiner Waffe. Er kam mit einer Rolle wieder auf die Füße, schwang seinen Säbel und drang mit einem gellenden Schrei auf seinen vermeintlich wehrlosen Gegner ein.

Skar sprang zurück, als Mergells Säbel niedersauste. Die Klinge schnitt mit häßlichem Geräusch dicht vor seinem Gesicht durch die Luft und hackte in den Boden. Skar trat Mergell in die Kniekehlen, flankte zur Seite und riß seinen Waffengurt vom Boden hoch. Das *Tschekal* schien ihm regelrecht in die Hand zu springen. Er warf Mergell die leere Scheide ins Gesicht, parierte einen Säbelhieb und setzte mit einem wütenden Schrei nach. Ihre Waffen krachten aufeinander und rutschten funkensprühend ab. Mergell wurde von der Wucht des Hiebes zurückgetrieben und prallte gegen den Tisch. Aber er erwies sich als hervorragender Fechter. Immer wieder zuckte sein Säbel hoch und parierte Skars Schläge, und Skar mußte mehr als nur einmal zur Seite springen oder sich blitzschnell ducken, um nicht von der dünnen, gekrümmten Klinge verletzt oder getötet zu werden. Seine Arme begannen allmählich zu erlahmen, aber auch Mergell schien die Wirkung seiner mit brutaler Kraft geführten Hiebe zu spüren. Er schwankte, und seine Konter und Finten waren längst nicht mehr so elegant wie zu Beginn des ungleichen Kampfes. Schließlich endete der Kampf so abrupt, wie er begonnen hatte. Skar holte zu einem mächtigen, beidhändig geführten Schlag aus und sprang vor, aber Mergell verzichtete auf eine Abwehr und duckte sich statt dessen blitzschnell zur Seite weg. Seine Klinge ruckte hoch und riß eine lange, blutige Schramme in Skars Seite. Skar schrie überrascht auf, verlor das Gleichgewicht und stürzte auf den Tisch. Mergells Klinge sauste herab, krachte gegen seinen Handschutz und prellte ihm die Waffe aus der Hand.

»Hört auf!«

Seshars Stimme schnitt hart und befehlend durch den Raum, und Mergell erstarrte mitten in der Bewegung. Das Schwert in seiner Hand zitterte, und seine Brust hob und senkte sich in schnellen, hektischen Stößen. Skar richtete sich langsam auf, massierte seine schmerzenden Handgelenke und wich rückwärtsgehend vor Mergell zurück. Der Säbel folgte jeder seiner Bewegungen, die tödliche Spitze nur mehr wenige Millimeter von Skars Kehle entfernt. »Laß ihn, Mergell«, sagte Seshar. »Das reicht.«

Einen Moment lang hatte Skar beinahe den Eindruck, als ob Mergell den Befehl ignorieren und ihm kurzerhand das Schwert in den Leib rammen wollte; dann drehte er sich mit einer ruckhaften Bewegung, hob seinen Stuhl vom Boden auf und ließ sich erschöpft darauf niedersinken.

Skar blieb sekundenlang reglos gegen die Wand gelehnt stehen. Seshar starrte ihn aus brennenden Augen an. Sein Gesicht war nun nicht mehr so unbewegt wie zu Anfang, aber der Ausdruck darauf war jetzt nur noch bloße Verachtung.

»Vielleicht«, sagte er mit mühsam beherrschter Stimme, »ist es besser, wenn du jetzt gehst, Skar.«

Skar rieb sich über die schmerzenden Rippen, reckte trotzig das Kinn vor und trat auf Seshar zu. »Begeht jetzt keinen Fehler«, sagte er. Seine Stimme schwankte, vor Aufregung oder Anstrengung, ganz wenig nur, aber doch so, daß jeder der im Raum Versammelten es bemerkte. »Der Kampf war nicht fair, und Ihr wißt es. Ich hatte praktisch schon gewonnen. Hätte er nicht zur Waffe gegriffen . . .«

»Genug«, unterbrach ihn Seshar. »Ich will nichts mehr hören, Skar. Es ist nicht gerade ein Zeichen dafür, ein großer Krieger zu sein, wenn man einen Mann zusammendrischt, der fünfzig Pfund weniger wiegt und zwei Handspannen kleiner ist.«

»Aber es war ein Zufall!« begehrte Skar auf. »Ich . . .«

»Schweig, Skar!« donnerte Seshar. »Ich will nichts mehr hören! Wir haben uns getäuscht. Du bist nicht der Mann, auf den wir gewartet haben. Verzeih, wenn ich falsche Hoffnungen in dir geweckt habe, doch auch ein König ist nur ein Mensch und kann sich irren. Du kannst auf Ipcearn bleiben, solange du willst, doch im Augenblick bitte ich dich, dich zurückzuziehen und uns allein zu lassen.«

Skar schluckte mühsam. Für den Bruchteil einer Sekunde verzerrte sich sein Gesicht vor Haß. Seine Hände begannen zu zittern. Er bückte sich, hob seine Waffe und den Gurt auf und band beides mit wütenden Bewegungen um. Dann riß er den Umhang von seiner Schulter, knüllte ihn zusammen und fuhr sich damit über den blutigen Kratzer an der Seite. »Wie Ihr wollt, *König*«, sagte er in einer Art, die ihn an einem anderen Ort leicht den Kopf hätte kosten können. Er warf den Umhang wütend zu Boden, fuhr herum und stapfte aus dem Raum. Die Tür fiel hinter ihm so wuchtig ins Schloß, daß der gesamte Turm für einen Augenblick zu beben schien.

Er verlief sich dreimal auf dem Weg zu seinem Zimmer. Ipcearn mochte nicht sonderlich groß erscheinen, aber durch die zahlreichen über- und ineinander geschachtelten Ebenen, aus denen es aufgebaut war, wurde sein Inneres für einen Fremden wie ihn zu einem Labyrinth, in dem er sich hoffnungslos verirren mußte. Schließlich griff er sich einen x-beliebigen Soldaten, der ihm irgendwo in den unteren Ebenen über den Weg lief, und fauchte ihn an, ihn zu seinen Gemächern zu führen. Der Mann schien durch den unerwartet gereizten Ton perplex und starrte ihn sekundenlang verständnislos an, bis Skar mit einem derben Rippenstoß dafür sorgte, daß er endlich begriff, was er von ihm wollte.

Die Spannung fiel erst von ihm ab, als er die Tür seines Zimmers hinter sich geschlossen hatte und allein war. Mit einemmal fühlte er, wie ihn der Kampf erschöpft hatte. Seine Oberarme schmerzten von den unzähligen wuchtigen Hieben, die er ausgeteilt und aufgefangen hatte, und die Wunde an seiner Seite brannte wie Feuer. Für einen winzigen Augenblick, das spürte er, war der Kampf echt gewesen. Mergell hatte ihn töten wollen – und er war ein verdammt gefährlicher Gegner.

Er blieb einen Moment lang gegen die Tür gelehnt stehen, ging dann zum Bett und ließ sich der Länge nach in die weichen Dekken fallen und blieb zehn, fünfzehn Minuten lang vollkommen reglos liegen. Er schlief nicht, aber er war auch nicht mehr ganz wach, sondern befand sich in einer Art Dämmerzustand, als hätte sein Bewußtsein die Bedürfnisse seines Körpers auf ein Minimum reduziert, um den Fluß seiner Gedanken möglichst frei von störenden Einflüssen zu halten. War der Ausdruck, den er auf Seshars Gesicht gesehen hatte, wirklich nur Verachtung gewesen? Oder war es mehr? Die Worte, die Seshar am vergangenen Abend benutzt hatte, gingen ihm nicht mehr aus dem Sinn. *Manche überlebten die Entbehrungen nicht, die sie auf dem Weg hierher überstehen mußten. Andere wieder gingen nach kurzer Zeit, um den Rückweg zu suchen. Keiner von ihnen fand ihn. Und wieder andere wurden getötet, von mir oder denen, die vor mir die Verantwortung für Cearn innehatten.* Welches dieser drei Schicksale würde – wenn überhaupt – auf ihn warten?

Jemand klopfte gegen die Tür, zuerst leise und zaghaft, dann, als Skar nicht gleich antwortete, ungeduldiger und fordernder. Er setzte sich auf, runzelte überlegend die Stirn und rief leise: »Herein.«

Die Tür ging auf, und Mergell betrat den Raum. Er sah nicht gut aus. Sein linker Arm hing in einer Schlinge, die Hand war seltsam verkrümmt, als hätte er einen Krampf. Sein Gesicht wirkte verschwollen und war blau und rot angelaufen. Er humpelte. Er schob die Tür hinter sich zu, lehnte sich dagegen und betrachtete Skar zehn, fünfzehn Sekunden lang schweigend.

»Was willst du?« fragte Skar unfreundlich.

Mergell lächelte. »Eigentlich«, sagte er ruhig, »ist es zu früh, zu dir zu kommen, aber ich kenne Ipcearn wie kein anderer, und ich glaube kaum, daß mich jemand gesehen hat.« Er trat einen Schritt näher und versuchte zu lächeln, aber sein angeschwollenes Gesicht ließ eher eine Grimasse daraus werden.

Skar setzte sich widerwillig auf. »Was willst du?« fragte er noch einmal.

Mergell blieb stehen und blickte unsicher auf seine verkrümmte Hand. »So, wie es aussieht, sollte ich mich vielleicht bei dir bedanken, daß du mir nicht alle Knochen im Leib gebrochen hast«, murmelte er.

Skar betrachtete sekundenlang den blutigen Schnitt an seiner Seite und lächelte säuerlich.

»Ich weiß, was du jetzt denkst«, sagte Mergell hastig. »Aber mir blieb keine Wahl. So, wie du mich verdroschen hast, hätte mir niemand geglaubt, daß ich dich doch noch besiege. Ich mußte zum Schwert greifen.«

»Du kämpfst besser, als ich gedacht hatte«, sagte Skar, ein wenig freundlicher, aber keineswegs versöhnt.

»Ich hoffe, es hat echt gewirkt«, sagte Mergell.

Skar schnaubte. »Es war echt, nicht wahr?«

Mergell zögerte einen Moment, versuchte vergeblich Skars Blick standzuhalten und trat unbehaglich von einem Fuß auf den anderen. »Für einen Moment – ja«, bekannte er. »Aber ich weiß, daß du mich hättest umbringen können, wenn du gewollt hättest. Ihr Satai seid wirklich gute Krieger.«

Skar stand auf, trat ans Fenster und schüttelte den Kopf. »Ich habe nicht auf Satai-Art mit dir gekämpft, Mergell«, sagte er ruhig und ohne sich umzuwenden. »Ein wirklich ernstgemeinter Kampf dauert selten länger als wenige Sekunden. Du hast es schon ganz richtig ausgedrückt – ich habe dich verdroschen, mehr nicht.« Er versuchte vergeblich, seinen Worten einen scherzhaften oder wenigstens versöhnlichen Klang zu verleihen. Vielleicht hätte jeder andere von der Situation erwartet, daß Mergell und er nun plötzlich zu Freunden geworden oder wenigstens ihre offene Feindschaft vergessen hätten, aber das war nicht so. Er mochte Mergell weniger denn je, und Mergells Gefühle ihm gegenüber schienen ähnlicher Natur zu sein.

»Du wirst Ipcearn verlassen«, stellte Mergell fest.

Skar nickte. »So rasch wie möglich. Meine Aufgabe hier ist beendet. Ich hoffe, ihr wart zufrieden mit mir.«

Mergells Stimme klang plötzlich verändert, beinahe sanft. »Es muß sehr schwer für einen Mann wie dich gewesen sein, so zu handeln«, sagte er plötzlich. Skar wandte sich um, lehnte sich gegen den Fenstersims und musterte ihn kühl. »Wie kommst du darauf?« fragte er. »Ich bin es gewohnt zu kämpfen, und es war nicht der erste Kampf, den ich verloren habe.«

»Aber der erste, den du absichtlich verloren hast«, sagte Mergell.

»Verloren?« Skar lachte leise. »Was bedeutet das schon, Mergell? Was heißt überhaupt verloren? Wer von uns ist der Sieger in diesem Kampf? Du siehst aus, als wärst du mehr tot als lebendig, und du wirst wahrscheinlich noch auf Wochen hinaus jeden einzelnen Hieb spüren, den ich dir versetzt habe. Und du weißt, daß ich dich absichtlich gewinnen ließ. Die anderen mögen denken, daß du mich wirklich bezwungen hast, Mergell, aber du und ich, wir beide wissen, wie es wirklich war. Du wirst es nie zugeben, aber die Demütigung, die ich dir beigebracht habe, ist größer, als hättest du wirklich verloren. Wenn ich du wäre, würde ich mich hassen, Mergell. Und ich habe erreicht, was ich wollte. Es lag nie in meiner Absicht hierzubleiben. Der Sieger in diesem Kampf war ich, Mergell. Ich habe mein Ziel erreicht, du nicht.«

Mergell schien noch etwas sagen zu wollen, überlegte es sich dann aber anders und wandte sich mit einem Ruck ab. Er war blaß geworden. »Ich soll dir etwas von Seshar ausrichten«, murmelte er tonlos. »Er läßt dir danken für das, was du getan hast. Wenn du . . . irgendeinen Wunsch hast, so wird er dir erfüllt.«

»Den habe ich«, sagte Skar. »Nämlich hier wegzukommen, so rasch wie möglich. Gebt mir ein Pferd, damit ich zurück nach Went reiten kann.«

»Du wirst bis morgen warten müssen. Es ist schon zu spät, um Went noch vor Sonnenuntergang zu erreichen.«

»Das ist mein Problem«, sagte Skar rüde. »Ein einzelner Mann kann wohl in der Dunkelheit kaum so auffallen wie eine ganze Truppe. Und wenn ich einem Hoger zum Opfer falle, so seid ihr alle Sorgen los.«

»Du würdest die Könige beleidigen, wenn du jetzt gingst.«

Skar lachte. »Ein passender Abschluß für meine kleine Vorstellung, findest du nicht? Gebt mir ein Pferd.«

Mergell nickte. »Wie du willst. Vielleicht ist es wirklich am besten so. Aber wenn, dann mußt du sofort aufbrechen, sonst wird es zu spät. Ich gebe dir zwei Reiter als Geleit mit.«

»Die brauche ich nicht. Allein bin ich schneller.«

Mergell schüttelte den Kopf. »Du würdest den Weg nicht finden oder in irgendeiner Falle umkommen, Skar«, sagte er ruhig. »Ich suche die schnellsten Reiter aus meiner Garde heraus. Kurz nach Sonnenuntergang bist du in Went. Grüße Logar von mir.« Er nickte, wandte sich vollends ab und ging mit raschen Schritten zur Tür.

Der Wald lag wie eine kompakte schwarze Masse vor ihnen. Das dumpfe Dröhnen der Pferdehufe begleitete sie seit Stunden in monotonem Gleichklang, aber mit jeder Meile, die sie weiter nach Westen kamen, mehrten sich die Momente, in denen das hämmernde Stakkato aus dem Rhythmus geriet und die Atemzüge der Tiere plötzlich mühsam und hektisch wurden. Skar wußte, daß die Pferde das mörderische Tempo nicht mehr lange würden durchhalten können, aber seine beiden Begleiter schienen nicht gewillt, ihre Geschwindigkeit auch nur für einen Augenblick herabzusetzen. Sie hatten Angst, offene, panische Angst, die wie die Spuren eines schleichenden Giftes in ihre Gesichter gegraben war, und selbst Skar war nicht mehr so ruhig, wie er es gerne gewesen wäre. Der Himmel über dem Wald war leer, und sie hatten weder am Tage noch nach Einbruch der Dämmerung auch nur die Spur eines Hogers gesehen, aber er hatte schon einmal erlebt, wie rasch diese Bestien auftauchen und zuschlagen konnten. Und die Hoger waren nicht die einzige Gefahr. Er spürte, daß Cearn noch ein anderes, vielleicht schrecklicheres Geheimnis barg, etwas, das wie ein übler Geruch, ein unsichtbarer, alles durchdringender Nebel zwischen den Bäumen lastete, ein Gefühl, als würde jede ihrer Bewegungen von unsichtbaren, bösen Auge belauert.

Er vertrieb den Gedanken mit einem ärgerlichen Achselzucken und versuchte sich ganz auf den Weg zu konzentrieren. Die Bäume standen in diesem Teil Cearns dichter als weiter östlich, und sie mußten sich tief über die Hälse ihrer Tiere beugen, um nicht von einem niedrig hängenden Ast verletzt oder aus dem Sattel gehoben zu werden. Keiner der beiden Krieger, die ihn begleiteten, hatte bisher auch nur ein Wort mit ihm gewechselt. Sein Auftritt in Ipcearn schien sich rasch herumgesprochen zu haben. Aber vielleicht war es auch nur die Furcht, die sie so schweigsam bleiben ließ.

Sie preschten auf eine Lichtung hinaus, wandten sich nach einem raschen, sichernden Blick in den Himmel nach Süden und jagten eine Zeitlang parallel zum Waldrand dahin. Der Reiter neben Skar deutete auf einen dunklen, keilförmigen Einschnitt wenige hundert Schritte vor ihnen. »Dort hinein«, rief er. »Das ist der kürzeste Weg nach Went. Die Garde wird uns entgegenreiten.«

Skar nickte und beugte sich tiefer über den Pferderücken. Das Tier raffte noch einmal alle Kräfte zusammen und fiel in einen langgestreckten Galopp, als spüre es die Nähe der sicheren Stadt.

Etwas Dunkles, Massiges und Formloses griff aus dem Wald heraus nach dem Reiter neben Skar und schleuderte ihn aus dem Sattel. Der Mann schrie: ein unmenschlich spitzer, gellender Schrei, der sich mit dem berstenden Geräusch seines Aufpralles mischte und dann mit erschreckender Plötzlichkeit abbrach. Skars Tier kreischte vor Angst und Panik und stieg auf die Hinterläufe. Skar wurde aus dem Sattel gehoben, segelte im hohen Bogen durch die Luft und schlug hart im Gras auf. Ein greller Schmerz zuckte durch seinen Rücken und erlosch wieder, und für den Bruchteil eines Herzschlages blieb er benommen liegen, halb betäubt vor Schmerz und Schock über den unglaublichen Anblick, der sich ihm bot.

Als wären die dräuenden Schatten zwischen den Bäumen plötzlich zu blasphemischem Leben erwacht, quoll eine schwarze, von ekelhaftem, glitzerndem, schleimigem Leben erfüllte Masse wie eine finstere Woge aus dem Wald. Ein dumpfes Rascheln und Schaben wie das Geräusch unzähliger kleiner, horniger Füße verschluckte das Raunen des Waldes, und etwas wie Raubtiergestank, vermischt mit einem fremden, beunruhigenden Aroma, wehte zu Skar hinüber. Der Reiter schrie nicht mehr. Er lebte, aber aus seiner Brust drang nur mehr ein röchelndes, qualvolles Stöhnen, das kaum mehr etwas Menschliches an sich zu haben schien. Seine Glieder zuckten, und die Hände krallten sich hilflos in den weichen Boden. Auch sein Pferd war gestürzt und unter einem Teil der schwarzen, kochenden Masse begraben.

Skar sprang auf die Füße und riß die Waffe aus dem Gürtel.

»Skar! Khtaám! Skar! Flieh! Du kannst ihm nicht helfen!«

Die Stimme des Gardisten kippte um und wurde zu einem irren, panikerfüllten Kreischen. Sein Pferd schrie, stieg auf die Hinterläufe und schlug in blinder Furcht in die Luft. Und immer noch quoll diese schwarze, widerwärtige Masse aus dem Wald, flutete über den Leib des gestürzten Pferdes hinweg und schwappte wie eine träge, ölige Woge auf den Gardisten zu.

Skar packte sein Schwert mit beiden Händen und stürmte los.

»Nein, Skar! Nicht! Es ist ein Khtaám-Nest!«

Skar lief unbeeindruckt weiter. Aus dem Wald erscholl jetzt ein hoher, vibrierender und unangenehmer Laut. Irgend etwas löste sich von den untersten Zweigen eines Baumes und landete mit einem schleimigen Geräusch im Gras, und etwas Dünnes, Hartes fuhr über seine Wade und verschwand, als er danach trat.

Skar blieb abrupt stehen, als er das Ding sah, das auf dem Gesicht des Gardisten hockte.

Im ersten Augenblick hatte er den Eindruck, eine riesige, schwarzglänzende Spinne zu sehen, auch wenn sie zu viele Beine hatte und ihre Glieder zu lang und zu biegsam waren, dann glaubte er, eine gigantische schwarze Hand hätte den Mann gepackt, aber auch das stimmte nicht. Nach dem Bild, das Coar ihm gezeigt hatte, und dem Anblick der gigantischen Hoger hatte er unbewußt angenommen, daß die Khtaám ebenso groß sein müßten. Aber das war ein Irrtum. Sie waren nicht wesentlich größer als eine kräftige Männerhand und schienen, soweit er überhaupt etwas erkennen konnte, einzig aus einer ekelhaften Masse sich windender, peitschender Arme und Tentakeln zu bestehen: ein Nest dünner, züngelnder Vipern, die aus einem schleimigen, unsichtbaren Zentrum ständig nach außen quollen, pulsierten und bebten. Aber es waren Tausende.

Skar begriff beinahe zu spät, in welcher Gefahr er sich befand. Die Front der schwarzen Nachtmahre hatte das Pferd überrannt und war nur noch wenig mehr als eine Armeslänge von ihm und dem reglosen Gardisten entfernt. Skar warf einen gehetzten Blick über die Schulter zurück, richtete sich auf und schlug nach dem Khtaám, der auf dem Gesicht des Gardisten hockte und ihm langsam die Luft abzuschnüren begann. Die Klinge aus gehärtetem Sternenstahl fuhr mit einem widerlichen, reißenden Geräusch durch den Leib des Ungeheuers. Eine Fontäne aus schwarzem Blut und Schleim besudelte Skar. Das Monster zuckte, schlug noch einmal mit unzähligen dünnen, peitschenden Armen in die Luft und sackte dann reglos von seinem Opfer herunter. Skar schleuderte den zuckenden Kadaver angeekelt mit der Schwertspitze davon. Er wechselte das Schwert von der Rechten in die Linke, packte den Bewußtlosen am Arm und zerrte ihn in verzweifelter Hast vor der näherkriechenden schwarzen Woge her.

»Hilf mir!« brüllte er. »Schnell!«

Aber der andere Gardist rührte sich nicht. Sein Pferd wieherte ängstlich und wich rückwärtsgehend davon, und das Gesicht des Mannes war zu einer Maske reiner Panik erstarrt. »Flieh!« keuchte er. »Er ist tot! Laß ihn! Flieh endlich!« Seine Stimme vibrierte vor Grauen.

Irgend etwas klatschte gegen Skars Rücken und versuchte sich mit Millionen und Abermillionen winziger spitzer Zähne festzukrallen. Skar schrie auf, ließ den bewußtlosen Gardisten fallen und riß das Ungeheuer mit einer verzweifelten Bewegung herunter. Ein grausamer Schmerz zuckte durch seine Eingeweide. Sein Rücken schien in Flammen zu stehen. Er schrie, taumelte einen Schritt und brach mit einem wimmernden Laut in die Knie. Der Schmerz steigerte sich ins Unerträgliche und erlosch von einer Sekunde auf die andere, aber dafür konnte er plötzlich nicht mehr richtig sehen. Er stand auf, machte einen Schritt und brach abermals in die Knie. Seine Glieder fühlten sich plötzlich wie mit Gas gefüllt an und schienen von seinem Körper weg und nach oben streben zu wollen. Er schrie, wollte schreien, aber aus seiner Kehle drang nur ein würgender, blubbernder Laut, als wäre sein Hals plötzlich mit Blut und zähem Schleim verstopft. Ein Schatten wuchs über ihm empor: groß, schwarz und verzerrt und auf unsagbare Weise mit Grauen durchwoben. Er riß die Arme hoch, schlug in blinder Furcht um sich und traf irgend etwas. Noch einmal stemmte er sich hoch, lief, taumelte, fiel auf Hände und Knie und kroch blind und schreiend vor Angst weiter, nur weg, weg von dieser krabbelnden schwarzen Flut, weg, weg, weg!

Dann traf ein unsichtbarer Blitz seinen Körper und zersprengte ihn in Atome.

Er träumte, und er wußte es. Aber im Gegensatz zu all den anderen Alpträumen, die er bisher erlebt hatte, wachte er nicht auf, als ihm die Tatsache klarwurde, daß das, was er erlebte, nicht die Realität war. Er war wieder in der Wüste, aber es war nicht die Nonakesh, sondern eine gigantische schwarze Ebene aus schwarzem Glas, flach wie ein Brett und poliert, so daß sich sein Körper wie ein verzerrter Schatten in ihrer Oberfläche spiegelte. Trotzdem wußte er, daß es Wüste war, ebenso zweifelsfrei, wie er wußte, daß er träumte. Ein kalter Wind strich aus unbestimmbarer Richtung über die spiegelnde Ebene und ließ ihn frösteln. Er hatte Angst, aber sie kam nicht zum Durchbruch, sondern brodelte irgendwo unter der Oberfläche seiner Gedanken, als würde sie noch geduldig warten, wie ein unsichtbares, gefährliches Raubtier, das genau wußte, wann seine Chance gekommen war.

Er hatte auf dem Rücken gelegen, als er erwacht war. Eigentlich hätte er als erstes den Himmel sehen müssen, aber es gab keinen, fast als befände er sich in einer gewaltigen Höhle, deren Decke zu hoch war, als daß er sie sehen oder auch nur ahnen konnte. Jetzt stand er auf, drehte sich einmal um seine Achse und ging mit langsamen Schritten los. Die Richtung spielte keine Rolle, weil es keine Richtung gab. Er ging, aber er wußte nicht, ob er sich wirklich von der Stelle bewegte. In seiner Umgebung war nichts, woran er sich orientieren konnte. Die Ebene war glatt und flach und verlor sich in der Unendlichkeit. Es gab keinen Horizont, so wie es keine Richtung und keine echte Bewegung gab. Vielleicht würde er Tage um Tage laufen können, ohne wirklich von der Stelle zu kommen. Bewegung war Illusion, wenn es keinen Ort gab, zu dem man gehen konnte.

Als ihm dieser Gedanke kam, blieb er stehen. Wieder kam Wind auf und ließ ihn frösteln; Wind, gefolgt von einer großen, schwarzen Leere, einer Leere ganz anderer Art, als er sie bisher gekannt hatte. Bisher war ihm Leere immer als Abwesenheit von Menschen oder Licht oder Geräuschen, als das Nichtvorhandensein bestimmter, vielleicht aller Dinge begegnet. Diese Leere war anders: stofflich und existent. Ein großes, unsichtbares und schweigendes Ding, das dort, wo es war, alles andere verdrängte.

Er stöhnte. Das Geräusch verhallte nicht wie gewohnt, sondern brach sich irgendwo in der Unendlichkeit, kam, vielfach verzerrt und gebrochen, zurück, hüllte ihn in einen Mantel aus hallenden, kichernden, geckernden Echos und wuchs zu einem ohrenbetäubenden, qualvollen Dröhnen an, ehe es, langsam, unendlich langsam, verklang.

Lange Zeit saß er reglos da, schweigend und beinahe ängstlich darum bemüht, auch nicht das geringste Geräusch zu verursachen. Dann stand er auf, sah sich hilflos um und ging weiter. Vielleicht ging er auch nicht, sondern bewegte nur die Beine, und die Ebene glitt unter ihm weg. Es blieb sich gleich. Irgendwann tauchte etwas vor(?) ihm auf, das er nicht genau erkennen konnte. Eine Wand, vielleicht, ein Irgend-etwas, eines jener namenlosen Dinge, die immer wieder in Alpträumen auftauchten und sich jedem Versuch, sie in Worte oder auch nur Gedanken zu kleiden, entzogen. Es war groß und finster und drohend, das erkannte er, mehr aber auch nicht. Er blieb stehen, bewegte sich aber weiter darauf zu. In ihm regte sich etwas. Die Angst klopfte mit dürren, knochigen Fingern an seine Seele. Er begann zu schwitzen, trotz der Kälte und des unsichtbaren Eisklumpens, der in seinem Inneren heranwuchs.

Er mußte aufwachen.

Aufwachen!

In der schwarzen Wand vor ihm entstand Bewegung. Ein Tunnel. Etwas wie ein riesiger, gierig aufgerissener Schlund, spiralig verengt in der Tiefe, mit einem hellen, trüb schimmernden Fleck an seinem hinteren Ende. Er versuchte schneller zu gehen, aber er schien keinen Einfluß auf das zu haben, was um ihn herum – oder mit ihm – geschah. Langsam wuchs die Öffnung heran, erweiterte sich von einem Gang zu einem Stollen, Tunnel, bis er durch eine gewaltige, auf unmögliche Weise in sich gekrümmte Halle schritt.

Ich muß erwachen! *dachte er verzweifelt.* ERWACHEN!!

Aber es ging nicht. Je mehr er kämpfte, desto enger schienen sich die Fesseln des Traumes um seinen Geist zu schließen.

Der helle Fleck am Ende des Tunnels war ein wenig größer geworden, nicht viel, aber doch genug, um ihm Hoffnung zu machen. Der Boden unter seinen Füßen zuckte und bebte, als wäre er ein lebendes Wesen. Er konnte aufwachen, wenn er dorthin gelangte. Er wußte es. Er konnte diesem schrecklichen Traum entfliehen. Er mußte nur jenen hellen Fleck erreichen.

»Skar!«

Die Stimme war nur ein leises, kaum wahrnehmbares Flüstern, das im Geräusch des Windes und dem dumpfen Hämmern seines eigenen Herzens beinahe unterging.

Ich muß erwachen! *dachte Skar.*

ICH MUSS!

Der helle Fleck kam näher, doch mit jedem Schritt, den er in seine Richtung tat, schien der Boden stärker zu zucken und zu beben. Ein mühsames Pulsieren schien durch die Wände zu laufen. Für einen Moment setzte sich die irrsinnige Vorstellung, sich im Schlund eines phantastischen Monsters zu befinden, in seinen Gedanken fest, dann hatte er sich wieder in der Gewalt.

»Skar!«

Wieder die Stimme, näher diesmal und deutlicher moduliert, so daß er den Unterton von Furcht darin erkennen konnte. Nicht Furcht um den Besitzer der Stimme, sondern um ihn.

Der Boden und die Wände zuckten jetzt stärker, zogen sich zusammen, pulsierten, führten mühsame, schluckende Bewegungen aus, eine optische Welle, die irgendwo hinter ihm begann und auf den hellen Fleck zulief.

»Lauf, Skar! Lauf zurück! Geh nicht dorthin!«

Aber fast, als wären diese Worte irgendein Signal gewesen, beschleunigte sich sein Vorankommen. Die Wände des Tunnels glitten rascher an ihm vorüber, und schon bald wurde der graue Fleck größer.

»Nein, Skar! Zurück! Komm zurück!!«

Ein Schatten schob sich zwischen ihn und den hellen Fleck, ein treibender Nebelschleier, formlos und tanzend, auf- und abwogend, als wäre er von einer inneren Kraft, einer unsichtbaren

Spannung erfüllt. Etwas wie eine Hand wollte sich bilden, zerfaserte und formte sich neu, verwehte wieder. Und plötzlich wußte Skar, daß dort vorne nicht das Leben, sondern der Tod wartete – nein, nicht der Tod, sondern etwas Schlimmeres, etwas viel Schlimmeres. Etwas, das sich seinem Vorstellungsvermögen so vollkommen entzog, wie sich dem Bewußtsein eines Blinden Farben verschließen mußten. Er versuchte stehenzubleiben, aber es ging nicht. Seine Beine bewegten sich ohne sein Zutun, als wäre er eine Puppe, an deren Fäden ein unsichtbarer, gnadenloser Spieler zog. Er schrie, aber wie in einer grausamen Umkehrung seines ersten Erlebnisses wurde der Laut von seinen Lippen gerissen und ins Nirgendwo gesogen. »Wehre dich, Skar! Kämpfe! Du darfst nicht dorthin gehen! Kämpfe! Ich helfe dir!«

Der Nebelschleier begann sich zu verdichten, wurde zu einem länglichen grauen Umriß. Ein menschlicher Körper schien sich bilden zu wollen, schmal, gebeugt, in ein knöchellanges graues Gewand gehüllt. Aber da war noch eine andere Kraft, etwas, das – ohne daß er hätte sagen können, wieso – mit jener schrecklichen präsenten Leere auf der schwarzen Ebene verwandt schien und ihn mit unbändiger Gewalt weiterzerrte. Er sah, wie sich die Gestalt zusammenkrümmte, wie unter einem fürchterlichen Hieb taumelte. Für einen Augenblick erkannte er ihr Gesicht, aber der Name entfiel ihm sofort wieder.

»Lauf, Skar! LAUF!!!«

Er spürte, wie der Sog für Momente nachließ. Die Gestalt vor ihm taumelte. Ihr Gesicht verzerrte sich, und Skar begriff plötzlich, daß er einem phantastischen Kampf zusah, einer Auseinandersetzung zweier ebenso unverständlicher wie gewaltiger Kräfte. Ein dumpfer, hallender Laut vibrierte durch den Gang, der Ton eines gewaltigen höllischen Gongs, Gesang aus den Kehlen hunderter schwarzer Mönche, die unter ihren Kapuzen ein Totenlied anstimmten, der Wutschrei eines gigantischen schwarzen Gottes, heraufgetragen aus den tiefsten Schlünden der Hölle.

»LAUF! SKAR! FLIEHE!!!«

Und Skar wandte sich um, drehte dem flackernden grauen Nichts am Ende des Stollens und der verkrümmten, stummen grauen Gestalt den Rücken zu und lief, lief, lief, lief . . .

Nicht reden jetzt«, sagte eine Stimme. Skar bäumte sich auf, versuchte hochzukommen und sank mit einem kraftlosen Stöhnen wieder zurück. Für einen Moment begann sich der Raum um ihn herum zu drehen, dann verzog sich das Bild vor seinen Augen, als betrachte er es durch einen Zerrspiegel.

»Bleib liegen«, sagte Coar. »Du mußt noch einen Augenblick Geduld haben. Die Schwäche vergeht von selbst.«

Er nickte, schloß die Augen und tastete blind nach ihrer Hand. Sie zuckte unter seiner Berührung zusammen, und für einen Augenblick wurde ihr Gesicht hart und abweisend, als hätte er eine ekelhafte Krankheit, so daß sie seine Berührung nur mit Widerwillen ertrug. Er zog die Hand zurück, befeuchtete die Lippen mit der Zunge und stemmte sich noch einmal hoch. Es ging, wenn auch mühsam. »Was ...«, sagte er stockend, »ist passiert?« Er erinnerte sich an nichts. Sie waren von Ipcearn gekommen und auf diese Lichtung hinausgeritten, und dann ... dann ... irgend etwas war mit dem Reiter neben ihm geschehen, etwas Schreckliches und Grauenhaftes, aber er konnte sich nicht mehr genau besinnen, was. Für eine halbe Sekunde stieg das Abbild einer gewaltigen, schwarzpolierten Ebene vor seinem inneren Auge empor, aber mit jedem Atemzug, den er tat, verblaßten die Erinnerungen mehr, vermischten sich Traum und Realität, bis er nicht mehr wußte, was er geträumt und was wirklich erlebt hatte.

»Du bist in ein *Khtaám*-Nest geraten«, sagte Coar nach kurzem Zögern. »Du erinnerst dich nicht?«

Skar schüttelte den Kopf, nickte und schüttelte dann noch einmal den Kopf. Er erinnerte sich, aber er erinnerte sich auch nicht. Etwas schien in seinem Kopf durcheinandergeraten zu sein. Schwarzer Wald, der übergangslos in dunkle, wie Glas schimmernde Wüste überging ... eine dunkle Woge aus dürren Spinnenbeinen und Fangarmen und giftigen Stacheln ... Schmerzen ... die gellenden Schreie des Gardisten ... Er stöhnte, fuhr sich mit der Hand über die Augen und versuchte verzweifelt, Traum und Erlebtes zu trennen, aber es ging nicht.

»Der ... der Mann«, sagte er mühsam. »Was ist mit ihm?«

»Er ist tot«, antwortete Coar ruhig. »Wer von einem *Khtaám* angefallen wird, ist rettungslos verloren. Er war schon tot, als du zu ihm kamst.«

»Aber das stimmt nicht!« widersprach Skar. Allmählich begann er sich deutlicher zu erinnern. »Er hat noch gelebt, und ...«

»Er hat noch geatmet und sich bewegt«, unterbrach ihn Coar, »das stimmt. Doch er war bereits tot. Das ... Gift wirkte rasch, und ein Geist, der einmal in das Netz der *Khtaám* verstrickt ist, findet nie wieder den Rückweg.«

Irgend etwas an ihrer Stimme gefiel Skar nicht. Zum ersten Mal, seit er sie kannte, schien sie Schwierigkeiten zu haben, in seiner Sprache zu reden, und die Worte kamen stockend und mühsam und so, als müßte sie jede Silbe genau überlegen, bevor sie sie aussprach. Er setzte sich weiter auf und betrachtete ihr Gesicht genauer. Unter ihren Augen lagen tiefe, dunkle Ringe, und die Haut wirkte wächsern und blaß.

Seine Gedanken bewegten sich immer noch träge und zähflüssig, aber nicht träge genug, daß ihm der Widerspruch in Coars Worten nicht aufgefallen wäre.

»Aber ich lebe«, sagte er ruhig.

Coar antwortete nicht. Ihre Mundwinkel zuckten stärker, und ihre Hände verkrampften sich so stark, daß die Nägel tief in die Haut schnitten und ein dünner, glitzernder Blutstropfen hervorquoll. Sie schien es nicht einmal zu bemerken. »Du ... du bist sehr stark«, sagte sie nach einer Ewigkeit.

»Das ist keine Antwort«, sagte Skar. Er schlug die dünne Decke zurück, setzte sich vollends auf und beugte sich vor, um nach seinen Kleidern zu greifen. »Was ist geschehen, Coar?« sagte er.

»Nichts.« Ihre Stimme bebte, und es war nicht mehr zu übersehen, daß sie nur noch mit äußerster Beherrschung die Tränen zurückhielt. »Du ... hast Glück gehabt, Skar. Vielleicht haben auch die Götter ihre Hand über dich gehalten, auch wenn du nicht an sie glaubst. Und du wurdest rasch genug hergebracht, so daß Thoranda dir helfen konnte.« Sie stand auf, sah schweigend zu, wie er sich ankleidete, und wandte sich ab.

»Coar!« Skar trat mit einem raschen Schritt neben sie und hielt sie an der Schulter zurück. Sie wich seinem Blick aus.

»Irgend etwas ist passiert, nachdem ich weggeritten bin«, sagte er überzeugt. »Und ich möchte wissen, was.«

»Laß . . . laß es dir von Del erklären«, antwortete Coar mühsam. »Er wartet draußen. Ich . . . muß gehen.« Sie streifte seine Hand ab, ging rasch zur Tür und war hinaus, bevor er sie ein weiteres Mal aufhalten konnte.

Sekunden später wurde der Vorhang ein zweites Mal beiseite geschoben, und Del betrat den Raum. Ein erleichterter Ausdruck huschte über sein Gesicht, als er sah, daß Skar wach und bereits wieder auf den Beinen war. »Den Göttern sei Dank, du lebst«, stellte er fest.

Skar nickte. »Wie du siehst. Was ist passiert?«

»Passiert? Du wärst beinahe gestorben, Alter. Wenn das nicht genug ist . . .«

»Das meine ich nicht«, fiel ihm Skar ins Wort. »Irgend etwas ist hier passiert, und ich möchte endlich wissen, was.« Sein Ton war scharf und aggressiv, aber Del und er waren zu lange beisammen, als daß der Jüngere seinem Benehmen noch großen Wert beigemessen hätte.

Er seufzte, schüttelte ein paarmal den Kopf und trat an Skar vorbei ans Fenster. »Hat Coar dir nichts erzählt?«, fragte er.

»Dann würde ich nicht fragen«, schnappte Skar. »Aber ich habe gemerkt, daß sie irgend etwas hat, wenn du das meinst.«

Del lachte rauh auf und drehte sich um. Seine Gestalt wurde vor dem hell erleuchteten Rechteck des Fensters zu einem schwarzen, tiefenlosen Umriß. »Daß sie *irgend etwas hat*«, wiederholte er betont. »Du warst zwei Tage fort, Skar, aber in diesen zwei Tagen ist eine Menge passiert. Wie war es in Ipcearn?«

Skar winkte ungeduldig ab. »Es ist alles in Ordnung«, sagte er. »Wir können gehen, sobald wir wollen. Aber darüber können wir später noch reden. Was ist hier los?«

Del senkte den Blick und scharrte versonnen mit den Zehen über den Boden. Das Geräusch klang seltsam laut in der winzigen Kammer. »Kurz nachdem du aufgebrochen bist«, begann er,

»überfielen die Hoger eine Patrouille.«

»Am hellen Tag?« ächzte Skar erschrocken.

»Ja. Nicht einmal weit von hier – zehn Minuten, fünfzehn, allerhöchstens. Die Reiter hatten nicht einmal die Spur einer Chance. Sie wurden niedergemacht, bis auf den letzten Mann. Es waren zwölf. Neun Gardisten, Logar, Larynn und . . . und Coars Sohn.«

Skars Herz schien einen Schlag zu überspringen und dann schneller und schmerzhafter weiterzuhämmern. Für zwei, drei Sekunden hatte er das Gefühl, ersticken zu müssen. »Cornec ist . . .«

»Tot«, bestätigte Del. »Vielleicht verstehst du nun, warum sie so ist. Und ich bin schuld daran.«

»Du?«

Del lächelte, aber es war ein schmerzhaftes Lächeln, verkrampft und so bitter, daß Skar sich beinahe davor fürchtete. »Sie . . . Logar hat mir angeboten mitzureiten«, sagte er stockend. »Er wollte mir . . . ein wenig von Cearn zeigen. Aber ich habe abgelehnt. Ich hatte keine Lust. *Keine Lust!*« sagte er noch einmal, und diesmal war es wie ein gequälter, unendlich schmerzhafter Aufschrei. »Verstehst du, Skar? Diese Menschen sind gestorben, weil ich *keine Lust* hatte, sie zu begleiten! Ich hätte ein paar von ihnen retten können, vielleicht alle, aber ich habe es nicht getan. Ich habe hiergesessen und mich mit Bernec unterhalten, während Larynn und Logar und das Kind und die anderen dort draußen von diesen Bestien zerfleischt worden sind!

Es ist meine Schuld! Ganz allein!«

Die letzten Worte hatte er geschrien.

»Aber das Kind«, murmelte Skar fassungslos, »wieso war Cornec dabei? Wieso haben sie das Kind auf eine so gefährliche Mission mitgenommen.«

»Meinetwegen«, sagte Del tonlos. »Er hat erfahren, daß ich mitreite. Du weißt doch, wie er war. Er hat uns bewundert, Helden und was-weiß-ich in uns gesehen. Nachdem du weg warst, hat er Logar gebeten, dabeisein zu können, wenn wir ausreiten. Ich habe im letzten Moment abgesagt, aber er ritt mit. Niemand hat mit einem Überfall so dicht bei der Stadt gerechnet.« Er senkte den Blick und atmete ein paarmal hintereinander tief ein und aus, als hätte er plötzlich Mühe, Luft zu bekommen.

Für eine Weile war es sehr, sehr still in der kleinen Kammer. Skar versuchte vergeblich, einen klaren Gedanken zu fassen. Die Ruhe, mit der er Dels Worte aufgenommen hatte, überraschte ihn beinahe selbst. Er hätte schockiert sein müssen, traurig, verzweifelt ... irgend etwas, aber nichts davon war in seinem Inneren zu finden. Er hatte Cornec gemocht, soweit er überhaupt in der Lage war, Kinder zu mögen, und der Gedanke, daß er tot sein sollte, tot wie die zarte, noch nicht einmal ganz erwachsene Larynn, wie Logar und die anderen, erschien ihm so traurig, daß er sich einfach weigerte, ihn zu akzeptieren.

»Dann brachten sie dich«, fuhr Del nach einer Ewigkeit fort. »Ich glaube, das hat Coar den Rest gegeben. Wir dachten, du wärst verloren. Alle dachten es, auch Coar.«

»Was ist geschehen?« fragte Skar leise.

Del hob langsam den Blick. In seinen Augen glomm ein undeutbarer Ausdruck auf, etwas, das Skar noch nie an ihm gesehen hatte und das ihn schaudern ließ. Vorwurf?

»Thoranda hat dich gerettet«, sagte er so leise, daß Skar die Worte mehr erriet, als daß er sie wirklich verstand. »Du warst tot, Skar, aber sie hat dich zurückgeholt. Sie selbst ... starb daran.«

Und plötzlich erinnerte er sich wieder. Er hatte es gewußt, die ganze Zeit über, aber sein Verstand war nicht fähig gewesen, die einzelnen Teile des Mosaiks richtig zu erkennen und zusammenzusetzen. Die graue Gestalt, die er in seinem Traum gesehen hatte. Die Stimme. Thorandas Stimme. Er erinnerte sich wieder, wie alt und grau sie ausgesehen hatte, nachdem Del geheilt worden war, wie ausweichend sie auf seine Fragen nach ihrer Medizin geantwortet hatte, wie sehr ... *Ihr Götter!* dachte er. *Das also war Thorandas Geheimnis gewesen. Ihre Kräuter und Wurzeln waren nur Beiwerk, wenig mehr als eine sanfte Unterstützung ihrer wirklichen Macht. Sie heilt mit dem Geist!* Er erinnerte sich an ihre Worte: *Der menschliche Körper ist ungeheuer regenerationsfähig, Skar. Man muß diese Kräfte nur wecken.* Aber erst jetzt begriff er wirklich, was die alte Heilerin damit gemeint hatte. Ihr Wissen beschränkte sich nicht auf die Anwendung von Kräutern und Mixturen, sondern ging tiefer, weit über das hinaus, was die meisten anderen Menschen überhaupt über ihren Geist wußten.

Ihre Kraft war unsichtbar, etwas, das vielleicht mit Magie vergleichbar war oder ihr doch so nahe kam, wie es nur ging. *So* also heilte sie.

Aber um welchen Preis ...

»Tot«, wiederholte er.

Del nickte. Er sah es nicht, aber er hörte, wie seine Kleider leise raschelten und Del sich bewegte. »Ich bin nicht der einzige, der etwas gutzumachen hat, Skar. Sie starb, um dich zu retten.«

»Aber warum ...?« stammelte Skar. »Sie ... Coar hat gesagt, daß ... daß es keine Rettung gibt, wenn ...«

»Die gibt es auch nicht, Skar«, murmelte Del. »Das *Khtaám* verlangt sein Opfer. Sein Gift zerfrißt nicht den Körper, sondern den Geist. Es tötet dein Bewußtsein, langsam, aber unbarmherzig. Die Kraft, die nötig wäre, es zu besiegen, hat kein Mensch. Auch du nicht.« Er brach wieder ab, schwieg ein paar Sekunden und fuhr dann mit veränderter Stimme fort. »Fühlst du dich kräftig genug, um mich zu begleiten?«

Skar nickte. »Wohin?«

»Zu Bernec«, entgegnete Del. »Ich weiß, daß du ihn nicht magst, aber du solltest deine Feindschaft vergessen, wenigstens für eine Weile. Er ... hat mehr verloren als du.«

»Natürlich.» Skar bückte sich nach seinem Harnisch und legte ihn mit langsamen Bewegungen um. Er fühlte sich wie betäubt. Trotz allem war in ihm kaum Schmerz oder Verzweiflung, sondern nichts als Leere. Seit Del und er diesen Wald betreten hatten, wurden sie von einer ununterbrochenen Kette von Katastrophen begleitet. Mit ihnen schien ein Stück Enwors Einzug in Cearn gehalten zu haben, ein Teil jener Welt, den er Coar in schwärzesten Farben beschrieben hatte. Sie waren nicht die Befreier, auf die dieses Volk gewartet hatte, sondern Boten des Unheils. Plötzlich hatte Skar das Gefühl, mit einem Fluch behaftet zu sein. Er war vergiftet, verflucht. Jeder, der mit ihm zusammentraf, mußte zugrunde gehen.

»Einen Moment noch«, sagte Del, als er fertig angezogen war und sich zum Ausgang wenden wollte. »Ich möchte, daß du etwas weißt, bevor wir gehen.«

Skar blieb stehen. »Ja.«

»Nach dem Überfall«, begann Del, »habe ich lange nachgedacht, Skar. Sehr lange. Wir haben vereinbart, so schnell wie möglich von hier zu verschwinden. Stehst du noch dazu?«

Skar nickte. »Mehr als vorher, Del.«

»Ich auch«, antwortete Del. »Aber noch nicht sofort. Ich bin wieder kräftig genug, um einen Ritt durch die Wüste zu überstehen, und du bist es wohl auch. Aber ich habe mich entschlossen, noch eine Weile zu bleiben.«

»Warum?«

Diesmal zögerte Del sekundenlang, ehe er antwortete. »Weil ich der Meinung bin, daß wir diesem Volk etwas schulden, Skar«, sagte er. »Ohne sie wären wir tot, beide. Thoranda hat uns beiden das Leben gerettet, erst mir und heute dir, und sie hat ihr eigenes Leben dafür geopfert. Ich gehe nicht gerne irgendwo fort, ohne meine Schulden zu bezahlen.«

»Und was«, fragte Skar neugierig, »willst du tun?«

»Das, was sie von uns verlangen. Ich werde ihnen helfen.«

»Helfen . . .«, wiederholte Skar mit seltsamer Betonung. »Du vergißt, daß ich in Ipcearn war, Del. Ich habe mit dem Mann gesprochen, der die Verantwortung für dieses Volk hat. Wir können ihnen nur auf eine einzige Weise helfen. Indem wir gehen. Seit wir hier sind, ist bereits genug Unheil geschehen.«

»Auch ich kenne die Geschichte Cearns«, sagte Del. »Und ich bin auch der Meinung, das wir ihnen nicht helfen können, ihre Heimat zurückzuerobern – falls es sie überhaupt gibt. Wir haben weder die Möglichkeit noch das Recht, uns in das Schicksal dieses Volkes zu mischen. Um das zu erkennen, brauchte ich nicht bis Ipcearn zu reiten und mit den Königen zu sprechen. Aber es gibt etwas, was wir für sie tun können.«

»Und was?« fragte Skar.

»Die Hoger«, antwortete Del. »Ich werde diese schwarzen Bestien vernichten.«

»Du bist verrückt«, stieß Skar hervor. »Ich habe versprochen, mich nicht einzumischen, und ich habe dieses Versprechen auch in deinem Namen gegeben.«

»Das war, bevor Larynn und Thoranda gestorben sind«, entgegnete Del, als hätte er nur auf dieses Argument gewartet. »Vielleicht hast du mich nicht richtig verstanden, Skar, aber es ist nicht nur eine Idee von mir. Ich bin fest entschlossen. Wir sind diesen Menschen mehr schuldig, als wir jemals zurückzahlen können. Auch ich will hier weg, aber ich werde nicht gehen, bevor ich sie nicht von diesen Ungeheuern befreit habe.«

»Und wie stellst du dir das vor?« fragte Skar abfällig. »Willst du durch den Wald streifen und die Hoger einen nach dem andern erschlagen?«

»Natürlich nicht«, antwortete Del im gleichen Tonfall. »Aber wir werden einen Weg finden.«

»Oh, natürlich«, spottete Skar. »Es ist ja auch so leicht!«

»Leicht«, entgegnete Del ungerührt, »ist es sicher nicht. Aber es ist möglich. Ich werde zusammen mit Bernec und ein paar Freiwilligen zu ihren Höhlen hinausreiten. Wenn wir während des Tages aufbrechen, haben wir eine Chance. Sie sind nur nachts wirklich aktiv. Der Überfall auf Logar und seine Reiter war der erste seit Jahrzehnten, der am Tage stattfand.«

»Und was willst du dort draußen?« fragte Skar. »Außer, dich fressen zu lassen, natürlich?«

Del zuckte die Achseln. »Sie bekämpfen; irgendwie. Etwas erfahren. Informationen – ich weiß nicht. Ich weiß nur, daß ich nicht gegen einen Feind kämpfen kann, den ich nicht kenne. Ich werde dorthin gehen und nach einer schwachen Stelle suchen. Und wenn du nicht mitkommst, gehe ich allein.«

»So einfach ist das?« fragte Skar.

Del nickte. »So einfach ist das.«

Skar schwieg einen Moment. Er starrte Del durchdringend an, aber diesmal hielt er seinem Blick stand. Skar kannte ihn lange genug, um zu wissen, daß sein Entschluß längst gefaßt war. Und vielleicht, dachte er widerwillig, hatte er sogar recht. Vielleicht war es ihre Pflicht, etwas gegen diese Monster zu tun.

»Und wenn ich es nicht zulasse?« fragte er, obwohl er die Antwort längst kannte. »Wenn ich dich nicht gehen lasse? Ich bin immer noch dein Meister, vergiß das nicht.«

Del lächelte sanft. »Du kannst mich nicht halten, Skar. Ich weiß, daß du versprochen hast, dich nicht einzumischen, und ich weiß auch, daß du recht hast und das, was ich vorhabe, Wahnsinn ist. Vielleicht werde ich dabei sterben. Aber ich tue es trotzdem. Ich habe diesen Menschen mein Leben zu verdanken, und wenn ich es aufs Spiel setzen muß, um sie von dieser Plage zu befreien, so tue ich es gerne.«

Skar machte ein abfälliges Geräusch. »Wo hast du diesen Satz gelesen?« fragte er.

Aber Del ließ sich auch davon nicht sichtlich beeindrucken. »Ich weiß, daß ich kein Recht dazu habe«, fuhr er fort, als hätte er Skars Worte gar nicht zur Kenntnis genommen, »aber ich bitte dich trotzdem, mich zu begleiten. Thoranda ist nicht für dich gestorben, Skar, sondern für eine Hoffnung. Enttäusche sie nicht.«

»Du ... du bist unfair«, sagte Skar hilflos.

»Ich weiß«, nickte Del. »Aber die Hoger sind auch nicht fair. Es war nicht fair, einen zehnjährigen Jungen zu töten. Komm mit mir, Skar. Begleite mich, und ich verspreche dir, daß wir hinterher ohne ein weiteres Wort aufbrechen.«

»Wenn wir noch leben.«

»Wenn wir noch leben«, bestätigte Del.

Sie gingen nicht zu Logars Haus, wie Skar halbwegs erwartet hatte, sondern betraten eine schmale, in kühnen Windungen nach oben führende Brücke, die sie zur höchsten Ebene Wents hinausbrachte. Skar schwindelte, als er in die Tiefe sah. Der Steg war kaum breiter als zwei nebeneinandergelegte Hände und bebte und schwankte unter jedem ihrer Schritte, und als Geländer gab es nur ein dünnes, straff gespanntes Seil, das das Gewicht eines ausgewachsenen Mannes kaum halten würde, wenn er das Gleichgewicht verlor und stürzte. Die Stadt lag seltsam still und ausgestorben unter ihnen, als hätte der Schock über den Tod Logars und der anderen ihre Bewohner gleichsam gelähmt. Aber mit der Stille war auch noch etwas anderes über Went hereingebrochen. Ein Gefühl der Erwartung, eine fast fühlbare, knisternde Spannung, die wie die Ahnung eines kommenden Unwetters zwischen den Gebäuden und Bäumen hing, ein stilles, auf sonderbare Art erwartungsvolles Schweigen, das – so oder so – nur in einer Explosion enden konnte. Skar war sich der Tatsache bewußt, daß er wahrscheinlich im Begriff stand, die größte Dummheit seines Lebens zu begehen. Das einzig Vernünftige wäre gewesen, sich ein Pferd und Lebensmittel zu nehmen und aufzubrechen, sofort und ohne auch nur eine einzige Minute zu verlieren. *Verändere Cearn,* hatte Seshar gesagt, *und du zerstörst es.* Aber er hatte sich geirrt. Obwohl er recht hatte, hatte er einen Fehler begangen, den gleichen Fehler, den Skar begangen hatte, Del, Coar, selbst Mergell und Bernec – alle. Sie hatten bereits damit begonnen, Cearn zu verändern, im gleichen Moment, in dem sie das erste Mal einen Fuß auf seinen Boden gesetzt hatten. Sie hatten gar nichts dazu zu tun brauchen. *Sie* waren die Veränderung, sie selbst.

Am Ende der Brücke befand sich ein halbrundes Gebäude, aus dem gedämpfte Stimmen zu ihnen herausdrangen. Del zog den Kopf zwischen die Schultern, um durch den niedrigen Eingang gehen zu können, schob die Tür auf und betrat das Haus. Skar folgte ihm in wenigen Schritten Abstand.

Im Inneren des Gebäudes befanden sich außer Bernec und Coar noch ein gutes Dutzend Krieger: Reiterinnen in den goldenen Panzern der Königlichen Garde und die grüngekleideten Bogenschützen aus Bernecs Einheit. Die Gespräche verstummten abrupt, als die beiden Satai den Raum betraten. Skar blieb unmittelbar hinter der Tür stehen. Der Raum war beinahe zu klein, um mehr als ein Dutzend Menschen aufzunehmen, und trotzdem kam er sich mit einem Male furchtbar einsam und allein gelassen vor. Plötzlich, als hätte der Gedanke bis jetzt gebraucht, um wirklich bis an sein Bewußtsein vorzudringen, traf ihn die Erkenntnis, am Tod Thorandas schuld zu sein; eine Schuld, die wie mit glühenden Lettern auf seiner Stirn geschrieben zu sein schien. Er spürte, daß Coar ihn anstarrte, aber er hatte nicht die Kraft, ihren Blick zu erwidern. Am liebsten hätte er sich herumgedreht und irgendwo verkrochen.

»Nimm Platz, Skar«, sagte Bernec in die Stille hinein. »Ich nehme an, dein Freund hat bereits mit dir geredet.«

Skar nickte und machte einen zögernden Schritt. Die Krieger rutschten enger zusammen, um zusätzlichen Platz für ihn und Del zu schaffen. Jemand drückte ihm einen Becher mit Wein in die Hand. Er trank einen winzigen Schluck, ohne den Geschmack wirklich wahrzunehmen, starrte sekundenlang in die rote Flüssigkeit und nickte dann. »Del hat mir gesagt, was ihr vorhabt«, sagte er. »Seid ihr sicher, daß es richtig ist?«

Bernecs Miene schien zu Eis zu erstarren.

»Versteht mich nicht falsch«, fuhr Skar hastig fort. »Ich will euch nicht davon abbringen, nur . . .«

»Niemand verlangt von dir mitzugehen, Skar«, sagte Bernec mit erzwungener Ruhe.

Skar setzte seinen Becher ab, schüttelte den Kopf und stützte das Kinn in die Handfläche. Sein Blick bohrte sich in den Coars und verharrte einen Moment. Die junge Gardeführerin saß mit untergeschlagenen Beinen neben Bernec. Ihre Hand ruhte in einer vertrauten Geste auf seinem Unterarm, eine Vertraulichkeit, wie Skar sie noch nie zwischen ihnen beobachtet hatte. Der Verlust, der sie beide gemeinsam getroffen hatte, schmiedete sie wieder zusammen. Vielleicht hatte sie mit Cornecs Tod nicht nur ihr Kind, sondern Skar auch sie verloren.

»Ich werde euch begleiten«, sagte er ruhig, »auch wenn ich dagegen bin. Ich werde euch helfen, mit diesen Ungeheuern fertig zu werden, ganz egal, was es kostet. Aber ich frage mich, ob ihr den richtigen Weg geht. Keiner von euch war jemals in diesen Höhlen, zumindest ist keiner von denen, die es versucht haben, zurückgekommen. Es könnte sein, daß niemand von uns dieses Unternehmen überlebt.«

Seine Worte schienen die beabsichtigte Wirkung zu verfehlen. Weder Bernec noch einer der anderen Krieger zeigte sich beeindruckt, und selbst Del starrte nur blicklos zu Boden und schien darauf zu warten, daß er weiterredete. Skar fühlte sich mit jeder Sekunde weniger wohl. Die Situation begann ihm mehr und mehr zu entgleiten, das spürte er. Er suchte Coars Blick, aber ihre Augen waren leer, erfüllt einzig von einem tiefen, undramatischen Schmerz. *Sie weiß, daß wir gehen,* dachte er. Vielleicht war es gut so.

»Ich nehme nicht an, daß ihr euren Plan mit Ipcearn abgestimmt habt«, fuhr er fort.

Bernec lächelte flüchtig. »Natürlich nicht«, sagte er. »Seshar würde es verhindern, das weißt du. Aber wir haben nicht vor, ihn um Erlaubnis zu fragen. Wenn wir zurück sind, mag er toben, soviel er will. Er wird die Dinge nicht mehr ändern können.«

Wahnsinn, dachte Skar. *Das ist der reine Wahnsinn. Was mache ich hier überhaupt? Diese halben Kinder basteln sich eine Revolution zusammen, und ich habe nichts Besseres zu tun, als ihnen auch noch zu helfen.* Aber dann sah er wieder Cornecs Gesicht vor sich, und er begriff, daß es Situationen gab, in denen man nur die Wahl zwischen zwei falschen Entscheidungen hatte.

»Wir kommen mit«, sagte er leise.

Bernec nickte, als hätte er nichts anderes erwartet. »Ich danke dir«, sagte er. »Aber bevor wir aufbrechen, möchte ich, daß du etwas weißt. Wir alle wissen, was in Ipcearn geschehen ist, und wir alle wissen, daß du das, was du getan hast, für den richtigen Weg hieltst. Vielleicht hast du recht, vielleicht auch nicht, aber es ist deine Entscheidung, und es steht uns nicht zu, sie zu kritisieren. Und wir wollen nicht, daß du uns nur begleitest, weil du dich verpflichtet fühlst, in irgendeiner Weise. Wenn du jetzt aufstehst und gehst, wird es dir niemand übelnehmen. Niemand darf dich für einen Feigling oder Verräter halten.«

»Ich weiß«, murmelte Skar. »Aber meine Entscheidung steht fest. Wann brecht ihr auf?«

Ein hörbares Aufatmen schien durch den Raum zu gehen.

»Noch heute«, sagte Bernec. »Wir können nicht warten. Die Kunde von dem, was hier geschehen ist, wird rasch nach Ipcearn dringen, und Seshar kennt mich zu genau, um nicht zu wissen, daß ich etwas unternehmen werde. Wir werden weg sein, ehe seine Reiter eintreffen. Sie werden es nicht wagen, uns in die Wüste zu folgen. Nicht einmal Mergell ist verrückt genug dazu.«

»Heute?« wiederholte Skar überrascht.

»Am frühen Vormittag. Es ist ein halber Tagesritt zu den Höhlen. Wir müssen sie vor Einbruch der Dunkelheit erreichen. Während der Nacht sind die Hoger zu aktiv. Wir hätten keine Chance, die Höhlen lebend zu erreichen.«

Skar nickte. Bernecs Worte klangen überzeugend, wenn ihm auch die Vorstellung, während der heißesten Zeit des Tages durch den Glutofen der Nonakesh zu reiten, alles andere als behaglich war. »Wer wird mit uns reiten?«

Bernec machte eine Handbewegung, die den ganzen Raum einschloß. »Wir alle. Nicht mehr. Ein zu großes Heer würde zu sehr auffallen. Die Hoger sind wachsam, auch am Tage.« Er stand auf und deutete mit einer Kopfbewegung zur Tür. »Es wäre besser, wenn wir alle uns zurückziehen und noch ein wenig ruhen würden«, sagte er. »Der Ritt durch die Wüste wird unsere letzten Kräfte fordern. Und es ist noch viel vorzubereiten.«

Skar verstand. Natürlich würde keiner von ihnen Schlaf finden, nicht einmal Ruhe. Aber er respektierte Bernecs Wunsch, allein zu sein. Er tauschte einen raschen Blick mit Del, stemmte sich in die Höhe und verließ ohne ein weiteres Wort das Gebäude.

Der Wind schien kälter geworden zu sein, als er aus dem niedrigen Eingang trat und stehenblieb. Die dichte Blätterkrone des Baumes raschelte und raunte um ihn herum, wisperte mit leiser Stimme geheimnisvolle Worte. Er hörte, wie Del hinter ihm aus dem Haus trat und die Tür schloß, stehenblieb.

»Dir ist klar, daß wir wahrscheinlich bei diesem Wahnsinnsunternehmen draufgehen werden«, sagte er, ohne sich umzudrehen.

»Ich weiß. Und ich wußte auch, daß du es weißt.«

Skar fuhr überrascht herum. Es war nicht Del.

»Coar!« keuchte er. »Du . . .«

»Nicht.« Coar schüttelte hastig den Kopf, trat mit einem Schritt auf ihn zu und warf sich an seine Brust. »Ich . . . wollte noch einmal mit dir reden«, sagte sie leise. Ihre Stimme bebte, und obwohl sie den Kopf gesenkt hatte und er ihr Gesicht nicht sehen konnte, wußte er, daß sie weinte. Er hob die Hand, streichelte zögernd ihr Haar und umarmte sie. Ihr Körper fühlte sich mit einemmal seltsam zerbrechlich und leicht an. Verwundbar.

»Ihr geht fort«, sagte sie. Es war keine Frage.

»Ja«, antwortete er. »Es . . . muß sein. Wir können nicht hierbleiben. Wir hätten niemals kommen dürfen.«

Coar wollte etwas sagen, aber er preßte sie an sich und sprach rasch und gezwungen ruhig weiter. »Wir sind nicht die Männer, auf die ihr gewartet habt, Coar. Wir sind keine Götter, und wir sind auch keine Befreier. Wenn wir euch überhaupt etwas gebracht haben, dann Unglück.«

Ihr Schweigen traf ihn härter als alles andere zuvor. Lange, lange Zeit blieben sie reglos aneinandergeklammert so stehen, und jeder von ihnen fühlte sich unendlich einsam und allein. Skar wußte in diesem Moment mit absoluter Sicherheit, daß sie ihn liebte, trotz allem, was geschehen war, aber der Gedanke schürte seinen Schmerz noch mehr. Er löste seine Hände von ihrem Rükken, nahm ihr Gesicht zwischen die Hände und küßte ihr Gesicht. Es schmeckte salzig. Nach Tränen und Schmerz.

»Es tut mir so leid«, flüsterte er. »Ich würde mein eigenes Leben opfern, wenn ich Cornec damit helfen könnte.«

»Es ist nicht deine Schuld«, sagte Coar mit erstaunlicher Ruhe. »Niemand ist schuld daran, Skar. Wenn überhaupt, so sind wir es selbst. Ich ... ich habe Bernecs Ideen niemals zugestimmt, aber jetzt weiß ich, daß er recht hatte, die ganze Zeit.« Sie löste sich aus seiner Umarmung, trat einen Schritt zurück und wischte sich mit dem Handrücken die Tränen aus dem Gesicht. »Er hat recht«, sagte sie noch einmal. »Wir können nicht mehr länger stillhalten. Wir haben jahrhundertelang gewartet und auf eine Zukunft gehofft, die niemals stattfinden wird.«

Skar schüttelte den Kopf. »Du bist verbittert, Coar«, sagte er. »Aber –«

»Ich bin nicht verbittert. Ich bin nur endlich aufgewacht, Skar. Bernec hat recht, hundertmal recht! Generation um Generation haben wir gehofft und gebetet, aber es ist nichts geschehen. Du hast Cearn einmal mit dem Paradies verglichen, aber das stimmt nicht. Es ist die Hölle. Eine Hölle, aus der es kein Entkommen gibt. Jedenfalls nicht, wenn man dasitzt und auf ein Wunder wartet. Wir werden handeln, und wenn Went oder ganz Cearn daran zugrunde gehen sollte, dann geht es eben zugrunde. Ich will nicht mehr warten. Mein Kind ist gestorben, und ich will nicht, daß noch mehr Kinder für eine Idee sterben, die vielleicht überhaupt nicht existiert. Du selbst hast bewiesen, daß die Nonakesh nicht so unbesiegbar ist, wie es scheint. Wir werden uns ihr stellen, Skar, und wir werden diesen Kampf gewinnen. Vieleicht werde ich seinen Ausgang nicht mehr erleben, aber wenn ich sterbe, dann wenigstens in dem Wissen, etwas getan zu haben. Vielleicht hast du recht, und die Welt dort draußen ist die Hölle, und Cearn der Himmel. Aber ich ziehe es vor, in der Hölle frei zu sein statt gefangen im Paradies.«

Er wußte, daß er jetzt antworten mußte, irgend etwas, ganz egal was, ihr widersprechen, sagen, daß sie sich täuschte, daß sie das, wofür sie zu kämpfen glaubte, zerstören würde.

Aber er konnte es nicht.

Weil er wußte, daß sie recht hatte.

Die Pferde warteten am Westtor auf sie. Ein knappes Hundert Berittener hatte rechts und links des Pfades Aufstellung genommen und gab ihnen ein letztes, stummes Geleit. Die Sonne schien heißer als normal vom Himmel zu brennen, und als Skar nach Westen sah, glaubte er hinter dem Wald einen dünnen, safranbraunen Streifen zu erkennen, ein stummer Gruß der Nonakesh, die letzte Verbeugung vor dem Gegner, bevor der Kampf begann.

Ein leiser, langsam anschwellender Gesang wehte aus Went zu ihnen heraus, als sie sich in die Sättel schwangen und nacheinander durch das Tor ritten, der gleiche Gesang, den er schon einmal gehört hatte, als er an der Beerdigungszeremonie teilnahm. Er fror plötzlich.

Sie verließen Went, ritten eine Weile nach Süden und wandten sich dann, nachdem sie den Ring aus tödlichen Fallen, der die Stadt umgab, durchquert hatten, nach Westen, dem gleichen Weg folgend, den sie vor fünf Tagen schon einmal genommen hatten. Wie beim ersten Mal sprach auch diesmal keiner von ihnen ein Wort, wenn auch aus anderen Gründen. Einmal, etwas weniger als eine halbe Stunde, nachdem sie Went hinter sich gelassen hatten, zog ein schwarzer, dreieckiger Schatten hoch über ihnen am Himmel nach Westen, aber wenn das Tier die Gruppe überhaupt bemerkte, so schien sie ihm als Beute wohl zu groß. Sie erreichten unbehelligt das westliche Ende Cearns, durchquerten behutsam den vorgelagerten Streifen und standen schließlich auf dem Kamm der äußersten Düne.

Heißer, trockener Wüstenwind schlug ihnen entgegen, und die endlosen Sanddünen vor ihnen schienen in der hitzeflimmernden Luft zu verschwimmen, so daß der Horizont nicht klar erkennbar, sondern nur ein ungewisses blaues Etwas in unendlicher Entfernung war. Skar zog die Kapuze seines Umhanges tiefer in die Stirn und überzeugte sich davon, daß seine Waffen griffbereit am Sattel hingen. Sie alle hatten sich in knöchellange, hochgeschlossene Mäntel von sandbrauner Farbe gehüllt, und selbst die Tiere waren mit Decken aus dem gleichen Material behängt worden, die sie gleichermaßen vor der Hitze wie vor einer Entdeckung aus der Luft schützen sollten. Skar suchte aus zusammengekniffenen Augen den Himmel ab. Er war leer, eine stahlblaue, gnadenlose Kuppel, aus deren Zenit das rote Auge der Sonne auf sie herabstarrte und die sie allein durch ihre Größe zu verspotten schien. Der Wind spielte raschelnd mit Sand, zauberte dünne, zerbrechliche Gebilde aus Staub und Illusion vor ihnen in die Luft und ließ sie die Hitze noch mehr spüren. Obwohl sie erst vor wenigen Minuten gerastet und ausgiebig getrunken hatten, fühlten sich Skars Lippen plötzlich trocken und spröde an. Er wußte, daß die Wüste ihn wiedererkannte. Er war ihr einmal entronnen, aber nun war er wieder da, nicht als Flüchtling diesmal, sondern als Herausforderer. Mit dem ersten Schritt, den er tat, würde er ihr den Fehdehandschuh ins Gesicht schleudern. Und sie würde die Herausforderung annehmen.

»Los«, kommandierte Bernec.

Sie ritten los, nicht hinter-, sondern nebeneinander diesmal, in einer weit auseinandergezogenen Kette, selbst für einen Hoger schwer zu entdecken und noch schwerer anzugreifen. Die sandbraunen Mäntel ließen sie fast mit dem Wüstenboden verschmelzen, und selbst Skar hatte nach einiger Zeit Mühe, die Reiter am jenseitigen Ende der Kette vor dem eintönigen Hintergrund der Wüste zu erkennen.

Es wurde heißer, rascher, als er befürchtet hatte. Der Wüstensand schien das Sonnenlicht wie ein gigantischer Spiegel zurückzuwerfen, und Skar ertappte sich mehr als einmal dabei, wie seine Hand unter den Umhang glitt und nach der Wasserflasche tastete. Aber er beherrschte sich. Ihr Wasservorrat war reichlich, abcr begrenzt, und keiner von ihnen wußte, was sie dort draußen wirklich erwartete und wie lange sie vielleicht in dem unterirdischen Labyrinth bleiben mußten. Sie würden trinken, bevor sie in die Höhlen eindrangen. Vielleicht hatten sie hinterher keine Zeit mehr dafür.

Der Ritt zog sich quälend in die Länge. Die Zeit schien erstarrt zu sein, und die Sonne hing wie festgeklebt am Himmel und weigerte sich, weiterzuwandern. Die Schritte der Pferde wurden schleppender, und Skar begann die Hitze stärker zu spüren. Seine Augen schmerzten von der unerträglichen Helligkeit, und seine Lippen trockneten aus und rissen. Wider besseres Wissen trank er schließlich doch einen Schluck Wasser, aber sein Durst war hinterher eher größer.

Sie waren etwa zwei Stunden geritten, als einer der Männer plötzlich anhielt und einen schrillen, abgehackten Ruf ausstieß. Skar drängte sein Pferd herum und ritt rasch auf den Mann zu; die anderen folgten seinem Beispiel.

»Was ist los?« fragte Skar, als er neben dem Reiter angelangt war.

Statt einer Antwort deutete der Mann stumm auf den Sand vor sich.

Im ersten Augenblick konnte Skar nichts Auffälliges entdecken, aber dann sah er, was der Mann meinte. Der Wüstenboden war vor ihnen entlang einer schnurgeraden Linie aufgeworfen. Eine flache, der chaotischen Symmetrie der Dünen hohnsprechende Linie, die irgendwo hinter ihnen begann und so weit sie sehen konnten nach Westen lief.

»Was ist das?« fragte Skar.

Der Mann zuckte die Achseln. »Ich weiß es nicht. Es ist das erste Mal, daß ich so etwas sehe.« Er sprang aus dem Sattel und wollte sich bücken, um mit der Hand über die Erhebung zu tasten, aber Skar hielt ihn mit einer raschen Bewegung zurück.

»Nicht!« Er löste den Bogen von seinem Sattel, beugte sich vor und stocherte vorsichtig damit rechts und links der Verwerfung im Boden. Der Sand schien ihm ungewöhnlich locker, als wäre jemand mit einer gewaltigen Egge durch die Wüste gefahren und hätte den Boden entlang dieser willkürlich gezogenen Linie aufgeworfen. *Oder als hätte sich irgend etwas dicht unter der Oberfläche hindurchgegraben.*

Er richtete sich auf und gab dem Mann ein Zeichen, ebenfalls wieder in den Sattel zu steigen. »Gibt es Tiere hier draußen?« fragte er.

»Tiere?« Bernec lachte hart auf. »Dies ist die Nonakesh, Skar.«

Skar drehte sich nachdenklich im Sattel um und verfolgte die Linie mit Blicken. Verlängerte er sie in Gedanken, mußte sie genau in Cearn enden. Aber der Gedanke war zu phantastisch, um ihn laut auszusprechen.

»Reiten wir weiter«, murmelte er.

Die Männer kehrten auf ihre vorherigen Positionen zurück und setzten ihren Weg fort. Sie bewegten sich weiter durch die Sonnenglut nach Westen. Einmal sahen sie eine Abteilung Hoger, die weit über ihnen an der Sonne vorbeistrichen, aber die Tiere waren zu hoch, um Notiz von ihnen zu nehmen, und sie zogen nach Osten, in Richtung Cearn. Skar sah, wie Coar den Kopf hob und ihnen nachstarrte, selbst als sie längst außer Sicht waren. Vielleicht würde Went neue Opfer zu beklagen haben, wenn sie zurückkehrten.

Nach einer Weile stießen sie auf eine zweite Verwerfung. Sie begann übergangslos vor ihnen im Wüstenboden und führte zielstrebig nach Osten, um wenig mehr als eine Meile später wieder zu verschwinden. Und es blieb nicht die letzte. Je weiter sie nach Osten kamen, desto häufiger wurde das Phänomen, und einmal durchquerten sie ein regelrechtes Feld dieser geraden, auf unwirkliche Weise bedrohlich wirkenden Linien.

Das Unglück geschah, als sie nur noch wenige Meilen vom Eingang der Höhlen entfernt waren. Der Reiter am äußersten linken Ende der Kette warf plötzlich die Arme in die Luft und stieß einen halblauten Ruf aus. Sein Pferd tänzelte nervös und versuchte auszubrechen, so daß er es nur noch mit äußerster Kraft halten konnte. Er deutete wild gestikulierend auf den Sand zu seinen Füßen. Dicht neben den Vorderhufen seines Tieres zog sich eine der flachen, aufgeworfenen Linien durch den Boden. Skar war zu weit entfernt, um Einzelheiten erkennen zu können, aber irgend etwas schien ihm an dieser Verwerfung anders als an denen, die sie bisher gesehen hatten. Er beugte sich tiefer über den Hals seines Pferdes und gab dem Tier unbarmherzig die Sporen.

Voller ungläubigem Schrecken beobachtete er, wie der Cearner die Lanze von seinem Sattel löste, sich vorbeugte und damit im Sand herumstocherte. *Der Sand zu seinen Füßen bewegte sich.* Eine winzige Fontäne stob hoch. Der Wüstenboden begann zu brodeln und zu kochen. Ein flacher, wabernder Trichter bildete sich, wuchs in Bruchteilen von Sekunden zu einem wirbelnden Sog heran – und dann katapultierte irgend etwas Dunkles, Glitschiges aus dem kochenden Sand herauf und landete mit einem widerlichen Geräusch im Gesicht des Reiters.

Der Mann stieß einen gurgelnden, halberstickten Schrei aus, der Skar auf grausige Weise bekannt vorkam, kippte hintenüber aus dem Sattel und landete mit zuckenden Gliedern auf dem Boden. Sein Pferd stieg hoch, fuhr auf den Hinterläufen herum und galoppierte, schreiend vor Angst, davon.

Skar rammte seinem Tier gnadenlos die Sporen in die Flanken, obwohl er wußte, daß er absolut nichts mehr für den Unglücklichen tun konnte.

Er erreichte ihn im gleichen Moment, in dem Coar den Bogen vom Sattel löste und mit bedächtigen Bewegungen einen Pfeil auf die Sehne legte. Sie richtete die dreieckige, mit messerscharf geschliffenen Widerhaken versehene Spitze auf das Gesicht des Mannes, zog die Sehne bis zum Ohr durch und schoß. Der Pfeil durchbohrte den pulsierenden *Khtaám,* hämmerte durch die Kehle des Mannes und fuhr mit einem saugenden Geräusch in den Sand. Der Cearner zuckte ein letztes Mal und lag dann still.

Skar wandte sich ab. Er wußte, daß Coar das einzig Richtige getan hatte. Ein schneller, gnädiger Tod war das einzige gewesen, was sie noch für den Mann hatte tun können. Trotzdem erschütterte ihn die Kälte, mit der sie geschossen hatte.

Del war es, der schließlich die bedrückende Stille brach. »Aber wieso . . .«, keuchte er. »Was . . . was war das?«

»Ein *Khtaám*«, antwortete Skar tonlos.

»Eines von ... von den Biestern, die dich auch erwischt hatten?« keuchte Del.

Skar nickte.

»Aber ... ich dachte, sie ... sie halten sich nur im Wald auf«, stotterte Del.

»Das dachten wir alle«, murmelte Bernec. Seine Stimme klang belegt. »Ich ... ich habe nie gehört, daß sie so weit draußen in der Wüste ...« Er brach ab. Sein Gesicht zuckte vor Schmerz, und seine Hände krallten sich in die Mähne seines Pferdes, als brauche er etwas, an dem er sich festhalten konnte. Ein plötzlicher Windstoß überschüttete die Gruppe mit Sand und Hitze, und für einen Moment schien sich das leise Wimmern der Böen in grausames Hohngelächter zu verwandeln. Die Nonakesh hatte ihnen ihren ersten Gruß ausgerichtet. Sie hatten ihr Ziel noch nicht einmal erreicht, und schon den ersten Mann verloren.

»Reiten wir weiter«, sagte Skar halblaut. »Wir können nichts mehr für ihn tun.«

Bernec schwang sich aus dem Sattel, kniete neben dem Getöteten nieder und schlug seinen Mantel zur Seite. In seiner Hand blitzte ein winziger, gekrümmter Dolch. Die Spitze fuhr mit einem reißenden Geräusch durch Stoff und Fleisch und schnitt zentimetertief in die Brust des Toten. Er richtete sich auf, schloß die Faust um die *Eyhaka* des Gefallenen und trat dann mit einer ruckhaften Bewegung auf Skar zu.

»Nimm sie«, sagte er. Seine Stimme zitterte, und er sah weg, während er die Hand ausstreckte und Skar den winzigen, blutigen Samen entgegenhielt.

Skar starrte ihn fassungslos an. Er wußte, was diese Geste bedeutete, wie groß die Achtung sein mußte, die Bernec ihm trotz seiner unverhohlenen Abneigung entgegenbrachte. Er vertraute ihm mehr an als eine Knospe, aus der irgendwann einmal ein Baum entspringen würde. Was er dort in der Hand hielt, war die Seele seines Kameraden, alles, wofür der Mann jemals gelebt hatte. »Das ist ... zuviel der Ehre«, murmelte er schwach. »Ich kann das nicht annehmen.«

»Nimm«, beharrte Bernec. »Du ... du hast von uns allen die größten Aussichten, lebend zurückzukommen. Nimm sie!«

Skar atmete hörbar ein, griff nach der Samenkapsel und schob sie unter seinen Gürtel. Bernec fuhr herum, sprang in den Sattel und griff nach den Zügeln. »Weiter!« kommandierte er. »Und weicht den Spuren aus.«

Sie setzten ihren Weg fort, schneller als nötig und vor allem gut für die Pferde gewesen wäre. Das monotone Auf und Ab der Wüste flog an ihnen vorüber, und mit jeder Meile, die sie weiter nach Westen kamen, schien sich die stumme Drohung, die wie der Griff einer unsichtbaren, eisigen Hand über ihren Seelen lag, zu vertiefen. Skar keuchte. Sein eigener Atem brannte schmerzhaft in seiner Kehle, und sein Herz hämmerte wütend und rasch. Aber es war nicht nur die Hitze.

Die *Khtaám*-Spuren mehrten sich, je weiter sie sich den Höhlen näherten, so daß sie ihre geordnete Formation schließlich aufgeben und langsamer reiten mußten, um ihre Tiere behutsam zwischen den tödlichen geraden Linien hindurchzulenken.

Als die Dämmerung hereinbrach, erreichten sie die Höhlen.

Der Anblick war beinahe enttäuschend. Skar hatte nichts Bestimmtes erwartet, aber irgendwie hatte der Anblick der gewaltigen schwarzen Bestien die Vorstellung von etwas ebenso Gewaltigem und Finsterem in ihm ausgelöst. Die Höhle war nicht mehr als ein Loch im Boden: ein flacher, nach innen hin sanft abfallender Krater, als wäre der massive Fels eingebrochen und der Sand einfach nachgerutscht. Am Grunde des runden, senkrecht in die Tiefe führenden Schachtes lauerte Finsternis: Schwärze, die seine überreizten Nerven mit der Illusion von Bewegung zu füllen versuchten.

Bernec blinzelte zum Himmel empor, schlug seine Kapuze zurück und schwang sich aus dem Sattel. »Beeilt euch«, sagte er. »Die Sonne geht bald unter. Wir haben nicht mehr viel Zeit.« Er öffnete die Satteltaschen seines Pferdes, nahm ein zusammengerolltes Seil hervor und band das eine Ende am Sattelknauf fest. Dann trat er zurück, holte aus und warf das Tau in den Schacht hinab, eine Handlung, die so völlig undramatisch und der Situation unangemessen schien, daß Skar beinahe aufgelacht hätte. Das Seil fiel lautlos in die Tiefe und schlug irgendwo unten auf. Ein helles, metallisches Echo wehte aus dem Schacht empor. Bernec starrte einen Moment in das finstere runde Loch hinab, rüttelte dann prüfend am Seil und näherte sich, rückwärts gehend und die Hände um das Tau verkrampft, dem Schachtrand.

»Bist du sicher, daß es klug ist, jetzt dort hinunterzugehen?« fragte Skar.

»Und warum nicht?« entgegnete Bernec, ohne stehenzubleiben. »In einer halben Stunde ist es dunkel. Wenn wir dann noch hier sind, können wir uns genausogut gegenseitig die Kehlen durchschneiden. Die Hoger fangen an zu schwärmen, sobald die Sonne untergegangen ist.«

»Wir könnten uns eingraben und warten, bis sie abgezogen sind«, schlug Skar vor.

Bernec schüttelte den Kopf, schwang die Beine über den Rand der Höhle und stützte sich an der senkrechten Wand ab. Das Seil spannte sich, und für einen Moment hing er in bedrohlicher Schräglage frei in der Luft, ehe er wieder festen Halt gewann. »Wenn ich ums Leben komme«, sagte er, »übernimmst du das Kommando, Skar. Dann dein Freund und Coar. Sollten sie auch fallen, versuchen die anderen auf eigene Faust zurückzukommen. Und jagt die Pferde davon.«

Skar sah schweigend zu, wie Bernec langsam in der Tiefe verschwand. Er kletterte rasch und mit sicheren, geübten Bewegungen und war bereits nach wenigen Augenblicken aus ihrem Sichtbereich verschwunden. Nur das straff gespannte Seil und das leise Poltern und Schaben, das aus dem Schacht empordrang, bewiesen noch, daß er überhaupt existierte. Vielleicht, dachte Skar, war dieses Loch gar nicht der Eingang zu einer Höhle, sondern der Schlund eines gigantischen schwarzen Etwas, der Eingang zu einem Reich des Nichts, in dem sie einfach aufhören würden zu existieren, sobald sie es betreten hatten.

Das Seil spannte sich.

»Ich bin unten!« drang Bernecs Stimme seltsam hohl und verzerrt zu ihnen hinauf. »Ihr könnt nachkommen! Hier ist alles ruhig.«

»Wenn er weiter so rumbrüllt«, murrte Del, »wird es die längste Zeit ruhig gewesen sein.«

Skar lächelte flüchtig, griff nach dem Seil und schwang sich, Bernecs Beispiel folgend, rückwärts über den Schachtrand.

Die Finsternis schien wie eine schwarze Woge über ihm zusammenzuschlagen, als er mit dem Abstieg begann. Die Wände des Schachtes bestanden nicht aus Fels, wie er erwartet hatte, sondern aus zusammengebackenem Sand und trockener, krumiger Erde, die unter seinen Füßen immer wieder nachgab und abbröckelte, so daß er eher am Seil hinunterrutschte, als daß er wirklich stieg. Ein unablässig rieselnder Strom von Sand und kleinen Steinen begleitete seinen Abstieg, und aus der Tiefe drangen helle, klackende Echos zu ihm hinauf. Die Höhle unter ihm mußte gewaltig sein.

Der helle Kreis über seinem Kopf schmolz zu einem winzigen, grellorangenen Fleck zusammen, und die Wände wichen weiter auseinander, so daß sich das Seil schließlich über dem Schachtrand spannte und er fast frei in der Luft hing.

»Spring«, sagte Bernec unter ihm. »Es sind nur noch zwei Meter. Der Boden ist weich.«

Skar ließ das Seil los. Er stürzte, prallte auf weichem, federndem Untergrund auf und rollte sich ab. Eine Hand tastete nach seinem Arm und wich wieder zurück, als er aufstand.

»Alles in Ordnung?« fragte Bernec.

Skar nickte, obwohl der andere die Geste in der absoluten Schwärze hier unten nicht sehen konnte. »Ja«, sagte er. Er hörte, wie Bernec sich neben ihm bewegte und nach dem Seil griff.

»Der nächste!« brüllte er.

Die unsichtbaren Wände um sie herum warfen den Klang seiner Stimme verzerrt zurück, und irgendwo hinter ihnen löste sich ein Stein von der Decke und fiel polternd zu Boden. Ein warmer Luftzug strich durch die Höhle, nicht die trockene, würgende Luft der Wüste, sondern feuchtwarmer Wind, der einen seltsamen, unangenehmen Geruch mit sich brachte.

Das Seil bewegte sich, und am Rande des hellen Kreises hoch

über ihren Köpfen erschien ein winziger schwarzer Umriß.

»Zu langsam«, sagte Bernec gepreßt. »Wir sind zu langsam.«

Skar legte unwillkürlich den Kopf in den Nacken und blinzelte nach oben. Das Licht über ihnen schien bereits schwächer geworden zu sein. Aber vielleicht bildete er sich das auch nur ein.

»Ist das der einzige Eingang?« fragte er.

Bernec schüttelte den Kopf. »Es gibt Dutzende. Wenn wir etwas Glück haben, kommen wir rechtzeitig hinein.«

»Und dort unten?« Skar deutete mit einer Kopfbewegung auf die nachtschwarze Finsternis hinter ihnen.

Bernec lachte leise. »Das weiß ich ebensowenig wie du, Skar. Es ist noch keiner zurückgekommen, der es bis hierher geschafft hat.«

»Gibt es einen Eingang, der näher bei Cearn liegt?«

»Sicher«, murmelte Bernec. »Aber dies ist der einzige, den ich kenne. Ganz davon abgesehen, daß es dir einigermaßen schwerfallen dürfte, hier unten die Himmelsrichtung zu finden. Aber darüber sollten wir uns den Kopf zerbrechen, wenn wir hier heraus sind. Jetzt müssen wir erst einmal eine Möglichkeit finden hineinzukommen.« Er trat zur Seite, als der nächste Mann den Überhang erreichte und sich die letzten Meter in die Tiefe fallen ließ.

Sie warteten ungeduldig, bis die Cearner nacheinander zu ihnen hinabgestiegen waren. Das Licht am oberen Ende des Schachtes war nun merklich schwächer geworden, und mehr als nur einmal bildete sich Skar ein, das Rauschen mächtiger Schwingen zu hören.

Aber sie wurden nicht behelligt. Del war der letzte, der sich am Seil zu ihnen hinabhangelte. Auch er sprang die letzten Meter, rollte sich ab und starrte dann nachdenklich nach oben. »Hat einer von euch zufällig eine Idee, wie wir wieder hinaufkommen?« sagte er ruhig. »Das Pferd wird kaum ruhig stehenbleiben, wenn unsere geflügelten Freunde auftauchen.«

»Es gibt andere Ausgänge«, sagte Bernec ungeduldig. »Wir werden einen Weg finden, an die Oberfläche zu gelangen. Aber nur«, fuhr er nach einer winzigen Pause fort, »wenn wir allmählich machen, daß wir hier verschwinden, statt noch lange zu reden. Wer hat die Fackeln?«

»Ich.« Ein heller Funke glomm auf, erlosch und flammte nach Sekunden erneut auf, um zum rotgelben Flackern einer Fackel zu werden.

Skar blinzelte. Nach der absoluten Finsternis erschien ihm das Licht der Fackel ungewöhnlich grell und schmerzhaft. Die Gestalten der Männer schienen vom roten Licht wie mit Blut übergossen. Bernec entzündete eine zweite Fackel, hob sie hoch über den Kopf und sah sich neugierig um. Der unsichere Lichtschein verlor sich rechts und links in flackernder Finsternis. Die Höhle war nicht so hoch, wie Skar bisher geglaubt hatte. Die Decke krümmte sich ein wenig mehr als einen Meter über ihm herab, berührte hier und da den Boden oder endete in bizarren, an Stalagtiten erinnernden Formen.

»Ein Gang«, stellte Coar verwundert fest.

Bernec nickte und umklammerte seine Fackel fester. »Gehen wir. Und keinen Laut mehr.« Er schlug seinen Mantel zurück, zog den Säbel aus dem Gürtel und ging gebückt und vornübergebeugt los. Auch Skar und die anderen zogen ihre Waffen, obwohl sie genau wußten, wie wenig sie ihnen nutzen würden, sollten sie von den Hogern entdeckt und angegriffen werden. Sie waren nicht gekommen, um zu kämpfen. Aber es war ein beruhigendes Gefühl, sich wenigstens wehren zu können.

Der Stollen fiel in sanfter Neigung ab und erweiterte sich allmählich, und in unregelmäßigen Abständen zweigten Nebengänge nach rechts und links ab. Noch immer war keine Spur von den Hogern zu sehen oder zu hören, aber Skar fühlte sich keineswegs beruhigt. Im Gegenteil – das Gefühl, mitten in das Gebiet eines unheimlichen Feindes hineinzumarschieren, ohne auch nur das geringste von seiner Anwesenheit zu bemerken, ängstigte ihn. Wäre der Gedanke, den Ungeheuern soviel Intelligenz zuzubilligen, nicht zu erschreckend gewesen, hätte er geglaubt, mitten in eine Falle hineinzumarschieren.

Der Gang endete schließlich in einer runden, kuppelförmig gewölbten Höhle, von der ein Dutzend oder mehr weitere Stollen abzweigten.

Bernec blieb stehen und hob seine Fackel. Flackernde rote Lichtreflexe liefen über Wände und Boden und schufen Leben und Bewegung, wo keine waren. Wieder spürten sie den warmen, feuchten Wind, der sie bereits beim Betreten des unterirdischen Labyrinths begrüßt hatte. Der Boden unter ihren Füßen schien sanft zu beben, und manchmal bildete sich Skar ein, ein fernes, unablässiges Donnern zu vernehmen.

»Wohin jetzt?« fragte einer der Krieger.

»Rechts«, sagte Bernec nach kurzem Überlegen. »Solange wir keine konkrete Spur haben, halten wir uns immer rechts. Auf diese Weise finden wir wenigstens den Rückweg, sollte uns etwas zustoßen.«

Skar lächelte anerkennend. Bernec drehte sich halb herum und sah ihn sekundenlang an, fast, als erwarte er Zustimmung oder Lob, hob die Fackel dann noch höher und winkte mit der freien Hand. »Weiter.«

Hintereinander drangen sie in den niedrigen Stollen ein. Die Wände waren hier stark geneigt, so daß der Gang einen beinahe dreieckigen Querschnitt aufwies, und ihre Struktur erinnerte Skar irgendwie an organische Formen, wenn sie auch mit nichts vergleichbar waren, was er jemals gesehen hatte. Je weiter sie sich in die Tiefe bewegten, desto wärmer wurde es; wärmer und feuchter, so daß ihnen unter den Mänteln bald der Schweiß ausbrach. Von der niedrigen Decke tropfte jetzt Wasser, und der Boden unter ihren Füßen fühlte sich schwammig und weich an und federte spürbar. Der Gang endete nach einer Strecke, die ihnen allen viel weiter vorkam, als sie wahrscheinlich war, in einer weiteren Höhle.

Bernec, der an der Spitze der Gruppe ging, blieb plötzlich stehen und hob warnend die Hand. »Still«, zischte er. »Ich glaube, da vorne ist irgend etwas.«

Skar schob sich hastig an den vor ihm gehenden Kriegern vorbei und trat lautlos neben ihn. Bernec hatte die Fackel gesenkt und die Flamme zusätzlich mit seinem Mantel abgeschirmt, so daß nur ein schwaches rötliches Glimmen in die Höhle hinausfiel. Aber auch so spürte Skar, wie gewaltig der Raum sein mußte. Der Boden stürzte vor ihnen senkrecht in die Tiefe; der Gang endete nicht ebenerdig, sondern irgendwo mitten in einer der Höhlenwände. Skar wollte etwas sagen, aber Bernec schüttelte hastig den Kopf und deutete nach vorne.

Auch Skar starrte konzentriert nach vorne und versuchte die pechschwarze Finsternis mit Blicken zu durchdringen. Der rötliche Lichtschein, der unter Bernecs Mantel hervordrang, störte ihn, aber trotzdem glaubte er nach einer Weile etwas wahrzunehmen ... Bewegung ... ein kaum merkliches Erbeben noch schwärzerer Schattierungen in der Schwärze ... die reine Empfindung von Leben, Eindrücke, die er nicht einzeln und bewußt wahrzunehmen vermochte, die ihm in ihrer Gesamtheit aber zweifelsfrei mitteilten, daß da vorne etwas war ... irgend etwas ...

Er bückte sich, tastete mit den Händen über den Boden und hob einen faustgroßen Stein auf. Bernecs Brauen zogen sich mißbilligend zusammen. Aber sie würden nicht zum Ziel kommen, wenn sie ihre Umgebung nicht irgendwie erforschten, und das wiederum war kaum möglich, ohne ein Risiko einzugehen.

Er beugte sich vor, streckte die Hand aus und ließ den Stein fallen. Schon nach knapp zwei Sekunden hallte das gedämpfte Geräusch des Aufpralles zu ihnen hinauf.

»Fünfzehn Meter«, schätzte Bernec. »Vielleicht zwanzig. Nicht mehr.«

Skar ließ sich auf ein Knie herabsinken und versuchte, mit der Hand über die senkrecht abfallende Wand unter sich zu tasten. Wie schon draußen im Gang bestanden die Wände nicht aus Fels und massivem Gestein, sondern aus Erdreich, von seinem eigenen Gewicht zusammengebacken und hart, aber nicht fest genug, um ohne Risiko daran hinunterklettern zu können.

»Haben wir ein Seil?« fragte er.

Bernec nickte überrascht. »Du willst hinunterklettern?«

»Hast du eine bessere Idee?« gab Skar zurück. Er stand auf, wischte sich die Hände an einem Zipfel seines Mantels ab und deutete mit einer Kopfbewegung auf Bernecs Fackel. »Mach Licht«, verlangte er.

Bernec zögerte. »Wenn dort unten irgend etwas ist –«

»Hat es uns sowieso längst entdeckt«, unterbrach ihn Skar ungeduldig. »Nun mach schon. Ich klettere nicht gerne irgendwo hinunter, ohne zu wissen, was mich erwartet.«

Bernec schien nicht gerade begeistert von Skars Vorschlag zu sein. Trotzdem senkte er nach sekundenlangem Zögern langsam den Mantel und hob die Fackel empor. Der flackernde Lichtschein verlor sich in der gewaltigen Weite der Höhle, aber das Wenige, was sie sahen, ließ ihnen allen einen eisigen Schauer über den Rücken laufen. Der gigantische unterirdische Dom war nicht leer, sondern von etwas erfüllt, das Skar im ersten Augenblick an ein gewaltiges schleimiges Spinnennetz denken ließ. Wie ein bizarres Wurzelgeflecht zogen sich unzählige, schwarzglänzende Linien zwischen dem Boden und der unsichtbaren Decke dahin, armdicke, schimmernde Taue, an denen eine ölig glänzende Flüssigkeit herablief und die Knoten und Verdickungen, Kreuzungspunkte und pulsierende, schleimige Schnittstellen bildete. Erneut drängte sich Skar der Vergleich mit irgend etwas Lebendigem, Organischem auf, fast als bewegten sie sich nicht durch ein System unterirdischer Höhlen und Gänge, sondern durch das Innere eines gigantischen, unbegreiflichen Lebewesens. Das da vor ihnen mochte sein Blut sein: schwarzes, zähflüssiges Blut, das von der Decke getropft und auf seinem Weg zum Boden zu schleimigen Fäden und dünnen, halbdurchsichtigen Schleiern erstarrt war. Er schüttelte sich, drängte die Vorstellung mit Gewalt zurück und versuchte, mehr Einzelheiten zu erkennen. Trotz des Lichtes war der Boden immer noch unsichtbar, und falls sich außer diesen schleimigen Gebilden noch etwas in der Höhle aufhalten sollte, so verbarg es sich außerhalb des Lichtkreises.

»Das Seil«, befahl er leise. Einer der Männer drückte ihm das Ende einer dünnen, aus Lederschnüren geflochtenen Leine in die Hand, ein zweiter Krieger entzündete eine zusätzliche Fackel und warf sie wortlos in die Tiefe. Skar beugte sich neugierig vor und verfolgte ihren Sturz. Sie überschlug sich ein paarmal, zeichnete ein funkensprühendes Feuerrad in die Luft und prallte tief unter ihnen auf den Boden. Die Flamme drohte für einen Moment zu erlöschen, fand dann neue Nahrung und loderte hell auf.

»Der Boden sieht stabil aus«, murmelte Bernec. »Jedenfalls hier.« Er trat zurück, winkte zwei seiner Krieger zu sich und nahm den Bogen vom Rücken. »Wir geben dir Deckung«, sagte er nervös.

Skar griff ohne ein weiteres Wort nach dem Seil, schwang sich über die Kante und stieg, gehalten von Del und drei weiteren

Cearnern, rasch in die Tiefe.

Der Abstieg dauerte nur wenige Augenblicke, aber Skar schien es, als klettere er stundenlang an der senkrecht abfallenden Wand hinab. Er bewegte sich durch einen Bereich vollkommener, totaler Finsternis. Das Licht von Bernecs Fackel verlor sich über ihm in der Weite der unterirdischen Kathedrale, und die winzige, flakkernde Halbkugel aus Licht unter ihm schien Meilen entfernt, ein unendlich kleiner, verloren wirkender Hort des Lebens und der Helligkeit, gegen dessen Grenzen die Dunkelheit wie eine niemals ermüdende Woge anrannte. Das Seil schnitt schmerzhaft in seine Handflächen.

Nach einer Ewigkeit erreichte er den Boden, ließ das Seil los und wich mit einem raschen Schritt bis zur Wand zurück, das Schwert abwehrbereit erhoben. Aber es gab kein Gefahr, zumindest keine, gegen die er hätte kämpfen können. Die Höhle war, abgesehen vom leisen Knistern der Fackel und dem dumpfen Dröhnen seines eigenen Herzschlages, vollkommen still, als würde die Dunkelheit sämtliche Geräusche absorbieren. Er bückte sich, hob die Fackel auf und machte einen zögernden Schritt. Der Boden federte unter seinem Gewicht, und hier und da schimmerten flache, ölig glänzende Pfützen im Licht der Flammen. Er näherte sich einem der schwarzen Stränge, betrachtete ihn einen Moment lang und berührte ihn zögernd mit der Schwertspitze. Er war weich und nachgiebig, aber trotzdem zäh, so daß selbst die rasiermesserscharfe Klinge aus Sternenstahl die schwarzschimmernde Oberfläche nicht zu ritzen imstande war, und als er das Schwert zurückzog, vibrierte der Boden sichtlich, als stände er unter einer inneren Spannung. Skar ging noch ein paar Schritte, blieb stehen und legte den Kopf in den Nacken. Der Höhlenausgang schien unendlich weit entfernt zu sein, und Bernecs Fackel war nicht mehr als ein winziger roter Stern an einem ansonsten pechschwarzen Himmel.

Er winkte ein paarmal mit der Fackel, um zu zeigen, daß hier unten alles in Ordnung war, ging zur Wand zurück und bewegte sich geduckt daran entlang. Wieder glaubte er ein fernes, dumpfes Grollen wahrzunehmen. Und diesmal war er sicher, sich nicht zu täuschen. Er blieb stehen, lauschte in sich hinein und ging schließlich in die Hocke, die Hand auf den Boden gepreßt.

»Skar! Was ist passiert?« drang Bernecs Stimme von oben zu ihm herab. Er mußte gesehen haben, daß Skar stehengeblieben war, war aber zu weit entfernt, um Einzelheiten erkennen zu können.

»Nichts«, rief Skar zurück. »Hier unten ist alles in Ordnung. Ihr könnt nachkommen.« Er stand auf, blieb einen Moment unschlüssig stehen und ging schließlich zu der Stelle zurück, an der das Seil von der Wand hing. Das Tau begann wild hin und her zu pendeln, als der nächste Mann mit dem Abstieg begann. Skar trat zurück und packte die Fackel fester. Mit einemmal hatte er Angst, panische Angst, ohne zu wissen, wovor. Sein Atem ging schneller, und die Fackel in seiner Hand begann sichtlich zu zittern. Dies war kein Ort für Menschen. Er war nicht für Menschen gemacht, weder für sie noch für irgendeine andere Art von Leben, das er kannte. Aber er beherrschte sich und drängte die Angst zurück, bis sie nicht mehr als ein sanftes, drohendes Grollen hinter seinen Gedanken war, nicht viel mehr als die Erinnerung an einen Schmerz, der längst vergangen war. Doch sie würde zurückkommen, das spürte er. Und vielleicht würde er sie dann nicht mehr besiegen können.

Allmählich begann er zu ahnen, was mit den Männern passiert war, die vor ihnen hier heruntergekommen waren.

Endlose Minuten vergingen, bis die anderen nacheinander am Seil heruntergeklettert waren. Skar fiel auf, daß zwei der Krieger oben im Stollen zurückblieben, und er stellte eine entsprechende Frage.

»Irgendwie müssen wir ja wieder heraufkommen«, antwortete Bernec. »Außerdem gab es keine Möglichkeit, das Seil zu befestigen, und ich hatte keine Lust zu springen.« Er versuchte zu lachen, aber seine Stimme zitterte so heftig, daß das Vorhaben kläglich mißlang.

Skar gefiel der Gedanke, daß die Gruppe sich aufteilte, ganz und gar nicht. Aber er mußte zugeben, daß Bernec recht hatte. Vielleicht war dies der einzige Weg, der wieder aus diesem Irrgarten herausführte, und vielleicht würden sie keine Zeit haben, einen anderen zu suchen.

»Wie geht es weiter?« fragte Coar.

Skar drehte sich halb herum und versuchte, ihr Gesicht zu erkennen, aber sie hatte die Kapuze ihres Mantels so tief in die Stirn gezogen, daß darunter nichts als eine schwarze, konturlose Fläche erkennbar blieb. »Weiter unten gibt es Seitengänge«, sagte er. »Versuchen wir unser Glück dort.« Er wandte sich um und ging los, ohne auf eine Antwort zu warten.

Sie bewegten sich hintereinander dicht an der Wand entlang, still und alle von der gleichen bangen Furcht erfüllt. Das dumpfe Grollen schien sich zu verstärken, je tiefer sie in die Höhle vordrangen, und nach einer Weile glaubte Skar ein sanftes Vibrieren und Beben unter seinen Füßen wahrzunehmen. Aber er sagte nichts, sondern ging wortlos und gebückt weiter, bis er einen der niedrigen Stollen erreichte, die er bei seiner ersten flüchtigen Inspektion entdeckt hatte. Er blieb stehen und wartete geduldig, bis die anderen ebenfalls herangekommen waren.

Del schob sich an ihm vorbei, spähte einen Herzschlag lang in den niedrigen Tunnel und richtete sich achselzuckend wieder auf. »Einladend«, murmelte er. »Äußerst einladend.«

»Jedenfalls ist der Stollen zu eng, um einen Hoger aufnehmen zu können«, sagte Skar. »Wir sollten ihn nehmen.«

»Aber er führt tiefer hinunter«, gab Del zu bedenken. »Hältst du es für klug, noch weiter in dieses Labyrinth vorzudringen? Wir müssen schon jetzt mehr als hundert Meter unter der Oberfläche sein.«

»Wenn es sein muß«, murmelte Coar, »steige ich bis in die Hölle hinunter, um diese Bestien zu vernichten.«

»Ich habe das Gefühl, da sind wir schon«, entgegenete Del humorlos. Er drehte sich um, hob sein Fackel und legte den Kopf in den Nacken. »Ich möchte wissen, was das ist«, sagte er mit einem Blick auf das schwarze Gewebe.

Skar zuckte die Achseln. »Ich nicht«, antwortete er ernsthaft. »Alles, was ich möchte, ist, so schnell wie möglich hier wieder herauszukommen.«

Del grinste. »Mit diesem Wunsch bist du nicht allein, alter Mann. Aber mir kommen allmählich Zweifel, ob wir hier richtig sind. Bisher habe ich nicht einmal eine Flügelspitze gesehen.«

»Sei froh«, murmelte Skar.

»Ich meine es ernst«, beharrte Del. »Das alles hier mag ja unheimlich und beeindruckend sein, aber seid ihr sicher, daß die Hoger in diesen Höhlen leben?«

»Wir haben nicht einmal einen Bruchteil dieses Labyrinths erforscht«, versetzte Bernec unwillig. »Früher oder später werden wir schon auf sie stoßen.«

»Auf sie – oder etwas Schlimmeres«, nickte Del. »Ich . . .«

»Schluß jetzt«, sagte Coar verärgert. »Es nutzt uns nichts, wenn wir hier herumstehen und reden. Gehen wir weiter.« Sie riß Del mit einer wütenden Bewegung die Fackel aus der Hand, stieß ihn grob beiseite und drang gebückt in den Stollen ein. Die flackernden Lichtreflexe der Flamme entfernten sich rasch.

»Sie hat recht«, sagte Skar halblaut. »Gehen wir.« Er versetzte Del einen sanften Rippenstoß und deutete auffordernd auf den Gang. »Oder fürchtest du dich?«

Del zog eine Grimasse, fuhr herum und eilte hinter Coar her. Skar und die anderen folgten ihm in geringem Abstand, während Bernec den Abschluß bildete.

Der Stollen strebte in sanfter Neigung in die Tiefe. Die Wände rückten schon nach wenigen hundert Schritten so dicht zusammen, daß Skar rechts und links mit den Schultern anstieß, und nach einer Weile sank die Decke so weit herab, daß sie kriechen mußten, um überhaupt noch vorwärtszukommen. Die Männer löschten nach und nach ihre Fackeln. Es war unmöglich, auf allen vieren zu kriechen und dabei noch eine Fackel zu tragen, ohne sich oder den Vordermann zu verbrennen, aber Skar war beinahe froh, im Dunkeln weiterkriechen zu müssen. Anders als sonst erschien ihm die Dunkelheit jetzt wie ein Verbündeter, und für einen Moment fühlte er sich wie ein verängstigtes Kind, das die Augen schloß und glaubte, nicht gesehen werden zu können, weil es selbst nichts sah. Die Zeit wurde bedeutungslos, während er so durch die Dunkelheit kroch. Er spürte die Anwesenheit der anderen, hörte ihre schnellen, regelmäßigen Atemzüge, die raschelnden und schleifenden Geräusche ihrer Kleider, das satte Schmatzen, mit denen sich ihre Hände und Knie aus dem matschigen Boden lösten, aber diese Geräusche erschienen ihm seltsam irreal. In

Wirklichkeit war er allein, allein in einem endlosen, finsteren Stollen, der im Nichts begann und in der Unendlichkeit endete. Irgendwann, vielleicht in einer Million Jahre, würde er sein Ende erreichen, und ...

Skar verharrte mitten in der Bewegung, als ihn die Erkenntnis traf. Der Mann hinter ihm prallte gegen seine Beine, versuchte sich erschrocken aufzurichten und krachte mit dem Kopf gegen die Decke. Skar bemerkte es kaum. Plötzlich wußte er, woher seine Angst kam, woher dieses mit namenlosem Grauen gemischte *déjà-vu*-Gefühl, das die ganze Zeit unbewußt hinter seinen Gedanken gelauert hatte, stammte. Er *kannte* diese Höhle! Er kannte diese Stollen, diese endlosen Gänge und Tunnels, die so seltsam organisch aussahen und auf unbestimmte Art mit Leben erfüllt schienen, das sanfte Vibrieren und Pochen unter seinen Händen und Füßen ...

Skar stöhnte leise, als der Gedanke mit voller Wucht über ihn hereinbrach. Er hatte all dies schon einmal erlebt, kurz nachdem er in das *Khtaám*-Nest geraten war. Er war schon einmal durch diese Stollen und Gänge geirrt, nicht körperlich, aber mit seinen Gedanken, während er in Thorandas Haus lag und mit dem Tod rang. Er *erinnerte* sich an diese Höhlen!!

»Was ist los da vorne?« drang Bernecs Stimme durch den Stollen.

Skar zuckte zusammen und kroch hastig weiter. Seine Hände zitterten, und in seinem Kopf schien ein irres Kaleidoskop zu wirbeln, ein dumpfer Wust von Gedanken und Empfindungen, in dem das wenige, was von seinem logischen Denken übriggeblieben war, wie in einem wirbelnden Sog zu versinken drohte. *Aber wie konnte er sich an etwas erinnern, das er niemals erlebt hatte?! WIE!* Blind und mit mechanischen Bewegungen kroch er weiter, ohne überhaupt etwas von seiner Umgebung wahrzunehmen. Jemand sagte etwas, aber sein Bewußtsein registrierte die Worte bloß, ohne ihren Sinn zu erfassen. Erst als ihn jemand bei den Schultern packte und grob in die Höhe riß, erwachte er aus seiner Erstarrung.

»Skar, zum Teufel noch mal – was ist los?« schnappte Del. Sie hatten das Ende des Stollens erreicht und befanden sich in einer vielleicht zwanzig Meter durchmessenden, unregelmäßig geformten Höhle. Irgendwo in ihrer Nähe rauschte Wasser, und der Boden war fast knöcheltief mit Schlamm und Morast bedeckt. Es war kalt.

»Ich ... nichts«, murmelte Skar schwach. Er schob Dels Hand beiseite und trat einen Schritt zurück. »Es ist nichts.«

»Nichts?« Del runzelte zweifelnd die Stirn und starrte ihn sekundenlang durchdringend an. »Du siehst aus, als wärst du einem Gespenst begegnet«, behauptete er ernsthaft.

Skar schüttelte den Kopf. »Es ist ... nichts«, sagte er noch einmal. Aber er spürte selbst, wie wenig überzeugend seine Worte klangen. »Ich möchte nicht darüber reden, wenigstens jetzt noch nicht«, sagte er hastig. »Wo sind wir?«

Del zuckte mit den Achseln und drehte sich wortlos um. Coar hatte ihre Fackel wieder entzündet und stand unschlüssig in der Mitte des großen, leeren Gewölbes. Ihr ehemals brauner Mantel war mit Schlamm und dünnen Fäden einer schwarzen, schleimigen Masse besudelt. Skar sah an sich herab und registrierte angeekelt, daß auch er das Zeug an Kleidern und Händen hatte. Er zuckte zusammen, wischte sich hastig die Hände an den Hosenbeinen ab und fuhr sich mit den Fingern durch Gesicht und Haar.

»Dort drüben ist ein Ausgang«, sagte Del. Skars Blick folgte seiner Geste. An der gegenüberliegenden Wand der Höhle, beinahe in geradliniger Verlängerung des Stollens, aus dem sie gekommen waren, befand sich der Durchgang zu einer weiteren Höhle, höher und breiter als der Gang, aus dem sie gekommen waren, und – das erste Mal, seit sie dieses irrsinnige Labyrinth betreten hatten – aus Fels.

»Sag mal«, sagte Del nachdenklich, »habe ich schon Halluzinationen, oder hörst du es auch?«

»Das Wasser?« Skar nickte und deutete mit einer Kopfbewegung auf das niedrige Felsentor. »Es scheint von dort zu kommen.« Er machte einen Schritt, zögerte und zog sein Schwert aus dem Gürtel, ehe er weiterging. Er durchquerte die Höhle, blieb stehen und legte die Handfläche auf die zerfurchte Steinwand. Sie vibrierte. Und sie war feucht.

»Licht!« verlangte er. Einer der Krieger reichte ihm eine brennende Fackel. Der Mann wollte an ihm vorbei in den Stollen eindringen, aber Skar hielt ihn mit einem raschen Griff zurück.

»Wir sollten jetzt vorsichtig sein«, warnte er. »Ich glaube, wir sind fast am Ziel. Del – komm mit.« Er wartete, bis der junge Satai eine zweite Fackel entzündet hatte und neben ihn getreten war, dann drang er gebückt und mit vorsichtigen Schritten in den Stollen ein. Der Gang war nur etwa dreißig Schritte lang. Das Licht ihrer Fackeln verlor sich plötzlich im Nichts, als sie aus dem Tunnel heraus und in eine gewaltige, hallende Höhle traten. Es wurde spürbar kälter, und ein feuchter, böiger Luftzug ließ sie frösteln.

Skar blieb stehen, deutete mit einer Kopfbewegung auf den Boden und ging dann langsamer weiter. Der Fels brach wenige Schritte vor ihnen in einer messerscharf gezogenen Linie ab und verschwand im Nichts. Skar drehte sich einmal um seine Achse und hielt die Fackel höher, um mehr Einzelheiten erkennen zu können. Sie befanden sich auf einem nur wenige Schritte breiten, steinernen Sims, der wie ein natürlicher Balkon über einen bodenlosen, schwarzen Abgrund hinausragte.

Und von unten, von irgendwo aus der absoluten Schwärze unter ihnen, drang das Rauschen eines mächtigen Flusses zu ihnen herauf.

Lange, endlos lange standen sie wie gelähmt da und starrten in das schwarze Nichts zu ihren Füßen hinab. Schließlich, nach einer Ewigkeit, brach Del das Schweigen.

»Weißt du, Skar«, sagte er halblaut, »ich habe mich schon die ganze Zeit über gefragt, woher dieser verdammte Wald sein Wasser nimmt. Jetzt wissen wir es.«

Hinter ihnen begann Coar leise und hysterisch zu lachen.

Es dauerte lange, bis Skar der sonderbare Unterton in Coars Stimme auffiel. Sie lachte, aber es war ein schmerzhaftes, von krampfhaften Schluchzern und mühsamen, würgenden Geräuschen unterbrochenes Lachen, und als er sich herumdrehte und auf sie zuging, sah er, daß ihr Gesicht verzerrt war und Tränen über ihre Wangen rannen. Er berührte sie zaghaft an der Schulter, aber sie schlug seine Hand zur Seite und fuhr mit einer so abrupten Bewegung herum, daß er erschrocken zurückprallte.

»Coar«, murmelte er leise, »was . . . was ist los?«

Sie antwortete nicht, aber ihr Lachen klang plötzlich schriller und ging allmählich in ein hysterisches Kreischen über. Skar wollte erneut nach ihrer Schulter greifen, aber seine Hand erstarrte mitten in der Bewegung, als er den Ausdruck auf ihrem Gesicht gewahrte. Mit einem Mal fühlte er sich furchtbar hilflos.

»Laß sie, Skar«, murmelte Bernec hinter ihm. Auch seine Stimme zitterte. Er schien Mühe zu haben, die Worte überhaupt hervorzubringen.

Skar ließ die Arme sinken und drehte sich um. Bernec war, ohne daß er es bemerkt hätte, an ihm vorbeigegangen und dicht vor der Felskante stehengeblieben. Er hatte die Kapuze zurückgeschlagen, und die rechte Hälfte seines Gesichtes wurde vom flackernden roten Licht von Dels Fackel rot und gelb erleuchtet, während die Linke im Dunkel lag; verborgen hinter einer messerscharfen Trennlinie zwischen Licht und Schatten. Zum ersten Mal, seit Skar den jungen Krieger getroffen hatte, sah er ihn wirklich so, wie er war – es gab zwei Bernecs, das begriff er jetzt. Die Hälfte, die er bis dahin gesehen hatte, der junge, ungeduldige, stolze Krieger, war nicht der wirkliche Bernec. Nicht der Mann, den Coar einmal geliebt und mit dem sie ein Kind bekommen hatte. Trotz des harten, blutigen Lichtes, das sein Gesicht wie einen Ausschnitt aus einem dräuenden Alptraum dem Dunkel entriß, wirkten seine Züge weich und verwundbar, beinahe sanft.

»Laß sie«, sagte er noch einmal. »Sie . . . sie muß auf ihre Art damit fertig werden.«

»Womit?« schnappte Skar. Seine Verwirrung verwandelte sich schlagartig in Zorn. »Verdammt – was ist hier überhaupt los? Dort unten fließt ein unterirdischer Fluß, aber das ist doch kein Grund . . .«

»Es ist nicht irgendein Fluß«, murmelte Bernec. »Es ist der *Koth.*«

»Und was ist daran so außergewöhnlich?« fragte Del. »Ich habe die ganze Zeit mit so etwas gerechnet. Cearn mag groß sein, aber lange nicht groß genug, um überhaupt ein eigenes Klima zu entwickeln.«

»Umsonst«, murmelte Bernec, als hätte er Dels Worte überhaupt nicht gehört. »Es war alles umsonst. All die Jahre, alle Hoffnung, alles . . .« Er fuhr plötzlich herum, warf den Kopf in den Nacken und stieß einen gellenden Schrei voll unendlicher Verzweiflung aus. Seine Stimme brach sich irgendwo an der unsichtbaren Höhlendecke hoch über ihren Köpfen und wurde vom Rauschen und Gurgeln des Flusses aufgesogen. »Es ist der *Koth,* der verschwundene Fluß aus unseren Legenden. Und er fließt nach *Westen! Nach Urc!!«* Seine Stimme kippte um, wurde zu einem unverständlichen, mühsamen Schluchzen. Er wankte, brach in die Knie und schlug sich drei-, viermal hintereinander wuchtig mit den Fäusten vor die Schläfe. »Belogen«, murmelte er immer wieder. »Sie haben uns belogen. All die Jahre hindurch. Es war umsonst. *Umsonst!«*

Del schien etwas sagen zu wollen, aber Skar brachte ihn mit einem raschen, warnenden Blick zum Verstummen. Bernecs Verhalten wirkte theatralisch und gekünstelt, und doch glaubte er zu verstehen, was in dem jungen Mann vorging. In ihm, in Coar und den anderen, die mit ihnen hier herunter gekommen waren. Sie waren in gerader Linie aus Cearn heraus nach Westen geritten, und nun trafen sie auf diesen Fluß. Der gleiche Fluß, der das gewaltige grüne Areal von Cearn mit Wasser versorgte, dessen Weg die unendlich langsame Wanderung des Waldes und seiner Bewohner vorausbestimmte, ein Fluß, der irgendwo in den Weiten Enwors entsprang und tief unter der Nonakesh hindurchfloß. *Ein Fluß,* dachte er noch einmal, und erst jetzt, beim zweiten Mal, wurde ihm die volle Tragweite des Gedankens klar, *der die tödliche Unendlichkeit der Nonakesh umging, auf dem es möglich sein mußte, die Küste und Urc zu erreichen!!*

Wieder fühlte er sich hilflos, eine Hilflosigkeit, die mit Wut gemischt war und dadurch noch schlimmer wurde. Er begriff plötzlich, was Bernec gemeint hatte, als er sagte, man hätte sie belogen. Generation um Generation hatten die Herrscher Ipcearns die Geschicke ihres Volkes gelenkt, ihnen immer und immer wieder eingehämmert, daß es nur einen einzigen Weg gab, die Nonakesh zu durchqueren und das Gelobte Land ihrer Vorfahren zu erreichen. Aber sie mußten es gewußt haben, dachte er entsetzt. Cearn war ein durch und durch künstliches Gebilde. Jeder Baum, jeder Strauch, jeder Fußbreit Boden dieses gewaltigen wandernden Waldes war geplant. Wer immer den Gedanken an dieses phantastische Unternehmen gefaßt hatte, mußte von diesem Fluß gewußt haben!

»Warum haben sie das getan?« flüsterte er fassungslos. »Warum?«

Bernec sah auf. Sein Gesicht zuckte, und für einen Moment glaubte Skar so etwas wie Haß in seinen Augen aufflammen zu sehen. »Ich weiß es nicht«, flüsterte er. »Und ich will es auch gar nicht wissen. Das einzige, was ich weiß«, sagte er, während er mühsam aufstand und abwechselnd in die unsichtbare Tiefe zu seinen Füßen und geradeaus ins Nichts starrte, »ist, daß unser Volk umsonst gelitten hat. All die Generationen vor uns sind umsonst gestorben. Unsere Heimat lag die ganze Zeit in unserer Reichweite, Skar. All die Jahrhunderte voller Hoffnung und Schmerzen waren umsonst. Ich will nicht wissen, warum sie uns das angetan haben. Aber ich will, daß die Männer, die es waren, dafür bezahlen.«

»Aus dir spricht der Schmerz, Bernec«, sagte Skar sanft, obwohl er sich darüber im klaren war, daß seine Worte in diesem Moment wie boshafter Hohn klingen mußten. »Es muß einen Grund dafür geben. Ich habe Seshar kennengelernt, Bernec. Er mag ein harter Mann sein, ein gnadenloser Mann vielleicht, aber er ist nicht grausam. Es *muß* einen Grund geben.«

»Einen Grund, ein Volk jahrhundertelang zu täuschen?« fragte Bernec ruhig. »Du glaubst das wirklich, wie? Du glaubst, es muß einen Grund geben, unzählige Generationen zu betrügen und zu belügen, unzählige Kinder in dem Wissen aufwachsen zu lassen, das Ziel, für das sie leben und kämpfen werden, niemals erreichen zu können? Glaubst du das wirklich? Oder glaubst du nur, einen Grund finden zu müssen, weil die Vorstellung sonst unerträglich wäre?«

»Bernec, ich –«

»Nein, Skar«, unterbrach ihn Bernec. Er hatte sich jetzt wieder vollkommen in der Gewalt, und seine Stimme klang ruhig und emotionslos, beinahe unnatürlich ruhig. »Ich will nichts mehr hören. Ich weiß, das du besser reden und argumentieren kannst als ich, aber deine Argumente interessieren mich nicht mehr. Ich will nicht wissen, warum Seshar und alle, die vor ihm Ipcearn beherrscht haben, uns belogen haben. Vielleicht hatten sie Gründe, aber die zählen nicht mehr. Ich will nur noch Rache.«

»Rache?« Del schüttelte den Kopf. »Ich habe viele Männer kennengelernt, die für die eine oder andere Sache Rache geschworen haben, Bernec. Keiner von ihnen ist . . .« Er brach ab, als ihn Bernecs Blick traf. »Verzeih«, murmelte er. »Es war sehr dumm von mir.«

»Nein, das war es nicht«, sagte Bernec überraschend. »Du hast vollkommen recht. Wahrscheinlich wird Cearn zugrunde gehen, wenn wir uns gegen die Könige erheben. Aber wir werden es trotzdem tun. Die Zeit des Wartens ist endgültig vorbei, Del. Wir werden unser Volk in die Freiheit führen – oder sterben.«

»Dazu müssen wir erst einmal hier herauskommen«, sagte Skar. »Ich verstehe deine Gefühle, Bernec, aber bevor es soweit ist, müssen wir zurück nach Went.« Er ließ sich auf Hände und Knie niedersinken, kroch zur Felskante und streckte die Hände aus. Das Licht seiner Fackel verlor sich irgendwo unter ihm. Die Höhle mußte gewaltig sein. Er überlegte einen Moment, holte dann aus und warf das brennende Holz mit Schwung in die Tiefe. Der Sturz schien endlos zu dauern, und die Fackel war nicht mehr als ein winziger roter Funke, als sie schließlich tief unter ihnen im Wasser landete und verzischte. »Ich fürchte, wir müssen zurück«, murmelte er. »Zu tief, um abzusteigen. Das sind mindestens fünfzig Meter.« Er stand auf und trat zögernd von der Kante zurück. Er fühlte sich immer noch wie betäubt von dem, was er erfahren hatte, aber wenn es überhaupt einen Weg gab, damit fertig zu werden, dann den, sich an reale Probleme zu klammern, das Chaos in ihren Gedanken mit Schmerzen und Anstrengung und so banalen Dingen wie Laufen und Klettern zu betäuben. Er spürte, daß die anderen ihn jetzt dringender denn je brauchten. Wenn Bernec das

Kommando jemals wirklich geführt hatte, so hatte er es gerade wortlos an ihn abgegeben.

»Gehen wir zurück zur Höhle«, sagte er halblaut. »Es muß noch einen anderen Weg geben, hier herauszukommen.«

»Du willst zurück?« fragte Del überrascht.

Skar nickte. »So schnell wie möglich.«

»Und die Hoger?«

»Wir werden ihr Rätsel ein andermal lösen«, sagte Bernec, bevor Skar antworten konnte. »Falls das dann noch nötig ist. Jetzt müssen wir zurück. Die ... Menschen in Went müssen erfahren, was wir hier entdeckt haben. Alles andere ist unwichtig.«

Skar lächelte flüchtig. Zumindest war Bernec durch den Schock nicht vollständig gelähmt. Er versuchte, einen Blick von Coar zu erhaschen, aber ihr Gesicht war unter der tief in die Stirn gezogenen Kapuze ihres Mantels verborgen, und als er näher trat, wandte sie sich ab. Vielleicht war es doch besser, wenn er sie jetzt allein ließ.

Sie verließen den Sims, durchquerten den Stollen und die dahinterliegende Höhle und drangen hintereinander in den niedrigen Gang ein, durch den sie hier heruntergekommen waren. Der Rückweg schien Skar weiter und mühseliger, aber das mochte daran liegen, daß sie bergauf kriechen mußten und der schlammige Boden ihren Händen und Füßen kaum Halt bot, um rasch vorwärtszukommen. Das unablässige Grollen und Donnern des Flusses schien nun, da sie seine Ursache kannten, lauter und unheimlicher als zuvor. Skar stieß ein paarmal mit dem Kopf gegen die niedrige Decke, und einmal versank er fast bis an die Ellbogen in einer besonders schlammigen Stelle im Boden. Irgendwann, nach einer Ewigkeit, wurde der Stollen wieder hoch genug, daß sie aufrecht gehen konnten, und nach einer Weile sagten ihnen der feuchtwarme Luftzug und die veränderten Echos ihrer Schritte, daß sie den Gang verlassen und die Haupthöhle wieder erreicht hatten. Bernec entzündete seine Fackel neu und blieb ungeduldig neben dem Tunnelausgang stehen.

»Du willst auf demselben Weg zurück?« fragte Skar.

Bernec nickte. »Ja. Wir werden klettern müssen, aber es wird gehen.«

»Und dann?« murrte Del. »Wir haben die Pferde davongejagt, vergiß das nicht.«

Bernec schüttelte unwillig den Kopf. »Sie sind sicher nicht allzu weit gelaufen. Und selbst wenn sie fort sind – es ist Nacht, und auch wenn wir zu Fuß gehen müssen, haben wir ein gute Chance. Der Rückweg«, fügte er mit absichtlich übertriebener Leichtigkeit hinzu, »ist immer leichter. Komm jetzt.« Er wandte sich um und ging dicht an der Wand entlang den Weg zurück, den sie gekommen waren. Das flackernde Licht ihrer Fackeln huschte über Boden und Wand und riß in unregelmäßigen Abständen Teile des gewaltigen schwarzen Netzes, das die Höhle durchzog, aus der Dunkelheit. Vielleicht, dachte Skar, war mit ihnen zum ersten Mal, seit diese Höhlen existierten, Licht hier heruntergekommen; Licht, Bewegung und Geräusche, Boten einer fremden, vollkommen andersartigen Welt, von diesem unterirdischen Universum so verschieden, wie sie nur sein konnten.

Skar blieb absichtlich zurück, als Bernec losmarschierte, dicht gefolgt von Del und den neun Kriegern, die von ihrer kleinen Streitmacht noch geblieben waren. Er ging langsamer, blieb schließlich ganz stehen und streckte rasch den Arm aus, als Coar an ihm vorüberging. »Warte einen Moment«, bat er.

Sie zuckte sichtlich zusammen und schien ihre Hand zurückziehen zu wollen, blieb aber trotzdem gehorsam stehen.

»Ich muß mit dir reden«, begann Skar. Obwohl er mit gedämpfter Stimme sprach, schienen seine Worte weit durch die schweigende Finsternis der Höhle zu hallen. Er warf einen hastigen Blick über die Schulter zurück, aber Bernec und die anderen gingen weiter, ohne von ihrem Zurückbleiben Notiz zu nehmen.

»Jetzt nicht«, flüsterte Coar. Sie versuchte erneut, ihr Handgelenk aus seinem Griff zu befreien, und diesmal ließ er sie los.

»Ich ... wollte dir nur sagen, wie leid es mir tut«, begann Skar unsicher. »Nicht nur das mit Cornec und Larynn ... alles.«

Coar lachte leise; ein Laut, so vollkommen ohne Hoffnung, daß Skar einen schmerzhaften Stich in der Brust zu verspüren glaubte. »Ich weiß«, murmelte sie tonlos. »Aber jetzt laß uns weitergehen.«

Skar vertrat ihr hastig den Weg. »Bitte, Coar«, sagte er hilflos. »Wahrscheinlich kann ich das, was in dir oder Bernec oder den anderen vorgeht, gar nicht verstehen, aber ich ...« Er stockte, suchte einen Moment lang hilflos nach den passenden Worten und fing dann noch einmal von vorne an. »Vielleicht kommen wir nie wieder nach Went zurück«, sagte er ernsthaft. »Vielleicht sterben wir hier unten oder bei dem Versuch, die Wüste zu Fuß zu durchqueren, aber vorher möchte ich dir etwas sagen.«

»So?« Coar sah auf, schlug mit einer fast andächtigen Bewegung ihre Kapuze zurück und atmete hörbar ein. Ihr Gesicht war im schwächer werdenden Licht der Fackel kaum mehr zu erkennen, aber Skar sah trotzdem, daß sie weinte, still und ohne den geringsten Laut. Mit einemmal schien alles, was er sich zurechtgelegt hatte, jedes Wort, das er auf seinem Weg hier herauf sorgsam überlegt und abgewogen hatte, aus seinem Gedächtnis verschwunden. Er hielt ihrem Blick sekundenlang stand, senkte dann den Kopf und ballte hilflos die Fäuste. »Ich ... ich glaube, ich liebe dich«, murmelte er.

Coar schwieg sekundenlang. Dann berührte sie scheu seine Schulter, stellte sich auf die Zehenspitzen und küßte ihn, kurz und flüchtig, aber ganz, ganz anders als bisher. »Ich weiß«, flüsterte sie.

»Es ist vielleicht ein seltsamer Ort, um so etwas zu sagen«, stotterte Skar. »Und sicher nicht die passende Gelegenheit, aber ... aber ich wollte, daß du es weißt. Und ich will auch, daß du noch etwas weißt. Wenn ... wenn du zu Bernec zurückwillst, werde ich mich nicht zwischen euch stellen. Ich ...«

Coar legte ihm den Zeigefinger über die Lippen, schüttelte unmerklich den Kopf und preßte sich für Sekunden an ihn. »Nicht«, flüsterte sie. »Sprich nicht weiter. Bitte.«

»Skar!«

Dels Schrei schnitt gellend durch die Stille. Skar fuhr herum und riß in einem Reflex seine Waffe aus dem Gürtel. Die anderen hatten sich während der wenigen Augenblicke, die er mit Coar gesprochen hatte, bereits ein gutes Stück entfernt. Skar zögerte eine halbe Sekunde, packte Coars Hand und lief los, die Rechte mit der quergehaltenen Waffe tastend vorgestreckt, um nicht im Dunkeln gegen ein Hindernis zu laufen. Er rannte, Coar hinter sich herzerrend, auf die Männer zu und blieb abrupt stehen, als er den verkrümmten Körper zu ihren Füßen erkannte.

Es war einer der beiden Krieger, die sie oben am Höhleneingang zurückgelassen hatten. Seine Glieder waren verrenkt und wirkten seltsam falsch, als wäre jeder einzelne Knochen in seinem Leib gebrochen, und der Boden unter seinem Kopf war dunkel von eingetrocknetem Blut. Seine Augen waren im Tode weit geöffnet, und auf seinen erstarrten Zügen lag ein Ausdruck ungläubigen, entsetzten Staunens. Das Seil, an dem sie herabgestiegen waren, lag wie der Körper einer zusammengeringelten braunen Schlange neben ihm.

»Was . . . ist passiert?« keuchte Skar.

Bernec zuckte die Achseln, trat zurück und hob die Fackel hoch über den Kopf. Aber der Lichtschein reichte nicht bis zum Höhleneingang hinauf, sondern verlor sich irgendwo auf halber Höhe.

»Er muß abgestürzt sein«, murmelte Del. Er kniete neben ihm nieder, untersuchte ihn flüchtig und drehte ihn vorsichtig herum. »Kein Verletzungen«, stellte er fest. »Jedenfalls keine, die nicht vom Sturz stammen könnten.«

Bernec schwenkte die Fackel ein paarmal hin und her, legte den Kopf in den Nacken und formte mit den Händen einen Trichter vor dem Mund. »Heda!« schrie er. »Vornash! Melde dich! Wir sind zurück!«

Aber die einzige Antwort war das verzerrte Echo seiner eigenen Stimme. Er rief noch einmal, wartete sekundenlang auf eine Reaktion und schüttelte den Kopf. »Sinnlos«, sagte er. »Da oben ist niemand mehr.«

»Du glaubst, er ist auch tot?« fragte Del.

»Tot oder geflohen. Irgend etwas ist passiert. Horum ist nicht von selbst abgestürzt. Ich kenne ihn. Er ist ein vorsichtiger Mann. Jemand hat ihn gestoßen.«

»Die Hoger?«

»Nein. Hoger schlagen ihre Beute und nehmen sie mit oder verzehren sie an Ort und Stelle, aber sie töten nicht aus reiner Mordlust und lassen das Opfer dann liegen.«

»Das mag für Went gelten«, gab Skar zu bedenken. »Aber wir sind hier in ihrem Gebiet, vergiß das nicht. Vielleicht greifen sie alles an, was sich hier hereinwagt.«

Bernec schüttelte entschieden den Kopf. »Nein«, beharrte er. »Du kennst die Wunden, die Hogerkrallen und -schnäbel schlagen. Was immer Horum getötet hat – es war etwas anderes.«

»Nicht unbedingt. Er könnte das Gleichgewicht verloren und abgerutscht sein.«

»Er könnte ...«, mischte sich Del ein. »Es interessiert mich ehrlich gesagt im Moment wenig, was ihn umgebracht haben *könnte*. Ich fürchte, das werden wir noch eher feststellen, als uns lieb ist. Aber vielleicht hat irgend jemand einen Vorschlag, wie wir jetzt hier herauskommen.« Er schürzte die Lippen, sah zuerst Bernec, dann Skar abschätzend an und trat dann wortlos an die Wand. Seine Finger glitten über Vorsprünge und Risse und suchten nach Halt, aber das lockere Erdreich gab sofort nach, als er versuchte, sich daran emporzuziehen.

»Du bist zu schwer«, sagte Coar. Sie schlug ihren Mantel zurück, schob Del zur Seite und versuchte ebenfalls, an der Wand emporzusteigen. Aber obwohl sie wahrscheinlich nicht einmal halb soviel wog wie der junge Satai, gelang es ihr ebensowenig.

»Es hat keinen Sinn«, sagte Del. »Wir müssen einen anderen Weg suchen.« Er drehte sich einmal um seine Achse und blinzelte zu der unsichtbaren Decke über ihren Köpfen empor, als könne er die Dunkelheit mit Blicken durchdringen. »Dieses Rattenloch muß noch mehr Ausgänge haben.« Er zögerte einen Moment und deutete dann mit einer Kopfbewegung auf das schwarze Gewebe. »Was ist mit dem Zeug? Man müßte daran emporklettern können. Es sieht stabil genug aus, das Gewicht eines Mannes zu tragen.« Er wartete nicht auf eine Antwort, sondern trat entschlossen auf einen der armdicken schwarzen Stränge zu und rüttelte daran. »Fest ist es jedenfalls«, murmelte er.

»Das gefällt mir nicht«, sagte Bernec.

Del lachte kurz und hart auf. »Mir auch nicht. Aber hast du vielleicht eine bessere Idee, wie wir hier herauskommen?«

»Es muß Hunderte von Gängen geben. Der Stollen, den wir entdeckt haben, war sicher nicht der einzige.«

»Natürlich«, antwortete Del ernsthaft. »Wahrscheinlich hast du recht, und es gibt sogar Tausende von Stollen. Aber ich habe keine Lust, sie der Reihe nach zu erkunden. Das Zeug hier«, fuhr er mit einer Geste auf das schwarze Gewebe fort, »führt auf zwei oder drei Meter an den Stollen heran. Wenn ich hoch genug komme, kann ich springen.«

»Und wenn du es nicht schaffst?«

»Dann fängst du mich auf«, grinste Del. Er rüttelte noch einmal prüfend an dem Strang, trat dann zurück und begann mit raschen Bewegungen, Harnisch und Stiefel auszuziehen. »Das Seil«, verlangte er. Skar bückte sich und gab es ihm. Del wickelte die Lederschnur um seinen Oberkörper, verknotete das Ende sorgfältig und streckte die Hand nach einer Fackel aus. »Wenn ich oben bin«, sagte er, »dann kommt als erstes der leichteste Mann. Zu zweit können wir die anderen dann leicht heraufziehen.« Er schob das Ende der Fackel unter die Lederschnur, die seinen Oberkörper umgab, legte die Hände auf den schwarzen Strang und begann mit sicheren Bewegungen nach oben zu steigen. Die Flammen leckten kaum eine Handbreit neben seinem Gesicht in die Höhe, aber die Hitze schien ihm nichts auszumachen.

Skar trat ein paar Schritte zur Seite und verfolgte mit klopfendem Herzen, wie Del rasch emporkletterte. Er erreichte eine der Verdickungen, setzte den Fuß darauf und ruhte ein paar Sekunden aus, ehe er weiterstieg. Das Netz bebte unter seinem Gewicht, aber es hielt. Aber darum machte Skar sich die geringsten Sorgen. Er wußte, daß Del ein geschickter Kletterer war, und vermutlich würde er auch den Sprung zum Stolleneingang bewältigen können. Die Gefahr war eine andere. Was immer den Mann zu ihren Füßen – und vermutlich auch den anderen – getötet hatte, konnte noch dort oben lauern. Del wußte sich seiner Haut zu wehren und würde sicher auch mit einem einzelnen Hoger fertig werden, aber irgendwie glaubte Skar trotz seiner eigenen Worte nicht mehr daran, daß die beiden Männer wirklich einem Hoger zum Opfer gefallen waren. Sie hatten das Geheimnis dieser Höhlen entschleiert, aber er war plötzlich sicher, daß sie noch ein zweites, schrecklicheres bargen.

»Ich bin da!« drang Dels Stimme von oben zu ihnen herab.

»Wie sieht es aus?«

»Finster!« antwortete Del. »Sehr finster.«

»Hör mit dem Blödsinn auf!« rief Skar. »Kannst du den Stollen sehen?« Del antwortete nicht sofort. Ein leises, schleifendes Geräusch drang zu ihnen herab, und der dunkelrote Lichtschein seiner Fackel begann für einen Moment wild hin und her zu schwanken.

»Was ist los?« rief Skar besorgt.

»Nichts. Ich versuche Schwung zu nehmen. Es ist weiter, als ich dachte.«

»Spring nicht, wenn du es nicht schaffst!« warnte Skar.

»Keine Sorge«, antwortete Del. »Der Eingang ist groß genug. Wenn ich ihn verfehle, wirst du es hören.« Er fuhr fort, auf dem Strang hin und her zu pendeln, um Schwung zu holen. Für einen Moment verwandelte sich seine Fackel in einen funkensprühenden, sanft nach unten geneigten Strich, dann war er verschwunden. Ein dumpfes, polterndes Geräusch erklang.

»Del?«

Keine Antwort. Ein Stein löste sich von der Wand und polterte lautstark hinab, und irgendwo über ihnen schien sich etwas zu bewegen.

»Del?!« rief Skar noch einmal. »Bist du in Ordnung?«

Wieder vergingen endlose Sekunden voller quälender Ungewißheit, dann erschien Del unter dem Höhleneingang und winkte mit der Hand. »Schrei nicht so«, sagte er übellaunig. »Ich bin schließlich nicht taub. Und andere auch nicht.«

»Was ist da oben los?« fragte Skar.

»Nichts. Das heißt . . . komm rauf und sieh es dir selbst an. Und beeilt euch.« Er trat vom Eingang zurück, hantierte eine Zeitlang im Dunkeln herum und erschien dann wieder unter der Tunnelöffnung. »Vorsicht da unten. Tretet ein Stück zurück!« Er holte aus, warf das Seil zu ihnen herab und zog es so weit wieder hoch, daß das Ende einen halben Meter über dem Boden pendelte. »Los jetzt«, befahl er. »Der erste! Und beeilt euch.« In seiner Stimme war ein leiser, nervöser Unterton, unhörbar für die anderen, aber für Skar Signal genug, ihn davon zu überzeugen, daß da oben längst nicht alles so in Ordnung war, wie Del sie glauben machen wollte. Er fingerte nervös an seinem Schwert und trat beiseite, als Coar nach dem Seil griff und sich das Ende ein paarmal um die Handgelenke wickelte.

»Sei vorsichtig«, mahnte er.

Sie nickte, stemmte den rechten Fuß in die Wand und begann sich langsam am Seil emporzuziehen. Die dünne Leine straffte sich und begann zu vibrieren, als Coar auch den anderen Fuß vom Boden löste und für einen Moment scheinbar frei in der Luft hing. Eine Lawine kleiner Steine und losen Erdreiches polterte von oben herab und überschüttete sie mit Staub. Del keuchte vor Anstrengung; ein Laut, der trotz der großen Höhe noch deutlich zu vernehmen war.

»Hilf ihm«, sagte Skar hastig. »Er kann dich nicht allein hinaufziehen. Du mußt klettern.« Er sah, wie sich Coars Gesicht vor Anstrengung verzerrte. Aber sie gehorchte, beugte sich weiter hintenüber und stemmte mühsam einen Fuß vor den anderen in die Wand, um langsam nach oben zu steigen.

»Das schafft er nicht«, sagte Bernec nervös. »Kein Mensch hat soviel Kraft.« Er begann unruhig auf der Stelle zu treten und mit den Händen zu ringen. »Wenn ich wüßte, wie sicher diese Dinger sind«, murmelte er mit einem Blick auf den schwarzen Strang, an dem Del nach oben gestiegen war, »könnte ich hinaufklettern und ihm helfen . . .«

»Er schafft es schon«, versuchte ihn Skar zu beruhigen. »Coar wiegt nicht viel. Wenn sie oben ist und ihm helfen kann, ist es leichter. Und jetzt hör auf, uns alle nervös zu machen«, fügte er etwas schärfer hinzu.

Bernec zuckte zusammen und sah ihn einen Herzschlag lang wütend an. Dann senkte er den Blick und nickte unmerklich. Skar konnte seine Gefühle nur zu gut verstehen. Er hatte zuviel hinnehmen müssen, um nun auch noch Coar zu verlieren. Aber wenn es in ihrer Situation überhaupt noch etwas gab, was ihnen helfen konnte, dann nur Ruhe.

Coar brauchte nur wenige Minuten, um mit Dels Hilfe an der senkrechten Wand emporzusteigen und den Stollen zu erreichen, aber Skar und den anderen erschien es, als vergingen Stunden, bis Del sie endlich an den Handgelenken ergreifen und mit einem letzten Ruck zu sich heraufziehen konnte.

Das Licht über ihnen begann zu flackern. Für einen Moment hörten sie gedämpfte Stimmen, ohne die Worte zu verstehen, dann fiel das Seil ein zweites Mal zu ihnen herab und pendelte lose an der Wand.

»Skar – jetzt du.«

Skar griff nach dem dünnen Lederriemen, zögerte aber noch einen Moment. »Du solltest dich einen Augenblick ausruhen!« rief er hinauf. »Ich bin schwerer als Coar, weißt du.«

»Hör auf, blöd rumzuquatschen, und komm endlich!« brüllte Del. Diesmal war die Angst in seiner Stimme nicht mehr zu überhören. Skar zog das Seil straff, stemmte den Fuß in das lockere Erdreich der Wand und begann rasch und sicher hinaufzusteigen. Das Seil zitterte in seinen Händen. Er wußte, daß sein Gewicht und die grausamen Rucke Del halbwegs die Arme aus den Gelenken reißen mußten. Trotzdem stieg er so schnell wie möglich weiter. Auch Dels Kräften waren Grenzen gesetzt, und Coar würde ihm kaum viel helfen können.

Er brauchte nur wenig mehr als eine Minute, um die fünfzehn Meter hinaufzusteigen und den Stolleneingang zu erreichen. Dels Hand erschien über der zerbröckelten Kante und tastete nach seinen Fingern. Skar ergriff sie, zog sich mit einer letzten, verzweifelten Anstrengung hinauf und blieb keuchend auf Händen und Knien hocken. Neben ihm brach Del mit einem wimmernden Schmerzlaut zusammen. Sein Körper glänzte vor Schweiß, und die dünne rote Narbe an seiner Schulter schien wild im Rhythmus seines Herzschlages zu pulsieren. Seine Hände waren blutig, wo der dünne Lederriemen eingeschnitten hatte. Er versuchte etwas zu sagen, bekam aber nur ein schmerzhaftes Keuchen heraus.

Skar blieb sekundenlang reglos hocken. Seine überanstrengten Muskeln schrien vor Schmerz, und vor seinen Augen flimmerten rote und grüne Punkte. Der Gang schien für einen Moment zu verschwimmen, wand und bog sich auf unmögliche Weise und kippte dann um. Erneut fühlte sich Skar an seinen sonderbaren Traum erinnert, und wieder hatte er das Gefühl, dies alles schon einmal erlebt zu haben, schon einmal hiergewesen zu sein.

»Was . . . ist passiert?« fragte er schweratmend.

Del stemmte sich mühsam hoch, fuhr sich mit dem Handrücken über die Stirn und deutete wortlos hinter sich. »Vornash«, stieß er hervor. »Er liegt dort hinten. Sieh selbst.«

Skar stand auf und ging schwankend in die Richtung, in die Del gewiesen hatte. Coar hockte zusammengekauert neben einem verkrümmten, reglosen Körper. Ihre Haltung erschien ihm unnatürlich und steif, als wäre sie mitten in der Bewegung erstarrt.

Der Mann vor ihr war tot, ebenso tot wie Horum, den sie unten in der Höhle gefunden hatten. Aber er war keinem Hoger zum Opfer gefallen, und auch keiner anderen Alptraumbestie, die vielleicht in diesem Reich der Dunkelheit und des Schweigens lauern mochte.

Jemand hatte ihm die Kehle von einem Ohr zum anderen aufgeschlitzt.

Seshar«, murmelte Bernec, »ich bin sicher, daß Seshar dahintersteckt. Er, Mergell oder ein anderer dieser Speichellecker.«

Er war der letzte gewesen, der vom Grund der Höhle hinaufgestiegen war, und nun war er der erste, der das betäubte Schweigen, das sich wie ein Hauch klammer Angst über der Gruppe ausgebreitet hatte, brach. Er beugte sich vor, drückte dem Toten mit einer fast zärtlichen Bewegung die Augen zu und stand schwerfällig auf. Die Männer hatten die restlichen Fackeln entzündet, und der niedrige Stollen war auf eine Länge von dreißig, vierzig Schritt beinahe taghell erleuchtet. Skar sah es mit gemischten Gefühlen. Die Fackeln brannten rasch herunter, und sie hatten keinen sehr großen Vorrat davon mitgenommen. Aber er verstand die Männer nur zu gut. Mehr als alles andere war die Dunkelheit ihr Feind; eine Finsternis, die ganz anders zu sein schien als jene, die sie bisher kennengelernt hatten. Es war eine Dunkelheit, die ihn erneut an seinen bizarren Traum erinnerte, die wie die Leere auf jener gläsernen Ebene nicht bloß die Abwesenheit von Licht, sondern vielmehr die Anwesenheit von etwas anderem, Bösen zu bedeuten schien.

»Sie könnten sich gegenseitig getötet haben«, murmelt Del,

aber er schien selbst zu spüren, was er für einen Unsinn redete. »Du hast keinen Beweis, daß . . .«

Bernec fuhr mit einer abrupten Bewegung herum. »Keinen Beweis?« schrie er. »Sind zwei tote Männer nicht Beweis genug? Keiner, der je diese Höhlen betreten hat, ist zurückgekommen, Del! Keiner! Bisher haben wir geglaubt, daß die Hoger jeden Eindringling getötet hätten, aber ich habe noch keinen zu Gesicht bekommen, seit wir hier herabgestiegen sind!«

»Trotzdem beweist das nichts«, beharrte Del.

»Und wer soll es sonst gewesen sein?« schnappte Bernec. »Vielleicht ein Volk von kleinen blinden Männchen, das in diesen Höhlen lebt und Pilze züchtet, wenn es nicht gerade neugierige Eindringlinge umbringt, wie?«

Del seufzte. »Natürlich nicht«, sagte er, »aber . . .«

»Laß ihn, Del«, unterbrach ihn Skar. »Er hat recht. Es ist die einzige Erklärung. Wenn Seshar wirklich von diesem unterirdischen Fluß weiß, dann muß er auf jeden Fall verhindern, daß sein Geheimnis gelüftet wird.«

Del starrte ihn fassungslos an. »Sag mal – weißt du, was du da behauptest?« fragte er.

Skar nickte grimmig. »Ich weiß es«, sagte er. »Seshar hat nicht nur sein Volk belogen, sondern auch mich. Ein Grund mehr«, fügte er entschlossen hinzu, »hier herauszukommen.«

»Worauf warten wir dann noch?« fragte Del. »Gehen wir.«

»Aber sicher«, nickte Skar. »Am besten gehst du allein vor, und wir kommen etwas später nach. Ich verspreche dir ein anständiges Begräbnis.« Er wurde übergangslos wieder ernst und deutete mit einem Kopfnicken auf die Dunkelheit, die wie eine massive schwarze Wand am Ende des Stollens lauerte. »Wer immer diese Männer getötet hat«, fuhr er fort, »ist noch hier. Und ich kann dir sogar sagen, wo sie uns erwarten werden. Irgendwo dort vorne, an einer Stelle, an der wir vollkommen ohne Deckung und hilflos sind. Zwei oder drei Mann mit Bögen oder Armbrüsten reichen, um diesen verdammten Gang gegen eine ganze Armee zu halten.«

»Und was schlägst du vor, daß wir tun sollen?« fragte Coar. Sie schien sich jetzt wieder vollkommen in der Gewalt zu haben. Ihrer Stimme war nichts mehr von dem Schmerz anzumerken, der in ihrem Inneren tobte. Skar wußte nicht, ob er erschrecken oder die Kraft dieser zarten Frau bewundern sollte.

»Wir haben nur zwei Möglichkeiten«, antwortete er irritiert. »Wir können wieder in die Höhle hinuntersteigen und versuchen, einen anderen Weg zur Oberfläche zu finden. Oder wir versuchen, uns den Weg freizukämpfen. Beides wäre Selbstmord. Wir werden nichts davon tun.«

Coar schien verwirrt. »Wie meinst du das?« fragte Bernec verwirrt. »Ich sehe keinen anderen Weg.«

»Hoffentlich denken die, die deine beiden Kameraden umgebracht haben, ebenso«, murmelte Skar. »Wenn sie wirklich irgendwo dort vorne auf uns warten, werden sie früher oder später zurückkommen und nachsehen. Und wir werden sie empfangen.«

»Empfangen?« echote Bernec. »Aber wie . . .?«

Del grinste flüchtig. »Wir gehen zurück in die Höhle«, sagte er. »Jedenfalls sollen sie das glauben. Skar und ich bleiben hier.«

Bernec verzog mißbilligend die Lippen. »Das ist Wahnsinn«, sagte er. »Sie sehen euch lange, bevor ihr sie seht. Es gibt hier keine Deckung, und . . .«

»Hier nicht«, unterbrach ihn Skar. »Aber dort draußen.« Er drehte sich um, ging mit raschen Schritten zum Ende des Stollens und deutete auf das Gewirr schwarzer Linien und Striche, das die Höhle durchzog. »Du wirst mit den anderen wieder hinuntersteigen und dich ein Stück weit entfernen. Del und ich warten dort draußen. Wir brauchen das Seil und ein bißchen Glück, mehr nicht.«

Bernec keuchte überrascht. Er schien nur langsam zu begreifen, was Skar vorhatte. »Du bist verrückt!« stieß er hervor. »Ihr werdet dort draußen wie lebende Zielscheiben sitzen. Sie schießen euch herunter, ehe ihr auch nur eine Hand heben könnt.«

»Natürlich«, nickte Skar. »Wenn sie uns sehen, sicher. Aber ich glaube kaum, daß sie nach oben schauen werden.«

»Das ist Wahnsinn«, beharrte Bernec. »Ihr könnt nicht stundenlang an diesem Zeug hängen und warten. Vielleicht . . . vielleicht kommen sie nie.«

»Sie werden kommen«, sagte Skar überzeugt. »Seshar ist zu vorsichtig, um auch nur das geringste Risiko einzugehen. Er kann nicht riskieren, auch nur einen einzigen von uns hier wegzulassen. Sie werden kommen. Und es wird noch nicht einmal sehr lange dauern.« Im stillen betete er, daß er recht hatte. Es war ebensogut möglich, daß die Mörder darauf vertrauten, daß ihre Opfer ohne Hilfe niemals den rettenden Stollen erreichen und hier unten elend verhungern und verdursten würden. Und es war denkbar, daß sie sich nur geduldig irgendwo dort vorne in der Dunkelheit auf die Lauer legen und einfach abwarten würden. Aber das wagte er gar nicht erst einzukalkulieren. Sie hatten nur diese eine Chance. Zu versuchen, einen anderen Weg zur Oberfläche zu finden, hieße Selbstmord zu begehen.

»Los jetzt«, sagte er. »Es tut mir zwar leid, daß die Anstrengung vergebens war, aber ihr werdet wohl noch einmal hinuntersteigen müssen.«

»Und wie kommt ihr hinab?«

»Gar nicht«, antwortete Del an Skars Stelle. »Einer von euch muß an dem Zeug heraufklettern, bis er hier über uns ist, und uns das Seil zuwerfen. Es ist nicht so schwer, wie es aussieht.« Er packte das Seil, ließ etwa einen Meter überhängen und wickelte sich die Schnur sorgsam um beide Hände. Skar ergriff das überstehende Ende und verfuhr genauso. Dann trat er einen Schritt von der Kante zurück, spreizte die Beine und suchte mit den Füßen nach festem Halt. »Beeilt euch«, sagte er, als Bernec immer noch keine Anstalten machte, nach dem Seil zu greifen. »Wir haben noch eine Menge zu tun, ehe sie kommen. Oder möchtest du vielleicht zehn Meter über dem Boden hängen, wenn wir hier oben angegriffen werden?«

Bernec zuckte sichtlich zusammen, griff nach dem Seil und begann zum zweiten Mal in die Höhle hinabzusteigen.

Nach Skars Zeitgefühl schienen Stunden zu vergehen, ehe sich das Seil zum letzten Mal in seinen Händen entspannte und er seine verkrampften Muskeln endlich lockern konnte. Er keuchte, wankte einen Schritt zur Seite und ließ sich erschöpft gegen die Wand sinken. Sein Rücken schmerzte unerträglich. Seine Unterarme waren verkrampft und schienen hart wie Holz, und er hatte das Gefühl, seine Hände niemals wieder bewegen zu können. Sein Herz dröhnte, und unter seinen Rippen hatte sich ein kleiner, stechender Schmerz eingenistet. Er blieb sekundenlang schweratmend gegen die Wand gelehnt stehen, richtete sich dann mühsam auf und bückte sich nach dem Seil, das er fallen gelassen hatte. Del schien kaum weniger erschöpft als er selbst zu sein. Er hockte auf Händen und Knien neben dem Abgrund, rang keuchend nach Atem und schüttelte unablässig den Kopf, als versuche er das Dröhnen in seinem Schädel wegzublinzeln.

»Und das mir«, stöhnte er zwischen zwei schnellen, hektischen Atemzügen. »Ich hätte Bergführer werden sollen statt Satai.«

Skar grinste flüchtig. Es war Dels Art, innere Spannungen mit einer sarkastischen Bemerkung – oder was er dafür hielt – abzutun, aber er kannte ihn zu lange, um nicht zu merken, wie nervös der junge Satai in Wahrheit war. Er ging zu ihm hinüber, hockte sich dicht neben ihm auf den Boden und legte ihm die Hand auf die Schulter. Dels Haut war feucht vor Schweiß, und sein Herz pochte so heftig, daß er die Schläge bis in die Fingerspitzen fühlen konnte.

»Wenn es zuviel für dich wird«, sagte er leise, »mache ich es allein. Ich glaube kaum, daß es mehr als zwei oder drei Mann sein werden.«

Del hob müde den Kopf und versuchte zu lächeln. »Den Tag, an dem ich vor dir aufgebe, erlebst du nicht mehr, alter Mann«, sagte er spitz.

Skar schüttelte den Kopf. »Ich meine es ernst. Du hast eine Menge hinter dir, vergiß das nicht. Und du tust mir keinen Gefallen, wenn du den Helden spielst. Wir haben auch so genug Probleme. Und ich habe keine Lust, dich an die Oberfläche tragen zu müssen.«

Del richtete sich in eine hockende Stellung auf und schob seine Hand beiseite. »Ich bin in Ordnung«, sagte er verärgert. »Aber ich beginne allmählich an deinem Verstand zu zweifeln. Ich wollte dir vorhin nicht in den Rücken fallen, aber hältst du es wirklich für eine gute Idee, wie ein Affe in dem Zeugs da draußen herumzuklettern und zu warten, bis sie kommen? Wer immer *sie* sein mögen.«

»Nein«, gestand Skar. »Aber hast du eine bessere?«

Del wandte den Kopf und starrte eine Zeitlang in den schwarzen Abgrund neben sich hinab. »Nein«, gestand er. »Aber es gefällt mir trotzdem nicht.«

»Mir auch nicht«, murmelte Skar. »Aber es ist möglich. Seshar hat sicher nicht mehr als zwei oder drei Mann hinter uns hergeschickt. Wir steigen an dem gleichen Strang empor, den du vorhin benutzt hast. Du kletterst etwas höher und suchst eine Stelle, an der du das Seil festbinden kannst. Wenn sie kommen, schwinge ich mich daran in den Tunnel und überrumpele sie. Selbst wenn es drei oder vier sind, habe ich den Vorteil der Überraschung auf meiner Seite.«

»Aber sicher«, bestätigte Del. »Es kann ja auch gar nichts schiefgehen. Wenn dieses Zeug da draußen das Gewicht von zwei Männern trägt, heißt das. Wenn das Seil nicht reißt und du dich nicht verschätzt und dir an der Wand den Schädel einrennst, und wenn du nicht mit einem Schwertstreich oder einem Pfeil empfangen wirst.«

»Du hast eine herzerfrischende Art, mir Mut zu machen«, sagte Skar säuerlich.

Del grinste. »Ich weiß noch mehr.«

»Oh, danke. Es reicht, es reicht. Heb dir deine Phantasie auf, bis wir hier heraus sind. Ich habe das Gefühl, der Ärger geht dann erst richtig los.«

»Was ist aus deinem festen Vorsatz geworden, dich nicht einzumischen?« fragte Del überrascht. »Ich dachte, du wolltest so rasch wie möglich weg von hier?«

»Das will ich immer noch«, entgegnete Skar. »Aber glaubst du wirklich, daß sie uns so einfach gehen lassen werden? Seshar wird Himmel und Hölle in Bewegung setzen, um uns mundtot zu machen. Außerdem habe ich noch eine Rechnung zu begleichen. In Ipcearn.«

»Seit wann bist du rachsüchtig?« spottete Del.

Skar dachte an einen zehnjährigen Jungen mit großen, unschuldigen Augen und schwieg. Ein leises, schabendes Geräusch drang aus der Tiefe des Stollens zu ihnen herauf und verklang, ehe er sicher sein konnte, ob er es wirklich gehört oder sich nur eingebildet hatte. Er wandte den Kopf, versuchte einen Moment lang, die Dunkelheit mit Blicken zu durchdringen, und kroch dann auf

Händen und Knien zur Kante hinüber. Das rote Licht der Fackeln drang wie ein geheimnisvolles Leuchten aus einem schwarzen, grundlosen See zu ihnen hinauf.

»Wie weit seid ihr?« rief er hinab.

Einen Augenblick lang erfolgte keine Reaktion auf seine Worte, dann drang Bernecs Stimme leise und verzerrt zu ihnen hinauf: »Wir sind fertig. Thenan kann mit dem Aufstieg beginnen, wenn ihr wollt.«

Skar tauschte einen raschen Blick mit Del und nickte. »In Ordnung«, rief er. »Fangt an.«

Der armdicke schwarze Strang vor dem Stollenausgang begann zu beben. Ein dumpfer, vibrierender Laut dicht an der untersten Grenze des überhaupt Hörbaren lief durch die Höhle und verklang. Skar schauderte. Obwohl er sich dagegen wehrte, begann ein eisiges, lähmendes Gefühl der Angst in ihm emporzukriechen. Er war es gewohnt zu kämpfen, auch in Situationen, die jedem anderen aussichtlos erschienen wären, und gegen Feinde, die ihm weit überlegen waren. Aber dies hier war etwas anderes. Sie kämpften weniger gegen einen körperlichen Feind als vielmehr gegen die Dunkelheit und das Schweigen, und die Angst, die er verspürte, war anders als sonst, schleichend und leise, ein Gefühl, das die Schutzmauern seines Willens nicht durchbrach, sondern unterlief und gegen das er hilflos war.

Er stand auf, machte einen Schritt in den Stollen hinein und blieb abrupt stehen.

»Was ist los?« fragte Del.

Skar winkte hastig ab. »Still!« zischte er. »Ich glaube, ich höre etwas!« Er schloß die Augen, legte den Kopf auf die Seite und lauschte mit angehaltenem Atem. Diesmal war er sicher, sich das Geräusch nicht nur eingebildet zu haben, und nach einer Weile hörte er es wieder: ein hoher, unangenehmer, schwingender Laut, vermischt mit einem Rascheln und Zerren, als würde Horn oder versteinertes Holz über Fels geschleift.

Und dann wußte er, wo er den Laut schon einmal gehört hatte ...

Er fuhr herum, riß den völlig verblüfften Del in die Höhe und gab ihm einen Stoß, der ihn zurücktaumeln ließ. »Weg hier!«

brüllte er. »Das sind *Khtaám! Spring!*« Er erreichte das Stollenende, stieß sich mit aller Kraft ab und sprang mit weit ausgebreiteten Armen ins Nichts hinaus.

Etwas Dunkles, Formloses schien auf ihn zuzurasen. Er griff blind zu, bekam einen der ölig glänzenden schwarzen Stränge zu fassen und klammerte sich mit aller Kraft fest. Ein schmerzhafter Schlag traf ihn an Gesicht und Brust, und für einen Moment drohten seine Finger an der glitschigen Oberfläche des Gewebes den Halt zu verlieren. Er rutschte ab, griff noch einmal mit aller Gewalt zu und kam mit einem grausamen Ruck, der ihm schier die Arme aus den Gelenken zu reißen schien, zum Halten. Wie durch einen Nebel von Schmerzen registrierte er, wie Del sich ebenfalls aus dem Gang herauskatapultierte und verzweifelt einen der Stränge zu fassen versuchte. Er glitt ab, rutschte drei, vier Meter in die Tiefe und prallte auf eine der knollenartigen Verdickungen. Ein keuchender, halberstickter Schrei wehte zu Skar herauf. Del griff in blinder Panik um sich, bekam einen der Stränge zu fassen und hing für eine endlose, schreckliche Sekunde an nur einer Hand in der Luft, ehe es ihm gelang, seine wilden Pendelbewegungen zu bremsen und mit der anderen Hand und den Beinen ebenfalls festen Halt zu finden.

Skar hob mühsam den Kopf und blickte zum Tunnelausgang empor. Die dunkle Öffnung schien zu brodelndem, schwarzem Leben erwacht zu sein. Eine riesige, formlose Woge wälzte sich aus dem Gang, quoll über die Kante und begann wie eine träge, zähe Flüssigkeit die Wand hinunterzufließen. Ein hoher, sirrender Laut, als würde irgendwo eine gigantische Bogensehne gespannt, quälte Skars Trommelfelle.

»*Khtaám!*« würgte er verzweifelt. »Bei allen Göttern – *Coar! Bernec! Flieht! Lauft um euer Leben!!!*«

Das Licht unter ihm flackerte. Skar hörte das Geräusch hastig trappelnder Füße, dann einen dumpfen Laut, als schlüge ein schwerer Körper auf den Boden auf. Dann erscholl ein hoher, unmenschlich spitzer Aufschrei, ein Geräusch, das Skar auf grausige Weise bekannt vorkam und ihm schier das Blut in den Adern gerinnen ließ. Das Licht erlosch übergangslos, und dann hörte er nichts mehr außer dem hellen Sirren und Summen der Ungeheuer.

Der Strang, an den er sich klammerte, begann zu vibrieren, und obwohl es absolut finster war, glaubte er deutlich zu erkennen, wie die Höhlenwand dicht neben ihm zu pulsierendem, ekelhaften Leben erwachte.

Der Spuk verging so rasch, wie er gekommen war. Das Geräusch des vorüberziehenden *Khtaám*-Schwarmes verklang, aber die darauf folgende Stille erschien Skar fast bedrückender. Irgendwo an der unsichtbaren Decke hoch über seinem Kopf löste sich ein Stein und prallte mit schmatzendem Geräusch auf den Boden, und an der Wand neben ihm, der Spur der Ungeheuer folgend, rieselte ein Strom von losgerissenem Erdreich und Sand herab.

Seine Hände begannen zu zittern. Sein Körper schien plötzlich Tonnen zu wiegen, und er konnte sich nur noch mit Mühe an dem dünnen, glitschigen Strang halten. Er stöhnte, löste vorsichtig die Finger der Rechten von seinem Halt und begann Hand über Hand hinunterzusteigen. Die Dunkelheit hüllte ihn ein wie eine finstere, erstickende Decke. Die Luft schien mit einem Mal trocken und kalt geworden zu sein und schmerzte in seinen Lungen, und in seinem Mund war der bittere, metallische Geschmack von Überanstrengung und Blut.

Ein leises, schmerzerfülltes Stöhnen drang von unten zu ihm herauf.

»Del?« rief er halblaut. »Bist du ... in Ordnung?«

Sekundenlang antworteten ihm nur das Schweigen und das leise, monotone Geräusch rieselnder Erde.

»Ich lebe noch«, sagte Del schließlich. »Jedenfalls glaube ich es. Aber ich hänge fest.«

»Was ist passiert?« fragte Skar erschrocken.

»Meine Schulter«, stöhnte Del. »Ich ... kann den Arm nicht bewegen. Es ... schmerzt höllisch.«

»Rühr dich nicht«, befahl Skar. »Ich hole dich.« Er kletterte schneller, obwohl seine Rücken- und Schultermuskeln bei jeder Bewegung vor Schmerzen zu zerbrechen schienen. Sein Fuß stieß auf etwas Weiches, Nachgiebiges, und unter ihm erscholl ein wütender Grunzer.

»Kein Grund, mir ins Gesicht zu treten«, murrte Del. Seine

Stimme schwankte, und Skar konnte hören, wie schnell und hektisch sein Atem ging. »Beeil dich«, stöhnte er. »Ich . . . kann mich nicht mehr lange halten. Mein Arm . . .«

Skar verharrte einen Moment auf der Stelle, um neue Kraft zu schöpfen, tastete mit den Zehenspitzen nach Dels Schulter und schob sich behutsam daran vorbei. »Versuch dich an meiner Schulter festzuhalten«, sagte er, als sie auf gleicher Höhe waren. »Ich trage dich. Es sind nur noch ein paar Meter.«

Del keuchte. Er roch durchdringend nach Schweiß und Blut, und als Skar vorsichtig eine Hand von seinem Halt löste und nach ihm griff, konnte er spüren, daß er am ganzen Leib zitterte.

»Es . . . geht nicht«, murmelte Del. »Ich . . . kann mich nicht halten . . . mein Arm . . .«

»Du mußt!« sagte Skar. »Halt dich fest, Junge. Es dauert nicht lange. Reiß dich zusammen!«

Sein befehlender Ton schien Erfolg zu haben. Del bewegte sich neben ihm in der Dunkelheit. Seine Hand glitt über Skars Gesicht, suchte mit kleinen, hektischen Bewegungen nach den Schulterriemen von Skars Harnisch und sackte kraftlos zurück.

». . . kann nicht«, stöhnte er. »Hilf mir, Skar . . . ich . . .«

»In Ordnung«, murmelte Skar. »Dann eben anders. Beiß die Zähne zusammen – wir springen!« Er atmete noch einmal tief ein, schloß die Augen und ließ sich zur Seite fallen. Seine Arme schossen vor und umschlangen Dels Hüfte.

Der Sturz schien endlos zu dauern. Skar war sicher gewesen, sich nicht mehr als vier oder fünf Meter über dem Boden der Höhle zu befinden, aber der schwarze Abgrund, in den sie fielen, schien bodenlos zu sein. Er preßte Del so fest an sich, wie er konnte, zog die Beine an und versuchte, sich auf den bevorstehenden Anprall vorzubereiten, aber die Zeit schien plötzlich träge wie Öl zu fließen und –

Ein gigantischer Hammer schlug von unten gegen Skars Füße und versuchte ihm die Beine in den Leib zu rammen, dann traf ihn Dels Gewicht wie der Tritt einer Feuerechse, riß ihm die Arme aus den Gelenken und stauchte sein Rückgrat zusammen. Er fiel hintenüber, kam, durch die Wucht des Aufpralles weitergerissen, noch einmal auf die Füße und stürzte ein zweites Mal. Sein Kopf schlug gegen etwas Weiches, Nachgiebiges. Er rollte weiter, schrammte schmerzhaft mit den Rippen über einen Stein und fiel schwer aufs Gesicht. Dann – endlich – verlor er das Bewußtsein.

Bleib liegen«, murmelte eine Stimme. »Bleib liegen und bewege dich nicht. Wir sind in Sicherheit.«

Skar versuchte die Hand zu heben, aber die Bewegung wurde von einem so unerträglichen Schmerz begleitet, daß er es vorzog, lieber still liegenzubleiben und zu tun, was die Stimme befahl. Er blinzelte. Zum dritten Mal in kurzer Zeit erwachte er aus tiefer Bewußtlosigkeit, und zum dritten Mal war Coars Gesicht das erste, was er sah.

»Ihr seid in Sicherheit«, sagte sie noch einmal. »Und wir auch. Du brauchst dir keine Sorgen zu machen.«

Skar wollte auffahren, aber Coar schob ihn mit sanfter Gewalt zurück. Er lag auf einem weichen, angenehm warmen Lager, und irgend etwas kitzelte an seinen Füßen. »Was ...«, murmelte er verwirrt, »ist passiert? Was ist mit Del?«

»Er ist unverletzt. Seine Schulter ist verrenkt, mehr nicht.«

»Und ihr?« Skars Erinnerungen kamen nur langsam und bruchstückweise zurück. »Die ... die *Khtaám!*« keuchte er erschrokken. »Was ist geschehen? Ihr ...«

Coar hob besänftigend die Hand. Irgendwo hinter ihr loderte ein Feuer, und ihr Haar war vom hellen Widerschein der Flammen eingerahmt wie von einer sanften, halbtransparenten Aura. »Sie sind fort«, sagte sie. »Zwei von uns sind tot. Aber wir wären alle gestorben, wenn du uns nicht rechtzeitig gewarnt hättest.«

Skar setzte sich nun doch auf und schob ihre Hand beiseite. Er lag dicht am Feuer auf einem Lager aus zusammengerollten Mänteln. Seine Arme waren bis zu den Ellbogen hinauf bandagiert, und sein Körper schien nur noch aus blauen Flecken und Prellungen zu bestehen.

»Ihr Satai seid wirklich großartige Krieger«, stellte Coar mit einem spöttischen Lächeln fest. »Aber mir scheint, ihr müßt immer jemanden bei euch haben, der euch hinterher wieder gesundpflegt.«

»Was ist geschehen?« fragte Skar, ohne auf ihre Bemerkung einzugehen.

Coar zuckte die Achseln. »Das weiß ich ebensowenig wie du. Wir sind geflohen, als die Bestien aus dem Tunnel kamen. Sie verschwanden irgendwo in einem Seitengang, glaube ich. Seitdem hat sich da oben nichts mehr gerührt.«

»Wie lange war ich bewußtlos?«

»Nicht lange. Eine Stunde vielleicht. Bernec wollte hinaufsteigen und oben im Tunnel nach dem Rechten sehen, aber Del war dagegen. Er fürchtet wohl, daß noch mehr dieser Ungeheuer dort oben lauern.« Sie setzte sich auf, schüttelte mit einer unbewußten Bewegung eine Haarsträhne aus der Stirn und sah über die Schulter zum Feuer zurück. »Wir werden hier warten, bis du dich erholt hast. Es ist sowieso Zeit zum Rasten. Draußen muß bald wieder Tag sein. Du solltest versuchen, ein wenig zu schlafen.«

»Schlafen?« echote Skar. »Jetzt?«

»Wir haben Wachen aufgestellt«, antwortete Coar. »Und das Feuer wird die Bestien abhalten, falls sie zurückkommen sollten.«

»Wie habt ihr es gemacht?«

»Das Feuer?« Coar deutete mit einer Kopfbewegung auf das schwarzglänzende Gewebe über ihren Köpfen. »Das Zeug brennt sehr gut. Es läßt sich schwer abtrennen, aber es brennt besser als Reisig. Wir wissen zwar immer noch nicht, was es ist, aber es scheint ganz nützlich zu sein. Kannst du dir erklären, woher die *Khataám* plötzlich kamen? Ich habe noch nie eine so große Menge von ihnen versammelt gesehen«, fragte sie, plötzlich das Thema wechselnd.

Skar zögerte einen Moment. Er schüttelte den Kopf, nickte, schüttelte noch einmal den Kopf und grinste verlegen, als er Coars erstaunten Blick bemerkte. »Erklären nicht«, murmelte er undeutlich. »Aber ich habe eine Vermutung, schon seit wir ihre Spuren in der Wüste gefunden haben.«

»Und welche?«

»Erinnerst du dich, was du mir über die Hoger erzählt hast, als wir uns das erste Mal getroffen haben?« fragte Skar anstelle einer direkten Antwort. »Ich habe dich gefragt, warum ihr sie verbrennt, und du hast geantwortet, daß tote Hoger sich verwandeln.«

»Das stimmt«, nickte Coar verblüfft. »Sie werden zu . . .«

»Ich weiß«, fuhr Skar leise fort. »Aber damals habe ich gedacht, es sei irgendein Aberglaube.« Er lachte leise und hart. »Aber es ist wirklich so, nicht? Die Hoger werden wirklich zu *Khtaám,* wenn sie sterben.«

»Natürlich. Sie . . . diese Bestien müssen irgendwie in ihren Körpern sein.«

»Ihre Jungen«, nickte Skar. »Sie pflanzen sich auf diese Weise fort. Sie legen keine Eier oder gebären lebendige Junge, sondern *Khtaám.* Ich ahnte es im gleichen Moment, in dem ich die Ungeheuer auf dem Weg hierher sah. Das heißt«, fügte er leiser hinzu, »eigentlich schon früher.«

Coar verzog nachdenklich die Lippen. »Wie meinst du das?«

Skar zuckte mit den Achseln. »Ich weiß, daß es sich verrückt anhört«, sagte er widerwillig, »aber ich kenne diese Höhlen, Coar. Ich war noch niemals hier, aber ich erinnere mich daran. Ich kenne sie, seit ich im Wald von einem der Ungeheuer angefallen wurde. Ich glaube, ihr wißt gar nicht, wie zutreffend der Name ist, den ihr ihnen gegeben habt. Ich wurde von einem *Khtaám* gebissen, und die Erinnerungen, die in meinem Gedächtnis sind, sind *seine* Erinnerungen, Coar. Sie töten ihre Opfer nicht mit Gift, sondern fressen ihr Bewußtsein. Seelen-Vampire, wenn du so willst. Für einen Moment war mein Bewußtsein mit dem des *Khtaám* verschmolzen, und wenn Thoranda mir nicht geholfen hätte, hätte das Ungeheuer meinen Geist aufgesaugt wie die Wüste einen Wassertropfen. Was ich in diesem Moment gesehen habe, war die Erinnerung an seinen Geburtsort, den Platz, an dem es erschaffen wurde und zu dem es wieder zurückkehren wollte.

»Natürlich«, fuhr er nach einer kurzen, erschöpften Pause fort, »ist das nur eine Theorie. Ich kann mich täuschen. Vielleicht ist es in Wirklichkeit ganz, ganz anders. Aber ich glaube, daß sie hierher zurückkommen, um sich fortzupflanzen. Vielleicht spinnen

sie sich wie Raupen ein, um als Hoger wieder aufzuwachen. Vielleicht spielt auch dieses schwarze Zeug eine Rolle. Ich bin sicher, wir würden ihr Geheimnis lüften, wenn wir die Zeit hätten, länger hierzubleiben und sie zu beobachten.«

»Wenn du recht hast«, murmelte Coar nach einer Weile, »dann können wir sie besiegen, Skar. Wir können sie töten, wenn sie den Wald verlassen und durch die Wüste ziehen.«

»Sie sind immer noch gefährlich«, wandte Skar ein. »Wir haben bereits einen Mann verloren, vergiß das nicht.«

»Aus Unwissenheit«, entgegnete Coar. »Hätten wir geahnt, was sich unter dem Sand verbirgt, wäre es nicht dazu gekommen. Wirklich gefährlich sind sie nur dort, wo sie sich verbergen und aus dem Hinterhalt angreifen können, wie im Wald. In der offenen Wüste können wir sie ohne großes Risiko töten. Wenn deine Vermutung stimmt«, schloß sie, »dann war Cornec das letzte Kind, das von einem Hoger gerissen wurde.«

»Aber dazu müssen wir erst einmal hier herauskommen«, sagte eine Stimme hinter ihr. Skar sah auf und erkannte Bernec, der lautlos herangetreten war und einen Teil ihrer Unterhaltung mit angehört hatte. Er lächelte flüchtig, ließ sich neben Coar auf den Boden sinken und verschränkte die Arme vor der Brust. »Ich war mit Behren ein Stück weit in der Höhle«, erklärte er. »Aber es sieht nicht gut aus. Ich fürchte, die Gänge führen alle in die gleiche Richtung. Nach unten.«

»Wenn es nicht anders geht«, sagte Coar, »müssen wir es riskieren. Wenn wir flußaufwärts gehen, müssen wir früher oder später nach Cearn zurückkommen. Es muß eine Verbindung zur Oberfläche geben.«

Bernec lächelte traurig. »Sicher. Aber bis wir sie gefunden haben, sind wir längst verhungert oder den Hogern zum Opfer gefallen. Ich fürchte, wir haben keine andere Wahl, als es noch einmal dort oben zu versuchen.« Er senkte den Kopf, starrte niedergeschlagen zu Boden und spielte mit den nackten Zehen im losen Erdreich. »Wir werden schlafen und es anschließend noch einmal versuchen. Wenn Seshars Männer wirklich dort oben auf uns gewartet haben, sind sie jetzt entweder den *Khtaám* zum Opfer gefallen oder geflohen und halten uns für tot.« Er sah auf, lächelte flüchtig und betrachtete Skar mit einem seltsamen, abschätzenden Blick. »Ohne dich wären wir es auch«, sagte er.

Skar winkte ab. »Vielleicht«, sagte er. »Aber vielleicht wärt ihr ohne mich auch nie in diese Situation geraten. Wir können uns später gegenseitig beglückwünschen oder Vorwürfe machen. Im Moment müssen wir hier heraus, das ist alles.« Er ließ sich auf die Ellbogen zurücksinken und seufzte hörbar. »Ich habe schon fast vergessen, wie Tageslicht aussieht«, murmelte er.

Bernec lachte leise und stand umständlich auf. »Ruh dich aus«, sagte er. »Ich lasse dich wecken, wenn wir aufbrechen. Versuch jetzt zu schlafen. Wir werden morgen unsere Kräfte brauchen.« Er nickte noch einmal, fuhr dann auf dem Absatz herum und ging mit schnellen Schritten zum Feuer zurück. Seine Gestalt verschmolz mit den dunklen Schatten der anderen.

Skar starrte ihm lange und nachdenklich hinterher. Schließlich richtete er sich wieder auf, hob die Hand und berührte Coar scheu am Arm. »Weiß er ...?« begann er leise.

»Er weiß, wie es zwischen uns steht«, flüsterte Coar. Sie ergriff seine Hand, führte sie an ihre Lippen und küßte sie. »Er weiß es, und es macht ihm nichts aus.«

Plötzlich war ihm ihre Berührung unangenehm. Er zog die Finger zurück und gab ein leises, unglückliches Geräusch von sich. Obwohl er sich Mühe gab, gelang es ihm nicht, ihrem Blick standzuhalten.

»Es ist nicht so, wie du denkst«, erklärte Coar geduldig. »Er duldet es nicht nur, weil er weiß, daß du früher oder später wieder gehen wirst, oder weil er Angst vor dir hätte. Bernec und ich, wir ... wir haben uns einmal geliebt, und wir sind immer noch gute Freunde, aber das ist alles. Du brauchst nicht zu glauben, daß er dir etwas schenkt.« Sie rückte ein Stück näher und umschlang ihn behutsam mit den Armen, wobei sie sich Mühe gab, nicht an die bandagierten und aufgeschürften Stellen an seinem Körper zu stoßen.

Ein warmes, verlockendes Gefühl stieg in Skar empor. Er versuchte, sich dagegen zu wehren, aber es ging nicht. Trotz des Aberwitzes der Situation, in der sie sich befanden, trotz Bernecs Nähe und der Beinahe-Gewißheit des Todes erregte ihn Coar, vielleicht stärker als jemals zuvor. Vielleicht gerade, weil es so war.

Ihre Hände glitten an seinen Schultern empor, tasteten über sein Gesicht und fuhren in einer unendlich zarten Bewegung über seine Lippen.

»Nicht«, flüsterte er. »Nicht . . . hier.«

Er stemmte sich hoch, raffte sein provisorisches Lager zusammen und kroch ein Stück weit in die Dunkelheit hinein.

In dieser Nacht liebten sie sich dreimal, wild und mit intensiver, beinahe wütender Kraft.

Und sie wußten beide, daß es das letzte Mal war. Aber es machte nichts. Es war gut so.

Zum dritten Mal waren sie zum Stolleneingang zurückgekehrt, und die Dunkelheit und die wesenlose, lauernde Schwärze an seinem Ende empfing sie schweigend und drohend wie die beiden Male zuvor. Diesmal war es Bernec gewesen, der hinaufgestiegen und den Sprung zum Stollen gewagt hatte. Weder Del noch Skar besaßen noch die Kraft und Geschmeidigkeit dazu, aber Bernec hatte sich als überraschend geschickter Kletterer erwiesen und auch den wagemutigen Satz über den Abgrund gemeistert. Skar hatte darauf bestanden, als dritter hinaufgezogen zu werden, um ihm und Coar Hilfe zu leisten, aber seine Kräfte waren bereits nach wenigen Augenblicken erlahmt, so daß er sich schließlich überreden ließ, sich auszuruhen und ihnen den Rücken zu decken.

Der Tunnel schien ihm auf unnatürliche Weise still und leblos. Ein leiser, kaum wahrnehmbarer Geruch nach Tod und Verwesung wehte von seinem Ende zu ihnen hinüber, und einmal glaubte Skar ein Geräusch zu hören, das sich aber nicht wiederholte.

Nach und nach kamen auch die anderen herauf. Ihre kleine

Truppe war bedenklich zusammengeschrumpft – sie waren sechzehn gewesen, als sie von Went aufgebrochen waren: Del, Skar selbst, Bernec, Coar und zwölf Krieger. Jetzt waren sie noch zu elft – eine erschreckende Bilanz, dachte man, daß sie noch nicht einmal auf den wirklichen Gegner getroffen waren, ihn noch nicht einmal zu Gesicht bekommen hatten. Und wahrscheinlich würden noch mehr von ihnen sterben, ehe sie Went wieder erreichten.

Wenn sie es erreichten.

Skar wartete voller Ungeduld, bis der letzte Krieger hinaufgestiegen war und Bernec mit einem erleichterten Seufzer das Seil aus den Fingern gleiten ließ. Trotz der schlechten Beleuchtung konnte er erkennen, wie blaß er geworden war. Ein Netz feiner, glitzernder Schweißtröpfchen perlte von seiner Stirn.

»Ist dir übel?« fragte Skar besorgt.

Bernec schüttelte den Kopf. »Es ... geht«, sagte er schwach. »Keine Zeit ... auszuruhen. Wir ... müssen weiter ...«

Skar nickte, wenn auch voller Widerwillen. Es war Wahnsinn, jetzt weiterzugehen und sich in einen Kampf mit einem unbekannten Gegner zu stürzen. Die Männer brauchten nach der anstrengenden Kletterei eine Pause. Aber trotzdem verstand er Bernec nur zu gut. Keiner von ihnen hatte in dieser Nacht wirklich geschlafen, und jeder einzelne, auch er, mochte hundertmal durch die Höhle gegangen sein. Sie konnten nicht mehr warten. Jede Minute des Abwartens würde mehr an ihren Kräften zehren als eine Stunde des Marschierens. Welche Gefahren der Rückweg auch bergen mochte – sie konnten kaum schlimmer sein als die namenlosen Schrecken, mit denen ihr Unterbewußtsein das wogende Schwarz vor ihnen füllte.

»In Ordnung«, sagte er. »Aber bleib zurück, bis du dich erholt hast. Del und ich werden vorausgehen. Haltet die Bögen bereit.« Er wandte sich um, rief Del mit einem stummen Blick zu sich heran und zog sein Schwert aus der Scheide. Aber das Gefühl der Sicherheit, das ihm das vertraute Gewicht der Waffe sonst immer vermittelte, blieb diesmal aus. Er wartete, bis Del langsam herangekommen war, und lächelte fast, als müsse er sich selbst Mut machen.

»Gehen wir.«

Del nickte wortlos. Sein linker Arm hing in einer Schlinge, die Coar provisorisch aus einem zerrissenen Mantel geknüpft hatte, und die Narbe an seiner Schulter schien stärker zu pulsieren als bisher. Dels Gesicht wirkte leer und schlaff, wie immer, wenn es unter einer starken inneren Spannung stand. Aber die Hand, die das Schwert hielt, war ruhig.

Sie marschierten los, beide dicht an die geneigte Wand des Stollens gepreßt und zehn Schritte Abstand zu den nachfolgenden Kriegern haltend. Der Boden war lockerer als am Tag zuvor und schien das Geräusch ihrer Schritte aufzusaugen. Das Licht der beiden Fackeln in den Händen der Krieger hinter ihnen reichte nur wenige Schritte voraus, so daß sie ständig in eine schwarze, mit gleichmäßigem Tempo vor ihnen zurückweichende Wand hineinzulaufen schienen.

Der Gang zog sich endlos in die Länge. Einmal erschien es Skar, als schimmere weit vor ihnen ein trübes, graues Licht, aber es war nicht mehr als ein Spuk, den ihm seine überreizten Nerven vorgaukelten.

Del blieb plötzlich stehen. »Da vorne ist etwas«, flüsterte er.

Auch Skar glaubte irgendwo vor ihnen einen dunklen, formlosen Umriß zu erkennen. Er hob die Hand, um die anderen zum Stehenbleiben zu bewegen, duckte sich und schlich auf Zehenspitzen weiter. Ein plötzlicher Windstoß ließ das Licht der Fackel flackern und dann heller und intensiver auflodern, fast als wollten ihnen die Geister dieses unterirdischen Labyrinths ihre Hilflosigkeit mit aller Macht vor Augen führen.

Vor ihnen lagen die leblosen Körper von drei Männern.

Oder das, was davon übrig war . . .

Skar blieb abrupt stehen. Er mußte sich zwingen, nicht den Blick zu wenden und dem schrecklichen Anblick standzuhalten. Die drei Männer trugen Uniformen Ipcearns. In ihren verkrampften Händen lagen noch die Waffen – Schwerter und Dolche –, mit denen sie versucht hatten, sich zur Wehr zu setzen, als die schwarze Todeswoge über sie hinweggeflutet war. Der Boden unter ihnen war dunkel von geronnenem Blut, und die Körper schienen, dem Geruch nach zu urteilen, in der feuchtwarmen Tropenluft, die hier unten herrschte, bereits in Verwesung übergegangen zu sein. Ihre Gesichter waren zerstört, blutige Krater, in die nicht ein, sondern Dutzende von *Khtaám* ihre Fänge gegraben und das Leben aus ihnen herausgerissen hatten, und unter der zerfetzten Kleidung schimmerten hellrote, zerfaserte Fleischlappen und weißliche Knochen.

Skar fühlte Übelkeit in sich emporsteigen. Er war dem Tod schon oft begegnet, auch dem gewaltsamen Tod, aber dies hier war etwas, das den Panzer um seine Seele durchbrach. Er versuchte sich vorzustellen, welches Drama sich hier abgespielt haben mußte, aber es gelang ihm nicht. Die drei Männer waren hier heruntergekommen, um ihn und die anderen erbarmungslos und hinterhältig zu töten, und trotzdem verspürte er noch Mitleid mit ihnen. Trotz allem waren sie Menschen, Menschen noch dazu, die von der Richtigkeit dessen, was sie taten, überzeugt gewesen waren, und sie waren einen Tod gestorben, den er selbst seinem schlimmsten Feind nicht gewünscht hätte.

Er drängte das Ekelgefühl in seinem Hals mit aller Macht zurück, bückte sich und bedeckte die drei Leichname mit den Fetzen ihrer Mäntel, so gut es ging. Trotzdem wurde das Grauen nicht schwächer. Die Angst war wieder da, eine Angst, die er jetzt zum ersten Mal wirklich erkannte. Es war nicht die Furcht vor Tod oder Schmerzen, sondern die Angst vor dem namenlosen, stummen Grauen, das diese Höhlen bargen, Angst davor, wahnsinnig zu werden. Nur mit Mühe gelang es ihm, seinen Blick von dem grausigen Bild zu wenden und weiterzugehen. Er glaubte jetzt nicht mehr, daß vor ihnen noch irgendeine Gefahr lauerte. Trotzdem hätte er am liebsten geschrien.

Er hörte, wie Bernec hinter ihm scharf die Luft einsog, als er an den drei verkrümmt daliegenden Körpern vorbeiging. Die Mäntel, mit denen Skar sie zugedeckt hatte, schienen mehr von dem Grauen zu enthüllen als zu verbergen, und Skar mußte sich nicht umdrehen, um zu erkennen, daß die gleiche eisige Hand, die ihm den Atem abzuschnüren schien, auch die Seelen der anderen gepackt hatte. Keiner von ihnen verspürte Triumph oder auch nur Befriedigung darüber, daß ihre Feinde tot waren.

Sie gingen jetzt schneller. Bernec und die anderen schlossen wortlos auf, als ertrügen sie es plötzlich nicht mehr, auch nur wenige Schritte voneinander getrennt zu sein, und als sie das Ende des Stollens erreichten und in den breiten, sanft geneigten Gang einbogen, der zum Ausstieg hinaufführte, waren sie dicht zusammengedrängt, keine Krieger mehr, sondern eine Herde verängstigter Individuen, die sich zum Schutz vor Kälte und Dunkelheit aneinanderklammerten.

Skar blieb stehen. Vom oberen Ende des Ganges, von dort, wo der Ausstieg liegen mußte, sickerte graues, unangenehmes Licht zu ihnen herab. Skar fröstelte plötzlich.

Er packte sein Schwert fester und versuchte sich einzureden, daß sie jetzt in Sicherheit waren und nichts mehr zu befürchten hatten. Aber das schwache Licht, das ihnen wie ein böses, krankes Auge entgegenfunkelte, schien die Dunkelheit ringsum noch zu verstärken.

»Los jetzt«, keuchte Bernec hinter ihm. »Es ist nicht mehr weit, beeilen wir uns.« Er versuchte, Skar beiseite zu schieben, trat dann mit einem raschen Schritt an ihm vorbei und begann, die Fackel wie in einer verzweifelten, winkenden Geste über dem Kopf schwenkend, auf das Licht zuzulaufen. Die anderen folgten ihm nach kurzem Zögern.

»Was ist?« fragte Del ungeduldig, als Skar sich nicht von der Stelle rührte. »Willst du vielleicht hierbleiben?«

Skar sah irritiert auf. »Was? Ich ...« Er brach ab, schüttelte ein paarmal den Kopf und lief dann mit weit ausgreifenden Schritten hinter den Cearnern her. Er wußte selbst nicht, was mit ihm los war. Seine Gedanken und Empfindungen waren in Aufruhr wie schon seit langem nicht mehr. Er wollte hier heraus, mit jeder Faser seiner Seele, und selbst die tödlichen Weiten der Nonakesh erschienen ihm im Vergleich zu diesen finsteren Katakomben wie ein Paradies. Und doch fühlte er sich zu der schweigenden Dunkelheit hinter sich hingezogen, obwohl ihn der Gedanke zutiefst erschreckte. Irgend etwas in seinem Inneren hatte sich mit dem bösen Geist dieser Höhlen verbunden, ein dunkles, erschreckendes Etwas, ein Teil seiner Seele, von dem er bisher nicht einmal gewußt hatte, daß es ihn gab. Die Stunden, die er hier unten verbracht hatte, hatten irgend etwas in ihm erweckt, etwas Finsteres und Böses, das ihn hierbehalten wollte und ihm einen tiefen, namenlosen Schrecken einjagte. Und irgendwie spürte er, daß es ihm nicht gelingen würde, es wieder dorthin zu vertreiben, wo es hergekommen war.

Sie verfielen in einen schnellen, kräftezehrenden Laufschritt. Die Höhle hallte wider vom trappelnden Echo ihrer Schritte und den aufgeregten Stimmen der Männer. Keiner von ihnen achtete noch auf seine Umgebung. Wären sie in diesem Moment von einem Hoger oder einem von Seshars Männern angegriffen worden, wären sie hilflos gewesen.

Aber sie erreichten den runden, senkrechten Schacht unbehelligt.

»Wir haben Glück«, stellte Bernec nach einem Blick auf den Himmel der Schachtöffnung fest. Er keuchte. Sein Atem ging rasselnd und schnell und hörte sich an, als bereite er ihm Schmerzen. »Die Sonne geht bald unter. Während der Nacht können wir die Wüste vielleicht zu Fuß durchqueren.«

»Und die Hoger?« fragte Del stirnrunzelnd.

Bernec zuckte die Achseln. »Ich glaube nicht, daß sie uns entdecken, wenn wir vorsichtig sind«, hoffte er. »Unsere Mäntel schützen uns, und sie fliegen zu hoch, um einen einzelnen Mann auszumacchen.« Er schwieg einen Moment, drehte sich dann halb herum und wies mit einer Kopfbewegung auf die Strickleiter, die vom oberen Ende des Schachtes herabhing. »Wenigstens war Chaime so freundlich, uns eine Aufstiegsmöglichkeit dazulassen«, sagte er.

»Chaime?« echote Skar verblüfft.

»Du hast ihn nicht erkannt?« Bernec schürzte grimmig die Lippen und deutete mit einer vagen Geste den Gang hinab. »Einer der drei war Chaime, ich bin mir ganz sicher. Er und Mergell gehören zu Seshars engsten Vertrauten. Ich glaube nicht, daß er mehr als eine Handvoll Männer eingeweiht hat. Wahrscheinlich«, fügte er nach kurzem Überlegen hinzu, »wußten die beiden anderen nicht einmal, wo sie waren.«

»Und dieser Mergell war nicht dabei?« fragte Del.

Bernec verneinte. »Aber ich bin sicher, daß wir ihm begegnen werden, bevor wir Went erreichen«, sagte er. »Ich kenne Seshar. Er sichert sich nach allen Seiten ab. Vielleicht werden wir angegriffen, bevor wir die Wüste verlassen. Auf jeden Fall werden sie uns irgendwo auf halbem Wege nach Went auflauern. Wir haben es noch nicht überstanden, Del.«

»Ich würde Ipcearn allein stürmen, wenn es die einzige Möglichkeit wäre, hier herauszukommen«, sagte Del ernsthaft.

Bernec sah ihn einen Moment lang mit seltsamem Ausdruck an. »Vielleicht«, murmelte er, »mußt du das auch, Del.«

Skar knurrte unwillig. »Ihr könnt euren Krieg planen, wenn wir hier heraus sind«, sagte er verärgert. »Die Sonne wird in wenigen Minuten untergehen. Ich habe zwar bisher keinen einzigen Hoger zu Gesicht bekommen, aber wenn du recht hast und sie wirklich bei Einbruch der Dunkelheit ausschwärmen, möchte ich möglichst weit weg von hier sein.«

Bernec setzte zu einer scharfen Antwort an und überlegte es sich im letzten Augenblick anders. Er nickte wortlos, drehte sich um und ging rasch zu der Strickleiter hinüber.

»Was ist in dich gefahren?« fragte Del halblaut.

»Das kann ich dir sagen«, zischte Skar. »Ich bin froh, wenn ich hier heraus bin, und ich weiß ebensogut wie du oder Bernec, daß der Ärger dann erst losgeht. Wenn Seshars Leute wirklich versuchen sollten, uns zu töten, werde ich mich wehren. Aber dieser junge Narr versucht, uns zu einem Krieg anzustiften. Und du machst ihm noch Mut!«

»Aber das ... das stimmt doch gar nicht«, stotterte Del unsicher. »Ich habe nur ...«

»Gesagt, daß du Ipcearn allein stürmen würdest, wenn es sein müßte«, fiel ihm Skar ins Wort. »Und genau darauf hat er gewartet. Du bist wirklich alt genug, einen Besessenen zu erkennen, wenn du ihn siehst, Del. Wenn wir Went erreichen, wird Bernec in der gleichen Minute eine Revolution anzuzetteln versuchen. Noch ein paar Bemerkungen wie die von eben, und er glaubt allen Ernstes, wir würden ihm dabei helfen!«

»Und was«, fragte Del nach einem Augenblck bedrückten Schweigens, »willst du dagegen tun?«

»Ich weiß es nicht«, antwortete Skar. »Noch nicht. Aber ich werde ihn nicht noch in seinem Wahnsinn bestärken. Es muß eine andere Möglichkeit geben. Gewalt ist in diesem Fall keine Lösung. Aber das werden wir klären, wenn wir zurück in Went sind. Und bis dahin tu dir selbst einen Gefallen und unterhalte dich mit Bernec über das Wetter oder halt gleich ganz den Mund!« Die letzten Worte hatte er geschrien.

Del erbleichte, wich einen halben Schritt zurück und nickte verwirrt. Skar fuhr wütend herum, rammte das Schwert, das er immer noch in der Hand gehalten hatte, in den Gürtel zurück und stapfte zur Schachtwand hinüber. Die verwunderten Blicke der Cearner blieben ihm nicht verborgen. Er hatte laut genug gesprochen, daß sie zumindest einen Teil seiner Worte verstanden haben mußten. Aber das war ihm egal. Im Gegenteil - vielleicht war jetzt gerade der richtige Augenblick, endgültig klarzustellen, wo er stand. Trotz allem sahen die Krieger - und nicht nur sie, sondern wohl der Großteil der Bewohner Wents - noch immer den langersehnten Befreier in ihm, einen Mann, der aus dem Nichts gekommen war und ihr Volk zurück in die Freiheit führen würde.

Aber er war es nicht. Er wollte und konnte nicht in das Schicksal dieses Landes eingreifen, nicht so, wie Bernec es wollte, mit Gewalt und dem Schwert. Ginge er Bernecs Weg, würde ein rauchender Trümmerhaufen zurückbleiben. Mit der Waffe in der Hand konte er Cearn in den Untergang führen, nicht in die Freiheit.

Er griff, immer noch wütend, nach der untersten Sprosse der Strickleiter und begann rasch emporzusteigen. Die Hitze traf ihn wie ein Faustschlag, als er aus dem Reich ewiger Finsternis ins helle Sonnenlicht hinaufstieg. Mit einem Mal, schlagartig und ohne Vorwarnung, verspürte er einen quälenden Durst. Seine Haut brannte, und seine Augen begannen bereits nach wenigen Sekunden zu tränen und zu schmerzen. Wie durch einen grauen Schleier sah er Bernecs Gestalt über sich aufragen. Er griff nach seiner Hand, klammerte sich daran fest und zog sich mit einem letzten, wütenden Ruck über den Rand des Schachtes. Die Wüste begrüßte ihn mit einem heißem, trockenen Windstoß. Er wankte, taumelte ein paar Schritte vom Schachtrand zurück und ließ sich ächzend zu Boden sinken. Der Sand war heiß und trocken und begann sofort, unter seine Kleider zu kriechen. Die Nonakesh hatte sie wieder.

Skars Wut verrauchte so rasch, wie sie aufgeflammt war. Mit einemmal fühlte er sich nur noch müde, und das einzige, was er wollte, war sich im warmen Sand ausstrecken und schlafen. Er wälzte sich auf den Rücken, beschattete das Gesicht mit dem Unterarm und tastete mit der freien Hand nach dem Wasserbeutel unter seinem Mantel. Sie hatten in der warmen, feuchtigkeitsgesättigten Luft dort unten nicht viel trinken müssen, und obwohl es ihm viel länger vorkam, waren sie nicht einmal einen ganzen Tag in der Höhle gewesen. Trotzdem war sein Vorrat bedenklich zusammengeschrumpft. In dem ledernen Beutel war höchstens noch ein Liter Wasser. Sein Körper würde das Zehnfache benötigen, um auch nur einen einzigen Tag in der unbarmherzigen Hitze aushalten zu können.

Er setzte sich auf, trank - wider besseres Wissen - einen Schluck der warmen, schal schmeckenden Flüssigkeit und verschloß den Beutel sorgfältig wieder. Sein Blick wanderte zum Himmel. Die Sonne hatte den Horizont im Westen berührt und verwandelte die Dünen und den Himmel in ein Meer rotglühender Flammen. Trotzdem würde es noch eine Stunde dauern, bevor die Temperaturen merklich fielen. Und dann würde es rasch so kalt werden, daß sie in Bewegung bleiben mußten, um nicht zu erfrieren.

Er seufzte hörbar, stand auf und wandte sich nach Osten. Irgendwo dort hinten, verborgen hinter dem monotonen Auf und Ab der braungemusterten Dünen, verbarg sich Cearn - ein halber Tagesritt, allerhöchstens, und doch fast unerreichbar fern. Skar machte sich in diesem Punkt nichts vor. Wenn sie den rettenden Wald nicht bei Sonnenaufgang erreicht hatten, war es aus. Sie würden keine Stunde in dieser Hölle aushalten. Er griff mit einer wütenden Bewegung unter seinen Mantel, nahm den Wasserbeutel hervor und leerte ihn mit großen, gierigen Schlucken.

Sein Blick begegnete dem Bernecs, als er den Schlauch absetzte. Der junge Cearner hatte die Stirn gerunzelt und schüttelte mißbilligend den Kopf. »Glaubst du, daß das klug war?« fragte er.

»Glaubst du, es ist klüger, jede Stunde einen winzigen Schluck zu trinken und schluckweise zu verdursten?« gab Skar gereizt zurück. Er wandte sich ab, schleuderte den leeren Wasserschlauch verärgert von sich und rannte mit raumgreifenden Schritten den Hang der nächsten Düne empor.

Eine Windhose tanzte vor ihm über den Boden, ein winziges, vergängliches Gebilde aus hochgewirbeltem Staub und heißer Luft, kaum einen Meter hoch und von brauner, halbdurchsichtiger Farbe, ein Gebilde wie aus gesponnenen Träumen, schön und bedrohlich zugleich. Skar sah ihr nach, bis sie im Wind zerfaserte. Der Anblick dieses dünnen, grazilen Gebildes hatte etwas ungemein Beruhigendes, vielleicht, weil es ihm auf subtile Weise die Vergänglichkeit alles Bestehenden vor Augen führte. Es spielte für die Geschichte Enwors keine Rolle, ob er oder Del oder einer der anderen überlebten oder nicht. Es spielte nicht einmal eine Rolle, ob es ein Gebilde wie Cearn dann noch geben würde. Vielleicht überlebten sie den Marsch durch die Wüste, und vielleicht gelang es ihnen sogar, Bernec zu bremsen, bevor er ganz Cearn in Brand setzte. Aber auch wenn nicht, würde es für den weiteren Verlauf der menschlichen Geschichte kaum einen Unterschied machen.

Obwohl Skar solchen Überlegungen sonst eher spöttisch gegenüberstand, beruhigte ihn der Gedanke in diesem Moment. Er schloß für einen Moment die Augen, drehte sich herum und begann den Weg wieder zurückzugehen, den er gekommen war. Sein Blick blieb an einem flachen, halb unter dem Sand verborgenen Umriß hängen. Es war ein Pferd. Eines der Tiere, auf denen sie hierhergekommen waren, vielleicht auch Chaimes oder das eines seiner Begleiter. Es war tot. Der Sand hatte es bereits halb zugeweht und eine barmherzige Decke über seinen verstümmelten Körper gebreitet, aber auch so konnte Skar noch sehen, wie grausam die Hoger die wehrlose Kreatur zugerichtet hatten. Eine so fette Beute hier draußen, dicht bei ihren Höhlen, mußte die geflügelten Mörder zu Dutzenden angelockt haben. Skar hatte bis zu diesem Moment immer noch insgeheim die Hoffnung gehegt, vielleicht doch noch eines oder mehrere der Tiere einfangen zu können, aber er mußte sich jetzt eingestehen, daß es sinnlos war, sich länger an diesen Gedanken zu klammern.

Er wandte sich von dem toten Pferd ab und ging langsam zurück zu Bernec und den anderen, die sich am Rande des Schachtes versammelt hatten und gedämpft miteinander redeten.

Die Situation kam ihm auf bedrückende Weise bekannt vor, und für einen Moment überlegte er ernsthaft, ob es vielleicht nicht nur Zufall, sondern Warnung war, eine letzte, schweigende Mahnung, umzukehren und der Katastrophe, auf die er zusteuerte, zu entfliehen. Er hatte schon einmal auf einer solchen Düne gestanden und in die Wüste hinausgestarrt. Aber diesmal, das spürte er, würde hinter dem Horizont nicht die Rettung, sondern etwas anderes lauern. Etwas, das er nicht in Worte zu fassen vermochte und das mit dem Bösen, jenem finsteren, schwarzen Bruder, den der Geist der Höhle tief in ihm geweckt hatte, verwandt schien. Und für einen winzigen Augenblick *wußte* er, daß alle seine Anstrengungen letztlich umsonst sein würden, daß – egal, was er tat – das Ende anders, ganz anders und grausamer sein würde, als er sich jetzt schon vorstellen konnte.

Irgendwann, nach einer Ewigkeit, wie es ihm vorkam, ging die Sonne unter, und für einen flüchtigen Moment verwandelte sich die Wüste in ein verwirrendes Mosaik aus Schatten und Hügeln und schwächer werdendem Licht.

Sie brachen auf. Zu Anfang redeten sie noch miteinander, aber ihre Gespräche wurden mit jeder Meile, die sie zurücklegten, flacher und leiser, bis sie schließlich schweigend nebeneinander hermarschierten, jeder allein mit sich und seinen Gedanken, voller Furcht oder Wut und Haß oder auch beidem. Aber auch das verging, und nach einer Weile mußten sie ihre ganze Kraft darauf konzentrieren, zu laufen, nichts weiter zu tun, als zu laufen und mechanisch einen Fuß vor den anderen zu setzen.

Skar wußte, daß sie es nicht schaffen würden. Sie kamen gut voran, aber es war noch nicht Mitternacht, und schon jetzt war die Tatsache nicht mehr zu übersehen, daß die Kräfte der Männer mit jedem Schritt mehr schwanden. Irgendwann, vielleicht in zwei, drei Stunden, vielleicht schon in wenigen Minuten, würde der erste aufgeben und zusammenbrechen, um zu sterben. Vermutlich würden er und Del als letzte übrigbleiben; vielleicht noch Bernec. Aber auch sie würden sterben, sobald die Sonne aufging. Hier, in der Nonakesh, hatte ihre Geschichte begonnen, und hier würde sie auch enden.

Skar hob müde den Kopf und blickte nach oben. Der Himmel war leer; eine blauschwarze Ebene, von der das kalte Licht der Sterne wie die unzähligen Augen einer gefühllosen Gottheit zu ihnen herabzublicken schien. Es erschien Skar fast wie ein böser Hohn, daß sie bisher wenig mehr als den Schatten eines Hogers gesehen hatten. Ihm wäre fast wohler gewesen, wenn die schwarzen Bestien sie angegriffen hätten. Gegen einen Feind aus Fleisch und Blut konnte man wenigstens kämpfen.

Er versuchte, einen Blick von Coar zu erhaschen, aber ihr Gesicht war leer: eine starre Fläche, die von verkrustetem Sand und Staub in eine bizarre Totenmaske verwandelt worden war. Ihre Bewegungen waren monoton und hölzern. Vielleicht, dachte er, würde sie gar nicht mehr aufhören können zu laufen, selbst wenn sie den rettenden Wald erreichten. Er wollte etwas sagen, aber seine Kehle war trocken und taub vor Durst und Erschöpfung.

Bernec blieb plötzlich stehen und hob die Hand. »Wartet!« krächzte er. »Ich ... ich glaube, ich höre etwas. Reiter. Das sind ... Reiter.«

Skar lauschte ebenfalls, aber er hörte nichts außer dem monotonen Gesang des Windes und die mühsamen, schleppenden Schritte der anderen. »Ich höre nichts«, sagte er.

»Reiter«, beharrte Bernec. »Viele Reiter.« Er schien zu schwach zu sein, um noch zusammenhängende Sätze zu bilden. Er machte einen Schritt, wankte und brach mit einem wimmernden Laut in die Knie. »Flieht«, keuchte er. »Ihr müßt ... weg.«

Skar wollte ihm auf die Füße helfen, aber Bernec schüttelte seine Hand mit erstaunlicher Kraft ab. »Flieh, Skar«, keuchte er. »Du und Coar. Ihr ... müßt euch in Sicherheit bringen. Wir halten sie auf. Vielleicht ... suchen sie nicht weiter, wenn sie uns hier finden.«

Skar setzte zu einer scharfen Antwort an, stockte und legte verblüfft den Kopf auf die Seite. Der Wind trug ein dumpfes, hämmerndes Geräusch mit sich. Pferde!

»Du ... du hast recht!« keuchte er. »Das sind Pferde! Reiter! Verdammt, Bernec, du hast recht! Wir sind gerettet!«

»Es sind Reiter«, sagte Bernec spröde. »Aber Reiter aus Ipcearn. Seshars Reiter, Skar. Sie ... werden uns töten.«

Skar fuhr geduckt herum und versuchte, die Dunkelheit vor ihnen mit Blicken zu durchdringen.

»Flieh«, keuchte Bernec noch einmal. »Ihr habt eine Chance. Aber ihr müßt euch beeilen. Verbergt euch irgendwo in den Dünen. In der Dunkelheit werden sie eure Spuren nicht finden. Verschwinde endlich!«

Skar schüttelte entschieden den Kopf. »Den Teufel werde ich tun«, sagte er grimmig. »Del! Nach links hinüber! Hinter die Düne. Wir greifen an, wenn sie zwischen uns und Bernecs Leuten sind!« Del nickte knapp, löste den Bogen von seiner Schulter und verschwand mit federnden Schritten in der Nacht.

»Das ist Wahnsinn«, keuchte Bernec. »Ihr könnt sie nicht besiegen. Es sind zu viele, und wir haben keine Kraft mehr zum Kämpfen.«

»O doch«, sagte Skar entschlossen. »Die habt ihr.« Er warf einen hastigen Blick über die Schulter zurück. Das dumpfe Trommeln der Pferdehufe war lauter geworden, aber noch war von den Reitern selbst nichts zu sehen. Die eisige, trockene Nachtluft mußte den Schall sehr weit tragen. »Hör zu«, sagte er hastig. »Und die anderen auch. Ich werde jetzt auf den Kamm dieser Düne steigen und mich dort verbergen, bis sie genau zwischen uns sind. Und wenn ich das Zeichen dazu gebe, dann werdet ihr eure Bögen nehmen und so viele von ihnen aus den Sätteln schießen, wie ihr könnt. Ich verlange nicht, daß ihr trefft. Alles, was ich und Del brauchen, sind ein paar Sekunden Zeit. Beschäftigt sie einen Moment, das ist alles, was ich verlange. Und paßt auf, daß ihr die Pferde nicht trefft. Wir brauchen sie!« Er riß Bernec am Arm in die Höhe, zerrte den Bogen von seinem Rücken herunter und zwang ihn, danach zu greifen. »Nimm!« befahl er. »Und wehr dich. Denk an deinen Sohn, Bernec. Du hast nicht das Recht, dein Leben wegzuwerfen! In Cearn wartet noch Arbeit auf dich!«

Sein barscher Tonfall schien Erfolg zu haben. Bernec stöhnte, betrachtete den Bogen in seiner Hand eine Sekunde lang verwundert, als wüßte er nicht, was er damit anfangen sollte, und nickte dann mühsam. »Gut«, murmelte er. »Wir ... versuchen es.«

»Ihr werdet es nicht versuchen«, schnappte Skar, »sondern *tun!*«

Bernec griff mit steifen Fingern nach dem Köcher an seiner Seite und legte einen Pfeil auf die Sehne. Seine Hände zitterten. Skar warf ihm einen letzten, warnenden Blick zu, fuhr herum und lief rasch nach rechts davon. Er wußte, daß weder Bernec noch einer der anderen wirklich noch in der Lage waren, den Angreifern ernstzunehmenden Widerstand entgegenzusetzen. Aber das war auch nicht nötig. Del und er brauchten ein paar Sekunden, mehr nicht. Dem Geräusch nach zu schließen, mußte der Trupp, der da durch die Wüste auf sie zusprengte, aus fast zwanzig Berittenen bestehen. Und trotzdem hatten sie eine Chance. Wenn es Bernec und seinen Männern gelang, die Angreifer auch nur für einen kurzen Moment abzulenken, konnten sie die Hälfte von ihnen aus den Sätteln schießen, bevor sie überhaupt gemerkt hatten, daß sie in eine Falle geraten waren. Mit etwas Glück würden die anderen fliehen. Wenn nicht, mußten sie es auf ein Handgemenge ankommen lassen. Die Cearner mochten im Wald gefährliche Gegner sein, aber dies hier war freies, deckungsloses Gelände, und im offenen Kampf Mann gegen Mann konnte ein Satai auch mit einer fünffachen Überlegenheit fertig werden. Aber es mußte schnell gehen, sehr schnell. Die Kraft, die ihn durchströmte, war nicht mehr als ein letztes Aufbäumen, mit dem sein Körper auf jahrzehntelang antrainierte Kampfreflexe reagierte. Sie würden entweder sofort siegen oder gar nicht.

Er erreichte den Hügelkamm, warf sich der Länge nach in den Sand und riß Köcher und Bogen vom Rücken. Die Luft über der Wüste schien vom Dröhnen der Hufe zu vibrieren. Ein heller, anfeuernder Ruf drang an sein Ohr, gefolgt von einem schmerzhaften Wiehern, als der unsichtbare Reiter seinem Tier gnadenlos die Sporen in die Seite rammte. Skar legte einen Pfeil auf die Sehne, richtete sich in eine halb sitzende, halb hockende Stellung auf und zielte in die Dunkelheit jenseits der nächsten Hügelkette hinaus. Langsam begann er eine Anzahl flacher, geduckter Schatten gegen den samtblauen Hintergrund des Nachthimmels auszumachen. Reiter – zuerst einen, dann zwei, drei, vier . . . und Pferde. Eine große Anzahl reiterloser Pferde . . .

Skar zog verwundert die Brauen zusammen. Er hatte mit seiner Schätzung ziemlich dicht an der Wirklichkeit gelegen – es mußten ungefähr zwanzig Pferde sein. Aber nur auf fünfen davon saßen Reiter ...

Die Bogensehne in seiner Hand entspannte sich. Er richtete sich für einen Moment auf, hob den Arm und winkte; das Zeichen für Del, noch mit dem Angriff zu warten. Etwas war dort unten nicht in Ordnung.

Der Reitertrupp sprengte heran, umging in weitem Bogen die letzte Düne und galoppierte mit unvermindertem Tempo auf Bernecs Gruppe zu. Skar konnte erkennen, wie die Männer dort unter ihnen plötzlich wild durcheinanderliefen.

»Satai!« drang Bernecs Stimme zu ihm herauf. »Skar! Del! Nicht schießen! Es sind unsere Leute! Nicht schießen!«

Skar ließ den Bogen endgültig sinken und stand auf. Unter den Reitern entstand für einen kurzen Moment Unruhe, als sie die beiden Gestalten der Satai auf den Hügeln über sich gewahrten. Eines der reiterlosen Pferde kreischte erschrocken auf und ging durch.

»Es sind Freunde!« rief Bernec noch einmal. Er hob die Arme und fuchtelte wild mit den Händen in der Luft, als hätte er Angst, daß Skar und Del ihn nicht verstehen und trotzdem angreifen würden.

Skar winkte zurück und begann mit raschen Schritten die Düne hinunterzulaufen. Auf der anderen Seite des Hügeltales machte sich Del auf den Rückweg. Skar fühlte eine tiefe Erleichterung, daß es nicht zum Kampf gekommen war. Er hatte keine Angst davor gehabt, aber es war das erste Mal, daß er vor einem Kampf etwas anderes als Ruhe und angespannte Konzentration verspürt hatte. Er wollte nicht mehr töten. Diese Männer und Frauen – auch die Bewohner Ipcearns – waren nicht ihre Feinde.

Er und Del langten nahezu gleichzeitig bei der Gruppe an. Das Hügeltal war erfüllt vom aufgeregten Stampfen der Pferde, von Stimmengewirr und Lachen. Die Reiter stammten aus Went. Zwei von ihnen erkannte er wieder. Jemand drückte ihm einen prallen Wasserbeutel in die Hand, ein anderer reichte ihm Brot und Fleisch, kaum daß er ein paar Schlucke getrunken und seinen schlimmsten Durst gelöscht hatte. Er nahm beides an, trank und aß mit schnellen, gierigen Bewegungen und ließ sich zitternd gegen die Flanke eines Pferdes sinken. Das Tier zitterte vor Anstrengung. Es keuchte und verströmte einen durchdringenden, scharfen Schweißgeruch. Die Männer mußten ihre Pferde gnadenlos durch die Wüste gehetzt haben.

»Ich ... ich bin froh, daß ihr mich verstanden habt«, keuchte Bernec, als Skar nach einem kurzen Moment der Ruhe zu ihm hinüberging. »Für einen Moment hatte ich Angst, ihr könntet mich nicht verstehen.«

»Was ist geschehen?« fragte Skar, ohne auf Bernecs Worte einzugehen.

Bernecs Gesicht verdüsterte sich. »Went ist besetzt«, sagte er dumpf. »Aber du fragst Nopath am besten selbst.« Er deutete auf einen blonden, breitschultrigen Jüngling in der grünen Kleidung der Waldläufer, der neben einem gestürzten Krieger niedergekniet war und ihm mit langsamen, vorsichtigen Bewegungen Wasser einflößte.

Skar ging zu ihm hinüber und wartete geduldig, bis er den Mann versorgt hatte. »Du bist Nopath?« fragte er.

Der Cearner sah auf. Skar erschrak beinahe, als er in sein Gesicht sah. Der Mann sah nur wenig frischer aus als sie selbst – der Wahnsinnsritt durch den Wald und die Wüste mußte seine Kräfte bis zum Äußersten strapaziert haben.

»Was ist passiert?«

Nopath zögerte sichtlich. »Ihr ... seid verraten worden«, sagte er nach einer Weile. »Kurz nach eurem Aufbruch kamen Truppen aus Ipcearn. Sie haben Went besetzt. Die Garde wurde entwaffnet, und Mergell herrscht jetzt über die Stadt, wenigstens so lange, bis ein neuer Kommandant ernannt wird.«

Skar war nicht sonderlich überrascht. Er hatte nur nicht damit gerechnet, daß Seshar so schnell reagieren würde. »Und?«

»Sie haben Patrouillen ausgeschickt, die nach euch suchen sollen«, fuhr Nopath fort. »Jeder Mann in Cearn hat den Auftrag, euch zu verhaften und sofort nach Ipcearn zu bringen.«

Skar lächelte humorlos. »Wir sind einer diese Patrouillen begegnet«, sagte er grimmig. »Weiter.«

»Nichts weiter«, murmelte Nopath schulterzuckend. »Wir haben uns nach Dunkelwerden aus der Stadt geschlichen und ein paar Pferde gestohlen, um euch entgegenzureiten.« Er stand auf, rieb nervös die Handflächen aneinander und sah erst Skar, dann Del und schließlich Bernec an. »Went wartet auf deine Rückkehr«, sagte er entschlossen. »Wir sind bereit zuzuschlagen, sobald du es befiehlst.«

»Nicht so voreilig«, sagte Skar hastig. »Es nutzt niemandem, wenn wir Mergell und seine Soldaten aus der Stadt werfen. Seshar wird neue Truppen schicken.«

»Dann besiegen wir auch sie«, gab Nopath trotzig zurück. »Went ist stark genug, sich zu wehren. Wir haben Seshars Terror lange genug geduldet. Auch Ipcearn ist nicht uneinnehmbar.«

Skar seufzte. Er schüttelte den Kopf, bedachte Nopath mit einem fast mitleidigen Blick und wandte sich dann wieder an Bernec. »Ein Bruder von dir?« fragte er leise.

Aber Bernec blieb ernst. »Viele von uns denken so«, sagte er. »Nicht nur ich, Skar. Seshar hat den Bogen überspannt. Diesmal werden wir kämpfen.«

»Und dann?« gab Skar ruhig zurück. »Werdet ihr Ipcearn stürmen und die Könige hinrichten, oder begnügt ihr euch damit, eine freie Republik Went auszurufen und euch die nächsten hundert Generationen in einem Bruderkrieg aufzureiben?«

Bernecs Lippen zitterten vor Wut. »Du verstehst nichts, Skar!« schnappte er. »Nichts. Unser Volk ...«

»Ich verstehe mehr, als du glaubst, Junge«, unterbrach ihn Skar. »Ich habe Dutzende wie dich erlebt – Kinder, die glauben, die Fähigkeit, ein Schwert zu führen, würde ausreichen, um die Zukunft zu verändern. Nichts wirst du erreichen, Bernec, gar nichts. Du wirst Cearn zerstören und alles vernichten, wofür dein Volk generationenlang gekämpft und gelitten hat. Sieh dich doch an!« fuhr er, etwas lauter und mit absichtlicher Herablassung fort. »Es ist noch keine zehn Minuten her, da hast du im Sand gelegen und gewimmert vor Angst, und deine sogenannten Krieger sind keinen Deut besser! Ich zweifle nicht daran, daß ihr Mergell und die Handvoll Soldaten, die er mitgebracht hat, aus Went hinauswerfen könnt, aber wenn Seshar mehr Soldaten schickt, werdet ihr euch keinen Tag halten können.«

Bernec erbleichte. »Du . . .«, keuchte er, »du . . .«

Skar brachte ihn mit einem leisen, höhnischen Lachen zum Verstummen. »Warte wenigstens, bis du wieder genug Kraft hast, dich mit mir zu streiten«, sagte er ruhig. »Und dann versuche, auf ein Pferd zu steigen. Vielleicht schaffst du es noch, bis Went zu kommen.« Er starrte Bernec noch einen Herzschlag lang durchdringend an, ehe er mit einem Ruck herumfuhr und sich auf den Rücken des nächstbesten Pferdes schwang.

»Sitzt auf! Wir müssen weiter!« Jemand berührte ihn an der Seite. Es war Coar. »Die Männer brauchen Ruhe«, sagte sie flehend. »Nur eine Stunde, Skar. Sie . . . sie sind am Ende.«

»Oh, natürlich«, spottete Skar. »Die Krieger müssen sich vor der Schlacht ausruhen, nicht? Nur eine Stunde. Warum nicht drei oder vier, bis die Sonne aufgeht und uns entweder die Hoger oder Mergells Späher entdeckt haben?« Er riß das Pferd wütend an den Zügeln herum, ritt auf Bernec und Nopath zu und beugte sich im Sattel vor. »Wenn ihr auch nur eine verschwindend geringe Chance haben wollt, Cearn lebend zu erreichen, dann steigt auf die Pferde und reitet. In drei oder vier Stunden geht die Sonne auf. Bis dahin müssen wir hier verschwunden sein!«

Bernec rührte sich nicht von der Stelle, aber Skar sah, daß das, was er vielleicht für Kraft halten mochte, in Wirklichkeit nur Trotz war. Insgeheim hatte er wohl erkannt, daß Skar recht hatte. Aber er war zu stolz, es zuzugeben. Noch.

»Nun mach schon«, sagte er, etwas sanfter, aber immer noch so laut, daß ihn jeder verstand. »Wir müssen weg.«

Wenige Minuten später brachen sie auf. Aber die Sonne ging bereits wieder unter, ehe sie Went erreichten.

Wie willst du vorgehen?« fragte Del leise.

Skar blickte sekundenlang zu den geschlossenen Toren Wents hinüber, ohne zu antworten. Sie hatten Cearn beim ersten Schimmer des Morgengrauens erreicht und sich und ihre Tiere unweit des Waldrandes versteckt, um bis zum Abend abzuwarten und auszuruhen. Die Männer hatten geschlafen und gegessen, aber die wenigen Stunden Ruhe reichten kaum aus, die Spuren der überstandenen Strapazen zu tilgen. Keiner von ihnen war fähig zu kämpfen.

»Wir werden ganz offen in die Stadt hineinreiten«, murmelte er nach einer Weile. »Durch dieses Tor.«

Del runzelte mißbilligend die Stirn. »Hältst du das für eine gute Idee?«

»Wir sind zu viele, um ungesehen über die Hecke zu kommen«, gab Skar zurück. »Und Mergell wird es nicht wagen, uns einfach niederschießen zu lassen, auch wenn es vermutlich nichts gibt, was er lieber täte.« Er lachte leise und tätschelte geistesabwesend den Hals seines Pferdes. »Er sitzt auf einem Pulverfaß, und er weiß es. Die fünfzig Männer, die er hat, würden sich keine Minute halten können, wenn ganz Went gegen ihn aufsteht.« Er drehte sich halb im Sattel um und blickte zum Waldrand zurück.

Bernec war mit dem Rest ihrer kleinen Streitmacht zurückgeblieben, um ihnen Deckung zu geben, falls sie wider Erwarten angegriffen werden sollten. Aber bisher war nichts geschehen. Skar zweifelte nicht daran, daß Mergell bereits wußte, daß sie zurück waren. Del und er hatten sich keine sonderliche Mühe gegeben, unentdeckt zu bleiben, und die Posten auf den hölzernen Wachtürmen jenseits der hohen Dornenhecke trugen die Uniformen Ipcearns.

Er hob die Hand, winkte und wartete ungeduldig, bis sich das Unterholz teilte und die Reiter langsam herankamen. Das graue Licht der Dämmerung ließ sie zu schwarzen Schatten werden, die sich gegen den Hintergrund des Waldes einzig durch ihre Bewegungen abhoben. Skar glaubte die Nervosität, die sich über der Gruppe ausgebreitet hatte, regelrecht sehen zu können. Die Hände der Männer ruhten auf den Griffstücken ihrer Waffen.

Er nickte Bernec aufmunternd zu, drehte sich wieder um und preßte seinem Pferd sanft die Schenkel in die Seite. Das Tier warf den Kopf zurück und wieherte: ein leiser, heller Ton, der selbst jenseits der doppelten Dornenhecke noch deutlich zu hören sein mußte. Es spürte wohl die Nähe des Stalles und tänzelte nervös. Skar kraulte es sanft zwischen den Ohren: eine Bewegung, die wohl eher zu seiner eigenen Beruhigung diente als der des Tieres.

Das schwere, hölzerne Tor wurde von innen geöffnet, als sie noch wenige Meter davon entfernt waren. Dunkelroter Feuerschein fiel auf den schmalen Waldweg heraus und ließ die Risse und Unebenheiten des Bodens überdeutlich hervortreten. Skar ritt in gleichmäßigem Tempo weiter und beugte sich tief im Sattel vor, um nicht mit dem Kopf gegen den niedrigen Torbogen zu stoßen. Rechts und links des Weges, der durch den schmalen Verteidigungsgürtel führte, brannten flackernde Feuer. Die Stadt war still; unheimlich still. Eine Ruhe, die wie in Erwartung irgendeines schrecklichen Ereignisses zu pulsieren schien.

»Gib auf Bernec acht«, flüsterte Skar.

Del nickte unmerklich. Sein Blick tastete nervös über die Doppelreihe schweigender Krieger, die den Weg jenseits der inneren Hecke flankierten. Es mußten an die fünfzig sein. Mergell hatte seine gesamte Streitmacht aufgeboten, um sie zu empfangen.

Skar ritt unbeeindruckt weiter, passierte das zweite, innere Tor und brachte sein Tier wenige Schritte vor Mergell zum Stehen. Die gespannten Bögen in den Händen der Ipcearner folgten jeder seiner Bewegungen.

»Ich wußte, daß wir uns wiedersehen«, sagte Mergell leise. Er sprach langsam und übermäßig betont, aber es gelang ihm nicht völlig, den nervösen Unterton in seiner Stimme zu leugnen. »Ihr habt es also geschafft«, fuhr er fort, deutlich zwischen Resignation und widerwilliger Anerkennung schwankend.

Skar nickte. »Trotz der Bemühungen deines Freundes, ja.«

»Ist er . . .?«

»Tot«, bestätigte Skar. »Aber wir haben ihn nicht getötet, wenn du das wissen wolltest.«

Mergell schwieg einen Moment. »Ihr hättet niemals hierherkommen dürfen«, sagte er dann.

Skar zuckte scheinbar unbeeindruckt mit den Achseln. »Wahrscheinlich hast du recht«, sagte er gleichmütig. »Aber wir sind nun einmal hier. Ich beneide dich nicht um deine Aufgabe, Mergell. Was willst du jetzt tun?« Er wies mit einem Kopfnicken auf die Krieger rechts und links des Weges und lächelte spöttisch. »Uns töten lassen?«

»Nur, wenn es sein muß«, antwortete Mergell. »Ich habe Befehl, euch nach Ipcearn zu bringen. Dich, deinen Freund, Bernec – alle, die mit euch in der Wüste waren. Keinem wird ein Leid geschehen, wenn ihr euch fügt.«

»Und wenn nicht?« lächelte Skar. »Du kannst uns umbringen, aber dann würdest du ganz Cearn in Brand setzen. Und du weißt es. Gib auf, Mergell. Du magst im Augenblick in der besseren Position sein, aber ich habe dir schon einmal erklärt, daß der, der einen Kampf gewinnt, nicht unbedingt der Sieger sein muß.«

»Du verstehst nichts«, sagte Mergell gequält. »Du und dein Freund – ihr seid aus dem Nichts gekommen und zerstört unsere Welt. Ich sollte dich töten, gleich auf der Stelle, selbst wenn es mein eigenes Leben und das vieler anderer kostet. Aber es würde nichts mehr ändern. Ich könnte es dir befehlen, aber ich tue es nicht – ich bitte dich, Skar. Komm mit mir nach Ipcearn. Wir sorgen dafür, daß ihr dann unser Land unbeschadet verlassen könnt.«

Skar schüttelte sanft den Kopf. »Es ist zu spät, Mergell. Es spielt keine Rolle mehr, was mit Del und mir geschieht.«

Mergell schwieg eine Weile. »Ich glaube, du hast recht«, murmelte er dann niedergeschlagen. »Aber mir bleibt keine Wahl. Verstehst du das?«

Skar nickte wortlos und ließ sich aus dem Sattel fallen. Drei, vier Pfeile zischten über den Rücken des Tieres hinweg, ein weiteres Geschoß bohrte sich Zentimeter neben ihm in den Boden. Skar rollte zur Seite, sprang auf die Füße und warf sich mit weit ausgebreiteten Armen in die Reihe der Bogenschützen. Ein gellender, vielstimmiger Schrei zerriß die Stille. Bogensehnen sirrten, und Menschen und Tiere schrien getroffen auf. Skar schleuderte einen Krieger zu Boden, duckte sich unter einem Schwertstreich weg und packte einen zweiten Mann, um ihn wie einen lebenden Schutzschild vor sich zu halten. Ein Pfeil sirrte heran und bohrte sich mit dumpfem Klatschen in die Brust des Soldaten.

»Hört auf! Aufhören, habe ich gesagt!« schrie Mergell. Aber seine Stimme ging im Crescendo des Kampfes unter.

Plötzlich schien auf dem Platz neben dem Tor die Hölle loszubrechen. Mehr als die Hälfte von Bernecs Streitmacht war schon dem ersten Pfeilhagel zum Opfer gefallen, aber die Überlebenden wehrten sich mit dem Mut von Verzweifelten. Schwerter blitzten auf, und das dumpfe Krachen von Stahl, der auf Fleisch und Knochen traf, mischte sich mit den gellenden Schreien der Sterbenden. Skar schleuderte den toten Krieger von sich, zertrümmerte den Schild eines weiteren Angreifers mit einem wütenden Fußtritt und riß seine Waffe aus dem Gürtel. Silbernes Sternenlicht blitzte auf der schmalen Klinge des *Tschekal* auf. Das Schwert schnitt mit einem hellen, reißenden Geräusch durch Holz und Leder, zertrümmerte Schwerter und Schilde und barst durch Brustpanzer und Helme. Skar dachte in diesem Moment nicht mehr. Für Augenblicke verwandelte er sich in eine tobende Kampfmaschine, einen schwarzen, aus den tiefsten Schlünden der Hölle emporgestiegenen Rachedämon, der durch die Reihen der Ipcearner brach und eine blutige Spur von Tod und Verderben zurückließ. Sein Schwert schuf einen flirrenden, tödlichen Halbkreis aus blitzenden Lichtreflexen und Blut, tötete, zerschlug, verstümmelte. *Aufhören!* dachte Skar verzweifelt. *Ich muß aufhören! Das ist Wahnsinn!!* Aber er hörte nicht auf, sondern kämpfte weiter und tötete Mann auf Mann, als wäre er in einem unseligen, blutigen Rausch gefangen. Und tief, tief in ihm, schien eine leise, dunkle Stimme zu lachen.

Er schrie, rammte einem Krieger, der sich todesmutig in seine Bahn warf, das Schwert bis zum Heft in die Brust und tötete einen zweiten durch einen Ellbogenstoß. Er merkte nicht, daß der Kampf rings um ihn herum verebbte, daß es schließlich nur noch er war, der auf die längst verängstigten und zurückweichenden Soldaten eindrang und Mann auf Mann erschlug.

Und dann stand er Mergell gegenüber. Die Krieger, die seinem Toben entronnen waren, hatten ihre Waffen weggeworfen und sich ergeben. Es gab jetzt nur noch sie beide, ihn und Mergell. Was nun kam, ging nur noch sie an, so, wie der ganze Kampf von Anfang an im Grunde nur ein Kampf zwischen ihnen beiden gewesen war. »Gib auf«, flüsterte Skar. »Du hast verloren.«

Mergell schüttelte den Kopf. »Nein, Skar«, antwortete er. »Diesmal nicht. Diesmal hast du verloren.« Sein Gesicht zuckte. Plötzlich begann er zu lachen. Er sprang zurück, riß den Säbel mit beiden Händen über den Kopf und drang mit einem gellenden Schrei auf Skar ein.

Skars Klinge zuckte in einer Bewegung vor, die zu schnell war, als daß das menschliche Auge ihr folgen konnte. Mergells Waffe war plötzlich verschwunden; seine Handgelenke blutige, zuckende Stümpfe. Das *Tschekal* beschrieb einen flimmernden Halbkreis, krachte mit ungeheurer Wucht auf Mergells Helm herab und spaltete seinen Schädel fast bis zur Brust herab.

Irgend jemand schrie; ein heller, hysterischer Ton, der irgendwo weit jenseits der Grenze normalen Entsetzens vibrierte. Skar trat zurück, schloß die Augen und atmete hörbar aus. Die Waffe entglitt seinen Fingern und polterte zu Boden. Er wankte, drehte sich mühsam um und ging mit schleppenden Schritten auf Coar und Bernec zu.

Coars Augen waren unnatürlich geweitet. Sie zitterte, und ein lautloses, schmerzhaftes Schluchzen ließ ihren Körper erbeben. Sekundenlang starrte sie wie hypnotisiert auf Mergells Leichnam, riß sich dann mit sichtlicher Anstrengung los und sah Skar an. Aber in ihrem Blick lag nur Angst. Angst und etwas, das schlimmer war.

»Seid ihr nun zufrieden?« fragte Skar leise. »Ihr wolltet doch wissen, wie ein Satai kämpft. Ihr wolltet es doch sehen, oder?« Plötzlich schrie er auf, riß Bernec mit einer brutalen Bewegung zu sich heran und zwang ihn, Mergells Leichnam anzusehen. *»Sieh es dir an, Bernec!«* brüllte er. *»Sieh es dir genau an! Das war es doch, was ich euch beibringen sollte, oder?«* Er versetzte ihm einen Stoß, der ihn vorwärtstaumeln und auf die Knie fallen ließ, packte ihn bei den Haaren und schleuderte ihn in die Blutlache, die den Boden neben Mergells Leichnam dunkel färbte. Bernec schrie auf, sprang hoch und fuhr sich angeekelt durchs Gesicht.

»Was ist los mit dir?!« zischte Skar. »Angst? Oder ekelst du dich nur? Schau dich ruhig um, Bernec. Was du siehst, ist nur ein kleiner Vorgeschmack von dem, was du erleben wirst. Das hier ist dein Weg, die Zukunft, die du deinem Volk zugedacht hast.«

Bernec wimmerte. »Hör auf«, keuchte er. »Hör auf, hör auf, hör auf. Ich ...«

»Oh, nein«, sagte Skar. »Ich werde nicht aufhören. Ich habe noch nicht einmal richtig angefangen, Bernec. Du willst den Krieg. Die Revolution, Freiheit für dein Volk! *Dann sieh sie dir an, deine Freiheit!!!«*

»HÖR AUF!!« kreischte Bernec mit überschnappender Stimme. *»Du widerst mich an. Du ... du verdammtes Ungeheuer!«*

Skar lachte, versetzte ihm einen Stoß vor die Brust, der ihn erneut zu Boden stürzen ließ, und ging wortlos davon.

Die Dunkelheit lastete wie eine schwarze, undurchdringliche Mauer vor den schmalen Fenstern. Auf dem Boden brannte eine kleine Öllampe, aber ihr Licht verbreitete keine Wärme, sondern nur trübe Helligkeit, die das finstere Schweigen ringsum noch zu vertiefen schien. Skar war lange durch Went geirrt, bis er schließlich hierher, zu Thorandas Haus, zurückgekehrt war. Das Gebäude erschien ihm größer und kälter als zuvor, ein gigantisches schweigendes Grab, noch einer von zahllosen Orten, die er betreten und über die er Tod und Leid gebracht hatte. Es war ganz egal, wohin er kam – alles, was er berührte, schien zu verderben, zu zerbrechen oder sich ins Gegenteil zu verkehren. Es hatte mit ihrem Marsch in die Wüste begonnen, aber erst jetzt begriff er, daß es kein Zufall war, sondern daß er einen bösen Fluch mit sich herumschleppte. Die Nonakesh hatte sie nicht freigelassen, sondern ausgespien, damit sie wie ein schleichendes Gift nach Cearn gelangen und das Werk vollenden konnten, das sie vor Jahrhunderten begonnen hatte.

Er sah auf, als ein Schatten über den geflochtenen Fußboden fiel. Es war Del.

Skar lächelte matt. »Hallo. Schön, daß du kommst. Ich habe kaum noch zu hoffen gewagt, daß überhaupt noch jemand mit mir redet.«

Del bewegte sich einen Schritt in den Raum hinein und blieb stehen. »Glaubst du wirklich, daß das nötig war?« fragte er leise.

»Nötig?« Skar überlegte einen Moment und zuckte die Achseln. »Ich weiß es nicht. Vielleicht. Vielleicht war es auch sinnlos.«

Del lächelte traurig. »Weißt du, was Bernec gerade tut?« fragte er.

Skar schüttelte erneut den Kopf. »Nein«, antwortete er, »und es interessiert mich auch nicht. Wir sollten verschwinden, Del. Sofort. Laß uns ein Pferd und Lebensmittel stehlen und fliehen.«

»Er hält Reden«, sagte Del, ohne seine Worte zu beachten. »Er hat ihnen alles erzählt. Von den Hogern, dem Fluß, Chaime . . . Er putscht sie auf.«

»So?« machte Skar desinteressiert. »Tut er das? Ich hatte gedacht, daß der Schock länger anhält.«

»Ich glaube, du verstehst mich nicht«, sagte Del eindringlich. »Dieser Narr ist dabei, ganz Went in einen Hexenkessel zu verwandeln. Wenn ihn niemand aufhält, hat er sie in zwei Stunden soweit, daß sie ihm begeistert nach Ipcearn folgen!«

»Und was soll ich, deiner Meinung nach, dagegen tun?« fragte Skar ruhig. »Hinuntergehen und ihn auch noch erschlagen? Vielleicht auch gleich noch Nopath und die anderen?« Er seufzte. »Es ist zu spät, Del. Wir können nichts mehr tun. Gar nichts mehr. Die Dinge sind uns längst entglitten, wenn wir sie überhaupt jemals in der Hand gehabt haben. Das einzige, was uns noch bleibt, ist, zu verschwinden. Sofort. Ich will nicht auch noch mitansehen, wie dieses Volk zugrunde geht.«

»Dieses Selbstmitleid steht dir nicht«, murmelte Del.

»Selbstmitleid«, wiederholte Skar. »Vielleicht ist es das, mag sein. Aber ich will einfach nicht mehr, begreifst du das?«

»Du willst davonlaufen«, behauptete Del. »Du willst dich feige davonstehlen, das ist alles.«

Skar nickte. »Und wenn?«

Del verzog gequält das Gesicht. »Skar«, sagte er. »Ich . . . ich weiß, wie du dich fühlst. Aber wir können jetzt nicht gehen! Nicht in diesem Moment!«

»Und was schlägst du vor?« fragte Skar sarkastisch. »Soll ich mir eine goldene Rüstung anlegen und an der Spitze von Bernecs Heer gegen Ipcearn reiten? Ich bin sicher, daß wir siegen. Zwei so fabelhaften Kriegern wie uns dürfte das nicht schwerfallen, dieses alberne Baumhaus zu stürmen. Überhaupt kein Problem.«

Del knurrte. »Muß ich dich erst verprügeln, bis du Vernunft annimmst?« fragte er. »Oder hättest du vielleicht die Güte, die Scheuklappen wenigstens für fünf Minuten herunterzunehmen und mir zuzuhören?«

Skar gab einen seltsamen, halb amüsierten, halb wimmernden Laut von sich. »Bitte«, sagte er. »Ich höre. Welche Strategie schlägst du vor? Zünden wir Ipcearn an, oder versuchen wir es im Sturmangriff?«

Del schüttelte verzweifelt den Kopf. »Es gibt einen Weg«, sagte er. »Es gibt eine winzige Chance, Skar. Vielleicht ist es noch nicht zu spät, das Schlimmste zu verhindern. Ich habe mit Coar gesprochen.«

Skar hob verwirrt den Blick. »Coar?«

Del nickte. »Sie verachtet dich nicht, wenn du das glaubst. Ich glaube, sie . . . sie hat nur noch Mitleid für dich.«

»Was soll das?« schnappte Skar wütend.

Del machte eine besänftigende Handbewegung. »Wir können Bernec nicht mehr aufhalten«, sagte er. »Selbst wenn wir ihn töten, würde das die anderen nur noch mehr aufbringen. Aber es gibt vielleicht einen anderen Weg.«

»Und welchen?«

»Wir müssen nach Ipcearn«, sagte Del nach einer langen, hörbaren Pause. »Nur du und ich und Coar und Bernec.«

»Du mußt verrückt sein«, sagte Skar, »wenn du glaubst, daß er sich darauf einläßt.«

»Vielleicht doch«, antwortete Del hastig. »Wir müssen es versuchen, Skar! Es ist unsere letzte Chance. Ihre letzte Chance. Wenn es uns gelingt, Seshar unschädlich zu machen, können wir den Krieg noch verhindern.«

»Noch ein Mord?« fragte Skar.

Del verzog das Gesicht. »Der Gedanke gefällt mir ebensowenig wie dir. Aber ich sehe keinen anderen Weg. Es ... es geht nicht mehr ohne Blutvergießen ab, Skar, so grausam es klingt. Aber du hast die Wahl zwischen einem Menschenleben und hunderten.«

Skar schwieg betroffen. Es war das alte Problem, ob man Menschenleben gegeneinander aufrechnen durfte, ob irgend jemand – ganz egal, aus welchen Gründen – das Recht besaß, über Leben und Tod eines Menschen zu entscheiden. Niemand hatte es je gelöst, und auch ihnen würde es nicht gelingen. Aber vielleicht mußten sie das Falsche tun, um am Ende das Richtige zu erreichen. Vielleicht, dachte er matt, würden sie auch bei dem Versuch sterben, Ipcearn zu betreten. Und vielleicht war es das beste.

Er stand auf und ging an Del vorbei zur Tür.

Der Himmel über dem Wald glühte im Licht unzähliger, hell lodernder Feuer. Ein dumpfes Raunen und Brausen, das an das Geräusch ferner Meeresbrandung erinnerte, brachte die Luft in der Stadt zum Erbeben.

Skar verharrte unwillkürlich, als er die Menschenmenge sah, die sich auf der Lichtung im Zentrum Wents versammelt hatte. Es mußten sieben-, vielleicht achthundert sein: Männer, Frauen und Kinder, Greise und Krieger. Jeder Bewohner der Stadt schien anwesend zu sein. Und er konnte die knisternde Spannung, die von der Menge Besitz ergriffen hatte, fühlen. Bernecs Worte hatten ihre Wirkung nicht verfehlt. Im Moment mochte die Menge noch betäubt und gelähmt von dem Schock sein, den Bernecs Enthüllungen für sie bedeutet haben mußten. Aber dieser Zustand würde nicht lange anhalten. Schon in kurzer Zeit würde aus dieser Menschenmenge ein tobender Mob werden, ein gigantisches, vielkörperiges Tier, das nach Blut schrie und seinem Anführer blind in den Tod folgen würde.

Skar schloß für einen Moment die Augen und versuchte, das dumpfe Murmeln und Wispern in seinem Inneren zu ignorieren.

Sein dunkler Bruder war noch da, lauernd und wach, bereit, bei der ersten sich bietenden Gelegenheit aus seinem Versteck zu springen und wieder Gewalt über ihn zu erlangen.

»Kommt«, flüsterte er. »Und seid vorsichtig. Einc falsche Bewegung, und sie zerreißen uns.«

Sie ritten los, Skar an der Spitze, gefolgt von Coar und Del, der ein viertes, reiterloses Pferd am Zügel führte. Coar hatte ihn und Del mit den fertig gesattelten Tieren am Fuße der Brücke vor dem Haus der Heilerin erwartet, als hätte sie keine Sekunde daran gezweifelt, daß Skar sie begleiten würde. Sie hatten kein Wort miteinander geredet, aber das war auch nicht nötig gewesen. Coar war seinem Blick ausgewichen, aber es war nicht Haß oder Abneigung oder Furcht gewesen, sondern etwas anderes, etwas, das Skar nicht mit Gewißheit bestimmen konnte und das ihn erschaudern ließ.

Die Menge teilte sich vor ihnen, als sie langsam auf das Zentrum des Platzes zuritten. Skar bemühte sich, starr geradeaus zu blicken, wo Bernec auf einem provisorisch errichteten Podest aus Fässern und eilig zusammengenagelten Brettern stand, aber er spürte trotzdem, wie die Menschen rechts und links von ihm ängstlich zurückwichen und ihm furchtsame Blicke zuwarfen. Vielleicht war er einmal ein Held für sie gewesen. Jetzt hatten sie nur noch Angst vor ihm.

Er spürte, wie sich die Stille wie eine schwere, erstickende Decke über den Platz senkte. Bernec verstummte, als er ihn, Coar und Del heranreiten sah, und für einen Moment huschte ein furchtsamer, erschrockener Ausdruck über seine Züge. Dann hatte er sich wieder in der Gewalt.

Skar ritt bis auf zehn Meter an das Rednerpodest heran und zügelte sein Pferd. Coar blieb an seiner rechten Seite stehen, Del, das zusätzliche Pferd zwischen sich und Skar haltend, links.

Bernec bewegte sich unruhig. Sein Blick tastete hilfesuchend über die stumme Mauer weißer, gebannt dreinschauender Gesichter hinter Skar, aber er schien zu spüren, daß er in diesem Augenblick keine Hilfe von ihnen zu erwarten hatte.

»Du ... du bist also doch noch gekommen«, begann er, als klar-wurde, daß Skar nicht von sich aus reden würde.

Skar lächelte stumm, aber in einer Art, die Bernec sichtlich erbleichen ließ. Er rang nervös mit den Händen, schluckte ein paarmal und fuhr sich hektisch mit dem Handrücken über die Stirn. Sein Blick saugte sich wie hypnotisiert am Griff von Skars Waffe fest. Er hatte Angst.

»Was ... wollt ihr?« fragte er unsicher.

Skar lächelte. »Wir reiten nach Ipcearn«, sagte er ruhig. Seine Hand machte eine einladende Bewegung auf den Sattel des überzähligen Pferdes an seiner Seite. »Kommst du mit?«

Bernecs Unterkiefer sank verblüfft herunter. »Ihr wollt ...?«

»Nach Ipcearn reiten«, bestätigte Skar. »Nur wir drei – und du, wenn du den Mut dazu hast.«

»Ihr seid verrückt!« keuchte Bernec. »Ihr seid tot, bevor ihr auch nur in die Nähe des Schlosses kommt. Seshar wird euch umbringen lassen.«

»Vielleicht«, gestand Skar gleichmütig. »Aber dieses Risiko müssen wir eingehen. Man kann keinen Krieg führen und hoffen, unbeschadet davonzukommen.«

»Aber es ist Wahnsinn, allein gegen Ipcearn zu ziehen! Seshar hat mindestens zweihundert Soldaten, und ...«

»Hast du Angst?« unterbrach ihn Skar lächelnd.

Bernec schwieg eine ganze Weile. Auf seinen Zügen war der innere Kampf, den er durchstehen mußte, überdeutlich zu sehen.

»Nein«, sagte er. »Ich habe keine Angst. Aber es ist sinnlos, wenn ihr euch opfert, und es ist auch sinnlos, wenn ich dabei mitmache. Seshar kann sich keinen besseren Weg wünschen, mich loszuwerden.«

»Und du glaubst, darauf wäre er angewiesen, wie?« fragte Skar höhnisch. »Mir scheint, du hältst dich bereits für unersetzlich. Aber du bist nicht so wichtig, wie du denkst, Bernec. Du hast deinem Volk die Wahrheit gesagt, und ich will mich nicht mit dir darüber streiten, ob es zu diesem Zeitpunkt richtig war oder nicht. Es zählt jetzt nicht mehr, ob es dich gibt oder nicht. Du bist unwichtig, Bernec. Dein Volk wird sich so oder so gegen Seshar auflehnen. Das einzige, was du noch tun kannst, ist, dich zum ersten Mal in deinem Leben wie ein Mann zu benehmen und den Kampf, den du begonnen hast, allein zu Ende zu bringen. Vielleicht stirbst du dabei, aber dann sterben wir alle. Dein Volk wird trotzdem überleben.«

»Ihr ... ihr verlangt von mir, daß«, stotterte Bernec, »daß ich ...«

»Wir verlangen nicht mehr von dir, als wir von uns verlangen«, unterbrach ihn Skar. »Nicht mehr, als jeder Mann von selbst tun würde.« Er wußte, daß er gewonnen hatte. Bernec hatte den Moment, in dem er das Ruder noch hätte herumreißen können, verpaßt. Ihm blieb gar keine andere Wahl mehr, als auf Skars Vorschlag einzugehen, wenn er nicht vor all seinen Anhängern das Gesicht verlieren wollte.

»Gut«, sagte er mühsam. »Ich komme mit euch. Nur ich allein. Aber wenn wir nicht zurückkommen«, fügte er mit erhobener Stimme hinzu, »dann wird dieses Volk wie ein Mann aufstehen und Ipcearn vom Antlitz dieser Welt fegen!«

»Ihr Götter«, flüsterte Del so leise, daß nur Skar die Worte verstehen konnte. »Gleich wird er sich vor die Brust schlagen und Asche auf sein Haupt streuen.«

Skar schüttelte unwillig den Kopf. »Still«, zischte er. »Verdirb nicht alles. Gib ihm wenigstens eine winzige Chance, heil davonzukommen.«

Del grinste und schwieg.

Bernec blieb noch einen Moment reglos auf seinem Podest stehen, als warte er auf irgend etwas. Schließlich wandte er sich um, sprang zum Boden herab und kam mit gezwungen ruhigen Schritten auf sie zu. Skar beugte sich vor, um ihm in den Sattel zu helfen. Bernec ignorierte seine Hand, schwang sich auf den Rücken des Tieres und riß unnötig hart und brutal an den Zügeln.

»Drei Tage!« rief er. »Wenn wir in drei Tagen nicht zurück sind, greift ihr an!«

Ein paar vereinzelte Stimmen riefen ihre Zustimmung, und jemand versuchte, einen Hochruf anzustimmen, brach aber sofort wieder ab.

Sie ritten los. Die Menge teilte sich vor ihnen und wich weiter zurück, als nötig gewesen wäre. Eine beklemmende, unwirkliche Stimmung schien die Stadt erfaßt zu haben, ein Schweigen, das ihnen wie ein unsichtbarer, finsterer Hauch selbst dann noch folgte, als sie hintereinander durch das Tor ritten und in den Wald eindrangen.

Skar fühlte sich mit einemmal unendlich müde. Er hätte erleichtert oder zumindest zufrieden sein müssen, aber er spürte nichts davon. Es gab keinen Grund, auf seinen Sieg über Bernec stolz zu sein. Wenn es überhaupt ein Sieg gewesen war.

Sie galoppierten in scharfem Tempo nach Westen. Coar hatte frische, ausgeruhte Pferde herausgesucht, so daß sie rasch vorankamen, ohne größere Pausen einlegen zu müssen. Gegen Mitternacht rasteten sie an einem der unzähligen kleinen Tümpel, die überall im Wald von Cearn verstreut waren, tränkten ihre Pferde und aßen, mehr aus Gewohnheit und um nicht untätig herumsitzen und schweigen zu müssen, als aus Hunger, brachen aber schon nach wenigen Minuten wieder auf, um weiterzureiten. Der Weg kam Skar verändert vor. Er war ihn schon dreimal gegangen, aber diesmal schien alles anders, fremd und ablehnend. Eine seltsame Stimmung des Abschiednehmens ergriff ihn. Er spürte, daß es das letzte Mal sein würde. Er würde nicht mehr nach Went zurückkehren, ganz gleich, was geschah.

Als die Sonne aufging, waren sie nur noch wenig mehr als eine Meile von Ipcearn entfernt. Sie hatten auf dem gesamten Weg nicht einen Menschen getroffen, weder einen Waldläufer noch einen von Seshars Soldaten, aber Skar schob dies auf die Tatsache, daß Bernec den Wald kannte und die sicher vorhandenen Patrouillen umgangen hatte.

Sie stiegen ab, ließen ihre Tiere frei laufen und nahmen das letzte Stück des Weges zu Fuß in Angriff. Graue Dämmerung durchwob den Wald mit Schatten und verwirrenden Lichteffekten, und über dem Boden lag ein dünner, halbdurchsichtiger Nebelschleier, der das Geräusch ihrer Schritte dämpfte und die Unwirklichkeit des Augenblicks vertiefte.

Sie erreichten den Waldrand und blieben im Schutz der letzten Büsche stehen. Ipcearn lag wie ein grauer, abweisender Koloß vor ihnen, ein Titan, der sich auf einem Dutzend ungeheuerlicher Spinnenbeine hoch über dem Wald erstreckte und sie allein durch seine Größe zu verspotten schien. Es gab keine Möglichkeit, unentdeckt über die Lichtung zu gelangen. Der Wald war in jeder

Richtung auf hundert Meter oder mehr abgeholzt worden, und Skar zweifelte keine Sekunde daran, daß Hunderte von mißtrauischen Augenpaaren jede noch so kleine Bewegung auf der Lichtung verfolgen würden. Aber es gab keinen anderen Weg.

»Kommt«, murmelte er, »solange es noch nicht ganz hell ist. Vielleicht haben wir Glück, und sie sehen uns nicht.«

Er nickte Del aufmunternd zu und spurtete los, ohne auf eine Antwort zu warten. Es war jener Augenblick der Dämmerung, in der das Licht grau und unsicher ist und man fast weniger als in der Nacht sieht, und vielleicht hatten sie wirklich Glück und schafften es. Sie rannten in einer weit auseinandergezogenen Kette los und erreichten den schwarzen Schatten Ipcearns in weniger als einer halben Minute. Skar blieb keuchend stehen, lehnte sich gegen einen der mächtigen Baumstämme und lauschte angespannt. Über ihnen blieb alles ruhig.

»Sieht aus, als hätten wir Glück gehabt«, flüsterte Del. »Jetzt brauchen wir nur noch hinaufzukommen. Hat jemand vielleicht eine gute Idee dazu?«

Statt einer Antwort griff Coar unter ihren Mantel und nahm ein zusammengerolltes Tau mit einer dreizackigen Metallklaue hervor. Sie wickelte es sorgfältig ab, hielt das Ende mit den Widerhaken in der Hand und suchte nach einer passenden Stelle. Das Seil verwandelte sich in einen flirrenden Kreis und zischte, von einem mächtigen Schwung getragen, nach oben. Die stählerne Klaue prallte mit einem scheppernden Geräusch gegen den Baumstamm, rutschte ein Stück daran herunter und verkantete sich. Coar zerrte ein paarmal mit aller Kraft am Seil und begann dann mit geschickten Bewegungen den Baum zu erklimmen.

Nacheinander stiegen sie auf den Baum. Die unteren zwanzig Meter des gewaltigen Stammes waren sorgfältig entastet und geglättet worden, aber hier, dicht unter der borkigen Unterseite Ipcearns, fanden ihre Hände und Füße genügend Halt, so daß sie ohne größere Schwierigkeiten weiterklettern konnten. Coar deutete schweigend auf das westliche Ende der gigantischen Plattform Ipcearns und hangelte sich rasch und sicher an den Bäumen entlang. Skar folgte ihr, wenn auch weit weniger elegant und leichtfüßig. Er vermied es, in die Tiefe zu sehen. Er hatte keine

Angst vor großen Höhen, aber es war eine Sache, auf einen Baum zu steigen, und eine ganz andere, sich wie ein Affe von Ast zu Ast zu schwingen und darauf zu hoffen, daß er nicht plötzlich den Halt verlor oder die dünnen Zweige unter seinem Körpergewicht brachen.

Er war schweißgebadet, als sie endlich das Ende der Plattform erreicht hatten und über ihnen wieder ein Stück des Himmels sichtbar wurde. Es war taghell, und er begriff erst jetzt, wie lange sie sich unter der Festung aufgehalten haben mußten.

Coar deutete nach oben und machte mit den Händen zupakkende, kletternde Bewegungen. Skar nickte. Es war besser, wenn sie jetzt nicht redeten.

Sie stiegen weiter. Die hölzerne Plattform, die das ungeheure Gewicht Ipcearns trug, erwies sich als längst nicht so massiv, wie Skar bisher geglaubt hatte. Über der untersten, aus nur einer einzigen Lage miteinander verbundener Baumstämme bestehenden Schicht erstreckte sich ein wahres Labyrinth von Pfeilern und Waben, Stützen und Trägern, die in scheinbar sinnlosem Durcheinander verspannt waren, so daß sie leichter und rascher weiterklettern konnten, als er gehofft hatte. Sie stiegen höher und erreichten eine zweite, fünf Meter über der ersten Ebene liegende Schicht massiver Stämme. Darüber erhob sich das eigentliche Ipcearn.

Bernec deutete mit einer Kopfbewegung auf das überhängende Ende der Wand. »Darüber liegt ein Fenster«, sagte er im Flüsterton. »Wenn wir gleich dort einsteigen, gelangen wir in die Aufzugshalle.«

Skar überlegte. Seshars Gemächer lagen auf einer höhergelegenen Ebene, und die Aussicht, ungesehen durch die halbe Festung zu kommen, erschien ihm nicht sehr groß.

»Wie ist es weiter oben?« gab er ebenso leise zurück.

Bernec schüttelte den Kopf. »Unmöglich«, sagte er. »Zu viele Leute. Auf den Wehrgängen patrouillieren ununterbrochen Wachen, und jeder, der aus dem Wald kommt, muß uns sehen. Keine Chance«, fügte er überzeugt hinzu.

Skar zuckte resignierend die Achseln. »Na, dann los«, murmelte er ergeben. »Je länger wir hier warten, desto größer ist die Gefahr einer zufälligen Entdeckung. Wieviel Wachen sind dort oben?«

»Normalerweise zwei«, antwortete Bernec. »Aber es kann sein, daß sie sie verstärkt haben. Doch ich hoffe, daß sie nicht mit einem Angriff aus dieser Richtung rechnen.« Er stand vorsichtig auf, setzte den Fuß auf einen der fast meterstarken Querbalken und streckte die Finger nach dem überhängenden Ende der Plattform aus. Für einen Moment schwankte er bedrohlich, dann fand er festen Halt, zog die andere Hand nach und schwang sich mit einem entschlossenen Ruck nach außen. Seine Beine pendelten dreißig Meter über dem Boden. Bernecs Gesicht verzerrte sich vor Anstrengung. Er keuchte, zog sich in einer gewaltigen Kraftanstrengung nach oben und versuchte, das Knie auf der rettenden Kante abzustützen. Er rutschte ab, unterdrückte im letzten Moment einen verzweifelten Schrei und stemmte sich mit einer Kraft, die ihm nur die Angst verliehen haben konnte, in die Höhe.

Skar atmete hörbar auf, als Bernec aus ihrem Sichtfeld verschwand. Von oben erscholl eine rasche Folge polternder und scharrender Geräusche. Das Seil erschien über der Kante, pendelte einen Moment wild hin und her und kam mit einem Ruck zur Ruhe, als Del sich vorbeugte und danach griff.

»Hoffentlich kann er wenigstens einen vernünftigen Knoten machen«, murrte er. Er nahm Schwung, stieß sich wuchtig ab und sprang wie ein Trapezkünstler am Ende der Leine ins Nichts hinaus. Das Seil schwang wie ein überdimensionales Pendel nach außen, kam in einem perfekten Halbkreis zurück, und Del nutzte die Aufwärtsbewegung, um die Beine anzuziehen und sich mit einem eleganten Satz zu Bernec hinaufzukatapultieren. Skar und Coar folgten wenig später auf die gleiche Weise.

Der Sims, auf dem sie standen, war nur wenig breiter als zwei aneinandergelegte Hände. Der Wind traf sie hier oben ungeschützt und mit voller Wucht. Skar strauchelte, hielt sich hastig an der rauhen Außenseite der hölzernen Burg fest und blickte schaudernd in die Tiefe. Sie waren vielleicht dreißig Meter über dem Boden, aber es kam ihm höher vor, viel höher.

Er drehte sich vorsichtig um, suchte mit den Füßen nach festem Halt und wollte etwas sagen, aber Bernec legte hastig den Zeigefinger über den Mund und deutete mit einem warnenden Blick auf die schmale Fensteröffnung über seinem Kopf. Rötlicher Fackelschein, der im allmählich stärker werdenden Licht der aufgehenden Sonne kaum noch sichtbar war, drang aus dem Inneren der Festung, und als Skar einen Moment lang lauschte, glaubte er leises Stimmengemurmel zu hören.

»Der Augenblick ist günstig«, flüsterte Bernec. »Die Wachablösung steht kurz bevor. Die Wachen dort drinnen haben eine lange Nacht hinter sich und müssen todmüde sein. Mit etwas Glück können wir sie überrumpeln.«

»Wann kommt die Ablösung?« fragte Skar im gleichen Ton.

»Bald«, antwortete Bernec nach einem kurzen Blick zum Himmel. »Aber wir haben Zeit genug. Eine Viertelstunde, vielleicht. Das muß reichen.«

Skar preßte sich eng an die Wand, hob vorsichtig die Arme über den Kopf und tastete nach dem Fenstersims. Sein Herz begann ein wenig schneller zu schlagen. Wenn in dem Raum auf der anderen Seite des Fensters Wachen waren und wenn sie zufällig zum Fenster sahen, während er hindurchstieg, dann war er für Sekunden hilflos. Er verscheuchte den Gedanken mit einem ärgerlichen Achselzucken, klammerte die Finger um den Sims und zog sich mit einem kraftvollen Ruck hinauf.

Der Raum dahinter war dunkel, nur von einer einzigen, bereits halb heruntergebrannten Fackel erleuchtet, und leer. Skar atmete lautlos auf, ließ sich nach vorne über die Brüstung kippen und kam mit einer unhörbaren Rolle wieder auf die Beine. Er blieb eine halbe Sekunde lang lauschend stehen, huschte dann auf Zehenspitzen durch den Raum und preßte sich dicht neben der halb offenstehenden Tür gegen die Wand. Hinter ihm stieg Del durch das Fenster, sah sich blitzschnell nach rechts und links um und winkte Coar und Bernec, ihnen zu folgen.

Skar ließ sich vorsichtig auf Hände und Knie sinken und versuchte, zwischen Türblatt und -rahmen hindurch in den angrenzenden Raum zu sehen. Er war nur wenig größer als das Zimmer, in dem sie waren, aber besser beleuchtet, und an der gegenüberliegenden Wand gab es gleich zwei Ausgänge, die mit schweren, hölzernen Türen verschlossen waren. Skar konnte drei Wächter erkennen, die an einem niedrigen, einfachen Tisch unweit der Tür saßen und leise miteinander redeten. Aber er konnte nur einen

SCH. 12/82

kleinen Teil des Raumes überblicken. Vielleicht hielten sich noch mehr Wachen darin auf. Seshar schien wirklich mit einem Angriff auf Ipcearn zu rechnen.

Er kroch zurück, richtete sich lautlos auf und gab Del einen Wink. Der junge Satai huschte zur anderen Seite der Tür, nickte stumm, hob erst drei, dann zwei und schließlich nur noch einen Finger. Als er die Faust ein viertes Mal und geballt in die Höhe stieß, stürmten sie los.

Die Posten hatten nicht einmal mehr Zeit, einen Hilferuf auszustoßen. Die beiden Satai stürmten nebeneinander durch die Tür und brachen wie ein Wirbelsturm aus heiterem Himmel über sie herein. Skar riß den der Tür am nächsten sitzenden Mann in die Höhe und schmetterte ihm die Faust ins Gesicht. Del warf sich gegen den Tisch, stieß ihn um und begrub die beiden verbliebenen Soldaten kurzerhand unter der schweren, hölzernen Platte. Der Kampf war vorüber, bevor er überhaupt richtig begonnen hatte.

»In Ordnung«, sagte Del laut. »Ihr könnt kommen.« Coar und Bernec traten hinter ihnen in die Wachstube. Bernec nickte anerkennend, als er die reglos daliegenden Soldaten sah. »Gute Arbeit«, lobte er. »Werden sie lange genug bewußtlos bleiben?«

»Wir fesseln sie sicherheitshalber«, bestimmte Skar. »Sie werden sowieso bald gefunden.« Er bückte sich, stemmte die Tischplatte hoch und zog einen der bewegungslosen Männer an den Armen über den Boden. »Helft mit, sie auszuziehen«, sagte er.

»Ausziehen?« echote Bernec verwirrt. »Aber wozu?«

»Weil wir ihre Uniformen brauchen«, murrte Del ungeduldig. »Eine bessere Tarnung können wir uns gar nicht wünschen.«

»Aber es sind nur drei«, gab Bernec zu bedenken.

Del schnaubte ungeduldig. »Das sehen wir selbst«, erklärte er spitz. »Dann werden Skar, du und ich eben Coar durch die Festung eskortieren. Kannst du dich jetzt wenigstens allein umziehen, oder muß ich das auch noch machen, wenn ich schon für dich denken soll?«

»Del!« sagte Skar warnend.

»Das klappt nie«, murmelte Bernec, ohne auf Dels beleidigenden Tonfall zu reagieren. »Ich bin hier viel zu bekannt. Und Coar auch.«

»Halt mich fest, Skar!« flehte Del in gespielter Verzweiflung. »Sonst erkennt ihn gleich nicht mal seine eigene Mutter wieder!« Er knurrte, ballte die Fäuste und trat drohend auf Bernec zu. Zu jedem anderen Zeitpunkt hätte die Situation vielleicht komisch gewirkt, aber Bernec schien sich mit einemmal nicht mehr so sicher zu sein, daß Del wirklich nur herumflachste. Er wich einen Schritt zurück, hob hastig die Hände und begann, seinen Rock aufzuknöpfen.

»Hört mit dem Quatsch auf«, sagte Skar rauh. »Für so etwas haben wir keine Zeit. Coar - geh zur Tür und paß auf.«

Coar gehorchte. Sie entkleideten die Posten bis auf die Unterwäsche, fesselten und knebelten sie und zogen sich in aller Eile um. Skar und Del streiften die einfachen, braunen Gewänder kurzerhand über ihre Harnische und verbargen ihre Schwerter unter den Umhängen, so gut es ging. Kein Bewohner Ipcearns würde sich durch die Verkleidung ernsthaft täuschen lassen; aber vielleicht verschaffte sie ihnen einige wertvolle Sekunden.

»Wohin führen diese Türen?« fragte Skar, als er fertig umgezogen war.

Bernec zuckte unglücklich die Achseln. »So genau kenne ich mich hier nicht aus«, murmelte er. »Ich war schon oft hier, aber die Wege der Wächter kenne ich nicht. Wir müssen versuchen, einen der Hauptgänge zu erreichen. Dort fallen wir auch weniger auf. Selbst um diese Zeit sind dort ständig Menschen.«

»Gut«, sagte Skar. »Dann gehen wir.« Er öffnete vorsichtig die rechte der beiden Türen, spähte auf den dahinterliegenden Gang hinaus. Er war dunkel und schmal und erinnerte ihn für einen Moment an die finsteren Stollen tief unter der Nonakesh. Aus dem Inneren der Festung wehten ihm leise Geräusche entgegen; einzeln nicht unterscheidbar, aber in ihrer Gesamtheit fast so etwas wie die Lebensgeräusche eines großen, geduldigen Tieres bildend.

Er öffnete die Tür weiter und trat an der Spitze ihrer kleinen Gruppe auf den Gang hinaus. Sie gingen eine kurze Treppe hinauf, durchquerten einen zweiten, menschenleeren Raum und standen schließlich vor einem nur mit einem schweren, dunkelroten Vorhang verschlossenen Durchgang. Dahinter lag, wie Skar mit einem raschen Blick feststellte, einer der Säulengänge, auf dem Mergell ihn bei seinem ersten Besuch auf Ipcearn zu den Gemächern des Königs geleitet hatte.

»Keinen Laut mehr jetzt«, sagte er warnend, bevor sie auf den Gang hinaustraten. »Bernec – du gehst voraus, dann Coar. Del und ich folgen.«

»Und was ist, wenn wir angesprochen oder aufgehalten werden?« fragte Bernec nervös.

Skar lächelte. »Frag mich das, wenn es soweit ist.« Er schlug den Vorhang beiseite, trat aus der Tür und wartete ungeduldig, bis Bernec und Coar an ihm vorbeigegangen waren. Natürlich hatte Bernec mit seinen Befürchtungen durchaus recht – die verstärkten Wachen bewiesen, daß man in Ipcearn mit einem Angriff rechnete und auf der Hut war, und das Volk von Cearn war einfach nicht groß genug, als daß nicht die meisten Bewohner der Festung sowohl ihn als auch Coar kennen mußten. Aber sie waren schon zu weit gegangen, um jetzt noch zurück zu können. Bisher hatten sie Glück gehabt, und wenn ihnen das gleiche Glück noch wenige Augenblicke treu blieb, konnten sie es schaffen.

Und dann? wisperte die dunkle Stimme in ihm. *Was wirst du dann tun? Wirst du Seshar einen Dolch ins Herz rammen? Oder wirst du nur zusehen, wie Bernec es tut? Sie werden euch lynchen, so oder so, und dann werden die Bewohner von Went Ipcearn stürmen. Ganz egal, was du tust, es ist sinnlos.*

Bernec schritt rasch vor ihnen aus. Von Zeit zu Zeit begegneten sie Bediensteten oder uniformierten Soldaten, aber es waren weniger, als er befürchtet hatte. Ipcearn befand sich in Alarmstimmung, aber die Männer schienen genug mit sich selbst und ihren Gedanken zu tun zu haben, um auf die drei abgelösten Wachen und die Frau in dem unauffälligen grünen Mantel zu achten. Sie gingen bis zum Ende des Säulenganges, bogen nach rechts ab und stiegen über eine schmale Treppe wieder in die Höhe. Skar durchlebte einige bange Sekunden, als sie dicht an einer Gruppe aufgeregt miteinander diskutierender Soldaten vorbei mußten, aber keiner der Männer beachtete sie auch nur mit einem Blick. Ihr Vorankommen erschien ihm beinahe zu leicht. Er war zu lange selbst Soldat gewesen und hatte in zu vielen verschiedenen Heeren gedient, um nicht zu wissen, daß Soldaten im allgemeinen ein schwatzhaftes Völkchen waren, zumindest dann, wenn sie dienstfrei hatten. Aber niemand sprach sie an, selbst dann nicht, als sie tiefer ins Innere Ipcearns vordrangen und sich dem Bereich näherten, in dem die Privaträume der Könige lagen.

Bernec blieb schließlich vor einer niedrigen, von zwei steinernen Adlern flankierten Holztür stehen.

»Dahinter muß es irgendwo sein«, erklärte er. »Aber den genauen Weg kenne ich auch nicht. Ich war nie in Seshars Gemächern.«

»Aber ich«, knurrte Skar. Er schob sich an ihm vorbei, warf einen sichernden Blick über die Schulter zurück und streckte die Hand nach der geschmiedeten Türklinke aus. Der Moment war günstig. Außer ihnen schien sich niemand in diesem Teil des Schlosses aufzuhalten, und wahrscheinlich würde auch – mit Ausnahme der regelmäßig patrouillierenden Wachen, denen sie auf dem Herweg begegnet waren und die ihre Aufgabe nicht sonderlich ernst zu nehmen schienen – so rasch kein Besucher kommen. Die frühe Stunde erwies sich als unerwartet glücklich gewählt. Selbst bei einem König würde es kaum Mißtrauen erregen, wenn er, auch gegen seine sonstigen Gewohnheiten, nach Sonnenaufgang ein wenig länger in seinen Gemächern blieb.

Er öffnete die Tür, schlüpfte hindurch und schob sie hastig hinter Del wieder ins Schloß. Vor ihnen lag ein heller, lichtdurchfluteter Raum, der von den breiten Stufen einer kunstvoll geschnitzten Treppe in zwei unregelmäßige Hälften geteilt wurde. An ihrem oberen Ende lag die wuchtige Doppeltür, hinter der sich Seshars Privaträume verbargen. Skar war schon einmal hier gewesen, aber es fiel ihm schwer, den Raum wiederzuerkennen. Das Sonnenlicht, das durch die weit zurückgezogenen Vorhänge hereinströmte, veränderte sein Aussehen mehr, als er für möglich gehalten hätte.

Er wies mit einer Kopfbewegung auf die Treppe. »Dort oben ist es«, sagte er. »Kommt.«

»Warte noch.« Del hielt ihn mit raschem Griff am Handgelenk zurück und sah sich mißtrauisch um. »Hinter dieser Tür liegen Seshars Räume?« fragte er.

Skar nickte. »Ja.«

»Das gefällt mir nicht«, murmelte Del. »Es sind keine Wachen da. Überhaupt nichts. Ich . . . ich hatte schon die ganze Zeit über ein ungutes Gefühl. Es war zu leicht, bis hier vorzudringen.«

»Wäre es dir lieber gewesen, wenn wir angegriffen worden wären?« fragte Bernec verärgert.

»Beinahe ja«, antwortete Del ruhig. »Entweder euer König ist der leichtsinnigste Herrscher, dem ich jemals begegnet bin, oder das Ganze hier ist eine verdammte Falle.« Er zögerte einen Moment, trat ans Fenster und blickte über die Brüstung in den Innenhof hinab. »Du warst schon einmal hier«, fuhr er, an Skar gewandt, fort. »Waren damals auch keine Wachen hier postiert?«

Skar hatte sich über diese Frage bereits seit dem Moment, in dem sie den Raum betreten hatten, den Kopf zerbrochen, aber er kam zu keiner befriedigenden Antwort. Er erinnerte sich einfach nicht. »Ich bin mir nicht sicher«, antwortete er. »Ich glaube fast, es waren keine da, aber ich kann mich täuschen.« Er schlug den Umhang zurück, legte die Hand auf das Griffstück des *Tschekal* und zog die Waffe halb aus der Scheide. »Wenn es eine Falle ist, ist es sowieso zu spät, um noch umzukehren«, sagte er. »Wenn nicht – wir brauchen nur diese Tür zu öffnen, um es herauszubekommen.«

Er zog die Waffe vollends aus dem Gürtel, bedeutete Bernec und Coar mit einem warnenden Blick, zurückzubleiben und ging mit entschlossenen Schritten auf die Tür zu. Del folgte, zwei Schritte hinter und ein Stück neben ihm, bereit, ihm den Rücken zu decken.

Skar legte die Hand auf das Türblatt, drückte mit der anderen die Klinke herunter und spähte mißtrauisch durch den entstehenden Spalt. Der Raum dahinter war dunkel. Er hatte keine Fenster, wie er sich jetzt erinnerte. Seine Besorgnis wuchs. Einen besseren Ort für einen Hinterhalt konnte er sich kaum denken.

»Was ist?« flüsterte Del hinter ihm. »Siehst du irgend etwas?«

Skar schüttelte stumm den Kopf, wartete noch einen Sekundenbruchteil und öffnete die Tür dann mit einem entschlossenen Ruck. Ein dreieckiger Lichtstreifen fiel in den Raum, beleuchtete das kostbare Bodenmosaik und riß Teile der spartanischen Möblierung aus dem Dunkel. Skar lauschte angespannt. Aber der Raum schien tatsächlich leer zu sein.

»Kommt«, flüsterte er. Er duckte sich, hetzte mit zwei, drei schnellen Schritten durch die Kammer und preßte sich neben dem Durchgang auf der gegenüberliegenden Seite gegen die Wand. Del postierte sich auf der anderen Seite des schweren Vorhanges, während Coar und Bernec immer noch zurückblieben.

Del runzelte die Stirn und machte mit übertriebener Mimik ein fragendes Gesicht. Skar zuckte die Achseln. Es gab nur einen einzigen Weg, um herauszubekommen, was hinter dem Vorhang auf sie wartete.

Er trat zurück, nahm einen halben Schritt Anlauf und setzte mit einem Hechtsprung durch den Eingang. Der Vorhang wurde krachend aus seiner Führung gerissen und flatterte zu Boden, während Skar bereits mit einer Rolle auf die Füße kam, das Schwert kampfbereit erhoben. Hinter ihm sprang Del durch den Eingang, drehte sich einmal um seine Achse und blieb verblüfft stehen.

»Beeindruckend«, sagte Seshar ruhig. »Wirklich beeindrukkend. Ich möchte Männer wie euch nicht zum Feind haben, Satai.« Er saß auf einem hochlehnigen, geschnitzten Stuhl dicht neben dem Fenster, hatte die Hände vor der Brust verschränkt und betrachtete Skar und Del ohne das geringste Zeichen von Angst oder auch nur Überraschung.

Hinter Skars Stirn schien gleich ein ganzes Dutzend von Alarmgongs zu dröhnen. *Eine Falle!* dachte er mit einem Anflug von Panik. *Er hat uns erwartet! Er hat ganz genau gewußt, daß wir kommen!* Er duckte sich, setzte mit einem federnden Sprung durch den Raum und stieß die Klinge des *Tschekal* wuchtig durch den Vorhang des schweren Himmelbettes, das einzige Versteck im Raum, das groß genug war, mehr als einem Hund Deckung zu bieten.

Der Hieb ging ins Leere. Skar riß den Vorhang mit einer wütenden Bewegung vollends herunter und starrte eine halbe Sekunde lang verblüfft auf die leeren Decken und Kissen.

»Du bemühst dich umsonst«, sagte Seshar sanft. »Wir sind allein.«

Skar drehte sich ungläubig herum.

Seshar lächelte auf eine ruhige, beinahe zufriedene Art. »Es sind keine Soldaten da, Skar«, sagte er geduldig. »Nur ich.«

»Aber Ihr . . .«

»Ich muß dir noch danken«, unterbrach ihn der König, »daß du die drei Männer im Wachzimmer nicht getötet hast. Jeder andere hätte es getan.«

»Ihr wißt davon?« keuchte Skar fassungslos. »Ihr . . . habt die ganze Zeit gewußt, wo wir waren?«

Seshar nickte. »Schon, als ihr aus Went herausgeritten seid. Ich verfüge über Möglichkeiten, mich zu informieren, die dich in Erstaunen setzen würden. Aber ihr seid sicher nicht gekommen, um mit mir zu plaudern, nicht? Zumindest«, fuhr er mit erhobener Stimme fort, »was Coar und Bernec angeht.« Er stemmte sich mühsam aus dem Sessel hoch und blickte zur Tür hinüber. »Kommt herein«, sagte er. »Ich bin ein alter Mann und kann nicht mehr so laut reden.«

Aus dem Nebenraum erklangen langsame, zögernde Schritte, dann erschien Bernec unter der Tür, dicht gefolgt von Coar. Er blieb eine halbe Sekunde stehen, stieß plötzlich einen gellenden Schrei aus und stürmte mit hoch erhobenem Schwert auf Seshar zu.

Skar vertrat ihm den Weg, schlug ihm die Waffe aus der Hand und stieß ihn grob zu Boden. Bernec fiel aufs Gesicht, stemmte sich mit einer überraschend geschmeidigen Bewegung wieder hoch und machte Anstalten, sich mit bloßen Händen auf den König zu stürzen. Diesmal versetzte Skar ihm einen Schlag in den Nacken, der ihn halb betäubt in die Knie brechen ließ.

»Narr«, sagte er wütend. »Glaubst du wirklich, wir wären auch nur lebendig in die Festung gekommen, wenn er es nicht gewollt hätte? Gib ihm wenigstens eine Chance.«

Seshar lächelte still. »Ich habe mich nicht in dir getäuscht«, sagte er.

»Verräter!« keuchte Bernec. »Du . . . verdammter . . . Verräter. Deshalb also hast du mich überredet, mit dir zu kommen. Aber das wird dir nichts nützen. Ihr könnt mich umbringen, aber dadurch wird alles nur noch schlimmer werden.«

»Du täuschst dich«, sagte Seshar sanft. »Skar hat dich nicht verraten. Er ist mit der gleichen Absicht hierhergekommen wie du.«

»Wenn ich dich hätte töten wollen, hätte ich das ein Dutzend Mal und leichter haben können«, bestätigte Skar ungerührt.

Bernec hob trotzig den Kopf. In seinen Augen flatterte ein unstetes, fanatisches Feuer. Seine Hände zuckten. »Dann laß mich«, schnappte er. »Laß mich los, damit ich dieses Ungeheuer töten kann!«

»Du bist sehr rasch mit dem Töten, nicht?« fragte Seshar. »Glaubst du wirklich, dadurch etwas ändern zu können?«

Bernec wollte erneut auffahren. Skar legte ihm die Hand auf die Schulter und drückte kurz und warnend zu. Bernec stöhnte und sank mit einem wimmernden Laut zurück.

»Laß mich dieses Ungeheuer umbringen!« keuchte er. »Er hat es verdient. Er hat uns belogen, uns und alle anderen.«

Skar schüttelte den Kopf. »Laß ihn reden, Bernec. Vielleicht töte ich ihn hinterher selbst, aber hör dir wenigstens an, was er zu sagen hat.«

»Lügen!« schrie Bernec. »Er wird uns nur weitere Lügen auftischen. So, wie er uns die ganze Zeit über belogen hat!«

Skars Geduld war nun endgültig erschöpft. Er riß Bernec grob auf die Füße, versetzte ihm eine schallende Ohrfeige und stieß ihn gegen die Wand. Bernec keuchte und hielt sich die brennende Wange. Seine Gesichtshaut begann sich zusehends rot zu färben.

»Laß ihn, Skar«, bat Seshar sanft. »Er hat unrecht, aber er weiß es nicht besser.« Er lächelte, betrachtete Bernec sekundenlang mit einem fast freundschaftlichen Blick und ließ sich wieder auf seinen Stuhl sinken. »Du glaubst, ich hasse dich«, begann er. »Du bist hierhergekommen, um mich zu töten, und nun nimmst du an, daß ich dich deswegen umbringen lasse, Bernec. Aber das stimmt nicht. Ich habe es schon einmal zu Skar gesagt, und ich sage es jetzt noch einmal zu dir: Du ähnelst mir mehr, als du glaubst. Viel von der Ungeduld und Wut, die in dir ist, war auch in mir, als ich so alt war wie du. Ich glaube, ich wäre fast ein bißchen enttäuscht gewesen, wenn du nicht versucht hättest, mich zu töten. Nach dem, was du erfahren hast – oder glaubst, erfahren zu haben –, mußt du mich hassen.«

»Warum?« keuchte Bernec. »Warum hast du das getan?

Warum, Seshar? WARUM??!«

Seshar antwortete nicht sofort. Seine Hände verkrampften sich für einen Moment um die Lehnen seines Sessels, als wolle er sie zerbrechen. »Willst du die Antwort wirklich wissen?« fragte er. »Es könnte sein, daß sie dir nicht gefällt.«

Bernec lachte schrill. »Darauf kannst du Gift nehmen, du Ungeheuer!« Er machte einen Schritt in Seshars Richtung und blieb abrupt stehen, als Skar warnend die Hand hob.

»Du bist jung«, murmelte Seshar, »jung und ungeduldig, und du glaubst, deine Ziele nur noch mit Gewalt erreichen zu können. Aber das stimmt nicht. Ich weiß, daß du es im Moment noch nicht begreifst – noch nicht begreifen kannst –, aber irgendwann wirst du einsehen, daß Gewalt niemals zum Ziel führt.« Er schwieg für die Dauer von drei, vier Herzschlägen, und für einen kurzen Moment schienen seine Gedanken weit, weit weg zu sein. »Du hast nach dem Warum gefragt, Bernec, und ich werde dir deine Frage beantworten. Komm mit mir.« Er stand auf, winkte Bernec zu sich heran und ging mit schlurfenden Schritten zu dem Tisch hinüber, auf dem das Modell des Waldes aufgebaut war. Bernec starrte den Miniaturwald mit fragendem Gesichtsausdruck an.

»Darum habe ich es getan«, sagte Seshar. »Du hast mich gefragt, und dies ist die Antwort. Darum. Um all dies zu erhalten. Um die Menschen, die Cearn geschaffen haben, zu behüten und zu beschützen. Ich habe es getan, weil es der einzige Weg war, Cearn am Leben zu erhalten.«

»Am Leben?« krächzte Bernec. »In der Sklaverei, meinst du! Generation um Generation habt ihr getäuscht. Ihr habt ihnen vorgelogen, daß es keinen anderen Weg gibt, nach Urc zu gelangen, und . . .«

»Du meinst den Fluß«, unterbrach ihn Seshar sanft.

Bernec lachte, aber es hörte sich eher wie ein hysterisches Kreischen an. »Erzähl mir jetzt nicht, daß er nicht nach Urc fließt!«

»Nein, gewiß nicht«, antwortete Seshar. »Die alten Legenden stimmen. Der *Koth* fließt tief unter der Nonakesh hindurch und mündet im Lande Urc. Ihr hättet ihn niemals finden dürfen.«

»Aber wir haben ihn gefunden.« Bernec ballte in hilflosem Zorn die Fäuste. »Du kannst mit mir machen, was du willst, Seshar, es ist zu spät. Das Volk von Cearn hat die Wahrheit erfahren.«

»Das habt ihr nicht!« fuhr Seshar, nun doch sichtlich verärgert, auf. »Ihr habt eine Höhle und einen unterirdischen Fluß gefunden, das ist alles. Und was wollt ihr nun mit eurem neu erworbenen Wissen anfangen?« Er schüttelte wütend den Kopf und schlug wuchtig mit der flachen Hand auf den Tisch. »Du bist zornig, Bernec, zornig und verzweifelt«, fuhr er im gleichen, scharfen Tonfall fort. »Aber das gibt dir nicht das Recht, alles zu zerstören, wofür dein Volk jahrhundertelang gekämpft und gelitten hat.«

Bernec reckte kampflustig das Kinn vor. »Rede ruhig«, sagte er leise. »Das kannst du ja. Reden! Lügen! Ich glaube dir kein Wort mehr, Seshar. Deine Zeit ist abgelaufen. Wir werden Ipcearn stürzen und hinaus in die Wüste gehen und die Höhlen erobern. Und dann werden wir nach Urc gehen. Du kannst uns nicht mehr aufhalten.«

Seshar schüttelte traurig den Kopf. »Nach Urc?« fragte er. »Du willst Urcôun sehen, Bernec? Dann komm – ich zeige es dir.«

Bernec schien für einen Moment sprachlos vor Verblüffung. »Du ... du willst ... *was?*« keuchte er.

»Wenn es wirklich dein Wunsch ist, so bringe ich dich nach Urcôun«, murmelte Seshar tonlos. »Doch ich warne dich noch einmal – es ist nicht immer gut, alles zu wissen.«

»Du bist verrückt!« keuchte Bernec. »Du bist verrückt, wenn du glaubst, daß ich mit dir gehe und mich dort draußen in der Wüste umbringen lasse!«

Auf Seshars Zügen erschien ein seltsam weicher, verzeihender Ausdruck. Er sah Bernec mit einem undefinierbaren Blick an, trat einen Schritt vom Tisch zurück und klatschte in die Hände.

In den vorher scheinbar fugenlosen Wänden entstanden plötzlich eine Reihe mannshoher, flacher Nischen, und ein Dutzend Soldaten, jeder mit einer schweren, gespannten Armbrust bewaffnet, trat in den Raum.

»Glaubst du wirklich, ich hätte das nötig?« fragte Seshar sanft.

Skar erstarrte. Er stand in Seshars Nähe, und vielleicht wäre es ihm gelungen, mit einem blitzschnellen Satz über den Tisch zu flanken und den alten König als Schutzschild an sich zu reißen – aber wahrscheinlicher war, daß er vorher von einem halben Dutzend Armbrustbolzen durchbohrt würde.

»Steckt eure Waffen weg«, verlangte Seshar ruhig. »Ihr braucht sie nicht.«

Skar blickte verblüfft auf das Schwert in seiner Hand, dann auf die Soldaten.

»Ihr könnt sie behalten«, bestätigte Seshar. »Aber steckt sie weg. Bitte.«

Skar zögerte noch eine halbe Sekunde und schob das *Tschekal* dann resignierend in die Scheide zurück. Del folgte seinem Beispiel und hob langsam die Hände.

»Du siehst«, fuhr Seshar, an Bernec gewandt, fort, »daß ich es nicht nötig hätte, euch in eine Falle zu locken. Ich will dich nicht töten, Bernec, weder dich noch Coar oder die beiden Satai. Außer, ihr zwingt mich dazu.« Er drehte sich um, gab den Wachen einen Wink. »Ihr könnt gehen«, sagte er. »Ich brauche euch nicht mehr.«

Die Männer wandten sich stumm ab und verließen den Raum. Seshar wartete, bis sie allein waren, trat dann um den Tisch herum und legte Bernec die Hand auf die Schulter.

»Ich verlange nicht, daß du mir plötzlich vertraust«, sagte er. »Aber ich möchte dein Ehrenwort, daß du mit deiner Entscheidung wartest, bis wir in Urcôun waren. Wenn du mich hinterher immer noch töten und Ipcearn niederbrennen willst, so tu es.«

Bernec schlug seine Hand wütend beiseite. »Das ist doch nur wieder ein neuer Trick!« sagte er trotzig. Aber seine Stimme schwankte, und Skar spürte deutlich, daß sein Selbstvertrauen tief erschüttert war und er im Grunde nichts mehr als Verwirrung empfand.

»Und du, Skar?« fragte Seshar. »Glaubst du auch, daß es nur ein Trick ist?«

Skar zuckte unschlüssig die Achseln. »So, wie die Dinge liegen, spielt es keine Rolle, was ich glaube«, antwortete er ausweichend. »Aber Ihr habt mich schon einmal belogen.«

»Ich weiß«, murmelte Seshar. »Und es tut mir leid. Hätte ich gewußt, wie alles kommen würde, hätte ich es nicht getan. Aber auch ein König macht Fehler.«

Das ist Wahnsinn! dachte Skar ungläubig. *Dieser Mann hat die*

Macht, uns mit einem Fingerschnippen zu vernichten! Und er bittet mich um Verzeihung!!

»Wenn ... dein Angebot auch für uns gilt«, sagte er stockend, »so nehmen wir es an.«

»Und du, Coar?«

Coar nickte wortlos. Sie hatte noch keinen Laut von sich gegeben, seit sie den Raum betreten hatte, und selbst jetzt schien es ihr schwerzufallen, auf Seshars Frage zu reagieren.

»Jetzt liegt es an dir, Bernec«, sagte Seshar.

Bernec wand sich wie unter Schmerzen. »Ich ... ich weiß einfach nicht, was ich noch glauben soll«, sagte er schließlich. Von dem Haß und der Wut in seiner Stimme war nichts mehr geblieben. Er war jetzt nur noch ein großes, verängstigtes Kind, das zu begreifen begann, daß es einen schrecklichen Fehler begangen hat und sich mit aller Kraft gegen diesen Gedanken zu wehren versucht.

»Dann komm«, sagte Seshar. »Wir haben einen weiten Weg vor uns. Und uns bleibt nicht mehr viel Zeit.«

Sie ritten zwei Stunden in scharfem Tempo nach Süden, überschritten die Grenzen Cearns und drangen mit unverminderter Geschwindigkeit in die Wüste vor. Skar verspürte ein aberwitziges Gefühl der Heimkehr, als sie aus dem Wald hinaussprengten und die sanft gewellte Unendlichkeit der Nonakesh wieder vor ihnen lag. Es war heiß, noch heißer als sonst. Der Himmel hatte eine bleigraue, abweisende Färbung angenommen, und der Wind schien mit unzähligen spitzen Krallen auf ihre Körper einzuschlagen, als biete die Wüste noch einmal alle Kräfte auf, um die schon sicher geglaubte Beute nicht noch im letzten Moment entkommen zu lassen. Die Nonakesh hatte sie nie wirklich losgelassen, das spürte er. Etwas von ihrer schweigenden Präsenz war die ganze Zeit über in ihm gewesen und hatte, ohne daß er sich dessen bewußt geworden wäre, sein Denken und Handeln beeinflußt.

Er ermüdete rasch, und er sah, daß es den anderen nicht besser erging – mit Ausnahme Seshars, der mit einer Eleganz, die seinem Alter und seiner ausgemergelten Gestalt hohnsprach, auf dem Rücken seines Tieres hockte und ihr Tempo bestimmte. Mit jedem Mal, daß sie die Nonakesh betraten, schienen ihre Kräfte schneller zu schwinden. Nach einer Zeit, deren Dauer Skar zu schätzen nicht imstande war, verringerte Seshar sein Tempo; nicht aus Müdigkeit, sondern um den immer häufiger auftretenden *Khtaám*-Spuren auszuweichen, die wie stumme Begleiter mit ihnen nach Süden zogen. Die Landschaft begann ihren Charakter zu verändern. Die Hügel wurden flacher, und der Sand ähnelte einer harten, zusammengebackenen Masse, auf der sich das monotone Hämmern der Pferdehufe anhörte, als schlüge Stahl auf Stein. Skar fühlte sich mehr und mehr an jene schwarze, schimmernde Ebene aus seinem Alptraum erinnert, auch wenn der Boden hier hell und fast weiß war und das Sonnenlicht wie ein gigantischer, gnadenloser Spiegel reflektierte. Die Spuren der *Khtaám* wurden seltener und endeten immer öfter in flachen, zerborstenen Kratern, als wäre die Erde zu hart geworden, um den Tieren ein Hindurchgraben zu ermöglichen, und einmal preschten sie in einer Entfernung von höchstens zwanzig Metern an einer Gruppe der kleinen schwarzen Monster vorbei, ohne daß die Tiere von ihrem Auftauchen auch nur Notiz genommen hätten.

Obwohl die Hitze ständig zu steigen schien, kamen sie jetzt leichter voran. Die Hufe der Pferde fanden auf dem harten Boden sicheren Halt, und sie legten Meile um Meile zurück, ohne anzuhalten oder von ihrem Kurs abzuweichen. Gegen Mittag tauchte ein dunkler, verschwommener Fleck vor ihnen am Horizont auf. Seshar wandte sich halb im Sattel um und sagte etwas in seiner Heimatsprache, das Skar nicht verstand. Er unterstrich das Wort mit einer winkenden, ungeduldigen Bewegung und trieb sein Pferd zu schnellerem Laufen an. Das Tier wieherte unwillig, gehorchte aber trotzdem und fiel in einen schnellen, langgestreckten Galopp.

Der verschwommene Fleck am Horizont wuchs langsam zu einem runden, aus verwittertem braunen Sandstein errichteten

Turm heran, der wie der Zeiger einer gigantischen Sonnenuhr in den Himmel ragte. Sein messerscharf gezogener Schatten wies nach Norden, zurück in die Richtung, aus der sie gekommen waren; eine letzte, stumme Mahnung, umzukehren und einen anderen Weg zu suchen.

Sie galoppierten in weitem Bogen um das Gebäude herum und hielten vor einer halbrunden, mit einem schweren rostigen Gitter verschlossenen Tür an. Seshar sprang aus dem Sattel und zog eine silberne Kette, an der ein Schlüssel befestigt war, unter seinem Hemd hervor. Skar wollte absitzen, aber der König hielt ihn mit einem raschen Kopfschütteln zurück. »Bleibt in den Sätteln«, sagte er. »Wir werden die Pferde noch brauchen.«

Skar gehorchte achselzuckend, und Seshar machte sich mit nervösen Bewegungen am Schloß zu schaffen. Skar fiel auf, wie zernarbt die Steine des Turmes waren. Das Gebäude mußte unermeßlich alt sein. Aber es war keineswegs unbewohnt – der Boden vor dem Eingang war in weitem Umkreis zertrampelt und aufgewühlt, als wären erst vor kurzer Zeit zahlreiche Menschen hier ein- und ausgegangen.

Seshar sperrte das Tor auf, schwang sich wieder in den Sattel und ritt ins Innere des Turmes hinein. Hinter dem Eingang lag eine weite, runde Halle, die den gesamten Innenraum einzunehmen schien. Sie besaß keine Fenster oder sonstige Öffnungen, und der schmale Lichtstreifen, der durch das Tor hereinfiel, reichte kaum aus, um mehr als vage Umrisse und Schatten wahrzunehmen.

Seshar drängte sein Pferd mit sanftem Schenkeldruck zur Seite und wartete, bis Skar und die anderen ihm gefolgt waren. »Ihr wart schon einmal dort unten«, sagte er. Er gab sich Mühe, leise zu sprechen, aber der hohe, leere Raum verzerrte seine Stimme und verlieh ihr einen unwirklichen, fast drohenden Nachhall. »Aber dieser Weg ist . . . anders. Wir müssen vorsichtig sein.«

Skar sah sich neugierig um. Seine Augen begannen sich allmählich an die Dunkelheit zu gewöhnen. Der Boden war nicht eben, sondern fiel auf der rechten Seite sanft ab und wand sich, der Krümmung der Wand folgend, in der Art eines Schneckenhauses in die Tiefe. Ein schwacher Hauch tropischer Feuchtigkeit und

Verwesung schien ihnen von unten entgegenzuwehen, und Skar fühlte sich erneut an seinen bizarren Traum erinnert. Er schauderte.

»Khtaám?« fragte er.

Seshar nickte. »Ja. Aber sie können uns nicht gefährlich werden, wenn wir vorsichtig sind. Sie greifen hier unten nur an, wenn man sie provoziert.«

Skar sah für einen winzigen Moment die Vision von drei entstellten, verstümmelten Leichen vor sich, schwieg aber.

»Es gibt weniger als ein Dutzend Menschen in Cearn, euch mitgerechnet«, fuhr Seshar fort, »die von der Existenz dieses Turmes wissen. Und so soll es auch bleiben. Dort unten gibt es . . . Wächter, die darauf achten, daß kein Fremder diesen Weg benutzt. Euch kann nichts geschehen, wenn ihr bei mir bleibt und nicht vom Weg abweicht.«

»Wohin führt dieser Weg?« fragte Del.

»Nach unten. Zum Fluß«, antwortete Seshar. »Doch wir haben später viel Zeit, miteinander zu reden. Nun kommt.« Er schnalzte mit der Zunge, und sein Pferd trabte gehorsam los. Skar und Del folgten ihm in geringem Abstand, während Coar und Bernec den Abschluß bildeten.

Skar begann rasch zu begreifen, was Seshar gemeint haben mochte, als er sie gewarnt hatte, vorsichtig zu sein. Die Rampe führte in steilem Winkel in die Tiefe. Der verschwommene Halbkreis des Einganges fiel hinter ihnen zurück und verschwand schon bald hinter der Biegung des spiraligen Tunnels, aber es wurde nicht dunkel. Im Gegenteil. Decke und Wände des Ganges fluoreszierten in einem geheimnisvollen, grünlichen Schein, und als seine Augen sich an die unwirkliche Beleuchtung gewöhnt hatten, konnte er erstaunlich weit sehen.

Doch dieses Licht war nicht das einzig Unwirkliche hier unten. Irgend etwas Körperloses, Finsteres schien sie auf ihrer stummen Wanderung in die Tiefe zu begleiten, etwas, das er nicht beschreiben oder auch nur ansatzweise erfassen konnte und das ihm trotzdem einen eisigen Schrecken einjagte. Er hatte das Gefühl, durch eine unsichtbare Wolke purer Bosheit zu reiten, mit etwas – *irgend etwas* – unsagbar Fremdem und Tödlichem konfrontiert zu werden. Ein Empfinden, wie er es erst einmal in seinem Leben verspürt hatte, als er mit dem Hoger kämpfte. Aber diesmal war es stärker. Viel stärker.

Er drehte sich halb im Sattel um und sah Del an. Der junge Satai wirkte blaß und verkrampft. Seine Hände spielten nervös mit dem Zaumzeug des Pferdes, und sein Blick wanderte unablässig durch den gewölbten Stollen. Er spürte es also auch.

Skar atmete hörbar auf, als sie nach einer Ewigkeit den gewundenen Stollen verließen und in eine niedrigeren, ebenerdig verlaufenden Tunnel eindrangen. Das gleiche grünliche Licht, das sie auf dem Weg hier herunter begleitet hatte, herrschte auch in diesem Gang, aber es war schwächer und unregelmäßiger, und je weiter sie in das unterirdische Labyrinth vordrangen, desto häufiger passierten sie Stellen, an denen das mattleuchtende Grün von grauen, pockennarbigen Flecken durchsetzt war. Es wurde kälter, und nach einiger Zeit hörten sie wieder das dumpfe Grollen und Rauschen des unterirdischen Flusses. Der Stollen endete unvermittelt vor einem schwarzen, bodenlosen Abgrund.

Seshar stieg vom Pferd und deutete auf einen kaum meterbreiten, sanft nach außen geneigten Sims, der neben dem Abgrund an der Felswand entlangführte und sich irgendwo im Dunkel verlor. »Von hier ab müssen wir laufen und die Pferde führen«, sagte er. »Aber es ist nicht mehr weit.«

Del verzog mißbilligend die Lippen. »Gibt es keinen anderen Weg?«

»Nein«, antwortete Seshar. »Keinen, der ungefährlicher wäre.«

Del seufzte und schwang sich mit einem fatalistischen Achselzucken aus dem Sattel. Er trat an Seshar vorbei, blinzelte in das schwarze, bodenlose Nichts vor ihnen hinunter und schüttelte abermals den Kopf. Aus der Tiefe drang ein machtvolles Rauschen und Gurgeln zu ihnen hinauf. »Der Fluß?«

Seshar nickte. »Ja. Ich sagte bereits, es ist nicht mehr weit. Aber ihr müßt vorsichtig sein. Wenn ihr einen Fehltritt macht, seid ihr rettungslos verloren. Und nun kommt.« Er wandte sich um, nahm sein Pferd bei den Zügeln und führte es unter beruhigendem Zureden auf den schmalen, feuchtglänzenden Sims hinaus. Das Tier scheute vor dem Abgrund zurück und schlug nervös mit den Hinterbeinen aus, so daß Del sich mit einem erschrockenen Satz in Sicherheit bringen mußte.

»Es wäre besser, die Pferde hier zurückzulassen«, sagte er. »Wenn es wirklich nicht mehr weit ist, können wir genausogut zu Fuß gehen.«

»Wir brauchen die Tiere für den Rückweg«, gab Seshar unwillig zurück. »Und nun kommt. Wir haben keine Zeit zu verlieren!«

Del schluckte die spöttische Antwort, die ihm auf den Lippen lag, hinunter und blickte ihm kopfschüttelnd nach. »Ich möchte wissen, wovor er Angst hat«, murmelte er.

Skar dachte an das körperlose, böse Etwas, das ihnen auf dem Weg hier herunter gefolgt war, und schwieg. Er griff nach dem Zaumzeug seines Pferdes, streichelte dem Tier sanft und beruhigend die Nüstern und machte sich daran, Seshar zu folgen.

Der Sims führte auf einer Länge von drei-, vierhundert Metern an der senkrechten Felswand entlang und wurde zum Fels hin so schmal, daß sie ihre Pferde nur noch durch ununterbrochenes Zureden und viel Geduld überhaupt zum Weitergehen bewegen konnten. Auch Skar fühlte eine immer stärker werdende Beklemmung. Der Stein war glitschig und naß, und eine winzige Unachtsamkeit konnte genügen, um abzustürzen. Die Flanke des Pferdes scheuerte hörbar an der rauhen Wand entlang. Das Tier stieß kleine, schmerzhafte Laute aus und versuchte immer wieder stehenzubleiben.

Es wurde dunkel. Der grüne Schimmer blieb hinter ihnen zurück. Die letzten fünfzig Schritte tastete sich Skar durch absolute Finsternis voran.

»Vorsichtig jetzt«, erklang Seshars Stimme vor ihm. »Das letzte Stück ist gefährlich!«

»Witzbold«, knurrte Del böse.

Skars tastender Fuß stieß plötzlich ins Leere, und für einen winzigen Moment durchzuckte ihn ein eisiger, tödlicher Schrecken.

»Spring«, sagte Seshar. »Es ist nicht weit. Ein halber Meter.«

Skar schloß die Augen, zählte in Gedanken bis zehn und stieß sich mit einer kräftigen Bewegung ab. Für den Bruchteil einer Sekunde hatte er das Gefühl, ins Nichts zu stürzen, dann prallte er hart auf den felsigen Untergrund auf. Sein Pferd folgte wenige Sekunden später mit einem ängstlichen Aufschrei.

»Wir sind in Sicherheit«, sagte Seshar erleichtert. Skar hatte das Gefühl, daß seine Worte nicht unbedingt der gefährlichen Klettertour über den Sims galten.

Er tastete im Dunkel nach dem Zaumzeug des Pferdes. Das Tier tänzelte nervös auf der Stelle. Auf seiner Haut perlte der kalte, salzige Schweiß der Angst. Skar fuhr ihm beruhigend mit den Fingern durch die Mähne. »Wir hätten eine Fackel mitnehmen sollen«, murmelte er.

»Das ist nicht notwendig«, antwortete Seshar. »Weiter unten gibt es Licht. Von hier aus ist der Weg nicht mehr gefährlich. Wir können wieder reiten.« Skar hörte, wie Seshar sich irgendwo vor ihm in den Sattel schwang und nach dem metallbeschlagenen Zaumzeug griff. Skar zögerte einen Herzschlag lang, stieg dann ebenfalls auf und drängte sein Pferd in die Richtung, in der er Seshar vermutete. Hinter ihm sprang Del vom Sims herunter, prallte hörbar gegen ein Hindernis und fluchte ungehemmt. Irgend etwas klirrte, dann folgte ein Geräusch, als schlüge Fleisch gegen Stein. Ein Pferd wieherte schmerzhaft.

Sie warteten, bis Bernec und Coar ebenfalls bei ihnen angelangt waren, und ritten dann ohne Verzögerung weiter. Es war ein unheimliches, beängstigendes Gefühl, sich durch absolute Dunkelheit zu bewegen, ohne zu wissen, was rechts und links des Weges war. Skar versuchte, sich anhand der Geräusche, die sie verursachten, ein Bild von ihrer Umgebung zu machen, aber es erwies sich als unmöglich. Die Höhle hatte eine fremdartige, verwirrende Akustik, die ihn einmal glauben ließ, sich durch einen niedrigen Stollen zu bewegen, während sich das Echo ihrer Schritte Augenblicke später wieder irgendwo in der Unendlichkeit verlor oder plötzlich von einer nicht existierenden Wand genau vor ihnen zurückgeworfen wurde. Schließlich gab er auf.

Das Geräusch des Flusses wurde nun ständig lauter und steigerte sich schließlich zu einem gewaltigen Brüllen und Tosen, das nach und nach alle anderen Laute übertönte und eine Unterhaltung unmöglich werden ließ. Es wurde kalt, sehr kalt, und nach einer Weile ritten sie durch einen eisigen, feinen Sprühregen, der sie in wenigen Augenblicken bis auf die Haut durchnäßte. Der Fluß konnte nicht mehr weit sein.

Trotzdem schien es Skar, als wären Stunden vergangen, ehe die Dunkelheit endlich wich und vor ihnen der rötliche, flackernde Schein brennender Teerfackeln auftauchte.

»Wir sind da«, sagte Seshar. Er hielt an, stieg aus dem Sattel und führte sein Pferd die letzten Meter am Zügel. Skar sah jetzt, daß sie die ganze Zeit durch einen hohen, gewölbten Tunnel geritten waren. Der Boden war sonderbar eben und wirkte an vielen Stellen wie poliert, und entlang der Wände waren ... seltsame Dinge. Der trübe Schein der Fackeln reichte nicht weit genug in den Stollen hinein, um Einzelheiten erkennen zu können, aber es schien ihm, als entzöge sich das, was immer dort an den Felswänden war, auf geheimnisvolle Weise seinen Blicken. Es war jedenfalls kein Stein. Nichts, was er kannte.

Er wandte sich schaudernd ab und beeilte sich, hinter Seshar und Del den Tunnel zu verlassen. Vielleicht war es manchmal besser, nicht alles zu wissen.

Vor ihnen lag der Fluß. Das Licht reichte nicht aus, um sein gegenüberliegendes Ufer erkennen zu können, aber er mußte gewaltig sein. Der Fels unter seinen Füßen bebte, und das Wasser schoß mit so ungeheurer Geschwindigkeit vorüber, daß Skar keine einzelnen Wellen ausmachen konnte, sondern nur eine fließende, glitzernde Masse. Ein formloses schwarzes Ding schoß vorüber und verschwand in der Dunkelheit, ehe er erkennen konnte, was es war.

Del berührte ihn an der Schulter und deutete auf das Floß, das wenige Schritte flußabwärts auf dem Wasser schaukelte. »Dieser Irre glaubt doch wohl nicht, daß ich nur einen Fuß auf dieses Ding setze!« brüllte er über das Tosen der Wellen hinweg.

»Du wirst es müssen!« schrie Skar zurück. »Ich glaube kaum, daß du den Rückweg allein finden würdest!« Aber ihm war selbst nicht sehr wohl bei dem Gedanken, sich dem Fluß anzuvertrauen. Das Floß sah stabil aus – ein mehr als zehn Meter langes Rechteck aus drei Lagen sorgfältig übereinandergeschichteter Baumstämme –, aber die gewaltige Strömung würde es trotzdem wie ein Spielzeug hin und her werfen und am geringsten Hindernis zerbersten lassen. Er überlegte einen Moment, wie es Seshar wohl gelungen sein mochte, das Fahrzeug hier herunterzubringen, und schob den Gedanken dann mit einem Achselzucken beiseite. Nach allen Rätseln und Geheimnissen, auf die sie bisher gestoßen waren, interessierte ihn diese Frage kaum noch.

Er warf Del einen aufmunternden Blick zu und ging mit raschen Schritten auf das Floß zu. Das Heck des Fahrzeuges war mit Kisten und bauchigen, hölzernen Fässern beladen, die sorgsam mit Stricken und ledernen Riemen vertäut waren, und als er näher kam, erkannte er eine Anzahl schwerer Eisenringe, die offensichtlich zum Befestigen weiteren Frachtgutes dienten.

Er blieb stehen und sah sich neugierig um. Das Floß lag in einer winzigen Bucht, so daß es nicht von der vollen Wucht der Strömung getroffen werden konnte. An der Wand neben ihm hingen zwei eiserne Fackelständer. Der Fels darüber war schwarz von Ruß. Offensichtlich wurde die Stelle nicht das erstemal als natürlicher Hafen benutzt. Der Stein zu seinen Füßen hatte einen schleimigen, leicht klebrigen Überzug.

Seshar hatte mittlerweile zusammen mit seinem Pferd das Floß betreten und wartete nun voll sichtlicher Ungeduld, daß sie ihm folgten. Er winkte und sagte irgend etwas, aber seine Worte gingen im Toben und Brüllen des Flusses unter.

Skar hob resignierend die Schultern und trat neben ihm auf das Floß. Er fror plötzlich.

Die Strömung trug sie in phantastischer Geschwindigkeit nach Westen. Skar wußte nicht, wieviel Zeit vergangen war, seit sie die Haltetaue gelöst und sich dem Fluß anvertraut hatten, aber es mußten Stunden sein. Die beiden Fackeln, die sie mitgenommen hatten, waren schon nach kurzem erloschen, und das gewaltige Dröhnen und Brausen des Flusses machte jede Unterhaltung von vornherein unmöglich. Sie hatten die Pferde und sich selbst an den eisernen Ringen, die in die Stämme des Floßes genagelt worden waren, festgebunden, um nicht abgeworfen und in den Fluß geschleudert zu werden, aber die Fahrt verlief ruhiger, als Skar angenommen hatte. Das Floß schien kaum ins Wasser einzutauchen, sondern wie ein flach geworfener Stein über die Oberfläche des Flusses zu schießen.

Nach einer Weile nahm die Geschwindigkeit der Strömung merklich ab, und Skar vermutete, daß der unterirdische Fluß hier breiter oder tiefer wurde. Er setzte sich vorsichtig auf, lockerte den Strick um seine Hüfte ein wenig und versuchte, in der pechschwarzen Finsternis vor ihnen irgend etwas zu sehen. Irgendwo, sehr weit vor ihnen, schien ein trüber grauer Fleck in der Dunkelheit zu schwimmen. Er blinzelte, fuhr sich mit dem Handrücken über die Augen und blinzelte noch einmal. Aber er konnte trotzdem nicht mehr erkennen. Seine Augen schmerzten, und sein Herz begann plötzlich und völlig grundlos rasend schnell zu hämmern.

Er tastete, von einer plötzlichen, sinnlosen Angst erfüllt, um sich und berührte eine Hand. Eine schmale, zartgliedrige Hand, sanfte Finger, benetzt mit eisiger Feuchtigkeit und trotzdem auf sonderbare Weise warm und beschützend. Coars Hand. Die Berührung hatte etwas ungemein Beruhigendes. Er drückte sie, kurz und so fest, daß es sie schmerzen mußte, und ließ sich dann wieder zurücksinken. Seine Furcht war verschwunden. Die kurze, flüchtige Berührung hatte gereicht, seine Angst zu vertreiben und ihn im Gegenteil mit einer tiefen, wohltuenden Ruhe zu erfüllen. Was immer auch geschehen mochte, wohin immer dieser Fluß und Seshar sie bringen würden – er wußte plötzlich, daß es sich gelohnt hatte; wenigstens für ihn.

Der graue Schimmer vor ihnen wurde allmählich zu einem verwaschenen Kreis, und ein neues Geräusch mischte sich in das Dröhnen des Flusses: ein tiefes, grollendes Donnern, ein Laut wie von einem mächtigen, weit entfernten Wasserfall. Die Strömung nahm weiter ab, und das Floß wurde langsamer, begann aber gleichzeitig zu bocken und zu schütteln. Skar setzte sich wieder auf und griff haltsuchend nach dem eisernen Ring neben seiner Hüfte. Ein kurzer, heftiger Schlag ließ das Floß erbeben. Eine eisige Welle spülte über seinen Rand und durchnäßte Skar. Das

Floß zitterte, legte sich in eine unsichtbare Kurve und kam mit einem berstenden Schlag in die Waagerechte zurück. Die Pferde begannen unruhig zu werden und zu stampfen. Jemand schrie.

Skar klammerte sich verzweifelt fest und wartete darauf, daß das Schütteln und Beben aufhörte, aber es wurde im Gegenteil noch schlimmer. Das Licht vor ihnen begann wie irr auf und ab zu hüpfen, und Welle auf Welle überspülte das Deck, durchtränkte ihn mit eisiger, klammer Nässe und ließ ihn keuchend nach Atem ringen. Eines der Pferde riß sich los, stieg, kreischend vor Panik, auf die Hinterläufe und stürzte in den Fluß. Die Strömung drückte es in Sekundenschnelle unter die Wasseroberfläche und riß es davon. Skar bäumte sich auf. Ein schmerzhafter Schlag traf seinen Rücken und trieb ihm die Luft aus den Lungen. Er schrie, schluckte Wasser und griff in sinnloser Panik um sich. Seine Hände scharrten verzweifelt über die rauhen Balken, versuchten sich festzuklammern und glitten ab. Seine Fingernägel brachen. Ein ganzer Hagel dumpfer, dröhnender Schläge traf das Floß und ließ es in seinen Grundfesten erbeben.

Und dann war es vorbei.

Das Floß erzitterte unter einem letzten, fürchterlichen Aufprall, schoß in die Flußmitte hinaus und kam dann schaukelnd zur Ruhe.

Skar blieb sekundenlang auf dem Rücken liegen und schnappte verzweifelt nach Luft. Sein Schädel dröhnte, als würde hinter seiner Stirn ununterbrochen ein gigantischer Gong anschlagen, und jeder einzelne Schlag seines Herzens schickte einen schmerzhaften Stich durch seinen Leib. Neben ihm stöhnte jemand, aber das Geräusch schien nur wie durch eine dichte, dämpfende Nebelwand an sein Bewußtsein zu dringen.

Skar hob schützend die Hand vor die Augen, wälzte sich auf den Bauch und stemmte sich hoch.

Es war hell; ein trübes, graues Licht, das ihm nach der stundenlangen Dunkelheit unerträglich grell und schmerzhaft vorkam. Das Floß war nur noch ein Wrack. Das Heck hatte sich in ein einziges Gewirr zerborstener und gebrochener Stämme verwandelt. Ein Großteil der Ladung war verschwunden oder wie von einem gigantischen Hammer zertrümmert. Aus einem zersplitterten Faß quoll dunkelroter, zähflüssiger Wein und breitete sich in Schlieren im Wasser aus. Es sah aus, als triebe das Floß in einer langsam größer werdenden Wolke von Blut.

Skar tastete mit klammen Fingern nach dem Seil um seiner Hüfte und versuchte, den Knoten zu öffnen. Das Floß zitterte und begann sich langsam, dem Zug der Strömung folgend, um seine Achse zu drehen.

Neben ihm richtete sich Coar schwankend auf die Knie. Sie stöhnte, verkrampfte die Hände über dem Leib und erbrach würgend Wasser und Schleim. Aus einem gezackten Riß an ihrer Stirn sickerte Blut und vermischte sich mit dem Wasser auf ihrem Gesicht.

Skar gelang es endlich, den Knoten zu lösen. Er stand auf, blieb einen Moment schwankend stehen und beugte sich besorgt zu Coar hinab.

»Nicht«, murmelte sie. »Laß mich . . . Es . . . geht. Kümmere dich um Bernec.« Sie schob seine Hand beiseite, versuchte sich hochzustemmen und sank mit einem wimmernden Schmerzlaut auf die Knie zurück. Ihr Körper bebte wie unter einem Krampf.

Skar betrachtete sie sekundenlang besorgt und wandte sich dann unwillig ab, um nach Bernec zu sehen. Er war ohne Bewußtsein, aber er lebte. Skar kniete neben ihm nieder, drehte ihn vorsichtig herum und legte seinen Kopf in den Nacken. Bernec stöhnte. Seine Augenlider flackerten, aber er schien nicht die Kraft zu haben, sich vollends zu heben. Skar löste nach kurzem Zögern den Umhang von seiner Schulter, knüllte ihn zusammen und schob ihn behutsam unter Bernecs Kopf. »Bleib liegen«, flüsterte er. »Wir sind durch.«

Bernec wimmerte leise. Seine Hände zuckten. Aber Skar wußte nicht, ob es eine Reaktion auf seine Worte war oder nur ein weiterer schmerzhafter Krampf, der seinen Köprer schüttelte. Er stand auf, strich sich in einer unbewußten Geste über seine schmerzenden Schultermuskeln und versuchte, mehr von ihrer Umgebung zu erkennen.

Das Floß trieb, sich wie ein riesiger Kreisel langsam um seine eigene Achse drehend, auf einen gigantischen unterirdischen See hinaus. Das dumpfe Grollen des Wasserfalles schien näher gekommen zu sein, und irgendwo, weit am westlichen Ende des Sees, glaubte er einen schwachen Schleier von Gischt in der Luft hängen zu sehen. Der See mußte früher einmal von einer gigantischen, kuppelförmigen Höhle umschlossen gewesen sein, aber die Decke hoch über ihren Köpfen war längst eingebrochen und zu einem gezackten schwarzen Krater geworden. Graues Licht strömte von oben herab. Draußen mußte die Dämmerung hereingebrochen sein.

Hinter ihm ertönte ein dumpfes, polterndes Geräusch, gefolgt von einem hellen Platschen, als fiele ein schwerer Körper ins Wasser.

Skar drehte sich herum. Seshar war mittlerweile ebenfalls auf die Beine gekommen und machte sich nun mit fahrigen Bewegungen an der durcheinandergeworfenen Ladung zu schaffen.

Skar bemerkte erst jetzt, daß zwischen den ineinandergeschobenenen Kisten und Fässern am Heck des Floßes der zersplitterte Stumpf eines Ruders hervorsah. Er nickte, eilte zu Seshar hinüber und half ihm und Del, die schlimmsten Trümmer beiseite zu schaffen und das Ruder zu befreien. Der Schaden war nicht so schlimm, wie es ausgesehen hatte. Das Ruder war verkantet, und von der Pinne war ein fast meterlanges Stück abgebrochen, aber es mußte trotzdem möglich sein, das Floß zumindest notdürftig zu steuern.

Seshar war verletzt. Er konnte seine linke Hand nicht benutzen, und sein Gesicht war unförmig angeschwollen und schwarz und blau verfärbt. Trotzdem arbeitete er wie ein Wilder. Sein Blick tastete immer wieder am Ufer entlang, als suche er nach einer bestimmten Stelle oder einem Zeichen, und mehr als einmal ertappte Skar ihn dabei, wie er besorgt nach vorne starrte, hinüber zu der Stelle, an der der noch unsichtbare Katarakt in die Tiefe stürzte.

»Wohin steuern wir?« fragte er.

Seshar deutete mit einer Kopfbewegung nach rechts. »Dort hinüber. Achtet auf einen Tunnel. Die Strömung ist hier noch nicht stark, aber wenn wir ihn verfehlen, sind wir verloren.«

Del griff wortlos nach dem Ruder, suchte mit den Füßen nach festem Halt und stemmte sich dagegen. Das Floß hörte langsam auf, sich zu drehen, begann aber dafür wieder schneller flußabwärts zu gleiten. Das Ufer kam mit quälender Langsamkeit näher. Das Floß reagierte nur schwerfällig auf die Ruderbewegungen, und mehr als einmal wurden sie von einer plötzlichen Strömung erfaßt und wieder weit zur Mitte des Sees zurückgetragen. Skars Besorgnis wuchs. Das Geräusch des Wasserfalles wurde langsam, aber beständig lauter.

Schließlich atmete Seshar erleichtert auf und deutete mit der Hand auf eine niedrige, halbrunde Tunnelöffnung in der Wand. Skar versuchte, den Kurs ihres Floßes in Gedanken zu verlängern. Wenn sie Glück hatten und nicht wieder in eine der unberechenbaren Unterströmungen gerieten, konnten sie es schaffen.

Er bückte sich, suchte eine passende Planke aus dem Trümmerhaufen zu seinen Füßen heraus und begann mit entschlossenen Bewegungen zu paddeln. Seshar und Coar folgten nach kurzem Zögern seinem Beispiel.

Es war nicht auszumachen, ob ihre Bemühungen irgendeinen Erfolg hatten oder ob es einfach die natürliche Strömung des Wassers war – aber sie bewegten sich in spitzem Winkel auf den Tunnel zu, ohne nennenswert abgetrieben zu werden. Trotzdem paddelten sie ohne Unterbrechung weiter, bis das Floß schließlich vom Sog des in den Tunnel schießenden Wassers erfaßt wurde und sich mit einer schwerfälligen, knarrenden Bewegung in die Strömung drehte. Der Stollen wuchs rasch vor ihnen empor, und nach wenigen Augenblicken konnten sie erschöpft ihre improvisierten Paddel sinken lassen.

»Bei allen Göttern!« keuchte Del. »Habt Ihr noch mehr solcher Überraschungen auf Lager, Seshar?«

Der alte König schüttelte fast unmerklich den Kopf. »Der Fluß führt mehr Wasser als gewöhnlich«, sagte er erklärend. »Normalerweise ist es nicht so schlimm.«

»Was wäre passiert, wenn wir den Stollen verpaßt hätten?« erkundigte sich Del ruhig.

Seshar wandte den Blick und starrte sekundenlang wortlos in die dunkelgraue Dämmerung, die das Innere des Stollens erfüllte. »Der See mündet ins Meer«, sagte er ruhig. »Aber sein Ausfluß liegt fast hundert Meter über dem Meeresspiegel. Es gibt einen Wasserfall.« Plötzlich gab er sich einen sichtlichen Ruck und sprach in verändertem, optimistischem Tonfall weiter: »Aber es hat keinen Sinn, sich den Kopf über Dinge zu zerbrechen, die hätten sein können. Wir sind jetzt außer Gefahr.«

»Das habt Ihr schon ein paarmal gesagt«, murrte Del.

Seshar nickte. »Ich weiß. Aber diesmal stimmt es. Ihr hättet ohnehin nichts tun können, auch wenn ihr vom Fluß und den Stromschnellen gewußt hättet. Warum sollte ich euch vorher ängstigen?«

Del sog scharf die Luft ein und setzte zu einer wütenden Antwort an, aber Skar brachte ihn mit einem raschen Blick zum Verstummen. »Wie geht es jetzt weiter?« fragte er.

Statt einer Antwort deutete Seshar nach oben. Skar legte den Kopf in den Nacken und sah erst jetzt, daß sie nicht mehr durch eine natürlich geschaffene Höhle, sondern durch einen halbrunden, aus schweren, quadratischen Steinblöcken gemauerten Kanal glitten. Rechts und links des ruhig dahinfließenden Wasserlaufes zogen sich schmale, geländerlose Wege an den Wänden entlang. Der Fels war zermürbt und von Schwamm und weißlichem Schimmel durchsetzt. Der Kanal mußte unermeßlich alt sein.

»Das ist . . . «, sagte er.

»Urcôun«, bestätigte Seshar so leise, daß Coar und Bernec, die weiter vorne auf dem Floß hockten, das Wort nicht hören konnten. »Wir sind direkt darunter. Weiter unten gibt es eine Stelle, an der wir das Floß anlegen und entladen können. Es dauert nicht mehr lange.«

Skar sah sich mit neu erwachtem Interesse um. Ein seltsames, widersinniges Gefühl der Ehrfurcht beschlich ihn. Er glaubte plötzlich zu spüren, wie alt, wie unglaublich, unvorstellbar alt diese Anlage war. Die Wände und die gewölbte Decke hoch über ihren Köpfen atmeten Alter und Erhabenheit aus, aber auch noch etwas anderes – ein dumpfes, schwer zu beschreibendes Gefühl des Fremden, Abweisenden.

Urcôun . . . Zum ersten Mal, seit er das Wort gehört hatte, glaubte er den fremden, drohenden Unterton darin wahrzunehmen, einen Klang, der wispernde Geschichten von uralten Völkern und dunklen Riten zu erzählen schien, etwas Kaltes und Böses. Einen Klang, der so wenig zu diesem freundlichen, lebensfrohen Volk paßte wie die Hoger und die tödlichen Weiten der Nonakesh.

Er wollte etwas sagen, aber mit einemmal erschien ihm der Klang einer menschlichen Stimme in dieser Umgebung falsch und unangebracht, vielleicht sogar gefährlich, so daß er es bei einem stummen Achselzucken bewenden ließ. Und auch die anderen schienen das gleiche zu spüren. Del war seltsam still geworden, und Coar und Bernec kauerten stumm und wie schutzsuchend aneinandergepreßt am Bug des Floßes. Selbst die Tiere hatten aufgehört, nervös an ihren Stricken zu zerren, sondern standen in verkrampfter, angespannter Haltung da, die Köpfe gesenkt und die Ohren ängstlich an den Schädel gelegt.

Nach einer Weile stand Seshar auf und deutete auf eine halbrunde, gemauerte Bucht an der rechten Seite des Kanals. Del nickte und griff ein letztes Mal zum Ruder. Das Floß schwenkte herum, glitt nahezu lautlos an die niedrige Kaimauer heran und kam mit einem knirschenden Geräusch zur Ruhe.

»Vertäut das Floß«, sagte Seshar mühsam. »Und dann kommt. Wir holen die Pferde und die Lebensmittel später nach. Dort vorne ist die Treppe.«

Die Stufen waren zu hoch und zu schmal gewesen und einem Körperbau angemessen, der nicht menschlich war.

Das war die erste Warnung.

Es folgten Räume und schräge, scheinbar sinnlos zueinander angeordnete Ebenen, Rampen und Stollen, die nach einer vollkommen fremden, nichtmenschlichen Geometrie errichtet worden waren. Selbst das Licht schien anders; fremd und umheimlich – *krank.* Das Gebäude war erfüllt von tanzenden Schatten und grauen, flackernden Bereichen voller gestaltloser Angst, und ihr Weg nach oben wurde zu einer Wanderung über einen dünnen, unsichtbaren Grat, hinter dem Terror und Wahnsinn lauerten.

Und trotzdem, obwohl jeder einzelne von ihnen wußte, was sie erwarten würde, obwohl ihnen jeder Schritt, jeder Fußbreit Boden, über den sie gegangen waren, die Wahrheit ins Gesicht geschrien hatte, traf sie der Anblick mit ungeheurer Wucht. Keiner von ihnen war fähig, etwas zu sagen oder auch nur einen Schrekkenslaut von sich zu geben. Das, was vor ihnen lag, schien sich jenseits aller Schrecken zu befinden, ein Teil einer Welt, die die Grenzen ihres Begriffsvermögens sprengte und nichts als Leere und tödliches, endgültiges Schweigen zurückließ.

Sie standen auf einer runden, auf unmögliche Weise in sich selbst gekrümmten Plattform hoch über der braunen Ebene und starrten auf die Küste und das dahinterliegende Meer hinunter. Vor ihnen, nicht mehr als eine Meile entfernt, lag Urcôun.

Skar fror. Der Wind war warm, und die Sonne brannte trotz der vorgerückten Stunde noch immer unbarmherzig vom Himmel, aber in ihm war nichts als Kälte, ein Gefühl, als wäre irgend etwas in ihm gestorben, stürbe noch, weil die Welt, in die sie vorgedrungen waren, menschliches Leben nicht erlaubte.

Urcôun war ein Koloß, ein gigantischer, schwarzbrauner Leviathan, vor Urzeiten aus den tiefsten Sümpfen einer dämonischen Welt ans Ufer gekrochen und zu bizarrer Scheußlichkeit erstarrt.

Skar versuchte vergeblich, die Form des ungeheuerlichen, mehr als eine Meile hohen ... *Dinges* zu bestimmen. Es war schwarz. Schwarz und böse und abweisend, besudelt mit pockennarbigen braunen Flecken und warzigen Vorsprüngen, großen, schwärenden Wunden, Linien, die in ihren Augen schmerzten, und gestaltgewordener Angst. Skar versuchte sich einzureden, daß dieses Gebäude nicht wirklich häßlich war, nur fremd, unsagbar fremd, so anders und verschieden von ihrer eigenen Welt, daß sein Geist nur mit Abscheu und Furcht darauf reagieren konnte. Aber der Gedanke nutzte gar nichts. Plötzlich hatte er das Bedürfnis zu schreien, aber es ging nicht. Sein Blick löste sich mühsam von der schweigenden Scheußlichkeit Urcôuns, glitt über die braune, verbrannte Ebene zu seinen Füßen, tastete über kahlen Fels und glasige Schlacke und irrte schließlich zur Küste und in die Weite des Meeres hinaus, unfähig, das schreckliche Bild noch länger zu ertragen.

»Oh, mein Gott«, stöhnte Coar neben ihm. Die Worte schienen weit über die Ebene zu hallen und als drohendes, boshaft verzerrtes Echo zurückzukehren; Lästerung, Häresie der dunklen Götter dieser Welt. Menschliche Stimmen hatten hier nichts verloren.

»Ich habe euch gewarnt«, murmelte Seshar. »Ich sagte euch, daß euch die Wahrheit nicht gefallen wird.«

»Aber warum ...?« keuchte Bernec. »Was ...?«

Skar wandte sich mühsam um, schloß die Augen und ballte die Fäuste so heftig, daß seine Fingernägel tief in die Haut schnitten. Der Schmerz schien ihm fast wohltuend, willkommen, ein Freund, der ein Stück seiner eigenen Welt darstellte und ihm half, dem Wahnsinn wenigstens noch für eine kurze Weile standzuhalten.

»Urcôun war niemals unsere Heimat«, sagte Seshar. Seine Stimme klang monoton und flach, als spräche er in Trance. »Die alten Legenden sind unwahr. Sie sind unwahr, wie die Geschichte von Urc und seiner blühenden Zivilisation unwahr ist.«

»Aber warum?« wimmerte Bernec.

»Weil *wir* die Angreifer waren«, antwortete Seshar. »Urcôun ist die Heimat eines uralten Volkes, das vor Millionen von Jahren von den Sternen kam und sich hier ansiedelte. Sie waren mächtig, mächtig und reich, und ich glaube nicht einmal, daß sie wirklich böse waren. Sie waren nur fremd. So fremd, daß eine Verständigung zwischen ihnen und den Menschen unmöglich schien und sie sich schließlich hier am Ende der Welt verbargen. Aber ihr Reichtum und ihre Macht lockten Neider an. In diesem Punkt sind die Legenden wahr, Bernec. Das Volk von Urc lebte lange und unbehelligt, und es war reich und glücklich und zufrieden, soweit ein Volk in einer Welt, die nicht die seine ist, glücklich sein kann. Bis eines Tages eine Flotte von Schiffen vor seiner Küste erschien, Schiffe, die mit Tausenden und Abertausenden von Kriegern besetzt waren. Sie verwüsteten und zerstörten das Land, töteten seine Bewohner und plünderten seine Schätze. Nur diese Festung hielt ihrem Ansturm stand. Sie belagerten sie, und als sich die Vorräte in ihrem Inneren dem Ende zuneigten und seine Bewohner immer verzweifelter wurden, wagten sie einen letzten selbstmörderischen Ausfall. Die Angreifer wurden in einer blutigen Schlacht geschlagen und tief in die Wüste zurückgetrieben.

Es waren unsere Vorfahren, Bernec.«

Coar begann leise und tonlos zu weinen. Ihre Hände griffen in einer verzweifelten, haltsuchenden Bewegung in die Luft und sanken dann kraftlos herab. Sie schluchzte, sank gegen dic Wand und brach langsam in die Knie.

»Das stolze Volk von Urc hat es niemals gegeben«, fuhr Seshar gnadenlos fort. »Unsere Urväter waren Piraten und Mörder, die hierhergekommen waren, um ein wehrloses Land zu überfallen und seine Bevölkerung in die Sklaverei zu verschleppen. All die Geschichten von unserer großen Vergangenheit, jedes einzelne Wort von Rache und Vergeltung, das wir euch erzählt haben, war gelogen.«

Bernecs Gesicht zuckte. Speichel rann aus seinen Mundwinkeln und tropfte an seinem Kinn herab. »Warum?« würgte er. »Warum ... habt ... Ihr ... das ... getan?«

»Weil es die einzige Möglichkeit war, unser Volk zu retten«, fuhr Seshar leise fort. »Das Volk von Urc hat sich niemals von jener Schlacht erholt, und unsere Vorfahren waren Gefangene der Wüste geworden. Es gab nur diese eine große Lüge, um ihnen die Kraft zum Weiterleben zu geben. Wir tilgten jede Erinnerung an unsere wirkliche Vergangenheit und erzählten unseren Kindern jene Geschichte, die ihr kennt und mit der ihr aufgewachsen seid. Es waren die ersten Könige von Cearn, die die Legende des verlorenen Paradieses schufen, und seither wird dieses Geheimnis von Generation zu Generation weitergegeben. Nur die Könige wissen es, Bernec, und es darf nie, nie gelüftet werden.«

Bernec wimmerte. »Hör auf«, bat er. »Bitte, hör auf. Sag, daß das alles nicht wahr ist! Sag es!«

Aber Seshar schüttelte nur den Kopf. »Ich weiß, was jetzt in dir vorgeht«, sagte er sanft. »Auch ich habe einmal so wie du hiergestanden, und auch ich habe meinen Vater angeschrien und gehaßt. Die Krone von Ipcearn ist schwer, Bernec, vielleicht schwerer als irgendeine andere Königskrone auf der Welt. Du wirst noch spüren, was es bedeutet, ein Leben lang mit einer Lüge leben zu müssen, sein Volk mit jeder Silbe, jedem Augenblick des Tages und der Nacht belügen und täuschen zu müssen. Wir werden nach Cearn zurückkehren, du, Coar und ich, und dann wirst du diese

Last für mich tragen.«

Bernec wollte auffahren, aber Seshar sprach schnell und hastig weiter. »Ich kann dir nicht mehr helfen, Bernec. Es ist zuviel geschehen, als daß es einen anderen Weg gäbe. Wir werden zurückkehren, und du und Coar werdet den Thron von Ipcearn besteigen und mein Werk fortsetzen. Ich beneide euch nicht um diese Aufgabe.« Er brach ab, und für Sekunden senkte sich eine tiefe, beinahe tödliche Stille über den winzigen Balkon.

»Del und Skar«, fuhr er nach einer Ewigkeit fort. »Ihr werdet hierbleiben müssen. Es gibt keinen anderen Weg.«

Skar nickte. Die Bewegung kostete ihn ungeheure Überwindung. »Ich weiß«, antwortete er. »Ich wußte es, als ich die Pferde und die Lebensmittel sah. Sie sind für uns, nicht?«

Seshar nickte. »Ihr werdet Wasser und fruchtbares Land finden, wenn ihr an der Küste nach Norden zieht. Es ist weit, aber ich weiß, daß ihr es schaffen könnt. Es . . . es tut mir leid.«

»Mir auch, Seshar«, murmelte Skar. »Mir auch.«

Er wandte sich um, trat an die Balkonbrüstung und starrte auf die Ebene hinab. Der Anblick der Festung schreckte ihn seltsamerweise kaum noch.

Irgendwann wandten sich Seshar, Bernec und Coar um und verschwanden ohne ein Wort des Abschiedes im Inneren des Turmes, und Del und er blieben allein zurück.

Der Wind wurde kälter.

Und irgendwann später, als die Sonne untergegangen war und die Nacht ihre schwarzen Fühler über das Land ausstreckte, trat Del neben ihn und sagte etwas, das er niemals wieder vergessen sollte.

»Bei allen Göttern, Skar – was haben wir getan?«

Skar antwortete nicht. Nur tief, tief in sich glaubte er das leise Lachen seines dunklen Bruders zu hören.